Milchrahmstrudel
―――――――
Eselsmilch

Die Autorin

Jutta Mehler, Jahrgang 1949, lebt und arbeitet in Niederbayern. Sie schreibt Romane und Erzählungen, die vorwiegend auf authentischen Lebensgeschichten basieren.

Dieses Buch ist ein Roman. Handlungen und Personen sind frei erfunden. Ähnlichkeiten mit lebenden oder toten Personen sind rein zufällig.

Jutta Mehler

Milchrahmstrudel

Eselsmilch

2 Krimis in 1 Band

Weltbild

Besuchen Sie uns im Internet
www.weltbild.de

Genehmigte Lizenzausgabe für Verlagsgruppe Weltbild GmbH,
Steinerne Furt, 86167 Augsburg
Milchrahmstrudel
Copyright der Originalausgabe © 2012 by Hermann-Josef Emons Verlag
Eselsmilch
Copyright der Originalausgabe © 2012 by Hermann-Josef Emons Verlag
Umschlaggestaltung: JARZINA kommunikations-design, Holzkirchen
Umschlagmotiv: © HUBER-IMAGES / Christof Sonderegger
Gesamtherstellung: CPI Moravia Books s.r.o., Pohorelice
Printed in the EU
ISBN 978-3-95569-168-4

2017   2016   2015   2014
Die letzte Jahreszahl gibt die aktuelle Lizenzausgabe an.

Jutta Mehler

Milchrahmstrudel

Niederbayern-Krimi

Weltbild

1

Natürlich trug Fanni wieder selbst die Schuld daran, dass sie es war, die über den toten Pfleger stolperte.

Würde sie in der Katherinenresidenz, wie es sich gehörte, die Vordertreppe benutzt haben, dann hätte sie sich auf dem ersten Absatz nicht diesen beiden Schuhsohlen aus geripptem bräunlich gelbem Krepp gegenübergesehen (auf einer klebte ein Kaugummi, in die andere hatte sich ein Reißnagel eingetreten).

Nachdem sich Fannis Blick von dem Reißnagel losgerissen hatte, folgte er einer länglichen Scharte, die von einem kürzlich entfernten Splitter oder einer Scherbe stammen konnte, bis zur Spitze eines hellgrauen Turnschuhs.

Von da aus huschte ihr Blick über das Bein einer Jeans zum Saum eines T-Shirts, verfing sich für einen Moment in einem rötlich braunen Fleck, der bis zum Halsausschnitt des Shirts hinauf Zacken und Nasen in die weiße Baumwolle gefressen hatte, und irrte dann über einen blutverschmierten Hals zu einem vertrauten, aber erschreckend leblos wirkenden Gesicht.

Mord!, rief Fannis ungeliebte Gedankenstimme.

»Roland ... tot ... blutbesudelt ...«, stammelte Fanni.

Und er liegt direkt vor deinen Füßen! Was für ein grausiger Fund! Was für ein Fiasko!, meinte die Gedankenstimme hinzufügen zu müssen.

Aus zwei Gründen war Fanni selbst schuld, dass sie in dieses Fiasko geraten war: Zum einen, weil sie im Seniorenheim stets die Hintertreppe benutzte, um bloß niemandem zu begegnen, dem sie Guten Tag sagen oder mit dem sie gar ein Schwätzchen halten musste. Zum andern, weil sie nicht wie alle anderen Angehörigen der in der Katherinenresidenz beheimateten Senioren ihren Besuch tags zuvor gemacht hatte, als anlässlich der Einweihung der neuen hauseigenen Kapelle auswärtige Gäste dringend erwünscht gewesen wären.

»Ich gehe regelmäßig mittwochs zu Tante Luise«, hatte Fanni ihrem Mann mit fester Stimme entgegnet, als er sie aufgefordert hatte, der Einladung des Heimleiters zu den Feierlichkeiten zu folgen. »Mittwochs um vier gehe ich. Und daran werde ich nichts ändern, egal wie viele Kapellen, Hallenbäder, Bierstüberl, Leseecken, Sonnenschirme und Bettpfannen im Seniorenheim eingeweiht werden.«

»Weil du ein verstocktes, widerborstiges, dickschädeliges Trumm bist«, hatte Hans Rot geantwortet, und Fanni hatte genickt, weil es sich wohl wirklich so verhielt.

Luise Rot – unverheiratet, kinderlos und seit gut einem Jahr an den Rollstuhl gefesselt – war die Tante von Fannis Ehemann Hans Rot. Mangels geeigneter Kandidaten hatte er die Pflegschaft der Dreiundachtzigjährigen übernommen und sie in der Katherinenresidenz untergebracht, einem von Erlenweiler nur fünf Kilometer entfernt liegenden Seniorenheim.

Das Gros der Aufgaben als Betreuer seiner Tante (Schriftverkehr, Telefonate, Abrechnungen) konnte Hans Rot während der Arbeitszeit im Kreiswehrersatzamt erledigen, wo sich seine beruflichen Pflichten ohnehin von Woche zu Woche dürftiger gestalteten. Schon vor Jahren war das Amt in ein reines Musterungszentrum umgewandelt worden, dem nun ebenfalls das Aus drohte, seit Karl-Theodor zu Guttenberg bei »Beckmann« verkündet hatte: »Die Musterung ist ebenso schwer zu rechtfertigen wie die Wehrpflicht als solche.«

Dementsprechend war der Posten des bevollmächtigten Betreuers von Tante Luise für Hans Rot ein Geschenk des Himmels, denn mit einem Mal hatte er wieder etwas zu tun am Arbeitsplatz, konnte sich wieder dazu berechtigt fühlen, an seinem Schreibtisch zu sitzen und beschäftigt zu wirken. Zweckmäßigerweise lag die Katherinenresidenz inmitten eines kleinen Parks, der an das Gebäude angrenzte, in dem sich das Musterungszentrum befand, sodass Hans Rot täglich nach der Mittagspause oder vor Dienstschluss auf einen Sprung bei Tante Luise vorbeischauen konnte.

»Und du«, hatte er zu Fanni gesagt, nachdem Tante Luise ins Seniorenheim umgesiedelt war, »wirst dich auch öfter bei ihr sehen lassen. Wenigstens einmal die Woche.«

»Gut«, hatte Fanni sich gefügt, »regelmäßig mittwochs nach dem Einkaufen werde ich sie besuchen.«

So hatte sie es dann auch eingeführt und stur beibehalten – Josefi-Umtrunk, Kapelleneinweihungen, Maibaumaufstellen, Grillfest, Nikolausfeier hin oder her.

Weil du ein verstocktes, widerborstiges, dickschädeliges Trumm bist!

Ja.

Eine Soziopathin, wie Hans Rot schon vor Jahren richtig diagnostiziert hat!

Ja.

So eilte Fanni also auch am Mittwoch, dem 23. Juni, um sechzehn Uhr die Hintertreppe des Seniorenheims hinauf und stieß dort, wo die Stufen auf halbem Weg zwischen Erdgeschoss und erstem Stock eine Biegung machten und dadurch einen breiten Absatz entstehen ließen, auf die blutbefleckte Leiche – genau genommen auf die mutmaßliche Leiche – des Pflegers Roland Becker.

Es war keineswegs das erste Mal, dass Fanni ein Todesopfer entdeckte. Im Vorjahr hatte sie Willi Stolzer tödlich verletzt im Deggenauer Klettergarten gefunden, und etliche Monate davor hatte sie den Birkdorfer Pfarrer leblos am Grab des Bürgermeisters liegen sehen. Drei Jahre war es her, dass Fanni auf dem Gipfel des Großen Falkenstein jenem weißen Turnschuh begegnete, der zu einem ermordeten Mädchen gehörte; und vier Jahre waren vergangen, seit Fanni die pinkfarbene Sandale an einer Toten erblickte, die als Fannis Nachbarin Mirza bekannt gewesen war.

Alle gewaltsam ums Leben gebrachten und kurz darauf von Fanni aufgefundenen Personen hatten stets geduldig ausgeharrt, bis die Polizei eintraf. Sie hatten sich untersuchen und obduzieren lassen, hatten dies und das preisgegeben und letztendlich in der einen oder anderen Weise auf den Täter hingewiesen.

Doch diesmal sollte alles anders sein.

Fanni drückte sich an dem reglos Daliegenden vorbei und hastete die Treppe zum ersten Stock hinauf, um Hilfe zu holen.

Eine Schwester muss her, besser noch ein Arzt, pochte es in

ihrem Kopf. Womöglich lässt sich Roland wiederbeleben – mit Sauerstoff, mit Herzmassage, mit irgendwas. Dass er daliegt wie ein Toter muss noch gar nichts heißen. Er ist doch noch so jung – dreißig höchstens.

Schwesternzimmer, zweiter Gang links!

Außer Atem erreichte sie die Tür mit der Aufschrift »Station I«.

Fanni klopfte kurz an, dann drückte sie die Klinke und öffnete. Drei leere Stühle und drei leere Kaffeetassen glotzen ihr entgegen. Sie warf die Tür wieder zu und schaute gehetzt den Gang hinauf und hinunter.

Aufenthaltsraum – im nächsten Flur!

Fanni setzte sich in Bewegung. Auf jedem Stockwerk gab es eine gemütliche, durch Paravents und Pflanzen vom Hauptflur abgetrennte Ecke, in der sich diejenigen Senioren zusammenfanden, die ein, zwei Stündchen in Gesellschaft verbringen wollten. Fanni rechnete damit, dort auch eine der Schwestern anzutreffen, denn Luise hatte ihr erzählt, dass das Pflegepersonal alle Hände voll damit zu tun hatte, in den Aufenthaltsräumen Streit zu schlichten und Tränen zu trocknen.

Doch nicht einmal Dellen in den Polstermöbeln zeugten davon, dass kürzlich jemand hier gesessen hatte.

Fanni begann zu hecheln. Wo waren sie denn alle? Wo, verflucht noch mal, waren die Schwestern? Um vier Uhr nachmittags mussten sie weder Mahlzeiten verteilen noch Medikamente ausgeben.

Lauf einfach die Gänge entlang. Irgendwo musst du ja auf jemanden treffen!

Fanni rannte los.

Sie bog zweimal ab, rannte weiter, nahm die nächste Ecke und stieß in etwas Weiches.

Als sie den Blick hob, sah sie in die vorwurfsvollen Augen des Pflegedienstleiters Erwin Hanno.

Er nahm sie bei den Schultern und schob sie ein Stückchen von sich weg, damit wieder Luft zwischen sie und seinen füllingen Körper strömen konnte.

Fanni registrierte, dass Herrn Hannos Schnurrbart indigniert zitterte.

»Aber Frau Rot«, sagte er streng. Plötzlich stutzte er. »Geht es Ihrer Tante etwa nicht ...«

Fanni schüttelte ungestüm den Kopf. »Nein, es handelt sich um Roland. Schnell, kommen Sie mit. Roland Becker, der Pfleger, liegt blutüberströmt auf der Hintertreppe.«

Sie begann wieder zu laufen.

Weil sie keine Schritte hinter sich hörte, wandte sie den Kopf und rief über die Schulter zurück: »Beeilen Sie sich! Vielleicht ist ihm ja noch zu helfen.«

Da setzte sich der Pflegedienstleiter in einen schaukelnden Trab.

Fanni rannte zur Treppe, nahm die Stufen zum Absatz hinunter in drei Sprüngen und kam am angeblichen Fundort der angeblichen Leiche zum Stehen.

Und dann stierte sie mit offenem Mund die marmorierten Bodenfliesen an, auf denen es nichts zu sehen gab – nicht einmal eine Staubfluse.

Schwer atmend traf Erwin Hanno am Treppenabsatz ein.

»Ich ...«, sagte Fanni.

Ein missbilligender Blick traf sie und ließ sie verstummen.

Fanni schluckte. Ihre Augen suchten den Fußboden ab, musterten die Wände.

Nichts.

Sie schaute zum Pflegedienstleiter auf, der sichtlich entrüstet war.

»Er ...«, krächzte Fanni, räusperte sich, sprach stockend weiter: »Er wird sich weggeschleppt haben. Wir müssen ihn suchen. Müssen ihn finden, bevor er tot zusammenbricht.«

Hanno hob die buschigen Brauen. »Sagten Sie nicht, Sie sahen Becker ›blutüberströmt‹ daliegen?«

Fanni nickte.

Der Pflegedienstleiter blickte die Treppenstufen hinauf und hinunter, dann runzelte er die Stirn. »Hier hat sich niemand aufgehalten, der blutete. Wie soll er sich weggeschleppt haben, ohne Blutflecken, ohne eine Schmierspur, ohne die kleinste Fährte zu hinterlassen?«

»Aber ich habe Roland doch gesehen«, begehrte Fanni auf. »Hier lag er, und sein T-Shirt war blutig, und seine Augen starrten mich blicklos an.«

Erwin Hannos Augen starrten Fanni nun ebenfalls an, doch keineswegs blicklos. Sie ließen deutlich erkennen, dass sich der Pflegedienstleiter Sorgen um Fannis Geisteszustand zu machen begann. Plötzlich veränderte sich sein Gesichtsausdruck, wirkte auf einmal professionell und abgeklärt. Seine Stimme klang jetzt beschwichtigend.

»Womöglich hat Ihnen Ihre Phantasie einen Streich gespielt, Frau Rot. Das kann schon mal vorkommen. Man ist in Eile, saust hastig die Treppe hinauf. Der Kreislauf nimmt einem solche Hetze übel, rächt sich mit Schwindelgefühl, Halluzinationen, Sinnestäuschungen.«

Fanni straffte sich. »Ich – habe – mir – das – nicht – eingebildet!« Sie holte Luft und fuhr beherzt fort: »Mir war weder schwindelig, noch hatte ich Halluzinationen. Roland Becker lag genau hier.« Sie deutete auf ihre Fußspitzen. »Und statt da herumzustehen, wo er nun nicht mehr liegt, sollten wir nach ihm suchen. Im Erdgeschoss am besten, denn vermutlich hat er sich abwärtsbewegt, sonst hätten wir ihm ja begegnen müssen.« Rebellisch stiefelte sie die Stufen hinunter.

Der Pflegedienstleiter folgte ihr zögernd.

Fanni verharrte am Ende der Treppe und sah sich um. Rechts zweigte der Gang ab, der zur rückwärtigen Tür führte, durch die man auf den Parkplatz gelangte. Geradeaus ging es an einem Fahrstuhl vorbei zum Schwimmbad, und links gab es einen Flur, von dem aus man die Kapelle, den Haupteingang und das Kaffeestüberl erreichte.

Nirgends befand sich eine Spur, die darauf hindeutete, dass sich hier soeben ein Schwerverletzter mit einer blutenden Wunde in der Brust entlanggeschleppt haben könnte.

Erwin Hanno legte seine massige Hand auf Fannis Arm. »Sie gehen jetzt in das Zimmer Ihrer Tante, und ich schicke Ihnen Schwester Monika mit einer Tasse Baldriantee. Sie müssen sich beruhigen, Frau Rot, mit – ähm – Nervenleiden ist nicht zu spaßen.«

Fanni wollte sich gerade gegen das Wort »Nervenleiden« verwahren, mit dem der Pflegedienstleiter aller Wahrscheinlichkeit nach »Irresein« meinte, da hörte sie ein Rumpeln hinter der mannshohen Topfpflanze, neben der sie stand. Sie machte einen Schritt zur Seite, schaute an der Pflanze vorbei und entdeckte eine unscheinbare Tür, die ihr bisher nie aufgefallen war. An dieser Tür haftete, ein wenig über Fannis Augenhöhe, ein Schild mit der Aufschrift »Aussegnungsraum«, darunter befand sich ein schmales goldenes Kreuz. Fanni glotzte den Schriftzug an und versuchte, sich darüber klar zu werden, was in einem Aussegnungsraum normalerweise vor sich ging. Da hörte sie die Stimme des Pflegedienstleiters in ihrem Rücken.

»Herr Bonner, Amtsrat a. D., der zehn Jahre seines Ruhestands in unserer Residenz verbracht hat, ist gestern verstorben.« Hanno trat neben Fanni und sah auf seine imposante Armbanduhr. »Die Herren vom Bestattungsinstitut wollten ihn zwischen sechzehn und siebzehn Uhr abholen kommen. Der Hausmeister ist wohl gerade dabei, alles dafür vorzubereiten. Anschließend muss der Raum gesäubert werden.«

»Wir sollten vorsorglich nachsehen, ob ...«, begann Fanni, verstummte jedoch, als sie Herrn Hannos Miene sah.

Ein Wort mehr, und er ruft dieses Klinikpersonal aus Mainkhofen, das Zwangsjacken und Betäubungsspritzen im Gepäck führt!

Ich muss ihn loswerden, dachte Fanni, ich muss ihn loswerden, diesen selbstgerechten Fleischkloß, damit ich unbehelligt nach Roland suchen kann.

Dann musst du jetzt eben so tun, als würdest du einsehen, dass du halluziniert hast!

Gut, ich werde also pro forma den Baldriantee akzeptieren, entschied Fanni.

Doch bevor sie sich bei Erwin Hanno für die Aufregung, die sie ihm bereitet hatte, entschuldigen und seinen Vorschlag annehmen konnte, bemerkte sie erstaunt, wie sich der Mund des Pflegedienstleiters zu einem gewinnenden Lächeln verzog.

Aber ich habe ja noch gar nichts gesagt, dachte Fanni, oder habe ich doch schon?

Sollte Hanno recht haben? War sie verrückt?

Da hörte sie eine gereizte Stimme hinter sich. »Wo bleiben Sie denn, Hanno? Das Meeting war für sechzehn Uhr fünfzehn angesetzt. Pünktliches Erscheinen obligatorisch – wie wir es seit jeher handhaben.«

Die Stimme klang nicht fremd. Fanni hatte diesen Mann schon hie und da reden hören, allerdings in einem weit freundlicheren Tonfall.

Sie drehte sich um.

Achim Müller nickte ihr einen knappen Gruß zu und fuhr an den Pflegedienstleiter gewandt fort: »Schnell jetzt, Hanno. Man wartet auf Sie. Dr. Benat spricht mit vollem Recht von Brüskierung.«

Daraufhin eilten die beiden Herren davon, ohne Fanni auch nur eines Abschiedsblickes zu würdigen.

Der Führungsstab der Katherinenresidenz traf sich also zu einer Besprechung, Müller, der Heimleiter, Lex von der Verwaltung, Huber vom sozialen Dienst, Hanno, der Pflegedienstleiter, und Dr. Benat, der Berufsbetreuer. Womöglich waren auch die Stationsschwestern dazu eingeladen, der Reinigungsdienst – und der Koch.

Je mehr, desto besser, dachte Fanni. Wer im Konferenzraum sitzt, kann mir bei der Suche nach Roland nicht in die Quere kommen.

Sie wartete, bis Müller und Hanno in Richtung Haupteingang abbogen. Kaum waren die beiden außer Sicht, wandte sie sich wieder der Tür mit der Aufschrift »Aussegnungsraum« zu. Im Moment drangen nur leise Geräusche heraus: Rascheln, Schlurfen, Gleiten.

Da drin werde ich auf alle Fälle mal nachsehen, dachte sie entschlossen, legte die Hand auf den Türgriff– und zögerte.

Memme!

Fanni biss die Zähne zusammen, drückte die Klinke hinunter und ließ sie im selben Augenblick wieder los. Ein scharrendes Geräusch hinter ihr hatte sie erneut zu einem Rückzieher veranlasst.

Sie warf einen Blick über die Schulter.

Aus dem Gang, der zu den rückwärtigen Parkplätzen führte, schob sich ihr eine Rollbahre entgegen, die von zwei Herren in dunklen Anzügen flankiert war.

Sechzehn Uhr dreißig, meldete sich Fannis Gedankenstimme überklug. *Das sind die Bestatter von Herrn Bonner, die Erwin Hanno vorhin angekündigt hat!*

Fanni verschmolz mit der Topfpflanze und hielt die Luft an, als einer der Herren vortrat und die Tür zum Aussegnungsraum bis zum Anschlag öffnete. Die Bahre rollte hinein.

Fanni reckte den Hals.

»Schon alles komplett erledigt«, hörte sie ihn überrascht sagen. »Sogar der Deckel ist bereits drauf, allerdings noch nicht verschraubt. Trotzdem haben Sie uns heute eine Menge Arbeit abgenommen.«

Sie bekam mit, wie der andere murmelte: »Ist ja mal was ganz Neues. Andererseits kann man wohl eine kleine Gefälligkeit erwarten, wenn man zweimal herkommen muss, weil beim ersten Mal der Totenschein noch nicht ausgestellt ist.« Laut sagte er: »Haben Sie die Papiere jetzt parat?«

»Hä?«, fragte eine raue Stimme.

Der zweite Bestatter wandte sich an seinen Kollegen. »Ich frage im Verwaltungsbüro nach.«

Fanni duckte sich.

Sobald der Herr vom Bestattungsinstitut an ihr vorbei war, kam Fannis Nase wieder hinter der Topfpflanze hervor.

Sie sah einen Mann in Arbeitskleidung mit einem Eimer in der Hand an der offenen Tür vorbeigehen, der grummelte: »Mittag ... Todesfall ... Dekoration.«

»Ja, ja«, vernahm sie die freundliche Stimme des im Aussegnungsraum verbliebenen Bestatters, den sie im Moment nicht sehen konnte, »in Altenheimen muss man an manchen Tagen mit gleich zwei oder drei Todesfällen rechnen. Aber genauso gut kann es vorkommen, dass wochenlang überhaupt niemand stirbt.«

Die raue Stimme gab eine Antwort, die Fanni nicht verstehen konnte, denn sie musste sich wieder ducken, weil der zweite Bestatter mit einigen Schriftstücken in der Hand zurückkam.

Als er im Aussegnungsraum verschwunden war, riskierte sie erneut einen Blick und konnte beobachten, wie die beiden Herren in den dunklen Anzügen einen geschlossenen Sarg von einem Podest auf die Rollbahre schoben. Einen Augenblick später glitt der Sarg an ihr vorbei.

Die Tür blieb offen.

Fanni trat einen Schritt näher und schaute in den Raum, der von einem leisen Brummen erfüllt war. Der Mann in Arbeitskleidung bestückte soeben zwei silberne Ständer mit frischen Kerzen.

Fanni kannte ihn vom Sehen: Knollennase, schütteres

Haar, Wieselaugen – es war der Hausmeister. Offenbar hatte er ihren Blick gespürt, denn er drehte sich abrupt zu ihr um.

»Was wollen Sie denn? Sich von Herrn Bonner verabschieden? Zu spät. Er ist gerade weg.«

»Zu spät«, echote Fanni und fügte ein »Schade« hinzu.

»Ja dann«, sagte der Hausmeister, weil sich Fanni nicht von der Stelle rührte. Sie hatte in einer Ecke einen riesigen grauen Müllsack entdeckt, der prall gefüllt und oben zugebunden war. Er lehnte schräg im Winkel der beiden Außenwände, machte aber den Eindruck, als wolle er nicht mehr lange stehen bleiben. Aus jener Ecke schien auch das Brummen zu kommen.

Fanni gelang es nicht, den Blick von dem Müllsack loszureißen.

»Herr Bonner kommt nicht mehr«, sagte der Hausmeister.

»Und wer kommt jetzt?«, fragte Fanni.

»Hä?«

»Wer ist denn gestorben? Sie dekorieren doch gerade neu.« Fanni deutete auf zwei Bodenvasen, in denen Asparagus und je drei weiße Lilien steckten, die sie für künstlich hielt.

»Gestorben? Hä? Der Nächste halt.«

Fanni hatte den Raum betreten und bewegte sich unauffällig in Richtung des Müllsacks. Dazu musste sie an einem Möbelstück vorbei, das sich an der rückwärtigen Wand befand und mit einem Gobelin zugedeckt war, auf dem ein Asparagus-Lilien-Bukett lag.

Hört es sich nicht so an, als käme das Brummen direkt aus dem Gobelin?

Klar, begriff Fanni, der Kasten darunter ist die Quelle des Brummens.

Plötzlich zog sie die Nase kraus.

Die Lilien auf dem verhüllten Kasten, die Fanni ebenfalls für künstlich hielt, verströmten einen intensiven Geruch nach ... Wonach bloß?, fragte sie sich.

Nach parfümiertem Kompost!

Ja, dachte Fanni, süßlich und ein bisschen faulig.

Sie vermutete, dass das Bukett als Blumenschmuck für den Verstorbenen vorgesehen war, der gleich hier aufgebahrt werden sollte.

»Hä ...«, machte der Hausmeister.

Fanni lächelte ihn an. »Was für ein wunderhübsches Bukett.«

»Abschiedsgruß von der Heimleitung«, erklärte der Hausmeister daraufhin griesgrämig, nahm einen Besen und fing an, den Fußboden zu fegen.

Fanni stand jetzt neben dem Müllsack. Sie stieß mit der Fußspitze dagegen, was ihn ein Stückchen weiter in die Schräge rutschen ließ.

»Fällt ja eine Menge Müll an, in so einem Aussegnungsraum«, sagte sie.

Der Hausmeister rückte mit seinem Besen näher. »Verwelktes Gewächs, verdreckter Zellstoff, stinkt wie der Teufel, das Zeug.« Er packte den Müllsack, der offensichtlich schwer war, und schleifte ihn zur Tür.

Fanni folgte ihm. »Wo bringen Sie –?«

Der Hausmeister ließ sie nicht ausreden. »Gute Frau, Sie stehn hier im Weg. Ich muss da drin jetzt fertig werden. Hab nicht den ganzen Tag Zeit, hä.« Er ließ den Müllsack los, der umkippte und als Hügel auf dem Boden liegen blieb.

»Entschuldigen Sie, dass ich Sie gestört habe«, erwiderte

Fanni und legte eine Hand auf den Hügel. Sie fühlte Drahtgeflecht, dicke, harte Stängel und weiche, runde Klumpen.

Was du fühlst, ist das verwelkte Bukett, das Herrn Bonners Leiche geziert hat! Die Lilien sind eben doch echt, sie riechen ja auch! Hast du wirklich gemeint, in dem Müllsack steckt Roland drin? Du hast sie doch nicht alle, Fanni!

Fanni verdrückte sich.

Sie trottete den Gang zum Schwimmbad hinunter, schaute in die leere Halle, blickte auf die unbewegte Wasserfläche.

Gleich fünf. Es ist Abendessenszeit! Da geht keiner baden! Vermeintlich tote Pfleger schon gar nicht!

Fanni kehrte um und beschloss, noch in der Kapelle und im Kaffeestüberl nachzusehen. Irgendwo musste Roland doch sein. Weit konnte er sich nicht geschleppt haben mit einer Wunde mitten in der Brust.

Sie fand nirgends eine Spur von ihm.

Du solltest dich mal lieber auf den Weg zu Tante Luise machen.

Tante Luise!

Allerdings! Sie wartet schon seit einer guten Stunde auf dich! Willst du die Suche nach dem Pfleger-Phantom nicht vorerst einstellen?

Fanni jagte die Treppe hinauf.

Hans Rots Tante war mit ihrem Rollstuhl an den Esstisch gerückt worden und schaufelte sich gerade einen großen Brocken, von dem weiße Soße troff, in den Mund.

»Milchrahmstrudel«, sagte sie mit vollen Backen.

Liegt, wie es scheint, in der Familie, diese Unart, dachte Fanni. Hans Rot schluckt auch nie, bevor er spricht.

Ihr Blick wanderte von den kauenden Kiefern abwärts, und wie immer, wenn sie Luises Aufmachung sah, musste sie sich das Lachen verbeißen.

Luise trug einen rosafarbenen Pulli mit Applikationen aus Silberpailletten. Über ihren Knien lag eine rosa. Häkeldecke; die Füße, die darunter hervorlugten, steckten in rosa Pantöffelchen, deren oberer Rand mit rosa Federn verbrämt war.

Fanni hatte sich schon ein paarmal gefragt, ob Luise dieses Faible für Rosa schon vor ihrem Unfall gehabt hatte. Hatte sie in rosa Blüschen und rosa Schühchen ihre Gemüsebeete umgegraben?

Rosa Schürze und rosa Gummistiefel!

Ja, dachte Fanni, so könnte man sich Luise bei der Arbeit vorstellen.

Hans Rots Tante hatte die letzten zwanzig Jahre ein Häuschen im Schwarzwald ganz allein bewohnt und so gut wie keinen Kontakt mit der Verwandtschaft gepflegt. Aus den dürftigen Erzählungen ihres Mannes hatte Fanni gefolgert, dass Luise ihr Haus und ihren Garten stets eigenhändig in Schuss gehalten hatte. Laut Hans hatte sie persönlich die Hecke geschnitten, die ihr Grundstück einfasste, die Beete umgegraben und sogar Malerarbeiten und alle möglichen Reparaturen ausgeführt.

Doch genau das war ihr letztendlich zum Verhängnis geworden. Beim Reinigen der Dachrinne war sie vergangenes Frühjahr von der Leiter gestürzt und hatte sich schwer verletzt. Die Blessuren im Gesicht und die Prellungen der Rippen heilten zwar bald wieder, aber Luises Beine waren gelähmt.

Und das würde auch so bleiben, meinten die Ärzte im Krankenhaus trocken.

Als nächster Verwandter Luises war Hans Rot von dem Unfall verständigt worden und umgehend nach Freiburg gereist. Mangels besserer Alternativen hatte Luise inzwischen den pragmatischen Entschluss gefasst, ihr Häuschen zu verkaufen, um von dem Erlös die Kosten für ein gepflegtes Seniorenheim aufbringen zu können.

Offenbar hatte sie Vertrauen zu Hans Rot gefasst, denn sie hatte ihn mit der Abwicklung des Verkaufs beauftragt und kurz darauf erklärt, ein Seniorenheim in der Nähe von Erlenweiler wählen zu wollen, damit er – so weit erforderlich – ihre Betreuung übernehmen konnte.

Fanni musste zugeben, dass es ihrem Mann gelungen war, die Tante komfortabel unterzubringen. Luise bewohnte in der Katherinenresidenz ein kleines Apartment, das aus einem Wohnzimmer mit Schlafnische, einem Badezimmer, einer winzigen Küche und einem noch winzigeren Balkon bestand. Die meisten der antiken Möbel, die Luise zuvor besessen hatte, waren zwar verkauft worden, doch der glänzende Mahagonitisch, die Biedermeierkommode und noch ein paar seltene Stücke hatten in der Wohnung Platz gefunden.

»Ausgezeichnet, vorzüglich«, sagte Tante Luise mampfend. »Solltest du dem Hans mal vorsetzen, würde ihm schmecken.«

»Hans mag keine Mehlspeisen«, entgegnete Fanni.

Tante Luise winkte ab. »Ich wette, Milchrahmstrudel würde er lieben. Du rollst eine leckere Füllung in Strudelteig – Äpfel, Rosinen, gemahlene Nüsse oder vielleicht Kirschen, Honig, gemahlene Mandeln –, praktizierst den Strudel in einen tiefen Schmortopf und übergießt ihn großzügig mit Milch und Sahne. Vierzig Minuten in die Backröhre, und fertig ist das Leibgericht.«

Sie kratzte den Teller leer. »Ich hätte dich ja kosten lassen, aber meine Portion war wieder besonders klein heute. Schwester Monika, die blöde Ziege, achtet kein bisschen auf die Vorlieben ihrer Schäfchen. Roland ist da viel mehr auf Draht. Er bringt mir immer die größte Portion vom Milchrahmstrudel – er sagt ja Milirahmstrudel dazu – und die kleinste von den Kohlrouladen.«

Luise schüttelte sich, als wolle sie den Gedanken an Kohlrouladen weit wegschleudern. »Roland ist auch ein Schleckermaul, hat er mir neulich gestanden. Aber er selbst, sagt er, kann überhaupt nicht kochen, nicht mal Rührei. Er holt sich seine Mahlzeiten bei McDonald's oder beim Türken.« Sie schnitt eine Grimasse. »Fast Food.«

»Hat Roland Becker heute etwa dienstfrei?«, fragte Fanni aufgeschreckt.

Tante Luise sah sie vorwurfsvoll an. »Der Junge ist schon eine ganze Weile nicht mehr bei mir aufgetaucht.« Sie zog die Stirn in Falten. »Dreimal Milchrahmstrudel lang.«

»Wie? Was meinst du damit?«, musste Fanni nachfragen.

»Ja, was gibt's denn daran nicht zu verstehen?«, erwiderte Tante Luise ungehalten. »Mittwochs kriegen wir immer Milchrahmstrudel, oder Milirahmstrudel, wenn du so willst – das wüsstest du, wenn du dir an deinem Besuchstag länger als vierzig Minuten für mich Zeit nehmen würdest. Und heute hatte ich zum dritten Mal die Kriegsration, weil es den Schwestern nämlich total schnuppe ist, was sie uns Alten vorsetzen.«

Fanni musste schmunzeln.

Eventuelle fortschreitende Lähmungserscheinungen hätten spätestens vor Tante Luises Mundwerk erschrocken halt gemacht.

»Roland hat sich vielleicht eine Zeit lang Urlaub genommen und kommt schon bald zurück«, sagte Fanni beschwichtigend.

Als Gespenst war er vorhin bereits da!

»Das hoffe ich«, antwortete Tante Luise. »Ich mache mir nämlich ein bisschen Sorgen, dass Hanno ihn geschasst hat. Aber wenn es so wäre, warum hört man dann nichts darüber?«, fügte sie mehr zu sich selbst hinzu.

»Weshalb hätte Hanno das denn tun sollen?«, erkundigte sich Fanni.

»Oho«, machte Tante Luise. »Da gäbe es einen Haufen Gründe für unsern guten Pflegedienstleiter.«

Fanni wartete.

Bereitwillig begann Luise an den Fingern aufzuzählen.

Daumen: »Roland kriecht Hanno nicht in den Arsch, wie die Schwestern es machen. Die schmieren dem Pflegedienstleiter Honig ums Maul und lassen ihn kein bisschen merken, dass sie ihm dreimal täglich die Pest an den Hals wünschen.«

Zeigefinger: »Roland ist bei uns Alten beliebt wie niemand sonst im ganzen Haus. Wenn er ins Zimmer tritt, bleckt sogar die sieche Nagel ihr nacktes Zahnfleisch. Für Hanno hat keiner von uns was übrig.«

Mittelfinger: »Roland hat den Heimleiter schon ein paarmal auf Missstände im Pflegedienst hingewiesen.«

Ringfinger: »Roland versteht von Altenpflege und allem, was damit zusammenhängt, eine Menge mehr als Hanno. Er hat eine bessere Ausbildung als die meisten hier. Hat schon im Seniorenwohnpark in Landshut und in der Seniorenresidenz auf der Wittelsbacherhöhe in Straubing gearbeitet.« Tante Luise machte mit dem kleinen Finger winzige Seitwärtsbewegungen: »Und Roland ist auf Hannos Posten scharf.«

Himmel, dachte Fanni, woher weiß sie das alles? Tante Luise kommt ohne Hilfe nicht mal aus dem Zimmer, geschweige denn aus dem Haus.

Sie sah Luise wissend lächeln. »Fannilein, wenn man hier nicht hinterm Mond leben will, muss man hinhorchen – auf jedes Wort, jeden Tonfall, jede Klangfarbe.«

»Aber schon einfaches Hinsehen«, erwiderte Fanni, »verrät mir, dass Erwin Hanno noch nicht alt genug ist, um in den Ruhestand zu gehen.«

»Er ist erst fünfundfünfzig«, antwortete Tante Luise prompt, »und daraus folgt, dass Hanno zurückgestuft würde, falls es Roland gelänge, ihn zu verdrängen.« Sie lehnte sich genüsslich zurück, als warte sie auf den Beginn eines besonders spannenden Films.

»Doch so weit wollte es Hanno nicht kommen lassen«, sagte Fanni gedankenverloren.

Tante Luise hob schulmeisterlich den Zeigefinger. »Andererseits kann Hanno nicht einfach einen Pfleger entlassen, ohne gute Gründe dafür anzuführen.«

Plötzlich tippte sie sich an die Stirn. »Unsinn, Hanno kann überhaupt niemanden entlassen. Das ist Sache der Heimleitung – und die will vermutlich sehr gute Gründe dafür vorliegen haben.«

Es klopfte, und gleich darauf trat eine Schwester ein. »Abendritual, Frau Rot«, sagte sie fröhlich. »Katzenwäsche, Nachthemd, Schlaftablette.« Sie öffnete gerade die Tür zu Tante Luises Badezimmer, da meldete sich ihr Piepser. »Frau Nagel scheint noch was zu brauchen«, verkündete sie und eilte davon.

»Die Nagel macht's nicht mehr lang«, sagte Tante Luise geringschätzig. »Als sie vor etlichen Jahren nach ihrem ersten Schlaganfall hierherkam, soll sie immer davon geredet haben, dass sie bald wieder in ihr geliebtes Haus in einem Deggendorfer Nobelviertel zurückkehren würde. Na ja, undenkbar war das damals vielleicht nicht. Bloß ist es nie dazu gekommen. Und seit ich hier bin, geht es wirklich drastisch bergab mit ihr: vor acht Monaten Oberschenkelhalsbruch – schlecht verheilt; kurz darauf Verdacht auf Nierensteine; inzwischen schnell fortschreitende Herzschwäche; und dann – vergangene Woche – der zweite Schlaganfall. Spätestens zum nächsten Milchrahmstrudel liegt die Nagel in der Leichenkammer, darauf wette ich.«

Luises Jargon wird von Woche zu Woche derber, sagte sich Fanni im Stillen. Oder hat sie immer schon so geredet, und es ist mir nur nicht aufgefallen?

Plötzlich kam ihr etwas in den Sinn. »Wer ist eigentlich heute verstorben?«, fragte sie.

»Keiner«, antwortete Tante Luise mit fester Stimme.

»Doch«, widersprach Fanni, »heute Mittag muss jemand

gestorben sein. Der Hausmeister war in großer Eile, den Aussegnungsraum wieder ...«

»Fannilein«, unterbrach Tante Luise sie frostig, »wenn ich dir sage, dass heute keiner von den Insassen des Altenheims über den Jordan gegangen ist, dann kannst du mir das getrost glauben. Hier gibt niemand den Löffel ab, ohne dass ich umgehend davon erfahre.« Luise reckte die Nase in die Luft, als könne sie es riechen, welches Seniorenzimmer von Gevatter Tod demnächst heimgesucht werden würde.

Ich traue ihr zu, dass sie das kann, dachte Fanni.

»Schieb mich schon mal ins Badezimmer«, verlangte Luise. »Den Waschlappen kann ich mir selbst durchs Gesicht ziehen, bis die Schwester mit der Nagel fertig ist. Und du machst am besten, dass du nach Hause kommst. Höchste Zeit, deinem Mann das Abendbrot vorzusetzen.«

Termin längst verpasst!

Trotzdem Zeit zu gehen, sagte sich Fanni und verabschiedete sich.

Vor Luises Tür bog sie automatisch in Richtung Hintertreppe ab, doch dann blieb sie stehen.

Nicht heute, nein, heute nicht mehr, summte es in ihrem Kopf.

Entschieden drehte sie sich um und wandte sich dem Flur zu, der in die Haupttreppe mündete und über diese ins Foyer führte.

Da wirst du jetzt sowieso niemanden mehr antreffen, die Senioren sind bereits auf dem Weg ins Bett und die Verwaltungsangestellten längst auf dem Weg nach Hause!

Fanni hastete die zwei Stockwerke hinunter, passierte die

beiden gipsernen Löwen, die den Aufgang bewachten, warf einen missbilligenden Blick auf die verspiegelten, mit Kunstblumen bestückten Kübel, die den Zugang zum Foyer markierten, und hielt stracks auf die Voliere mit den nachgebildeten Vögeln zu, neben der sich die Eingangstür befand.

Auf Höhe der Voliere merkte sie, dass außer ihr noch jemand die Halle betreten haben musste, denn ein synthetischer Kanarienvogel erzitterte im Luftzug einer zufallenden Tür.

Im nächsten Moment hörte sie die gewohnt freundlich klingende Stimme von Herrn Müller. »Ah, Frau Rot. Gut, Sie noch mal zu treffen. Hanno ...« Der Heimleiter unterbrach sich, atmete durch und sagte dann schmeichlerisch: »Wie geht es denn der Tante Ihres Gatten?«

Fanni war bass erstaunt darüber, dass Müller, der sie vorhin kaum wahrgenommen hatte, nun auf einmal wusste, wen sie besucht hatte; und noch erstaunter war sie darüber, dass er sich mit ihren Familienverhältnissen so genau auskannte. Die Verblüffung brachte sie für einen kurzen Moment aus dem Konzept.

»Ja ... danke ... es geht ... die Beine halt«, stammelte sie, bis sie sich so weit gefasst hatte, um geläufiger hinzufügen zu können: »Tante Luise fühlt sich recht wohl hier in der Katherinenresidenz.«

»Das freut mich«, erwiderte der Heimleiter. »Das freut mich außerordentlich. Herrn Benat, unserm Berufsbetreuer und mir ist es nämlich das alleraallergrößte Anliegen, dass sich unsere Senioren hier wohlfühlen, dass sie ihren Lebensabend vollauf genießen.«

»Seniorenbetreuung scheint Ihnen beiden ja sehr am Herzen zu liegen«, sagte Fanni daraufhin geistlos.

»Ja, ganz außerordentlich«, erwiderte Müller schwärmerisch. »Und ich darf sagen, dass unser unermüdlicher Einsatz der Katherinenresidenz einen hervorragenden Ruf verschafft hat. Wir können uns vor Anfragen nach Heimplätzen kaum retten, und Dr. Benat werden laufend Berufsbetreuungen angetragen – in allen Seniorenheimen der Stadt, besonders häufig aber in der Katherinenresidenz.«

Der Heimleiter hielt Fanni die Tür auf, und sie trat auf die gepflasterte Allee, die zur Hauptstraße führte.

Müller folgte ihr; gemeinsam gingen sie unter den Kastanienbäumen entlang.

»Die Leidenschaft für Ihre Arbeit beschert Ihnen offenbar einen langen Arbeitstag«, sagte Fanni.

Müller warf einen Blick auf die Kirchturmuhr von St. Martin, die rechter Hand über die Dächer spitzte und mehr erahnen als erkennen ließ, dass der kleine Zeiger auf sechs stand. »Einen sehr langen. Ich werde heute sogar noch für ein paar Stunden in Dr. Benats Kanzlei zu tun haben.«

»Er ist Rechtsanwalt«, stellte Fanni fest und fragte sich im Stillen, ob Berufsbetreuer unabdingbar eine juristische Ausbildung vorweisen mussten.

Müller nickte. »Und im Vertrauen gesagt, er müsste die Hälfte seiner Betreuungen abgeben, wenn er in seiner Kanzlei nicht so tüchtige Mitarbeiter hätte. Routineangelegenheiten ...« Er unterbrach sich, weil Fanni am Ende der Allee stehen geblieben war, und sah sie fragend an.

Fanni machte eine Bewegung zur Lieferanteneinfahrt hin. »Mein Wagen ist auf dem hinteren Parkplatz abgestellt.« Sie reichte dem Heimleiter die Hand. »Auf Wiedersehen.«

Müller umfasste Fannis Rechte mit beiden Händen.

»Es hat mich sehr gefreut, Sie getroffen zu haben, Frau Rot.«

Fanni lächelte höflich, wollte ihm ihre Hand entziehen und endlich zu ihrem Wagen gehen.

Doch er zögerte, sie loszulassen. »Ich möchte Sie nicht wieder aufregen, aber Herr Hanno hat bei unserer Besprechung vorhin von Ihrem – ähm – merkwürdigen Erlebnis auf dem Treppenabsatz erzählt. Haben Sie wirklich Pfleger Roland mit einer blutenden Wunde dort liegen sehen?«

»Ja«, antwortete Fanni kurz – und sehr überzeugt.

Müller ließ ihre Hand los und schüttelte bekümmert den Kopf. »Unbegreiflich, wirklich unbegreiflich. Denn sehen Sie, Frau Rot, Pfleger Roland ist seit zwei Wochen im Urlaub. Was hätte er hier zu tun gehabt?«

»Das weiß ich nicht«, antwortete Fanni aufsässig, »aber ich weiß, dass ich nicht zu Halluzinationen neige, dass das, was ich sehe, auch tatsächlich da ist.«

Müller schwieg eine Zeit lang. Fanni schien es, als würde er innerlich mit sich ringen.

Er fragt sich, ob er dich für voll nehmen kann!

Nach einigen Augenblicken sagte er: »Ich glaube Ihnen. Aber das macht die Sache erst recht schwierig, wirft Fragen auf, die wir nicht beantworten können. Wo ist Becker jetzt? Warum war er überhaupt hier? Und was ist passiert? Hat ihn jemand überfallen? Wenn ja, wer? – Vielleicht sollten wir doch die Polizei einschalten. Dr. Benat hat das bereits vorgeschlagen. Aber ich muss zugeben, dass ich – genauso wie Herr Hanno, der die ganze Sache für ein Hirngespinst hält – strikt dagegen war.« Er stöhnte und verdrehte die Augen zum Himmel. »Negativschlagzeilen ...«

Fanni atmete erleichtert aus. Der Heimleiter war auf ihre Seite geschwenkt, hielt sie nicht für irre, so wie Hanno das tat.

Aber die Polizei wird dich für irre halten, so wie Hanno das tut!

Ja, musste Fanni zugeben. Deshalb antwortete sie: »Es gibt nirgends eine Spur von Roland Becker. Nichts würde meine Aussage stützen. Im Gegenteil, dass Roland Urlaub hat und ihn, wie es scheint, außer mir heute keiner in der Katherinenresidenz gesehen hat, spricht schwer dafür, dass ich mich geirrt habe. Herr Hanno hat recht. Wenn Sie die Polizei einschalten, laufe ich Gefahr, wegen groben Unfugs verhaftet zu werden.«

Müller konnte seine Erleichterung nicht ganz verbergen, als er antwortete: »Ehrlich gesagt, da muss ich Ihnen zustimmen.« Er griff nach ihrer Rechten und nahm sie noch mal in seine Hände. »Aber es widerstrebt mir, Sie mit Ihrem schrecklichen Erlebnis allein zu lassen. Sie müssen sich jemandem anvertrauen, damit Sie ruhig schlafen können – Ihrem Gatten, er wird Ihnen den Rücken stärken.«

Fanni nickte und dachte, dass ihr Hans Rot eher eins aufs Dach geben würde, wenn sie ihm damit käme.

»Und ich«, fuhr Müller fort, »werde mich die nächsten Tage in der Katherinenresidenz gründlich umhören. Vielleicht finden wir ja doch noch heraus, was es mit dieser mysteriösen Begegnung auf sich hat.« Er sah Fanni eindringlich an, und sie nickte wieder.

Vielleicht solltest du mal »Danke« sagen! Schließlich bemüht er sich geradezu rührend um dich!

Fanni riss sich zusammen. »Ich bin Ihnen wirklich dankbar, dass Sie mir so zur Seite stehen, ich ...«

Müller winkte ab. »Es liegt auch in meinem Interesse, die Sache aufzuklären. Wir werden der Geschichte auf den Grund kommen, das verspreche ich Ihnen. Und scheuen Sie sich nicht, mich zu kontaktieren, falls Ihnen etwas einfällt, das dazu dienen könnte, Licht in die Angelegenheit zu bringen.« Wie zur Bestätigung seiner Worte drückte er ihre Hand. Dann ließ er sie los.

Fanni wollte gerade den Mund öffnen, um ihm nochmals zu danken und ihm einen guten Abend zu wünschen, da fügte er hinzu: »Und sollte jemand vom Personal der Katherinenresidenz taktlos gegen Sie werden – ich fürchte, Herr Hanno hat nicht nur im Laufe des Meetings auf ziemlich eindeutige Weise von Ihrer Begegnung erzählt –, dann wenden Sie sich ebenfalls sofort an mich.« Damit winkte er zum Abschied und ging davon.

2

»Wo hast du dich denn heute Nachmittag herumgetrieben?«, rief Hans Rot, kaum dass Fanni das Haus betreten hatte. »Um halb fünf hat Tante Luise bei mir angeklingelt und gefragt, wo du bleibst. Dein Handy war ja wieder mal aus.«

Schweigend öffnete Fanni den Kühlschrank und suchte darin nach der Antwort auf die Frage, die als Nächste kommen würde.

»Wie sieht's denn mit Abendbrot aus?«

»Salami, Emmentaler, Gewürzgurken«, teilte Fanni ihm mit, was in den Fächern im Innern des Kühlschranks ihren Blick auf sich zog. »Eine halbe Scheibe gebräunter Leberkäs von gestern«, fügte sie nach einer kleinen Pause hinzu.

Während Hans Rot die Leberkässcheibe mit Senf bestrich und sie, nachdem er das Messer abgeleckt hatte, in mundgerechte Stücke zerteilte, berichtete Fanni, wodurch sie aufgehalten worden war. Dabei hielt sie sich hart an die Wahrheit, erzählte allerdings nur einen unwesentlichen Teil davon: »Auf dem Weg zu Tante Luise bin ich mit dem Pflegedienstleiter zusammengetroffen und kam ins Gespräch mit ihm. Wenig später hat sich noch der Heimleiter dazugesellt. Die beiden waren auf dem Weg zu einem Meeting mit Dr. Benat, dem Anwalt, der etliche von den Senioren in der Katherinenresidenz betreut und dem viel an der Einrichtung zu liegen scheint.«

»Dr. Benat«, sagte Hans beeindruckt und verfeinerte den Happen Leberkäs zwischen seinen Zähnen mit einem Mundvoll Bier. »Du hast mit Dr. Benat gesprochen?«

»Nein«, berichtete Fanni. »Ich habe mit dem Heimleiter gesprochen. Er hat mir von seiner und Benats Zusammenarbeit zum Wohl der Katherinenresidenz erzählt. Deshalb bin ich so spät dran.«

Hans Rot warf ihr einen beifälligen Blick zu. »Müller ist schwer in Ordnung, und Dr. Benat ist ein ganz feiner Mensch. Von allen geschätzt und doch so bescheiden. Er würde auf der Stelle in den Stadtrat gewählt werden. Ach, was sag ich – zum Bürgermeister würde man ihn machen, wenn er je für so ein Amt kandidieren wollte.«

»Außer an Altenbetreuung liegt ihm wohl nichts an sozialem Engagement«, meinte Fanni darauf.

Hans Rot brach in wieherndes Gelächter aus. »Und das aus dem Mund einer Soziopathin.« Er schob sich eine weitere Fuhre Leberkäs mit Senf in den Mund und fügte ernst werdend an: »So kann man das nicht sagen. Dr. Benat lehnt kein Ehrenamt ab. Er sitzt in den Vorständen sämtlicher Vereine. Und er hat, wie es heißt, für alles und jeden ein offenes Ohr, einen guten Rat, ein Hilfsangebot. Nachbar Stuck hat neulich in der Schafkopfrunde erzählt, dass sich Dr. Benat nicht dafür zu gut ist, persönlich bei Behörden und Arbeitgebern vorstellig zu werden, um soziale Ungerechtigkeiten zu nivellieren.«

Soziale Ungerechtigkeiten zu nivellieren! Da hat Stuck aber eins vom Stapel gelassen!

Fanni presste die Lippen fest aufeinander, damit ihr Mann nicht merkte, wie es um ihre Mundwinkel zuckte.

Soziale Ungerechtigkeiten nivellieren! Wie macht dieser Anwalt denn das? Verteilt er Kohlköpfe bei der Tafel?

»Benat scheint wirklich wohltätig zu sein«, sagte Fanni matt.

»Was man von diesem Pflegedienstleiter nicht behaupten kann«, erwiderte Hans Rot.

Da fragte Fanni betont harmlos: »Was gibt es gegen den einzuwenden?«

»Schau ihn dir doch bloß an, wie er herumläuft«, entgegnete Hans Rot. »Anzug, Krawatte, gewichste Schuhe, Großprotzuhr. Als wäre er der Direktor vom Ritz und nicht der Pflegedienstleiter vom Katherinenheim, wo man Windeln wechseln und Gummistrümpfe über Krampfaderwaden ziehen muss.«

»Das ist als Pflegedienstleiter wohl nicht mehr seine Aufgabe«, gab Fanni zu bedenken.

Widerspruch konnte Hans gar nicht leiden, und besonders ärgerte es ihn, wenn er von Fanni kam. »Denk doch mal eine Sekunde lang nach, bevor du quatschst«, rief er und stieß seine Gabel empört ins letzte Stückchen Leberkäs. Ein Batzen Senf rutschte ab und klatschte aufs Tischtuch. »Rennt ein Polier auf der Baustelle im Frack herum?«

Fanni hob die Schultern, um zu signalisieren, dass sie mit dem Vergleich nicht viel anfangen konnte. Bevor sie jedoch dazu kam, etwas zu erwidern, läutete im Flur das Telefon. Hans Rot spülte den Rest seines Abendbrots mit einem Schluck Bier hinunter, stand auf und ging hinaus, um abzuheben.

Schon eine Minute später – Fanni hatte kaum die Teller ineinandergestellt – kehrte er unerwartet gut gelaunt zurück. »Das war Nachbar Stuck. Sein Onkel ist vorhin bei ihm aufgekreuzt. Und Böckl von gegenüber ist offenbar gerade mit dem Rasenmähen fertig geworden.« Hans grinste. »Jetzt fehlt nur noch der vierte Mann für den gepflegten Schafkopf.«

Fanni atmete auf. Innerhalb eines Augenblicks würde Hans im Nachbarhaus verschwunden sein und ihr dadurch die Gelegenheit verschaffen, das Erlebnis von heute Nachmittag dem einzigen Menschen zu berichten, der sie nicht gleich für verrückt erklären würde.

Da tust du Leni aber Unrecht und dem Heimleiter der Katherinenresidenz auch!

Fanni pflichtete ihrer Gedankenstimme uneingeschränkt bei.

Ja, Müller hatte sie ernst genommen. Und Fannis älteste Tochter würde den Bericht ihrer Mutter noch viel ernster nehmen. Leni würde ihr sicherlich nicht einreden wollen, sie habe halluziniert, als sie Roland auf der Treppe liegen sah. Aber Leni würde sich über den Vorfall Sorgen machen, würde womöglich ihre Versuchsreihen im Labor der Universität Nürnberg im Stich lassen und nach Erlenweiler kommen, um das Geschehnis mit ihrer Mutter zu besprechen. Nein, Leni sollte keinesfalls damit belästigt werden.

Gleich nachdem die Haustür ins Schloss gefallen war, eilte Fanni in den Flur und wählte eine Festnetznummer in Italien.

Sprudel hob nach dem zweiten Klingelton ab.

Sprudel hatte sich rargemacht im vergangenen Herbst. Der Grund dafür war, dass Fanni ihm spontan angeboten hatte, sich von Hans Rot zu trennen und mit ihm zu leben – wo immer er wollte.

»Nein«, hatte Sprudel gerufen. »Nicht gerade jetzt, nicht wegen deines schlechten Gewissens.«

»Deswegen doch nicht«, hatte Fanni widersprochen, aber Sprudel hatte sich nicht täuschen lassen.

Fannis Angebot war tatsächlich auch aus dem Wunsch geboren worden, gutzumachen, was sie Sprudel im Sommer angetan hatte.

Fannis Schuld war es nämlich gewesen, dass Sprudel gegen Ende der Ermittlungen im Fall »Magermilch« schwer verletzt worden war. Sie ganz allein war dafür anzuklagen, dass ein völlig ahnungsloser Sprudel dem Mörder ins Visier geriet, denn sie hatte Sprudel durchaus absichtsvoll über ihre Erkenntnisse im Unklaren gelassen.

Nach Fannis Anerbieten war Sprudel von einem Tag auf den anderen trübsinnig geworden, und Fanni musste einsehen, dass sie ihrem ersten großen Vergehen noch ein zweites, viel größeres hinzugefügt hatte. Keinen Augenblick lang hatte ihr Sprudel seine Verwundung angelastet, doch nun lastete er ihr eine wohlkalkulierte Willfährigkeit an, die ihn viel tiefer verletzte als die Blessuren und Knochenbrüche, die ihm der Mörder zugefügt hatte.

Bald darauf war er in seine Wahlheimat Italien gereist und hatte sich in seinem Häuschen an der ligurischen Küste verkrochen. Fanni war verzagt zurückgeblieben und hatte sich Geduld verordnet. Dabei verfluchte sie schier täglich ihre aufdringliche Gedankenstimme, die ihr mit Phrasen kam wie: *Jetzt hast du die Bescherung! Da siehst du, was du angerichtet hast! Und glaub bloß nicht, dass die Zeit diesen Bruch ganz von selbst kitten wird!*

Nach einigen Wochen Funkstille sagte sich Fanni, dass sie

die Zeit beim Kitten eben aktiv unterstützen müsse, und begann, Sprudel regelmäßig anzurufen. Sie erzählte ihm vom beruflichen Fortkommen ihrer Zwillinge Leni und Leo, zitierte witzige und altkluge Aussprüche ihrer Enkel Max und Minna, unterhielt ihn mit Episoden von den Nachbarn in Erlenweiler. Den verflossenen Sommer erwähnte sie mit keinem Wort, klammerte ihn aus, vertuschte ihn, versuchte, ihn ungeschehen zu machen.

Das war Maskerade, aber es half. Langsam fanden Fanni und Sprudel zu einer gewissen Vertrautheit zurück.

Ende Januar reiste Sprudel wieder nach Niederbayern.

Weil sich die Schneelage in der ersten Woche als perfekt erwies und täglich eine strahlende – allerdings kaum wärmende – Sonne am blauen Himmel erschien, trafen sie sich jeden Nachmittag auf dem Kalteck, schnallten die Langlaufski an und machten sich zum Hirschenstein auf. Manchmal dehnten sie die Runde bis Ödwies aus, manchmal kehrten sie am Schuhfleck schon wieder um. Der gemeinsame Kräfteverbrauch, der ihnen kein bisschen Atemluft für Worte übrig ließ, schmiedete sie wieder zusammen.

Als das Wetter umschlug, waren sie fast die Alten.

Eines Mittags, bei Schneefall und Sturmwind, parkte Fanni ihren Wagen auf dem Feldweg unter dem Birkenweiler Hügel, wo Sprudel bereits auf sie wartete. Vom Weg aus stiegen sie zusammen über den steilen Waldpfad zu Fannis Hütterl auf. Dort angekommen, heizten sie den Herd mit dicken Scheiten, kochten Kaffee, machten es sich in den Polstersesseln bequem, und dann begannen sie endlich, über das zu reden, was sie entfremdet hatte. Sie kleideten ihre Gefühle in Worte, die sich im Verlauf der Unterhaltung immer erstaunlicher anhörten.

»Nichts wäre mir lieber«, begann Sprudel, »als den Rest meines Lebens gemeinsam mit dir zu verbringen, wo immer du willst. Aber wenn wir im vergangenen Sommer, nach meinem ... Unfall damit den Anfang gemacht hätten, wäre ich wohl nie den Verdacht losgeworden, dass du nur aufgrund deines schlechten Gewissens dazu bereit warst. Selbst jetzt wäre es noch zu früh, den entscheidenden Schritt zu wagen, weil du dich noch immer schuldig fühlst. Wir müssen zuerst die Balance wiederfinden, Fanni, das Gleichgewicht, das uns erlaubt, ohne Zwang – besser gesagt ohne vermeintlichen Zwang – zu entscheiden.«

Fanni war ein bisschen traurig, als sie ihm zustimmte.

»Ich hoffe – nein, ich glaube fest daran«, fuhr Sprudel fort, »dass eines Tages der Zeitpunkt da sein wird, ab dem wir beide zusammen weitergehen. Und ich wünsche mir sehr, dass er bald da sein wird.« Er lächelte warm. »Wir werden es wissen, wenn es so weit ist.«

Da fühlte sich Fanni plötzlich, als wäre ihr eine Last genommen worden. Sprudel hatte eine Prophezeiung gemacht, und diese Prophezeiung hatte die Patentlösung enthüllt, den Ausweg aus der Sackgasse, die Lösung des gordischen Knotens.

Der Tag, der sie vereinen sollte, würde kommen, und er würde sich zu erkennen geben. Und bis dieser Tag kam, brauchte es kein Taktieren mehr. Kein Hin-und-her-Überlegen, kein zuvor festgelegtes Verhalten. Ja, nicht einmal ein ständiges Daraufachten, dass sie sich nicht leichtsinnig in eine Situation brachten, die sie zu überrollen imstande war.

Fanni war so erleichtert, dass sie übermütig wurde. »Und wo werden wir dann wohnen? Wo lassen wir uns nieder, nachdem uns unser Schicksalstag zusammengeführt hat?«

»Am liebsten gar nicht«, antwortete Sprudel mit leisem Glucksen.

»Gar nicht?« Fanni schaute so verdutzt, dass Sprudel laut herauslachte.

»Ich würde so gerne mit dir in ferne Länder reisen, Fanni, sämtliche Kontinente mit dir gemeinsam kennenlernen. Ich habe mir sogar schon überlegt, wie sich das finanzieren ließe.«

»Du würdest das Saller-Anwesen verkaufen«, riet Fanni.

Sprudel nickte. »Ich gehöre nicht hierher, und ich glaube, wenn du erst einmal von deinem Mann getrennt bist, dann wirst auch du nicht mehr hier wohnen wollen.«

»Ich wüsste nichts, was mich hält«, stimmte ihm Fanni zu. »Reisen, reisen wäre wunderbar ...« Sie schloss die Augen und begann, von den Südseeinseln zu träumen, von Asien und Australien, von Sandwüsten und Berggipfeln.

»... aber auch die Lofoten«, hörte sie Sprudel sagen, während sie sich mitten in der kargen Landschaft des peruanischen Altiplano befand.

Sprudel meldete sich, wie gesagt, nach dem zweiten Klingelton, als Fanni am Mittwoch, dem 23. Juni, bei ihm anrief.

Sie hielt sich nicht mit langen Vorreden auf. »Sprudel, ich habe heute Nachmittag im Seniorenheim eine Leiche entdeckt.«

Es sprach für das tiefe Einvernehmen, das zwischen ihnen herrschte, dass Sprudel weder antwortete: »In einem Seniorenheim sollte man damit rechnen, Verstorbene vorzufinden«, noch mäkelte: »Willst du mir nicht erst Guten Tag sagen, bevor du mir einen neuen Fall auftischst?«

Es gelang ihm allerdings nicht ganz, einen Seufzer zu unterdrücken, den ihm Fanni jedoch bereitwillig einräumte. Außerdem glaubte sie, ihn »Bitte nicht schon wieder« murmeln zu hören.

Laut sagte Sprudel: »Hast du Marco verständigt?« Er machte sich offensichtlich nichts vor. Fannis Leichen waren ebenso gewiss ermordet worden, wie sich an einem Werktagmorgen der Verkehr am Deggendorfer Kohlberg staute.

»Das konnte ich nicht«, antwortete Fanni. »Als ich mit dem Pflegedienstleiter zurückkam, war der Tote weg.«

Sprudel wartete. Er wusste, dass es keiner Aufforderung bedurfte, Fanni würde unverzüglich Bericht erstatten – anschaulich, sachlich, schnörkellos.

Sie packte die Informationen in fünf kurze Sätze.

»Ein junger Pfleger«, wiederholte Sprudel. »Sportlich fit und recht kräftig. So ein strammer Kerl«, sprach er weiter, »könnte sich auch mit einer schweren Verletzung noch fortgeschleppt haben. Zu einem Arzt vielleicht. Es gibt doch bestimmt einen Arzt im Haus?«

»Die Arztpraxis liegt im anderen Flügel«, erwiderte Fanni.

»Dann ist es doch nahe liegend –«, begann Sprudel, aber Fanni unterbrach ihn.

»Natürlich. Aber warum haben sich dann keine Blutspuren gefunden – am Tatort nicht und vor allem nicht: weg vom Tatort.«

Tatort! Jetzt ist es heraus!

Sprudel seufzte wieder. »Du gehst von einem Verbrechen

aus und davon, dass der Täter die Leiche verschwinden ließ. Gibt es dafür noch mehr Gründe außer den fehlenden Blutspuren, die – wie du vermutlich annimmst – vom Täter entfernt wurden?«

Fanni zögerte einen Moment, dann sagte sie kühn: »Das Verhalten des Pflegedienstleiters erschien mir sonderbar. Er vermittelte nicht den Eindruck, als würde er sich Sorgen machen, dass Roland tot oder verletzt sein könnte. Und er hat kein Wort davon verlauten lassen, dass Roland – wie ich inzwischen gehört habe – schon seit mindestens zwei Wochen im Urlaub ist. Das hätte er als Pflegedienstleiter doch wissen müssen.«

Sie atmete durch und fuhr erbittert fort: »Hanno hat nur davon geredet, wie leicht man Trugbildern zum Opfer fallen kann. Als wäre ihm daran gelegen, mich als Irre hinzustellen.«

Sprudels Antwort kam stockend. »Ich weiß nicht recht, Fanni ... Ehrlich gesagt bin ich ein bisschen skeptisch. Darf man das Verhalten dieses Herrn Hanno tatsächlich als verdächtig einschätzen? Versetz dich doch mal an seine Stelle. Was würdest du als Pflegedienstleiter denken, wenn eine – verzeih mir – ältere Dame auf dem Flur des Seniorenheims auf dich zugerannt kommt und dir außer Atem mitteilt, sie hätte ausgerechnet den Pfleger blutüberströmt auf der Hintertreppe liegen sehen, von dem du weißt, dass er schon seit zwei Wochen Urlaub macht? Du würdest denken, sie phantasiert. Trotzdem folgst du ihr zu dem angeblichen Unglücksort. Doch was stellt sich heraus?«

Da hat der Sprudel aber wieder mal recht – und wie!

Sprudel glaubt auch, ich spinne, dachte Fanni entgeistert.

Er deutete ihr Schweigen richtig und sagte eindringlich: »Fanni, ich habe nur versucht, die Szenerie mit den Augen des Pflegedienstleiters zu sehen, der dich zum einen nicht gut kennt und zum andern wohl tagtäglich bei seinen Pflegebefohlenen mit Sinnestäuschungen, Einbildungen und was weiß ich für psychischen Störungen zu tun hat.«

Es entstand eine kleine Pause, dann fuhr Sprudel fort: »Aber *ich* kenne dich, Fanni, und daher denke ich, dass es ein Verbrechen aufzuklären gibt. Ich werde also versuchen, möglichst schnell einen Flug nach München zu bekommen.«

Fanni lächelte noch, nachdem sie schon lange aufgelegt hatte.

Am Donnerstag, dem 24. Juni, trieb es Fanni schon früh aus den Federn. Sie wollte den Morgen nutzen, um das Hütterl im Wald zu lüften, sauber zu machen und mit frischen Vorräten zu bestücken.

Sprudel hatte sich am Vortag noch mal kurz gemeldet und ihr mitgeteilt, dass er am Freitag für die erste Maschine nach München gebucht war, die gegen Mittag landen würde.

Fanni würde also den morgigen Nachmittag – Hypothesen aufstellend und wieder verwerfend – gemütlich mit Sprudel in der Hütte verbringen können.

Aber jetzt musste sie sich sputen. Länger als bis elf durfte sie sich nicht am Hütterl aufhalten, weil Hans Rot Punkt zwölf am Erlenweiler Ring Nummer 8 vorfahren und Kassler mit Kraut auf dem Esszimmertisch erwarten würde sowie seine Fanni, die ihm den Teller füllen und »Guten Appetit« wünschen würde.

Als Hans Rot das Besteck aufnahm, dann aber plötzlich innehielt und »dir auch einen Guten« sagte, wusste sie, dass er ihr mit einem Anliegen kommen wollte.

Beim dritten Bissen war es so weit: »Luische kriescht heut ihwe neue Bwille.«

Fanni sah konsterniert von ihrem Teller auf. Da besann er sich, schluckte, spülte mit Bier nach und sprach deutlich: »Die neue Brille für Tante Luise ist fertig. Sie muss aber noch angepasst werden, und dazu muss Luise zum Optiker.«

»Ist es nicht Aufgabe ihres Betreuers, sie dorthin zu begleiten?«, fragte Fanni absichtlich einfältig.

Als Antwort kam undeutlich: »Anwesenheitspflicht.«

Anwesenheitspflicht, dachte sich Fanni, damit sich die leeren Schreibtische im Musterungszentrum nicht fürchten müssen, unbewacht und ganz allein sich selbst überlassen in dem riesigen hässlichen Gebäude.

Sie wollte Hans eben fragen, ob diese Anwesenheitspflicht durchgehend bis zu seiner Pensionierung gelte, was ihn auch morgen, übermorgen und kommende Woche daran hindern würde, seiner Tante die neue Brille anpassen zu lassen, da kam ihr ein verlockender Gedanke.

Du willst noch mal nach dem verschwundenen Roland Becker suchen?

Das wäre sicher genauso vergeblich wie gestern, dachte Fanni. Aber ich würde gern herausfinden, ob Roland ...

Ja, was?

Ab wann Roland wieder zum Dienst eingeteilt ist, beispielsweise.

»Gut«, sagte sie zu ihrem Mann. »Ich fahre gleich nach dem

Essen in die Katherinenresidenz und bringe Tante Luise zum Optiker.«

Hans Rot vergaß zu kauen. »Heute?«

»Heute«, bestätigte Fanni mit fester Stimme. »Heute um zwei. Wäre nett von dir, wenn du mich telefonisch bei deiner Tante ankündigen würdest – und uns beide beim Optiker.«

Hans nickte. Und zog es ausnahmsweise vor, den Mund zu halten.

3

Um halb zwei bereits bog Fanni in den rückwärtigen Parkplatz des Seniorenheims ein. Sie fand eine breite Lücke zwischen einem Mercedes mit dem Nummernschild DEG EH 20 – *E.H., Erwin Hanno?* – und einem Pick-up mit der Aufschrift »Elektro-Hartel«, stellte den Motor ab und blieb sitzen.

Zaudernd fragte sie sich, weshalb sie eigentlich so früh gekommen war.

Was denn? Willst du nun Nachforschungen anstellen oder nicht? Du kannst natürlich auch eine halbe Stunde lang im Auto »unser Radio« hören, bis Tante Luise ihren Mittagsschlaf beendet hat!

Fanni stieg aus.

Sie betrat das Gebäude wie üblich durch den Hintereingang, ging den kurzen Flur entlang und blieb vor der Tür des Aussegnungsraums stehen.

Glaubst du, Roland liegt aufgebahrt da drin?

Als Fanni auf die Klinke drücken wollte, wurde sie von einer Stimme in ihrem Rücken daran gehindert. »Keine Tote heute in Leichekammer.« Die Worte wurden vom Geräusch schwappenden Wassers begleitet.

Fanni drehte sich um und sah sich einer älteren Frau mit Putzwägelchen gegenüber. Die Frau sah müde aus, matt und abgekämpft. Sie steckte in einem grünen Kittel, ähnlich wie ihn OP-Schwestern tragen, allerdings um etliche Farbtöne heller.

»Aber gestern wurde der Aussegnungsraum extra für einen neuen Todesfall hergerichtet«, widersprach Fanni.

Die Putzfrau schüttelte den Kopf. »Nicht mehr tote Hausbewohner seit alte Bonner.«

Tante Luise weiß eben bestens Bescheid!

Und der Hausmeister nicht?, fragte sich Fanni.

Aufrührerisch sagte sie zu der Putzfrau: »Ich habe selbst gesehen, wie der Hausmeister frische Kerzen und Blumengestecke verteilt hat.«

Die Frau ließ ihren Lappen in den Wassereimer gleiten, bewaffnete sich mit einem Staubwedel und rückte damit einer Wandlampe zuleibe. »Nix frische Blume, kinstlich. Wenn keine Tote in Leichekammer – manchmal auch wenn arme Tote in Leichekammer –, kinstliche Pflanze von Heimleitung für hibsche Dekoration.«

Fanni fragte sich, wo die Frau wohl herkam. Tschechien? Weißrussland? Kroatien? Sie nickte ihr lächelnd zu und wollte schon die Treppe hinaufgehen. Doch dann hielt sie noch mal inne. »War diese Treppe hier gestern nicht sehr fleckig?«

Die Frau unbekannter Herkunft steckte den Wedel in eine Halterung an ihrem Putzwagen, dann schwenkte sie den Lappen ein paarmal im Eimer herum, wrang ihn aus und kam zum Fuß der Treppe. »Nix schmutzig. Alle Stufe sauber. Geländer nix schmierig wie sonst. Wand bisschen grindig schon länger, braucht frische Farbe.« Sie begann, den Handlauf an der Wand entlang abzuwischen, und stieg dabei Stufe um Stufe nach oben. Fanni folgte ihr.

Auf der letzten Stufe vor dem Treppenabsatz stutzte die Putzfrau plötzlich.

Fanni trat näher und sah, was ihr aufgefallen war. An der Wand befanden sich Flecken, unregelmäßige leicht bräunliche Flecken.

Wieso hab ich die gestern nicht bemerkt?, fragte sich Fanni und spürte, wie ihr bei der Vorstellung, was diese Flecken bedeuten konnten, siedend heiß wurde.

Weil gestern Abend das Sonnenlicht nicht drauffiel, so wie jetzt!

Die Putzfrau begann, die Flecken mit ihrem Lappen zu bearbeiten. Sie ließen sich wegreiben; auf dem Lappen blieben braune Spuren zurück. Fanni hätte der Frau am liebsten Einhalt geboten, Lenis Freund Marco, den Kriminalkommissar, angerufen und an ihn appelliert, unverzüglich ein Team der Spurensicherung herzuschicken.

Das wirst du schön bleiben lassen! Was, wenn hier nur jemand Kaffee verschüttet hat oder Schmutzwasser? Aber selbst wenn es sich um Blut handelt, wer sagt denn, dass es von Roland stammt? Nachprüfen lässt sich das ja bestenfalls, wenn er auftaucht, womit sich die Sache wiederum von selbst erledigt hätte!

Enttäuscht stieg Fanni die Treppe weiter nach oben. Sie dachte an DNA-Vergleich, an Hautschüppchen, die von Roland Beckers Arbeitskleidung sichergestellt und mit einer Probe der verfärbten Wandstelle verglichen werden konnten, musste sich aber eingestehen, dass kein Richter der Welt auf ihre unbewiesene Aussage hin so etwas anordnen würde.

Missmutig steuerte sie auf Tante Luises Zimmer zu.

Als sie an der Tür vorbeikam, hinter der laut Luise die sieche Frau Nagel ihren baldigen Tod erwartete, öffnete sie sich, und Schwester Monika trat in den Flur. Die hübsche dunkelhaarige Schwester trug ein Tablett, auf dem sich eine ganze Reihe jener winzigen durchsichtigen Plastikbecher befand, in denen in der Katherinenresidenz die Medikamente ausgegeben wurden.

Fanni grüßte, und im selben Augenblick geschah es. Schwester Monikas Mund verzog sich zu einem etwas mitleidigen Lächeln. »Fühlen Sie sich heute besser, Frau Rot?«

Fanni nickte kraftlos. Erwin Hanno hatte also tatsächlich alles herumgetratscht, hatte sie als Verrückte hingestellt – als übergeschnappt, hysterisch, meschugge.

Fanni stürzte in Tante Luises Zimmer und schlug die Tür hinter sich zu.

Luise schnitt ein Gesicht, als sie Fanni sah. »Ich kenne niemanden, der heute nicht über dich spricht. Über die Frau, der unser Pfleger Roland als Leiche auf der Treppe erschienen ist. Eine recht lebenslustige Leiche, würde ich sagen.«

»Ist Roland etwa wieder im Dienst?«, japste Fanni.

Tante Luise verneinte. »Das nicht, aber er hat sich gemeldet.«

»Gemeldet«, wiederholte Fanni dümmlich. »Bei wem?«

»Mit einem bündig gefassten Schreiben bei der Heimleitung und mit einer lustigen Karte bei Schwester Monika. Sie hat sie mir gezeigt. Vorne drauf sind hohe, schroffe Felszacken abgebildet. Ein winziges Männchen versucht, mittels einer Leiter ein Edelweiß zu erreichen, das auf der höchsten Spitze wächst – ulkig.«

»Und was steht auf der Rückseite?«, fragte Fanni unwirsch.

Tante Luise dachte einen Moment lang nach, dann heftete sie den Blick auf einen Packen Zellstofftücher, der auf einem Tischchen neben ihrem Rollstuhl lag, als ob sie den Text dort ablesen könne. »Hallo Monika, mein Goldkind, hier in den Bergen ist es so schön, dass ich einfach nicht wieder weggehen kann. Ich habe mich deshalb entschlossen, auf der Zellerhütte als Aushilfe einzuspringen, zumal der Wirt händeringend nach jemandem sucht, der was vom Kellnern, vom Bettenbeziehen und vom Kochen versteht. Schade ist bloß, dass du nicht bei mir sein kannst. Bussi, dein Roland.«

»Sind die beiden ein Paar?«, fragte Fanni.

Tante Luise blinzelte. »Paar! Wenn uns das sagt, dass sich die beiden gepaart haben, dann ja. Aber so gesehen sind auch Roland und Schwester Maria ein Paar, Roland und Schwester Else, Roland und ... Ich denke nicht, dass du die Namen alle behalten kannst.«

»Er hatte mit sämtlichen Schwestern Affären?«, fragte Fanni.

»Die beiden Verwaltungsangestellten hat er auch nicht links liegen lassen«, antwortete Tante Luise trocken.

»Aber warum hat er dann nur an Monika geschrieben?«, wunderte sich Fanni. »Oder haben auch die anderen Karten bekommen?«

Tante Luise schüttelte den Kopf. »Nein, und das irritiert sie wohl mehr, als sie zugeben.«

Fanni bemühte sich, Ordnung in ihre Gedanken zu bringen. »Roland zog Frauen offenbar an wie eine Matratze Milben. Was hatte er denn, das ihn so begehrenswert machte? Eine gute Partie ist er ja nicht gewesen mit seinem Pflegergehalt.« Plötzlich merkte sie, dass sie nicht nur laut, sondern auch in der Vergangenheit von Roland gesprochen hatte. Sie biss sich auf die Lippen.

Tante Luise hob lehrerhaft den Zeigefinger. »Charme, Fannilein, Schmelz, Sex-Appeal. Das, was die großen Frauenhelden alle hatten – Casanova, Don Juan ... Wer fragt schon Belami nach Geld?«

Fannis Kehle kitzelte ein Lachen, denn Tante Luise war geradezu ins Schwärmen geraten.

»Und glaub bloß nicht«, fuhr Luise fort, »dass wir alten Schachteln hier nicht mehr auf galante Burschen scharf sind. Was meinst du, wie vollgestopft das Kaffeestüberl ist, wenn Roland die Denksportstunde abhält.« Sie lächelte spitzbübisch. »Weißt du, Fannilein, solang dein Hirn noch funktioniert und du wenigstens noch aufrecht sitzen kannst, ist's wirklich spaßig hier. Jede Menge Abwechslung: Kaffeekränzchen mit Schwester Inge, Denksport mit Schwester Maria oder eben – um Klassen besser – mit Pfleger Roland, Bewegungstherapie mit Schwester Else, und zwischendurch hier ein Schwätzchen, da ein Schwätzchen.«

Fanni nickte ihr wohlmeinend zu. »Wäre ja furchtbar, wenn es dir nicht gefallen würde in der Katherinenresidenz.«

Tante Luise tätschelte Fannis Hand. »Es gefällt mir ausnehmend gut. Und wie mir scheint, könnte es ab jetzt sogar richtig spannend werden.«

Fanni sah sie fragend an.

Die Tante lachte keckernd. »Mir machst du nichts vor, Fannilein. Ich seh doch, wie es hinter deinen Stirnfalten arbeitet. So wie du dich für Roland interessierst, dürfte klar sein, dass du es nicht auf dir sitzen lassen willst, in der Katherinenresidenz als Übergeschnappte zu gelten. Am liebsten würdest du dich gleich auf den Weg zur Zellerhütte machen, um nachzusehen, ob Roland wirklich dort ist.«

Die Denksportstunden in der Katherinenresidenz scheinen geistig wirklich fit zu halten!

»Wo war Rolands Karte denn abgestempelt?«, fragte Fanni.

Tante Luise sah sie verständnislos an.

Erklär es ihr! Lass sie mitmachen! Luise ist nicht auf den Kopf gefallen! Und sie kann dir vielleicht noch sehr nützlich sein!

»Ich kenne die Zellerhütte«, begann Fanni bedächtig. »Sie ist ein Stützpunkt im Toten Gebirge – liegt am Aufstiegweg zum Warscheneckgipfel. Der nächstgelegene Ort im Tal heißt Windischgarsten. Müsste die Karte nicht dort abgestempelt sein, wenn sich Roland auf der Zellerhütte befindet?«

Tante Luise wirkte beeindruckt. Sie schaute eine Weile aus dem Fenster, dann bat sie Fanni, den Rollstuhl zum Bett zu schieben. Dort drückte sie auf eine Klingel.

Zwei Minuten später trat Schwester Monika ins Zimmer.

Tante Luise setzte eine bekümmerte Miene auf. »Meine liebe Schwester Monika, mit dem neuen Zivi hat die Heimleitung aber wirklich keinen guten Griff getan. Heute Mittag hat er schon wieder das Blutdruckmessen vergessen, und ich weiß doch, wie Sie es hassen, wenn in Ihrer Tabelle eine Lücke klafft.«

»Fein, dass Sie so mitdenken, Frau Rot«, lobte Schwester Monika. »Wir holen das Blutdruckmessen in einer Minute nach.« Sie wandte sich zum Gehen.

»Macht Frau Nagel wieder Stress?«, rief ihr Tante Luise nach. Schwester Monika nickte kurz.

Es dauerte tatsächlich nur eine Minute, bis sie mit einem Blutdruckmessgerät zurückkehrte.

Luise krempelte den rosa Ärmel auf. Sie trug an diesem Nachmittag ein rosa Blüschen, ganz ohne Glitzerapplikation, hatte aber zum Ausgleich ihre weißen Locken mit zwei perlenbesetzten Spangen hinter die Ohren gesteckt. In den Ohrläppchen baumelten Perlenohrringe.

So müsste Barbies Großmutter aussehen, dachte Fanni, käme sie je auf den Spielwarenmarkt.

»Gerade habe ich Frau Rot von der lustigen Karte erzählt«, sagte Luise zu Schwester Monika, »die Ihnen Roland geschickt hat. So eine nette Karte. Wie schade, dass ich sie der Frau Rot nicht auch zeigen konnte.«

Schwester Monika fühlte sich sichtlich geschmeichelt. Sie griff in ihre Kitteltasche und reichte Fanni eine Postkarte, die aussah, als wäre sie in jener Kitteltasche um den halben Erdball gereist.

Abgestempelt war sie am 23. Juni in München.

Fanni beeilte sich, sie umzudrehen und die Karikatur auf der Vorderseite zu betrachten. Als sie Tante Luises stechenden Blick spürte, zwang sie sich zu einem Schmunzeln.

Schwester Monika pumpte die Blutdruckmanschette auf.

Tante Luise zog plötzlich ein besorgtes Gesicht. »Sie werden uns doch nicht auch noch verlassen wollen, Schwester Monika? Sie werden doch nicht fortgehen – zu Roland in die Berge? Das dürfen Sie nicht tun!«

Die Schwester hielt das Messgerät in der Rechten und las die Zahlen auf der Skala ab. Mit der Linken tätschelte sie Luises Arm. »Aber natürlich nicht. Ich kann doch meinen Job nicht einfach hinwerfen.«

Tante Luise fuhr erschrocken zusammen. »Meinen Sie etwa, Roland kommt nie mehr zu uns zurück?«

Schwester Monika nahm ihr die Manschette ab, faltete sie zusammen und presste sie an die Brust. Ihre Stimme klang erstickt, als sie sagte: »Roland hat nicht die geringste Chance, je wieder in der Katherinenresidenz arbeiten zu dürfen. Daran hat Herr Hanno keinen Zweifel gelassen.«

»Der Hanno ist ein Saubeutel«, wetterte Tante Luise, »lacht sich ins Fäustchen, weil er jetzt eine Handhabe gegen Roland hat. Weil er endlich durchsetzen kann, dass Roland geschasst wird. Dumm«, schimpfte sie, »engstirnig, beschränkt, auf so einen hervorragenden Pfleger zu verzichten.«

Schwester Monikas Mundwinkel zogen sich bekümmert abwärts. »Alle, die Heimleitung, der Heimbeirat, sogar Dr. Benat sind sich einig, dass ein unzuverlässiger Angestellter – wie kompetent er auch sein mag – in einem renommierten Seniorenheim nicht tragbar ist.«

»Hört sich tatsächlich nach Dr. Benat an«, sagte Tante Luise.

Schwester Monika nickte. »Er ist gleich nach seinem Termin beim Oberlandesgericht nach Deggendorf zurückgefahren, damit er mittags an der Besprechung teilnehmen konnte, bei der es um die Antwort der Katherinenresidenz auf Rolands Brief ging.«

»Ach, deshalb habe ich ihn mit wehenden Rockschößen die Allee heraufrennen sehen«, meinte Tante Luise.

»Punkt zwölf fing die Sondersitzung an«, erklärte Schwester Monika. »Sie ist eiligst einberufen worden, nachdem der Heimleiter Rolands Schreiben geöffnet hatte.«

Tante Luise verdrehte die Augen. »Was für ein Aufruhr, nur weil Roland den Sommer in den Bergen verbringen will.«

»Die Aufregung ist deshalb nicht ganz unberechtigt«, erwiderte Schwester Monika, »weil Roland ab morgen wieder zum Dienst eingeteilt wäre. Seit heute ist Else im Urlaub. Maria ist seit gestern krank. Wenn die Heimleitung nicht schnellstens Ersatz für Roland auftreibt, dann kriegen wir ein Riesenproblem.«

Als sich Fanni räusperte, wandten sich die beiden Frauen ihr zu. »Wann ist denn der Brief von Roland angekommen?«

Schwester Monika sah sie überrascht an. »Na, heute Vormittag mit der Post, zusammen mit meiner Ka ...« In ihrer Kitteltasche begann es zu piepsen. Sie eilte aus dem Zimmer.

Tante Luise sah ihr nach. »Die Nagel! Na ja, lang macht sie's wirklich nicht mehr.« Sie schwieg einen Moment, dann fügte sie hinzu: »Die Post, ja, die kommt immer um zehn.«

Bedeutet das nicht, dass Roland Brief und Karte gestern oder vorgestern in München in einen Briefkasten gesteckt haben muss?

Ja, dachte Fanni, das bedeutet es wohl – außer ...

»Hoffentlich lässt sich Schwester Monika nicht einfallen, ihren Sommerurlaub auf der Zellerhütte zu verbringen«, unterbrach Luise Fannis Gedankengang.

Fanni schaute sie erstaunt an. Bevor sie nachfragen konnte, was daran so schlimm wäre, sprach Tante Luise weiter: »Falls Roland wirklich dort ist, würde ihr das nämlich gar nicht gut bekommen.«

»Aber wieso denn nicht?«

Tante Luise hob eine Augenbraue. »Jetzt sei nicht naiv, Fannilein. Roland verbringt doch nicht einen ganzen Sommer auf einer abgelegenen Berghütte, um dem Hüttenwirt einen Gefallen zu tun, nicht mal für die beste Bezahlung.«

»Du denkst, es ist eine Frau im Spiel?«, fragte Fanni.

Tante Luises Mund verzog sich zu einem Lachen. »Ich stelle mir das Ganze geringfügig abgeändert vor: Die Wirtin der Zellerhütte sucht händeringend ...« Sie keckerte.

Fanni sinnierte vor sich hin. Plötzlich fragte sie: »Woher weiß Schwester Monika eigentlich so genau über diese Sondersitzung heute Mittag Bescheid? Sie konnte Herrn Dr. Benat ja offenbar wörtlich zitieren.«

»Meine Güte, Fanni«, rief Tante Luise, »hast du's denn immer noch nicht begriffen? Die Katherinenresidenz ist eine Anstalt – wie ein Mädcheninstitut, ein Gefängnis, ein Konvent. Und was haben alle Anstalten gemeinsam? Nachrichten und Neuigkeiten verbreiten sich in Windeseile. Rieseln wie Putz von den Wänden, rauschen durch die Wasserleitung, züngeln aus der Steckdose ...« Tante Luise musste Atem schöpfen.

Fanni lachte. »Ist ja gut, Tante Luise. Ich hab's kapiert. Hab ja selbst erlebt, was man beim Blutdruckmessen alles erfährt.«

»Eben«, erwiderte Tante Luise besänftigt.

»Sag mal«, begann Fanni, nachdem es eine Weile still gewesen war, »weißt du, wo Roland wohnt? Normalerweise, meine ich.«

Tante Luise schürzte die Lippen. »Er hat mir seine Wohnung mal beschrieben – besser gesagt, die Einrichtung hat er mir beschrieben.« Sie dachte nach. »Aber wo liegt diese

Wohnung ohne Küchenherd, ohne Töpfe und Pfannen? Hm, ich habe leider keine Ahnung.«

Plötzlich zwinkerte sie Fanni zu. »Aber ich krieg das für dich raus. Du kannst bei deinen Nachforschungen auf mich zählen.«

Tante Luises Zimmertür öffnete sich, und ein Putzwägelchen erschien. Dahinter tauchte ein Mädchen im grünen Kittel auf – um Äonen jünger als die Putzfrau, die Fanni im Treppenhaus angetroffen hatte.

»Ah, die Verena«, rief Tante Luise. »Heute ist die Vitrine dran, ja? Auf meinem Teeservice liegt der Staub schon zentimeterdick.«

Das Mädchen schwenkte ihren Putzwagen zur Sofaecke und stöckelte hinterher.

Fanni starrte sie an.

Verena trug den grünen Kittel auf Minirocklänge gekürzt, um die Taille eng geknüpft und am Dekolleté weit geöffnet. Sie hatte sich die Haare hochgesteckt, sodass ihre klimpernden Ohrringe voll zur Geltung kamen, hatte glitzernden Lidschatten und mohnroten Lippenstift aufgelegt – und ja, sie war auffällig hübsch.

»Sans ebba scho wieder zruck vom Bruingscheft, Frau Rot?«, sagte sie.

Fanni erschrak vor der derben Stimme und dem breiten niederbayrischen Dialekt. Beides vertrug sich schlecht mit dem Filmsternchenaussehen des Mädchens. Noch mehr erschrak sie, als ihr aufging, was die Putzhilfe soeben gesagt hatte: »Sind Sie schon wieder zurück aus dem Brillengeschäft, Frau Rot?«

Der Termin beim Optiker!

Verflixt!

Fanni hatte ihn glatt vergessen.

Auch Tante Luise war zusammengefahren. »Wir werden gut eine halbe Stunde zu spät kommen.« Sie fing sich jedoch viel rascher als Fanni. »Na und – ging halt nicht früher. Ich hatte nämlich einen Asthmaanfall.« Sie begann übertrieben zu keuchen und zu hecheln.

Fanni klemmte sich hinter den Rollstuhl und schob ihn im Laufschritt den Flur hinunter. Beim Aufzug nahm sie die Kurve zu eng. Das linke Vorderrad blieb an der Ecke hängen, der Rollstuhl geriet in Schräglage und drohte zu kippen. Nur mit Mühe hielt Fanni ihn aufrecht.

»Fannilein, so geht das nicht«, beschwerte sich Tante Luise. »Auf fünf Minuten hin oder her kommt es jetzt wirklich nicht mehr an. Und wenn mir nach einer Achterbahnsause gewesen wäre, hätte ich mir die Malteser bestellt. Die jungen Zivis da pesen nämlich mit den Rollstühlen, als wären sie nicht in der Katherinenresidenz, sondern auf dem Hockenheimring. Aber mir, Fannilein, mir ist nicht mehr nach Autorennen, nicht nach Achterbahn und auch nicht nach Kettenkarussell. Mir ist nach Walzergondel und Ringelspiel.«

Es ging schon auf sechs Uhr zu, als Fanni und Luise Rot in die Katherinenresidenz zurückkehrten.

Nachdem die neue Brille angepasst und bezahlt war und sich Tante Luise für eines der Brillenetuis entschieden hatte, die ihr der Optiker mit der Bemerkung »Kleine Aufmerksamkeit unseres Hauses« zur Auswahl vorgelegt hatte, war es für sie nicht in Frage gekommen, den Ausflug schon zu beenden.

»So, Fannilein«, hatte sie gesagt, »wenn wir schon mal mitten auf dem Stadtplatz sind, dann gönnen wir uns ein Eis.« Dabei hatte sie ihren Zeigefinger in östlicher Richtung in die Luft gestochen. »Und zwar da drüben bei Wiedemann. Das Café gab es nämlich schon, als ich noch Petticoats getragen und mit meinem Herbert Rock 'n' Roll und Cha-Cha-Cha getanzt hab.«

Fanni hatte den Stadtgründern insgeheim dafür gedankt, dass der Deggendorfer Stadtplatz ebenflächig vor ihr lag und nicht steil anstieg wie der in Zwiesel, und hatte Luises Rollstuhl unter einen der Sonnenschirme vor dem Café Wiedemann geschoben.

Da hatten sie dann gesessen, den Stadtplatz hinauf- und hinuntergeschaut, das Treiben rings um sich herum kommentiert, und Tante Luise hatte sich nach dem Eis noch eine heiße Schokolade bestellt und einen Schokomuffin dazu. Um halb sechs hatte sie sich endlich bereit erklärt, in die Katherinenresidenz zurückzukehren. Fanni hatte den Rollstuhl eilig durch die Pfleggasse geschoben.

Auf Höhe des Westlichen Stadtgrabens hatte Luise mit ihrem Zeigefinger nach Süden gedeutet, dorthin, wo die Stadthallen und das Parkhotel lagen. »In der Grünzone hinterm Hotel hat die Nagel immer Enten gefuttert, früher, als sie noch besser dran war – vor ihrem zweiten Schlaganfall, um genau zu sein.« Luise hatte den Hals gereckt und versucht, einen Blick auf die Kreuzung zu erhaschen, hinter der sich besagte Anlage befand. Dann hatte sie angewidert den Mund verzogen. »Die Nagel konnte sich stundenlang damit beschäftigen, den paar zerfledderten Enten und dem grindigen Schwan in dem schlammigen Tümpel Brotkrumen hinzustreuen.« Gleich darauf hatte sich Luises Miene verändert, war hart und erbarmungslos geworden. »Ganz dicht war sie noch nie, die Nagel.«

Fanni hatte insgeheim dem Rot'schen Genpool dafür gedankt, dass Tante Luise den städtischen Wasservögeln und der hinfälligen Frau Nagel viel zu wenig Sympathie entgegenbrachte, um noch auf einem Abstecher in jene Grünanlage zu beharren.

Sechs, dachte Fanni. Hans wird heute wieder ein verspätetes, improvisiertes Abendbrot bekommen.

Er wird sich kaum darüber beschweren! Oder sollte er inzwischen vergessen haben, wer der eigentliche Betreuer von Tante Luise ist?

Im Schneckentempo schob Fanni den Rollstuhl durch die Allee zum Eingang der Katherinenresidenz. Sie war müde, und ja eben, auf fünf Minuten hin oder her kam es jetzt erst recht nicht mehr an.

Ein paar Schwestern auf dem Weg nach Hause eilten vorbei. Durch die Glastür zum Foyer konnte man einen schlanken, hochgewachsenen Herrn mit dem Pflegedienstleiter diskutieren sehen.

Das muss Dr. Benat sein!

Natürlich war es Dr. Benat. Fanni kannte ihn ja aus der Zeitung, und in der Katherinenresidenz war sie auch schon ein-, zweimal auf ihn aufmerksam gemacht worden.

Benat war etwa in Fannis Alter, sechzig oder knapp darüber. Er schaute freundlich, fast väterlich durch seine randlose Brille auf Erwin Hanno hinunter und lächelte plötzlich ein derart ermutigendes Lächeln, dass sich der Pflegedienstleiter straffte, die Brust herausdrückte und das Kinn hob.

Tante Luise kicherte. »Roland hat den Betrieb hier ganz schön aufgemischt. Was er wohl gerade treibt?«

»Das wüsste ich auch gern«, entgegnete Fanni und steuerte auf die Seitentür zu, die direkt zum rückwärtigen Fahrstuhl führte. Sie öffnete sich automatisch, als der Rollstuhl den Sensor passierte. Dennoch musste Fanni davor anhalten, um eine junge Frau vorbeizulassen, die sich am treffendsten mit dem Wort »betörend« beschreiben ließ.

Die Mieze sieht aus wie ein Laufsteg-Model!

Definitiv, dachte Fanni, ellenlange Beine, schmale Taille, eng anliegendes Kleid in knalligem Rot. Sie fragte sich gerade, ob die Heimleitung der Katherinenresidenz den Senioren am heutigen Nachmittag eine Modenschau geboten hatte, da sagte Luise:

»Na, Verena, endlich Feierabend?«

Erst als das Mädchen den Mund aufmachte, erkannte Fanni die junge Putzfrau wieder.

»Ja, g'hörig langt's für heit, in d' Haut eine langt's mir«, erwiderte Verena verdrießlich. Doch gleich darauf lächelte sie, und das Lächeln ließ sie wieder zur Schönheitskönigin werden – so lange, bis sie weitersprach: »Oba jetz hob i a Deit. Is des net super?« Geschwind stöckelte sie davon.

Fanni fragte sich, mit wem Verena wohl verabredet war.

Mit einem, der amerikanisiertes Niederbayrisch versteht! Ein Date, du liebe Güte!

»Herrgott«, murmelte Fanni, »warum hast du ihr dieses hübsche Gesicht gegeben, diese tolle Figur, diesen aufregenden Gang und ihr die Schriftsprache vorenthalten?«

Tante Luise, deren Gehör durch den Sturz von der Leiter offenbar ebenso wenig Schaden davongetragen hatte wie ihr Mundwerk, kicherte. »Ach Fannilein, Grütze hätte unser Herrgott der kleinen Verena mitgeben müssen – Grips, Intelligenz, wenigstens den doppelten IQ einer Butterblume –, dann hätte sie die Schriftsprache von selbst gelernt, Englisch und Französisch gleich dazu.«

Und wäre womöglich Hostess geworden!

Ja, dachte Fanni, kein übles Sprungbrett, wie sich dort und da gezeigt hat.

Eine halbe Stunde später eilte Fanni die Allee in der entgegengesetzten Richtung wieder hinunter. Sie hatte Tante Luise auf ihr Zimmer gebracht, und sie hatten sich gegenseitig das Versprechen gegeben, »an der Sache mit Roland dranzubleiben«. So jedenfalls hatte Tante Luise ausgedrückt, was sie beide aus unterschiedlichen Motiven dazu trieb, weitere Erkundigungen über den Pfleger einzuziehen.

»Ich will ihn zurückhaben hier in der Katherinenresidenz«, hatte Tante Luise hinzugefügt. »Sobald mir zu Ohren kommt, dass Roland sein Intermezzo in den Bergen beendet hat, werde ich ein Wörtchen mit Heimleiter Müller reden. Und die Heimbeiräte werde ich so lange bearbeiten, bis sie mir versprechen, dass Roland weiterbeschäftigt wird. Sicherheitshalber werde ich auch Dr. Benat impfen. Und dann werden wir mal sehen, ob sich der Pflegedienstleiter durchsetzen kann oder ob mir mittwochs wieder Roland Milirahmstrudel bringt.«

Und ich, hatte Fanni gedacht, will Klarheit haben. Denn der leichtlebige Berghütten-Roland, den mir alle unterschieben wollen, verträgt sich denkbar schlecht mit dem tödlich Verwundeten, den ich gestern auf der Hintertreppe liegen sah.

Fanni lief an den Ruhebänken vorbei, die den mittleren Abschnitt der Allee säumten und jetzt am Abend alle verwaist waren. Alle bis auf eine.

Fanni verhielt den Schritt, als sie das Schluchzen hörte. »Verena! Ich dachte, Sie wären längst bei Ihrem Date.«

Verena hob den Arm und deutete mit ausgestrecktem Zeigefinger auf einen kleinen, offenen Pavillon, der in dem Park, der an die Allee angrenzte, auf einer kleinen Anhöhe stand. »Er is net kemma.«

Versetzt worden, die Kleine!

»Ihr Freund ist vermutlich aufgehalten worden. Bestimmt meldet er sich gleich«, sagte Fanni beschwichtigend.

Verena wedelte mit ihrem Handy. »I hob eahm scho angruafa. ›Net erreichboar‹ hoast's.« Mehr zu sich selbst fügte sie hinzu: »Soit's ebba woahr sei, wos die olle song?«

Fanni setzte sich neben das Mädchen. Verena hatte erneut angefangen zu weinen. Die Wimperntusche malte abstrakte Kunstwerke auf ihre Wangen.

»Soviel ich weiß«, erklärte Fanni in besänftigendem Ton, »kommt es öfter vor, dass sich Handyverbindungen nicht herstellen lassen. Vielleicht steckt Ihr Freund mitten in einem Tunnel im Stau. Aber sobald er wieder im Funknetz ist, werden Sie Kontakt zu ihm bekommen.« Sie lächelte Verena aufmunternd an. »Wer ist denn der Glückliche, der heute ein Date mit Ihnen hat?«

»Des deaf i net song.«

Ein Blind Date?
»Sie kennen ihn nicht?«, fragte Fanni.
»Freili kenn i eahm«, erwiderte Verena verwirrt, »oba i deaf neamad song, dass mir uns heit treffern.«
Fanni schluckte.
Verena schien ein wenig beschämt darüber, dass sie Fanni, die so freundlich zu ihr gewesen war, derartig vor den Kopf stieß. Sie grübelte eine Weile vor sich hin, dann schien sie einen Ausweg gefunden zu haben. In tiefstem Niederbayrisch begann sie Fanni zu erklären, dass derjenige, mit dem sie verabredet war, sie davor gewarnt hatte, irgendjemandem von dem Treffen zu erzählen. »Des kannt gfährli wern«, hatte er laut Verena eindringlich gesagt. »Für di, oba vor oim für mi.«
Verenas Butterblumen-IQ hat ihr wahrscheinlich nicht verraten, dass sie vernascht werden soll – von einem, der das hinterher sowieso vehement abstreiten würde!
Um wen es sich wohl handelt?, fragte sich Fanni.
Stadtrat, Pfarrer, Chefarzt – Heimleiter!
Fanni legte die Hand auf den Arm des Mädchens. »Gehen Sie nach Hause, Verena. Und wenn sich Ihr – ähm – Date wieder meldet, dann fragen Sie den Kerl, wo er heute war und ob er es ernst mit Ihnen meint. Lassen Sie sich nicht anschmieren, Verena.«
Fanni wartete, bis Verena ein zaghaftes Nicken zustande gebracht hatte. Dann stand sie auf, um die Allee hinunterzueilen. Nach den ersten beiden Schritten blieb sie jedoch stehen und drehte sich um.
»Kann ich Sie im Wagen mitnehmen?«
Verena schüttelte den Kopf. »I wart aufn Siemme-Bus. Kannt o sei ...«

Fanni ahnte, worauf Verena hoffte. Eine halbe Stunde wollte sie also noch ausharren. Dann würde sie den Sieben-Uhr-Bus nehmen.

Fanni hastete weiter, um endlich auf den hinteren Parkplatz und zu ihrem Auto zu gelangen. Es stand recht einsam dort, Mercedes und Pick-up waren verschwunden. Nur ganz hinten bei den Müllcontainern sah man den Silbermetallic-Lack einer Limousine in der Abendsonne blitzen.

Als Fanni die Hintertür zuschlagen hörte, blickte sie zur Seite, sah Benat herauskommen und erkannte, dass sich ihre Wege kreuzen mussten, falls Benat zu der Silberlimousine wollte und sie weiterhin Kurs auf ihr Auto hielt.

Einen Augenblick später war es so weit.

»Guten Abend«, sagte Benat freundlich.

»Guten Abend, Dr. Benat«, antwortete Fanni.

»Wir kennen uns?«, fragte er überrascht.

»Sogar für gelegentliche Besucher im Haus sind Sie kein Unbekannter, Herr Dr. Benat«, sagte Fanni höflich und gestand sich ein, dass dieser Mann sympathisch wirkte und, da musste sie Hans Rot recht geben, achtbar.

Benat verbeugte sich galant vor Fanni und sagte: »Ich sehe mich Ihnen gegenüber schwer im Nachteil.« Nach einer winzigen Pause setzte er hinzu: »Würden Sie mir die Ehre geben, mir Ihren Namen zu nennen?«

»Fanni Rot«, antwortete Fanni akzentuiert.

Die seit gestern in der Katherinenresidenz berühmt-berüchtigte Fanni Rot!

Benat schien von seinen Gedanken denselben Hinweis bekommen zu haben, denn er machte kurz »Oh«, riss sich jedoch schnell zusammen.

»Nun«, sagte er lächelnd. »Auch Sie sind in der Katherinenresidenz keine Unbekannte.« Dann wurde er ernst. »Ich bin zutiefst darüber betrübt, dass Sie in unserem Seniorenheim ein derart schreckliches Erlebnis hatten.«

Er schien darüber nachzudenken, ob er weiterreden sollte, und entschied sich schließlich dafür. »Mir ist längst klar, dass es nur eine einzige Möglichkeit gibt, Sie vor einem Trauma zu bewahren: Sie müssen sich nächstens dem lebendigen Roland Becker gegenübersehen.«

»Das wäre äußerst hilfreich«, antwortete Fanni darauf hölzern.

Benat wiegte den Kopf. »Ja, das wäre es wohl. Aber ich muss Ihnen leider gestehen, dass sich die Heimleitung soeben entschlossen hat, den Fall ad acta zu legen. Beckers Brief soll als Kündigung gewertet werden, und Ihr Erlebnis auf Treppe als – nennen wir es Lapsus.«

»Es wird sich also niemand darum scheren, ob Roland Becker lebt oder tot vor sich hin rottet?«, fragte Fanni und wirkte sichtlich empört dabei.

Wieder dachte Benat eine Weile nach, bevor er sprach: »Ich habe die Heimleitung eindringlich davor gewarnt, die Sache Becker so zu handhaben. Nach einem ausführlichen Gespräch mit dem Pflegedienstleiter glaubte ich wenigstens ihn auf meiner Seite. Letztendlich bin ich aber weit überstimmt worden. Herr Müller, unser Heimleiter, fürchtet so sehr um den Ruf der Katherinenresidenz, dass er absolutes Stillschweigen über die Angelegenheit verlangt.« Benat schwieg bekümmert. Plötzlich berührte er Fannis Arm. »Aber wir müssen ja nicht klein beigeben.« Er zwinkerte ihr zu. »Meine Kanzlei ist ziemlich gut darin, Leute ausfindig zu machen – Erbberechtigte, Ehemänner, Schuldner. Ich werde einen meiner Mitarbeiter anweisen, den Kontakt zu Becker für Sie herzustellen, und es wird mir eine echte Freude sein, Ihnen den Seelenfrieden zurückzugeben.«

Ein gewinnendes Lächeln erschien um seinen Mund, und sein Blick umfing Fanni wie ein warmer Sommerabend.

Muss sich Sprudel jetzt vorsehen?

4

Endlich, dachte Fanni, als sie am nächsten Morgen – es war Freitag, der 25. Juni – bei strahlendem Sonnenschein die Terrassentür öffnete, um Licht und Luft ins Haus zu lassen. Endlich kann ich ihm in aller Ruhe alles erzählen. Endlich kann ich mit ihm bereden, was mir seit Mittwoch nicht mehr aus dem Kopf geht.

Du wirst doch nicht womöglich etwas gelernt haben aus den Fehlern vom vergangenen Jahr und aus den fatalen Folgen, die sie hatten?

Ich habe nicht nur etwas gelernt, dachte Fanni aufrührerisch, mir sind die Scheuklappen abgefallen.

Ein paar Stunden würde sie allerdings noch warten müssen, bis sie sich Sprudel gegenübersetzen und mit ihm sprechen konnte, denn im Moment befand er sich – der Uhrzeit nach zu schlussfolgern – noch in der Abfertigungshalle des Flughafens von Genua.

Fanni stürzte sich hektisch in die Hausarbeit, weil sie hoffte, dass damit die Stunden bis zu seiner Ankunft schneller vergehen würden.

Für die Fahrt nach Birkenweiler, rechnete sie sich zum x-ten Mal aus, muss man gut eineinhalb Stunden veranschlagen. Dazu kommt noch die halbe oder Dreiviertelstunde, die Sprudel nach der Landung benötigt, um aus dem Flughafengebäude hinaus und mit dem Hol-und-Bring-Service zu dem Bauernhof zu gelangen, wo sein Wagen untergestellt ist.

Selbst wenn er dann von Halbergmoos, ohne bei seinem Haus in Birkenweiler halt zu machen, gleich zum Wäldchen fährt und – statt im Tal zu parken und den Fußpfad zu nehmen – mit dem Auto den Wirtschaftsweg hochkommt, der ihn bis auf fünfzig Meter an die Hütte heranbringt, kann er nicht vor drei Uhr nachmittags eintreffen.

Viel zu unruhig, um noch länger zu Hause herumhantieren zu können, machte sie sich sofort nach dem Mittagessen (Topf und Pfanne, die sie normalerweise per Hand abspülte, räumte sie einfach mitsamt den Tellern in die Spülmaschine) auf den Weg zum Birkenweiler Hügel, obwohl sie wusste, dass Sprudel erst in zwei Stunden am Hütterl sein konnte.

Bänglich hoffte sie, dass sein Flugzeug planmäßig um ein Uhr in München gelandet war.

Fanni werkelte emsig im Hütterl herum. Hin- und hergerissen zwischen dem Verlangen, dass Sprudel endlich käme, und dem Wunsch, ihm einen gebührenden Empfang zu bereiten, sah sie ständig nach der Uhr.

Wäre Hans Rot an diesem Freitag nicht außertourlich zur Mittagsmahlzeit zu Hause erschienen, weil am Nachmittag im Schützenhaus Arbeitseinsatz angesagt war und er sich davor stärken und umziehen musste, wäre sie wohl schon am frühen Vormittag hergekommen. Zugunsten der Schützen hatte Hans Rot auf das wöchentliche Weißwurstessen, das er freitags mit seinen Kollegen im Weißbräustüberl zu zelebrieren pflegte, ausfallen lassen.

Dagegen ließ sich nichts machen.

Ja, was hättest du denn bloß die ganze Zeit getan, wenn du schon seit dem Morgen hier gewesen wärst? Den Kaffeetisch zehnmal gedeckt und wieder abgeräumt? Dir Tannenzweige ins Haar gewunden? Das Klohäuschen mit Lavendelöl poliert?

Fanni hatte den Campingtisch vor das Hütterl getragen und im Schatten der Buche aufgestellt. Sie hatte eine fröhlich gestreifte Tischdecke darübergebreitet und die neuen sonnengelben Tassen aus der Keramikmanufaktur im Lallinger Winkel darauf platziert. Sie hatte die neue Zuckerdose aufgefüllt und dunkelbraunen Schokokuchen mit roten Kirschen darauf auf der neuen gelben Platte angerichtet.

Dein Arrangement sieht ja geradezu hinreißend aus!

Fanni war soeben ins Hütterl zurückgekehrt, um den Kaffee aufzugießen, da vernahm sie heftige Atemzüge. Als sie sich umdrehte, stand Sprudel in der Tür.

Sie hielten sich lange in den Armen.

»Du hast mir gefehlt«, sagte Fanni und schmiegte sich an ihn.

Früher hatte sie das nie getan. Früher hatte sie Distanz gehalten. Das schien ihr nun nicht mehr nötig.

Soll nur alles so kommen, wie es uns bestimmt ist, dachte sie.

Sie würde nicht länger taktieren, würde weder abzuwenden noch zu erzwingen versuchen, denn sie hatte entschieden, den Dingen ihren Lauf zu lassen.

»Erzähl!«, verlangte Sprudel nach dem ersten Schluck Kaffee.

Fanni sah ihn bekümmert an. »Es ist ein heilloses Durcheinander.«

Sprudel schmunzelte, hob die Hand, machte eine lockere Faust und streckte dann den Daumen nach oben. »Bisher warst du immer recht gut im folgerichtigen Aufzählen von Ereignissen und im Beifügen der entsprechenden Hypothesen.« Er schmunzelte breiter. »Du hast stets mit ›erstens‹ angefangen.«

Fanni krümelte an ihrem Kuchenstück herum.

»Erstens«, half ihr Sprudel auf die Sprünge, »hast du auf der Hintertreppe des Seniorenheims die blutige Leiche eines Pflegers entdeckt.«

»Falls ich nicht halluziniert habe«, sagte Fanni.

»Hypothese eins«, dozierte Sprudel, »Fanni Rot war zum fraglichen Zeitpunkt im Vollbesitz ihrer geistigen Kräfte. Daraus folgt: Auf der Hintertreppe lag tatsächlich ein toter Pfleger.«

»Falls er wirklich tot war«, sagte Fanni.

»Du hast ihn für tot gehalten«, erwiderte Sprudel. »Warum?«

Fannis Blick heftete sich auf ein Buchenblatt, als wäre die Szenerie im Treppenhaus der Katherinenresidenz darauf abgebildet. »Er lag so seltsam verrenkt da, seine Augen schienen blicklos, aus der Brustwunde lief kein frisches Blut mehr.« Sie schaute vom Buchenblatt weg, wieder hinüber zu Sprudel und fügte zögernd hinzu: »Roland sah aus, als wäre er unerreichbar.«

Sprudel nickte verstehend. »Hypothese zwei: Der Pfleger war nicht mehr am Leben.«

Fanni schwieg.

Sprudel streckte den Zeigefinger aus. »Das nächste Ereignis. Zweitens, Fanni.«

Stockend antwortete sie: »Fünfzehn Minuten später war die Leiche nicht mehr da. Niemand außer mir hatte sie gesehen.«

»Gut«, lobte Sprudel, »und wie lautet die Hypothese dazu?«

»Mord«, flüsterte Fanni. »Und der Mörder hat sein Opfer verschwinden lassen, während ich unterwegs war, um jemanden vom Personal zu Hilfe zu holen.«

Sprudel zog die Stirn in Falten. »Deine Hypothese klingt plausibel bis auf einen Aspekt: Wie hätte der Täter innerhalb von fünfzehn Minuten die Leiche wegschaffen und sämtliche Spuren verwischen können?«

»Du hast völlig recht«, entgegnete Fanni. Dabei wirkte sie jedoch viel weniger geknickt, als Sprudel erwartet hatte. Er fixierte sie. »Du hast eine Lösung dazu!«

»Hm«, machte Fanni. »Zu zweit hätte es sich bewerkstelligen lassen.«

»Gewagt«, konstatierte Sprudel, »sehr gewagt.« Und nach einer Pause: »Aber denkbar. Sozusagen tauglich für die Hypothese. Wie könnten die beiden vorgegangen sein?«

»Sie könnten«, erklärte Fanni, »den toten Roland Becker gemeinsam in den Aussegnungsraum getragen haben, denn der liegt gleich um die Ecke. Dann müsste einer von ihnen zurückgekommen sein, um sauber zu machen. Die schmutzigen Tücher und Lappen hätte er mit dem Müll aus dem Aussegnungsraum entsorgen können.«

»Und die Leiche?«, fragte Sprudel.

Fanni sah ihn eine Weile abwägend an, dann erwiderte sie: »Die Leiche wurde vermutlich zum verstorbenen Herrn Bonner in den Sarg gelegt.«

Sprudel sog scharf die Luft ein. »Halt, Fanni, langsam. Du überspringst, so scheint mir, Ereignisse und Hypothesen.«

Gehorsam referierte sie: »Drittens: Als ich auf der Suche nach Roland den Aussegnungsraum entdeckte, war der Hausmeister gerade dabei, dort aufzuräumen. Er hatte soeben Herrn Bonners Sarg zugemacht, der dann von zwei Mitarbeitern eines Bestattungsinstituts abgeholt wurde. Als ich später noch mal zurückkam, war ein großer Sack voll Müll bereitgestellt. Hypothese: Roland wurde in Bonners Sarg entsorgt, die Spuren der Tat mit dem Abfall, der nach Bonners Aufbahrung angefallen ist: verwelkte Buketts, halb abgebrannte Kerzen und jede Menge Zellstoff, der zum Aufsaugen von Körperflüssigkeiten verwendet wird.«

»Diese Hypothese«, entgegnete Sprudel streng, »kann ich nur dann akzeptieren, wenn sie sich irgendwie untermauern lässt.«

»Untermauern!« Fanni kaute unbehaglich auf dem Wort herum.

»Ist dir denn gar nichts weiter aufgefallen, was deine Hypothese glaubhaft erscheinen ließe?«, schraubte Sprudel seine Ansprüche herunter.

»Nun ja«, antwortete Fanni. »Es gibt da zwei ... ähm – leider sind es nur Belanglosigkeiten.«

»Oft sind es gerade die auf den ersten Blick belanglos erscheinenden Dinge, die zur Lösung führen«, ermunterte sie Sprudel.

Fanni begann zögernd: »Zum einen waren die Mitarbeiter des Bestattungsinstituts deutlich überrascht, dass der Hausmeister den Verstorbenen bereits eingesargt hatte. Mir schien, als wäre das unüblich. Die beiden zeigten sich allerdings recht erfreut darüber. Schließlich ersparte es ihnen Arbeit. Zum andern hat der Hausmeister so getan, als müsse er den Aussegnungsraum eiligst wieder herrichten. Ich glaubte ihn so zu verstehen, dass neuerlich ein Bewohner der Katherinenresidenz verstorben sei und aufgebahrt werden müsse. Wie ich aber später herausbekommen habe, gab es seit Herrn Bonner keinen Toten mehr.« Nach einer kurzen Pause fügte sie hinzu: »Von Roland Becker mal abgesehen.«

»Fanni«, sagte Sprudel ernst, »was du da berichtest, halte ich mitnichten für Belanglosigkeiten. Es ist doch ein äußerst merkwürdiger Zufall, dass der Hausmeister ausgerechnet am dem Tag Fleißaufgaben macht und den Verstorbenen einsargt, an dem ...«, Sprudel schien kurz nachzurechnen, »... laut unserer Hypothese zu Punkt zwei«, fuhr er dann fort, »ein Mordopfer verschwindet. Und ist es nicht ein ebenso kurioser Zufall, dass er es genau an diesem Tag auch verdammt eilig hat, den Müll aus dem Aussegnungsraum zu entfernen?«

Fanni nickte bestätigend. Ja, ihre Beobachtungen waren bedeutungsvoll gewesen.

Sie horchte auf, denn Sprudel hatte weitergesprochen: »Die Hypothese zu Punkt drei ist damit nicht nur genügend untermauert, sie lässt auch eine augenfällige Schlussfolgerung zu.« Er sah Fanni erwartungsvoll an.

Sie nickte wieder. Was bei ihrem gemeinsamen Gedankenexperiment herausgekommen war, entsprach exakt der Theorie, die ihr seit dem gestrigen Tag durch den Kopf ging.

»Der Hausmeister muss der Komplize sein«, sagte sie.

»Warum nicht der Täter?«, fragte Sprudel.

Bevor Fanni antwortete, legte sie Sprudel ein zweites Kuchenstück auf den Teller und nötigte ihn zu essen. »Du bist doch schon seit dem frühen Morgen unterwegs.«

Erst als Sprudel folgsam eine Gabelvoll zum Mund führte, sprach sie weiter. »Abgesehen davon, dass ich diesen Hausmeister nicht für schlau genug halte, so eine Aktion, wie wir sie uns denken, zu planen und durchzuziehen, hätte ja dann er einen Komplizen haben müssen. Wer sollte das denn sein?« Sie machte eine kurze Pause. »Das Ganze ergibt nur umgekehrt Sinn. Und zwar mit Erwin Hanno als Täter und dem Hausmeister als Komplizen.«

Sprudel schluckte. »Finale Hypothese: Der Pflegedienstleiter hat Roland Becker umgebracht und dessen Leiche mit Hilfe des Hausmeisters verschwinden lassen. Haben wir ein paar winzige Anhaltspunkte, die auf Hanno als Täter hinweisen?«

Fanni nickte. »Die Fährte führt geradewegs zu ihm.«

Sie wartete nicht ab, bis Sprudel, der wieder dem Kuchenstück zusprach, so weit war, eine Frage zu stellen. »Hanno hat mit allen Mitteln versucht, mir den Leichenfund auszureden, und auch er hat so getan, als müsse der Aussegnungssaum sofort wieder hergerichtet werden. Gestern hat er sich den Anschein gegeben, als hätte ihn Dr. Benat davon überzeugen können, dass die Konfusion um Roland Becker aufgeklärt werden müsse – ich habe selbst beobachtet, wie er sich in die Brust warf –, und später hat er doch dagegen ...« Sie unterbrach sich, überlegte einen Moment und sprach dann weiter: »Vielleicht sollte man ihm dieses Umschwenken geringer anlasten. Die Forderung, alles unter den Teppich zu kehren, kam ja angeblich vom Heimleiter. Der hatte mir zwar zugesichert, der Sache auf den Grund gehen zu wollen, aber wie es scheint, bekam er kalte Füße, als er an mögliche Schlagzeilen in der Presse dachte.«

»Dieser Heimleiter«, warf Sprudel ein, »käme er nicht als Täter in Frage?«

»Natürlich«, gab Fanni zu. »Aber viel weniger als Hanno. Müller war ja offensichtlich, während Rolands Leiche vom Treppenabsatz verschwand – oder zumindest kurz darauf –, auf der Suche nach dem Pflegedienstleiter. Er sagte, sämtliche Teilnehmer des Meetings würden auf ihn warten. Und im Gegensatz zu Hanno sehe ich beim Heimleiter kein Motiv.«

Sprudel zog eine Augenbraue hoch.

»Es heißt«, beantwortete Fanni die stumme Frage, »Roland wollte Hanno von seinem Posten verdrängen und selbst Pflegedienstleiter werden.«

Sprudel legte nach dem letzten Bissen die Kuchengabel auf den Teller, trank einen Schluck Kaffee, lehnte sich in seinem Campingstuhl zurück und sagte: »Was für ein seltsamer Fall. Wir haben einen mutmaßlichen Täter, können sogar den wahrscheinlichen Tathergang nachvollziehen. Wir haben ein mögliches Motiv des mutmaßlichen Täters, haben seinen Helfershelfer. Nur das Opfer haben wir nicht.«

»Und deshalb«, erwiderte Fanni bedrückt, »wird sich dieser Fall wohl nicht aufklären lassen.«

Was bedeutet, dass du die Blamierte bist! Fanni Rot hat sich in der Katherinenresidenz gründlich zum Gespött gemacht!

»Vergangenes Jahr«, begann Sprudel bedächtig, »als Willi Stolzer im Deggenauer Klettergarten tödlich abstürzte, weil sein Gurt präpariert war, konnten wir uns bei den Ermittlungen nicht wie üblich auf Alibis stützen. Das hat die Aufklärung des Verbrechens sehr erschwert. Trotzdem sitzt Willis Mörder inzwischen hinter Gittern.«

Fanni wand sich. Sie wollte lieber nicht daran erinnert werden, wie knapp sie beide, vor allem Sprudel, davongekommen waren.

Er sprach indessen weiter: »In diesem Fall ist alles noch komplizierter, weil wir nicht einmal beweisen können, dass überhaupt ein Verbrechen vorliegt.« Er dachte eine Weile nach, dann fuhr er fort: »Wenn man bestreiten wollte, dass Roland Becker tot ist, müsste dann nicht der lebendige Roland Becker irgendwo stecken?«

»Deine Feststellung bringt uns zu viertens«, erwiderte Fanni. »Es gibt Nachricht von ihm.«

Sprudel aß ein drittes Stück Kuchen, während Fanni von der Karte an Schwester Monika und dem Schreiben an die Heimleitung erzählte.

»Und wie lautet deine Hypothese dazu?«, fragte er gespannt, nachdem sie ihren Bericht beendet hatte.

»Die Nachrichten sind getürkt«, antwortete Fanni wie aus der Pistole geschossen.

Sprudels Augen weiteten sich. »Du hast ein Indiz dafür entdeckt!«

»Indiz wäre zu viel gesagt«, sagte Fanni zurückhaltend. »Es handelt sich höchstens um den Anflug eines Hinweises, den Schimmer eines Anhaltspunkts.«

Sprudel beugte sich vor, klemmte eine seiner Wangenfalten zwischen Daumen und Zeigefinger, wie er es immer tat, wenn er sich konzentrierte, und sah Fanni erwartungsvoll an.

Als Antwort rekapitulierte sie eine Zeile des Textes von Monikas Karte, den sie Sprudel in voller Länge zuvor bereits aus dem Gedächtnis wiedergegeben hatte: »... ›dass der Wirt händeringend nach jemandem sucht, der was vom Kellnern, vom Bettenbeziehen und vom Kochen versteht‹. Auf einer Berghütte«, erklärte sie daraufhin, »gibt es eine Menge zu tun. Bettenbeziehen gehört nicht dazu. Wie du recht gut weißt, gibt es auf Hütten gewöhnlich Deckenlager. Wer dort übernachten will, muss seinen eigenen Schlafsack mitbringen.«

»Der Hinweis ist dürftig«, sagte Sprudel. »Es könnte eine Floskel sein, einfach so dahingeschrieben.«

»Dachte ich zuerst auch«, erwiderte Fanni. »Aber es gibt noch einen zweiten.«

Sprudel marterte seine Wangenfalte.

»Roland«, sagte Fanni, »hat Tante Luise gegenüber erwähnt, seine Mahlzeiten beziehe er aus Fast-Food-Restaurants, von Dönerständen und Imbissbuden. Weil er nicht kochen könne, habe er sich für seine Wohnung noch nicht einmal einen Herd angeschafft. Denkst du, Roland hat gleich zweimal etwas Falsches einfach so hingeschrieben?«

Die Wangenfalte noch immer zwischen Daumen und Zeigefinger schüttelte Sprudel den Kopf.

Fanni stand auf, schenkte ihm Kaffee nach, dann ging sie zum Brunnen, füllte zwei Gläser mit Wasser und brachte sie an den Tisch. »Es gäbe eine recht einfache Möglichkeit nachzuprüfen, ob Roland auf der Zellerhütte kocht, kellnert und Betten bezieht.«

Benat hat doch angeboten ...

Sprudel ließ seine Wangenfalte los und warf beide Arme hoch. »Hurra, wir fahren in die Berge!«

Das brachte Fanni zum Lachen. Sie wurde wieder ernst,

als Sprudel fragte: »Sind Brief und Karte von dort gekommen?«

»Beides wurde am Hauptpostamt in München abgestempelt«, erwiderte sie.

Sprudel stutzte. »Ist das nicht auch ein Hinweis darauf, dass es sich um Fälschungen handelt?«

»Einerseits schon«, antwortete Fanni. »Andererseits bringt es unser Hypothesengebäude ins Wanken.«

Sprudel sah sie irritiert an.

»Unsere allerletzte Hypothese«, fuhr Fanni fort, »die postfinale, um an deine Zählung anzuknüpfen, müsste logischerweise folgendermaßen lauten: Nachdem Hanno und sein Komplize den toten Roland und sämtliche Spuren beseitigt hatten, schrieb Hanno den Brief und die Karte, die Rolands Verschwinden erklären und gleichzeitig verhindern sollten, dass nach ihm gesucht wird. Verständlicherweise sah Hanno davon ab, diese Post einfach in Deggendorf in einen Briefkasten zu werfen. Eigentlich hätte er sie in Windischgarsten aufgeben müssen. Aber dazu reichte die Zeit nicht. Das Problem ist, auch für München reichte sie nicht.«

Sprudel wartete schweigend, bis Fanni anfing, ihm vorzurechnen: »Ich habe Roland um vier Uhr am Treppenabsatz liegen sehen. Auf der Suche nach jemandem mit medizinischer Ausbildung bin ich dem Pflegedienstleiter in die Arme gelaufen. Unserer Theorie zufolge müsste der gerade vom inzwischen bereinigten Tatort auf dem Weg in sein Büro gewesen sein, um die getürkten Nachrichten zu verfassen. Daran habe ich ihn gut zwanzig Minuten lang gehindert. Und noch während er sich bemühte, mich loszuwerden, kam ihm Herr Müller in die Quere und schleppte ihn zu jenem

Meeting. Selbst wenn diese Besprechung nur eine halbe Stunde gedauert hat, konnte er nicht vor fünf mit seinem Vorhaben beginnen. Mal davon abgesehen, dass es noch eine Weile gedauert hätte, den Brief und die Karte zu schreiben, würde schon jetzt die Zeit nicht mehr gereicht haben, noch nach München zu fahren und beides aufzugeben. Schließen die Postämter nicht um sechs?«

Sprudel nickte.

»Eben«, fuhr Fanni fort, »Karte und Brief hätten aber am Mittwoch noch vor achtzehn Uhr am Hauptpostamt aufgegeben werden müssen, um am Donnerstagvormittag eintreffen zu können.« Sie ließ sich auf ihrem Stuhl zurückfallen und atmete seufzend aus. »Fazit: Unser Kartenhaus stürzt ein.«

»Langsam, langsam, Fanni«, mahnte Sprudel. »Hanno musste Brief und Karte ja nicht selbst aufgeben.«

»Dafür, einen Boten zu schicken, hätte die Zeit doch ebenso wenig gereicht«, rief Fanni gereizt, wurde aber plötzlich nachdenklich. »Außer – außer alles war minutiös geplant, Brief und Karte befanden sich bereits in München und wurden von einem weiteren Mordkomplizen aufgegeben, als Hanno grünes Licht dafür gab.« Sie schüttelte sich. »Sprudel, dieses Theoriengebäude wird mir zu irreal. Wir können es doch hier nicht mit einer ganzen Gang zu tun haben. Sackgasse, Sprudel. Schluss, aus, basta.«

Sprudel nahm ihre Hand in die seine. »Wenn wir in unseren früheren Fällen immer gleich die Flinte ins Korn geworfen hätten, sobald wir in eine Sackgasse geraten sind, wären wir keinem einzigen der Täter auf die Spur gekommen.«

Er sinnierte eine Weile vor sich hin, dann fügte er hinzu:

»Aber wir müssen höllisch aufpassen, Fanni, dass wir uns nicht verrennen. Wir haben nämlich nichts, absolut gar nichts außer Hypothesen und einem kurzen Blick auf eine angebliche Leiche. Wir müssen diesmal besonders darauf achten, für alle Hinweise offen zu bleiben. Auf keinen Fall dürfen wir uns auf Hanno als Mörder, ja nicht einmal auf eine Mordtat versteifen.«

Nachdem Fanni ihm heftig zugestimmt hatte, sprach er weiter: »Lass uns nachschauen, ob Roland auf der Zellerhütte ist. Wenn dort niemand etwas von ihm weiß, sagt uns das, dass die Nachrichten aller Wahrscheinlichkeit nach Fälschungen sind. Sollte es sich tatsächlich so verhalten, werden wir Marco einschalten. Ich denke, die Verdachtsmomente würden dann ausreichen, dass er amtlich tätig werden kann.«

»Als Erstes müsste Marco einen Schriftvergleich machen lassen«, sagte Fanni eifrig. »Die Schrift auf der Karte muss von einem Experten mit Rolands Schrift abgeglichen werden. Und wenn sie, wie wir annehmen, nachgemacht wurde, dann kann der Experte durch weitere Schriftvergleiche – mit der von Hanno beispielsweise – vielleicht sogar feststellen, von wem.«

Sprudel nickte daraufhin bloß zerstreut und sah sie abwägend an. Sie hob fragend die Brauen.

Da sagte er behutsam: »Das Wochenende kommt für unsere Tour ins Tote Gebirge wohl nicht in Frage?«

Darüber dachte Fanni eine Zeit lang nach.

Doch bevor sich Sprudel erkundigen konnte, was denn bei Rots am Wochenende Besonderes anlag, sagte sie: »Von Samstag früh bis Sonntagabend begeht Hans mit seinem

Kegelclub irgendein Jubiläum, und dazu fährt er nach Oberammergau.« Sie winkte ab, als Sprudel deutliches Entzücken erkennen ließ. »Das will nicht viel heißen, denn gleichfalls am Samstag früh kommt Leni aus Nürnberg und bringt Max mit. Seine Eltern und Minna fahren zu Bekannten in die fränkische Schweiz, aber Max will lieber zu seinem Freund Ivo nach Erlenweiler. Deshalb bringt ihn Leni mit her. Sie und Marco machen sich dann aber gleich auf den Weg nach Klattau, wo Jonas Böckl ein Landhaus gekauft hat und Einweihung feiert.«

»Max«, schmunzelte Sprudel, »Max ist also das Hindernis.« Er stülpte die Wangenfalte über den linken Mundwinkel. »Aber ist es nicht so, dass Max sowieso die ganze Zeit auf dem Klein-Hof verbringt? Er gehört dort ja schon fast zur Familie. Olga hat sicher nichts dagegen, wenn er mal bei ihrem Sohn übernachtet.«

»Ganz bestimmt nicht«, erwiderte Fanni. »Sie hat das auch schon oft angeboten. Aber ehrlich gesagt habe ich den Kleins gegenüber ein ziemlich schlechtes Gewissen. Sobald Max nach Erlenweiler kommt, rückt er ihnen auf den Pelz. Man muss da mal ein bisschen Ausgleich schaffen, meine ich. Und deshalb hatte ich mir vorgenommen, mit Max und Ivo nach Pullman City zu fahren. Das ist eine nachgebaute Westernstadt nicht weit ...«

»Ich hab schon von Pullman City gehört«, unterbrach Sprudel sie. »Und du hast völlig recht, dort würde es den beiden bestimmt gefallen – Pferde, Cowboys, Indianer.« Er zupfte an der Wangenfalte. »Aber dieser Ausflug muss ja nicht unbedingt morgen oder übermorgen stattfinden. Pullman City läuft euch nicht weg, und sicher macht es Max und Ivo nichts aus, mit dem Besuch der Westernstadt noch ein wenig zu warten, wenn wir ihnen dafür dieses Wochenende einen Trip in die Berge anbieten.«

Fanni sah ihn zweifelnd an. »Von Windischgarsten zur Zellerhütte ist es ein Fußmarsch von gut zwei Stunden, und auf dem Weg gibt es nichts, was die Buben von der Strapaze des Aufstiegs ablenken könnte. Nicht mal Kühe grasen in dem steilen Gelände. Max und Ivo würden wir mit so einer Wanderung bestimmt keinen Gefallen tun.« Sie starrte melancholisch auf ein Grasbüschel zu ihren Füßen. Plötzlich schreckte sie hoch. »Kühe!«

Sprudel sah sie verdutzt an.

»In Windischgarsten«, erklärte ihm Fanni, »gibt es einen alteingesessenen Bauernhof, auf dem Zimmer und Apartments vermietet werden. Wir haben früher ab und zu mal ein paar Tage mit den Kindern dort verbracht. Das Interessante an dem Hof ist, dass gut zwei Dutzend außergewöhnlicher Kühe im Stall stehen, irgendeine ganz besondere Züchtung. Natürlich habe ich längst vergessen, wie die Rasse genannt wird, aber ich weiß noch, dass es auffallend schöne Tiere sind – dunkelbraun mit weißer Zeichnung über dem Maul. Und jede Kuh trägt zwischen den Hörnern ein Büschel Haare, das wie eine frisch ondulierte Welle über der Stirn wippt. Und immer gibt es Kälbchen jeden Alters.« Sie lachte. »Dabei fällt mir ein, wie sich der Bauer einmal bitter darüber beklagt hat, dass in seinem Stall so viele Stierkälber geboren werden, die – das behauptete er jedenfalls damals, und es hörte sich nicht wie ein Witz an – so gut wie wertlos sind.«

Sprudel schüttelte ungläubig den Kopf.

»Der Bauer, die Bäuerin und der Sohn Walter sind ausgesprochen nette Leute«, sprach Fanni indessen weiter. »Sie bewirtschaften den Hof am Gunst – so heißt der Hügel dahinter – in dritter oder vierter Generation. Alljährlich an Weihnachten schreibt mir die Bäuerin eine Karte, doch statt zurückzuschreiben rufe ich sie an, damit wir ein wenig plauschen können. Und jedes Jahr verspreche ich zum Abschied, bald einmal ein Wochenende auf dem Hof zu verbringen.«

»Dann wird es ja wohl höchste Zeit«, meinte Sprudel.

Fanni stimmte ihm lächelnd zu. »Und der Bauer wird sicher nichts dagegen haben, wenn Ivo und Max einen Tag lang bei der Landarbeit mittun, zumal ihm die beiden Buben ganz gewiss keine Last sein werden. Die sind ja am Klein-Hof recht gut ausgebildet worden.«

»Gar kein schlechter Plan«, lobte Sprudel. »Und eine gute Weiterbildung für Ivo, den angehenden Bauer. Er wird begeistert sein.«

»Das denke ich auch«, sagte Fanni. »Olga wird sich ebenfalls freuen. Ich rede noch heute Abend mit ihr, und anschließend rufe ich gleich noch in Windischgarsten an.«

Sprudel nickte beipflichtend, dann grinste er: »Und wann geht das Abenteuer los?«

»Wir könnten es so machen«, sagte Fanni nach einem Moment des Nachdenkens. »Am Samstag brechen wir früh genug auf, um mittags beim Bauernhof am Gunst einzutreffen ...«

»Das heißt wann?«, unterbrach sie Sprudel.

»Halb zehn sollte reichen«, antwortete Fanni. »Mehr als zwei Stunden dauert die Fahrt nach Windischgarsten nicht – Passau, Wels, Kirchdorf und dann durch etliche Tunnel bis kurz vor den Pyhrnpass ...«

»Wir treffen also mittags am Hof ein«, half Sprudel weiter, weil Fanni offensichtlich den Faden verloren hatte.

Sie nahm ihn wieder auf. »Dort lassen wir die Buben zurück und machen uns auf den Weg zur Zellerhütte. Wir können uns ruhig Zeit lassen. Wie auf dem Klein-Hof ist auch beim Bauer am Gunst um sechs Uhr Melkzeit, und ich glaube nicht, dass Ivo und Max vor acht aus dem Stall auftauchen. Ende Juni ist es fast bis zehn Uhr taghell, sodass wir abends beim Abstieg von der Hütte sicher keine Schwierigkeiten haben werden.«

»Und dann?«, fragte Sprudel, weil Fanni verstummt war.

»Dann übernachten wir auf dem Hof. Ich werde ein Apartment für uns bestellen. Die sind mit Küchen ausgestattet. Wir werden den Kühlschrank bestücken, sodass sich Ivo und Max versorgen können. Obwohl ich glaube, dass die Bäuerin sie mit Geräuchertem und selbst gebackenem Brot, mit Schmalzkringeln und eigenem Apfelsaft reichlich verwöhnen wird.«

Fanni nickte wie zur Bestätigung ihrer Annahme ein paarmal vor sich hin. »Am Sonntag«, fuhr sie daraufhin fort, »fahren wir ganz gemütlich nach Erlenweiler zurück. Ich rechne allerdings damit, erst am späten Nachmittag daheim anzukommen, weil es nicht einfach werden dürfte, die Buben vom Hof am Gunst wegzukriegen.«

Sie sah Sprudel fragend an, denn er wirkte auf einmal sehr nachdenklich.

»Fanni ...«, begann er. Doch dann brach er ab und schaute auf seine Armbanduhr. »Halb fünf«, sagte er.

»Meine Güte«, rief Fanni. »Du bist ja heute erst angekommen. Hast noch nicht mal ausgepackt ...«

Sprudel wehrte ab. »Nein, nein, das eilt nicht. Was wir aber noch tun sollten, bevor wir uns auf der Zellerhütte nach Roland erkundigen, ist, an seiner Wohnungstür zu klingeln.«

»Unbedingt«, stimmte ihm Fanni zu.

Weil sie im nächsten Moment aber gestehen musste, dass sie noch immer keine Ahnung hatte, wo Roland wohnte, sollte sich für Sprudel doch noch die Gelegenheit ergeben, das Gepäck auf sein Anwesen zu bringen und dort nach dem Rechten zu sehen.

Fanni wollte in der Zwischenzeit Tante Luise nach Rolands Domizil fragen.

»Sie wird es bereits herausgefunden haben, ganz bestimmt!«

5

Als Fanni um kurz nach fünf Uhr Tante Luises Zimmer betrat, traf sie ein recht vorwurfsvoller Blick.

»Ich hätte schon viel früher mit dir gerechnet. Wolltest du nicht wissen, wo Roland wohnt? Nimmst du unsere Nachforschungen nun ernst oder nicht?«

»Ich nehme sie sehr ernst«, antwortete Fanni betont.

Luises Miene wurde freundlicher.

Das bewog Fanni, endlich mit dem Anliegen herauszurücken, das sie drückte, seit sie und Luise sich gegenseitig versprochen hatten, die Wahrheit über Roland Beckers Verbleib herauszufinden.

»Hans ...«, begann sie.

Doch Tante Luise winkte ab. »Von mir erfährt er kein Sterbenswörtchen. Er würde uns den Spaß ja glatt verbieten.« Sie leckte sich die Lippen. »Was für angenehme, ereignisreiche Tage uns erwarten!«

Erst jetzt fiel Fanni der leer gekratzte Teller auf dem Tisch vor Tante Luise auf. Sie schnupperte dezent, dann war sie sich sicher. »Milchrahmstrudel.«

Luise nickte ekstatisch. »Hat mir Herr Dr. Benat persönlich gebracht.«

Weil Fanni so verständnislos dreinschaute, schien Tante Luise anzunehmen, dass sie nicht wusste, wer Dr. Benat war und welche Stellung er im Landkreis, besonders aber in der Katherinenresidenz innehatte. Darum wohl fügte sie hinzu: »Dr. Benat ist einer der angesehensten Männer der ganzen

Stadt. Er hat hier im Haus etliche Berufsbetreuungen und scheint seine Aufgabe recht ernst zu nehmen. Heute Nachmittag hat er sogar eine Runde durch unser Stockwerk gemacht und mit jedem Einzelnen von uns alten Knackern ein bisschen geredet. Mir hat er Milchrahmstrudel mitgebracht.«

»Ihr habt euch unterhalten?«, fragte Fanni.

»Fast eine halbe Stunde lang«, erwiderte Tante Luise aufgeräumt.

»Habt ihr auch von Roland gesprochen?«, erkundigte sich Fanni.

Wieder nickte Luise. »Herr Dr. Benat hat mir erklärt, warum es sich die Heimleitung schlichtweg nicht erlauben kann, Roland am Ende des Sommers wieder anzustellen, falls er zurückkommt.«

Sie seufzte. »Ich verstehe es ja, dass ein Seniorenheim nur mit absolut zuverlässigen Angestellten funktionieren kann. Dass der ganze Betrieb durch ein Verhalten, wie Roland es sich herausnimmt, empfindlich gestört, wenn nicht sogar lahmgelegt wird. Aber es ist halt schade um ihn, sehr schade. Er ist so ein kompetenter Pfleger, so ein gut aussehender Mann. ›Warum nicht mal eine Ausnahme machen?‹, habe ich Dr. Benat gefragt. ›Für einen, der es wert ist?‹ Und da hat er mir versprochen, die ganze Sache noch einmal zu überdenken.«

Fanni hatte nur mit halbem Ohr hingehört, denn erneut war ihr die ganze Tücke des Mordkomplotts ins Bewusstsein gekommen.

Wenn es denn eines gibt! Noch ist nichts bewiesen!

Nein, dachte Fanni, nichts ist bewiesen. Aber wenn es so

war, wie ich vermute, dann liegt der ermordete Roland zusammen mit Herrn Bonner in dessen Sarg.

Plötzlich sog sie scharf die Luft ein. »Luise, wann wird denn Herr Bonner beerdigt?«

Tante Luise schüttelte unwillig den Kopf. »Fannilein, solche Gedankensprünge solltest du besser lassen, wenn du das Etikett ›bekloppte Irre‹ loswerden willst.«

»Wann, Tante Luise?«

Luise griff die Räder ihres Rollstuhls und versetzte ihnen einen Schubs, sodass sie einen halben Meter zurückrollte und neben einem Schemel zum Stehen kam, auf dem ein Stapel Zeitungen lag. Sie starrte das oberste Blatt an, während sie murmelte: »Am Mittwoch wurde Bonner abgeholt, am Dienstag ist er gestorben. Die Todesanzeige dürfte am Donnerstag erschienen sein, vielleicht aber auch am Mittwoch schon.« Sie tippte sich an die Stirn. »Am Mittwoch war sie drin.« Luise hob zwei Zeitungen hoch, nahm die darunterliegende heraus und reichte sie Fanni. »Die Todesanzeigen stehen auf der vorletzten Seite.«

Fahrig blätterte Fanni die Zeitung von hinten her auf.

Luise hatte die richtige ausgesucht. Ganz oben auf der vorletzten Seite befand sich die Todesanzeige von Herrn Bonner.

»Die Trauerfeier mit anschließender Beerdigung findet am Freitag, dem 25. Juni, um zehn Uhr in der Pfarrkirche Mariä Himmelfahrt in Deggendorf statt. Von Beileidsbezeugungen am Grab bitten wir Abstand zu nehmen«, las Fanni und ließ das Blatt sinken. »Er ist heute Morgen schon begraben worden.«

Enttäuscht fragte sie sich, ob sie und Sprudel jemals genug Beweise zusammentragen konnten, um eine Exhumierung Bonners zu rechtfertigen.

Du solltest heilfroh sein, dass Bonner nicht eingeäschert wurde!

Fanni faltete die Zeitung zusammen und gab sie Luise zurück. Die legte das Blatt an seinen Platz im Zeitungsstapel und sah Fanni misslaunig an. »Bist du nun wegen Bonners Beerdigung hergekommen oder um etwas über Roland zu erfahren?«

Fanni schreckte auf. »Hast du Rolands Adresse denn herausbekommen?«

Tante Luise zog einen Schmollmund und antwortete nicht.

»Ich bin etwas in Eile«, drängte Fanni. »Wenn wir in dem Haus, in dem Roland wohnt, nichts weiter über seinen Verbleib zu hören bekommen, werden wir uns morgen auf den Weg nach Windischgarsten machen.«

Tante Luise sah sie überrascht an.

Während ihr Fanni erzählte, was sie und Sprudel planten, hob sich Luises Stimmung wieder sichtlich.

»Ihr wollt also tatsächlich zur Zellerhütte«, sagte sie, gerade als sich die Tür öffnete und Erwin Hanno eintrat.

Er gab ihr einen durchsichtigen Becher, in dem sich die zwei Tabletten befanden, die sie abends einzunehmen hatte. Offenbar musste er, weil Roland fehlte, nun selbst Hand im Pflegedienst anlegen.

»Rolands Adresse habe ich leider nicht«, sagte Tante Luise, nachdem Hanno das Zimmer wieder verlassen hatte. »Aber«, fuhr sie fort, bevor sich Fannis Mundwinkel enttäuscht nach unten biegen konnten, »ich weiß, wo er wohnt. Das hat mir Schwester Inge ganz genau beschrieben.« Sie schluckte eine der Tabletten, trank Tee nach und begann zu erklären: »In Egg schräg gegenüber dem Schloss steht angeblich ein kleines, verwunschenes Häuschen. Die Eigentümerin – eine Witwe – wohnt im Parterre. Im ersten Stock, sagt Schwester Inge, hat sich Roland ein Loft eingerichtet.«

Ein Loft? Ist ein Loft nicht eine komplette Etage, meistens die oberste, in einer stillgelegten Fabrik: riesig, hohe Decken? Ein Loft im ersten Stock eines verwunschenen Häuschens? Das wäre ja wie eine Bohrinsel im Aquarium, wie eine Orangerie in Bauer Kleins Heustadel, wie der Mont Blanc im Sandka ...!

Mit einem unwilligen Runzeln der Stirn und einem zwischen den Zähnen zermalmten »Ist jetzt eine Schraube locker?«, brachte Fanni die Gedankestimme zum Schweigen. Egal wie man Rolands Räumlichkeiten bezeichnen will, dachte sie, Hauptsache, wir wissen jetzt, wo sie liegen.

Fanni sprang auf.

Luise hielt sie mit einer Geste zurück. »Ein Loft, das ist eine Wohnung ganz ohne Türen und Zwischenwände. Nur das Badezimmer ...«

»Du bist ein Schatz, Tante Luise«, unterbrach Fanni sie, gab ihr spontan einen Kuss auf die runzlige Backe und eilte zur Tür. Dort drehte sie sich noch mal um. »Und halt Augen und Ohren offen!«

»Da kannst du Gift drauf nehmen«, versprach Luise.

Auf dem Flur blockierte Hanno mit einem riesigen Servierwagen, auf dem sich Tabletts mit Medikamenten, Thermoskannen und Packen mit Zellstofftüchern befanden, den Durchgang zur Hintertreppe.

Da nahm Fanni flugs den Hauptaufgang.

Beim Queren des Foyers sah sie draußen auf der Allee Dr. Benat mit Verena, dem Putzmädchen, zusammenstehen. Fanni trat soeben aus dem Portal, als er Verena kurz übers Haar strich und sich zum Gehen wandte. Noch vor dem ersten Schritt entdeckte er sie.

»Frau Rot! Wie schön, Sie so bald wiederzusehen.«

Du hast wirklich gut daran getan, stets die Hintertreppe zu benutzen!

Gar nichts ist gut daran, dachte Fanni gereizt, dass ich dort den toten Pfleger gesehen habe – oder jedenfalls glaubte, ihn zu sehen. Und damit du es nur weißt, kanzelte sie ihre ungeliebte Gedankenstimme ab, künftig benutze ich nur noch den Haupteingang. Das kann den Ermittlungen bloß dienlich sein.

Sie lächelte Benat freundlich an. »Ein liebes Mädchen, die kleine Verena.«

»Ja«, stimmte ihr Benat zu, »und so hübsch. Ich würde sie in meiner Kanzlei sofort als Empfangsdame einstellen, wenn sie nur ein bisschen mehr Bildung aufzuweisen hätte – vor allem was die Sprache betrifft.«

»Jung, wie sie ist«, meinte Fanni, »ließe sich doch da noch einiges vorantreiben.«

»Auf alle Fälle«, erwiderte Benat. »Ich bin gerade dabei, mich drum zu kümmern. Erst neulich habe ich sie zu einem Bekannten geschickt, der eine private Schule für Jugendliche mit diversen – ähm – Unvollkommenheiten leitet. Es wäre ja wirklich unverantwortlich, wenn man zuließe, dass dieser furchtbare Dialekt dem Kind die Freude am Leben vergällt.«

»Die Freude am Leben«, wiederholte Fanni gedankenvoll. »Ich fürchte, die wird ihr im Moment eher durch Liebeskummer vergällt.«

Benat wirkte ein wenig ratlos, als er sagte: »Für Verenas Amouren habe ich mich bisher eigentlich nicht interessiert.«

Sie waren am Ende der Allee angekommen. Benat verbeugte sich höflich vor Fanni und verabschiedete sich.

Er machte ein paar schnelle Schritte in Richtung des mannshohen Feldsteins, der den vorderen Parkplatz zur Allee hin abgrenzte, drehte sich aber plötzlich wieder um und kam zurück. »Verzeihen Sie einem alten Hohlkopf, Frau Rot, der die allerwichtigsten Dinge vergisst.« Er hob die rechte Hand mit der Fläche nach oben, wie um zu zeigen, dass sie leer war. »Ich habe in meiner Kanzlei bereits Anweisung gegeben, Kontakt zu Roland Becker aufzunehmen. Leider ist mir noch keine Erfolgsmeldung zugegangen.« Nach einer kurzen Pause fügte er hinzu: »Ich glaube aber schon, dass er gesund und munter auf dieser Zellerhütte Almdudler ausschenkt.«

Er überlegte einen Moment, bevor er weitersprach. »Gestern Nachmittag habe ich mir nämlich die Zeit genommen, schier jeden in der Katherinenresidenz nach Becker zu fragen, Schwestern, Bewohner ... Dabei fand ich heraus, dass ihn an dem Tag, an dem Sie ihn auf der Hintertreppe fanden, niemand sonst hier gesehen hat.«

Er schaute Fanni mitfühlend an und sagte halb zu sich selbst: »Vielleicht haben Sie sich einfach getäuscht.« Schnell schob er nach: »Wir werden sicher bald herausbekommen, was aus Becker geworden ist, spätestens am Montag werden wir wissen, wo er sich aufhält.« Er berührte kurz Fannis Arm. »Lassen Sie die Sache ruhen übers Wochenende und erholen Sie sich von dem Schrecken.«

Im nächsten Moment war er zwischen den parkenden Autos verschwunden.

Ein guter Rat! Aber Fanni-Terrier hat sich ja bereits auf Rolands Fährte gesetzt und drängt vorwärts!

Fanni streckte ihrer Gedankenstimme die Zunge heraus und ließ sich auf die Letzte in der Reihe von Bänken fallen, die unter den Bäumen der Allee aufgestellt waren. Geschäftig begann sie, in ihrer Handtasche nach dem Handy zu kramen. Sie musste sich mit Sprudel in Verbindung setzen. Das würde ein wenig Zeit und Aufmerksamkeit in Anspruch nehmen.

Sie drückte auf den Einschaltknopf.

»PIN-Code!«, verlangte das Handy.

Sorgfältig tippte sie das Geburtsjahr ihrer Zwillinge ein.

»Okay!«

Fanni atmete auf und drückte die Taste mit dem blauen Balken.

»Verzeichnis! Auswählen!«

Sie berührte den Pfeil, der nach unten wies.

»Sprudel!«

Fannis Fingerkuppe schoss blitzschnell zu dem blauen Balken zurück, als bestünde Gefahr, dass der Name wieder verschwinden könnte, wenn sie sich nicht beeilte.

Sprudel meldete sich nach dem dritten Klingeln.

»Wir treffen uns in einer Viertelstunde am Fallgitter von Schloss Egg«, sagte Fanni. Sie wartete kaum Sprudels Zustimmung ab, bevor sie wieder auf den blauen Balken, dann

sofort auf den Ausschaltknopf drückte und das Handy in der Tasche verschwinden ließ.
Du tust grade so, als ob das Ding bissig wäre!
Wer weiß?

Als Fanni in Egg ankam, lehnte Sprudel bereits an einer der Holzplanken, die am Schlosspark entlangliefen, und betrachtete die Burg.

»Beeindruckendes Gemäuer.« Er ließ den Blick über die Ringmauer schweifen, über die Türmchen und Giebel bis zum Hungerturm.

»Vierzehntes Jahrhundert – Peter von Egg – übler Bursche«, informierte ihn Fanni bruchstückhaft, während sie das Wagenschloss einschnappen ließ und den Schlüssel verstaute.

»Aber sehenswert«, meinte Sprudel. »Ich habe schon einen Blick in den Schlosshof geworfen. Von dort führt eine Treppe zur eigentlichen Burg.«

Fanni nickte. »Im inneren Schlosshof geht man an der Kapelle, am Ritterbrunnen und am Aufgang zum Hungerturm vorbei und kommt dann zu dem prächtigen Portal, das in die Burg hineinführt.«

»Man kann sie besichtigen?«, fragte Sprudel.

»Von oben bis unten«, erwiderte Fanni. »Speisesaal, Fürstenzimmer, Rittersaal, Spiegelzimmer – alles von den diversen Grafen, die das Schloss seit Peter von Eck in Besitz hatten, aufs Prunkvollste angebaut, aufgestockt, vergrößert, renoviert.«

Sprudel öffnete den Mund, um etwas zu sagen, doch Fanni legte die Hand auf seinen Arm. »Das Schloss samt

Brückchen und Treppchen, samt Park und Kapelle ist durchaus eine Besichtigung wert, Sprudel. Aber die musst du ohne mich machen, wenn wir uns nicht mit voller Absicht ins Gerede bringen wollen. Frau Pramls Tochter hält hier Führungen, Frau Itschkos Schwester arbeitet als Bedienung in der Schlossgaststätte.«

Sie musste Sprudel nicht erklären, dass mit diesen beiden Spitzeln im Schloss sich jedwede Nachricht, Erlenweiler und seine Bewohner betreffend, wie ein Lauffeuer verbreiten würde. Beim Frauenbund, dessen Vorsitzende Frau Praml war, würde man Sanktionen gegen Fanni erwägen, und Frau Itschkos Telefondraht würde heiß laufen, worunter Fanni doppelt zu leiden hätte, denn Frau Itschko pflegte ihre Telefongespräche ausschließlich im Garten hinter Fannis Thujenhecke zu führen.

Wolltest du nicht alles kommen lassen, wie es kommt? Wolltest du nicht aufhören zu taktieren, aufhören zu vertuschen?

Vor allen Dingen wollte Fanni ihrer Gedankestimme den Mund verbieten. Aber dann setzte sie sich doch mit ihr auseinander: Sprudel gegenüber will ich nicht mehr taktieren, ihn nicht mehr wegschieben, wenn er mich in die Arme nimmt; ihm nicht mehr vorschreiben, dass unsere Beziehung rein platonisch zu sein hat. Aber nach außen hin soll vorerst alles bleiben, wie es ist. Ich will Hans Rots heile Welt nicht mutwillig zerstören, werde aber auch nichts dagegen unternehmen, wenn sie eines Tages zusammenbricht.

Sprudel war deutlich anzusehen, was er dachte: Ohne Fanni verliert das Schloss seinen Reiz. Aber es kann gut sein, dass der Tag bald kommt, an dem wir auf kein Gerede der Welt mehr Rücksicht nehmen müssen.

Sie überquerten die Straße und gingen an einem Zaun entlang, bis sie eine kleine Gartenpforte erreichten. Dahinter lag ein mit Efeu fast zugewachsenes Holzhaus. Kurze Abschnitte eines ausgedehnten Balkons ragten sporadisch zwischen all dem Grün hervor, und zwei Reihen von Sprossenfenstern scheiterten schier an ihrer Aufgabe, Licht durchzulassen.

»Erbaut im vierzehnten Jahrhundert im Auftrag des Peter von Eck und bewohnt von seiner Mätresse?«, erkundigte sich Sprudel.

»Warum nicht?«, erwiderte Fanni lächelnd und ging durch den dicht wuchernden Garten auf den Hauseingang zu. Sie war noch einige Schritte entfernt, als die Tür aufging, die Öffnung aber im selben Moment von der ausladenden Figur einer Mittfünfzigerin verdeckt wurde.

Fanni fragte nach Roland Becker.

»Der ist immer noch nicht heimgekommen«, bekam sie zur Antwort.

»Von seiner Urlaubsreise?«, fragte Fanni.

»Was für eine Reise?«, fragte die Walküre verdutzt zurück.

Fanni warf einen Blick auf das Schild unter der Klingel. Die Frau hieß offensichtlich Bachl.

Sie holte Luft. »Roland hat bei seiner Arbeitsstelle vierzehn Tage Urlaub eingereicht. Wir dachten, er wollte verreisen.«

»Ist er aber nicht«, antwortete Frau Bachl. »Wer sind Sie denn überhaupt?«

Als Fanni zögerte, sprang Sprudel ein. »Wir sind Bekannte von Roland und machen uns Sorgen, weil er seit Tagen wieder zurück sein müsste.«

»Er war aber nicht im Urlaub«, wiederholte Frau Bachl. »Komisch ist allerdings ...«

Fanni und Sprudel sahen sie gespannt an.

Frau Bachl wies auf zwei Bänke und einen Tisch, die rechts von der Tür an der Hauswand standen. »Im Sitzen redet sich's bequemer.«

Fanni und Sprudel teilten sich eine Bank; die andere überließen sie Frau Bachl, die schier den gesamten Platz darauf einnahm.

Die Anstrengung des Hinsetzens hatte sie außer Atem gebracht.

Fanni und Sprudel warteten geduldig.

»Also«, begann Frau Bachl kurzatmig. »Der Roland hat in der Katherinenresidenz zwei Wochen Urlaub genommen, das stimmt schon, aber fortgefahren ist er nicht. ›Bei uns, da ist es auch schön‹, hat er zu mir gesagt. ›Wir haben etliche Baggerweiher, die Donau und das Elypso. Wir haben schöne Biergärten, ebene Radlwege und den Dreitannenriegel, wenn's einem grad nach Bergwandern ist.‹«

Sie musste wieder verschnaufen. »Viel hab ich nicht gesehen von ihm in seiner Urlaubszeit«, sagte sie dann. »Aber er hat jede Nacht hier geschlafen.« Sie deutete auf ein Fenster im ersten Stock. »Sein Bett steht genau über meinem. Und in der Nacht, wenn sonst alles still ist unten, dann hört man halt allerhand Geräusche von oben.«

Sie winkte ab, als Sprudel eine Augenbraue hochzog. »Nein, nicht was Sie meinen. Er hat niemanden mitgebracht, der Roland, das hätte ich gemerkt.« Sie nickte, ihre eigenen Worte bestätigend, vor sich hin.

»Und was war komisch?«, fragte Fanni.

»Also, in der zweiten Woche von seinem Urlaub«, berichtete Frau Bachl, »ist der Roland am Mittwoch in der Früh – neun wird's gewesen sein – aus dem Haus gegangen. Aber an dem Tag ist er am Abend nicht heimkommen und gestern auch nicht.«

»Roland ist folglich seit zwei, eigentlich schon drei Tagen verschwunden«, resümierte Sprudel, nachdem es am Tisch eine Weile still gewesen war.

»Und das ist komisch«, sagte Frau Bachl.

»Sind Sie deshalb so verwundert, weil Roland Sie normalerweise informiert, wenn er verreist?«, fragte Sprudel.

»Er sagt's mir immer, wenn er über Nacht außer Haus bleibt«, antwortete Frau Bachl und lächelte ein wenig schamhaft. »Das haben wir so ausgemacht, weil ich dann die Sicherheitskette vorlege und das Hauslicht eingeschaltet lasse.«

Fanni hätte Frau Bachl gern gefragt, ob Roland oft nachts außer Haus blieb, ob er nur dann und wann Besuch hatte oder regelmäßig und von wem er Besuch bekam. Aber Sprudel hatte sie beide bei Frau Bachl als Bekannte von Roland eingeführt, deshalb wagte sie es nicht, Fragen zu stellen wie bei einem Verhör.

Sprudel sprang in die Bresche. »Na, vielleicht hat sich Roland ja eine neue Freundin angelacht und im Überschwang vergessen, Sie darüber zu informieren, dass er sich bei ihr einquartiert hat.«

Frau Bachl krauste die Nase und schüttelte den Kopf. »Nicht der Roland. Da kennen Sie ihn aber schlecht. Ein Mädel bringt den nicht aus der Spur.«

»Aber was könnte ihn dann derartig aus der Spur gebracht

haben«, hakte Fanni ein, »dass er sich nicht bei Ihnen meldet?«

Frau Bachl verschränkte die Hände vor dem mächtigen Busen und wiederholte: »Ja, komisch ist das schon.«

Nach kurzem einträchtigen Schweigen kam Sprudel noch mal auf Roland Beckers Urlaubstage zu sprechen.

»Ja«, bestätigte Frau Bachl, »tagsüber war er meistens unterwegs. Seit ich im Vorruhestand bin, arbeite ich viel im Garten« – sie deutete auf etliche Gemüsebeete, die sich auf der Südseite erstreckten – »und hab ihn am Vormittag oft weggehen sehen.«

Frau Bachl dachte einen Moment lang nach. »Er hat mir aber nie gesagt, wohin er wollte.« Sie legte die Stirn in Falten. »Das ist eigentlich auch komisch. Normalerweise hat er gern ein Schwätzchen mit mir gehalten und mir erzählt, was sich bei ihm so tut. Aber in der letzten Zeit ist er recht einsilbig gewesen – und irgendwie umtriebig.«

»Ja, das hat uns auch Sorgen gemacht«, sagte Sprudel, als hätte er Roland Becker selbst so erlebt.

»Und Sie wüssten niemanden, dem er sich anvertraut haben könnte?«, legte Fanni nach.

Frau Bachl verneinte bedauernd. Plötzlich wirkte sie alarmiert. »Sie glauben doch nicht, dass ihm etwas zugestoßen ist?«

»Wie gesagt«, antwortete Sprudel, »wir machen uns Sorgen. Vielleicht hat Roland mit jemandem Ärger gehabt, vielleicht ist es zu einem handfesten Streit gekommen, zu einer Schlägerei ...«

Frau Bachl schlug sich entsetzt beide Hände vor den Mund und ließ sie nach einem Augenblick kraftlos heruntersinken. »Zusammengeschlagen ... liegen geblieben ... irgendwo im Wald ... im Schilf ... verblutet ... ertrunken ... der Roland ...«, stammelte sie.

»Wir wollen den Teufel nicht an die Wand malen«, sagte Sprudel beschwichtigend.

»Aber auch uns wäre wohler, wenn wir wüssten, dass es ihm gut geht«, sagte Fanni und erhob sich. »Würden Sie uns Bescheid sagen, wenn Sie etwas von ihm hören?«

»Oder wenn Ihnen sonst noch etwas einfällt?«, fügte Sprudel hinzu und erhob sich ebenfalls.

Frau Bachl nickte und wuchtete ihr Gewicht von der Bank hoch.

Sprudel schrieb seine Handynummer auf ein Blatt Papier, das er aus seiner Brieftasche genommen hatte. Dann verabschiedete er sich und wandte sich zum Gehen. Fanni stand noch immer da und sah Frau Bachl nachdenklich an.

»Ob es wohl sein könnte«, begann Fanni zögernd, »dass in Rolands Wohnung etwas herumliegt, das uns Aufschluss geben ...« Sie versandete.

»Ein Brief«, sprang Sprudel reaktionsschnell ein. »Eine Nachricht, die ihn dazu veranlasst hat, Hals über Kopf wegzufahren.«

Frau Bachl kämpfte sichtlich mit sich. »Also, ich weiß nicht ... Das geht aber nicht ... Ich kann doch nicht ...«

»Vielleicht hat er ja für Sie eine Notiz hinterlassen«, schob Fanni nach.

Klar, unter seiner Matratze höchstwahrscheinlich!

Ja, dachte Fanni, Frau Bachl wird jetzt begreiflicherweise antworten, dass Roland eine solche Notiz nicht in seiner

Wohnung hinterlassen hätte, sondern in ihrer oder im Treppenhaus oder an die Haustür gepinnt.

Doch zu ihrer Überraschung sagte Frau Bachl mit fester Stimme: »Wir sehen nach. Wenn ich mir vorstelle, dass ihm etwas zugestoßen sein könnte, und wir haben nicht ...« Sie gab sich einen Ruck und stapfte entschlossen auf die Haustür zu.

Es dauerte einige Zeit, bis sie sich die Stufen zum Obergeschoss hinaufgequält hatte. Fanni und Sprudel folgten ihr dicht auf den Fersen.

Die Treppe endete in einem quadratischen Absatz, von dem eine einzige Tür wegführte.

Frau Bachl drückte die Klinke hinunter. Die Tür ging mit leisem Quietschen auf. »Er schließt nie ab«, sagte Frau Bachl in dem gleichen Ton, in dem man sagen würde: »Die Donau fließt ins Schwarze Meer«, und trat ein. Plötzlich blieb sie wie erstarrt stehen.

Fanni zwängte sich an ihr vorbei und machte ein paar Schritte in den Raum hinein, der sich vor ihr auftat.

Tante Luises Informantin hatte insofern recht, dachte sie, dass Roland in diesem Hexenhäuschen hier ein Domizil hat, das nur aus einem einzigen Zimmer besteht. Fanni ließ ihren Blick über den Schreibtisch schweifen, der am vordersten Fenster stand und ziemlich unordentlich mit Zetteln, Stiften, Zeitschriften –

Schreibkram halt!

– bedeckt war. Mitten in dem Durcheinander befand sich der Bildschirm eines Rechners. Er musste eingeschaltet sein, denn obwohl er dunkel war, gab er ein leises Rauschen von sich.

Fannis spionierender Blick wanderte weiter zu einer Art Theke mit drei Barhockern und zu einer Anrichte mit halb offen stehenden Türen, die eine hinreichende Sicht auf Teller, Tassen und Gläser ermöglichten. Er eilte geschwind darüber hinweg zu einem Sofa, auf dem von Büchern bis hin zu bunten Kartons alles Mögliche herumlag, und von dort an das Ende des Raumes zu einem Paravent, hinter dem Fanni Rolands Schlafecke vermutete.

Besonders ordentlich war er ja nicht, der Gute!

Fanni hob unmerklich die Schultern. Standard heutzutage, dachte sie, in Leos Singlehaushalt sieht es ähnlich aus, soviel ich weiß.

Ihr Blick war zu Frau Bachl zurückgekehrt, und erst jetzt merkte sie, dass die Hausherrin den Atem anzuhalten schien und sich auf ihren dicken Backen rote Flecken gebildet hatten.

Herzanfall?

Bevor Fanni nachfragen konnte, rief Frau Bachl: »Wer hat denn hier herumgewühlt? Wer hat denn Rolands Schreibtisch verwüstet? Wer hat den Computer eingeschaltet?«

»Das wird er wohl selbst gewesen sein«, sagte Sprudel über die Schulter von Frau Bachl hinweg. »War anscheinend in Eile, der Junge.«

»Nein«, rief Frau Bachl. »Niemals hätte er so eine Unordnung hinterlassen. Auf seinem Schreibtisch schon gar nicht. Wo er doch immer so akkurat ist, der Roland.« Schwer atmend trat sie weiter in den Raum hinein, schaute wie gehetzt von einer Wand zur andern.

»Hier ist ein Dieb gewesen«, keuchte sie plötzlich. »Hier hat ein Dieb nach Wertsachen gesucht und dabei alles auf den Kopf gestellt. Aber wie ist der …?«

Auf einmal schoss sie wie ein gereiztes Nashorn auf den Paravent zu.

Noch bevor sie ihn erreichte, erkannte Fanni, dass sich daneben eine Tür befand. Frau Bachl riss diese Tür auf und brach in den dahinter liegenden Raum.

Fanni und Sprudel durchquerten die Wohnung nun ebenfalls und fanden Frau Bachl in einem kleinen Badezimmer, wo sie sich aus dem weit geöffneten Fenster lehnte.

»Da, da!«, schrie sie, zwängte nun auch einen ihrer dicken Arme durch die Fensteröffnung und deutete hinunter. »Da ist er heraufgeklettert. Und meine Petersilie hat er zertreten – und die Endivienpflanzen auch. Die waren aber heute früh noch in Ordnung. Der Kerl muss mitten am Nachmittag eingestiegen sein. Um vier, als ich beim Metzger war.«

Fanni sah keine Möglichkeit, einen Blick nach unten zu werfen, weil die Fensteröffnung komplett von Frau Bachl ausgefüllt war.

Es spielt ja auch keine Rolle, dachte sie, wann und woran der Dieb heraufgeklettert ist. Bedeutsam ist, dass die Bachl von einem Einbruch ausgeht.

»Aber das Fenster ist doch völlig unbeschädigt«, hörte sie Sprudels Stimme.

Frau Bachl wand sich durch die Öffnung zurück nach drinnen und sah Sprudel verwirrt an.

»Wie soll denn der Dieb hereingekommen sein, ohne die Scheibe einzuschlagen?«, fragte der.

Frau Bachl schnaufte heftig. »Das Fenster, das Badfenster da, das steht den ganzen Sommer über offen, damit die Bretter und die Leisten nicht schimmeln.« Sie deutete an die Decke, die mit Holz verschalt war. »»Das kann man getrost offen lassen, das Badfenster‹, sagt Roland immer, ›weil es so versteckt zwischen Dachrinne und Kaminvorsprung liegt, dass es von außen so gut wie nicht zu sehen ist.‹ Und halb zugewachsen ist es auch«, fügte sie hinzu.

Was für ein Glück für einen, der hier eindringen will! Er kann sein Vorhaben bei helllichtem Tag ausführen, ohne aufzufallen!

»Wir haben es also mit einem Einbrecher zu tun«, konstatierte Sprudel, »einem Dieb, der wusste oder herausfand, wie man hier hereinkommt, der eingestiegen ist und alles durcheinandergebracht hat. Aber was hat er gestohlen? Geld?«

Frau Bachl schüttelte den Kopf. »Roland hat nie viel Bargeld in der Wohnung. Mir hat er ja auch immer eingeschärft, nur kleine Beträge von der Bank zu holen.«

Sie trat wieder in den großen Raum und sah sich um. »Aber er besitzt eine schöne Stereoanlage, einen Fernseher mit Flachbildschirm ...« – beides stand unangetastet auf einem niedrigen Sideboard, wie Fanni konstatierte – »... und einen Computer«, endete sie verstört. Nach einer Weile fügte sie ungläubig hinzu: »Aber alles ist ja noch da.«

»Der *Dieb*«, sagte Fanni trocken, »hat den Rechner nicht geklaut, sondern eingeschaltet.«

»Und er hat die Wohnung durchsucht«, ergänzte Sprudel.

»Wonach denn?«, heulte Frau Bachl.

»Vielleicht nach Aufzeichnungen«, sagte Sprudel, »nach einem Schriftstück oder einem Vertrag. Hat Roland mit jemandem Geschäfte gemacht?«

Frau Bachl hob und senkte die Schultern und schüttelte gleichzeitig den Kopf. »Was denn für Geschäfte?«

Weil sie darauf keine Antwort bekam, warf Frau Bachl einen letzten Blick in die Runde und wandte sich dann der Tür zu, die in den Flur führte.

»Sie sollten die Polizei informieren«, sagte Sprudel und folgte ihr auf den Flur hinaus.

Einen Augenblick später hörte Fanni die beiden die Treppe hinuntersteigen.

Sie selbst stand noch vor dem Schreibtisch und starrte auf den schlafenden Bildschirm des Rechners. Ein Fingerklick auf die Maus ließ ihn mit einer Klangfolge zum Leben erwachen.

Plötzlich blickte Fanni in die Gesichter von Schwester Monika, von Schwester Inge, von Schwester Sowieso. Roland hatte das gesamte Personal der Katherinenresidenz auf der Startseite.

Zwischen den Gesichtern entdeckte Fanni mit undefinierbaren Symbolen bezeichnete Ordner und fragte sich, welchen sie anklicken musste, um an Rolands relevante Dateien zu kommen.

Vergiss den Rechner! Selbst wenn Roland seine Dateien nicht mit einem Passwort geschützt hat, wirst du nichts finden, was dir weiterhilft! Da ist dir eindeutig einer zuvorgekommen!

Fanni gab ihrer ungeliebten Gedankenstimme ausnahmsweise recht.

Falls der Einbrecher irgendwelche Aufzeichnungen gesucht hat, sagte sie sich, muss er Rechner und Schreibtisch gründlich durchforstet haben.

Sie fasste die offen stehende Anrichte neben der Theke ins Auge: Geschirr, Besteck, ein Wasserkocher, und in einem Extrafach: Zucker, Kaffee, Tee.

Nur Frauen bewahren ihre Geheimnisse in Kaffeedosen auf!
Und Männer?, fragte sich Fanni. Im Gehäuse der Bohrmaschine?

Sie ging zum Sofa hinüber, beäugte den Flachbildschirm.
Flach und fugenlos verschweißt!
Ein Häufchen durcheinandergeworfener Broschüren belegte auf dem Sideboard den Platz zwischen TV-Gerät und Stereoanlage.
Hier ist auch schon rumgestöbert worden!
Roland könnte das, was der Einbrecher gesucht hat, in einer der Boxen verborgen haben, dachte Fanni.
Willst du die Dinger mit einer Axt zu Kleinholz machen, um nachzusehen?
Fanni schürzte die Lippen und stand unschlüssig herum.
Plötzlich fiel ihr Blick auf den CD-Ständer, eilte an den Schmalseiten der CDs hinauf und hinunter. Im unteren Drittel blieb er an einem CD-Rücken hängen, der aus einer weißen Spirale bestand.
Fannis rechte Hand griff automatisch zu und zog einen Spiralblock im DIN-A-6-Format aus dem Ständer.
»Fanni?« Der besorgte Ruf kam vom Fuß der Treppe.
Sie eilte hinunter, wo Sprudel sie erwartete.
Aus einem der Zimmer im Erdgeschoss hörte sie Frau Bachls erregte Stimme.
»Sie telefoniert gerade mit der Polizei«, raunte Sprudel.
Fanni nickte. »Sollte sie Roland nicht auch gleich als vermisst melden?«

Wenig später standen Fanni und Sprudel neben ihren Autos am Rand des Schlossparks.

Fanni hatte den Spiralblock aus der Hosentasche gefischt und fächerte ihn auf. Sprudel war dicht an sie herangetreten und musterte die beschriebenen Seiten.

»Kürzel«, sagte Fanni. »Buchstaben – Zahlen.«

»Kryptisch«, fand Sprudel.

»Persönliche Notizen halt«, sagte Fanni.

»Die nichts bedeuten müssen«, erwiderte Sprudel. »Was schreibt man sich nicht oft für Unsinn auf?«

»Jede Menge«, meinte Fanni, »aber dann geht man nicht her und sucht ein ziemlich gewitztes Versteck dafür.«

»Du hast recht«, sagte Sprudel. »Aber ob jemals einer schlau wird aus diesem Gekritzel?«

»Da muss man sich ganz konzentriert dransetzen«, beschied ihm Fanni, »und das werden wir tun, sobald wir uns Zeit dafür nehmen können.«

Sie stopfte den Block wieder in die Hosentasche.

»Fanni«, gab Sprudel zu bedenken, »das ist Unterschlagung von Beweismaterial.«

»Das ist unsinniges Gekritzel – wie du selbst sagtest – und beweist erst mal gar nichts«, erwiderte Fanni scharf.

Sprudel seufzte. »Diebstahl ist es aber schon.«

»Setzt dieses Delikt nicht voraus, dass die gestohlene Sache einen gewissen Wert ...«, begann Fanni.

Sprudel winkte ab. »Schon gut, Rolands Notizen gehören dir. Dem besten Jäger gebührt die Beute.«

Fanni grinste zufrieden. Dann wurde sie wieder ernst. »Eigentlich erübrigt sich unser Ausflug zur Zellerhütte.« Obgleich sie Sprudels enttäuschte Miene bemerkte, fuhr sie fort: »Für mich steht jedenfalls fest, dass die Karte an Schwester Monika getürkt ist.« Sie zitierte aus dem Gedächtnis: »›... hier in den Bergen ist es so schön, dass ich einfach nicht wieder weggehen kann. Kurzerhand habe ich mich deshalb entschlossen, auf der Zellerhütte als Aushilfe ...‹ Im glatten Gegensatz dazu beteuert aber Frau Bachl, dass Roland noch bis vor zwei Tagen da drüben«, sie deutete über die Straße auf das Hexenhaus, »aus und ein ging.«

»Dein Argument ist überzeugend«, antwortete Sprudel lahm und kratzte mit dem Daumennagel eine Rille in die Holplanke, an der er lehnte. Dann fügte er zögernd hinzu: »Roland könnte aber trotzdem auf dieser Hütte sein. Vielleicht ist er vor zwei Tagen überstürzt, aus einem Grund, den er geheim halten will, dorthin gefahren. Unterwegs hat er die Karte und den Brief eingeworfen.«

Fanni verzog das Gesicht. »Besonders plausibel hört sich das nicht an. Aber gut, warum nicht? Sehen wir nach, ob Roland überraschenderweise auf der Zellerhütte Betten bezieht.«

Sprudels Miene hellte sich auf.

»Das heißt aber«, fügte Fanni hinzu, »dass ich jetzt schnellstens nach Hause muss. Ich muss wegen Ivo mit Olga reden, muss packen ...« Sie sprang in ihren Wagen. Über die Schulter rief sie zurück: »Morgen früh – zehn Uhr – Sportplatz.« Im Rückspiegel sah sie, dass Sprudel nickte. Er hatte verstanden.

6

Fannis Konzept fürs Wochenende fand rundum Anklang.

Olga Klein zeigte sich entzückt darüber, dass Fanni und Sprudel ihren Sohn mit nach Osterreich nehmen wollten.

»Ich bin Ihnen wirklich dankbar«, sagte die Bäuerin. »Wir selbst können ja immer nur für ein paar Stunden wegfahren. Mit einem Stall voll Milchkühe ist man Jahr und Tag an den Hof angehängt. So oft habe ich mir schon überlegt, wie Ivo mal zu einem längeren Ausflug kommen könnte.«

Es verstand sich von selbst, dass die Kleins nichts über Sprudels Beteiligtsein an der Unternehmung ausplaudern würden. Besser als alle anderen in Erlenweiler und Umgebung – schließlich waren es ja Sprudel und Fanni gemeinsam gewesen, die den alten Klein im Fall Mirza vor dem Knast bewahrt hatten – wussten sie über die enge Freundschaft der beiden Bescheid.

Fanni nahm an, dass die Kleins nicht einmal über den Ausflug an sich reden würden, denn sie waren ebenso wenig wie Fanni daran interessiert, in Erlenweiler wieder einmal die Klatschwellen hochschlagen zu lassen.

Begreiflicherweise hatten sie genug davon, dass über Ivo, den Tschechenbankert, hergezogen wurde, den Bene, der Kretin, adoptiert hatte. Käme nun den Erlenweilern etwas über Fannis Vorhaben zu Ohren, würde auch Ivo sofort wieder ins Gerede geraten, und den Erlenweiler Ring hinauf und hinunter würde es heißen: »Der Tschechenbankert – man fasst es nicht – tritt mit Fanni Rot und ihrem Liebhaber eine Reise an.«

Olga war also freudig einverstanden, und die Kleins würden verschwiegen sein.

Max, der wie ausgemacht am Freitagabend mit Leni in Erlenweiler angekommen war, zeigte sich enthusiastisch, als er erfuhr, dass er schier das komplette Wochenende mit seinem Freund auf einem österreichischen Bauernhof verbringen durfte.

Fanni setzte ihren Enkel allerdings erst ins Bild, nachdem sich Hans Rot planmäßig am Samstag früh mit seinem Kegelclub nach Oberammergau aufgemacht hatte.

Als die Luft rein war, nahm Fanni ihren Enkel beiseite und berichtete ihm von den Reiseplänen.

»Mit Ivo«, jubelte Max. »Mit meinem besten Freund Ivo. Auf einen Bauernhof. Zu ganz besonderen Kühen.«

»Mit Ivo«, bestätigte Fanni. Dann sah sie Max eindringlich an. »Aber vielleicht ist es besser, dem Opa nichts von unserem Ausflug zu erzählen.«

»Opa ist ja eh nicht da«, sagte Max.

»Später, meine ich, wenn wir zurück sind und er auch«, erklärte Fanni.

Da legte Max verschwörerisch den Zeigefinger auf die Lippen. »Der Opa kann den Ivo nicht leiden, den Bene nicht, die Olga nicht und den Bauer Klein erst recht nicht. Da wäre es ja echt gemein, wenn wir ihm lang und breit von einem Ausflug mit Ivo erzählen würden.«

Fanni atmete auf. Ihr Enkel würde dichthalten. Er würde

Hans gegenüber weder den Ausflug erwähnen noch Ivo, und vor allem nicht – Sprudel.

Leni zwinkerte ihrer Mutter verschwörerisch zu. »Heiße Aktion: Die Verfemten von Erlenweiler organisieren sich!«

Leni hatte von dem Hintergrund, der zu Fannis Reiseplan geführt hatte, keine Ahnung. Denn gleich nach ihrer gestrigen Ankunft war sie zum Hütterl gefahren und hatte mit Marco dort übernachtet. Erst vor wenigen Minuten war sie zurückgekommen, um zu duschen und die Kleidung zu wechseln. Und nun war sie bereits wieder auf dem Sprung, weil sie und Marco sich auf den Weg nach Klattau machen mussten.

Nachdem Leni winkend hinausgehüpft war, holte Fanni ihre Reisetasche, die sie am Freitag spätabends noch gepackt hatte, aus dem Keller. Gleich darauf stieg sie noch einmal hinunter und brachte ihren Rucksack, den Beutel mit den Bergschuhen und die Kühlbox mit den Lebensmitteln herauf. Sämtliche Gepäckstücke hatten hinter dem Bügelbrett vor Hans Rots Augen verborgen auf den Zeitpunkt der Abfahrt warten müssen.

Und der war jetzt da.

Fanni belud den Kofferraum, ließ Max und Ivo einsteigen und schickte sich an, den Wagen zu starten.

Tags zuvor, noch am Schlosspark, hatte sie Sprudel zu verstehen gegeben, dass sie ihn am heutigen Morgen gegen zehn Uhr am Sportplatz abholen würde. Sprudels Wagen konnte dort unter der Zuschauertribüne übers Wochenende stehen bleiben, ohne dass er auffiel.

Als Fanni den Zündschlüssel drehte, gab der Motor nur

ein leises, sieches Röcheln von sich. Sie zog den Schlüssel heraus, steckte ihn erneut ins Schloss und ließ ihn mal nach rechts, mal nach links schnappen. Links tat sich gar nichts, rechts konnte man zuweilen ein gedämpftes Wimmern vernehmen.

Unter fachmännischer Anleitung der beiden Buben versuchte Fanni daraufhin (während sie den Zündschlüssel rechts gedreht hielt) mit verschiedensten Taktiken, den Motor zum Laufen zu bringen. Sie trat mal sanft, mal heftig aufs Gaspedal, legte verschiedene Gänge ein (einmal sogar den Rückwärtsgang), trat auf die Kupplung, ließ sie wieder los.

Der einzige Erfolg all jener Manöver war, dass auch noch das kränkliche Wimmern erstarb. Stille. Unter der Motorhaube tat sich kein Mucks mehr.

Auch die Buben verstummten und sahen Fanni mit ängstlichen Gesichtern an.

Sie zückte ihr Handy. »Dann muss Sprudel halt herkommen, und wir nehmen seinen Wagen für die Fahrt nach Windischgarsten.«

Na wunderbar! Warum setzt du nicht gleich eine Anzeige in die Passauer Neue Presse? »Fanni Rot macht sich – kaum hat ihr Hans Rot den Rücken gekehrt – mit ihrem Romeo auf ins Wochenende«!

Sollen sie uns doch alle zusehen bei unserem Aufbruch, dachte Fanni ungerührt. Und bevor sie sich das Maul zerreißen, müssten sie dringend mal überlegen, ob sie es nicht nötiger haben, vor der eigenen Tür zu kehren.

Das Umladen der Gepäckstücke in Sprudels Wagen dauerte keine Minute. Die Buben saßen bereits angeschnallt im

Fond, als Fanni ihrem indisponierten Auto einen letzten missbilligenden Blick zuwarf und auf den Beifahrersitz neben Sprudel schlüpfte.

Gleich darauf bogen sie in die Hauptstraße ein.

Alle Achtung, Stellungswechsel in Rekordzeit geschafft! Aber glaub bloß nicht, dass die Nachbarn ihre Augen nur zwischen den eigenen vier Wänden hatten und das Geschehen unkommentiert lassen!

Nachdem sie das konstant überfüllte Autobahnstück zwischen Deggendorf und Passau hinter sich hatten, kamen sie gut voran.

»Die Mama hat im Bauernblatt einen Artikel über erstklassige Milchkühe gelesen, die in Windischgarsten gezüchtet worden sind«, erzählte Ivo auf der Höhe von Wels. »›Das müssen doch genau die Kühe sein‹, hat sie gesagt, ›die beim Bauer am Gunst im Stall stehen.‹ Und da bin ich jetzt echt gespannt.«

Ivo hat wirklich das Zeug dazu, den Klein-Hof zum Vorzeigebetrieb zu machen, dachte Fanni.

Aber spätestens dann wird sich die Geringschätzung, die ihm die Einheimischen jetzt schon entgegenbringen, in Neid und Missgunst verwandeln.

In Erlenweiler, stimmte Fanni ihrer altklugen Gedankenstimme zu, wobei ihr auffiel, dass sich in letzter Zeit die Einhelligkeiten häuften (was sich vermutlich aber nicht einbürgern würde), wird Ivo sein Leben lang mit dem Handicap des Geächteten fertig werden müssen. Handicaps scheinen zu den Kleins zu gehören wie Muttermale. Der Alte wurde zeitlebens als Bösewicht verteufelt, sein Sohn als Kretin, Ivo als Abschaum.

Sie hatten Kirchdorf passiert, und je näher sie ihrem Ziel am Fuß des Pyhrnpasses kamen, desto unruhiger wirkte Sprudel.

Fanni sah ihn fragend an.

Er räusperte sich. »Du hast beim Bauer am Gunst ein Apartment für uns bestellt?«

Sie nickte.

Nochmaliges Räuspern. »Ich wollte dich das gestern schon fragen.«

Fanni wartete.

Erneutes Räuspern. »Wie viele Schlafzimmer hat dieses Apartment denn?«

Fanni verbiss sich das Lachen. »Zwei«, gab sie gepresst zur Antwort.

»Zwei!« Sprudel klang alarmiert.

»Eins für die Buben, das hat Stockbetten ...« Fanni verstummte.

Nun hör schon auf, ihn zum Besten zu halten.

Sprudel hatte die Hände ums Lenkrad gekrampft.

Da berührte Fanni sanft seinen Arm. »Sprudel, Sprudel. Du denkst, ich will dich reinlegen, auf die Probe stellen oder sonst was Kindisches. Schäm dich.«

Er sah jetzt so verwirrt, ja fast gequält aus, dass Fanni ihn nicht mehr länger zappeln lassen konnte.

»In dem Bauernhaus am Gunst«, erklärte sie ihm, »gibt es in der ersten Etage zwei Apartments und ein Extrazimmer mit Bad. Ich dachte mir, dieses Zimmer mit Bad hättest du gern für dich.« Sie beobachtete Sprudels Reaktion genau: Erleichterung? Enttäuschung?

Beides. Ein Widerstreit der Gefühle.

Die Buben sprangen aus dem Wagen, kaum dass er zum Stehen gekommen war, schossen auf den Stall zu, rasten durch das offene Tor und waren verschwunden.

Fanni sah ihnen kopfschüttelnd nach.

Inzwischen war die Bäuerin aus dem Haus getreten.

Nachdem sie Fanni und Sprudel herzlich begrüßt hatte, sagte sie: »Machen S' nur in aller Ruhe Ihre Wanderung. »Lassen S' sich Zeit. Ich hab schon ein Aug auf die zwei.«

Fanni dankte ihr und bat sie, die Buben – wann immer nötig – nachdrücklichst in die Schranken zu weisen.

Dann brachten sie und Sprudel das Gepäck nach oben. Während Fanni den Kühlschrank füllte, stellte Sprudel für Max und Ivo Orangensaft, belegte Brote und Kekse auf dem Esstisch bereit.

Kurz darauf stiegen sie erneut in den Wagen, um sich in Richtung Vorderstoder auf den Weg zu machen. Dort zweigte kurz hinter einer Kapelle ein schmales Sträßchen zum Schafferteich ab, dem Ausgangspunkt zur Zellerhütte.

Auf dem Parkplatz oberhalb des Schafferteichs schnürten Fanni und Sprudel ihre Bergstiefel, schulterten die Rucksäcke und stapften los.

Der Pfad führte durch einen Wald bergwärts.

Nach einer knappen Stunde querten sie eine Forststraße und merkten, dass sie sich schon rechter Hand der Talstation einer Materialseilbahn befanden, deren im Wind schwankende Stahltrosse die Zellerhütte mit allem Nötigen versorgten.

»Ab hier wird es steil«, sagte Fanni.

Sprudel wischte sich mit seinem Taschentuch die Stirn.

Nach einer weiteren Stunde hatten sie die Steilstufe überwunden. Die kleine, ebene Fläche, auf der die Hütte stand, tauchte vor ihnen auf.

Weil eine wärmende Sonne schien, die ihre schweißgetränkten T-Shirts schnell trocknen würde, wählten sie einen der Tische im Freien.

Eine Frau in den Dreißigern fragte nach ihren Wünschen.

Roland Becker!

Als ob wir mit der Tür ins Haus fallen könnten, wies Fanni ihre Gedankenstimme zurecht.

Sie bestellten Getränke und eine steyrische Brotzeitplatte. Erst später, als die Frau zum Kassieren wieder an den Tisch trat, sagte Fanni: »Wir glaubten, einen Freund hier anzutreffen. Zu Hause hieß es, er würde den Sommer über auf der Zellerhütte aushelfen.«

Die Frau verneinte erstaunt. »Ich weiß von keiner Aushilfe. Der Wirt und die Wirtin tun die ganze Arbeit allein. Ich komm nur zum Bedienen her – am Wochenende, in der Ferienzeit manchmal auch werktags. Ich bin die Rosmarie.«

»Vielleicht ist unser Freund auch einfach als Gast hier«, warf Sprudel ein. »Er heißt Roland Becker.«

»Roland ...« Rosmarie dachte nach. »Also in der letzten Zeit ist kein Roland da gewesen. Aber es stellt sich ja nicht jeder mit Namen vor.«

Fanni begann, in ihrem Rucksack zu kramen. »Ich kann Ihnen den Roland mal zeigen.« Sie fand die Broschüre, mit der die Katherinenresidenz für sich warb, und schlug die Seite auf, auf der das Personal vor dem Eingangsportal abgebildet war.

»So sieht er aus.« Fanni tippte mit dem Zeigefinger auf Roland Beckers eigenwilliges Gesicht.

»Fescher Kerl«, sagte Rosmarie, »aber gesehen habe ich den noch nie.« Sie ließ den Blick über die Pflegeheim-Belegschaft gleiten.

Fanni beobachtete, wie Rosmaries Augenmerk kurz an Erwin Hannos pompöser Gestalt hängen blieb, wie ihr Blick einen Moment lang Verenas Figur abtastete, weiterwanderte, den Rand des Fotos erreichte, verweilte und dann mit einem Ruck an einen bestimmten Punkt zurückkehrte.

»Aber die da kenn ich«, rief Rosmarie und bohrte ihren spitzen Fingernagel in die blonden Locken einer hübschen jungen Frau.

Es ist eine der Schwestern, ich habe sie schon Medikamente austeilen sehen, dachte Fanni und versuchte, sich zu erinnern, wie die Blonde hieß.

Inge, es muss Schwester Inge sein, sagte sie sich nach einigem Nachdenken.

Fanni horchte auf, weil sie Rosmarie auf eine Frage von Sprudel antworten hörte, die ihr entgangen war. »Nein, nicht hier auf der Hütte, im Dilly's.«

»Dilly's?«, kam es synchron von Fanni und Sprudel.

»Das ist unser Wellnesshotel in Windischgarsten«, erklärte Rosmarie. »Da arbeite ich den Winter über im Service. Und die da«, der Fingernagel kratzte eine blinde Stelle in die Glanzschicht des Fotos, »die ist mir schon ein paarmal aufgefallen, weil sie immer allein an einem Tisch sitzt – dabei ist sie so eine Herzige.«

»Die Frau auf dem Foto hat in dem Wellnesshotel schon öfter Urlaub gemacht?«, fragte Sprudel nach.

Rosmarie winkte geringschätzig ab. »Länger als zwei Tage hat sie sich nie im Dilly's aufgehalten, hat halt immer ein Wochenendpauschalangebot genutzt.«

Am Nebentisch ließ sich soeben eine Gruppe nieder, die offensichtlich vom Warscheneck zurückgekommen war, für dessen Ersteigung die Zellerhütte als Stützpunkt diente.

»Rosmarie, willst uns verdursten lassen?«, tönte es herüber. »Rosmarie, was glaubst, wie nötig wir ein Bier haben?«

Offenbar waren es Einheimische. Rosmarie wandte sich ihnen lachend zu.

»Also dann, vier Weizen, zwei Radler.«

Nachdem Rosmarie sie wieder sich selbst überlassen hatte, kamen Fanni und Sprudel überein, dass es stümperhaft wäre, nicht auch noch Wirt und Wirtin nach Roland zu fragen.

Sie fanden die Wirtin beim Gläserspülen in der Küche und den Wirt beim Holzhacken hinter der Hütte. Beide antworteten kurz und bündig, den Namen Roland Becker hätten sie nie gehört, und der Mann auf dem Foto sei ihnen ebenso unbekannt wie alle übrigen Personen darauf.

Da verstaute Fanni die Broschüre wieder in ihrem Rucksack, schwang ihn auf den Rücken, nickte Sprudel zu, und sie begannen den Abstieg ins Tal.

Die erste steile Wegpassage brachten sie schweigend hinter sich, denn auf dem engen Pfad mussten sie hintereinander laufen und verstärkt auf ihren Tritt achten, was eine Unterhaltung schier unmöglich machte.

Als sie die Talstation der Materialseilbahn erreicht hatten, von wo an der Weg bequemer wurde, sagte Sprudel: »Kann das ein Zufall sein?«

Fanni wusste sofort, was er meinte. Auch sie hatte die ganze Zeit über einen möglichen Zusammenhang zwischen Schwester Inges Aufenthalten im Dilly's und jener Postkarte gegrübelt, die annehmen lassen wollte, Roland Becker würde den Sommer auf der Zellerhütte verbringen.

»Nein, an Zufall will ich nicht recht glauben«, antwortete sie. »Aber ich kann nicht den winzigsten – ähm – Verbindungsgrat sehen.«

Verbindungsgrat? Nun gut, wir befinden uns in den Bergen!

»Dann muss es doch Zufall sein«, brummte Sprudel.

»Auf jeden Fall ist die ganze Angelegenheit undurchsichtig und verworren«, sagte Fanni. »Es lässt sich überhaupt keine Linie erkennen, der man folgen könnte. Nur eins scheint jetzt klar zu sein: Die Nachrichten sind getürkt; das heißt, die Wahrscheinlichkeit, dass Roland tatsächlich tot ist, wird immer größer.«

»Linie«, wiederholte Sprudel versonnen. »Wenn ich mir die beiden Informationen als geometrische Figur vorstelle, sehe ich zwei Vektoren, die von der Katherinenresidenz nach Windischgarsten weisen.«

»Womöglich gibt es sogar noch einen dritten«, sagte Fanni amüsiert. »Einen, der den andern beiden die Richtung anzeigt, oder einen, der sie kreuzt.«

Sprudel sah sie missbilligend an. »Rosmarie hat aber auf dem Foto außer der Schwester niemanden erkannt.«

»Was nichts heißen muss«, entgegnete Fanni.

»Das würde ich nicht sagen«, widersprach Sprudel. »Windischgarsten ist ein recht kleiner Ort. Rosmarie arbeitet in der Gastronomie ...«

»Trotzdem«, entschied Fanni. »Rosmarie kann nicht jeden kennen, der sich hier in der Gegend rumtreibt, auch wenn er fünfmal auf dem Foto abgebildet wäre.«

Weil Sprudel daraufhin schwieg, fuhr sie fort: »Aber lassen wir den hypothetischen dritten Vektor getrost beiseite. Wir haben nämlich schon genug mit den beiden zu tun, die sich uns zeigen. Wenn es sich also nicht um einen wirklich seltsamen Zufall handelt, muss es einen Zusammenhang zwischen Schwester Inges Aufenthalt in diesem Dilly's und der Falschmeldung geben, Roland befände sich auf der Zellerhütte.«

Sie hatten es jetzt nicht mehr weit zum Schafferteich. Die Sonne stand so kurz nach Johannis noch hoch.

»Sechs Uhr«, sagte Fanni mit einem Blick auf ihre Armbanduhr. »Melkzeit.«

»Du glaubst also, die Buben sind nach wie vor im Stall?«, fragte Sprudel.

»Und da werden sie allermindestens bis halb acht auch bleiben«, antwortete Fanni.

Sprudel deutete auf das grasbewachsene Teichufer, das vor ihnen lag. »Haben wir uns nicht eine kleine Rast verdient?«

»Ein halbes Stündchen könnten wir uns schon gönnen«, erwiderte Fanni. »Dann müssen wir aber zurück und fürs Abendbrot sorgen. Ich habe den beiden Spaghetti Carbonara angekündigt.«

Sie warfen die Rucksäcke in den Kofferraum des Wagens, zogen die Bergstiefel aus und liefen auf den Teich zu. Sprudel hatte eine plüschige Decke von der rückwärtigen Ablage genommen, die er unter dem Arm trug. Auf einem satten Graspolster nahe der Wasserfläche breitete er sie aus.

Und dann lagen sie in der Abendsonne, und jene wohlige Müdigkeit, die der Lohn einer moderaten Aktivität im Freien ist, überkam sie.

Sprudel nahm Fannis Hand und behielt sie in der seinen.

Fanni döste ein.

Doch das erwies sich als zerstörerisch für die Idylle.

Sie schreckte von einem Traumbild hoch, in dem die Schwestern der Katherinenresidenz mit Nagelscheren und Pinzetten auf Roland Becker einstachen.

»Was, wenn ihn eine der Schwestern auf dem Gewissen hat?«, sagte sie wachgerüttelt.

»Motiv: verschmähte Liebe«, antwortete Sprudel lethargisch.

Fanni setzte sich auf. »Aber wie hätte sie Rolands Leiche ohne Hilfe beseitigen sollen?«

Sprudel seufzte. Die Ruhepause war offensichtlich zu Ende.

Die Buben hatten bereitwillig beim Abwasch geholfen. Nun saßen sie am Esstisch, die Köpfe über einen Bildband gebeugt, den ihnen der Bauer am Gunst ausgeliehen hatte.

Kühe sämtlicher Rassen starrten Fanni von den Seiten des Buches entgegen. »Pinzgauer«, las sie als Überschrift zu einem Begleittext, »Landshorthorns« als Kopfzeile eines anderen.

Sie stellte eine Schale mit Keksen neben den Wälzer auf den Tisch.

Dann warf sie einen Blick in die Runde, registrierte befriedigt, dass die Küche ordentlich aufgeräumt und die Saftgläser der Buben gut gefüllt waren, und wandte sich Sprudel zu, der es sich auf dem Sofa in der Wohnküche bequem gemacht hatte. Auf einem niedrigen Schemel, der eigentlich als Fußstütze gedacht war, hatte er zwei Weingläser und eine Flasche Montepulciano d'Abruzzo bereitgestellt.

Sie sah ihn fragend an. »Enigma?«

Sprudel nickte ergeben. »Also gut, versuchen wir es halt.«

Fanni lächelte, eilte in ihr Schlafzimmer, nahm den Spiralblock, den sie zwischen Roland Beckers CDs gefunden hatte, aus einem Seitenfach ihrer Reisetasche, kehrte zu Sprudel zurück und ließ sich mit Schwung neben ihn aufs Sofa fallen.

Max und Ivo sahen für einen kurzen Moment irritiert von den Rindviechern auf.

»Versuchen wir also, Rolands Privat-Code zu knacken«, sagte Fanni und schlug die erste Blockseite auf.

»H.E. 2.6.09« stand wie eine Überschrift in der ersten Zeile. Die zweite und dritte Zeile waren freigelassen. Darunter befanden sich Kürzel und Zahlen:

»So 500

Ma 1000

Pu 200

Kon 400

Pi 400«.

Alle folgenden Seiten sahen ähnlich aus. Auffällig war, dass die jeweilige Überschrift manchmal ein Datum beinhaltete und manchmal nicht. Falls ein Datum dastand, sah es jedoch immer so aus, als wäre es später hinzugefügt worden.

Sprudel seufzte hörbar. »Wie sollen wir jemals hinter den Sinn dieses Geschreibsels kommen? Solche Buchstaben-

Zahlen-Kolonnen können ja alles Mögliche bedeuten, Einnahmen-Ausgaben-Aufstellungen, Bestelllisten ...«

»Was auch immer dahintersteckt«, erwiderte Fanni eindringlich, »es muss brisant sein. Warum in aller Welt hätte Roland die Notizen zwischen seinen CDs verstecken sollen, wenn sie nur die Ausgaben für seinen Haushalt betreffen oder ... oder die Drehzahlen von Automotoren?«

Sprudel prustete vernehmlich. Erneut blickten Max und Ivo irritiert von ihrem Buch auf.

Fanni blätterte die Seiten des Blocks vor und zurück, starrte mal auf diese, mal auf jene, überlegte hin und her.

Plötzlich wiederholte sie abwägend das zuvor von Sprudel benutzte Wort »Bestelllisten«.

Sprudel zog fragend eine Braue hoch.

»Es könnte passen«, murmelte Fanni.

Sprudel wartete gelassen.

Nach einer Weile fuhr sie fort: »Möglicherweise sagen uns diese Aufzeichnungen, dass Roland Becker von den Bewohnern der Katherinenresidenz Bestellungen entgegengenommen hat.«

»Du denkst an Medikamente?«, sagte Sprudel.

Fanni nickte. »Vielleicht hat Roland illegal mit irgendwelchen Beruhigungspillen oder Ähnlichem gehandelt?«

Darüber dachte Sprudel lange mit geschlossenen Augen nach. Als Fanni schon meinte, er sei eingeschlafen, sagte er: »Müssten wir es dann nicht mit einem ganz anderen Mordopfer zu tun haben?« Er begann an den Fingern abzuzählen: »Roland Becker tätigt unerlaubte Geschäfte, der Pflegedienstleiter kommt ihm auf die Schliche, droht, ihn zu entlassen, vielleicht sogar, ihn anzuzeigen ...«

»Und Roland sieht keinen anderen Ausweg, als Erwin Hanno totzuschlagen«, schloss Fanni nüchtern. »Aber Hanno lebt, und Roland ist tot – besser gesagt: verschwunden.«

Plötzlich fuhr sie zusammen. »Roland sieht keinen anderen Ausweg! Er sieht keinen anderen Ausweg, als seinen eigenen Tod zu inszenieren. Er schüttet sich Ketchup aufs Hemd, legt sich auf die Hintertreppe, stellt sich tot und wartet, bis jemand vorbeikommt. Nachdem er sicher ist, entdeckt worden zu sein, verdrückt er sich.«

Sprudel starrte sie einen Augenblick verdattert an, dann rief er: »Fanni, das ist doch Unsinn.«

Max und Ivo hoben die Köpfe, schauten sich an, nickten sich zu, nahmen Buch und Gläser und steuerten in Richtung ihres Schlafraums.

Fanni rieb sich die Stirn.

Sprudel nahm ihre Hand in die seine. »Warum sollte Becker seinen Tod vortäuschen, gleichzeitig aber Mitteilungen verschicken, die besagen, er befände sich auf der Zellerhütte? Und selbst wenn er aus weiß Gott welchen Gründen so was Verrücktes ausgebrütet hätte – nie im Leben hätte er davon ausgehen können, dass in einem Seniorenheim, wo ja wohl hauptsächlich Schwestern treppauf, treppab eilen, jemand seine vermeintliche Leiche auffinden und weglaufen würde, ohne ihr zuvor den Finger an die Pulsader zu legen. Wobei dazu noch jedem, der sich zu ihm hinuntergebeugt hätte, der Geruch von Tomatenketchup in die Nase gestiegen wäre.«

Fanni drückte seine Hand. »Habe ich zu viel Wein getrunken?«

Sprudel hob die Flasche hoch. Sie war noch zu einem Viertel voll.

»Es liegt nicht am Wein«, sagte er. »Es liegt daran, dass es in diesem Fall zu wenig Konkretes gibt und zu viele Ungereimtheiten. Das vermag einen schon mal auf Irrwege zu bringen. Wir sollten Schluss machen für heute.«

Doch das konnte Fanni nicht.

Sie nahm den Spiralblock, den sie am Rand des Sofas abgelegt hatte, und blätterte ihn zum x-ten Mal durch; las murmelnd die Überschriften. »A.S. 24.9., R.N., O.P. 13.10. ...« Auf einer der Seiten stand: »L.B. 22.6.« Diesen Eintrag starrte Fanni lange an. Schließlich begann sie zögernd zu sprechen:

»Am Mittwoch, dem 23. Juni, habe ich Roland tot oder schwer verletzt auf der Hintertreppe entdeckt. Tags zuvor – also am 22. – ist Herr Bonner verstorben. Falls Herr Bonner mit Vornamen Ludwig hieß oder Leopold, handelt es sich bei den Überschriften um Initialen und Sterbedaten von Bewohnern der Katherinenresidenz.«

Sprudel wirkte beeindruckt. »Das würde auch begreiflich machen, warum nicht neben allen Initialen Daten stehen.«

Fanni nickte zufrieden. »Die Überschriften könnten damit geklärt sein. Aber was bedeuten die Kürzel und Zahlen darunter?«

»Wir müssen das überschlafen«, verlangte Sprudel.

Diesmal stimmte ihm Fanni zu.

Sie stand auf, verließ die Küche und warf einen Blick in das Zimmer der Jungen. Beide lagen schlafend auf dem unteren Bett, der Bildband offen zwischen ihnen. Ivos Kinn ruhte auf dem Euter einer schwarz-weiß gescheckten Kuh.

Wie Fanni vorhergesehen hatte, konnten sie am folgenden Tag die Heimreise erst gegen Mittag antreten. Und selbst das kostete Fanni das feste Versprechen auf weitere gemeinsame Wochenenden von Max und Ivo im Stall vom Bauer am Gunst.

Die Bäuerin lud sie beim Abschied herzlich zum Wiederkommen ein und drückte Fanni ein Päckchen Broschüren in die Hand. »Schaun Sie sich die Prospekte an, Frau Rot, dann werden Sie selbst sehen, was unsere Region alles zu bieten hat. Zwischen Pyhrn und Priel hat sich eine Menge getan in den letzten Jahren. Ihnen wird nicht langweilig werden, wenn Sie wiederkommen.«

Fanni dankte ihr lächelnd. »Nein, langweilig wird einem hier bestimmt nicht.«

Sie und Sprudel hatten am Morgen gemütlich gefrühstückt und danach noch mal fruchtlos über Rolands Aufzeichnungen gebrütet, bis Fanni zu Sprudels Erstaunen »Jetzt reicht's mir aber« gerufen und angekündigt hatte: »Morgen besuche ich Tante Luise in der Katherinenresidenz und zeige ihr den Notizblock. Wenn jemand mit diesen Kürzeln was anfangen kann, dann sie.«

»Den Versuch ist es wert«, hatte ihr Sprudel bereitwilligst beigepflichtet.

Dann hatten sie einen kleinen Spaziergang um den Psalmenweg im Kirchenpark gemacht; nach ihrer Rückkehr auf den Hof hatten sie noch ein Schwätzchen mit der Bäuerin gehalten.

Nun saßen sie in Sprudels Wagen und fuhren in den ersten der vielen Tunnels ein, die zwischen Pyhrnpass und

Voralpenkreuz für eine angenehm befahrbare Trasse sorgten. Wie für einen Sonntagnachmittag zu erwarten, war das Verkehrsaufkommen gering.

Max und Ivo unterhielten sich auf der Rückbank in gedämpftem Ton. Fanni und Sprudel schwiegen.

Nach dem dritten Tunnel begann Fanni in Sprudels CDs herumzukramen. Sie fand eine von Elvis und legte sie auf. »I want you, I need you, I love you.« Sprudel wandte den Blick von der Straße und sah sie mit einem Ausdruck an, den Fanni nicht deuten konnte.

Elvis spricht ihm – nein, singt ihm aus der Seele!

Mir auch, dachte Fanni, mir auch.

Gegen drei Uhr nachmittags passierten sie die Anschlussstelle Deggendorf-Mitte. Elvis sang zum dritten Mal »Love me tender«, denn Fanni hatte die CD immer wieder von vorn beginnen lassen.

An der nächsten Ausfahrt mussten sie von der Autobahn abfahren; dann waren es nur noch ein paar Minuten bis Erlenweiler.

Und am Erlenweiler Ring werden heute ganz bestimmt sämtliche Nachbarn Muße haben zuzuschauen, wie Fanni Rot aus Sprudels Wagen steigt, und sie werden es Hans Rot bei erstbester Gelegenheit unter die Nase reiben!

Fanni wurde es trotz aller Selbstbefreiung mulmig. Ein sonniger Sonntagnachmittag! Kaffeetrinken mit Verwandten im Freien! Jede Erlenweiler Nase würde am Gartenzaun kleben.

»Frau Rot«, kam es plötzlich von hinten. »Wollen wir nicht lieber am Klein-Hof aussteigen? Da sieht uns keiner.«

Fanni schluckte.

»Mama sagt immer«, fuhr Ivo fort, »die Leute von Erlenweiler finden mehr als genug zum Klatschen. Nicht nötig, sie noch extra mit Futter zu versorgen.«

Kluge Frau, die Olga aus Tschechien! Und ihr Sohn ist ein ganz gewitztes Bürschchen! Aber das zeigt sich ja nicht zum ersten Mal!

Bevor Fanni zu einer Antwort fand, sagte Sprudel: »Du hast recht, Ivo. Endstation Klein-Hof.«

»Prima«, rief Max, »ich muss dem Ivo sowieso einsagen, wenn er bei sich daheim vom Hof am Gunst erzählt. Gell, Ivo, du hast dir nicht alles merken können.«

Sprudel ließ also den Erlenweiler Ring links liegen und setzte den Blinker erst an der Abzweigung zum Klein-Hof.

»Ich kann Ihre Sachen auf der Schubkarre über die Wiese hinunterfahren, Frau Rot«, bot Ivo an, nachdem Fannis Gepäck ausgeladen war.

Fanni lehnte lächelnd ab. »Die Tasche ist gar nicht schwer, die Kühlbox fast leer, und der Rucksack sitzt ganz locker auf dem Rücken.« Sie wandte sich an Max. »Eine Stunde, mehr Zeit bleibt dir nicht. Leni wird bald da sein, dann müsst ihr zurück nach Nürnberg.«

Max nickte verständig. »In einer Stunde steh ich bei dir auf der Matte.«

»Und vergiss deinen Rucksack nicht«, mahnte Fanni und deutete auf das Gepäckstück ihres Enkels, das am Wassergrand lehnte.

Max reckte den Daumen hoch, dann stoben die Buben auf die Scheune zu, hinter der dumpfe Schläge ertönten. Die Kleins mussten den sonnigen Tag offenbar nutzen, um

Heu einzubringen oder sonst etwas zu tun, wofür ein Bauer Schönwetter benötigte. Deshalb hatten sie wohl auch die Ankunft des Wagens nicht mitbekommen.

»Ich melde mich bei dir«, kündigte Fanni an, bevor Sprudel wieder in sein Auto stieg. »Morgen, sobald ich von meinem Besuch bei Tante Luise zurück bin.«

Sprudel nickte, strich ihr zärtlich über die Wange und fuhr davon.

Fanni hatte ihre Tasche ausgepackt und war dabei, den Rucksack in Angriff zu nehmen, als Leni zurückkam.

»Das Jagdhaus der Böckls«, berichtete sie, nachdem sie ihre Mutter begrüßt hatte, »ist nur eine winzige Winzigkeit größer als dein Hütterl am Birkenweiler Hügel.« Sie grinste. »Vier Bäder, acht Schlafzimmer, riesige Terrasse. Zwanzig Gäste waren eingeladen.«

Fanni schüttelte sich, als käme sie aus einem Regenschauer.

Leni lachte übermütig. »Ich weiß, das Beste an deinem Hütterl ist ja gerade, dass höchstens zwei Leute hineinpassen.«

»Allerdings«, meinte Fanni und erkundigte sich nach den anderen Gästen der Böckls.

»Na ja, gut die Hälfte der Gäste waren Jäger, würde ich sagen«, antwortete Leni. »Ansonsten: drei Stadträte aus Deggendorf, ein paar tschechische Verwandte von Jonas' Frau und einige gute Freunde von Jonas und Eva, so wie Marco und ich.« Sie runzelte die Stirn. »Wegen einem dieser Freunde gab es ziemliche Aufregung, weil er seit Tagen nicht erreichbar ist. Jonas hat sich ernsthaft Sorgen gemacht. Dieser Roland wollte eigentlich schon am Freitagabend mit ihm zusammen nach Klattau fahren und ihm beim Bettenbeziehen helfen. ›Niemand kann das so gut wie Roland‹, meinte Jonas, ›er ist nämlich als Pfleger in einem Seniorenheim beschäftigt.‹«

Roland Becker! Willst du deiner Tochter nicht erzählen, dass du ihn blutverschmiert auf der Hintertreppe der Katherinenresidenz gesehen hast?

Doch, dachte Fanni, das werde ich. Das werde ich auf der Stelle. Und ist es nicht höchste Zeit, dass auch Marco davon erfährt? Roland hat sich in den vergangenen Tagen weder bei seiner Vermieterin noch bei Jonas gemeldet, in dessen Jagdhaus er offenbar das Wochenende verbringen wollte; ebenso wenig ist Roland – wie uns jemand glauben machen wollte – auf der Zellerhütte. Ist das nicht genug Handhabe für Marco, Nachforschungen zu Rolands Verbleib anzustellen?

Leider kam Fanni nicht mehr dazu, mit ihrer Tochter über Roland Becker zu sprechen. Max schneite herein, und ehe sie es sich's versah, waren die beiden auf dem Weg nach Nürnberg.

Schon kurz darauf kam Hans Rot nach Hause.

»Du, Hans«, sagte Fanni, nachdem er es sich mit einer Flasche Bier in einem Gartenstuhl bequem gemacht hatte. »Am Samstag wollte ich mit dem Wagen wegfahren, aber er ist einfach nicht angesprungen.«

Hans Rot stöhnte. »Was hab ich dir denn immer gepredigt, Fanni? Du sollst den Wagen nicht raus- aus der Garage und kurz darauf wieder reinfahren, nur um den Garagenboden wischen zu können. Kaltstarts, Fanni, die schaden dem Motor, die verursachen einen Kolbenfresser!«

»Denkst du, die paar Kaltstarts haben den Kolben schon aufgefressen?«, fragte Fanni.

Hans Rot verdrehte die Augen. »Gut, sehen wir es uns an.«

Fanni folgte ihm in die Garage. Er öffnete die Motorhaube.

»Ja, da hol mich doch der ...« Hans wirkte schockiert. »Ja, schau dir das an.«

Fanni lugte über seine Schulter, konnte aber nichts Auffälliges erkennen.

»Die Batterie ist abgeklemmt«, sagte Hans. »Hast du da dran rumgefummelt?«

Wenn Fanni nicht so erschrocken gewesen wäre, hätte sie laut gelacht. Stattdessen fragte sie entgeistert: »Wie käme ich dazu, an einem Automotor was anzufassen?«

Wo du doch nicht mal weißt, wie man die Motorhaube öffnet!

Eben.

Oder bist du wirklich nicht mehr recht bei Sinnen? Phantasierst dir tote Altenpfleger auf Hintertreppen, klemmst schlafwandlerisch Autobatterien ab?

»Ja, wer macht denn so was?«, murmelte Hans Rot, während er an einem Kabel herumfuhrwerkte. »Das kann nur ein Dummejungenstreich gewesen sein.« Lauter fuhr er fort: »Aber schuld an dem Unfug bist du selbst, Fanni, weil du immer die Garage offen stehen lässt und nicht mal das Auto abschließt.«

Dummejungenstreich, dachte Fanni, vor zwanzig Jahren vielleicht, als Jonas zehn war und auf jeden noch so ausgefallenen Dreh kam. Aber heute? Die Praml-Kinder? Caro Rimmer?

Nein, keines von denen ist so ein Früchtchen, wie Jonas eines war.

Hans Rot schlug die Motorhaube zu. »Alles paletti. Aber trotzdem keine Kaltstarts mehr. Hast du gehört, Fanni?«

Eine Antwort blieb ihr erspart, weil Hans' Aufmerksamkeit von einem gemächlich auf dem Erlenweiler Ring dahertretenden Radfahrer abgelenkt wurde.

»Ja mei, der Sepp. Der Sepp schon wieder auf dem Weg zu seinem Neffen – auf eine Runde Schafkopf und ein paar Gläschen Obstbrand!«

Während er sprach, war Hans Rot die Zufahrt zur Straße hinuntergegangen.

Fanni schloss das Garagentor und wollte sich der Haustür zuwenden, da hörte sie ihren Mann rufen: »Ich geh auf einen Sprung mit rüber zum Stuck!«

Fanni nickte bloß. Offenbar bekam Nachbar Stuck in letzter Zeit regelmäßig Besuch von seinem Onkel.

Fanni warf einen Blick zurück. Der Radfahrer war abgestiegen und schlenderte, das Rad am Lenker mitführend, gemeinsam mit Hans Rot auf das Nachbarhaus zu. Fanni hatte einen guten Blick auf ihn, weil er auf der Rot'schen Seite der Straße ging: Knollennase, schütteres Haar, Wieselaugen – unverkennbar der Hausmeister der Katherinenresidenz.

Zufälle noch und noch!

7

Tante Luise hatte sich gereizt gezeigt, als Fanni am Montagmorgen anrief und ihren Besuch erst für den Nachmittag ankündigte.

»So lang willst du mich noch auf die Folter spannen?«

»Dafür bring ich dir auch was Interessantes mit«, hatte Fanni gesagt. »Ein ganz besonderes Rätsel, das nur du lösen kannst.«

Damit versetzte sie Tante Luise in noch größere Erregung.

Als Fanni nun auf den Haupteingang der Katherinenresidenz zuschritt (den regelmäßig zu benutzen sie sich ja vorgenommen hatte), sah sie Luise frenetisch von ihrem winzigen Balkon herunterwinken. Sie hatte sich offenbar extra hinausschieben lassen, um Fannis Ankunft mitzubekommen.

»Ihr habt ihn nicht angetroffen«, rief Luise Rot, sobald Fanni auf den Balkon hinaustrat, nachdem sie die Treppe hinauf- und weiter durch die Flure zu Luises Zimmer geeilt war. »Er war nie auf dieser Hütte.«

Fanni blieb die Antwort zunächst schuldig. Sie musste erst einmal den Anblick verdauen, den Tante Luise heute bot: Sie hatte sich oberhalb der Schläfen zwei rosa Schleifen ins Haar gesteckt. Über ihre Knie war die rosa Häkeldecke gebreitet, auf der ein herzförmiges rosa Kissen lag. Sie trug ein rosa T-Shirt, dessen Halsausschnitt kleine Wolken von silberfarbenen Schmetterlingen einfassten. Was aber Fanni fast umhaute, war das Label an der linken Seitennaht, das für sehr edel und sehr teuer stand.

Wie kam Luise zu dieser Marke? Soweit Fanni wusste, bestellte sie, seit sie in der Katherinenresidenz wohnte, ihre Kleidung aus dem Katalog. Fanni hatte schon verschiedene auf dem Couchtisch liegen sehen. Konnte man bei Versandhäusern auch derart exquisite Markenartikel beziehen?

Sie erkundigte sich danach.

Tante Luise legte verschwörerisch den Finger auf die Lippen. »Fannilein, man hat so seine Quellen. Auch wenn man im Rollstuhl sitzt und im Seniorenheim steckt.«

»Verrätst du mir die Quelle?«, bat Fanni schmeichelnd.

»Das T-Shirt hat mir Roland bei Ebay ersteigert.« Tante Luise sah Fanni streng an. »Aber kein Wort darüber, zu niemandem. Wenn das Hanno zu Ohren kommt, sitzt Roland gewaltig in der Tinte.« Sie schlug sich die Hand auf den Mund. »Musste er etwa deshalb verschwinden?« Doch schon im nächsten Augenblick ließ sie die Hand wieder sinken und schüttelte den Kopf. »Unsinn.«

Daraufhin umklammerte sie die Armlehnen ihres Rollstuhls, stemmte sich ein paar Zentimeter hoch und beugte sich vor, bis ihre spitze Nase fast an Fannis Brustkorb stieß. »Habt ihr Roland nun auf dieser Zellerhütte angetroffen oder nicht?«

»Nein«, erwiderte Fanni. »Und weder Wirtin und Wirt noch die Bedienung haben ihn auf dem Gruppenfoto erkannt. Allerdings ...« Sie begann Luise zu berichten, was sie über Schwester Inge erfahren hatten.

Luise ließ sich zurückfallen und sah Fanni betroffen an. »Ich wüsste nicht, dass Schwester Inge mit Roland besonders eng gewesen wäre. Er war ja mit keiner so besonders eng, hat sie bloß – na, du weißt schon.« Sie wirkte plötzlich nachdenklich. »Darum ist es schon sehr seltsam, dass Monika diese Karte bekommen hat.«

Ist nicht alles an dem Fall sehr seltsam?

Luise hämmerte mit den Fingerspitzen einen kleinen Trommelwirbel auf die Armlehne. »Sagtest du nicht heute Morgen am Telefon, du würdest mir ein ganz besonderes Rätsel mitbringen?«

Fanni zog den Spiralblock aus ihrer Handtasche. »Rolands geheimes Notizbuch.«

»Zeig her!«, verlangte Luise. »Wo hast du es gefunden?«

Vom Balkon nebenan, der nur durch einen Sichtschutz getrennt war, vernahm Fanni ein Scheppern.

Publikum!

»Vielleicht sollten wir uns drinnen weiterunterhalten«, sagte Fanni schnell und schob Luise ins Zimmer. Die hatte den Spiralblock bereits in ihren Besitz gebracht und blätterte ihn auf.

»H.E.«, murmelte sie. »2.6. ...«

Als sich nach einem halbherzigen Klopfen die Zimmertür öffnete, klappte sie den Block schnell zu und schob ihn unter das Kissen auf ihren Knien.

Erwin Hanno stand bereits im Raum. Er hatte einen der kleinen Becher aus durchsichtigem Plastik in der Hand, in dem sich eine winzige Tablette befand.

»Für den Blutdruck«, sagte er und stellte den Becher auf den Tisch. »Der Wert war ein bisschen hoch heute Mittag.« Eilig wandte er sich wieder zum Gehen, doch dann drehte er sich noch mal um. »Ach, Frau Rot, hätten Sie wohl eine Minute? Wir sind gerade dabei, unsere Unterlagen zu aktualisieren: die Anschriften und Telefonnummern der Angehörigen unserer Senioren auf den neuesten Stand zu bringen, durchzugehen, wer im Fall des Falles benachrichtigt werden soll und so weiter. Wenn Sie für einen Moment in mein Büro kommen wollen, könnten wir kurz überprüfen, ob alle Angaben noch stimmen.«

»So eine Überprüfung ist bei Tante Luise gar nicht nötig«, protestierte Fanni. »Mein Mann als ihr Betreuer würde Ihnen jede Änderung sofort mitteilen – darauf können Sie sich verlassen.«

»Nur zur Sicherheit, nur zur Sicherheit«, murmelte der Pflegedienstleiter. Laut fügte er hinzu: »Es ist meine Aufgabe, mich um diese Dinge zu kümmern, und ich nehme sie sehr ernst.«

Seufzend folgte ihm Fanni den Flur entlang, dann links um die Ecke, am Schwesternzimmer vorbei zu dem Raum, der ihm als Büro diente.

Hanno musste den PC erst hochfahren, und das schien zu dauern.

Endlich begann er, auf der Tastatur herumzutippen. »Wir sehen bloß kurz mal in den Einträgen nach. Das haben wir ja gleich.«

Weil aber Erwin Hanno dann jeden einzelnen Vermerk akribisch durchging, vergingen gut zwanzig Minuten, bis Fanni zu Tante Luise zurückkehren konnte.

Luise lag auf dem Boden. Ihr Rollstuhl war umgestürzt und hatte sie dabei nach vorn geschleudert, sodass sie quer davorlag.

»Wo bleibst du denn?«, rief sie, als sie Fanni sah. »Ich komm nicht an die Klingel ran.«

Fanni drückte den Knopf, der das Pflegepersonal rief. »Was ist denn nur passiert?«

»Mir ist gar nichts passiert«, antwortete Luise säuerlich, »nichts verstaucht, nichts gebrochen. Das Kissen hat den Aufprall gedämpft. Aber Rolands Notizen ist was passiert. Sie sind weg.«

Zwei Schwestern erschienen, stellten den Rollstuhl wieder auf, halfen Luise hinein und machten viel Wesens darum. »Wie konnten Sie nur umstürzen, Frau Rot? Ja, wie denn nur?«

Luise tat recht harmlos und gab sich einfältig. »Keine Ahnung. Auf einmal lag ich da. Aber es ist mir ja nichts geschehen.«

Die Schwestern traten den Rückzug an. »Falls Sie Schmerzen bekommen, Frau Rot, oder falls Ihnen schwindelig wird, müssen Sie sich sofort melden.«

Luise versprach es.

»Und was hat sich wirklich ereignet?«, fragte Fanni, nachdem sich die Tür hinter den Schwestern geschlossen hatte.

»Ein dreister Überfall«, schimpfte Luise. »Eine hinterlistige Attacke. Ich habe gerade Rolands Aufzeichnungen studiert, als ich die Tür wieder aufgehen hörte. Ich hatte ihr, wie immer wenn ich am Tisch sitze, den Rücken zugewandt, und weil ich dachte, du kommst schon zurück, habe ich mich gar nicht umgesehen. Da griffen plötzlich Hände nach dem Block und rissen ihn mir weg. Im nächsten Moment bekam der Rollstuhl einen Schub von der Seite und kippte.«

Sie zog ein pikiertes Gesicht. »Ich hatte viel zu viel mit dem Umstürzen zu tun, als dass ich drauf hätte achten können, wer der Kerl war, der mich umgeworfen hat. Geschweige denn, dass ich Gelegenheit gehabt hätte, ihn irgendwie zu packen.« Sie hob den Arm, krallte die Finger um Fannis Handgelenk, und Fanni konnte spüren, wie kräftig ihr Griff war.

Hat sie nicht früher in ihrem Häuschen sämtliche Handwerksarbeiten selbst ausgeführt? Da muss man zupacken können!

»Kerl?«, fragte Fanni. »Wie kommst du darauf, dass es ein Mann war?«

Luise überlegte eine Weile mit geschlossenen Augen. Dann sagte sie fest: »Es waren Männerhände, die nach Rolands Notizen gegriffen haben – dreckige, schwielige Männerhände.«

Und in denen befinden sich jetzt die Informationen, die Licht in die ganze Sache hätten bringen können!

Ja, dachte Fanni, Rückschritte statt brauchbaren Erkenntnissen.

Bevor sie weiter überlegen konnte, sagte Luise: »Der Kerl war auf Rolands Notizen aus. Woher aber konnte er wissen …?« Ihre Stimme versandete.

»Wir haben uns auf dem Balkon draußen darüber unterhalten«, erinnerte Fanni sie.

Luise nickte. »Und vom Balkon der Nagel, ja sogar von ihrem Zimmer aus hätte der Kerl alles mithören können.«

»Dieser Angreifer«, sagte Fanni, »musste allerdings auch wissen, dass du – zumindest für einige Minuten – allein im Zimmer sein würdest.«

Wieder nickte Luise. »Er hat Hanno geschickt, um dich wegzulotsen.«

»Oder Hanno hat ihn geschickt, um dich zu überfallen, nachdem *er* mich weggelotst hatte«, erwiderte Fanni.

»Fanni«, sagte Tante Luise nach längerem Schweigen. »Denkst du, du könntest aus dem Gedächtnis …«

»Die Einträge in Rolands Spiralblock wiedergeben?«, vervollständigte Fanni. »Kaum. Wie soll man sich Buchstabenfolgen merken, die keinen Sinn ergeben?«

Auf Luises vorwurfsvollen Blick hin setzte sie hinzu: »Ich kann es ja versuchen, aber das Ergebnis wird mehr als bruchstückhaft sein.«

Tante Luise nahm einen Stift und ein Blatt Papier aus einer Seitentasche ihres Rollstuhls und reichte Fanni beides.

Während Fanni noch in ihrem Gedächtnis kramte, gab Luise die Buchstaben und Zahlen der ersten Zeile auf der ersten Seite wieder, die ihr offenbar selbst in Erinnerung geblieben waren: »H.E. 2.6.«

Fanni schrieb mit.

»H.E.«, wiederholte Luise. »Das sind die Anfangsbuchstaben von dem Namen meines Vorgängers in diesem Apartment hier. Kurz bevor ich in die Katherinenresidenz kam, ist er gestorben. Das Datum passt.«

Fanni nickte. »Ich habe mir auch schon gedacht, dass es sich um Initialen und Sterbedaten handelt.«

Eine ganze Weile herrschte Schweigen.

»Hast du endlich was?«, fragte Luise, nachdem Fanni lange nachgedacht und zuweilen etwas auf das Blatt Papier gekritzelt hatte.

»Zahlen und Daten kann ich mir ganz schlecht merken«, sagte Fanni entschuldigend.

Als Luise abfällig schnaubte, fügte sie schnell hinzu: »Ich habe aber drei Initialen und ein paar von den Kürzeln.«

Luise nahm ihr den Zettel aus der Hand. »R.N., war da ein Datum dahinter?«

»Nein«, antwortete Fanni. »Da bin ich mir ziemlich sicher.«

»Dann bedeutet das ›Resi Nagel‹«, sagte Luise. »Noch lebt sie ja. Und mit O.P. könnte Ottilie Pauli gemeint sein. Die ist vor einem Dreivierteljahr gestorben.«

»Es *sind* Initialen und Sterbedaten«, bestätigte Fanni entschieden. »Aber der Schlüssel zur Bedeutung von Rolands Angaben muss in den Kürzeln verborgen sein.«

Tante Luise drückte den Papierbogen an ihre Brust. »Lass mich darüber nachdenken – in aller Ruhe. Geh jetzt nach Hause und komm morgen wieder. Vielleicht geht mir bis dahin ein Licht auf.«

Fanni zögerte.

Luise sah sie fragend an.

»Ich mache mir Sorgen um dich«, bekannte Fanni. »Was, wenn ›der Kerl‹ wiederkommt?«

Luise lachte. »Er hat ja wohl, was er wollte. Und inzwischen wird er auch wissen, dass ich zum Pflegepersonal kein Wort von einem Überfall gesagt habe. Weshalb also sollte er zurückkommen?«

Fanni legte ihr die Hand auf den Arm. »Entferne dich keinen Millimeter von der Klingel«, bat sie.

Luise tätschelte ihr die Finger. »Was soll mir denn passieren? Dass der Kerl wieder auftaucht und mich totschlägt? Das lohnt doch den Aufwand nicht.«

Für den Hinausweg nahm Fanni nun doch wieder die Hintertreppe. Sie öffnete die Stahltür, die auf den Parkplatz führte, und lief unter dem von Betonsäulen gestützten Vordach, wo die Parkplätze für die hauseigenen Fahrzeuge der Katherinenresidenz ausgewiesen waren, auf ihren Wagen zu, den sie auf dem Areal für Besucher abgestellt hatte.

Hinter einer der Säulen bemerkte sie Bewegungen. Das erschien ihr nicht ungewöhnlich; die Schwestern pflegten ihre Zigarettenpäuschen im Schutz der Säulen zu verbringen. Meist standen sie zu zweit oder dritt an den rauen Beton gelehnt beieinander und pafften.

Als sie auf Höhe der Säule war, warf Fanni automatisch einen Blick seitwärts. Wer sich wohl heute Nachmittag hier zusammengefunden hatte? Vielleicht Schwester Monika, Schwester Else und . die kleine pummelige Angestellte aus der Verwaltung, die immer so hohe Absätze trug, dass Fanni fürchtete, das Mädel würde sich gleich beide Beine brechen. Oder Huber vom sozialen Dienst und Schwester Inge ...

Schwester Inge! Fanni ging langsamer und sah scharf hinüber. Sie hätte sich gern ein wenig mit Schwester Inge unterhalten, war ihr aber heute noch nicht über den Weg gelaufen.

Verdattert blieb Fanni stehen, als sie entdeckte, wer sich tatsächlich hinter der Säule befand. Hastig gab sie vor, in ihrer Umhängetasche nach den Autoschlüsseln zu kramen, die sie in Wirklichkeit längst in der Hand hielt, und warf dabei forschende Blicke auf die beiden Personen, die eng zusammenstanden und sich gedämpft unterhielten.

Drei Schritte nach rechts brachten Fanni näher an die Säule, doch längst nicht nah genug, als dass sie etwas von dem Gespräch hätte verstehen können.

Da nahm sie kurz entschlossen die Hand mit den Autoschlüsseln aus der Umhängtasche, bemühte sich, eine möglichst unbefangene Miene zur Schau zu tragen, und ging auf die beiden zu.

»Aber ja, meine Hübsche«, hörte sie Heimleiter Müller zu

Verena sagen und beobachtete, wie er ihr liebevoll über die Wange strich. »Nur geh jetzt schnell wieder an deine Arbeit, sonst wird Hanno unangenehm«, fügte er hinzu, bevor er sich umdrehte und sich Fanni gegenübersah.

Verenas Bemerkung »Der Hanno is a bieder oider Grantlhauer« schien er nicht mehr zu registrieren, denn er sagte bereits: »Frau Rot, wie nett. Sie haben wohl wieder Ihre Tante besucht. Geht es ihr gut?«

Fanni nickte und honorierte seine neuerliche Fürsorge mit einem knappen »Danke«.

Könnte es sein, dachte sie, dass Müller Verenas Liebhaber ist? Derjenige, von dem niemand etwas wissen darf? Derjenige, der sie neulich versetzt hat?

Müller, Verenas Brötchengeber? Nennt man so etwas nicht Unzucht mit Abhängigen?

»Ah, Ihr Wagen steht ja direkt neben dem meinen«, rief Müller, fasste sie sachte am Ellbogen und lenkte sie zu den Parkplätzen außerhalb der Überdachung.

Ein Blick zurück zeigte Fanni, dass Verena an die Säule gelehnt stehen geblieben war. Der Putzkittel war weit aufgeknöpft und hing wie eine Stola über ihren abgewinkelten Armen.

Was für ein hübsches Bild. Jeder Modefotograf würde sich die Finger lecken!

»Sie sieht so traurig aus heute«, sagte Fanni mit einer Geste zu Verena hin.

»Liebeskummer«, lächelte Müller. »Sie ist so ein armes Schäfchen.« Er entriegelte sein Auto und sagte beim Einsteigen: »Leider bin ich ausgesprochen in Eile. Ein Termin bei Gericht steht an. Aber ich hoffe, dass wir alsbald erneut zusammentreffen. Wie gern würde ich mich mal ein wenig länger mit Ihnen unterhalten.« Plötzlich tippte er sich an die Stirn. »Roland Becker! Ich habe Sie ja noch gar nicht über die weitere Entwicklung informiert. Da sich trotz gründlichster Nachforschungen kein Hinweis ergeben hat, dass Roland Becker vergangenen Mittwoch im Hause war, geschweige denn hier verletzt wurde, hat die Heimleitung einstimmig beschlossen, Becker als ausgeschiedenen Mitarbeiter zu behandeln.«

Damit fuhr er davon, und Fanni kehrte schnell zu Verena zurück, die noch immer an der Säule stand.

»Sie mögen Ihren Chef wohl sehr?«

»Auf eam kann i mi verlassen«, bestätigte Verena. »Er hoit mir d'Stang, wenn der Hanno sein Narrischen kriagt und umanandschreit.«

»Schön, seinen Chef als Beschützer zu haben«, erwiderte Fanni. »Besonders nachdem Ihr Verehrer das Date neulich platzen ließ und Sie so enttäuscht darüber waren. Hat er sich inzwischen gemeldet?«

Verena schüttelte den Kopf. »Die Schwestern da drin« – sie machte mit dem Kinn eine kleine Bewegung zum Hintereingang – »song olle, er is furt. Furt für lang.«

»Sie hatten ein Date mit Roland Becker?«, platzte Fanni heraus.

Verena schluckte. »Des soi doch koaner wissen.«

»Von mir wird es bestimmt niemand erfahren«, versprach Fanni. »Sind Sie denn schon lange mit Roland ... ähm, zusammen?«

»Ob mir zamm san?« Verena dachte intensiv nach. »Woin Sie wissen, ob der Roland und i miteinand bumst ham? Na, des hammer net.«

»Roland ist also genauso ein väterlicher Freund wie Herr Müller?«

»Na, ganz anders ...«

Fanni wartete auf eine Erklärung, aber es kam keine. Sie zermarterte sich noch das Hirn, wie sie aus Verena herausbekommen könnte, was genau den Unterschied ausmachte, da sagte das Mädchen: »I hätt scho meng mit'n Roland.«

»Was?«, fragte Fanni zerstreut. »Was hätten Sie mit ihm tun wollen?«

»Na bumsen hoit«, antwortete Verena in einem Ton, als hielte sie Fanni für ziemlich begriffsstutzig.

Fannis nächste Frage musste sie darin bestärken. »Sie wollten also gern mit Roland schlafen, aber er nicht mit Ihnen. Trotzdem haben Sie beide sich gedatet?«

Gibt es das Wort auch als Verb? Und rückbezüglich?

Fanni biss die Zähne zusammen. Sie fand die Unterhaltung schon kompliziert genug, musste ihr jetzt auch noch die blöde Gedankenstimme mit klugscheißerischen Bemerkungen kommen?

»Der Roland woit o a, oba erst nachher«, sagte Verena.

»Ja, wonach denn?«, rief Fanni gereizt.

Verenas Miene war zu entnehmen, dass sie es selbst nicht wusste. Stockend antwortete sie: »Oiso, oiso, er hot gsogt, wenn da – da Skandal umi is, dann ... Dann deafern olle wissn, das mir uns treffern, und dann kinna mir a ...«

Fanni griff sich mit beiden Händen an die Schläfen. Das Ganze ergab überhaupt keinen Sinn. Roland, der angeblich mit dem gesamten weiblichen Personal der Katherinenresidenz angebändelt, offenbar durchwegs Erfolg damit gehabt und nie ein Geheimnis daraus gemacht hatte, zierte sich ausgerechnet bei Verena, die sich ihm geradezu anbot und deren Reize wohl auch einen verknorzteren Mann als Roland überzeugt hätten.

Was er wohl mit »Skandal« gemeint hat?

Fanni kam nicht mehr dazu, Verena danach zu fragen.

Sie erschraken beide, als sie plötzlich die Stimme des Pflegedienstleiters in ihrem Rücken hörten.

»Verena, verflixt noch mal, du hast fünfzehn Minuten Pause und nicht fünfzig!«

Verena zog den Kopf ein und rannte ins Haus.

»Sie sind ja immer noch da, Frau Rot«, sagte Hanno an Fanni gewandt. »Ich dachte, ich hätte Sie schon vor einiger Zeit aus dem Zimmer Ihrer Tante kommen sehen.«

Geschieht in der Katherinenresidenz eigentlich auch irgendetwas, das diesem Zerberus entgeht?

Wenig wohl, dachte Fanni, aber zu diesem wenigen scheint ausgerechnet ein Mord zu gehören.

Erwin Hanno hatte sich wieder nach drinnen verzogen, und Fanni steuerte nun energisch auf ihren Wagen zu. Sie öffnete die Fahrertür, musste sie aber im nächsten Augenblick wieder zudrücken, weil sich ein Auto in die Lücke drängte, die durch Müllers Abfahrt entstanden war.

»Jonas!«

»Hallo, Frau Rot, Sie wollen doch nicht schon hier einziehen?«

Fanni drohte ihm schalkhaft mit dem Finger. »Ich habe Tante Luise besucht. Und du? Habt ihr etwa den Großvater in der Katherinenresidenz untergebracht?«

Jonas Böckl schüttelte den Kopf. »Ich bin auf der Suche

nach einem Freund und dachte, ich seh mal an seiner Arbeitsstelle nach.«

»Roland Becker«, sagte Fanni.

Jonas wirkte so perplex, dass Fanni lachen musste. »Leni hat mir erzählt, dass du ihn auf deiner Feier vermisst hast.«

»Ich vermisse ihn seit exakt fünf Tagen«, erwiderte Jonas. »Und wenn ich ihn hier und jetzt wieder nicht antreffe und auch keine vernünftige Antwort auf die Frage bekomme, wohin er sich verzogen hat und warum er nichts von sich hören lässt, dann melde ich ihn ganz offiziell als vermisst. Wozu hat man schließlich einen Freund, der Kriminalkommissar ist«, fügte er salopp hinzu.

»Roland hat eine Ansichtskarte an Schwester Monika geschrieben«, erzählte ihm Fanni.

»Lange schwarze Haare, dunkle Augen, Stupsnase?«, fragte Roland.

Fanni sah ihn verwirrt an.

»Die Schwester natürlich«, half Jonas ihr auf die Sprünge.

Fanni nickte und berichtete ihm, was auf der Karte stand. »Angeblich«, fügte sie an, »ist mit gleicher Post ein Schreiben von Roland an die Verwaltung der Katherinenresidenz eingetroffen, in dem er mitteilt, dass er sich für den Rest des Sommers freinimmt.«

»Auf eine Berghütte hat er sich verpisst ...«, murmelte Jonas.

»Im Toten Gebirge, ja«, ergänzte Fanni. »Er ist aber gar nicht dort.«

»Er ist gar nicht ...? Woher ...? Wieso ...?« Jonas war dermaßen ins Stottern geraten, dass er es vorzog zu verstummen.

»Ich ...«, begann Fanni zögernd, fuhr aber dann mit fester Stimme fort: »Ich war vergangenes Wochenende zufällig auf dieser Hütte, und weil ich von der Karte an Schwester Monika wusste, habe ich dort nach Roland gefragt.«

Jonas pfiff durch die Zähne. »Kein Wort zu seinen Freunden, kein Wort zu Frau Bachl – die habe ich schon am Freitag angerufen – und eine Karte, die Schwester Monika hinters Licht führen soll. Da stinkt doch was, Frau Rot!«

Fanni schluckte. Jonas hatte ja keine Ahnung, wie sehr es stank. Sollte sie ihm von einem blutbesudelten Roland auf der Hintertreppe erzählen? Sie entschied sich dagegen.

»Du solltest ihn schleunigst als vermisst melden«, sagte sie stattdessen. »Dann kann Marco von Amts wegen Nachforschungen anstellen.«

Und ich werde bei ihm eine Aussage machen, dachte sie entschlossen.

Jonas nickte. »Okay, ich fahre zu Marco ins Kommissariat. Da drin«, er deutete mit dem Daumen zum Hauptgebäude der Katherinenresidenz hinüber, »brauche ich ja wohl nicht mehr nachzufragen.«

Er wollte schon seine Autotür öffnen, doch Fanni hielt ihn noch zurück. »Stimmt es, dass Roland mit sämtlichen Schwestern ...?« Sie wusste nicht weiter.

»Gevögelt hat?«, fragte Jonas.

Fanni nickte lahm.

Jonas stützte lässig den Ellbogen aufs Autodach. »Die Antwort ist vermutlich Ja. Aber Sie dürfen sich das nicht falsch vorstellen, Frau Rot.«

»Und wie stelle ich es mir richtig vor?«

Jonas verzog das Gesicht zu einem schiefen Lächeln. »Ich weiß nicht, ob ich Ihnen das erklären kann.«

»Du könntest es versuchen«, bat Fanni.

Jonas rieb sich die Stirn. »Schaun Sie, Frau Rot, der Roland ist kein Schürzenjäger. Er ist einfach nur ... nett. Nett, aufmerksam, charmant. Und deshalb fliegen die Frauen auf ihn – alle. Sogar Ihre Tante Luise, darauf wette ich.«

»Sie will ihn unbedingt zurückhaben«, sagte Fanni lächelnd.

»Sehen Sie«, erwiderte Jonas, »alle, wie gesagt. Aber glauben Sie mir, Roland legt es überhaupt nicht drauf an. Andererseits sagt er aber auch nicht Nein, wenn's um ein Rendezvous geht, um ein Treffen zum Kaffee, um einen Kinoabend. Und wenn dann seine Begleiterin unbedingt will, dass er noch mit zu ihr kommt oder sie zu ihm, ja, dann kann er sie doch nicht einfach abweisen.«

»Verstehe«, erwiderte Fanni. »Roland hatte – ähm – hat Verführungskniffe nicht nötig.« Sie sah Jonas forschend an. »Muss es da nicht eine Menge Eifersüchteleien gegeben haben?«

Jonas wiegte den Kopf. »Was sich die Schwestern untereinander an den Kopf werfen, weiß ich nicht. Aber in unserem Freundeskreis gibt es wegen Roland nie Knatsch.«

Fanni schwieg und wartete, dass er weitersprach.

Nach ein paar Augenblicken fügte er hinzu: »Das liegt wohl daran, dass Roland alle Weibsbilder gleich behandelt, keine sichtbar bevorzugt.«

Jonas starrte eine Weile auf einen Mauervorsprung der Katherinenresidenz, dann stieß er plötzlich hervor: »Die Karte kann nicht echt sein. Sie ist deshalb nicht echt, weil Roland nicht nur an Schwester Monika allein geschrieben hätte, sondern an alle Schwestern zusammen. ›Liebe Kolleginnen, liebe Mädels, ihr Lieben ...‹ Was weiß ich.«

Fanni überließ Jonas eine Zeit lang seinen Gedanken, dann sagte sie: »Mit dem Pflegedienstleiter kommt Roland anscheinend viel weniger gut aus als mit dem weiblichen Personal in der Katherinenresidenz.«

Jonas' Mundwinkel zogen sich abfällig nach unten. »Erwin Hanno? Über den spricht Roland nur ganz selten. Neulich hat er allerdings gesagt, der Hanno hätte Scheuklappen wie Türflügel. Weiß der Teufel, was er damit gemeint hat.«

»Kennst du Erwin Hanno persönlich?«, fragte Fanni.

Jonas nickte. »Sein Schwiegervater ist bei uns im Stadtrat. Sitzt neben mir auf dem Bänkchen. Hanno hat auch dahingehende Ambitionen.« Er gluckste. »Wissen Sie, was er sich hat einfallen lassen, Frau Rot? Donnerstags haben er und seine Frau offenes Haus! Was tut man nicht alles für Wählerstimmen? Wenn's denn nützt. Aber eins muss man den beiden lassen: Ein schickes Häuschen haben sie, und die Häppchen, die sie immer servieren, sind erstklassig.«

Noch während er sprach, war Jonas in seinen Wagen gestiegen und hatte den Zündschlüssel gedreht. Er winkte Fanni zum Abschied zu, schloss die Autotür und fuhr davon.

Letztendlich stieg auch Fanni in ihren Wagen. Sie startete, bog auf die Hauptstraße ab und schlug den Weg nach Hause ein. Doch kurz vor dem Ziel tat sie etwas, das sie sich nur sehr selten erlaubte. Dort, wo sie in den Erlenweiler Ring hätte einfädeln müssen, fuhr sie geradeaus weiter. Sie setzte den Blinker erst bei dem Hinweisschild »Birkenweiler« und steuerte stracks auf das ehemalige Saller-Anwesen zu, das Sprudel vor zwei Jahren von einer Verwandten mütterlicherseits geerbt hatte.

Sie parkte in aller Öffentlichkeit neben Sprudels Gartenzaun.

Willst du das Stillschweigen deines Mannes so lange strapazieren, bis er beim besten Willen den Kopf nicht mehr in den Sand stecken kann?

Fanni biss sich auf die Lippen. Ich muss aber dringend mit Sprudel reden, verteidigte sie sich vor sich selbst. Und für ein konspiratives Treffen auf der Hütte ist ja wohl keine Zeit mehr, wenn das Abendbrot für Hans pünktlich auf dem Tisch stehen soll.

Sie hatte die Haustür noch nicht ganz erreicht, als die sich bereits mit Schwung öffnete.

»Fanni!« Sprudel zog sie ins Haus und in seine Arme und küsste sie mitten auf den Mund.

Ihre widerstreitenden Gefühle waren Fanni offenbar deutlich anzusehen, denn Sprudel schmunzelte.

»Schon gut, ich habe gar nicht vor, unser Abkommen mit dem Schicksal ad hoc zu brechen.«

Er führte sie in den sonnigen Anbau auf der Westseite des Hauses und rückte ihr einen Sessel zurecht. »Ich weiß doch, du bist nicht aus romantischen Gründen hier. Wir haben vermutlich Denkarbeit zu leisten.«

Er eilte davon und kehrte kurz darauf mit einer Flasche Mineralwasser und zwei Gläsern zurück. »Konnte Tante Luise mit Rolands Notizen mehr anfangen als wir?«

»Sie hat unsere Annahme bestätigt, dass es sich bei den Überschriften um Initialen und Sterbedaten handelt. Aber bevor sie sich mit dem Rest befassen konnte, hat man sie überfallen und den Notizblock gestohlen.« Fanni berichtete, was sich am Nachmittag in Luises Zimmer zugetragen hatte.

»Sie sagt, es war ein Mann, der sie angegriffen hat«, wiederholte Sprudel nachdenklich Fannis letzten Satz. »Erwin Hanno kann es aber nicht gewesen sein. Er war ja mit dir zusammen in seinem Büro.«

»Wohin er mich wahrscheinlich unter einem Vorwand gelockt hat«, erwiderte Fanni. »Unsere Hypothese, wonach er Roland auf dem Gewissen hat und den Hausmeister als seinen Handlanger benutzt, erweist sich als immer wahrscheinlicher.«

»Aber warum sollte sich der Hausmeister für so etwas hergeben?«, fragte Sprudel. »In dieser Hinsicht, scheint mir, hat unsere Hypothese ein unschönes Loch.«

Fanni widersprach ihm. »Hanno hat den Hausmeister doch in der Hand. Er kann ihn erpressen: mitmachen oder Job weg.«

»Dann ist die Hypothese wohl dicht«, gab Sprudel zu. »Und was hätten wir als Motiv zu bieten? Ja klar, Hannos Befürchtung, durch Roland von seinem Posten verdrängt zu werden.«

»Ich glaube inzwischen, das spielt nur eine untergeordnete Rolle«, sagte Fanni. »Das Hauptmotiv muss in Rolands Notizen zu finden sein. Sonst hätte Hanno nicht alles darangesetzt, sie in die Finger zu bekommen. Bestimmt ist er auch für den Einbruch in Rolands Wohnung verantwortlich. Er hat dort danach gesucht oder danach suchen lassen.«

»Aber woher konnte er denn wissen, dass du sie gefunden hast?«, wandte Sprudel ein. »Du hattest den Spiralblock die ganze Zeit in der Tasche, hast ihn mir erst vor dem Schloss gezeigt.

»Vermutlich bin ich schuld daran, dass er davon erfahren

hat«, sagte Fanni. »Ich habe Luise draußen auf dem Balkon von den Notizen erzählt.«

»Hm«, machte Sprudel. »Wenn der Pflegedienstleiter Roland Becker tatsächlich auf dem Gewissen hat, ist es ziemlich wahrscheinlich, dass er deine Gespräche mit Luise zu belauschen versucht.«

Fanni zuckte plötzlich zusammen. »Als ich Tante Luise am Freitag erzählt habe, dass wir zur Zellerhütte wollen, stand Hanno auf einmal im Zimmer. Er muss es mitbekommen haben. Und als ich am Samstag losfahren wollte, sprang das Auto nicht an, wie du weißt. Hans hat später herausgefunden, warum.«

Sie sah Sprudel bedeutungsvoll an. »Die Batterie war abgeklemmt. Und weißt du, wer regelmäßig seinen Neffen am Erlenweiler Ring besucht, wobei er direkt an meiner Garage vorbeikommt? Der Hausmeister von der Katherinenresidenz.«

Sie berichtete, dass jener Hausmeister ein Verwandter ihres Nachbarn Struck war, mit dem Hans Rot regelmäßig Schafkopf spielte.

»Wir müssen endlich Marco informieren«, sagte Sprudel. »Die Sache wird mir zu brenzlig. Was, wenn es Hanno nicht reicht, Rolands Notizen an sich gebracht zu haben? Was, wenn er fürchtet, du wärst inzwischen mit Hilfe deiner Tante hinter ihre Bedeutung gekommen?«

8

Sprudel hatte keine Ausflüchte gelten lassen. Er hatte sogar gedroht, Fanni persönlich am Erlenweiler Ring abzuholen, wenn sie nicht in der Früh um neun am Parkplatz des Supermarktes stehen würde, um zu ihm ins Auto zu steigen und mit ihm zum Polizeipräsidium nach Straubing zu fahren, wo sich Marcos Dienststelle befand. Sie müsse unverzüglich ihre Aussage machen, hatte Sprudel verlangt, egal ob von Jonas schon eine Vermisstenanzeige vorlag oder nicht.

Fanni hatte letztendlich eingewilligt und sich am Dienstagmorgen, dem 29. Juni, auf besagtem Parkplatz eingefunden. Sie war mit Sprudel nach Straubing gefahren und hatte ihre Aussage gemacht.

Allerdings nicht bei Marco, sondern bei Kommissaranwärter Schulz. Marco war kurz vor ihrer Ankunft im Präsidium an einen Tatort gerufen worden. Es konnte Stunden dauern, bis er zurückkehrte. So lange hatte Fanni nicht warten wollen. Sprudel hatte nachgegeben, und deshalb hatte Fanni dem jungen Anwärter von ihrer Begegnung mit dem vermutlich toten Roland Becker erzählt und davon, dass der lebendige Becker sich nicht auf der Zellerhütte befand, wie eine sehr wahrscheinlich getürkte Karte glauben machen wollte.

Schulz ließ entschlüpfen, dass Roland Becker betreffend tags zuvor bereits zwei Vermisstenmeldungen bei der Behörde eingegangen waren – eine von Herrn Jonas Böckl und eine von Frau Emilia Bachl. Dann studierte er eine ganze

Weile die Notizen, die er sich während Fannis Aussage gemacht hatte.

»Schlimm«, meinte er schließlich, »geradezu verhängnisvoll, dass die Entdeckung, die Sie da auf der Hintertreppe gemacht haben, schon fast eine Woche zurückliegt.«

»Was hätte es denn genützt«, verteidigte sich Fanni, »wenn ich damals die Polizei informiert hätte? Der Pflegedienstleiter hätte energisch dagegengehalten, dass ich mir den toten Pfleger nur eingebildet habe. Das dachten sowieso alle in der Katherinenresidenz. Sobald die Karte eingetroffen war, erst recht. Und vermisst wurde Roland vergangenen Mittwoch ja noch von niemandem – selbst am Donnerstag noch nicht.«

Der Kommissaranwärter wirkte verunsichert, was er mit betont resoluter Stimme zu verhehlen suchte. »Sie hätten auf der Stelle Anzeige machen müssen. Über die Relevanz der gemachten Beobachtung entscheidet in so einem Fall die Polizei und nicht der Bürger, der …«

Bla, bla, bla!

Fanni stand auf. »Dann wollen wir die Polizei bei ihren Entscheidungen nicht weiter stören.«

Kurz nach zehn befanden sich Fanni und Sprudel bereits wieder auf dem Rückweg nach Deggendorf.

»Eigentlich bleibt mir noch ein Stündchen, bevor ich zu Hause an den Herd muss«, sagte Fanni.

Sprudel schaute sie freudig an. »Wie wollen wir das Stündchen nutzen?«

»Ich denke an einen Spaziergang«, antwortete Fanni. »Einen Bummel durch die Zugspitzstraße.«

»Zugspitzstraße«, wiederholte Sprudel verwundert. »Ich habe keine Ahnung, wo die Zugspitzstraße ...«

Fanni förderte aus ihrer Handtasche einen Stadtplan zutage. »Hier, das Viertel liegt auf einer Anhöhe im Westen der Stadt: Zugspitzstraße, Wendelsteinstraße ... Gut die Hälfte der oberbayrischen Berge ist vertreten – namentlich jedenfalls.«

»Und diese Namen ziehen dich dorthin?«, fragte Sprudel.

Fanni verneinte. »Was mich dort hinzieht, ist ein Eintrag im Telefonbuch, den ich mir gestern Abend herausgesucht habe: ›Erwin und Ida Hanno, Zugspitzstraße 11‹.«

»Ach, Fanni«, seufzte Sprudel. »Was versprichst du dir davon, an Hannos Wohnung vorbeizuspazieren?« Er warf ihr einen scharfen Blick zu. »Du willst doch nicht etwa einbrechen?«

Fanni schüttelte den Kopf. »Natürlich nicht. Ich möchte nur nachsehen, ob sein Haus zu seinem Wagen und zu seinen Anzügen passt.«

Es passte.

In der Zugspitzstraße gab es ausnahmslos hübsche Häuser – großzügig, gepflegt, gediegen.

Nummer 11 zeigte sich als eines der großzügigsten, gepflegtesten, gediegensten. »Ida und Erwin Hanno« stand auf einem wie eine Blüte geformten Keramikschild, das an der Granitsäule neben dem schmiedeeisernen Gartentor angebracht war.

Fanni und Sprudel schlenderten daran vorbei und an der Gartenmauer entlang bis zum Nachbargrundstück.

Dort blieb Fanni stehen. »Man sollte mit Ida ein Schwätzchen halten.«

Sprudel zog eine Augenbraue hoch. »Du willst klingeln?«
Fanni nickte.

Sprudels zweite Augenbraue folgte. »Und wenn Hannos Frau öffnet, willst du sagen: ›Hallo, Ida, halten wir ein Schwätzchen?‹«

»Ich werde jemanden zu sprechen verlangen«, entgegnete Fanni. »Kaspar Friedrich.«

»Kaspar Friedrich?«

»Ich werde so tun«, erklärte Fanni und machte sich auf den Weg zurück, »als hätte man mir Kaspar Friedrichs Adresse mit ›Zugspitzstraße 11‹ angegeben.«

Sprudel folgte ihr bis zu einem überhängenden Ast an der Mauer. »Ich warte lieber hier auf dich.«

Fanni zögerte, verhielt den Schritt. Doch dann sagte sie zustimmend: »Du hast recht. Es wird wohl besser sein, wenn wir nicht zu zweit aufkreuzen.«

Forsch eilte sie auf die Gartenpforte zu, drückte kühn die Klinke hinunter und trat ein. Sie hatte erst ein kleines Stückchen des gepflasterten Weges, der aufs Haus zuführte, hinter sich gebracht, als sie von rechts eine Stimme hörte. »Da ist niemand daheim.«

Fanni wandte sich in die Richtung, aus der die Stimme gekommen war. Hinter einer Grundstücksbegrenzung aus bogenförmig geschwungenen Holzelementen entdeckte sie eine ältere Frau, die dabei war, ihre Tomatenpflanzen zu düngen. Eine lange Reihe entsprechend bestückter Töpfe zog sich an einem Mäuerchen auf dem Nachbargrundstück entlang.

»Ich dachte ...«, begann Fanni zögernd.

Die Nachbarin war an den Zaun herangetreten. »Den Tag

der offenen Tür haben die am Donnerstag. Und auch da erst ab halb sechs.«

»Ich weiß«, entgegnete Fanni nun mit fester Stimme. »Aber ich hatte gehofft, Ida trotzdem anzutreffen.«

Die Nachbarin sah sie vorwurfsvoll an. »Die Ida arbeitet doch jeden Tag von acht bis fünf. Die ist doch Geschäftsführerin in der Firma von ihrem Vater.«

Während die Frau redete, hatte Fanni den Blick über die Fassade des Hauses gleiten lassen.

Kostspielig!

»Ich wusste gar nicht, dass der Erwin und die Ida so ein schönes Haus haben«, sagte sie in das plötzlich entstandene Schweigen.

»Arm sind die nicht«, meinte die Nachbarin daraufhin, und es klang ein bisschen neidisch.

»Erwin scheint ja recht gut zu verdienen«, sagte Fanni.

»Der?« Die Nachbarin machte eine wegwerfende Handbewegung. »Der könnte sich allein nicht mal ein Gartenhäuschen leisten.« Sie streckte den Zeigefinger durch einen der rautenförmigen Zwischenräume des Zauns, um besser auf Hannos Haus deuten zu können. »Das ganze Geld kommt vom Schwiegervater. Der besitzt nämlich eine Drogeriekette.«

Sie schien einen Augenblick mit sich zu kämpfen, dann siegte offenbar die Gehässigkeit. »Und deswegen kann der Hanno auch daherkommen, als wär er ein Bankdirektor. Dabei ist er bloß Altenpfleger, der Hanno.«

»Sie mögen ihn nicht«, stellte Fanni fest.

Die Nachbarin bog die Mundwinkel nach unten. »Mir ist der Dickwanst eine ganze Portion zu aufgeblasen.« Damit wandte sie sich wieder den Tomatenpflanzen zu, und Fanni blieb nichts anderes übrig, als den Rückzug anzutreten.

Sprudel stand wartend unter dem überhängenden Ast.

Während Fanni ihm kurz Bericht erstattete, gingen sie langsam weiter und schwenkten, ohne darauf zu achten, wohin sie sich wandten, in die Alpspitzstraße ein.

»Hanno lebt also tatsächlich auf viel größerem Fuß, als es sein Gehalt erlauben könnte«, sagte Sprudel.

»Eindeutig«, antwortete Fanni. »Aber nach dem, was die Nachbarin über seinen Schwiegervater verlauten ließ, muss das nicht unbedingt heißen, dass Hanno seinen hohen Lebensstandard durch kriminelle Geschäfte finanziert.«

Sprudel blieb stehen und sah sie an. »Dahingehend interpretierst du also Rolands Aufzeichnungen. Du glaubst, Hanno nimmt die Senioren in der Katherinenresidenz auf ganz infame Art und Weise aus und Roland hat, so weit ihm das gelang, darüber Buch geführt, um den Nachweis zu erbringen.«

»Bist du noch nicht auf diesen Gedanken gekommen?«, fragte Fanni. »Aber es ist ja auch nur eine Möglichkeit unter vielen.«

»Allerdings eine recht plausible«, sagte Sprudel.

Schweigend gingen sie weiter.

»Fragt sich also«, resümierte Sprudel nach einiger Zeit, »ob dieser Schwiegervater nur als Alibi amtiert oder ob er wirklich so spendabel ist.«

»Wie sollen wir das herausfinden?«, fragte Fanni murrend.

»Wir müssen halt mit ein paar Leuten vom Personal der

Katherinenresidenz reden«, erwiderte Sprudel. »Der Hausmeister könnte uns eine ganze Menge zu erzählen haben, und Schwester Inge ...«

Fanni seufzte. »Ich habe das Gefühl, wir geraten immer weiter in eine Sackgasse, Sprudel.«

»Das tun wir allerdings«, antwortete er und blieb abrupt stehen.

Sie waren nach der Alpspitzstraße noch ein-, zweimal abgebogen und befanden sich nun am Ende einer Häuserzeile.

Der Weiterweg war von Steinbrocken versperrt, die wie Wächter über die Wildnis wirkten, die sich dahinter ausbreitete: Sträucher, Efeu, Grasbüschel, Röhricht, alles wucherte durcheinander.

»Ein verfallenes Haus auf einem brachliegenden Grundstück«, murmelte Sprudel. »Hier in diesem gepflegten Viertel.«

Erst jetzt erkannte Fanni, dass die Steinbrocken von einer fast zerstörten Mauer stammten, und als sie den Blick hob, entdeckte sie in einiger Entfernung ein bemoostes Hausdach.

»Brünnsteinstraße 17«, las Sprudel von einer Platte aus Ton ab, die zerbrochen vor seinen Füßen lag.

Fanni machte ein paar Schritte hinter die einstige Grundstückseinfassung und versuchte, durch das Dickicht zu spähen. »Ob wohl das Haus noch bewohnt ist?«

»Schwer vorstellbar«, antwortete Sprudel. »Die Bewohner bräuchten eine Machete, um zu ihrem Domizil vorzudringen.« Er warf ihr einen alarmierten Blick zu. »Du wirst es doch nicht herausfinden wollen?«

Fanni schüttelte den Kopf.

»Wir müssen sowieso zurück zum Wagen«, sagte sie nach einem Blick auf die Armbanduhr. »Es ist schon nach elf.«

Sprudel war in ein Geviert aus Bretterwänden getreten, das sich nur wenige Meter innerhalb der Grundstücksbegrenzung befand und den Einsturz der Mauer unbeschadet überstanden hatte. Es mochte einmal als Unterstand für die Mülltonnen gedient haben.

»Oh«, hörte Fanni.

Sie folgte ihm und versuchte, ihm über die Schulter zu blicken. Sprudel machte ihr Platz.

»Oh«, kam es nun auch von Fanni.

Offenbar waren hier Jugendliche zu einer Art Fete zusammengekommen. Haufenweise Müll lag herum, Reste von Schokoriegeln, Keksen, Chips samt den Fetzen der zugehörigen Verpackungen, eine vergessene Socke, ein zerrissener Schal, ein Häufchen Reißnägel, das Ausläufer nach links und rechts bildete, und außerdem jede Menge leerer Schnapsflaschen, einige davon in Scherben, dazwischen eingetrocknete Pfützen von Erbrochenem.

Sehen so die Schlupfwinkel aus, in denen sich die Kids zum Komasaufen treffen?

Anscheinend, dachte Fanni.

Sprudel schaute nachdenklich auf den Unrat. »Haben es die Jugendlichen heutzutage satt, in hübschen Häusern zu wohnen, wo klares Wasser aus einem glänzenden Hahn fließt, neben dem ein flauschiges angewärmtes Handtuch hängt, wo ...«

Fanni ließ ihn nicht weitersprechen. »Ach Sprudel.« Sie nahm ihn bei der Hand und zog ihn weg.

Eilig liefen sie die Brünnsteinstraße zurück und fanden sich in der Wendelsteinstraße wieder. Dort wussten sie nicht, ob sie nun nach rechts oder links abbiegen mussten, um zur Zugspitzstraße zurückzugelangen.

»Das ist ja wie in einem Labyrinth hier«, beschwerte sich Fanni.

»Einem Labyrinth, in dem die Namen oberbayrischer Berge für beträchtliche Konfusion sorgen«, stimmte ihr Sprudel zu.

Sie versuchten es links, doch nach etwa zweihundert Metern mündete die Straße in einen Waldweg. Hastig eilten sie zurück, versuchten es rechts und kamen wieder in die Alpspitzstraße.

»Es kann jetzt nicht mehr weit sein«, sagte Sprudel.

Das wäre es auch nicht gewesen, wenn sie nicht noch mal eine falsche Abzweigung gewählt hätten.

»Halb zwölf«, stöhnte Fanni, als sie endlich vor Sprudels Wagen standen.

Sprudel betätigte die Entriegelung, blieb jedoch neben der Fahrertür stehen. Über das Autodach hinweg sagte er zu Fanni: »Vor dem Supermarkt, bei dem du geparkt hast, gibt es so eine Hähnchenbraterei wie auf den Volksfesten. Warum überraschst du deinen Mann nicht mit einem gegrillten Hühnchen zu Mittag?«

Fanni grinste. »Hans wird begeistert sein.«

Als sie in Sprudels Wagen stieg, sah sie an ihrer Schuhsohle etwas aufglänzen. Sie schaute genauer hin und erkannte, dass sie sich einen Reißnagel eingetreten hatte.

Die Fahrt zum Supermarktparkplatz dauerte nur wenige

Minuten. Bevor Fanni die Autotür öffnete, sagte sie: »Am Nachmittag werde ich Tante Luise besuchen. Womöglich hat sie es geschafft, Rolands Code zu knacken.« Sie zögerte. »Magst du mitkommen? Ich habe Luise schon von dir erzählt. Ich vertraue ihr, sie wird nicht petzen bei Hans.«

Sprudel lehnte ab. »Die Tante vielleicht nicht. Aber im ganzen Haus wird sich wie ein Lauffeuer verbreiten, dass Fanni Rot in Begleitung eines fremden Herrn kam. Irgendjemand wird herausfinden, um wen es sich dabei handelte, und es morgen oder übermorgen deinem Mann stecken. Wir wollen nicht vorsätzlich Ärger heraufbeschwören, Fanni.«

Sie legte ihm die Hand auf den Arm. »Dann melde ich mich bei dir, sobald ich die Katherinenresidenz wieder verlassen habe.«

Sprudel nickte und stieg aus.

Fanni sah ihn fragend an. »Fährst du nicht nach Hause?«

»Doch«, antwortete Sprudel. »Aber zuvor hole ich mir auch ein Brathähnchen als Mittagessen.«

9

Als Fanni um zwei Uhr nachmittags zu Tante Luise ins Zimmer trat, lehnte eine der Schwestern an der Tischkante und hielt offenbar einen Plausch mit ihr.

Das ist diejenige, die Rosmarie auf dem Foto erkannt hat.

Ja, dachte Fanni, das ist Schwester Inge, einer der beiden Vektoren, die nach Windischgarsten weisen. Es trifft sich gut, dass sie nichts Besseres zu tun hat als mit Luise zu palavern.

»Wir haben uns gerade über die Region unterhalten, in der diese Zellerhütte liegt, wo sich Roland gerade aufhält«, sagte Luise zu Fannis Begrüßung. »Leider bin ich nie dort gewesen.«

»Und Sie, Schwester Inge?«, fragte Fanni.

Die Schwester sah sie erschrocken an. »Nein, nein, ich auch nicht.«

»Ach«, entgegnete Fanni. »Und ich meinte mich zu erinnern, dass ich Sie mal im Dilly's gesehen hätte.«

Schwester Inge schluckte.

»Im Dilly's in Windischgarsten«, sagte Fanni betont.

»Windischgarsten, ja, natürlich.« Schwester Inge bemühte sich sichtlich, den Eindruck zu vermitteln, als wäre ihr eben erst ein Licht aufgegangen.

»Nette Hotelanlage«, fuhr Fanni fort. »Aber nicht billig.«

Schwester Inge kaute auf ihrer Unterlippe. »Ich ... ich hab den Aufenthalt dort geschenkt bekommen. Selbst könnte ich mir so etwas gar nicht leisten.«

»Schwester Inge, Schwester Inge!« Tante Luise drohte schelmisch mit dem Finger. »Sie scheinen ja einen spendablen Freund zu haben.«

Inge schüttelte den Kopf. »Frau Rot, Sie wissen doch, dass ich unglücklich verheiratet war und erst vor Kurzem geschieden wurde.«

»Und wer hat Ihnen dann dieses Geschenk gemacht?«, fragte Luise unumwunden.

Schwester Inge blieb die Antwort schuldig.

Da sagte Fanni: »Es war kein Geschenk. Es war eine Belohnung, ein Entgelt.«

Schwester Inge wurde blass.

Ganz schön frech, was du da von dir gibst, Fanni!

Frech? Das Wort brachte sie ins Schlingern. Die fünf Buchstaben standen plötzlich vor ihren Augen und ließen sich nicht wegwischen.

Frech!

Das ist ein Attribut für Kinder, dachte Fanni. Wenn Minna sagen würde: »Oma, du bist heute angezogen wie eine Vogelscheuche«, dann wäre das frech. Kinder sind oft frech. Sie gehen zu weit, weil sie die Grenzen erst ausloten müssen. Erwachsene gehen auch zu weit. Aber das kann man genauso wenig mit dem Wort »frech« bezeichnen, wie man das Verhalten eines ausgewachsenen Elefanten oder Nilpferds als »frech« bezeichnen würde. Erwachsene sind dreist oder ungehobelt, taktlos oder grob. Bei Erwachsenen muss man differenzieren.

Bist du noch bei Trost, Fanni? Willst du nun Informationen von Schwester Inge bekommen, oder willst du über die richtige Wortwahl nachgrübeln?

»Wer gute Arbeit leistet«, vernahm sie plötzlich von Schwester Inge, »der verdient sich halt auch eine Belohnung.«

Bevor Fanni verdauen konnte, was sie gehört hatte, sagte Luise: »Die Heimleitung hat Ihnen ein Wochenende in diesem Dilly's bezahlt? Nobel, nobel.«

Schwester Inge wand sich. Ein Piepton erlöste sie. Hastig lief sie hinaus.

Fanni sah Tante Luise an. »Was meinst du? Werden beim Personal der Katherinenresidenz besondere Anstrengungen im Pflegedienst mit einem Aufenthalt im Wellnesshotel prämiert?«

Tante Luise lachte sich schlapp. »Wie in meiner Schulzeit, erste Klasse. Wer die schönsten O malt, kriegt ein Gutzetterl. Für zehn Gutzetterl gibt's ein Heiligenbild. Nein, so läuft das hier nicht, Fanni. Und wenn, dann wüssten alle davon. Die Schwestern würden sich gegenseitig überbieten, um an so ein Dingswochenende zu kommen. Sie machen ihre Arbeit, Punkt, Schluss, aus. Der Einzige, der immer mehr tat, als er musste, war ...«

»Roland«, brachte Fanni den Satz zu Ende und registrierte, dass inzwischen auch Luise von dem Pfleger, den sie so schätzte, in der Vergangenheitsform sprach.

»Und du bist sicher«, fragte sie nach einer versonnenen Pause, »dass Schwester Inge hier in der Katherinenresidenz keine besonderen Aufgaben übernommen hat, Funktionen, die besonders honoriert werden?«

»Quatsch«, antwortete Luise. »Ausgerechnet Schwester Inge. Das ist doch die Nachlässigste von allen. Die hat immer Zeit, sich an die Tischkante zu lehnen und einem Löcher in den Bauch zu fragen. Für alles interessiert sich die. Für jeden Furz, egal ob von vorhin oder von vor fünfzig Jahren. Roland hat sie immer ›unsere Verhörexpertin‹ genannt.«

Fannis Augen weiteten sich. »Soll das heißen, sie horcht die Bewohner der Katherinenresidenz systematisch aus?«

»Wie sagen sie in den Fernsehkrimis immer so schön?«, erwiderte Tante Luise. »Nicht nachweislich! Schwester Inge unterhält sich halt gern mit ihren Schutzbefohlenen, interessiert sich für ihre Belange.«

»Und was sie erfährt«, sagte Fanni nachdenklich, »das gibt sie an jemanden weiter, der sie mit einem Wochenende im Dilly's dafür bezahlt.«

Luise pfiff durch die falschen Zähne. »An dir ist ja eine Miss Marple verloren gegangen, Fanni.«

Fanni wedelte Luises Bemerkung mit der Hand weg, um den Faden nicht zu verlieren. »Hat Roland Becker Schwester Inges Mitteilungen in Form von Kürzeln in sein Notizbuch eingetragen?«

»Und sie dafür bezahlt?«, fragte Luise. »Mit Aufenthalten im Nobelhotel? Hätte er sich das denn leisten können?«

»Mit seinem Gehalt als Pfleger wohl kaum«, antwortete Fanni. Mehr zu sich selbst sprach sie leise weiter: »Aber es gibt einen in der Katherinenresidenz, der offensichtlich genug Geld für Extravaganzen hat.« Dann sagte sie laut zu Tante Luise: »Die Kürzel, hast du darüber nachgedacht?«

Luise glättete den Bogen Papier, den sie zusammengerollt wie einen ägyptischen Papyrus auf dem Schoß gehalten hatte. »Gä, Ma, Pu, Pi. Ich habe die halbe Nacht darüber nachgedacht. Aber mir fallen nicht einmal Wörter ein zu diesen Abkürzungen. Außer zu Pi. Pi wie Pillen.«

»Pillen«, wiederholte Fanni. »Es könnte sich also doch um Medikamente handeln. Lass mich mal überlegen.«

Sie starrte eine Weile mit gerunzelten Brauen auf das, was sie tags zuvor aus dem Gedächtnis hingeschrieben hatte.

»Ich glaube, ›Pi‹ stand unter fast allen Namen und hinter dem Schrägstrich daneben Zahlen von hundert bis tausend.«

Tante Luise wirkte auf einmal geistesabwesend. »Bonner ... Bonner hat mir einmal von einer Frischzellenkur erzählt, die er sich geleistet hat. ›Bringt neuen Schwung für Körper und Geist‹, hat er zwinkernd gesagt und: ›Gibt's aber nicht bei Aldi für zwei Euro neunundneunzig.‹«

Fanni sog scharf die Luft ein. »Das könnte passen. Mittelchen gegen das Altern – Stärkungsampullen, Pflanzenextrakte, Vitaminpräparate, das Zeug ist sicherlich gefragt. Aber Ginseng und Co ist teuer. Da kommen leicht mal ein paar hundert Euro zusammen.«

»Mag sein«, sagte Luise. »Aber es ist doch nicht verboten, so was einzunehmen.«

»Und ebenso wenig dürfte es verboten sein, Bewohner eines Seniorenheims damit zu versorgen«, stimmte ihr Fanni zu. »Außer man würde die Kunden übervorteilen und sich dabei über Gebühr bereichern.«

»Meinst du, Roland hat das getan?«, fragte Luise.

Fanni sah sie an. »Das müssen wir irgendwie herauskriegen.«

Da lächelte Tante Luise spitzbübisch und drückte auf den Klingelknopf. »Holen wir uns doch mal eine der Schwestern her und melden Bedarf an gewissen Pülverchen an. Es ist sowieso höchste Zeit für eine frische Pampers.«

Als sich die Zimmertür öffnete, bauschten sich die Gardinen im Wind. Fanni stand auf und schloss die Balkontür.

Du musst dich besser vorsehen. Hattest du nicht neulich schon den Verdacht, dass von da drüben gehorcht wird?

»Schwester Monika, Schatzilein«, zwitscherte Luise, kaum dass die Schwester eingetreten war. »Ich fühl mich unten herum ganz nass.«

Die beiden verschwanden im Badezimmer.

Fanni zögerte keinen Augenblick, an der Tür zu horchen.

»Eine Frischzellenkur«, lachte Schwester Monika, »aber Frau Rot, das haben Sie doch nicht nötig.« Gleich darauf klang ihre Stimme ernst. »Das ist doch reine Abzocke. Alles bloß Sprüchemacherei. Solche Mittel haben längst nicht die Wirkung, die uns gewisse Anzeigen in Illustrierten glauben machen wollen.«

Was Luise darauf sagte, konnte Fanni nicht verstehen. Die Antwort von Schwester Monika hörte sie jedoch wieder klar und deutlich.

»Niemand kann oder wird Sie daran hindern, frei verkäufliche Arznei- oder Nahrungsergänzungsmittel einzunehmen. Aber der Pflegedienstleiter hat angeordnet, dass wir vom Personal den Senioren nichts davon besorgen dürfen.«

»Aber wieso denn?« Tante Luises Stimme klang quengelig.

»Herr Hanno meint«, erwiderte Schwester Monika, »dass unsere Senioren durch Dr. Tomen medizinisch optimal versorgt werden. Ein Darüberhinaus sei unsinnig. Wobei allerdings nichts dagegenspricht, dass unsere Senioren mal eine Flasche Doppelherz oder Klosterfrau Melissengeist geschenkt bekommen.«

»Von der Heimleitung?«, fragte Luise in naivem Ton.

»Natürlich nicht«, antwortete Schwester Monika. »Die Heimleitung verschenkt eine Flasche Rotwein zum Geburtstag. Das wissen Sie doch, Frau Rot.«

Wasserrauschen hinderte Fanni daran, den folgenden Teil der Unterhaltung zu verstehen; kurz darauf sah sie, dass die Türklinke hinuntergedrückt wurde. Schnell flüchtete sie in eine andere Zimmerecke.

Schwester Monika schob Luise heraus und sah dann abwartend auf sie hinab.

»Stellen Sie mich an der Balkontür ab«, sagte Tante Luise auf ihre stumme Frage. »Damit ich auf die Allee hinunterschauen kann und mitbekomme, was sich da tut.«

Schwester Monika tat ihr den Gefallen. Bevor sie sich zum Gehen wandte, tätschelte sie Luise den Arm. »Glauben Sie mir, Frau Rot, nichts kann den Alterungsprozess aufhalten.« Damit eilte sie hinaus.

Luise nickte bestätigend vor sich hin. »Nichts kann dem Tod ein Schnippchen schlagen.«

Fanni räusperte sich. »Wenn wir also davon ausgehen, dass sich Herr Bonner die Ampullen für seine Frischzellenkur nicht im Internet bestellt hat, dann setzt sich jemand in der Katherinenresidenz über Hannos Anweisungen hinweg. Oder konnte Bonner selbst zur Apotheke …«

Luise ließ sie nicht ausreden. »Der doch nicht. Dem haben sie ja vor zwei Jahren das linke Bein amputiert.«

»Gut«, sagte Fanni. »Was haben wir also herausgefunden? In der Katherinenresidenz darf das Personal keine Zusatzmittelchen auf private Rechnung für die Senioren besorgen. Das ist aber geschehen.« Sie stutzte. »Verwandte könnten es für Bonner getan haben.«

»Schwer möglich«, entgegnete Luise. »Soviel ich weiß, lebt seine Tochter im Ausland und hat schon Jahre nichts mehr von sich hören lassen.«

»Bonner und – falls wir Rolands Notizen richtig interpretiert haben – auch noch einige andere Senioren«, fuhr Fanni fort, »wurden also heimlich mit speziellen Medikamenten versorgt. Aber wir haben noch immer keinen konkreten Hinweis, wer dahintersteckt.« Sie runzelte nachdenklich die Stirn. »Wir können noch nicht einmal die Frage beantworten, ob Roland selbst unerlaubte Geschäfte betrieben hat oder ob er die eines anderen dokumentierte.«

»Mir hat Roland nie …«, begann Tante Luise.

»Doch«, unterbrach sie Fanni.

Luise sah sie perplex an.

»Hat dir Roland nicht einmal etwas besorgt? Ein T-Shirt?«, fragte Fanni.

In Luises Augen blitzte Begreifen auf, doch im nächsten Augenblick wackelte sie bedeutungsvoll mit dem Zeigefinger. »›Das ist eine einmalige, einzigartige Ausnahme‹, hat Roland gesagt, als er es für mich bestellt hat. ›Und ich mache das nur, weil Sie sich heute so ausgestoßen fühlen.‹ Ich habe ihm nämlich leidgetan, weil Muttertag war und alle zu Hause bei ihren Familien hockten – sogar die Männer. Irgendwann kam Roland zum Blutdruckmessen zu mir rein, und als er gesehen hat, wie traurig ich rumhing, hat er mich mit ins Stationszimmer genommen. Von den Schwestern war ja sowieso keine da. Roland hatte gerade dieses Ebay am Computer an, und da hat er mir halt gezeigt, was man da so alles ersteigern kann. Und stell dir vor, da seh ich auf einmal dieses exquisite Oberteil.«

Fanni konnte Rolands Verhalten gut nachvollziehen. Es passt nicht, dachte sie. Es passt nicht zu einem, der en gros Geschäfte mit Medikamenten betreibt.

Sie setzte sich an den Tisch, stützte die Ellbogen auf, legte das Gesicht in die Handflächen und kniff die Augen zu.

Konzentrier dich! Welche Lösung erscheint logisch, stichhaltig, einleuchtend, sinnvoll ...

Hinter ihren geschlossenen Lidern tanzten Sterne, als sie sich darüber klar war.

»Es muss umgekehrt sein«, rief sie so laut, dass in Luises antiker Vitrine die Gläser klirrten. »Nicht Roland handelt mit Medikamenten und auch niemand sonst vom Personal, sondern Hanno selbst. Deshalb hat er es auch den anderen so strikt verboten. Deshalb kann er sich die teuren Anzüge und protzigen Armbanduhren leisten, die ihm wohl kaum sein Schwiegervater kauft. Roland ist Hanno draufgekommen, hat die Verkäufe aufgelistet und war kurz davor, ihn auffliegen zu lassen. Deshalb hat Hanno ihn umgebracht. Und damit bestätigt sich auch meine anfängliche Theorie, dass Hanno der Mörder sein muss. Es fügt sich nahtlos zusammen!«

Luise bewegte stumm die Lippen, als würde sie beten. Fanni nahm an, dass sie sich bemühte zu erfassen, wie alles zusammenhing.

Nach einer Weile fragte sie gedankenvoll: »Und was hat Hanno mit dem toten Roland gemacht?«

Als Fanni es ihr erklärt hatte, schüttelte Luise den Kopf. »Wenn von uns Alten hier einer stirbt, dann läuft das so: Die Leiche wird ins Leichenkammerl geschafft.« Sie winkte ab, als Fanni dagegen Einspruch erheben wollte. »Ja, schon gut, offiziell heißt es ›Aussegnungsraum‹. Dort wird sie aufgebahrt, bis der Bestatter sie abholen kommt. Der bringt einen Sarg mit, packt sie ein und servus.« Luise hob den Zeigefinger. »Hast du gehört, Fanni? *Der Bestatter* bringt den Sarg mit, und er packt sie hinein!«

»Ja, das habe ich verstanden«, entgegnete Fanni. »Bei Bonner aber ist es anders gelaufen, und ich weiß auch, warum. Als die Herren vom Bestattungsinstitut mit dem Sarg eintrafen, konnten sie Bonner nicht mitnehmen, weil der Totenschein fehlte. Deshalb mussten sie wieder abziehen und später noch mal kommen. Den Sarg haben sie natürlich inzwischen stehen lassen.«

Luise nickte. »Hanno hat dafür gesorgt, dass ihm ein leerer Sarg zur Verfügung steht, und er hat ihn doppelt ...« Sie unterbrach sich und deutete hinaus auf die Allee, deren mittlerer Teil über die Balustrade des Balkons hinweg gut einzusehen war. »Dein Mann ist im Anmarsch. Willst du dich lieber verdrücken? Er wird sonst wissen wollen, was du außertourlich hier machst.«

Fanni war an die Scheibe getreten und beobachtete Hans Rot, der abwartend stehen geblieben war.

Wem blickt er denn entgegen?

Gleich darauf sah sie es. Benat und Hanno kamen auf ihn zu. Er grüßte, sie grüßten zurück. Dann sagte einer der Herren etwas, und Hans Rot antwortete sichtlich geschmeichelt. Sie kamen ins Gespräch.

»Ich nehme die Hintertreppe«, sagte Fanni und schaute Luise mit gespielter Strenge an. »Und verrate bloß Hans nichts von unseren Ermittlungen, Tante Luise.«

Luise legte ihre beiden Zeigefinger überkreuzt auf die Lippen.

Fanni nickte ihr zu, dann wandte sie sich zur Tür. Dort drehte sie sich noch mal um. »Wer wohnt eigentlich in dem Apartment neben dir, dessen Balkon an deinen grenzt?«

Luise sah sie irritiert an. »Die Nagel natürlich. Seit Tagen reden wir doch von ihr und davon, dass sie es nicht mehr lang macht. Spätestens zum Wochenende werde ich eine neue Nachbarin haben.«

Fanni wollte die Tür schon öffnen, da unterbrach sie ihr Vorhaben erneut. »Ich lasse mein Handy eingeschaltet. Ruf mich an, falls dir noch etwas zu den Kürzeln einfällt. Je mehr wir darüber herausfinden, desto besser ist das für die Ermittlungen. Hast du die Nummer aufgehoben, die ich dir neulich aufgeschrieben habe?«

Luise deutete auf die Kommode neben ihrem Esstisch, wo in einem geschnitzten Kästchen diverse Zettel steckten, und machte das Victory-Zeichen.

Fanni winkte ihr lachend zu und verließ endlich das Zimmer.

Sie hastete die Hintertreppe hinunter, stieg in ihren Wagen und fuhr davon. Beim Einbiegen in die Hauptstraße riskierte sie einen Blick aus dem Seitenfenster und sah, dass sich Hans Rot noch immer mit Benat und dem Pflegedienstleiter unterhielt.

Fanni fuhr weiter bis zu einer Parkbucht an der Mettner Straße, wo sie kurz anhielt, um mit Sprudel zu telefonieren.

»Mir bleibt genügend Zeit heute«, sagte sie, »sodass wir uns noch am Hütterl treffen können. Hans hat von vier bis acht Kassenprüfung beim Schützenverein.«

Deshalb ist er jetzt schon bei Luise aufgekreuzt, fügte sie in Gedanken hinzu.

»Ich geh voraus und koche Kaffee«, bot Sprudel an. »Dazu gibt es Hefeschnecken vom Birkenweiler Bäcker.«

Schmunzelnd unterbrach Fanni die Verbindung. Sie wusste, dass Sprudel in der Dorfbäckerei Stammkunde war. Nicht weil er von den Erzeugnissen des Bäckermeisters besonders angetan gewesen wäre, sondern weil Olga Klein den Laden dienstags und freitags mit böhmischen Spezialitäten belieferte.

Als Fanni in die Hütte trat, duftete es bereits nach Kaffee, nach frischem Backwerk und nach dem herben Rasierwasser, das zu Sprudel gehörte wie die tiefen Wangenfalten, die etwas zu großen Ohren und das besondere Lächeln, das nur für Fanni reserviert war. Sie fühlte ein Kribbeln im Magen.

Holla, Liebesgefühle! Sprießen bei Fanni Rot etwa die Knospen des zweiten Frühlings?

Sprudel nahm sie in die Arme. Sie schmiegte sich an ihn, und heimlich stahl sich die Gewissheit in ihren Verstand, dass sich in den vergangenen Monaten in ihrer Empfindung für Sprudel eine Menge verändert hatte.

Er ist vom Kumpel zum Objekt der Begierde avanciert!

Warum erst jetzt?, fragte sich Fanni, während sie ihre Nase in seine Wangenfalte grub. Nach so vielen Jahren tiefer, jedoch rein platonischer Freundschaft, die ich für unser Alter und für die gegebenen Umstände als bedeutend schicklicher empfand.

Weil vergangenen Herbst ernsthafte Gefahr bestand, ihn zu verlieren!

Mag sein, gab Fanni ihrer Gedankenstimme recht. Mag sein, dass mir die Vorstellung von einem Leben ohne ihn die Augen geöffnet hat.

Sprudel hatte in der Hütte den kleinen Tisch zwischen den Polsterstühlen gedeckt, denn draußen war es empfindlich kühl geworden. Seit Mittag wehte der Wind dunkle Wolken über den Birkenweiler Hügel.

Er führte Fanni zu ihrem Stuhl, nahm ihr gegenüber Platz, schenkte die Tassen voll und legte jedem ein Stück Gebäck auf den Teller.

Sie sahen sich über den Rand ihrer Tassen hinweg an, als sie den ersten Schluck tranken.

Erst nach einiger Zeit fragte er nach den letzten Neuigkeiten im Fall Roland Becker.

Fanni hatte ein wenig Mühe, sich darauf zu besinnen, was sich während des Besuches bei Tante Luise ergeben hatte. Entsprechend stockend begann sie. Mit der Zeit kamen die Sätze flüssiger.

»Darum glaube ich, Hanno selbst versorgt die Senioren mit allerlei Medikamenten und verdient sich eine goldene Nase damit«, beendete sie ihre Ausführungen. »Für alle anderen hat er ein Verbot erlassen, damit ihm niemand ins Geschäft pfuschen kann.«

Sprudel wirkte beeindruckt. »Das hört sich absolut einleuchtend an. Zumal er ja recht offensichtlich auf ziemlich großem Fuß lebt.«

»Eigentlich fast *zu* offensichtlich«, sagte Fanni und fügte auf Sprudels fragenden Blick hinzu: »Ist es nicht merkwürdig, dass er seinen Reichtum ausgerechnet in der Katherinenresidenz so zur Schau ...« Sie schrak zusammen, als ihr Handy zu klingeln begann, das sich, seit sie es besaß, wohl noch keine drei Mal gemeldet hatte.

Wie sollte sich ein meist ausgeschaltetes Mobiltelefon auch melden können?

»Fanni«, sagte Tante Luise, »die Nagel ist tot. Komm schnell her, wenn du kannst.«

Fanni brachte mühsam ein stammelndes »Aber wieso? Was hat ...?« zustande, als Luise ihr ins Wort fiel: »Komm her, ich muss dir was zeigen.«

Bevor Fanni antworten konnte, war die Verbindung unterbrochen.

»Fahr doch mit«, sagte sie, nachdem sie Sprudel über Luises lakonische Aufforderung informiert hatte. »Luise scheint etwas Wichtiges herausgefunden zu haben.« Weil Sprudel so befremdet schaute, fügte sie hinzu: »Lass sie ruhig darüber klatschen – alle miteinander.«

Ein wenig widerstrebend erhob er sich.

10

Als sie das Zimmer betraten, saß Tante Luise in ihrem Rollstuhl am Esstisch, wo neben dem Blatt Papier, auf das Fanni die ihr aus Rolands Notizblock in Erinnerung gebliebenen Kürzel geschrieben hatte, eine Fotografie in einem Holzrahmen lag.

»Setzt euch«, ordnete Luise an. Sie wirkte kein bisschen überrascht, Sprudel an Fannis Seite zu sehen, schien ihn beinahe erwartet zu haben.

Ohne Einleitung begann sie: »Schwester Monika hat mich vorhin gefragt, ob ich mich noch von der Nagel verabschieden will, bevor sie in den Aussegnungsraum hinuntergebracht wird. Schließlich haben wir die ganze Zeit Tür an Tür gewohnt und Bett an Bett geschlafen.« Sie deutete auf die Wand, die ihr Apartment vom Nachbarzimmer trennte. »Natürlich wollte ich der Nagel Adieu sagen, wollte sehen, was der Tod aus ihr gemacht hat. Man muss sich ja ab und zu vor Augen halten, was einen demnächst erwartet.« Sie wedelte Fannis Einwand mit der Hand weg. »Ein schöner Anblick war sie nicht, die Nagel. Ehrlich gesagt, ich hab gleich wieder weggeschaut. Und da ist mein Blick an dem Foto hängen geblieben.«

Sie stellte es auf, sodass Fanni und Sprudel das Bild gut erkennen konnten. Es zeigte ein schönes Wohnhaus mit einem gepflegten Garten drum herum. »Das ist das Haus der Nagel. Sie war sehr stolz darauf und hat die Fotografie oft herumgezeigt.«

»Und was ist damit?«, fragte Fanni, als ihr die Pause, die folgte, zu lang wurde.

»Das Haus hat mich auf die Idee gebracht, was einige von den restlichen Kürzeln bedeuten könnten«, antwortete Luise und schien über die gespannten Mienen von Fanni und Sprudel ausnehmend befriedigt.

»Die Nagel war gut situiert«, fuhr sie fort, »sehr gut situiert sogar. Ihr Mann soll zu Lebzeiten Bundestagsabgeordneter gewesen sein. Sie bezog eine dicke Pension von ihm – viel, viel mehr, als sie hier verbrauchen oder sonst wie ausgeben konnte. Kinder hatten die Nagels ja keine. Aber weil wohl jeder ein Steckenpferd braucht, für das er Geld verschwenden kann, hat sie eine Menge dafür vergeudet, das Haus in Schuss zu halten. Obwohl sie sich doch spätestens nach dem Oberschenkelhalsbruch denken konnte, dass sie nie mehr dorthin zurückkehren würde, und auch niemanden hatte, dem sie es vererben wollte. Na ja, man wird halt sonderlich im Alter.« Luise zog die Decke über ihren Knien zurecht und schwieg.

»Die Kürzel, Tante Luise«, brachte sich Fanni in Erinnerung.

»Die Kürzel, ja. Schau dir mal den Garten an. Die Rosen, die Hecken. Wen beauftragt man denn, um Rosen zu schneiden und Hecken zu stutzen?« Luise tippte auf eine bestimmte Stelle auf dem Zettel mit den Kürzeln.

»Gä«, las Fanni. »Gärtner.«

Luise strahlte sie an. »Das würde ich auch meinen.«

»Ma«, las Fanni das nächste Kürzel ab.

»Maurer«, schlug Sprudel vor.

»Maurer?«

»Oder Maler«, ergänzte er. »Mit der Zeit fallen sicherlich eine Menge Ausbesserungsarbeiten an.«

»Stimmt«, lobte ihn Luise.

»Pu«, las Fanni.

»Wo gearbeitet wird, fällt Dreck an«, sagte Sprudel, »den eine Putzfrau oder eine Putzkolonne wegschaffen muss.«

Luise nickte. »Selbst wenn nicht gearbeitet wird, fällt Dreck an. Spinnweben hängen von den Balken, Schimmel macht sich breit, Staub deckt die Möbel ein, tote Fliegen liegen auf Fensterbrettern und ...«

»... der Regen verschmiert den Ruß an den Scheiben«, beendete Fanni den Satz.

Es war ein Weilchen still im Zimmer. Dann sagte Sprudel: »Gä wie Gärtner, Ma wie Maler, Pu wie Putzfrau, Pi wie Pillen. Wenn ich mich recht erinnere, finden sich nicht bei allen Namen die gleichen Kürzel.«

»Spricht das nicht dafür, dass wir richtig liegen?«, erwiderte Fanni. »Gä habe ich bestimmt nur einmal gelesen, und es ist ja auch recht unwahrscheinlich, dass mehrere der Senioren einen Gärtner beschäftigen.« Sie dachte einen Augenblick nach. »Am häufigsten, glaube ich, waren die Kürzel Pi und Kon.«

»Kon?«, fragte Luise. »Das hast du aber gar nicht aufgeschrieben, Fanni. Kon?«

»Nehmen wir also mal an«, sagte Sprudel, »die Abkürzungen stehen einerseits für Dienstleistungen, die für die Senioren erbracht wurden, und andererseits für Arzneien. Beruhigungs- und Aufputschmittel womöglich, Lebenselixiere, was weiß ich.«

»Vielleicht auch für Alkohol, Zigaretten, Kosmetika«, fügte Fanni hinzu.

»Kos! Nein, Kon«, murmelte Tante Luise. Laut sagte sie: »Die Nagel hatte ja immer ganz edles Parfüm. Und meistens hatte sie Champagner vorrätig. Bonner liebte teure Zigarren ...«

»Konsumgüter«, rief Sprudel. »Kon.«

»Treffer«, rief Fanni begeistert.

Dann wurde es wieder still, bis sie sagte: »Roland hat alles, was er über diese Geschäftemacherei herausfand, heimlich aufgelistet. Vielleicht konnte er anhand seiner Buchführung irgendwie nachweisen, dass die Senioren nach Strich und Faden betrogen wurden.«

Sprudel hob mahnend die Hand, so als wolle er Fanni stoppen, weil sie zu weit vorpreschte.

Sie sah ihn fragend an.

»Eigentlich«, begann er bedächtig, »geben uns die Kürzel keinen Hinweis auf einen Betrug, oder? Wir können aus ihnen nur schlussfolgern, dass Dienstleistungen erbracht wurden – nicht aber, dass sie nicht erbracht oder betrügerisch erbracht wurden.«

»Hm«, machte Fanni.

»Quatsch«, sagte Luise entschieden. »Natürlich geht es um Betrug. Wegen ein bisschen Geschäftemacherei hätte Roland ja nicht zum Schweigen gebracht werden müssen. Der Betrüger ist dahintergekommen, dass Roland ihn im Sack hat, und hat die Gefahr schleunigst beseitigt.«

Fanni nickte. »Anschließend hat er in Rolands Wohnung nach belastenden Unterlagen gesucht, jedoch nichts gefunden. Aber ein paar Tage später hat er mitgekriegt, wie ich dir das Notizbuch gab, und hat nicht gezögert, zuzuschlagen.«

»Müssen wir noch lange ›betrügerischer Geschäftemacher‹, ›Schuldiger‹ und so weiter sagen, oder können wir den Kerl beim Namen nennen?«, fragte Luise trocken.

»Ja, alles deutet auf Hanno hin«, erwiderte Sprudel ernst. »Von Anfang an hat alles auf ihn hingedeutet. Was freilich noch nicht klar ist ...« Er verstummte.

Fanni wartete geduldig, dass er fortfuhr, aber Luise hielt sich nicht zurück. Sie klopfte wieder einmal einen Trommelwirbel auf die Armlehne ihres Rollstuhls und verschoss auffordernde Blicke.

Da beeilte sich Sprudel zu sagen: »Wie kam Roland Becker an seine Informationen? Woher hatte er die Beträge, um die es ging? Oder sind das keine Geldbeträge, die hinter den Kürzeln stehen?«

»Bestimmt sind das Geldbeträge«, antwortete Luise überzeugt. »Und die Nagel zum Beispiel konnte ihm auf den Pfennig genau vorrechnen, wie viel sie gerade wieder in ihr Haus gesteckt hatte, das wusste sie nämlich auswendig.«

»Wie Hanno wohl vorgeht?«, sagte Fanni halb zu sich selbst.

»Wie könnte er wohl vorgehen?«, variierte Sprudel ihre Frage.

Fanni hatte die Fotografie mit dem Haus von Frau Nagel in die Hand genommen und studierte sie. In der rechten Ecke konnte sie ein Stück Mauer und einen Begrenzungspfeiler erkennen. Auf dem Pfeiler befand sich ein Schild. Fanni kniff die Augen zusammen und versuchte, die Aufschrift zu entziffern. »Brü-nn-ste-in.«

Brünnstein?

»Tante Luise«, fragte sie, »hattest du nicht immer eine Lupe – für das Kleingedruckte?«

Luise deutete auf das Kästchen mit den Zetteln darin, und Fanni angelte die Lupe heraus.

Es dauerte ein Weilchen, bis sie den richtigen Abstand zwischen Lupe und Aufschrift gefunden hatte, um alles entziffern zu können.

»Brünnsteinstraße 17«, stieß Fanni erregt hervor, »genau da sind wir heute Vormittag gewesen.«

»Im Haus der Nagel?«, fragte Luise verdutzt.

»An der Gartenmauer«, antwortete Fanni. »Sie steht nicht mehr, und im Garten selbst blüht keine einzige Rose.«

Sprudel nickte bestätigend. »Was Frau Nagel in ihr Haus gesteckt hat, ist offenbar in Hannos Taschen geflossen.«

»Aber es würde doch Jahrzehnte dauern, bis so eine Mauer aus behauenen Steinen einstürzt«, wandte Fanni ein.

»Sie ist gar nicht eingestürzt«, entgegnete Sprudel. »Sie wurde abgetragen. Es lagen ja nur ein paar abgesprengte Brocken herum.«

»Und wie lang dauert es, bis ein Garten derart verwildert?«, fragte Fanni. »Drei Jahre? Fünf?«

»Die Nagel hat mir heuer bei der Maifeier erzählt, dass sie vor sechs Jahren in die Katherinenresidenz gezogen ist«, meldete sich Luise.

Fanni wollte gerade zu einem neuen Einwand ansetzen, da öffnete sich die Tür, und Verena trat ein. Sie trug einen Teller vor sich her, auf dem ein Stück Milchrahmstrudel in seiner Sahnesoße schwamm.

Luise leckte sich die Lippen.

»I hob a Extraschmankerl für Sie.« Verena platzierte den Teller vor Luise auf dem Esstisch. »Oba eigentlich kim i zum Pfüat-Godsong.«

Luise hatte sich bereits über ihr Leibgericht hergemacht und sagte mit vollem Mund: »So schnell hat es geklappt? Dr. Benat ist ja wirklich phänomenal.« Sie schluckte den kaum gekauten Bissen hinunter und wandte sich lebhaft an Fanni und Sprudel. »Dr. Benat hat Verena in einem Institut untergebracht, wo sie unsere schöne deutsche Schriftsprache lernen wird – und sonst hoffentlich auch noch so einiges.«

»Am Ersten kann i ofanga«, erklärte Verena. »Der is übermoing. Oba moing soi i scho kemma.«

Fanni erinnerte sich, dass Benat ihr erzählt hatte, er wolle Verena in einer Einrichtung für – wie hatte er sich ausgedrückt? – Jugendliche mit »Unvollkommenheiten« unterbringen.

Was meint er eigentlich damit?

Eine Art Förderschule wohl, dachte Fanni, unter privater Führung vermutlich.

Sind Privatschulen nicht dafür bekannt, dass sie enorm teuer sind?

»Haben Sie sich nicht erst letzte Woche vorgestellt?«, fragte Fanni.

»Ja«, antwortete Verena. »Am zworazwanzigsten. Am zworazwanzigsten bin i z' Minga gwen.«

Erstaunt bemerkte Fanni, dass Tante Luise nach dem ersten Bissen ihren Löffel beiseitegelegt und sich zurückgelehnt hatte. Ein wenig irritiert davon wandte sie sich wieder Verena zu.

Sie versuchte, sich zu konzentrieren. Das Mädchen war also in München gewesen. Fanni begann zu rechnen. Genau einen Tag bevor die Karte abgestempelt worden war, die Roland angeblich an Schwester Monika geschrieben hatte, war Verena in München gewesen.

Was für ein Zufall!

Allerdings, dachte Fanni, und deshalb würde mich jetzt mal interessieren, was Verena am 22. in München alles so gemacht hat.

»Hatten Sie einen schönen Aufenthalt in der Stadt?«, klopfte sie auf den Busch.

Verena strahlte sie an. »U-Bahn bin i gfohn, glei vom Bahnhof weg – mit der U6 auf Schwabing. Der Herr Benat hot mir gsogt ghabt, wia des geht.«

Fanni lächelte sie aufmunternd an. »Und was haben Sie in Schwabing gemacht?«

Verena dachte lange nach. »Umanandergrennt, Schaufenster ogschaugt, Leit ogschaugt, Kaffee drunga und a Stickl Tortn dazu gessen.«

»Alleine?«

»Ja, wer hätt denn mit mir mitgehn soin?«, fragte Verena verdutzt.

Fanni biss die Zähne aufeinander. Das Mädchen hatte sich in Schwabing vergnügt. Gut, aber dazu war Verena ja nicht nach München gefahren.

Wenn du herausfinden willst, wie sie die gesamte Zeit in München verbracht hat, wirst du sehr geduldig vorgehen müssen – Schritt für Schritt!

Fanni unterdrückte einen Seufzer. »Und nach dem Kaffeetrinken sind Sie in das Institut gegangen?«

»Ähm, ja«, antwortete Verena. »In so an Bau hoit, mit vui Klinglknöpf an der Tür.«

»Und bei welchem Namen haben Sie geklingelt?«

»Des is auf mein Zettl gstandn, wo i leiten muass.«

Es hat keinen Sinn, dachte Fanni. Da kann ich fragen und fragen ...

»Man hat Sie eingelassen«, versuchte es Sprudel, »und in ein Büro geführt.«

Verena nickte.

»Dort hat man Ihnen Fragen gestellt«, machte Sprudel weiter.

Verena nickte unbehaglich.

Sie hat sich nicht wohlgefühlt dort!

»Hast du etwa was aufsagen und was vorlesen müssen?«, erkundigte sich Tante Luise.

Verena schniefte.

Sie haben das arme Kind gepiesackt!

»Hat diese – äh – Aufnahmeprüfung lang gedauert?«, fragte Fanni.

Verena verneinte.

»Sie konnten also bald wieder gehen. Oder mussten Sie noch in anderen Büros vorsprechen?«

Wieder verneinte Verena, fügte jedoch hinzu: »Bloß no die Papiere obgem, wo in dera Mappen warn.«

»Ihre Zeugnisse wohl«, meinte Sprudel.

Verena schwieg.

Fanni wurde dieses fruchtlose Hin und Her langsam zu bunt. »Und nach dem Test sagte man Ihnen, dass man Sie schon am 1. Juli aufnehmen könne und ...«

»Na, des hot mir der Herr Benat gsogt.«

»Schön«, nahm Fanni den Faden wieder auf, »darüber wurde also Herr Benat informiert. Sie jedenfalls verließen das Schulgebäude und suchten nach einem Briefkasten, an dem Sie die Post loswerden konnten, die Ihnen Herr Hanno zum Aufgeben mitgab.«

Verena starrte verdattert von einem zum andern. »Der Hanno hot o gor net gwisst ...«

Sense! So leicht lässt sich der schwarze Fleck, der deine schöne Theorie verunziert, eben nicht aus der Welt schaffen!

»Was haben Sie denn noch gemacht, nachdem das Vorstellungsgespräch beendet war?«, fragte Sprudel.

Verena wickelte eine Haarsträhne, die dekorativ vor ihrem rechten Ohr hing, um den Zeigefinger. »I bin dann wieder zruck zum Bahnhof, und weil no Zeit war – der Zug is erst um fünfe ganga auf Gleis siemazwanzg –, bin i zum Karstadt eini, und do hob i mir an superkuhln Neckhoider kauft.« Sie begann wieder zu strahlen.

Verena hat in München ein cooles Neckholder-Shirt für sich erstanden! Womit das Highlight ihrer Reise in unsere Landeshauptstadt genügend beschrieben wäre!

Und wir wissen noch immer nicht, dachte Fanni, wie der Täter es bewerkstelligt hat, dass Brief und Karte zum richtigen Zeitpunkt in der Katherinenresidenz eintrafen. Nicht zu früh, solange Roland noch lebte und jemandem hätte über den Weg laufen oder die Fälschungen selbst in die Hand bekommen können, und nicht zu spät, um unerwünschten Fragen über seinen Verbleib einen Riegel vorzuschieben.

Sie schrak auf, weil Verena plötzlich ausrief: »Mei, Frau Rot, meng Sie ebba heit koan Milirahmstrudel? Und mia ham dacht ...«

»Doch, doch«, beeilte sich Luise zu versichern. »Ich esse ihn gleich auf. Und vielen Dank auch.«

»Feit se nix«, kam daraufhin von Verena die bayerwäldlerische Version des hochdeutschen »gern geschehen«, des amerikanischen »welcome«, des französischen »mon plaisir«. Daraufhin sah sie Luise grüblerisch an, als müsse sie überlegen, weshalb sie eigentlich hier war. Nach einigen Augenblicken fiel es ihr offenbar ein. Sie streckte die Hand mit den lila lackierten Fingernägeln aus. »Ja nacher, Pfüat God, Frau Rot.«

Luise hielt Verenas Hand lange in ihren beiden, wünschte dem Mädchen alles Gute für die Zukunft und fragte zum Schluss ganz beiläufig: »Wo haben Sie denn heute einen Milchrahmstrudel für mich aufgetrieben, Verena?«

»Den hot mir wer mitgebn, der wo woaß, wia gern Sie so an Strudel meng. Oba i derf eam net verrotn, weil er 'n in der Küch einfach hot mitgehn lassn.«

Daraufhin verabschiedete sich Verena auch von Fanni und Sprudel, die ihr ebenfalls gute Wünsche mit auf den Weg gaben.

Sie war schon an der Tür, als Luise sie noch mal zurückrief und ihr einen Geldschein zusteckte.

Dafür bedankte sich Verena lächelnd mit einem »Gelt's God, Frau Rot«.

Die altmodische Dankesformel, die bedeutete: »Gott möge dir vergelten, was du für mich getan hast« und als Antwort »Segn's God« verlangte, zu Hochdeutsch: »Gott segne, was du erhalten hast«, war Fanni schon lange nicht mehr untergekommen.

Luise schien diese Art des Dankens ganz aus dem Kopf geschwunden zu sein, denn sie erwiderte: »Keine Ursache, mein Kind!«, was Verena etwas ratlos zurückblicken und zögerlich die Klinke hinunterdrücken ließ.

Als sich die Tür hinter ihr geschlossen hatte, musterte Fanni den kaum angerührten Milchrahmstrudel und blickte dann fragend zu Luise.

»Schmeckt heute ganz eklig«, sagte die. »Gar nicht wie sonst.«

»Verdorben?«, fragte Fanni. »Milchrahmstrudel gibt's doch immer mittwochs. Vielleicht stand das Stück schon die ganze Woche lang in der Küche herum.« Sie nahm den Teller in die Hand und schnupperte. »Riecht aber nicht so, als wäre die Milch sauer geworden.«

Luise grub mit ihrer Gabel einen Tunnel durch den Strudel, den Fanni wieder auf den Tisch zurückgestellt hatte. »Die Äpfel sehen wässrig aus.«

»Dann könnte das Stück eingefroren gewesen sein«, meinte Fanni, »und Verena hat es in der Mikrowelle aufgetaut.«

»Macht die Mikrowelle, dass Milchrahmstrudel wie Terpentin schmeckt?«, erkundigte sich Luise.

»Eigentlich nicht«, antwortete Fanni.

»Eben«, sagte Luise, »und Verena hat ihn bestimmt nicht aufgetaut. Sagte sie nicht: ›Den hot mir wer mitgebn‹?« Luise ahmte den ihr längst nicht mehr geläufigen Dialekt recht gekonnt nach.

Fanni nickte. »Verena wurde als Überbringerin eines Stücks Milchrahmstrudel benutzt, das anders schmeckt, als es sollte.« Sie stand auf, trat in Luises winzige Küche, nahm einen frischen Löffel aus einer Schublade und wollte den Strudel kosten, aber Sprudel hinderte sie daran.

»Fanni, nicht!«

»Lass lieber die Finger davon«, sagte Luise gleichzeitig.

»Es hat womöglich nichts Gutes zu bedeuten, wenn jemand Verena als Handlangerin benutzt und ihr aufträgt, seinen Namen nicht zu nennen«, fügte Sprudel hinzu.

Fanni schloss für einen Moment die Augen. Beunruhigt ließ sie die Ereignisse der vergangenen Tage wie eine Diashow in ihrem Kopf ablaufen.

Roland Becker war ermordet worden. Der Täter hatte es – vermutlich mit Hilfe eines Komplizen – geschafft, Rolands Leiche zu beseitigen und die Belegschaft mit gefälschten Lebenszeichen in die Irre zu führen. Dummerweise war ihm Fanni kurz nach dem Mord in die Quere gekommen. Deshalb hatte er begonnen, ihr auf die Finger zu sehen. Er hatte ihr nachspioniert und ihre Gespräche mit Luise Rot belauscht. Als er gehört hatte, sie wolle sich auf der Zellerhütte nach Roland erkundigen, hatte er dafür gesorgt, dass ihr Auto nicht ansprang, wobei er allerdings nicht mit Sprudels tatkräftiger Mitwirkung gerechnet hatte.

Es wurde eng für Rolands Mörder, als Fanni mit der Auskunft zurückkehrte, Roland sei nie auf der Zellerhütte gewesen, und zudem auf einmal Aufzeichnungen besaß, nach denen er selbst vergeblich gesucht hatte. Als Fanni jene Notizen Luise überließ, brachte er den Spiralblock gewaltsam in seine Hände.

Irgendwann danach, überlegte Fanni, ging ihm auf, dass sich Luise die Kürzel schon genau angesehen haben und es ihr gelingen konnte, hinter deren Bedeutung zu kommen. Deshalb hat er ihr heute durch die einfältige Verena einen vergifteten Milchrahmstrudel zukommen lassen.

Überzeugendes Resümee, wenn auch noch ein paar Fragen offen sind!

Sprudel und Luise waren offenbar zu demselben Ergebnis gelangt wie Fanni.

Luise griff sich an die Kehle und gab Würgelaute von sich. »Schieb mich ins Badezimmer, Fanni, da steck ich mir den Finger in den Hals. Ich muss diesen Bissen Milchrahmstrudel wieder loswerden.«

Fanni brachte sie rasch vor dem Waschbecken in Stellung und legte ihr den Arm um die Schultern.

Aber Luise winkte ab und schickte sie hinaus.

Während – gedämpft durch die geschlossene Tür – beredte Geräusche an ihre Ohren drangen, sagte Sprudel zu Fanni: »Ich versuche auf der Stelle, Marco zu erreichen.« Während er die Nummer in seinem Handy wählte, fügte er hinzu: »Ich werde keine Ruhe geben, bis ich persönlich mit ihm sprechen und ihm alles berichten kann, was wir seit heute Vormittag herausgefunden haben. Marco muss schleunigst diesen Pflegedienstleiter vernehmen. Selbst wenn sich beim Verhör keine Handhabe ergibt, ihn zu verhaften, wird sich Hanno hüten, so schnell wieder in Aktion zu treten.«

Fanni legte ihm die Hand auf den Arm. »Mach Marco ausfindig und triff dich mit ihm, um die ganze Sache mit ihm zu bereden. Aber mit einem Verhör wird es heute wohl nichts mehr werden. Es ist ja schon nach sechs ...«

Sprudel hatte bereits ins Handy zu sprechen begonnen. »Wir müssen uns treffen. – Jetzt. – Du bist gerade in Niederwinkling. – Messerstecherei. – Gut, auf halber Strecke. – Ja, ich kenne die Schlosstaverne in Offenberg.«

»Beeil dich«, drängte Fanni. »Du hast den weiteren Weg.

Ich kümmere mich schon um Luise. Am besten nehme ich sie mit nach Hause, damit sie außer Gefahr ist.«

Sprudel nahm Fanni für einen Moment in die Arme und drückte sie fest an sich.

Er war schon an der Tür, als er sich umdrehte und noch einmal zurückkam. »Ich nehme den Milchrahmstrudel mit. Marco soll ihn zur Untersuchung ins Labor schicken.« Er zupfte eine kleine Plastiktüte aus einer Box, die auf Luises Nachttisch stand, kratzte den Inhalt des Tellers hinein, verknotete sie zweimal und steckte sie in die Jackentasche.

Bevor er sich erneut der Tür zuwandte, nahm er Fannis Gesicht in beide Hände und küsste sie auf den Mund.

»Bitte gib acht auf dich, mein Herz.«

Sprudel war bereits verschwunden, als Luise aus dem Badezimmer nach ihr rief. Fanni schob sie vor den Kleiderschrank und bat sie, Wäsche für ein, zwei Tage herauszusuchen. »Du musst sofort hier weg. Du bist nicht mehr sicher in der Katherinenresidenz.«

Luise lachte schallend. »Fannilein, da braucht es schon ein bisschen mehr als verdorbenen Milchrahmstrudel, um mich aus meinen vier Wänden zu vertreiben. Glaub mir, heute wird nichts mehr passieren. Hanno wird ja so einen Trick wohl nicht noch mal versuchen.«

»Er hat genug andere Möglichkeiten, dich zum Schweigen zu bringen«, gab Fanni zu bedenken, und um diesem Argument Nachdruck zu verleihen, fügte sie hinzu: »Er kann hier hereinspazieren und dich erschlagen, erwürgen, ersticken. Und falls er sich nicht selbst die Hände schmutzig machen will, kann er seinen Komplizen schicken.«

»Was hast du nur für eine ungesunde Phantasie«, rügte

Luise sie. »Aber gut, ich werde mich vorsehen. Die Stellung räumen werde ich allerdings nicht.«

Obwohl sie wusste, dass sie auf verlorenem Posten stand, versuchte Fanni noch eine Zeit lang, Luise zu überreden, wenigstens die kommende Nacht in Erlenweiler zu verbringen.

Als jedoch Luise ihr rosa Platzdeckchen auf die Armlehne ihres Rollstuhls klatschte und »Nein, Fanni, bestimmt nicht« rief, gab sie auf und wandte sich zum Gehen.

»Ich sage im Stationszimmer Bescheid, dass du dir den Magen verdorben hast. Dann werden die Schwestern ein Auge auf dich haben.«

Luise winkte sie hinaus.

11

Obwohl die Birkdorfer Kirchturmuhr erst Viertel vor sieben schlug, als Fanni zu Hause ankam (bei Ostwind konnte man die Schläge in Erlenweiler recht gut hören), war ihr Mann bereits da.

Während sie ihre Straßenschuhe auszog und in Pantoffeln schlüpfte, tauchte er im Flur auf und fragte schlecht gelaunt: »Wo treibst du dich denn die ganze Zeit herum?«

»Ich war auf einen Sprung bei Tante Luise«, antwortete Fanni wahrheitsgemäß, weil ihr die Zeit fehlte, sich eine Lüge auszudenken.

Hans Rot sah sie misstrauisch an. »Du scheinst ja neuerdings eine Menge Zeit bei ihr zu verbringen.«

Fanni erschrak. Sie hatte Luise doch gebeten, nichts über ihre konspirativen Treffen verlauten zu lassen. Hatte sich die alte Dame verplappert?

Fanni entschied, auf die Bemerkung ihres Mannes einfach nicht einzugehen, und sagte stattdessen: »Die Kassenprüfung beim Schützenverein ist wohl schneller über die Bühne gegangen, als du dachtest. Hast du schon zu Abend gegessen?«

»Bin gerade dabei«, brummte Hans Rot und verschwand im Esszimmer.

Als Fanni hineinkam, saß er vor einem Brettchen, auf dem zwei Brezen und ein großes Stück Presssack lagen.

»Wo kommt denn ...«, begann Fanni.

»Hab ich mir schnell beim Birkdorfer Metzger geholt«, beantwortete er die vorhersehbare Frage. »War ja nichts da.«

Jedenfalls nichts, was Hans Rot hätte essen wollen!

Fanni erschrak von Neuem, als ihr Blick auf ein Heftchen fiel, das aufgeschlagen neben Hans' Bierglas lag. Es handelte sich um die Werbebroschüre aus Windischgarsten.

»Wo hast du ...«

Hans Rot war ihrem Blick gefolgt, und wieder beantwortete er ihre Frage, ehe sie gestellt war. »Hab ich in der Kommodenschublade im Flur gefunden: Prospekte aus der Pyhrn-Priel-Region. Die müssen wir mitgenommen haben, als wir das letzte Mal dort waren.«

Fanni atmete auf. Ihr Mann hatte offenbar die Jahreszahl links unten am Deckblatt übersehen.

Er schob sich ein Stück Presssack in den Mund, wischte die Finger an der Hose ab und blätterte ein wenig zurück. »Schau, wer da abgebildet ist.«

Fanni beugte sich über die aufgeschlagene Seite.

Das Foto, auf das Hans Rots noch fettglänzender Finger deutete, zeigte eine Gruppe von Personen, die zusahen, wie ein älterer Herr mit einer Schere ein Band durchschnitt, das quer über eine Straße gespannt war – offensichtlich die feierliche Eröffnung eines neuen Verkehrswegs. Fanni sah sich den Herrn mit der Schere an und entschied, dass sie ihn nie zuvor gesehen hatte. Sie betrachtete zwei Männer und eine Frau links neben ihm, konnte die Gesichter jedoch niemandem zuordnen, den sie kannte.

»Hier«, rief Hans Rot und klatschte den Zeigefinger auf eine Figur am rechten Bildrand, wobei er sie von den Knien bis zum Hals verdeckte.

Der Kopf jener Person, der jetzt wirkte, als würde er aus Hans Rots Fingernagel herauswachsen, kam Fanni bekannt vor. Volle weiße Haare, randlose Brille, Seriosität im Blick.

»Das ist ja Herr Benat«, sagte sie.

Hans Rot nickte bestätigend.

»Was macht er auf einem Foto im Werbeprospekt der Pyhrn-Priel-Region?«, wunderte sich Fanni. »Eigenartig ...«

»Eigenartig«, äffte Hans Rot sie nach. »Was ist denn daran eigenartig? Der Herr Dr. Benat ist ein aufgeschlossener Mann mit einem weiten Horizont. Der knüpft Kontakte, schlägt Brücken. Heutzutage, wo alle von Globalisierung reden, ist es nicht mehr zeitgemäß, dass jede Gemeinde ihr eigenes Süppchen kocht, sich abkapselt, statt sich den nahen und fernen Nachbarn zu öffnen.«

»Aber Benat hat gar keine offizielle Funktion in unserm Landkreis«, wagte Fanni einzuwenden.

»Er sitzt nicht im Kommunalrat«, gab Hans Rot zu, »das stimmt schon. Aber hab ich dir nicht gesagt, dass er eine Menge Ehrenämter innehat, dass er vielen Vereinen als erster oder zweiter Vorsitzender zur Verfügung steht? Dr. Benat ist einer der würdigsten Vertreter unserer Kreisstadt und unserer Gemeinden.«

Mag ja sein, dachte Fanni, aber seltsam ist es schon, dass Benat ausgerechnet in Windischgarsten ...

So seltsam auch wieder nicht! Es ist doch seit Jahren groß in Mode, dass sich Städte am laufenden Band – verschwistern? – verbrüdern? – Partnerschaften eingehen nennt man es wohl!

Trotzdem.

Hans Rot hatte seinen Presssack verputzt. Während er auf dem letzten Bissen der zweiten Breze kaute, sagte er: »Der Birkdorfer Metzger hat heute früh geschlachtet, darum gab es ganz frische Blut- und Leberwürste. Schlachtschüssel haben wir schon eine Ewigkeit nicht mehr gegessen, Fanni.« Er sie vorwurfsvoll an. »Das wäre endlich mal was Gescheites, hab ich mit gedacht. Für morgen Mittag zum Beispiel. Mein Fannilein weiß sowieso nie, was es auf den Tisch bringen soll.«

»Da hast du deinem Fannilein die Qual der Wahl abgenommen.«

Hans Rot nickte. »Die Würste liegen im Kühlschrank. Du machst doch Sauerkraut dazu und Pellkartoffeln, oder?«

Fanni bejahte zerstreut. Die dritte Linie, die von der Katherinenresidenz nach Windischgarsten führte, geisterte in ihrem Kopf herum.

Sauerkraut! Hast du noch genügend?

Widerwillig kehrte Fanni in die Alltäglichkeit zurück und machte sich auf den Weg in die Speisekammer, um nachzusehen.

Sauerkraut war keines da – weder in Beuteln noch in Dosen –, und die Anzahl der Kartoffeln im Säckchen war auf drei zusammengeschmolzen.

Fanni sah auf die Uhr: sieben vorbei.

Auf dem Klein-Hof oberhalb der Wiese, die hinter dem Rot'schen Haus lag, würden Bene, Olga, Ivo und der alte Klein soeben die Stallarbeit beenden.

Die beste Zeit, sagte sich Fanni, dort anzuklopfen und nach Kartoffeln und einer Portion von dem selbst hergestellten Sauerkraut zu fragen, das man am Hof bekommen kann, solang der Vorrat reicht.

Bauer Klein pflegte alljährlich nach der Weißkrauternte eine ordentliche Ladung Kohlköpfe eigenhändig zu hobeln und einzusalzen. Das Eintreten der Kohlschichten besorgten glücklicherweise Olga und Ivo. Aber selbst wenn der alte Klein persönlich mit seinen schwieligen, verhornten Plattfüßen in dem Kraut herumgestampft wäre, hätte das der Beliebtheit des Erzeugnisses wohl keinen Abbruch getan. So sehr die Leute aus Erlenweiler und Umgebung Bauer Klein verabscheuten, so sehr liebten sie sein Kraut.

Fanni hoffte, dass noch ein halbes Pfündchen für sie übrig war.

An der Tür des Hofhauses traf sie auf Bauer Klein.

Als sie seiner ansichtig wurde, ließ sie vor Verblüffung die Schüssel fallen (die zum Glück aus Kunststoff bestand), in der sie das Kraut nach Hause befördern wollte, das der Bauer herkömmlicherweise mit einer Kelle aus einem Holzfass schöpfte.

Was Fanni so ungeheuer erstaunte, war nicht der Bauer selbst. Der sah aus wie immer: Auf seinem spärlichen Haar saß der speckige Filzhut, der ihm zwei Nummern zu klein war. Um seinen mageren Oberkörper hing ein kariertes Flanellhemd, das einmal Hans Rot gehört hatte. »Für den Stall taugen die alten Hemden mit den durchgescheuerten Manschetten und den ausgefransten Krägen«, hatte der Bauer vor Jahren zu Fanni gesagt und trug seither Hans Rots alte Oberbekleidung auf. Um seine dürren Beine schlackerte ein verschossener Blaumann, und die Plattfüße steckten in den obligaten Latschen, die Klein selbst herstellte, indem er von ausgedienten Schuhen die Fersenteile abschnitt.

Was Fannis Schüssel abrupt zu Boden poltern und über die Gred hüpfen ließ, war das Handy, das sich Bauer Klein ans Ohr hielt und in das er von Zeit zu Zeit so etwas wie ein Bellen schickte.

Fanni beeilte sich, die Schüssel aufzuheben. Gebückt wischte sie Sand und Grashalme, Kalkbrösel und winzige Steinchen davon ab, die von dem rauen Belag der Gred daran kleben geblieben waren.

Als sie sich aufrichtete, ließ Bauer Klein das Handy soeben in seiner ausgeleierten Hosentasche verschwinden.

Er klopfte mit der Hand dagegen. »Also eines muss ich sagen, Frau Fanni, praktisch sind die Dinger schon. Zuerst wollte ich es ja auf den Mist werfen, das Handy (aus dem Mund des Bauern klang das Wort wie »Hendi«). Gleich als Olga es mir vor die Nase gehalten und gesagt hat: ›Bauer, du brauchst ein eigenes Handy‹, wollte ich es auf den Mist werfen. Aber inzwischen ...«

Er nahm den Hut ab, kratzte sich den Hinterkopf und setzte den Filzlappen wieder auf. »Sie hat wirklich recht gehabt, die Olga. Wie oft ist es denn früher so gewesen, dass der Bene ums Schmierfett für den Traktor ins Lagerhaus gefahren ist? Und kaum war er weg, hat sich herausgestellt, dass nicht mehr genug Kraftfutter da war. Da hat dann das ganze Fluchen nix genützt. Seit aber die Olga dafür gesorgt hat, dass jeder von uns mit so einem Hosentaschentelefon ausgerüstet ist, brauch ich bloß auf zwei Knöpfe drücken und hab den Bene in der Leitung.«

Während er redete, war Olga aus dem Haus gekommen. Sie hatte offenbar das meiste von dem, was der Bauer gesprochen hatte, mitgehört, denn sie zwinkerte Fanni verschwörerisch zu.

Dann wandte sie sich an ihren Schwiegervater. »Stimmt es also, was der Anwalt gesagt hat?«

Der Bauer winkte unwillig ab. »Schaut ganz danach aus.

Aber was soll das schon für eine Hinterlassenschaft sein? Eine saure Wiese an der Lusenhäng?«

Fanni fühlte sich fehl am Platz. Die Privatangelegenheiten der Kleins gingen sie nicht das Geringste an. Sie schickte sich an, zum Stall hinüberzugehen, um dort zu warten, bis Olga und der Bauer ihr Gespräch beendet hatten. Da sagte Olga zu ihr: »Der Bene hat eine Erbschaft gemacht.«

»Das ist doch eine gute Nachricht«, erwiderte Fanni, weil der Bauer dazu ein Gesicht machte, als hätten sich in seinem Sauerkraut Borstenwürmer eingenistet.

»Heute Vormittag«, fuhr Olga fort, »ist im Seniorenheim eine Frau verstorben. In ihrem Nachttisch hat man einen Brief gefunden, in dem steht, dass der Bene ihr Erbe ist.«

»Ein Testament«, warf Fanni ein.

Olga schüttelte den Kopf. »Der Anwalt, der am Nachmittag hier war, hat gesagt, als Testament ist das Schriftstück nicht gültig, weil die Verstorbene es nicht eigenhändig geschrieben hat. Das konnte sie wohl nicht mehr. Aber es war auch nicht nötig, weil Bene sowieso der rechtmäßige Erbe ist. Der Brief hatte nur den Sinn, das kundzutun.«

»Sonst wäre ja nie jemand draufgekommen«, brummte der alte Klein dazwischen.

»Zumindest hätte es eine ganze Weile gedauert«, präzisierte Olga.

»Haben Sie denn nicht gewusst, dass Sie mit der Verstorbenen verwandt sind?«, fragte Fanni den Bauern.

»Der Kontakt zur Nagel-Linie ist wohl schon in den Sechzigern abgerissen«, antwortete Olga an seiner Stelle.

Nagel!

Fanni sah so überrascht aus, dass sich der Bauer veranlasst

sah, ihr zu erklären: »Meine Alte war eine geborene Nagel.« Er schaute Olga an, als er weitersprach. »Und die Nagels haben nix gehabt als wie eine marode Bruchbude unterm Lusen, drei lausige Kühe und zwei spindeldürre Mädel. Ich hab mir die Jüngere genommen, die Ältere hat es dann eh nicht mehr lang gemacht.« Wieder klopfte er auf das Handy in seiner Hosentasche. »Der Bürgermeister von dem Nest am Lusen hat mir gerade bestätigt, dass die ganze Sippschaft inzwischen ausgestorben ist.«

Olga nickte. »So ähnlich steht es auch in dem Brief. Aber da steht noch mehr drin: Es gab auch einen Sohn – ein ganzes Stück älter als die Mädchen –, der allerdings bei einer Tante in der Stadt aufgewachsen ist. Er ist Bundestagsabgeordneter geworden. Ende der Achtziger hat er die jetzt in der Katherinenresidenz verstorbene Frau Nagel in Bonn geheiratet. Die beiden hatten keine Kinder. Nach der Pensionierung zogen sie nach Niederbayern, wo Herr Nagel bald verstarb. Offenbar begann sich Frau Nagel daraufhin für die Familie ihres Mannes zu interessieren, stellte Nachforschungen an und fand die Spur, die zu Bene führte.« Olga sah ehrlich bekümmert aus, als sie weitersprach: »Frau Nagel muss schon sehr hinfällig gewesen sein, als sie erfuhr, wie der einzige Verwandte hieß, denn sonst hätte sie ja den Brief selbst geschrieben oder sich direkt an uns gewandt. Bestimmt hätte sie den Neffen ihres Mannes gern kennenlernen wollen.«

»Soviel ich weiß, war Frau Nagel längere Zeit bettlägrig«, sagte Fanni. Als sie die verdutzten Gesichter von Olga und dem Bauern sah, beeilte sie sich zu erklären: »Frau Nagel wohnte in der Katherinenresidenz in einem Apartment rieben dem der Tante meines Mannes. Ich habe sie zwar nie persönlich gesehen, aber Tante Luise hat oft von ihr gesprochen.«

Fanni dachte kurz nach, dann fügte sie vorsichtig hinzu: »Mir ist so, als hätte ich aufgeschnappt, dass Frau Nagel ein Haus in Deggendorf hinterlassen hat – zumindest ein Grundstück«, verbesserte sie sich schnell.

»Der Anwalt hat auch von einer hochwertigen Immobilie gesprochen«, erwiderte Olga und warf ihrem Schwiegervater einen raschen Blick zu. »Von wegen saure Wiese.«

»Wird sich ja früher oder später herausstellen«, brummte der Bauer.

»Bald schon.« Olga lächelte. »Der Anwalt hat nämlich gesagt, dass sich sämtliche Unterlagen in seiner Kanzlei befinden, weil er Frau Nagel viele Jahre lang als Berufsbetreuer zur Seite gestanden hat. Es wird allerdings ein paar Tage dauern, alles zu sichten.«

Natürlich, die Nagel hatte einen Betreuer! Musste einen haben!

Fanni schluckte. »Der Name des Anwalts, ist der ...«

»Dr. Benat«, antwortete Olga.

Auf dem Nachhauseweg schlenkerte eine Tüte voll Kartoffeln an Fannis rechtem Arm; in ihren Händen wippte die Krautschüssel, und in ihrem Kopf fuhren die Gedanken Karussell.

Hans Rot hatte es sich mit der »ADAC Motorwelt« in einem Korbstuhl im Wintergarten bequem gemacht.

Fanni überließ ihn seiner Lektüre und setzte sich allein ins Wohnzimmer, um nachzudenken. Verbissen versuchte sie,

Ordnung in ihrem Kopf zu schaffen. Aber schon nach kurzer Zeit gab sie seufzend auf.

Sprudel müsste hier sein, wünschte sie sich. Mit ihm zusammen ließen sich die neuen Anhaltspunkte zu einem vernünftigen Ganzen zusammenfügen. Ob er wohl von dem Treffen mit Marco schon zurück ist?

Wie würde Sprudel denn jetzt vorgehen, wenn er hier wäre?

Fanni nickte einsichtsvoll.

Er würde zu jenem Behelf greifen, der sie schon so oft weitergebracht hatte.

Hypothese eins, begann sie: Wir könnten uns geirrt haben.

»Fanni, komm mal!« Hans Rots Stimme drang aus dem Wintergarten zu ihr.

Sie stand auf und ging zu ihm hinaus.

Er hatte die »ADAC Motorwelt« weggelegt und eine alte Ausgabe der »Passauer Neue Presse« aufgeschlagen.

Seit jeher sammelte er auf einem Tischchen neben der Fächerpalme, streng nach Datum geordnet, diejenigen Zeitungen, die er am Tag ihres Erscheinens – aus welchen Gründen auch immer – nicht hatte lesen können. Die Höhe des Stapels ungelesener Exemplare schwankte, je nach Hans Rots aushäusigen Aktivitäten, zwischen zehn und vierzig Zentimetern.

Fanni warf einen Blick auf die Kopfzeile. »8. Januar.« Die Zeitung war gut ein halbes Jahr alt.

»Haben wir uns nicht gerade vorhin erst darüber unterhalten«, sagte Hans, »was Herrn Benat wohl mit der Pyhrn-Priel-Region verbindet?«

Fanni nickte interessiert.

Hans Rot tippte auf einen Artikel unter der Überschrift »Übers Land«, in dem die Worte »Dr. Benat« und »Welt des Bauens« fett gedruckt waren. »Er besitzt dort ein Baugeschäft.«

Perplex starrte Fanni auf die aneinandergereihten Beiträge, die sie für Klatschkolumnen hielt und nie las, weil sie einerseits die Leute, von denen hier die Rede war, sowieso nicht kannte und sich andererseits nicht im Mindesten dafür interessierte, was es über diesen oder jenen im Landkreis zu schwatzen gab.

Sie stierte den Fettdruck »Welt des Bauens« an, und beklemmend beschlich sie das Gefühl, dass diese drei Worte eine Menge erklären könnten.

Endlich gab sie sich einen Ruck, sagte kraftlos: »Aha« und kehrte ins Wohnzimmer zurück.

Erneut versuchte sie, sich zu konzentrieren.

Jetzt reiß dich aber mal zusammen, Fanni!

Was hat Benats Firma »Welt des Bauens«, die – weiß der Kuckuck, weshalb – irgendwo zwischen Wurzeralm und dem Stodertal angesiedelt ist, mit dem Altenpfleger Roland Becker und dessen mutmaßlichem Tod zu tun?, fragte sie sich verzweifelt.

Nichts, falls du keine besseren Belege für einen Zusammenhang findest als ein dummes Gefühl! Seit wann darf denn jede dahergelaufene Empfindung bei Ermittlungen mitmischen?

Fanni unterdrückte einen Seufzer. Sie musste mit Sprudel reden, dringend.

Aber Hans saß wie angeklebt vor seiner antiquierten Zeitung im mucksmäuschenstillen Wintergarten. Er würde jedes Wort verstehen, das sie im Flur ins Festnetztelefon sprach.

Das Handy war ebenfalls keine Option. Wo sollte sie damit hingehen? In eine Gartenecke, so wie ihre Nachbarin Frau Itschko? Hans würde sie beobachten, womöglich lauschen. Und auf der anderen Seite der Hecke würde vielleicht auch Frau Itschko interessiert zuhören.

Sollte sie sich in eines der ehemaligen Kinderzimmer im ersten Stock verziehen? Hans Rot würde sich fragen, wo sie steckte, und sie aufspüren.

Fanni sah nach der Uhrzeit. Kurz vor neun.

Verflixt, dachte sie, wieso ruft Stuck nicht an? Braucht er ausgerechnet heute keinen vierten Mann fürs Kartenspiel?

Sie trat wieder in den Wintergarten und sah zu Stucks Haus hinüber. Ein altes Fahrrad lehnte an der Hausmauer.

»Schau«, sagte sie zu ihrem Mann, »Stuck hat offenbar wieder Besuch von seinem Onkel. Musst du heute die Schafkopfrunde nicht komplett machen?«

Hans Rot warf einen missbilligenden Blick aus dem Fenster. »Der versoffene Herr Onkel hat sich am Wochenende mit Sack und Pack bei Stuck einquartiert. Stuck sagt, wenn er ihn nicht bald wieder loswird, zieht seine Frau aus. Ich habe Stuck geraten, den Alkohol wegzusperren. ›Hab ich längst‹, hat er mir geantwortet. ›Aber der Sepp ist immer noch da.‹ Mir scheint, den treiben inzwischen die Entzugserscheinungen um. Es heißt, dass er die halbe Nacht durch die Siedlung geistert. Am Samstag soll er Frau Weber, die nach dem Dunkelwerden von einer Sitzung des Frauenbunds zurückkam, dermaßen erschreckt haben, dass sie gegen Böckls Zaun rannte und sich eine Platzwunde an der Stirn zuzog.«

Fanni trollte sich enttäuscht. Keine Schafkopfrunde heute.

Offensichtlich nicht! Offensichtlich hat heute niemand Verwendung für Hans Rot. Deshalb bleibt er bei seiner Fanni zu Hause, obgleich die am allerwenigsten Verwendung für ihn hat!

Aber seine Fanni bleibt nicht bei ihm zu Hause, lehnte sie sich plötzlich auf.

Kurz entschlossen rannte sie in den Keller, schlüpfte in Jogginghose, T-Shirt und Fleecejacke und erschien eine Minute später neben Hans Rot.

»Ich lauf noch ein Stückchen. Die Luft ist so schön klar. Und es ist ja noch eine gute Stunde hell draußen.«

Hans blickte auf und sah sie einen Moment lang abwägend an. Dann sagte er deutlich verstimmt: »Aber es ist so ein kalter Wind aufgekommen.«

Fanni zog die Ärmel der Fleecejacke über die Hände. »Darauf bin ich eingerichtet.«

Bevor Hans zu einer weiteren Entgegnung ansetzen konnte, machte sie sich davon.

Sie lief den Erlenweiler Ring hinunter, bog in die Hauptstraße ein und kam unter den Fichten, die das Grundstück Erlenweiler Ring 1 zur Hauptstraße hin abschirmten, zum Stehen.

Ein wenig außer Atem zog sie das Handy aus der Tasche, wählte Sprudels Nummer und hoffte, dass er bereits zu Hause war.

»Ich bin gerade zu Fuß auf dem Weg zu dir«, sagte sie, nachdem er sich gemeldet hatte. »Könntest du mir entgegenfahren?«

Wie sie erwartet hatte, fragte Sprudel nicht lange »Wieso?

Warum?«, sondern antwortete schlicht: »Selbstverständlich« und legte auf.

Fanni war noch keine fünfzig Meter weiter, als sein Wagen bereits neben ihr hielt.

Sie sprang hinein. »Fahr zu dir nach Hause«, verlangte sie. »Fürs Hütterl reicht die Zeit nicht.«

12

Fanni hatte es sich in Sprudels gemütlichem Wohnzimmer auf der Couch bequem gemacht.

Sprudel schenkte Rotwein für sie ein und füllte auch das Glas auf, das sie beim Eintreten halb voll auf dem Tisch stehen gesehen hatte. Dann stellte er die Flasche ab und schaute sich unschlüssig um.

Fannis Lächeln bewirkte, dass er den Polstersessel auf der anderen Seite des Tisches keines weiteren Blickes würdigte, sich zu ihr aufs Sofa setzte und den Arm um sie legte.

»Marco ist sehr besorgt«, sagte er, »und sehr aufgebracht, denn das Protokoll deiner Aussage ist nie auf seinem Schreibtisch gelandet. Gleich morgen in aller Frühe will er Hanno verhören.«

Sprudel wirkte erleichtert, fast ein wenig aufgekratzt, als wäre der Fall Roland Becker bereits gelöst und Hanno hinter Gittern.

Er begann, Fanni zu küssen. Doch sie entzog sich ihm.

»Sprudel«, sagte sie, während sie beide Hände auf seine Schultern legte und ihn an die Sofalehne drückte. »Was, wenn hinter Hanno ein anderer die Fäden zieht?«

Sprudel runzelte die Stirn. »Kannst du es denn nie genug sein lassen, Fanni?«

Sie ging nicht darauf ein. »Stehen Hanno wirklich all die Möglichkeiten zur Verfügung, die nötig sind, um in der Katherinenresidenz Betrügereien großen Stils zu begehen?«

»Das wird Marco schon herausfinden«, antwortete Sprudel.

Fanni gab nicht auf. »Lass uns doch probehalber einmal annehmen, dass Hanno Rückendeckung von Heimleiter Müller hat und von ihm Instruktionen bekommt.«

»Aber weshalb denn?«, wandte Sprudel ein.

»Weil Müller dazustieß, als ich mit Hanno vor dem Aussegnungsraum stand, in den vermutlich der tote Roland soeben gebracht worden war. Weil Müller als Heimleiter eng mit dem Berufsbetreuer und Anwalt Benat zusammenarbeitet und durch ihn an sämtliche Informationen herankommen kann, die das Vermögen der Senioren in der Katherinenresidenz betreffen. Müller kann womöglich sogar Benats Kontakte zu kommunalen Stellen und so weiter nutzen. Und weil es Müller war, der dafür gesorgt hat, dass ›der Fall Roland Becker‹ schleunigst ad acta gelegt wurde, obwohl er mir gegenüber so getan hat, als wolle er ganz gründlich nachforschen.«

Sie machte eine Pause und wartete auf Sprudels Reaktion, doch der blieb stumm. Da kam ihr ein weiterer Gedanke. »Natürlich käme auch Lex – das ist der Chef von der Verwaltung – als Drahtzieher in Frage. Schließlich geht jedes einzelne Schriftstück über seinen Tisch. Oder Benat selbst ...«

Sprudel straffte sich. »Benat zu verdächtigen ist unmoralisch.«

Fanni sah ihn verständnislos an.

»Betreuer im Allgemeinen, aber Berufsbetreuer im Besonderen«, erklärte ihr Sprudel, »genießen einen erstklassigen Ruf. In all den Jahren im Polizeidienst ist mir nicht ein einziges Mal zu Ohren gekommen, dass gegen einen von ihnen wegen Betrügereien ermittelt werden musste. Zudem wird ihre Arbeit vom Gericht überwacht.«

»Wie, überwacht?«, fragte Fanni.

»Soviel ich weiß«, antwortete Sprudel, »müssen folgenschwere Rechtsgeschäfte, die der Betreuer für die hilfsbedürftige Person abschließt, und vermutlich auch größere Entnahmen aus dem Vermögen dieser Person gerichtlich genehmigt werden. Außerdem wird wohl eine genaue Buchführung verlangt.«

Fanni schwieg eine Zeit lang, dann sagte sie rebellisch: »Gestatten wir uns trotzdem mal die gewagte Annahme, in den höchst ehrbaren Stand der Berufsbetreuer hätte sich ein schwarzes Schaf eingeschlichen. Weil es in jener Herde noch nie eines gab, glaubt man an Sinnestäuschung und lässt es als weiß durchgehen. Damit hat man ihm den Hauptgewinn zugeschanzt, denn es kann unter dem Schirm der Ehrbarkeit wandeln und unbehelligt sein verbrecherisches Tagwerk ausüben.«

Nur zu, Fanni! Wer könnte denn noch als der große Unbekannte hinter Hanno in Frage kommen? Der Landrat? Unser bayrischer Finanzminister? Die Bundeskanzlerin? Anstatt dich in haltlosen Anschuldigungen zu versteigen, solltest du lieber den Heimweg antreten.

Fanni wollte nach ihrem Weinglas greifen, um einen Schluck zu trinken, da merkte sie, dass es kaum noch sichtbar war. »Sprudel, es ist schon fast dunkel. Hans wird mir nicht abnehmen, dass ich so lange joggen war.« Sie sprang auf.

Obwohl Sprudels Miene offenbarte, dass er sie lieber zurückgehalten hätte, stand er ebenfalls auf. »Mit dem Wagen sind wir in zwei Minuten am Erlenweiler Ring.«

Fanni bat Sprudel, sie nur bis zur Abzweigung nach Erlenweiler zu fahren.

Nach weniger als zwei Minuten stieg sie unter der Fichtenhecke beim Haus Nummer 1 aus und blieb stehen, um Sprudel zum Abschied zu winken.

Als sie sich gerade in Trab setzen wollte, hörte sie es hinter sich rascheln.

Fanni dachte an Eichhörnchen, die vielleicht in der Hecke ihre Wohnung hatten, an Webers Katze, die möglicherweise auf nächtlichem Raubzug war. Sie dachte an Mäuse und Siebenschläfer, bis sie merkte, dass das Rascheln näher kam und sich anhörte wie schlurfende Schritte.

Verdammt, renn weg! Renn nach Hause! Wer weiß, was für ein Strolch sich hier herumtreibt!

Fanni stand im Schatten der Fichten und rührte sich nicht.

Die Schritte kamen näher, verhielten, schlurften zögernd weiter.

Fanni biss die Zähne zusammen, um nicht zu keuchen.

Zehn oder fünfzehn Jahre früher hätte man davon ausgehen können, dass Jonas Böckl herumspukt, um zu testen, wer sich im Dunkeln Angst einjagen lässt! Aber Jonas ist kein Lausbub mehr! Und du tust verdammt noch mal gut daran, endlich die Beine in die Hand zu nehmen!

Fanni machte eine abrupte Bewegung nach links, und das rettete sie vor dem Knüppel, der auf sie niedersauste.

Hau ab von hier!

In welche Richtung denn?, dachte Fanni panisch. Sie konnte den Angreifer nicht sehen. Was, wenn sie ihm direkt in die Arme lief?

Sie ging in die Knie und kroch zwischen die Fichtenstämme, kroch weiter und weiter bis ans Ende der Hecke. Immer wenn sie anhielt, hörte sie die schlurfenden Schritte. Sie schlappten parallel zu ihr die Straße entlang.

Er ist außerhalb des Grundstücks, draußen auf der Straße! Du musst versuchen, quer durch den Garten in Richtung Praml zu entkommen!

Fanni hatte das Grundstück Erlenweiler Ring 1, das von der Hauptstraße aus durch die Fichtenhecke vor neugierigen Blicken geschützt war, noch nie betreten. Es gehörte einem älteren Ehepaar, das ein von ihren Nachbarn abgeschottetes Leben führte, und lag in dem rechten Winkel, den der Erlenweiler Ring mit der Hauptstraße bildete, grenzte mit der Nordseite an den hintersten Ausläufer der Klein-Wiese und mit der Westseite an eine Stichstraße, die die Zufahrten von Rasch und Praml mit dem Erlenweiler Ring verband.

Es gab nur eine einzige Stelle, von der aus man einen Blick in das Anwesen werfen konnte, und die befand sich – von der Hauptstraße aus gesehen – einige Meter hinter der Abzweigung des Erlenweiler Rings, dort wo die Fichtenhecke endete und die Rhododendronbüsche begannen.

Von dieser Stelle aus hatte man jedoch eine schöne Sicht auf den weitläufigen Garten, den kleinen Teich, die Blumenrabatten und das Gartenhäuschen, und Fanni fuhr selten vorbei, ohne einen Blick hinüberzuwerfen. Am westlichen Ende des Grundbesitzes lag das Wohnhaus, zu dem die Zufahrt führte. Über diese Zufahrt war der Praml'sche Garten erreichbar, und von dort konnte Fanni quer über den Rasen, an den Beerenstauden vorbei und übers Grenzmäuerchen ungesehen nach Hause gelangen.

Also dann los!

Die Schritte hatten angehalten.

Fanni lauschte. Eine leichte Brise war aufgekommen, ließ Büsche und Bäume leise miteinander flüstern. Und über dieses Flüstern legte sich rhythmisch ein schweres Atemholen. Vorsichtig wandte Fanni den Kopf in die Richtung, aus der das Atemgeräusch kam. Im nächsten Augenblick traf sie ein Luftzug, der mit dem Gestank nach abgestandenem Bier und saurem Wein beladen war.

Stucks Onkel! Sagte nicht Hans, dass der sich nachts herumtreibt? Dass er Frau Weber erschreckt hat?

Fanni richtete sich auf.

Denk an den Knüppel!

Der sauste soeben zwischen zwei Fichtenstämmen hindurch auf ihre linke Schulter zu.

Der Kerl will dich nicht nur erschrecken, der hat es auf dich abgesehen! Womöglich treibt er sich deshalb seit Tagen in der Siedlung herum, weil er dir auflauern wollte!

Fanni sprintete bereits auf das Gartenhäuschen zu, das wie ein Schemen vor ihr auftragte.

Hinter ihr barsten Zweige. Ihr Verfolger war offenbar dabei, sich durch die Fichtenhecke zu zwängen.

Fanni hatte die Strecke zur schützenden Deckung fast hinter sich gebracht, als ein Stein sie seitlich in den Rücken traf.

Sie strauchelte, fing sich und humpelte weiter, bis sie sich mit beiden Händen an den rauen Brettern des Gartenhäuschens abstützen konnte.

Mach bloß nicht schlapp! Er kommt näher!

Fanni hielt sich die Seite und schlich zur Rückseite des Häuschens. Sie würde ab hier gut zwanzig Meter freie Fläche zu überwinden haben, die von den hellen Fenstern des Wohnhauses schummrig beleuchtet wurden, bevor sie wieder in Schatten eintauchen konnte. Für weitere Steinwürfe würde sie also ein gut sichtbares Ziel abgeben.

Du musst im Zickzack laufen!

So, wie es in ihrer rechten Flanke stach, konnte sie sich überhaupt nicht vorstellen zu laufen.

Fanni hatte sich bis zum Ende der Rückwand vorgearbeitet und schaute auf das Terrain, das sie queren musste. Ungefähr in der Mitte bewegte sich etwas im Wind, das wie ein Grüppchen kleiner Speere aussah.

Schilf! Das muss der Teich sein!

Am Gartenhäuschen entlang kamen die Schritte näher.

Fanni hatte keine Wahl.

Sie lief los, so schnell sie es vermochte, kam unbeschadet zu dem Schilfbewuchs und ging zwischen den Stängeln in die Knie. Sie roch das Wasser, bevor ihre tastenden Hände die Nässe in Ufernähe fühlten. Schier platt an den Boden gedrückt umrundete sie den Teich, bis sie ungefähr gegenüber jener Stelle war, an der sie angekommen war. Dann stand sie auf und hastete auf das Haus zu. Ein Stück hinter sich hörte sie die gefürchteten Schritte. Aber kurz darauf hörte sie, was sie zu hören gehofft hatte: ein Platschen, ein Gurgeln, einen groben Fluch.

Sie beeilte sich, die Zufahrt zu erreichen, lief sie hinunter, hielt auf das Praml'sche Grundstück zu und stand kurz darauf vor ihrer eigenen Haustür.

Zitternd schloss sie auf, schlüpfte hinein und drückte die Tür sofort wieder hinter sich zu. Drinnen warf sie sich auf den Stuhl, den Hans Rot zu benutzen pflegte, um sich die Schnürsenkel zu binden, beugte sich vor und ließ den Kopf zwischen die Knie sinken. Ihre Hände umklammerten die Stuhlbeine, ihr Herz raste, ihre Lungenflügel pumpten.

Fanni war noch nicht wieder zu Atem gekommen, als Hans zu ihr trat. »Du bist ja ganz abgekämpft.«
Er hat nicht im Traum daran geglaubt, dass du wirklich joggen gehst.
Sie riss sich zusammen, schlüpfte aus den Turnschuhen, stand auf und machte ein paar tapsende Schritte ins Wohnzimmer hinein.

»Du hast dich überanstrengt«, sagte ihr Mann mit vorwurfsvoller Stimme, in der jedoch noch etwas anderes mitschwang, etwas, das nach schlechtem Gewissen klang.
Unglaublich, wirklich unglaublich! Jetzt hat er ein schlechtes Gewissen, weil er denkt, er hätte dir Unrecht getan. So fertig, wie du bist, musst du ja wohl ganz schön weit gelaufen sein! Unfassbar, der gute Mann wird nach Strich und Faden hintergangen, und am Ende ist er es, den das schlechte Gewissen plagt, weil der Schein gegen die Wirklichkeit spricht!
Fanni durchquerte das Wohnzimmer und ging in den Wintergarten hinaus, wo auf dem Tisch noch immer die Ausgabe der PNP lag. Es war sogar noch die gleiche Seite aufgeschlagen.
Er hat eine gute Stunde lang vor sich hin gebrütet!
Was so gar nicht seine Art ist, dachte Fanni.

»Es ist doch schon viel zu finster geworden fürs Joggen«, sagte Hans Rot, der ihr gefolgt war.

Fanni lehnte sich an den Pfeiler, durch den das Dach des Wintergartens gestützt wurde, und blickte nach draußen. Am westlichen Horizont leuchtete noch ein ganz schmaler heller Streifen.

Warum sagst du ihm nicht, dass du überfallen worden bist? Dann könntest du auf der Stelle in seiner Fürsorge baden?

Das möchte ich bezweifeln, widersetzte sich Fanni. Eher dürfte ich in Vorhaltungen baden: »Wie konntest du nur so spät noch joggen gehen – als Frau und noch dazu allein?« Daraufhin würde Hans den gesamten Erlenweiler Ring rebellisch machen, eine Bürgerwehr organisieren, Stucks Onkel in Ketten legen oder was ähnlich Idiotisches.

Fanni starrte durch die Scheibe, bis der helle Streifen verschwunden war. Stucks Onkel, überlegte sie dabei, von Beruf Hausmeister in der Katherinenresidenz, trieb sich also schon seit Tagen beim Dunkelwerden hier herum und erschreckte Leute. Weil ihn, der offenbar zu viel trank, Entzugserscheinungen plagten? Oder weil er den Auftrag hatte, Fanni Rot zu – beseitigen? Einzuschüchtern? Falls Letzteres zutraf, von wem kam dieser Auftrag?

Sie lachte lautlos und ein bisschen irre. Keiner außer dem beschränkten Hausmeister wäre auf meinen dämlichen Trick mit dem Gartenteich hereingefallen.

Plötzlich merkte Fanni, dass Hans sie schon eine Zeit lang abschätzend ansah.

Er ist hin- und hergerissen! Einerseits lässt sich nicht verleugnen, dass du gelaufen bist, andererseits melden sich nun doch wieder Zweifel in ihm!

Warum spricht er mich nicht einfach darauf an?, fragte sich Fanni unwillig. Glattweg ins Gesicht lügen würde ich ihm bestimmt nicht.

Das weiß er!

Lang wird sich eine Aussprache sowieso nicht mehr hinausschieben lassen, überlegte sie.

Meinst du nicht, dass er auch das weiß?

Warum schweigt er dann?, grübelte Fanni. Weil es schon bald elf ist? Zu spät für einen Prinzipienreiter wie Hans, folgenschwere Gespräche zu führen? Braucht es dazu frisch geschlüpfte Vormittagsstunden?

Warum so zänkisch? Beginn die Aussprache selbst, wenn du sie jetzt *haben willst!*

Fanni stieß sich vom Pfeiler ab und wandte sich zum Gehen. »Es ist schon spät. Bleibst du noch auf?«

Hans Rot schüttelte müde den Kopf und begann, die Zeitung penibel zusammenzufalten.

Fanni verzog sich ins Badezimmer. Während sie sich die Zähne putzte, meldete sich die Gedankenstimme wieder.

Er hätte den Status quo gern beibehalten, Fanni. Aber er spürt wohl, dass sich in deiner Beziehung zu Sprudel etwas geändert hat. Du willst Sprudel, und du willst ihn auf andere Weise, als du ihn bisher wolltest!

Fanni spuckte Schaum aus und nickte dabei.

Ja, genau so war es, und sie schuldete ihrem Mann die Wahrheit. Wenn nicht heute, dann morgen. Hans hatte Offenheit verdient, denn auf seine Weise liebte er sie.

Natürlich liebt er dich! Wenn er ein Talent zum Süßholzraspeln hätte, würde er an jedem Tag eurer Ehe zu dir gesagt haben: Fannilein, meine Liebe zu dir ist größer als …

»Das Loch im staatlichen Haushalt«, vollendete Fanni leise den Satz.

Fanni Rot, du bist sarkastisch, boshaft, ungerecht und vor allem undankbar! Wäre Hans nicht gewesen, dann hättest du mit deinen zwei unehelichen Kindern niemals so ein bequemes, sogloses Leben führen können!

Fanni trat in die Duschkabine, warf die Tür hinter sich zu und drehte den Hahn auf.

13

Während Fanni am nächsten Morgen die Betten aufschüttelte, das Badezimmer sauber machte und im Schlafzimmer Staub wischte, ließ sie die Kartoffeln im Wasser sieden und das Kraut im Schmortopf köcheln.

An den meisten Tagen bereitete sie das Mittagessen schon morgens vor, sodass sie es später nur noch aufwärmen musste. Damit lief sie – falls etwas dazwischenkam – nicht Gefahr, die Mahlzeit zu spät oder halbgar auf den Tisch zu bringen, was Hans Rot beides nicht toleriert hätte.

Mittwoch, der 30. Juni, dachte sie, als sie mit dem Wischtuch über das Display des Radioweckers fuhr. Genau heute vor einer Woche habe ich Roland Becker auf der Hintertreppe der Katherinenresidenz gesehen – augenscheinlich tot. Wo seine Leiche inzwischen wohl ist?

Six feet under, würde ich sagen, gemeinsam mit Herrn Bonner. Außer du hast Rolands Leiche doch nur geträumt. Wenn es so ist, dann vergnügt er sich gerade irgendwo auf der Welt, hat Brief und Karte doch selbst abgeschickt. Wollte mit der Karte nur eine falsche Spur legen, falls sich eine der Schwestern in den Kopf gesetzt hätte, ihm zu folgen!

Unsinn, dachte Fanni. Laut seinem guten Freund Jonas Böckl war er mit keiner so eng, dass sie alles hingeworfen hätte, um ihm nachzulaufen. Und warum hat Roland, wenn er verreisen wollte, kein Sterbenswörtchen zu Jonas gesagt und kein Wort zu seiner Vermieterin in dem Haus gegenüber vom Schloss?

Die Gedankenstimme schwieg verschnupft.

Fanni angelte ein spitzes Messer aus der Besteckschublade und stach eine Kartoffel an.

»Durch«, murmelte sie, nahm den Topf und kippte seinen Inhalt ins Spülbecken. Dampf stieg auf.

Fanni sah auf die Wanduhr, die über dem Bord mit Hans Rots Bierkrügen hing.

»Kurz vor zehn«, sagte sie zu den Kartoffeln. »Ihr habt eineinhalb Stunden Zeit, abzukühlen, bevor ich euch schälen muss. Inzwischen fahre ich auf einen Sprung nach Deggendorf, um nachzusehen, wie es Tante Luise geht.«

Sie schaltete die Kochplatte unter dem Krauttopf ab und verließ das Haus.

Gib doch zu, dass es dir gar nicht um Luise geht! Die könntest du ebenso gut auch anrufen! Schnüffeln willst du – Hanno hinterher und deinem neuen Hauptverdächtigen, dem großen Unbekannten!

Fanni suchte ihr Gesicht im Rückspiegel und streckte ihm die Zunge heraus.

Du bist eigennützig, Fanni Rot, störrisch, skrupellos und kindisch!

Fanni streckte die Zunge so weit heraus, wie es ihr irgend möglich war. Da musste sie husten.

Fanni kam nicht dazu, Tante Luise nach ihrem Befinden zu fragen, denn die ließ sie erst gar nicht zu Wort kommen. Ihr Befinden war offenbar erstklassig.

»Die Kriminalpolizei war heute Morgen schon im Haus«, rief sie, kaum dass Fanni die Zimmertür hinter sich geschlossen hatte. »Sie haben Hanno verhört und etliche

Schwestern, aber Hanno am längsten. Den Hausmeister wollten sie eigentlich auch vernehmen, aber der war unterwegs zum Baumarkt. Die Bullen sind erst vor einer halben Stunde abgezogen – ohne Hanno in Handschellen.«

Luise schöpfte Atem. »Aber du solltest mal sehen, wie übel er gelaunt ist. Die Schwestern schleichen auf Zehenspitzen herum. Wenn er dahinterkommt, dass sie es wegen des ganzen Durcheinanders noch nicht geschafft haben, die Frühstückstabletts aus den Zimmern zu holen, gibt's ein Donnerwetter, das sich gewaschen hat.«

Auf Luises Tisch standen eine leere Kaffeetasse und ein leerer Teller auf einem beigen Tablett aus Kunststoff. Neben dem Teller lag ein ungeöffnetes Portionsschälchen Erdbeermarmelade.

Tante Luise schnippte mit dem Finger dagegen, sodass es über den Rand des Tabletts hüpfte. »Ich mag Johannisbeermarmelade, Aprikose, Brombeere, Kirsch – besonders Sauerkirsch –, Pflaume und Rhabarber. Nur Erdbeere mag ich nicht. Roland würde das wissen. Er hat gewusst, dass ich Erdbeere hasse.«

Sie nahm das Portionsschälchen und warf es zurück aufs Tablett. »Mit diesem abgepackten Zeug hab ich es sowieso nicht besonders. Aber in einer Einrichtung wie der unseren geht es nicht anders, hat man mir erklärt.« Sie zog eine Schnute. »Eine gewisse Fanni Rot hat mir ja zwei Gläser ihrer vorzüglichen Mirabellenmarmelade versprochen, aber die sind leider bis heute nicht bei mir eingetroffen.«

Fanni schlug sich beide Hände vor den Mund. »Großer Gott, der Korb mit den Marmeladegläsern, den Nusskringeln und den Saftflaschen steht seit einer Woche bei mir im Kofferraum.« Sie lief zur Tür. »Ich hole ihn auf der Stelle.«

Fanni musste einen Umweg machen, weil der Flur vor Luises Zimmer vom Geschirrwagen verstellt war.

Sie eilte einen Quergang entlang, passierte das Schwesternzimmer, näherte sich Hannos Büro. Der Klang seiner Stimme ließ sie den Schritt abrupt verhalten. Was er sagte, drang deutlich aus der nur angelehnten Tür.

Fanni drückte sich an die Wand daneben.

»Die Polizei beschuldigt mich, einen unserer Pfleger umgebracht zu haben. – Ja, stell dir vor. – Weshalb? Angeblich um Betrügereien zu vertuschen, die ich begangen haben soll«, hörte sie Erwin Hanno ärgerlich rufen. »Du kannst dir ja wohl denken, warum ausgerechnet ich als Sündenbock herhalten muss, wenn es um unrechtmäßige Bereicherung geht. Es ist immer das gleiche Lied: Erwin Hanno gibt eindeutig mehr Geld aus, als er verdient. – Natürlich hab ich denen gesagt, woher das Geld kommt. Das ist ja schließlich kein Geheimnis. – Ja, kann gut sein, dass sie bei dir in der Firma auftauchen und wissen wollen, ob du wirklich so gut verdienst und ob dein Vater wirklich so großzügig ist. – Nein, eigentlich geht das niemanden was an. Aber es hilft, den Verdacht gegen mich auszuräumen. – Fang nicht wieder davon an. Du weißt, ich mag meine Arbeit in der Katherinenresidenz. Einer muss sich ja darum kümmern, dass der Betrieb läuft. – Nein, ich will auch jetzt nicht kündigen und in der Firma deines Vaters den Laufburschen spielen, und hier wegmobben lasse ich mich erst recht nicht.«

Vom anderen Ende des Flurs erklangen Schritte. Hastig stieß sich Fanni von der Wand ab und eilte weiter in Richtung Hintertreppe. Ursprünglich hatte sie ja ohnehin vorgehabt, diesen Weg zu nehmen, weil es der kürzeste zu ihrem Auto war. Nun musste sie wieder einen Quergang zurück, zu dem Flur, auf dem Luises Zimmer lag, daran vorbei und geradeaus weiter bis zum Treppenaufgang.

Sie lief hinunter und gelangte wenig später auf den Parkplatz.

Fanni nahm den Korb aus dem Kofferraum, schloss den Wagen ab und kehrte rasch ins Gebäude zurück.

Als sie an der Tür des Aussegnungsraums vorbeikam, hörte sie von drinnen ein Rumoren.

Da muss die Nagel aufgebahrt sein!

Fanni fragte sich, wer wohl bei der Verstorbenen war. Da Tote gewöhnlich keine Geräusche machten, musste sich jemand im Aussegnungsraum aufhalten.

Sie stellte den Korb neben der Topfpflanze ab, die – wie ihr erst jetzt aufging – dazu diente, den Zugang zum Aussegnungsraum weitgehend zu verdecken, und drückte leise die Klinke hinunter.

Die Tür schwang lautlos auf.

Als Erstes fiel Fanni der offene Sarg auf dem Podest in der Mitte des Raumes ins Auge.

Sie konnte die Tote darin gut erkennen. Doch irgendetwas an dieser Toten kam ihr merkwürdig vor.

Erst ein zweiter, scharfer Blick sagte Fanni, was es war.

Die Leiche war mitnichten so in den Sarg gebettet, wie es der Sitte entsprach. Sie lag auf der rechten Seite, so dicht an den Sargrand gepresst, dass neben ihr noch zwei Handspannen breit Platz übrig war.

Auf einmal hörte Fanni ein Schaben und schaute in die Richtung, aus der es kam.

Der Hausmeister stand gebückt an der Schmalseite des Möbelstücks, das Fanni, als sie zum ersten Mal hier gewesen war, für eine Art Altar gehalten hatte. Er zog gerade eine Schiene heraus, von deren Oberfläche kleine Dampfwölkchen aufstiegen.

Im selben Augenblick wurde Fanni klar, worum es sich bei dem Möbel handelte.

Um eine Kühlanlage für die Verstorbenen der Katherinenresidenz!

Plausibel, dachte Fanni. Im Aussegnungsraum kann ja immer nur ein Toter aufgebahrt werden. Was aber, wenn zufällig zwei Heimbewohner am selben Tag sterben? Was, wenn Verwandte, die sich von ihrem verstorbenen Angehörigen verabschieden wollen, mehrere Tage für die Anreise brauchen?

Der Hausmeister hatte sich an einem Bündel zu schaffen gemacht, das auf der Schiene lag, die er soeben herausgezogen hatte.

Plötzlich witterte Fanni denselben Geruch, den sie bereits vergangene Woche – wesentlich schwächer allerdings – wahrgenommen und den womöglich doch nicht künstlichen Lilien zugeschrieben hatte.

Sie reckte den Hals.

Und dann sog sie scharf die Luft ein, was sich als verhängnisvoll erwies, denn es brachte sie zum Würgen.

Der Hausmeister hatte Roland Beckers Leiche bereits ein Stück aufgerichtet, nun ließ er sie erschrocken wieder zurückfallen.

Er sah auf und starrte Fanni verdattert an.

Lauf schnell weg!

Fanni aber stand stocksteif. Sie hatte begriffen, was hier vor sich ging. Die Bestürzung darüber nagelte sie fest.

Roland Becker war die ganze Woche über in dieser Kühlanlage aufbewahrt worden. Aus irgendwelchen Gründen – Zeitmangel vielleicht – hatte man seine Leiche nicht mit Herrn Bonner entsorgen können. Man musste den nächsten Todesfall abwarten, der sich aber erst gestern ereignet hatte. Nun sollte Roland zu Frau Nagel in den Sarg gelegt werden.

Fanni fuhr zusammen und ging in die Knie. Etwas Schweres, Kantiges hatte sie am Kopf getroffen.

»Pack ihn endlich rein«, hörte sie eine harte Stimme.

Fanni stützte sich mit den Händen am Boden auf, schaute hoch und erblickte ihr eigenes verschwommenes Spiegelbild in den Gläsern einer Brille.

Es dauerte einen Moment, bis sich ihr Gesichtsfeld weitete und klärte.

»Sie hätten nicht hier hereinkommen sollen, Frau Rot«, sagte Benat. Sein Tonfall erinnerte kaum noch an das freundlich-vertrauliche Raunen, das sie von ihm kannte. Er machte eine einladende Bewegung. »Das haben Sie jetzt von all dem Herumschnüffeln. Sie dürfen Beckers Platz im Kühlkatafalk einnehmen.«

Fanni spürte einen Schlag ins Genick und knickte wieder ein.

Sie merkte, wie ein Stück Klebeband auf ihren Mund gespannt und festgedrückt wurde. Einer der beiden Männer drehte ihr die Handgelenke auf den Rücken und band sie zusammen.

»Das reicht«, hörte sie Benat sagen. »Sie macht's ja nicht lange da drin.«

Fanni fühlte sich an Armen und Beinen hochgehoben und gleich darauf grob wieder abgelegt. Als Nächstes nahm sie wahr, dass ein Laken um ihren Körper gehüllt wurde.

Der Geruch, von dem sie nun wusste, dass er weder von künstlichen noch von echten Lilien stammte, umströmte sie.

Es muss sich um ein Duftwasser handeln, ging es ihr verworren durch den Kopf, in dem es pochte und hämmerte. Ein Parfüm, mit dem der Hausmeister Roland besprüht hat, bevor er ihn im Kühlkatafalk verschwinden ließ. Und dieses Parfüm hat sich mit dem Verwesungsgeruch der Leichen vermischt – gekühlt oder nicht ...

»Sie haben es sich selbst zuzuschreiben«, hörte sie plötzlich Benats herrische Stimme, »dass Sie in ein, zwei Stunden erstickt und erfroren sein werden.«

Fanni machte »Grmpf« und bäumte sich auf, dabei löste sich das Klebeband von ihren Lippen – halbwegs jedenfalls. Links verschloss es noch ein knappes Drittel ihres Munds. Das lose Stück des Bands blieb einen Moment lang senkrecht stehen und legte sich dann über Fannis Nasenspitze.

Vertu jetzt deine Chance nicht!

»Roland Beckers Notizen«, stieß sie aus, »beweisen, dass in der Katherinenresidenz Betrügereien großen Stils im Gange waren. Handel mit Medikamenten, mit Luxusartikeln, mit Dienstleistungen bis hin zur vorgeblichen Instandhaltung von Frau Nagels Anwesen.«

»Machen Sie sich nicht lächerlich, Frau Rot«, sagte Benat kalt und beugte sich vor, offenbar wollte er das Band wieder festkleben. Die Stimme des Hausmeisters ließ ihn innehalten.

»Herr Benat, hä. Die muss jetzt weg da, hä.«

»Ja, das muss sie, Sepp!«

Sag was, lenk ihn ab von dem, was er vorhat!

»Der Stand der Berufsbetreuer ist ehrbar, seriös, über jeden Zweifel erhaben«, wiederholte Fanni hastig, was Sprudel gestern gesagt hatte. »Wie praktisch für ein schwarzes Schaf, das sich dort eingeschlichen hat. Es kann von dieser Reputation zehren. Und falls es das schwarze Schaf auch noch versteht, sich durch besondere Verdienste hervorzutun und sich durch Schmeicheleien und Liebdienereien überall beliebt zu machen, bleibt es nicht nur unbehelligt, sondern erreicht einen Status, der es schier unantastbar macht.«

Die Brillengläser waren wieder da. »Sie, Fanni Rot, sind genauso ein herumschnüffelndes, alle ausspionierendes, in jeder Grube wühlendes Schwein wie Roland Becker. Und deshalb dürfen Sie jetzt seinen Platz im Kühlkatafalk einnehmen, bis der nächste Heimbewohner stirbt, mit dem Sie dann unter die Erde wandern werden.«

Bevor Benats Hand das lose Stück Klebeband ergreifen konnte, hechelte Fanni: »Zuvor aber werden Sie ins Gefängnis wandern, wegen Mordes an Roland Becker.«

Benats Hand verharrte in der Luft. »Becker wird verschwunden bleiben, und man wird mir nie etwas nachweisen können.«

Wenn du ihn nicht vom Gegenteil überzeugen kannst, bist du jetzt fällig!

Fanni dachte fieberhaft nach. »Man wird Ihnen nachweisen können, dass Sie den Brief und die Karte, die Roland zugeschrieben werden, gefälscht und in München aufgegeben haben.«

Über einem der Brillengläser zog sich eine Augenbraue hoch.

»Sie waren doch am Tag nach dem Mord in München«, rief Fanni. »Schwester Monika hat erwähnt, dass Sie einen Termin beim Oberlandesgericht hatten, und Luise sah Sie mittags die Allee heraufeilen. Sie mussten ja rechtzeitig da sein, zu der Konferenz, die wegen Rolands ›Kündigung‹ anberaumt worden war.«

»Meine liebe Frau Rot«, Benats Stimme klang spöttisch, »da stimmt wohl die zeitliche Abfolge nicht ganz. Brief und Karte waren ja offensichtlich vor mir hier. Ich hätte demnach schon am Tag des Mordes nach München fahren müssen, um die Post aufzugeben; hätte spätestens gegen drei hier aufbrechen müssen ...«

Fanni hörte nicht mehr hin. Ja, natürlich, die Möglichkeit, dass der Mörder persönlich die Post aufgab, hatte sie ja selbst schon verworfen, als sie Hanno noch für den Täter hielt.

Die Hand näherte sich wieder.

Schnell sagte Fanni: »Sie haben Ihren Komplizen, den Hausmeister nach München geschickt. Sie mit Ihrer geheuchelten Menschenfreundlichkeit waren es ja wohl, der dem Alkoholiker die Stelle in der Katherinenresidenz besorgt hat, wodurch Sie ihn am Zügel hatten.«

Aus einer Ecke des Aussegnungsraumes kam ein halb fragendes, halb empörtes: »Hä.«

Benat lachte. »Frau Rot, Sie spielen nur ein Ratespiel, und das nicht einmal gut. Am Tag von Roland Beckers Ableben haben Sie unseren guten Sepp doch selbst hier im Aussegnungsraum angetroffen – so gegen sechzehn Uhr dreißig, wenn ich mich nicht irre. Und am Tag vor Beckers Ableben fand in der Katherinenresidenz die feierliche Einweihung der Kapelle statt. Ich war dabei, Sepp war dabei, davon gibt es sogar Zeitungsfotos.«

Fannis Gedanken rasten. Der Tag vor dem Mord! Warum gab Benat sich und seinem Komplizen für diesen Tag ein Alibi, wenn er keine Rolle spielte?

Verena war an diesem Tag in München!

Aber wir haben sie ja gefragt. Sie hat nichts in einen Briefkasten geworfen, nur die Mappe mit ihren Unterlagen abgegeben.

Wer sagt, dass da nur ihre Unterlagen drin waren? Pokern, Fanni! Big Blind!

»Sie hatten eine dritte Option, Benat«, sagte Fanni und versuchte Herablassung in ihre Stimme zu legen. »Verena.«

Sie merkte, wie Benat erschrak. Hinter den Brillengläsern funkelte es verräterisch.

Full House, Fanni! Aber das wird nicht reichen!

Benats Hand tauchte wieder auf.

»Der Mord an Roland war also tatsächlich geplant«, beeilte sich Fanni zu sagen. »Denn Sie haben Brief und Karte ja noch bevor er ausgeführt war, auf den Weg geschickt.«

Benats Hand begann unwillig zu wedeln. »Nach all dem, was Sie glauben, herausgefunden zu haben, müssten Sie doch wissen, dass Becker nicht im Affekt getötet wurde.«

»Aber warum dann auf der Hintertreppe des Seniorenheims?«, fragte Fanni in dem verzweifelten Versuch, weitere Zeit zu gewinnen.

Benat stieß einen Seufzer aus. »Ich musste leider improvisieren. Natürlich sollte Becker hier im Aussegnungsraum sterben, sofort zu Bonner in den Sarg kommen und wenig später mit ihm abtransportiert werden. Aber Becker hat Lunte gerochen.«

»Woher wussten Sie, dass Roland an diesem Nachmittag in der Katherinenresidenz sein würde«, hakte Fanni nach. »Er hatte doch Urlaub.«

Sie merkte, wie Benat den Kopf schüttelte. »Frau Rot, Ihr Denkapparat stellt seine Tätigkeit bereits ein. Ich hatte Becker gebeten, sich am Hintereingang der Katherinenresidenz mit mir zu treffen. Ich versprach ihm, die ... kleinen Anomalien, die ihm offensichtlich aufgefallen waren, zu erklären.«

»Aber Roland folgte Ihnen nicht in den Aussegnungsraum, wie Sie es vorschlugen, sondern begann, die Treppe hinaufzusteigen«, plapperte Fanni planlos.

Vergebens! Deine Zeit ist bereits abgelaufen!

Trotzdem!

»Auf dem Treppenabsatz haben Sie ihn erstochen. Dann sind Sie zurückgelaufen, um den Hausmeister zu holen. Er musste Ihnen ja helfen, Roland dort wegzuschaffen. Und da geriet ich dazwischen.«

»Allerdings«, knurrte Benat.

Du kannst ihn nicht ewig hinhalten!

»Sie kamen nicht dazu, Roland einzusargen, steckten ihn nur schnell in den Kühlkatafalk«, machte Fanni angsterfüllt weiter. »Und all das bescherte Ihnen danach eine Menge Aufwand. Sie mussten Müller und Hanno beschwatzen, Desinformationen streuen, und Sie mussten mich im Auge behalten. Von Frau Nagels Apartment aus haben Sie belauscht, was ich mit Tante Luise redete. So haben Sie auch erfahren, dass ich das Notizbuch gefunden und Luise gegeben hatte. Als mich Hanno wegholte, haben Sie Ihre Chance genutzt – mit Hilfe des Hausmeisters natürlich, der zuvor versucht hatte, mich an der Fahrt nach Windischgarsten zu hindern.«

Benat gab keine Antwort. Sein Schweigen fühlte sich bedrohlich an, schrecklich bedrohlich.

Fanni hetzte weiter. »Sie haben immer wieder versucht, uns aufzuhalten. Sie haben Verena mit vergiftetem Milchrahmstrudel zu Luise geschickt. Sie haben mir Ihren Komplizen an den Hals ge –«

»Schluss jetzt!« Benats Stimme schnitt ihr das Wort ab. Seine Hand senkte sich auf ihren Mund und klebte das Band wieder fest. »Sepp!«

Fanni vernahm ein befriedigtes »Hä«.

Dann spürte sie, dass die Unterlage, auf der sie lag, vorwärtsgeschoben wurde. Als die Bewegung aufhörte, war es Nacht um sie. Sie nahm noch ein kurzes Rutschen und Ruckeln wahr, dann war es nicht nur dunkel, sondern auch still.

Aus!

Es wird nicht wehtun, dachte Fanni, und ihre Gedanken waren ganz klar. Von der Kälte werde ich überhaupt nichts merken.

Sieh zu, dass du hier rauskommst! Mach dich bemerkbar! Rufen! Klopfen!

Ein Lachen stieg in Fannis Kehle auf. Rufen – mit verklebtem Mund! Klopfen – mit zusammengebundenen Händen!

Das Hämmern im Kopf hatte sich längst in einen dumpfen Schmerz verwandelt.

Das ist gut, dachte sie, das ist annehmbar. Was will ich mehr. Hier liege ich bequem und schlafe ein.

So recht bequem lag sie aber doch nicht. Irgendetwas Kleines, Hartes drückte gegen ihre rechte Hüfte. Sie versuchte, mit der linken Hand danach zu greifen, bekam es zu fassen, befühlte es. Zehn Sekunden später wusste sie, dass es sich um ein Handy handelte.

Rolands Handy! Man hat es sicherlich ausgeschaltet, bevor man es neben seine Leiche warf!

Ja, dachte Fanni und spürte Übelkeit aufsteigen. Es muss ausgeschaltet sein. Wenn nicht, dann ist der Akku längst leer. Planlos drückte sie auf ein paar Knöpfe.

Um es einzuschalten, bräuchte man den PIN-Code!

Befindet sich der Einschaltknopf nicht oft an der Schmalseite?, wehte ein uneinsichtiger Gedanke durch Fannis Hirn. Sie drehte das Handy, befingerte die Schmalseiten.

Was willst du ohne PIN-Code – PIN-Code – PIN-Code ...

14

Fanni war nur kurz bewusstlos gewesen. Schon nach wenigen Minuten kam sie wieder zu sich.

Seit man sie in den Kühlkatafalk geschoben hatte, war nun eine knappe Viertelstunde vergangen, seit sie Luises Zimmer verlassen hatte, gut vierzig Minuten.

Aber in jener Viertelstunde, die Fanni vom Leben abgeschnitten gewesen war, hatte sich eine ganze Menge ereignet:

Tante Luise fragte sich seit einiger Zeit, wie lang es maximal dauern könne, bis ein gesunder Mensch auf zwei Beinen die Strecke zum Parkplatz und wieder zurück hinter sich gebracht haben würde.

Sie wollte gerade nach einer der Schwestern klingeln, um sie nach Fannis Verbleib forschen zu lassen, sagte sich dann aber, dass es ja wohl nicht anging, Fanni zu kontrollieren wie ein Schulmädchen.

Da kam Schwester Monika zum Blutdruckmessen.

Luise betrachtete das als glückliche Fügung und schickte sie zum Parkplatz hinunter, um nach Fanni zu sehen.

Schwester Monika kehrte schon nach einer Minute mit der Auskunft zurück, Fannis Auto stünde zwar nach wie vor an der gleichen Stelle, wo sie Fanni habe aussteigen sehen, als sie gegen elf für ein Zigarettchen draußen gewesen war, Fanni selbst sei jedoch nirgends zu entdecken.

Da wurde Luise ein bisschen mulmig zumute. Und weil

sie nicht wusste, was sie nun machen sollte, wurde ihr von Sekunde zu Sekunde mulmiger.

Während des Blutdruckmessens ging ihr auf, dass sie jemanden zu Hilfe holen musste. Jemanden, dem sie vertrauen konnte. Jemanden, dem auch Fanni vertraute. Hans Rot? Nein! Sprudel!

Nachdem Schwester Monika ihr Zimmer wieder verlassen hatte, griff Luise in die Seitentasche ihres Rollstuhls und angelte ihr Merkbuch heraus. Sie blätterte auf die dritte Seite, wo Fanni neulich Sprudels Telefonnummer für sie aufgeschrieben hatte. Nur Fannis Handynummer hatte sie griffbereit in dem Kästchen auf der Kommode.

Sprudel meldete sich beim ersten Läuten. Als ihm klar wurde, was Luise umtrieb, rief er: »Ich bin in zehn Minuten da!«, und legte ohne Abschied auf.

Während Fanni weggesperrt war, kam Hans Rot nach Hause. Zufällig war er an diesem Tag eine halbe Stunde früher dran als sonst, weil im Musterungszentrum eine neue Telefonanlage installiert wurde und der Techniker gerade in seinem Büro zugange war.

Hans sah die Kartoffeln im Spülbecken, den Krauttopf auf dem Herd, und zuvor schon hatte er registriert, dass Fannis Auto nicht in der Garage stand.

Hans Rot kannte seine Fanni. Sie würde nicht extra zum Supermarkt fahren, nur weil ihr eine Spur Majoran für die Kartoffeln abging oder drei Wachholderbeeren fürs Kraut. Auf Zutaten, die nicht im Haus waren, würde Fanni verzichten.

Hans schenkte sich ein Glas Bier ein und starrte die Kartoffeln an. Sie mussten noch geschält, gewürzt und wieder warm gemacht werden.

Das würde doch einige Zeit in Anspruch nehmen, oder etwa nicht?

Es war aber schon fast halb zwölf, und Fanni hatte noch nie ...

Wo ist sie bloß?, fragte sich Hans Rot alarmiert.

Bei einem tiefen Schluck Bier fiel ihm ein, dass Benat neulich erwähnt hatte, Fanni würde schier täglich einen Besuch bei Luise machen. Hatte sie sich mit der Tante verplaudert?

Hans Rot griff zum Hörer.

Luises Antworten hörten sich seltsam an. »Ja, Fanni ist da. – Nein, im Zimmer ist sie nicht. – Ich weiß nicht, wo sie ist. – Er wird sie schon finden.«

Da beschloss Hans Rot, selbst nachzusehen, wo seine Frau war.

Während Fanni im Kühlkatafalk die Kälte in die Wäsche kroch, kam Schwester Inge aus dem Zimmer eines quengelnden Neuzugangs und entschied, dass sie sich eine Zigarettenpause verdient habe.

Sie begab sich über die Hintertreppe auf den rückwärtigen Parkplatz, wo die Schwestern in jener Nische zwischen den Säulen ihre Zigaretten zu rauchen pflegten.

Als sie hinaustrat, sah sie Dr. Benat soeben seine Wagentür öffnen.

»Herr Dr. Benat«, rief sie, denn sie hatte Informationen über den Neuzugang für ihn.

Weil Benat sie nicht zu hören schien, lief Schwester Inge eilig auf seinen Wagen zu.

Legte er nicht allergrößten Wert darauf, bestens und schnellstens über die Insassen der Katherinenresidenz informiert zu werden? Hatte er nicht wieder und wieder zu ihr gesagt: »Einblick ist alles. Wir können unseren geschätzten Senioren das Leben nur dann so angenehm wie möglich machen, wenn wir genauestens über jeden Einzelnen von ihnen im Bilde sind.«

Schwester Inge verstand Benats Sichtweise gut und nutzte ihr Talent, Hinfällige und weniger Hinfällige zum Erzählen zu bringen, nachhaltig. Zumal sich Benat für ihre Mühe erkenntlich zeigte. Zweimal pro Jahr pflegte er sie mit Gratiswochenenden im Dilly's zu belohnen – jeweils im November und im Juni. Er hatte es noch nie vergessen. Aber heute war schon der letzte Junitag, und der Anwalt hatte ihr den halbjährlichen Gutschein noch nicht gegeben.

Er wird sich daran erinnern, sagte sich Schwester Inge, wenn ich ihm über den Neuzugang berichte.

»Herr Dr. Benat!« Er saß bereits hinterm Steuer, wollte gerade die Wagentür schließen. Als sie sich dazwischendrängte, hob er den Kopf und sah sie fast feindselig an.

»Herr Dr. Benat ...«, Inge war etwas außer Atem, »... der Bericht über den Neuzugang.«

Benat wirkte einen Moment lang verwirrt, dann entspannte er sich, brachte sogar ein Lächeln zustande und sagte, wobei er mit dem Zeigefinger auf das Zifferblatt seiner Armbanduhr klopfte: »Ich bin längst weg, Schwester Inge, bin längst bei Gericht. Wir beide unterhalten uns morgen.« Damit zog er die Tür zu, und Schwester Inge blieb nichts anderes übrig, als zur Seite zu treten, um nicht eingeklemmt zu werden.

Während Fanni aus dem Spiel war, begriff Verena, wohin sie geraten war. Schon bei dem Vorstellungsgespräch vergangene Woche war ihr die ganze Sache seltsam vorgekommen. Sie hatte damit gerechnet, Schulwissen zum Besten geben zu müssen, hatte sich sogar darauf vorbereitet und zwei freie Nachmittage lang in ihrem alten Heimatkundebuch gelesen. Stattdessen hatte man von ihr verlangt, die Bluse auszuziehen und auf- und abzugehen. Verena war sich vorgekommen wie eines von den Kälbern, die ihr Vater dem Viehhändler vorzuführen pflegte.

Vor wenigen Minuten hatte ihr Natascha ein Licht aufgesteckt. Natascha kam aus Tschechien. Sie sprach nur gebrochen Deutsch, doch was sie Verena zu erklären hatte, bedurfte keines großen Wortschatzes.

Verena zwängte sich in die Korsage, die Natascha »Arbeitskleidung« genannt hatte, und dachte darüber nach, weshalb Dr. Benat, ihr väterlicher Freund, dem sie mehr vertraut hatte als irgendjemandem sonst, sie an einen Puff vermittelt hatte.

Natascha lachte laut auf, als ihr Verena das Ergebnis ihrer Überlegungen mitteilte. »Do hot er's ober net guat gmoant mit mir«, sagte sie und übersetzte das, als sie Nataschas verständnislose Miene sah, in: »Nix gutes Mann, wo mich hat hergeschickt.«

»Nein«, versicherte ihr Natascha.

»Wenn i ober net dobleim mog«, wagte Verena zu meutern und beeilte sich, Natascha zu vermitteln: »Ich nix bleiben.«

Natascha sah sie mitleidig an. »Wohin wollen du ohne Pass, ohne Geld, ohne Hilfe in fremde Stadt?«

Verena trug den blutroten Lippenstift auf, den ihr Natascha reichte.

Hilfe! Es gab jemanden, der ihr vor Zeiten Hilfe angeboten hatte. Jemanden, der sie vor Benat gewarnt, der sie über ihn ausgefragt hatte. Der aber dann die letzte Verabredung nicht eingehalten und sich nie mehr bei ihr gemeldet hatte. Der auf keinen ihrer Anrufe reagiert hatte. Aber hatte er nicht gesagt, wenn der »Skandal« erledigt sei, könnten sie beide ...

Sie fragte Natascha, ob es ein Skandal sei, ein Mädchen ohne seinen Willen an einen Puff zu vermitteln.

»Skandal.« Natascha dachte eine Weile über das Wort nach, dann nickte sie.

Verena trug indessen Kajal auf.

Als Natascha aus dem Zimmer gerufen wurde, entschied Verena, einen weiteren Versuch bei Roland Becker zu machen. Schließlich hatte er versprochen ...

Sie angelte ihr Handy aus einer kleinen Tasche am Hosenbein ihrer Jeans, die wie ein Besatz wirkte und die sie extra so aufgenäht hatte, weil sie es nicht mochte, wenn das Handy die Gesäßtasche ausbeulte, und wählte Rolands Nummer, nicht gewahr der Tatsache, dass man ihr das Mobiltelefon längst weggenommen hätte, wäre es nicht derart verborgen gewesen.

Während Fanni in Kälte und Dunkelheit gefangen lag, entschied Luise Rot, sich persönlich auf die Suche nach ihr zu machen. Resolut packte sie die Räder des Rollstuhls und begann, sie zu drehen. Langsam rollte sie aus ihrem Zimmer, wo sie die Tür hinter sich einfach offen stehen ließ. Sie kämpfte sich zum nächstgelegenen Fahrstuhl, manövrierte sich hinein und drückte den Knopf mit der Aufschrift »EG«.

Als sich die Türen des Aufzugs wieder öffneten, sah sie sich dem Stamm einer Topfpflanze gegenüber.

Luises Blick glitt an ihm entlang und blieb an einem Korb hängen, der sich an den Keramiktopf lehnte, aus dem der Stamm wuchs.

Sie rollte näher und schaute in den Korb hinein.

»Marillen.« Nachdenklich wiederholte sie das Wort, das sie auf dem Etikett an einem der Gläser im Korb entziffert hatte.

Während Fanni im Kühlkatafalk Rolands Handy befingerte, wobei sie auf jede Taste drückte, die sie aufspürte, und während Luise in den Korb mit den Marmeladegläsern starrte, den Fanni unter der Topfpflanze abgestellt hatte, öffneten zwei Mitarbeiter eines Bestattungsinstituts die Tür, die vom hinteren Parkplatz in die Katherinenresidenz führte, und schoben eine Rollbahre herein. Luise war sofort klar, wo sie hinwollten, deshalb rollte sie, um ihnen Platz zu machen, kurzerhand wieder in den Aufzug, blockierte jedoch absichtlich mit den Vorderrädern die Türen.

Die beiden Bestattergehilfen betraten den Aussegnungsraum, rochen das Duftöl, das versprüht worden war, und das Wachs, das von zwei Kerzen tropfte, die auf dem gobelinbedeckten Kühlkatafalk brannten. Der Raum war penibel aufgeräumt und eines aufgebahrten Toten würdig.

Überrascht stellten die beiden jedoch fest, dass die Verstorbene schon eingesargt war, dass der Sarg bereits geschlossen und der Deckel sogar verschraubt war. Das sparte ihnen natürlich wertvolle Zeit.

Einer der beiden Gehilfen schob die mitgebrachte Rollbahre neben das Podest mit dem Sarg. Der andere griff nach dem Bukett aus künstlichen Lilien, das den Sargdeckel schmückte, und stellte es zwischen die Kerzen auf den Kühlkatafalk.

Als er sich wieder umdrehen wollte, begann gedämpft ein Handy zu klingeln.

Der Bestattergehilfe stutzte, weil ihm aufging, dass der Klingelton nicht von hinter ihm kam, wo der Kollege soeben den Sarg vom Podest auf die Rollbahre gleiten ließ, sondern von direkt vor ihm.

Irgendwo unter den brennenden Kerzen orgelte ein Handy »We are the Champions«.

»Im Kühlkatafalk klingelt ein Handy«, sagte er verwundert zu seinem Kollegen.

Der zuckte die Schultern. »Da liegt halt einer drin. Deshalb hat sich die Katherinenresidenz ja eine Kühlung angeschafft, damit man einen frisch halten kann, während ein anderer aufgebahrt ist. Manchmal kommt es vor, dass zwei kurz hintereinander sterben. Dann wird eben einer gekühlt, bis der andere weg ist.«

»Ja, ja, ja, weiß ich ja«, antwortete der andere gereizt. »Aber wieso kühlen die einen mitsamt seinem Handy?«

Wieder zuckte der Kollege die Schultern. »Ist doch egal. Komm endlich, wir haben noch eine Leiche im Paulusheim.«

Der Klingelton verstummte.

Widerwillig wandte sich der Bestattergehilfe vom Katafalk ab und schickte sich an, seinem Kollegen dabei zu helfen, die Rollbahre aus dem Raum zu schieben.

Sie kamen nicht weit.

Der Ausgang wurde von einem Rollstuhl blockiert, in dem eine Gestalt ganz in Rosa saß, die mit den Armen fuchtelte. »Fanni! Sie muss da drin sein.«

Es dauerte eine Weile, bis die Bestattergehilfen begriffen, dass die alte Frau nicht gekommen war, um einen letzten Blick auf eine verstorbene Freundin zu werfen, sondern um die hoffentlich lebendige Fanni Rot zu finden.

»Hier ist niemand«, beschieden ihr die Bestattergehilfen.

»Nur eine Leiche im Sarg«, spezifizierte der eine.

»Und eine zweite im Kühlkatafalk. Da hat nämlich ein Handy geklingelt«, ergänzte der andere und deutete auf die gobelinverbrämte Kühlanlage.

Die Frau in Rosa starrte ihn an. »Eine zweite Leiche?«

»Ja, das kann doch vorkommen, dass mal zwei kurz hintereinander sterben«, wiederholte der Bestattergehilfe, was er schon zuvor zu seinem Kollegen gesagt hatte.

Die Frau schüttelte so ungestüm den Kopf, dass sich die silberne Spange über ihrem linken Ohr löste und mit einem leisen »Klack« zu Boden fiel. »Vor gut einer Woche ist Bonner gestorben, und der ist längst beerdigt. Vorgestern hat der Nagel das letzte Stündlein geschlagen, und ich gehe davon aus, dass die in dem Sarg da liegt. Morgen oder übermorgen wird die Hankel abtreten, aber so weit sind wir noch nicht. Woher sollte also eine zweite Leiche kommen?«

»Dann liegt halt keine drin«, antwortete der Bestattergehilfe, der es eilig hatte, ungeduldig und machte Anstalten, den Rollstuhl vom Ausgang wegzuschieben.

»Und das Handy?«, fragte sein Kollege.

»Das ist halt irgendwann mal in der Kühlung liegen geblieben«, bekam er ungehalten zur Antwort. »Was geht's uns an?«

»Wir könnten nachsehen«, schlug der Kollege vor.

»Verflucht noch mal«, rief der Eilige, »wir haben unsere

Arbeit zu tun, und zwar flott. Das Aufstöbern verlorener Handys gehört da nicht dazu.« Er versuchte erneut, den Rollstuhl in Bewegung zu setzen, um ihn aus dem Weg zu schieben, aber die Frau hielt die Räder mit derart eisernem Griff fest, dass sie sich kein bisschen drehen ließen.

»Loslassen! Sie müssen uns Platz machen!«

Die Frau schob kämpferisch das Kinn vor. »Erst wenn Sie in diesem Kühldings nachgesehen haben!«

»Irre alte Schachtel«, murmelte der ungeduldige Bestattergehilfe und drehte sich zu seinem Kollegen um.

Der hatte bereits den Gobelin an der Schmalseite des Kühlkatafalks hochgeschlagen, eine Klappe geöffnet und ließ soeben die Schiene herausgleiten.

»Da haben Sie Ihre zweite Leiche«, brummte der ungeduldige Bestattergehilfe. »Und jetzt geben Sie uns augenblicklich den Weg frei.«

Der Rollstuhl machte einen Ruck und schoss nach vorn.

»Falsche Richtung!«, schrie der ungeduldige Bestattergehilfe. »Sie müssen durch die Tür! Hinaus! Sie müssen hinaus!«

Die Frau konnte nicht bis zum Kühlkatafalk vordringen, weil ihr eine Menge Hindernisse im Weg standen: die Rollbahre samt Sarg, das Podest, das zur Aufbahrung der Verstorbenen diente, zwei Hünen von Bestattergehilfen.

Schlingernd kam sie zum Stehen. In die plötzlich entstandene Stille drang ein Stöhnen. Und damit kehrte Fanni ins laufende Geschehen zurück.

15

Fanni hörte Stimmen, sah jedoch noch immer nichts als grauen Nebel, der sich allerdings stark gelichtet hatte, roch noch immer diese widerliche Mischung aus Duftöl und Fäulnis, spürte noch immer das Klebeband, das ihr den Mund verschloss.

Plötzlich musste sie die Lider fest zukneifen. Etwas hatte sie schmerzhaft in die Augen getroffen.

Licht!

Licht?

Ganz gewöhnliches Tageslicht! Du kannst die Augen wieder aufmachen!

Bevor sie dazu kam, merkte sie, dass sich der Gestank verflüchtigte.

Frische Luft!

»Fanni!«

Ein scharfer Schmerz ließ sie zusammenfahren, als das Klebeband abgerissen wurde, dann strömte die reine Luft auch in ihren Mund. Gleichzeitig fühlte sie sich umfasst und in eine sitzende Position gebracht.

»Fanni!« Sie kannte die Stimme, hätte sie immer und überall erkannt. Es war die Stimme, die Sicherheit versprach – Geborgenheit, Wohlbehagen, Glücklichsein.

Sie bettete den Kopf an eine faltige Wange, die – wie sie glasklar erfasst hatte – zu dieser Stimme gehörte.

»Fanni?« Sie kannte auch diese Stimme. Sie kam aus einiger Entfernung. Das musste so sein, war immer so gewesen.

Zwischen ihr und Hans Rot hatte es nie wirkliche Nähe gegeben.

Fanni sog frische Luft in ihre Lungen, ließ die Augen zu und kuschelte sich in Sprudels Arme.

Sie hörte sich entfernende Schritte.

Adieu, Hans Rot!

Kurz darauf vernahm Fanni leise quietschende Gummiräder. »Fanni?«

Die Stimme war ihr erst seit Kurzem vertraut. Sie klang besorgt.

Fanni gelang es zu sprechen. »Es geht mir gut, Tante Luise. Ich will mich nur ein wenig ausruhen.«

»Aber nicht hier«, bestimmte Luise. »Nicht in der Schublade von diesem Kühldings.« Ihr Ton ließ keine Debatte zu. »Hilf ihr auf, Sprudel. Bring sie nach oben in mein Zimmer.«

Als Fanni sich bewegte, stieg ihr wieder ein Schwall des ekligen Geruchs in die Nase.

»Ich muss duschen«, sagte sie und klammerte sich haltsuchend an Sprudel.

»Was geht hier drin eigentlich vor?«

Fanni konnte die neue Stimme nicht gleich zuordnen. Erst nach einer Weile wurde ihr bewusst, dass sie zu Erwin Hanno, dem Pflegedienstleiter, gehörte.

Inzwischen redeten mehrere Menschen durcheinander.

»Sie hat im Kühlkatafalk gesteckt ...« Definitiv eine fremde Stimme.

»... haben wir nachgesehen, weil ein Handy klingelte.« Eine ebenso wenig bekannte Stimme.

»Wie kam denn Frau Rot ...?« Erwin Hanno.

Unterbrochen von: »Wir bringen Sie jetzt sofort nach oben.« Kommandoton. Zweifelsfrei Tante Luise. »Am besten tun wir das in einem Rollstuhl. Sie müssen schnellstens einen besorgen, Herr Hanno.«

Als ob sich der Pflegedienstleiter von Luise herumkommandieren ließe, ging es Fanni durch den Kopf.

Ja, ist er nun ein verdammter Pflegedienstleiter oder nicht? Er muss doch selbst merken, dass Luise recht hat!

Erwin Hanno hatte es offenbar gemerkt, denn trotz seines Körperumfangs schoss er wie der Blitz aus dem Aussegnungsraum.

Bereits eine Minute später kehrte er mit einem Rollstuhl zurück und half Sprudel dabei, Fanni hineinzuheben.

»Ich komme gleich nach«, kündigte er an.

»Das eilt kein bisschen«, gab Luise über die Schulter zurück. Sie hatte ihren Rollstuhl gewendet, griff nun kräftig in die Räder und fuhr zum Aufzug.

Als ihr Sprudel mit Fanni folgen wollte, erwachte Fanni zum Leben. Aufgeregt deutete sie auf den Sarg der Frau Nagel, der fertig zum Abtransport auf der Rollbahre stand, und krächzte laut: »Roland. Roland Becker steckt da mit drin.«

Als Erwin Hanno nach einer guten Stunde Luises Zimmer betrat, hatte Fanni in deren Badezimmer bereits ausgiebig geduscht.

Sie hatte sich dabei erstaunlich gut von ihrem unfreiwilligen Aufenthalt im Kühlkatafalk erholt. Das konnte – prosaisch betrachtet – daran liegen, dass mitsamt den widerlichen Gerüchen auch der ausgestandene Schrecken im ablaufenden Duschwasser durch den Abfluss weggeschwemmt worden war.

Unleugbar, nach der Dusche fühlte sich Fanni, als wäre ihr ein wunderbares zweites Leben geschenkt worden. Aber lag das wirklich nur an ihrer Rettung aus dem Katafalk und an dem reinigenden Wasserschwall? Oder durfte dieser bemerkenswerte Effekt Sprudel zugeschrieben werden?

Er hatte sich nicht aus dem Badezimmer verdrängen lassen, hatte Fanni ausgezogen, ihr unter die Dusche geholfen und davor Wache gestanden. Als sie nach gut fünfzehn Minuten unterm voll aufgedrehten Duschkopf meinte, nun genug gereinigt zu sein, hatte er darauf beharrt, sie abzutrocknen. Und das hatte er auf eine Weise getan, die Fanni alles andere vergessen ließ.

Weil auch ihre gesamte Kleidung nach jenem Gemisch aus Fäulnis und Duftöl im Kühlkatafalk stank, hatte sie eingewilligt, sich von Luises Garderobe etwas zu borgen.

»Hier«, hatte Luise gesagt, als Fanni in ein Handtuch gewickelt aus dem Badezimmer trat, »dieser Stapel ist heute Morgen frisch aus der Wäscherei gekommen.«

Fanni hatte dankbar genommen, was ihr angeboten worden war. Nun steckte sie in einem rosa-weiß karierten Faltenrock und einem rosa Baumwollpulli mit Perlenstickerei.

Sie warf Sprudel einen strengen Blick zu, den er mit einer derartigen Unschuldsmiene beantwortete, dass sie breit grinsen musste.

Hanno hatte ein Tablett mitgebracht, auf dem eine Kanne Tee und drei Tassen standen. Er stellte es ab und schob für Fanni eifrig einen Stuhl am Esstisch zurecht.

Als sie sich langsam darauf niederließ, spürte sie Sprudels besorgten Blick.

Er argwöhnt, dass du noch unter Schock stehst! Fürchtet quasi Nachwehen!

Zu Recht, dachte Fanni, denn nun fühlte sie sich auf einmal wieder so benommen, als befände sie sich unter einer Glasglocke, die alle Geräusche dämpfte und alle Konturen zum Verschwimmen brachte.

»Wie konnte es nur geschehen ...?«, begann Hanno, nachdem er Fanni eine Tasse Tee gereicht und sichtlich angespannt gewartet hatte, bis sie gut die Hälfte davon getrunken hatte.

Sein Doppelkinn bebte. Doch bevor er die Frage aussprechen konnte, die zu stellen ihm augenscheinlich alle Fassung raubte, klopfte es an der Tür, und gleich darauf trat Kriminalkommissar Marco Liebig ein.

Sprudel muss ihn hergebeten haben, dachte Fanni, merkte dann aber, dass auch Sprudel überrascht wirkte.

»Hans Rot hat bei mir in der Dienststelle angerufen«, erklärte Marco sein unerwartetes Erscheinen. »Dein Mann klang ganz schön aufgeregt, Fanni. Er meinte, ich sollte mal lieber hier nach dem Rechten sehen, anstatt im Büro die Füße auf den Schreibtisch zu legen.«

Hört sich in der Tat ganz nach Hans Rot an!

Ich muss dringend mit Hans sprechen, dachte Fanni vernebelt.

Und was willst du ihm sagen?

Dass ich niedergeschlagen und in einen Leichenkühlapparat gesteckt worden bin. Dass es so aussah, als wäre mein Leben damit zu Ende. Dass ich aber soeben ein neues angefangen habe – ein komplett neues.

»Fanni«, sagte Marco eindringlich, »du musst mir erzählen, was genau sich abgespielt hat.«

Fanni nickte. Ja, das musste sie. Doch dazu brauchte sie Worte. Aber irgendwann – wann war es bloß gewesen? – hatte sie vergessen, wo Worte zu finden waren.

Sie sah Sprudel an, der ihre Hände in die seinen nahm und sanft streichelte. Wozu Worte?

Fannis Blick wanderte weiter zu Tante Luise, die soeben ihre Teetasse an den Mund führte. Nach einem kleinen schlürfenden Schluck stellte sie die Tasse zurück auf den Tisch und sagte missbilligend: »Baldriantee und kein Bröselchen Süßes dazu. Und der Korb mit Fannis leckerer Marillenmarmelade und den selbst gemachten Keksen steht noch immer unter der hässlichen Topfpflanze vor dem Aussegnungsraum.«

»Der Korb!«, rief Fanni, und damit waren die Worte zurück.

»Fanni«, bat Marco noch einmal, »du musst mir sagen, was sich im Aussegnungsraum zugetragen hat. Wir haben Roland Beckers Leiche in dem Sarg dort gefunden. Wir wissen, dass du im Kühlkatafalk gesteckt hast. Der Hausmeister ist verschwunden. Heimleiter Müller befindet sich angeblich auf Dienstreise. Was ist bloß geschehen, Fanni?«

Erwin Hannos Doppelkinn wackelte zustimmend zu jeder Silbe, die Marco sagte.

Da setzte Fanni sich zurecht, befreite ihre Linke aus Sprudels Händen, glättete den rosa-weißen Faltenrock und begann mit ihrem Bericht.

16

Hartnäckig verlangte Sprudel von Fanni, sich aufs Sofa zu legen. Das Sofa, auf das er sie so beharrlich nötigte, war kein anderes als sein eigenes und befand sich im Wohnzimmer seines Hauses in Birkenweiler.

Fanni wandte ein, dass sie erst zwei Stunden zuvor aus dem Bett im Obergeschoss gestiegen war, in dem sie die Nacht verbracht hatte.

Doch Sprudel ließ nicht locker.

Nachdem Fanni tags zuvor allen um den Esstisch in Luises Zimmer Versammelten berichtet hatte, was sie im Aussegnungsraum beobachtet hatte und was ihr daraufhin widerfahren war, hatte Sprudel darauf bestanden, sie zur Untersuchung ins Krankenhaus zu bringen.

Marco hatte ihr noch zwei, drei kurze Fragen gestellt und war dann mit entschlossenem Gesicht davongestürmt.

Erwin Hanno war ihm mit erbittert wabbelndem Doppelkinn gefolgt.

Im Krankenhaus hatte man Fanni abgeklopft und abgehorcht, hatte ihren Blutdruck gemessen und ihren Puls gefühlt. Man hatte in ihre Pupillen geleuchtet und ihr Blut abgenommen. Letztendlich aber war man zu dem Ergebnis gekommen, dass ihr nichts Nennenswertes fehlte, und hatte ihr geraten, nach Hause zu gehen und sich zu schonen.

Daraufhin war Sprudel, ohne lange zu fragen, mit ihr zu seinem Haus nach Birkenweiler gefahren. Dort hatte er sein

Bett für sie frisch bezogen, hatte einen von seinen Schlafanzügen für sie bereitgelegt und hatte sie – nachdem Fanni im Oberteil steckte, das als Nachtgewand durchaus für sie ausreichte – genötigt, sich hinzulegen.

Er hatte ihr zu trinken gebracht und sich dann auf die Bettkante gesetzt. Ab und zu hatten sie ein paar Worte gewechselt. Gegen Mitternacht hatte Sprudel gesagt, er wolle sich im Gästezimmer schlafen legen. Aber als Fanni am Morgen erwachte, hatte er schon wieder an ihrem Bett gesessen.

Jetzt war es kurz nach elf am Vormittag des 1. Juli, einem unscheinbaren Donnerstag.

Sprudel wollte sich eben in dem Polstersessel gegenüber dem Sofa niederlassen, auf das sich Fanni fügsam gelegt hatte, als es an der Haustür klingelte.

Er eilte hinaus und kam kurz darauf mit Leni und einem ziemlich schwer wirkenden Koffer zurück.

Leni eilte auf ihre Mutter zu und umarmte sie. »Ich hab dir ein paar Sachen eingepackt, Kleidung, Schuhe, Toilettenartikel, die Lesebrille – alles, was du halt brauchen wirst.«

»Danke«, sagte Fanni, die ein hellgraues Oberhemd von Sprudel trug, das sie mit einem Geschenkband (aus seiner Krimskramsbox) um die Taille in Form gebracht hatte. Sie hatte sich einfach nicht dazu überwinden können, sich ein weiteres Mal Luises rosa Geschmacksverfehlungen anzuziehen. »Aber ich wollte heute Nachmittag sowieso zum Erlenweiler Ring rüberfahren. Ich muss ja mit Hans reden, kann ihn nicht so im Ungewissen lassen.«

Leni setzte sich in den Sessel, den Sprudel für sie zurechtrückte, nahm das Glas, das er ihr reichte, und trank nachdenklich einen Schluck Wasser. Dann sagte sie zögernd: »Papa ... Hans hat doch längst damit gerechnet, dass es eines Tages so kommen wird. Und gestern ist ihm irgendwie klar geworden, dass es nun so weit ist.«

»Das hat er dir gesagt?«, fragte Fanni erstaunt.

Leni schüttelte den Kopf. »Kein Wort hat er gesagt. Er war gar nicht zu Hause, als ich vor einer Stunde ankam, ist wohl wie üblich zur Arbeit gegangen.«

Fanni hatte sich aufgerichtet und die Beine auf den Boden gestellt. »Aber wie kommst du dann dazu ...«

Leni stand auf und setzte sich neben sie. »Mama! Hans wird schon lange wissen, wie wichtig Sprudel für dich ist. Glaubst du etwa, dass ihm auch nur das Geringste verborgen geblieben ist? Du kennst doch die Birkdorfer – von den Nachbarn in Erlenweiler ganz zu schweigen. Jede Bagatelle ist Hans Rot hinterbracht worden, und zwar mehrfach.«

»Er hat sich aber nie was anmerken lassen«, murmelte Fanni.

»Natürlich nicht«, sagte Leni. »Er wollte sein komfortables Leben so lange wie möglich beibehalten. Das heißt aber nicht, dass er nicht stündlich mit einem GAU gerechnet hat.«

»Er hätte mit mir reden sollen«, beschwerte sich Fanni, ohne zu realisieren, dass wohl eher sie mit ihm hätte reden müssen.

»Und was hätte das bewirkt?«, entgegnete Leni. »Dass der GAU auf der Stelle eingetreten wäre. Gerade das aber wollte er verhindern.«

Fanni beugte sich nach vorn und barg das Gesicht in den

Händen. Sie fühlte sich schuldig, schäbig, keinen Schuss Pulver wert.

Mit Recht! Mit vollem Recht! Du hast Hans Rot von Anfang an belogen und betrogen! Hast ihm mehr als dreißig Jahre lang was vorgemacht! Und die Geschichte mit Sprudel setzt dem allem nun die Krone auf!

Fanni ließ die Hände sinken und sah Leni an. »Ich werde noch heute mit ihm sprechen. Werde ihm die Wahrheit über dich und Leo sagen. Werde ihm sagen, dass euer Vater nicht Hans Rot heißt, sondern Volker Heimeran. Professor Dr. Volker Heimeran, der in den Siebzigern an der Nürnberger Universität lehrte – das tut er sogar heutzutage noch, oder?« Ohne eine Antwort abzuwarten, fuhr sie fort: »Ich werde Hans aber auch sagen, dass ich Sprudel zwar seit Jahren liebe und schätze, ihn aber nie mit ihm betrogen habe.« Während Fanni sprach, merkte sie, wie in Lenis Augen ein seltsamer Ausdruck erschien.

Eine Mischung aus Angst, Unglauben, Vorwurf?

»Hältst du es für falsch, ihm die ganze Wahrheit zu sagen?«, fragte Fanni.

Leni nickte vehement. »Überleg doch mal. Wie meistert Hans das Leben?«

Darüber musste Fanni nicht lange nachdenken. »Er lenkt sich, so weit es geht, ab. Lieber hört er sich im Schützenverein ganze Abende lang dumme Witze an, als über Probleme nachzudenken. Was er in seinem Leben nicht brauchen kann, das verdrängt er.«

»Richtig«, erwiderte Leni, »auf diese Weise hat er sich ein Dasein gebastelt, mit dem er zurechtkommt – hervorragend zurechtkommt.«

Fanni nickte begreifend. »Wie könnte ich so rücksichtslos sein, Breschen hineinzuschlagen?«

Leni nahm ihre Mutter in die Arme und lächelte sie warm an. »Wir mögen ihn doch, und wir schulden ihm viel. Und deshalb werden wir die Allerletzten sein, die ihm etwas, das er nicht sehen will, vor Augen halten.«

Und so setzen sich Lug und Betrug in der Welt fort! In Birkenweiler nennt Leni ihren Ziehvater »Hans«, in Erlenweiler nennt sie ihn »Papa«. Und das alles nur, um seine zarte Seele zu schonen!

»Mach dir keine Sorgen, Mami«, fuhr Leni fort. »Bei euren Nachbarn am Erlenweiler Ring ist Hans in besten Händen. Sie werden sich darin überbieten, ihn zu hätscheln. Frau Stuck wird ihm einen Platz an ihrem Tisch reservieren, Frau Weber wird für ihn die Wohnung sauber halten, und Frau Praml wird ihm die Wäsche machen.«

Nein, dachte Fanni, so weit werden sie es wohl nicht treiben – jedenfalls nicht auf die Dauer –, aber sie werden sich um ihn kümmern, sie werden ihm zu beweisen versuchen, dass der Verlust, den er erlitten hat, verschwindend gering ist.

Und sie werden einiges daran setzen, Ersatz für Fanni Rot, die Abtrünnige, zu finden! Eine nette, liebenswerte Frau werden sie für ihn aussuchen, die besser zu Hans Rot und nach Erlenweiler passt, als du es je getan hast!

Auf einmal fühlte sich Fanni ungeheuer entspannt.

»Du denkst also, dass mich am Erlenweiler Ring niemand vermissen wird – absolut niemand«, sagte sie zu Leni und erwartete ein Grinsen als Antwort.

Aber Lenis Miene war ernst, als sie entgegnete: »Doch, einer wird dich schwer vermissen. Er wird untröstlich sein, wenn du nicht mehr da bist. Du solltest ihn, so oft es geht, besuchen.«

Fanni sah ihre Tochter ratlos an. Wer in Gottes Namen sollte untröstlich sein?

»Der alte Klein, Mama«, half Leni ihr auf die Sprünge. »Olga und Ivo wirst du auch fehlen. Offenbar bist du die Einzige, die sie für ihre Herkunft nicht mit Verachtung straft.«

»Seltsam«, sagte Fanni nachdenklich, »dass ich mich mit dem alten Klein, mit Bene und Mirza, mit Olga und Ivo immer besser verstanden habe als mit sämtlichen anderen Nachbarn.«

Lenis Miene hellte sich auf. »Gar nicht seltsam, denn die Kleins versuchen weder sich selbst noch sonst jemandem was vorzuspielen. Sie sind einfach, wie sie sind – ganz nach dem Motto ›Ist der Ruf erst ruiniert, lebt es sich ganz ungeniert‹.«

Fanni lachte laut auf. »Und du denkst, weil auch mein Ruf in Erlenweiler noch nie der beste war, kam ich mit den Kleins so gut zurecht?«

»Essen ist fertig.« Sprudels Stimme klang von der anderen Seite des Raumes herüber. Während Fannis Unterhaltung mit ihrer Tochter hatte er einen Salat gemacht und Brot und Käse dazu angerichtet.

»Aber wir haben doch erst vor zwei Stunden gefrühstückt«, wandte Fanni ein.

Sprudel sah auf die Uhr. »Vor drei Stunden«, widersprach er. »Jetzt ist es halb eins, genau die richtige Zeit für einen Mittagsimbiss.«

Leni hatte sich bereits erhoben und war zum Esstisch geschlendert. »Das sieht aber gut aus«, sagte sie. »Und ich hab einen Bärenhunger.«

Leni fischte gerade das letzte Tomatenstückchen aus der Schüssel, als Fanni fragte: »Marco muss dich ja heute schon sehr früh angerufen haben. Wann bist du denn in Nürnberg losgefahren? Um sechs?«

»Um sieben«, antwortete Leni. »Um halb zehn war ich in Erlenweiler, hab den Koffer für dich gepackt und bin dann hierhergekommen.«

»Woher wusstest du eigentlich, dass ich bei Sprudel bin?«, fragte Fanni.

Leni lachte. »Ich könnte jetzt sagen, der Erlenweiler Ring hat die Information geradezu ausgeschwitzt. Aber um bei der Wahrheit zu bleiben: Ich hatte sie von Marco, und der hatte sie von Sprudel.«

»Ich habe Marco gestern noch kurz unterrichtet, wo er uns findet, falls er dringende Fragen an dich hat«, warf Sprudel ein. »Gleichzeitig habe ich ihn gebeten, deine offizielle Vernehmung auf heute Nachmittag oder morgen früh zu verschieben.«

»Marco und ich«, erzählte Leni weiter, »haben gestern spät abends lang miteinander telefoniert. Da hatte der Hausmeister der Katherinenresidenz bereits alles gestanden und Marco hatte schon diesen Rechtsanwalt verhaftet – gerade noch rechtzeitig. Der war drauf und dran, sich aus dem Staub zu machen.«

»Woher wusste Benat denn, dass es aus war mit seinen Schandtaten?«, fragte Fanni verdutzt. »War er etwa noch in der Nähe, als man mich aus dem Kühlkatafalk gezogen hat?«

Leni schüttelte den Kopf. »Nein, das war er nicht. Aber ein ganzer Haufen Gerüchte über haarsträubende Vorgänge in der Katherinenresidenz muss sich wie ein Lauffeuer in der gesamten Stadt verbreitet haben.« Sie lächelte amüsiert. »Gestern ist wohl Luise Rots großer Tag gewesen. So wichtig genommen wurde sie wahrscheinlich noch nie. Bestimmt hat sie sämtliche Schwestern genauestens ins Bild gesetzt und konnte mit Antworten auf alle Fragen aufwarten.«

»Ja«, bestätigte Fanni Lenis letztere Vermutung, »das konnte sie. Luise wusste ganz genau über unsere Ermittlungen Bescheid, war sogar daran beteiligt. Und was sie noch nicht wusste, hat sie erfahren, als ich es Marco in ihrem Zimmer berichtet habe.«

Sprudel räusperte sich. »Eigentlich erstaunt es mich, dass Benat es gewagt hat, Beckers Leiche auf diese Weise verschwinden zu lassen. Die Bestatter hätten doch irgendwann gemerkt, dass der Sarg für eine Person viel zu schwer war.«

»Wenn sie ihn hätten tragen müssen, vielleicht schon«, stimmte ihm Fanni zu. »Aber als letzte Woche Herr Bonner abgeholt wurde, habe ich gesehen, wie die Bestatter mit einer Rollbahre so nah an das Podest mit dem Sarg heranfuhren, dass sie ihn nur hinüberzuschieben brauchten. Ich bin mir ziemlich sicher, dass Särge heutzutage meist auf Schienen gleiten und außer vielleicht über Treppen kaum noch getragen werden. Warum auch sollten Bestatter nicht jede Art von Technik nutzen, um ihre Bandscheiben zu schonen?«

Ungeachtet das morbiden Themas stibitzte sich Leni das

letzte Stück Käse und kaute genüsslich, während Fanni nachdenklich sagte: »Letztendlich musste Benat viel zu viel riskieren, um eine Untat mit einer anderen zu decken. Er musste schachern und intrigieren, musste Augen und Ohren überall haben. Er musste die Totenscheine von Herrn Bonner und Frau Nagel an sich bringen, damit die Bestatter gezwungen waren, unverrichteter Dinge abzuziehen und ein zweites Mal zu kommen. Irgendwann wäre sein Lügengebäude so oder so zusammengebrochen.

»Wer weiß«, wandte Sprudel ein, »ob er nicht noch jahrzehntelang hätte weitermachen können. Vielleicht hätte er ja bald eine zweite Frau Nagel aufgetan, eine Seniorin mit Hausbesitz, die nie mehr in ihr Eigenheim zurückkehren würde. Als ihr Betreuer hätte er – wie bei Frau Nagel – wieder schalten und walten können, wie er wollte, hätte die Instandhaltungsgelder für sich verbuchen und den Besitz verkommen lassen können.«

Fanni nickte versonnen. »Der Beamte bei Gericht prüft ja nur, was er auf den Schreibtisch bekommt. Er rennt ja nicht in der Stadt herum und sieht sich die Immobilien betreuter Personen an. Die Einzigen, die Benat auf den Dreh kommen könnten, sind Verwandte seiner Klientin, künftige Erben mit einem gewissen Interesse an ihren Besitztümern. Aber zufällig«, fuhr sie lebhaft fort, »ist Benat nicht nur Berufsbetreuer, sondern auch Anwalt, ein Anwalt, der gerne Nachforschungen anstellt, und er weiß: Die Seniorin pflegt keinen Kontakt mit Verwandten, falls es überhaupt welche gibt. Erben, die sich erst nach dem Tod der Dame finden lassen, muss er nicht fürchten. Sie haben ja keine Ahnung, dass das Haus durch unrechtmäßige Benutzung heruntergewirtschaftet wurde.«

»Er müsste gar nicht groß nach Verwandten forschen«, warf Sprudel ein. »Wenn es welche gäbe, die sich um die Seniorin kümmern, wäre wohl kein Berufsbetreuer bestellt worden. Ich frage mich allerdings, was genau hat Benat davon, das Haus seiner Klientin herunterzuwirtschaften?«

Fanni dachte kurz nach, bevor sie antwortete: »Zum einen kann er, wie schon erwähnt, die Instandhaltungsgelder unterschlagen. Zum anderen kann er das Objekt, jedenfalls solange es dazu geeignet ist, vermieten und die Einnahmen ebenfalls unterschlagen.«

»Unterschlagen, hm, ich weiß nicht recht«, murmelte Sprudel. »Wenn Gelder aus dem Vermögen einer betreuten Person fließen, dann prüft das Gericht bestimmt ganz genau, wohin.«

»Natürlich tut es das«, antwortete Fanni geradezu selbstsicher, denn ihr war auf einmal klar, wie Benats Betrug funktionieren konnte. »Das Gericht lässt sich für alle Ausgaben Rechnungen vorlegen, aber Benat hatte keinerlei Schwierigkeiten, fingierte Rechnungen noch und noch zu präsentieren.«

»Und das Gericht merkt nichts?«, fragte Sprudel.

»Nein«, entgegnete Fanni. »Weil die Rechnungen ganz offiziell von einem renommierten Betrieb ausgestellt sind. Einer angesehenen Firma, die sich ›Welt des Bauens‹ nennt und die zufällig Benat gehört, was aber das Gericht nicht weiß.«

Sprudel pfiff durch die Zähne. »Angestellte dieser Firma können sogar, statt Schäden auszubessern, Verwertbares wegschaffen. Die Feldsteine einer Gartenmauer zum Beispiel.«

Es wurde still im Zimmer, jeder hing seinen Gedanken nach.

»Unglaublich«, sagte Fanni nach einer Weile. Die beiden anderen horchten auf. »Wirklich unglaublich, dass ich durch mein unsinniges Herumfingern an Rolands Handy die richtige PIN-Nummer eingegeben habe.«

»Das hast du gar nicht«, erwiderte Leni. »Marco hat gesagt, dass Rolands Handy nicht durch eine PIN gesichert war. Man musste es nur einschalten, und das hast du offenbar geschafft. Ach übrigens, Marco sagt, unter der Nummer, von der der Anruf kam, meldete sich eine junge Frau, die eine interessante, aber sprachlich schwer verständliche Geschichte zu erzählen wusste.«

Fanni musste nicht lange nachdenken. »Verena? Wo steckt sie denn nun?« Plötzlich kam ihr ein entsetzlicher Gedanke. »Benat hat Verena gar nicht in einer Schule untergebracht, sondern bei einem Halunken, wie er einer ist. In der Mappe, die Verena beim Vorstellungsgespräch abgeben musste, befand sich die gefälschte Post, die der Kumpel dann für Benat aufgegeben hat.« Sie atmete heftig. »Was hat der Kerl mit dem Mädchen vor? Betreibt er ein Bordell?«

Das kann nicht sein! Du hast dich vergaloppiert, Fanni! Verena hat doch gesagt, dass sie Texte vortragen musste! Sie ist sprachlich getestet worden! Es war ihr so unangenehm, dass sie beim Davonerzählen noch geschnieft hat!

Falsch, dachte Fanni. Luise hatte sie gefragt, ob sie was vorlesen musste, und da hat Verena geschnieft. Wollte sie uns nicht wissen lassen, was sie wirklich tun musste? Hat sie sich geschämt?

Sie packte Leni am Arm. »Wir müssen Verena schleunigst

ausfindig machen. Wer weiß, wo Benat sie hingesteckt hat. Marco muss sie sowieso als Zeugin vernehmen, ich glaube nämlich, dass Roland sie bei ihren ›Dates‹ über Benat ausgefragt hat.«

Leni wedelte lässig mit der Hand. »Das ist doch längst geregelt, Mama.«

»Kaffee?«, fragte Sprudel.

»Gern.« Leni stand auf, um ihm zur Hand zu gehen. Er nötigte sie jedoch wieder auf ihren Platz zurück.

Während Sprudel in der Küche hantierte, kamen Fanni und Leni noch einmal auf Erwin Hanno zu sprechen.

»Marco hat erzählt, dass Hanno gestern, nachdem du alles berichtet hattest, wie ein Kugelblitz durch die Katherinenresidenz geschossen ist«, sagte Leni. »Er hat den Hausmeister im Heizungskeller aufgestöbert – wo der angeblich in einer Ecke saß und sich an einer Flasche Obstbrand festhielt. Hanno soll ihn am Kragen gepackt und in sein Büro gezerrt haben.«

Fanni verdrehte die Augen. »In der Katherinenresidenz muss gestern Nachmittag wirklich das blanke Chaos geherrscht haben.«

»Und niemand vom Personal hat mit Nachrichten darüber hinterm Berg gehalten«, feixte Leni.

»Die sich bestimmt recht hurtig zum Erlenweiler Ring durchgesprochen haben«, sagte Sprudel, der gerade die Kaffeekanne hereinbrachte und auf dem Couchtisch abstellte.

Fanni und Leni erhoben sich und gingen zum Sofa.

»Wer wohl Hans Rot ins Bild gesetzt hat?«, sinnierte Fanni dabei laut. »Er konnte ja noch nicht wissen, worum es eigentlich ging, als er mittags im Aussegnungsraum aufgetaucht ist.« Sie setzte sich auf die Couch.

»Luise, nehme ich an«, erwiderte Leni. »Er wird sie später noch angerufen haben. Vielleicht ist er sogar noch mal zu ihr gefahren.« Sie nahm einen Schluck von ihrem Kaffee und sah Fanni an. »Hast du wirklich die ganze Zeit den Pflegedienstleiter für den Täter gehalten, Mama? Warum bist du nicht früher auf Benat gekommen?«

Fanni sah geradezu zerknirscht aus, als sie antwortete: »Weil ich genauso auf ihn hereingefallen bin wie alle anderen. Dumm und vertrauensselig auf den Leim bin ich ihm gegangen, dem honorigen, noblen, seriösen, stets freundlichen, immer mitfühlenden, gut aussehenden Dr. Benat, dem niemand auch nur das kleinste Laster zutraute.«

Sie musste verschnaufen, bevor sie weitersprach. »Hanno dagegen hat ständig angeeckt.« Fanni begann, an den Fingern aufzuzählen: »Er hatte Zoff mit Becker, Misshelligkeiten mit den Schwestern. Sein Lebensstandard lag offensichtlich weit über den Verhältnissen, die sein Gehalt zuließ, was natürlich sehr verdächtig wirkte. Und auf den ersten Blick hatte er die optimale Position dafür, in der Katherinenresidenz Betrügereien zu begehen. Außerdem wurde mein Verdacht gegen ihn noch durch ein paar dumme Zufälle genährt. Beispielsweise den, dass er mich unter einem, wie mir schien, albernen Vorwand in seinem Büro festgenagelt hat, während Luise Rolands Notizblock abgenommen wurde.«

Leni trank ihren Kaffee aus. »Alles hat also auf Hanno hingedeutet und deine Aufmerksamkeit von Benat abgelenkt.«

Fanni nickte und wirkte recht nachdenklich dabei.

»Was geht dir durch den Kopf?«, wollte Leni wissen.

»Gestern«, begann Fanni stockend, »nein, vorgestern kamen mir Zweifel an der Theorie, dass Hanno hinter all dem stecken sollte. Aber selbst da hat sich mein Verdacht mehr auf den Heimleiter Müller gerichtet als auf Benat.« Sie fuhr sich mit dem Handrücken über die Stirn. »Sogar Verwaltungschef Lex habe ich ihm als Verdächtigen vorgezogen. Benat versteht sich einfach zu gut darauf, seine Mitmenschen einzuwickeln. Offensichtlich hielten ihn alle, denen er begegnete, für ein Prachtexemplar von Samariter.«

»Sogar Luise«, warf Leni ein.

»Sämtliche Schwestern«, fuhr Fanni fort, »und die arme Verena ...« Sie verstummte und krampfte die Hände ineinander. Während von Benat die Rede gewesen war, hatte sie leicht zu zittern begonnen, und nun wollte sie dem Übel Herr werden, bevor Leni und Sprudel darauf aufmerksam wurden.

Doch Sprudel erwies sich als sehr genauer Beobachter. Er stand von seinem Sessel auf, setzte sich neben Fanni auf die Couch, legte ihr den Arm um die Schultern und zog sie fest in seine wohltuende Nähe.

Gleich darauf zeigte sich, dass ihm Leni in puncto Beobachtung in nichts nachstand. »Du bist noch längst nicht übern Berg, Mama«, sagte sie. »Trotzdem muss ich jetzt nach Nürnberg zu meinen Versuchsreihen zurückfahren. Die brauchen mich – dringend.« Sie stand auf. »Ihr beide dagegen kommt ohne mich ganz gut zurecht.«

»Das tun wir«, sagte Sprudel. »Aber ich finde es trotzdem schade, dass du schon fahren willst.«

Leni beugte sich zu ihm hinunter und gab ihm einen schmatzenden Kuss auf die Backe. »Heute ist nicht alle Tage, ich komm wieder, keine Frage!«

Fanni musste lächeln, als sich Erinnerungen an Lenis Kinderzeit einstellten, an Tierquartett und aufgeschürfte Knie, an Benjamin Blümchen und an den rosaroten Panther, die Comicfigur, die Leni so geliebt hatte.

Plötzlich merkte sie, wie Leni zusammenfuhr und Sprudel mit einem beunruhigten Blick bedachte. »Ihr werdet nicht hierbleiben, oder?«

Sprudel hatte sich inzwischen ebenfalls erhoben und antwortete: »Ich denke, wir werden bald eine Reise machen, deine Mutter und ich.«

Lenis Blick wanderte ein paarmal zwischen Fanni und Sprudel hin und her. Plötzlich grinste sie. »Fanni Rot klärt Mordfall in der Sahara.«

»Ich werde ganz bestimmt nie wieder ...«, begann Fanni.

Aber Leni unterbrach sie. »Du wirst, Mama, du wirst!«

Jutta Mehler

Eselsmilch

Niederbayern-Krimi

Weltbild

1

Fanni hatte genug von Leichenfunden.

Nie wieder würde sie sich in irgendwelche Ermittlungen, ob bei Mord, Totschlag oder Unfall, hineinziehen lassen. Das hatte sie sich geschworen. Denn viel zu oft schon hatte sie Sprudel und sich selbst damit in Gefahr gebracht.

Und jetzt war Martha tot.

Martha Stolzer, Fannis langjährige Freundin, war mitten in der Neustadt von Marrakesch – genau genommen auf der Avenue Mohammed V – von einem Autobus überfahren worden.

»Wie kann das Schicksal nur so grausam zuschlagen?«, fragte Sprudel soeben.

Er lag neben Fanni in einem jener sogenannten Kingsize-Betten, mit denen die Zimmer des Hotel Agalan ausgestattet waren, und hielt sie in den Armen.

»Erst ist ihr Mann auf heimtückische Weise ermordet worden, und jetzt stürzt Martha mitten auf einer Prachtstraße Marrakeschs vor einen fahrenden Bus.«

Prachtstraße!, meldete sich Fannis ungeliebte Gedankenstimme spöttisch. *Prächtig breit ist sie schon – verglichen mit dem Erlenweiler Ring jedenfalls. Immerhin führen zwei Fahrspuren in Richtung Altstadt und zwei – na ja, grob gesagt nach Casablanca. Die Avenue wird sogar von ein paar zerrupften Palmen und einer Reihe zerfledderter Jacarandabäume gesäumt. Aber damit ist die Pracht auch schon vorbei.*

»Elke meint, Martha muss gestolpert und unglücklich gestürzt sein«, sagte Sprudel.

Die Leiterin der niederbayerischen Reisegruppe hatte vorhin lang mit dem Beamten der Stadtpolizei geredet. Er hatte ihr wohl den Unfallhergang erklärt.

»Aber worüber sollte Martha denn gestolpert sein?«, fragte Fanni und wischte sich die Augen, die bis jetzt unaufhörlich Tränen produziert hatten.

Sprudel streichelte ihre Halsgrube. »Manchmal stolpert man über die eigenen Füße.«

»Und stürzt dabei auf eine etliche Meter entfernte Fahrbahn?«, mäkelte Fanni.

Sprudels Hand hielt inne. »Fanni, niemand hat beobachtet, wie Martha vor den Bus geriet.«

»Eben«, sagte Fanni.

Sprudels Hand war aus Fannis Halsbeuge gerutscht. Er drehte sich auf den Rücken, und Fanni sah, dass sich seine Finger in die Daunen des Schlafsacks krallten.

»Nicht hier, Fanni, nicht im Ausland, nicht in Marokko, wo wir uns kaum verständigen können.«

Fanni verkniff sich die Bemerkung, dass Sprudels Französisch für ein Gespräch mit dem Taxifahrer, der sie am vergangenen Abend vom Gauklerplatz zum Hotel gebracht hatte, offensichtlich ausreiche. Stattdessen sagte sie: »Ich könnte mich ohrfeigen, dass ich im Hotelcafé unbedingt den Tisch in der versteckten Nische haben wollte. Hätten wir uns zu den anderen ans Panoramafenster gesetzt, dann hätten wir die Straße direkt vor Augen gehabt und genau gesehen, was dort vor sich ging.«

Sprudel richtete sich auf. »Und warum hätten ausgerechnet wir beide sehen sollen, wie Martha gestolpert ist, wenn alle anderen es nicht mitbekommen haben?«

»Ist das nicht seltsam?«, fragte Fanni.

Mit einem tiefen Seufzer ließ sich Sprudel aufs Kissen zurücksinken und blieb stumm.

Fanni schloss die Augen und ließ zum x-ten Mal die Ereignisse des Vormittags Revue passieren.

Gegen neun Uhr morgens hatte sich die Reisegruppe im Foyer des Hotels versammelt, um dort auf die Abfahrt zur Stadtbesichtigung zu warten.

Um kurz nach neun hatte Elke Knorrs Handy geklingelt. Nachdem die Reiseleiterin ein schnelles Gespräch auf Französisch geführt hatte, teilte sie der Gruppe mit, dass der Touristenbus, der sie abholen sollte, unterwegs eine Panne gehabt habe. Man würde Ersatz beschaffen, aber das könne ein wenig dauern.

»Rechnet mal mit zwei bis drei Stunden«, hatte Hubert zu den Umstehenden gesagt. »Kennt man hier ja.« Hubert Seeger schien alles in diesem Land zu kennen, obwohl es – wie Fanni während der Vorstellungsrunde erfahren hatte, zu der Elke sie am vorgestrigen Abend genötigt hatte – seine erste Reise nach Marokko war.

»Genügend Zeit für ein ausgiebiges zweites Frühstück«, hatte Hubert hinzugefügt und war in die Richtung geschwenkt, in der das zum Hotel gehörige Café-Restaurant lag. Hubert hatte gut zehn Kilo Übergewicht und offenbar nicht die Absicht, abzuspecken. Seine Frau Dora – Fanni hatte sich alle Namen bereits gemerkt – begleitete ihn wie ein lang gezogener Schatten.

Der Rest der Reisegruppe war noch eine Zeit lang unschlüssig herumgestanden, doch dann war einer nach dem andern den Seegers ins Café gefolgt. Auch Fanni und Sprudel hatten es ihnen zu guter Letzt gleichgetan – allerdings nicht sofort.

Zunächst hatten sie das Hotel verlassen und sich den gepflasterten Platz davor angesehen, der mit Tischen und Stühlen aus schwarzem Flechtwerkimitat bestückt war und beinahe die ganze Fläche zwischen Straßenrand und Haupteingang des Cafés einnahm. Vor der verglasten Front flatterte eine ausgeblichene Markise, die draußen sitzende Gäste vor den Sonnenstrahlen schützen sollte.

Fanni hatte sich prüfend umgeschaut und war zu dem Schluss gekommen, dass sie sich selbst dann lieber drinnen aufhalten würde, wenn es hier draußen nicht so kühl und windig wäre. Denn ringsum ragten ausschließlich Betonbauten mit nackten, abweisenden Fassaden empor, deren Hässlichkeit die drei (bestimmt gut gemeinten) Pflanzkübel am Eingang mit ihrem jämmerlichen staubigen Bewuchs nichts entgegenzusetzen hatten.

Nur ein Einziger der eckigen, recht unbequem wirkenden Sessel unter der Markise war belegt gewesen. Ein junger Mann in Regenjacke, Baseballkappe und verspiegelter Sonnenbrille kämpfte etwas abseits mit der auf der Glasplatte seines Tisches ausgebreiteten Gazette du Maroc.

Ja, es war sehr frisch und windig gewesen am Vormittag. Im Atlasgebirge, hieß es, tobte ein vorwinterlicher Sturm, und der blies seinen kalten Atem bis nach Marrakesch.

Fanni hatte Sprudel vorschlagen wollen, die Mohammed V ein Stück hinauf- oder hinunterzugehen. Aber dann war ihr keine der beiden Richtungen verlockend erschienen. Stadteinwärts schreckten die tristen Schaufenster der »Pharmacie Ardel Krim el Khatabi« und der verlassen wirkenden Agentur »Sahara Tours« vom Vorbeischlendern ab; stadtauswärts glotzten ihnen mehrstöckige roséfarbene Wohnblöcke entgegen, mit Fenstern wie Augen und Klimaanlagen, die aussahen wie die Lautsprecher altertümlicher Radiogeräte. Zudem wirbelte der Wind den allgegenwärtigen Staub auf, der keine Skrupel hatte, in Augen, Nase und Mund zu dringen.

Fanni hatte einen letzten missbilligenden Blick auf die andere Straßenseite geworfen, wo FedEx neben der DHL-Filiale dahinvegetierte, und war dann entschlossen auf den Eingang des Hotelcafés zugeschritten.

Am Panoramafenster war noch ein kleiner runder Tisch mit einem einzigen Stuhl frei gewesen.

Fanni hatte jedoch abgewunken, als Bernd sich anbot, einen zweiten zu besorgen. »Lass nur.« Das Du ging ihr noch immer schwer über die Lippen, aber bei Reisegruppen, die Berggipfel und Zeltnächte auf dem Programm haben, war es vom ersten Tag an obligatorisch. »Bemüh dich nicht, ihr sitzt hier sowieso schon eng genug.«

Ach, gib es doch zu, Fanni, du hattest wieder mal keine Lust auf Small Talk! Und glaub bloß nicht, den andern entgeht das. Heute beim Frühstück haben sich nicht mal Martha und Gisela zu euch an den Tisch gesetzt.

Was nicht an mir lag, verteidigte sich Fanni gegen ihre lästige Gedankenstimme, sondern an Gisela. Seit unserer Ankunft steckt sie mit diesem Schwachstellenanalytiker zusammen. Und heute Morgen hockte er ganz allein an dem Ecktisch neben den Fruchtsäften, als würde er auf sie warten.

Sprudel riss sie aus ihren Gedanken. »Durch das Panoramafenster hat man zwar eine gute Aussicht auf die Mohammed V, aber das heißt nicht, dass Martha im Blickfeld unserer Reisegefährten gewesen sein muss, als das Unglück geschah.«

»Offenbar war sie in diesem Augenblick in niemandes Blickfeld«, erwiderte Fanni. »Am wenigsten in dem des unglückseligen Busfahrers.«

Sprudel ließ die misshandelten Daunen los, und seine Hand kroch wieder in Fannis Nähe. »Die marokkanische Polizei erklärt es sich so, dass Martha zwischen zwei am Straßenrand geparkten Autos hervorgetreten ist, stolperte und direkt vor die Räder des Überlandbusses stürzte.«

Fanni spielte gedankenverloren mit dem schmalen Goldring an ihrem Finger, der mit winzigen Rubinen verziert war. Sprudel hatte ihn ihr an jenem sentimentalen Abend vor gut einem Jahr geschenkt, der ihrer ersten Nacht im gemeinsamen Schlafzimmer vorausgegangen war. Seither trug Fanni diesen Ring, den sie mochte, weil er edel und geschmackvoll und dennoch unauffällig war. Inzwischen war er ein Teil von ihr geworden, und sie wusste, wie sehr Sprudel das freute.

Dieses vergangene Jahr war so friedlich verlaufen. Fanni und Sprudel hatten ihr Zusammensein in vollen Zügen genossen. Sie hatten ein paar Reisen gemacht, die meiste Zeit jedoch in Sprudels Haus an der Küste Liguriens verbracht, wo sie im Frühsommer für eine Woche lang Besuch von Fannis Tochter Leni und ihrem Freund Marco bekommen hatten.

Schier unbemerkt war im Laufe der Monate die offizielle Trennung von Hans Rot über die Bühne gegangen.

Zugegeben, die amtliche Ehescheidung stand noch aus, aber das würde nur noch eine Formalität sein, denn grundsätzlich war alles geregelt. Fanni hatte ihrem Mann das Haus in Erlenweiler überlassen, weil sie es ihm damit ermöglichte, sein Leben wie bisher weiterzuführen – jedenfalls im Großen und Ganzen. Laut Leni kam er gut zurecht, was Fanni nicht anders erwartet hatte.

Die Reaktionen von Freunden und Verwandten auf die Nachricht, dass sich Fanni und Hans Rot nach mehr als dreißig Jahren Ehe trennten, hätten unterschiedlicher nicht ausfallen können. Lenis Zwillingsbruder Leo hatte – laut Leni – die Information mit einem Schulterzucken zur Kenntnis genommen und sich wieder seinem Computer zugewandt. Vera, Fannis jüngste Tochter und das leibliche Kind von Hans Rot, hatte – laut Auskunft ihres Mannes – aufgekreischt wie eine Harpyie, ihre Mutter in Grund und Boden verteufelt und verkündet, sie werde dieser Ehebrecherin den Umgang mit ihren beiden Kindern Max und Minna verbieten. Bernhard, Veras Mann, hatte daraufhin Leni zu Hilfe gerufen. Sie war auf der Stelle nach Klein Rohrheim gefahren und hatte ihrer jüngeren Schwester den Kopf zurechtgesetzt.

Hans Rots Freunde und sämtliche Nachbarn hatten weise genickt und auf mannigfaltige Weise kundgetan, dass es ja so hatte kommen müssen, dass Hans darüber nur froh sein könne und dass Fanni eine gottverdammte Emanze sei, die loszuwerden nur von Vorteil sein konnte. Olga Klein hatte Fanni in die Arme geschlossen und ihr mit Sprudel alles Glück der Welt gewünscht. Und Martha Stolzer hatte Fanni angerufen und gejohlt: »Das muss gefeiert werden, Fanni! Wir köpfen eine Flasche Schampus oder besser gleich zwei, falls wir nach der ersten noch nicht unterm Tisch liegen.« An diesem Abend war Martha zum ersten Mal seit dem Tod ihres Mannes wieder richtig fröhlich gewesen. Seit Fanni vor zwei Jahren dessen Mörder überführt hatte, war aus der zuvor recht losen eine tiefe Freundschaft zwischen ihr und Martha entstanden, die an jenem Abend bei der »Befreiungsschlagsfeier«, wie Martha das Treffen nannte, endgültig besiegelt wurde.

Auch Martha war im Sommer zu Besuch nach Levanto gekommen, und dort hatten sie gemeinsam die Marokkoreise geplant, die Martha vor einigen Stunden das Leben gekostet hatte.

Das vergangene Jahr war so friedlich und idyllisch verlaufen, dass Sprudel damit aufgehört hatte, an seinen Wangenfalten zu zupfen.

Soeben begann er wieder damit.

»Heute Morgen«, sagte Fanni, »als wir im Café in unserer Nische saßen, habe ich gar nicht darauf geachtet, wer aus unserer Reisegruppe sonst noch da war.«

»Na, alle«, antwortete Sprudel müde. »Die Gruppe hatte doch sämtliche Plätze vor dem Panoramafenster belegt.«

»Martha befand sich offensichtlich nicht im Café«, wandte Fanni ein. »Und wir haben nicht die geringste Ahnung, wer sonst noch gefehlt haben könnte.«

Sprudel malträtierte unwirsch seine Wangen.

Da wusste Fanni, dass er kapituliert hatte, dass er anfing, darüber nachzugrübeln, welche konkreten Aktionen, Vorgänge und unglückseligen Zufälle zu Marthas Tod geführt haben mochten.

»Wenn wir herausbekommen wollen, ob sich außer Martha noch jemand draußen aufgehalten hat, dann müssen wir halt alle danach fragen«, erwiderte er.

Fanni nickte. »Noch heute Abend.«

Sprudel wölbte seine Hand um ihre Schläfe. »Ach, Fanni.«

Sie schnellte hoch, beugte sich über ihn und gab ihm einen langen Kuss. Dann rollte sie wieder ein Stückchen von ihm weg und sagte: »Wir sind es Martha schuldig, den ... den Unfallhergang genau zu rekonstruieren. Schließlich hätte sie die Reise ohne uns gar nicht gemacht, oder?«

Endgültig bezwungen murmelte Sprudel: »Nein.«

Er hatte ja keine Wahl. Und Fanni hatte im Moment das dringende Bedürfnis zu wissen, wie es zu dem Unfall gekommen war. Sie konnte jedoch nicht ahnen, dass sie am Abend nicht nur keine Gelegenheit haben würde, ihre Mitreisenden darüber zu befragen, was genau sie gemacht, vor Augen gehabt, gehört oder sonst wie mitbekommen hatten, als Martha starb; sondern dass sie auch viel zu matt und zerschlagen sein würde, um irgendwelche Ermittlungen anzustellen.

Hätte sie es geahnt, vielleicht hätte sie sich dann von ihrem momentanen Eifer getrieben auf den Flur geschlichen, um an den Zimmertüren ihrer Reisegefährten zu horchen in der Hoffnung, dass es etwas Aufschlussreiches zu erlauschen gäbe.

Zum Glück tat sie es nicht, denn die Gesprächsfetzen, die bis auf den Flur drangen, hätten sie in ziemliche Verwirrung gestürzt.

Aus dem Zimmer des Ehepaars Brügge war Wiebke Brügges Stimme zu hören: »Das ist sie also, deine legendäre

Fanni.« Ottos Antwort kam wie eine Gewehrsalve: »Ja, und zwar noch genauso hochnäsig und unterkühlt wie vor vierzig Jahren. Und wieder hat sie einen Idioten gefunden, der um sie herumscharwenzelt, anstatt ihr den Hals umzudrehen.«

Aus dem Zimmer des Ehepaars Horn drang Antje Horns Stimme wie ein Seufzen: »Jetzt hat es sich doch noch erfüllt.« Dieters Antwort klang gepresst: »Ich habe das aber wirklich nicht mehr gewollt.«

Aus Bernd Freises Zimmer konnte man rufen hören: »Was für ein Fiasko, wie konnte das bloß passieren!« Und nach einer längeren Pause seine völlig veränderte Stimme: »Du solltest jetzt nicht allein sein. Lass mich dich abholen.«

Aus dem Zimmer des Ehepaars Seeger kam etwas wie ein Wimmern, und man hätte nicht sagen können, ob es zu Dora oder Hubert gehörte. »Wann gibst du den vermaledeiten Plan endlich auf? Wann?«

Aus Olgas und Giselas Zimmer waren Schluchzer zu vernehmen, nur aus dem von Melanie drang kein Laut. Sie befand sich bereits nicht mehr im Hotel.

2

Gegen vier Uhr am Nachmittag hatte Elke Knorr auf dem Telefonanschluss im Zimmer angerufen und Fanni und Sprudel wie alle anderen aus der Reisegruppe gebeten, sich um neunzehn Uhr im Hotelrestaurant einzufinden, um dort gemeinsam zu Abend zu essen und dann zu entscheiden, ob die Reise nach diesem schrecklichen Unfall fortgesetzt werden sollte oder nicht.

»Was meinst du dazu?«, fragte Sprudel.

Er und Fanni hatten geduscht und waren nun dabei, sich fürs Abendessen zurechtzumachen, nachdem sie den ganzen Nachmittag auf dem Zimmer zugebracht hatten. Die Stadtrundfahrt war selbstverständlich abgesagt worden. Man hatte, als die Polizei wieder abzog, noch eine Zeit lang in kleinen Grüppchen herumgestanden, hatte leise diskutiert und zwischendurch betreten zu Boden gestarrt. Antje Horn war in Tränen aufgelöst gewesen.

Dabei könnte ich schwören, dachte Fanni, dass die Frau in den zwei Tagen, die unsere Reisegruppe jetzt zusammen unterwegs ist, keine zwei Sätze mit Martha gesprochen hat. Dass sie Martha auf einem Foto nicht einmal wiedererkennen würde. Weshalb also hat sie so geheult?

Weil Antje Horn im Gegensatz zu der Soziopathin Fanni Rot eine sensible, mitfühlende Person ist, die sich vom Tod eines Menschen betroffen fühlt, egal, ob sie ihn kannte oder nicht!

Dummschwätzer.

»Was hast du gesagt, Fanni?«

Sie wandte sich Sprudel zu. »Das wäre ja fatal, wenn sich die Gruppe dafür entscheiden würde, die Reise abzubrechen. Dann würden wir nie erfahren, wie sich alles abgespielt hat.«

»Ich denke«, sagte Sprudel, aber es hörte sich eher so an, als fürchte er es, »du musst dir keine Sorgen machen, dass es so kommen könnte. Martha war für alle eine gänzlich Unbekannte. Außer für uns beide natürlich«, fügte er gewissenhaft hinzu, »für ihre Schwägerin Gisela – und für Olga, obwohl ich annehme, dass Martha und sie vor der Reise noch nie persönlichen Kontakt hatten. Wie auch immer, dem Rest der Gruppe wird es vermutlich ziemlich gleichgültig sein, ob dieser Überlandbus den Briefträger überfahren hat oder Martha. Man wird den Schock schnell verwinden. Einige aus der Gruppe haben ja schon heute Nachmittag damit begonnen, das Ereignis hinter anderen Eindrücken verblassen zu lassen.«

»Wie meinst du das?«, fragte Fanni.

Sprudel knöpfte sein Hemd zu. »Irgendwann nachdem wir uns hingelegt hatten, bist du für ein Weilchen eingenickt, Fanni. Eine Schutzreaktion deines Körpers auf den Schock hin, nehme ich an. Ich wollte dich nicht wecken – die Matratze schaukelt ja jedes Mal wie eine Seeboje, wenn man sich bewegt –, deshalb bin ich aufgestanden und habe mich ans Fenster gesetzt.«

Fanni ließ die Haarbürste sinken und schaute ihn irritiert an.

Erklärend fuhr er fort: »Du glaubst gar nicht, wen es zwischen zwölf und ein Uhr mittags auf der Mohammed V alles zu sehen gab. Als Erstes erschien Melanie, das ist die Hagere, Verhärmte, die allein reist. Weißt du, wen ich meine?«

Fanni nickte. Sie hatte sich nach der Vorstellungsrunde

nicht nur alle Namen gemerkt, sondern auch die Gesichter dazu. Und sie hatte eine erste grobe Klassifizierung dieser Gesichter vorgenommen, hatte sie in »freundlich und offen« und »griesgrämig« unterteilt.

Melanie ... Fanni überlegte, ob sie sich auch an den Nachnamen erinnern konnte. Er hatte mit einem Tier zu tun – Wolf? Nein, Fuchs. Melanie Fuchs mit ihren kantigen Zügen, der Hakennase und dem stechenden Blick musste auf jeden Fall der Kategorie »griesgrämig« zugeordnet werden. Sie schien so freudlos, so – wie hatte Sprudel gesagt? – verhärmt.

Womöglich, dachte Fanni, wirkt Melanie viel weicher, angenehmer, lieblicher, wenn sich ihre Miene aufhellt. Vielleicht hilft ihr diese Reise dabei, ihren Gram zu bewältigen. Sie ist noch so jung, gerade mal siebenunddreißig. Was ihr wohl so zu schaffen macht? Eine Scheidung? Dass sie allein reist, könnte dafür sprechen. Und nicht alle Trennungen laufen so unspektakulär ab wie die von Hans Rot und mir.

»Melanie hat etwas ganz Komisches gemacht«, sagte Sprudel und streifte seinen Pullover über. Fanni wartete geduldig, bis sein Kopf wieder zum Vorschein kam. »Sie stand auf der anderen Seite der Mohammed V, wo zwischen FedEx und DHL eine schmale Gasse abzweigt, die eigentlich nur in einen Hinterhof führen kann, und hat mit einem Fremden gesprochen.«

»Einem Fremden?«, wiederholte Fanni. »Du meinst, es war niemand aus der Gruppe.«

Sprudel nickte. »Die Gestalten sind einem ja inzwischen vertraut. Hubert Seeger sieht aus wie ein Bierfass, Dieter Horn wie eine Verkehrsampel, Otto wie ein Kegel und Bernd Freise wie ein Funkturm.«

Was Sprudel wohl bei den Frauen für Vergleiche auf Lager hat?

»Der, mit dem sich Melanie unterhalten hat, sah aus wie ein Lineal, trug eine Baseballkappe, eine Regenjacke und eine verspiegelte Sonnenbrille, obwohl kein einziger Sonnenstrahl auf Marrakesch fiel. Melanie hat ihm ein Schriftstück gegeben.«

Fanni musste an den Mann denken, der am Morgen draußen vor dem Café gesessen hatte.

Sie trat ans Fenster und schaute hinaus. Die Stelle, an der Martha zu Tode gekommen war, konnte man von hier aus nicht einsehen, weil der Zimmertrakt etwas zurückgesetzt angebaut war. Erst auf Höhe der Apotheke wurde der Blick auf die Stadteinwärtsspuren der Mohammed V frei. Komplett unverstellt war die Sicht jedoch auf die gegenüberliegende Straßenseite, und Fanni konnte die kleine Gasse, von der Sprudel gesprochen hatte, deutlich erkennen.

»Die Gasse sieht aber überhaupt nicht einladend aus.« Fanni kniff die Augen zusammen, um die Schutthaufen genauer zu betrachten, die den Durchgang behinderten.

»Melanie ist ja auch nicht hineingegangen«, sagte Sprudel. »Sie stand bloß an der Ecke – mit dem Lineal zusammen.«

»Vielleicht hat der Fremde sie nach dem Weg gefragt«, mutmaßte Fanni.

Sprudel warf ihr einen zweifelnden Blick zu. »Melanie wird sich in Marrakesch wohl kaum so gut auskennen, dass man sie nach dem Weg zum Bahnhof oder zu einem Hotel fragen könnte. Und sie hat sich auch nicht so verhalten, als würde sie dem Lineal die Richtung weisen. Deutet man da nicht hierhin oder dorthin?«

Fanni stimmte ihm zu, doch dann hielt sie entgegen: »Sagtest du nicht, sie hat ihm etwas gegeben? Den Stadtplan möglicherweise. Sie hat ihn in ihrem Stadtplan nachschauen lassen.«

»Mag sein.« Sprudel beugte sich hinunter, um seine Schnürsenkel zu binden. »Aber was immer sie ihm gegeben hat, er hat es eingesteckt. Meinst du, sie hat ihm ihren Stadtplan geschenkt?«

»Geliehen vielleicht«, antwortete Fanni, »denn der Mann wohnt, das glaube ich zumindest, in unserem Hotel.«

»Ach so«, machte Sprudel.

»Und wen hast du sonst noch beobachtet?«, fragte Fanni.

»Brügges und Seegers«, antwortete Sprudel. »Sie sind alle vier gemeinsam in ein Taxi gestiegen.«

»Auf der anderen Straßenseite? Richtung stadtauswärts?«, fragte Fanni erstaunt.

Sprudel verneinte. »Sie sind plötzlich vor diesem Reisebüro aufgetaucht – ›Sahara Tours‹ – und haben ein Taxi herangewunken. Nachdem sie eine Weile mit dem Fahrer diskutiert hatten, ist es weitergefahren. Kurz darauf haben sie ein zweites angehalten, in das sie dann eingestiegen sind.«

Das ist einleuchtend, dachte Fanni. Seegers und Brügges haben sich zusammengetan, weil wahrscheinlich beide Paare auf ein Stündchen zum Gauklerplatz in die Medina fahren wollten – wo alle Touristen hingehen, um sich dort in eines der Terrassencafés zu setzen und das bunte Treiben rundherum zu beobachten. Aber dazu mussten sie ein Taxi finden, und die Suche danach hat sie ein Stück die Straße hinaufgeführt. Sie haben dann wohl in der Altstadt Thé à la menthe getrunken und in den Souks um ein Kilo Datteln gefeilscht. Warum sollten sie sich den Tag verderben lassen, Trübsal blasen, Martha bedeutete ihnen ja nichts.

Fanni hätte beinahe gelacht, als sie sich vorstellte, wie Hubert mit dem marokkanischen Taxifahrer verhandelt hatte.

»Zwanzig Dirham«, hatte ihnen Elke tags zuvor eingebläut, »mehr müsst ihr für die Fahrt zum Djemaa el Fna nicht bezahlen. Einen Taxifahrer, der mehr verlangt, schickt ihr einfach weg.«

So haben sie es wohl mit dem ersten Taxi gemacht, die vier, dachte Fanni. Und weil die Brügges recht wortkarg sind, wird Hubert geredet haben – hauptsächlich in Zeichensprache. »Djemaa el Fna«, zwei Finger hoch für die zwanzig Dirham und dann weiter auf Deutsch: »Sei froh, wenn wir einsteigen in deine Schrottkiste, Beraber-Taxler.«

Als Fanni zum ersten Mal gehört hatte, wie Hubert einen Marokkaner »Beraber« nannte – »Rumtreiber-Beraber« um genau zu sein –, hatte sie gedacht, Hubert Seeger sei ein geistloser Prolet, ungebildet, primitiv, geschmacklos, denn »Beraber« galt in Niederbayern als Schimpfname, obwohl das Wort eigentlich nur einen Berberstamm bezeichnete. Aber während jener Vorstellungsrunde hatte sie erfahren, dass er Chefdesigner einer renommierten Elektronikfirma war und teils beruflich, teils privat die halbe Welt bereist hatte.

Stellt sich dümmer, als er ist, der Kerl! Warum macht er das? Will er sich als niederbayerischer Provinztrottel verkaufen? Wozu?

Wie Hubert wohl reagieren würde, dachte Fanni, wenn jemand auf die Idee käme, ihn als »Mousepad-Beraber« zu bezeichnen?

»Fanni, du stehst ja noch immer in Unterwäsche herum«, sagte Sprudel.

Sie griff nach ihrer Hose und schlüpfte hinein. »Wen hast du draußen noch gesehen?«

Sprudel sah sie betreten an. »Gisela und Bernd. Arm in Arm. Sie kamen rechts die Straße herunter. Trugen volle Tüten in den Händen. Vermutlich haben sie in diesem Supermarkt eingekauft, der an der nächsten Kreuzung Richtung Stadt liegen soll. Elke sagte doch, dort gäbe es ein tolles Angebot an Gewürzen und bestes Arganöl zu günstigen ...«

»Gisela und der Schwachstellenanalytiker so bald nach Marthas Tod Arm in Arm beim Shoppen?« Fanni musste sich auf die Bettkante setzen.

Sprudel nickte bekümmert. »Mir hat das auch nicht gefallen. Gerade mal vier Stunden zuvor ist ihre Schwägerin tödlich verunglückt, und sie hat nichts Besseres zu tun, als ...«

Wieder fiel ihm Fanni ins Wort. »Eigentlich ist das ganz typisch für Gisela. So ist sie, so ...«

»Egoistisch«, half Sprudel aus.

»So praktisch«, modifizierte Fanni, »so zupackend, kurz entschlossen.«

Sprudel lachte leise. »Zupackend. Ja, der Ausdruck beschreibt recht treffend, wie sich Gisela an Bernds Arm festhielt.«

Fanni stand auf und zog ihre Bluse an. Während sie den Kragen richtete, erwiderte sie: »Man sollte es Gisela nicht übel nehmen. Für Martha konnte sie ja nichts mehr tun. Die ist längst in einem Blechsarg auf dem Weg nach Deutschland – vielleicht ist sie inzwischen schon dort angekommen, liegt bereits in einem Kühlfach in der Gerichtsmedizin. Hat nicht Elke gesagt, dass Martha obduziert werden muss?«

In Fannis Augen traten wieder Tränen. Sprudel nahm sie in die Arme.

»Siehst du«, schniefte Fanni, »Gisela verhält sich klüger. Sie lenkt sich ab. Geht shoppen. Liebäugelt mit Bernd.«

»Komm bloß nicht auf den Gedanken, es ihr nachzumachen«, drohte Sprudel. »Mit Bernd liebäugeln! Das will ich mir aber schwer verbeten haben.«

Da musste Fanni lächeln. »Er ist überhaupt nicht mein Typ. Ich steh mehr auf tiefe Wangenfalten«, sie fuhr mit der Fingerspitze von Sprudels Kinn bis zu seinem rechten Ohr, »und auf große Ohren ...«

Sprudel drehte den Kopf und versuchte, nach ihrem Finger zu schnappen.

Fanni machte eine Faust. »Klapperdürre, lange Kerle mit sonnenverbrannten Clint-Eastwood-Visagen interessieren mich nicht.« Sie zog die Stirn kraus. »Was macht ein Schwachstellenanalytiker eigentlich genau?«

»Ich nehme an«, antwortete Sprudel, »er rechnet seinen Auftraggebern auf Heller und Pfennig aus, was sie einsparen können.«

»Durch Entlassungen«, stellte Fanni fest.

Sprudel nickte und warf einen Blick auf seine Armbanduhr. »Es wird Zeit.«

Fanni war in ihre Straßenschuhe geschlüpft und wollte nach dem Umschlagtuch greifen, das sie überall mit hinnahm, seit sie es auf ihrer ersten Reise mit Sprudel bei einem Straßenhändler in La Paz gekauft hatte. Der Indio hatte Stein und Bein geschworen, seine Tücher seien aus bestem Kaschmir gewebt, und geschäftstüchtig hatte er leuchtend rote, blaue und grüne und eines in Naturfarbe im Straßenstaub ausgebreitet. Fanni hatte hinsichtlich des Materials so ihre Zweifel gehabt, aber der Stoff hatte sich gut angefühlt – weich und leicht und flauschig –, deshalb hatte sie sich das Naturfarbene um die Schultern drapieren lassen und angefangen, darum zu feilschen. Doch Sprudel hatte es gegen ein rotes ausgetauscht und es für sie gekauft. Seither ging Fanni selten ohne dieses Tuch aus dem Haus.

»Es ist einfach universell«, pflegte sie zu Sprudel zu sagen. »Es wärmt, schützt gegen Regen, aber auch gegen zu starke Sonne. Ich kann es als Umhang tragen, als Kopfbedeckung, sogar als Wickelrock. Und wie du weißt«, fügte sie gern augenzwinkernd hinzu, »eignet es sich hervorragend als Unterlage bei einem Schäferstündchen auf der Wiese.«

Fanni wollte also nach dem Tuch greifen und griff ins Leere. Sie sah sich forschend um. »Wo hab ich es denn? Ich hänge es doch immer über die Stuhllehne. Hast du das Kaschmirtuch weggetan, Sprudel?«

Er schüttelte den Kopf, sah sich ebenfalls um. Nach einer Weile sagte er: »Ich glaube, es hing den ganzen Nachmittag nicht da.«

»Aber wo soll es denn dann sein?«, fragte Fanni.

»Du musst es im Hotelcafé vergessen haben«, sagte Sprudel, »heute Morgen, als ...« Seine Stimme versandete.

Aber die Bilder des Morgens standen mit einem schmerzenden Lichtblitz wieder vor Fannis Augen.

Sie sah sich mit Sprudel in einer Nische im hinteren Teil des Cafés sitzen.

Die Finger seiner Rechten und ihrer Linken waren ineinander verflochten. Mit der freien Hand hob Sprudel das winzige Glas an den Mund, in dem eine gräulich braune Flüssigkeit mit weißer Schaumkrone schwappte.

»Dieses NusNus hat mit Latte macchiato so viel zu tun wie eine Kaffeebohne mit einer Zichorienwurzel«, sagte er.

Fanni lachte. »Wir sollten uns einen halben Liter heiße Milch bestellen und diesen marokkanischen Milchkaffee damit aufpeppen.«

»Gute Idee«, sagte Sprudel und winkte dem Kellner. Doch der beachtete ihn nicht, sondern eilte zielstrebig in den vorderen Teil des Cafés und geradewegs auf das Panoramafenster zu.

Fanni bog den Oberkörper etwas nach rechts, sodass sie an der Säule, die ihnen die Sicht verdeckte, vorbeischauen konnte.

Erstaunt nahm sie wahr, dass der Kellner Maulaffen feilhaltend am Fenster stehen geblieben war, wo offensichtlich einige Aufregung herrschte.

Plötzlich scharrten Stuhlbeine über den gefliesten Boden, Stoff raschelte, Füße trampelten. Einen Moment später waren sämtliche Plätze am Fenster leer.

Die Reisegruppe war ins Freie gestürmt.

»Sie sind alle hinausgelaufen«, sagte Fanni. »Unser Ersatzbus für die Stadtbesichtigung muss gerade angekommen sein.«

»So schnell«, wunderte sich Sprudel. »Haben alle ihre Getränke denn schon im Voraus bezahlt?« Eilig nahm er zwei Zwanzig-Dirham-Scheine aus dem Bündel, das er in der Hosentasche stecken hatte, und klemmte sie unter sein noch fast volles Glas.

Sie hasteten aus dem Café, und Fanni vernahm das Schrillen einer Polizeisirene. Es wurde lauter und lauter, bis es auf einmal abbrach. Vor dem Eingang blieben sie in einer Menschenmenge stecken. Inmitten schreiender und gestikulierender Marokkaner erspähte Fanni ihr Reisegrüppchen und bedeutete Sprudel, dass sie versuchen sollten, sich dorthin vorzuarbeiten.

Es dauerte einige Zeit, während der sich mehr und mehr Menschen ansammelten, bis sie sich der Gruppe auf Rufweite genähert hatten.

Hubert entdeckte sie als Erster. »Da ist jemand überfahren worden. Direkt vor unserem Hotel. Wir haben noch die Bremsen quietschen hören. Dann gab's einen dumpfen Schlag, und gleich darauf ging das Geschrei los. Als wir rauskamen, waren die ganzen Beraber schon da und haben die Sicht verstellt. Elke hat gleich angefangen, sich durchzudrängeln. Man muss ja schließlich wissen ...«

Den Rest konnte Fanni nicht mehr verstehen, denn sie und Sprudel waren wieder ein Stück von Hubert abgedrängt worden, wurden gestoßen und geknufft. Der Lärm war ohrenbetäubend.

»Wir sollten zusehen, dass wir aus diesem Hexenkessel hier rauskommen!«, schrie Sprudel in Fannis Ohr. »Halt dich an mir fest.«

Es schien eine halbe Ewigkeit zu dauern, bis sie die durchlässigeren Ausläufer der Menschenmenge erreicht hatten. Hubert und der Rest der Reisegruppe hatten wohl ebenfalls eingesehen, dass sie sich aus dem Getümmel befreien mussten, denn nach und nach fanden sich alle bei den Sitzgruppen unter der Markise ein.

Fanni wandte sich an Hubert. »Ihr müsst den Unfall doch

gesehen haben, wenn er sich direkt vor dem Hotel ereignet hat.«

Hubert wedelte mit der Hand dorthin, wo die Menschenmenge wogte. »Wir hatten in dem Moment gerade keine freie Sicht auf die Fahrbahn. Am Straßenrand stand ein Lieferwagen. Der Fahrer hat irgendwelche Kisten abgeladen. Davor hatte ein Geländewagen geparkt und neben dem – in zweiter Reihe sozusagen – ein Kombi.«

Er schnaufte aufgeregt. »Ich hab den Überlandbus kommen sehen. Als er heran war, konnte ich hinter dem Lieferwagen noch das Dach erkennen, das auf einmal ruckelte und kurz darauf stillstand. Ich dachte, eine Kiste, eine Kiste, dachte ich.« Hubert kam aus dem Konzept, weil in diesem Augenblick Elke Knorr zu der Gruppe unter der Markise trat.

Das Gesicht der Reiseleiterin war aschgrau.

»Es ist jemand von uns«, flüsterte sie. »Es ist Martha. Martha Stolzer.«

Unsinn, dachte Fanni, Martha ist hier bei uns. Sie steht dort drüben mit Gisela und mit Olga zusammen.

Ihr Blick hetzte einige Meter nach links, wo sie zuvor Gisela und Olga erspäht hatte. Die beiden waren da, starrten sie erschrocken an.

Fanni kniff die Augen zu. Martha musste doch auch …

Sie spürte, wie sie von Sprudels Armen fest umschlossen wurde.

»Ich muss euch bitten, im Foyer auf mich zu warten«, sagte Elke. »Die marokkanische Polizei will jeden Einzelnen von euch befragen.«

3

»Wir sehen gleich im Café nach«, sagte Sprudel. Er hatte die Zimmertür geöffnet und hielt sie für Fanni auf. »Wenn wir Glück haben, hängt dein Tuch noch über der Stuhllehne in der Nische.«

Fanni nickte stumm und ging mit etwas wackligen Knien in Richtung Treppe.

Das Café erwies sich um diese Zeit als leer, nur aus dem angrenzenden Restaurant war Stimmengewirr zu hören.

Ein einziger ausgiebiger Blick in den Raum hinein genügte, um zu erkennen, dass sich auf keiner der Stuhllehnen ein rotes Tuch befand.

»Schade«, sagte Sprudel, »jemand hat es sich geschnappt.« Er wandte sich an den Kellner – Fanni glaubte zu erkennen, dass es ein anderer war als der am Morgen –, doch der tat so, als würde er Sprudels Französisch nicht verstehen. Er hob und senkte die Schultern, rollte mit den Augen, hielt die Handflächen abwehrend vor die Brust.

Sprudel gab auf.

»Wir fragen an der Rezeption nach«, sagte er zu Fanni, legte ihr den Arm um die Schultern und führte sie ins Foyer. Dort am Tresen verstand man Sprudels Französisch offenbar bestens, machte aber ebenfalls bedauernde, ablehnende Gesten und erklärte, die Dame müsse ihren Schal woanders als im Hotel verloren haben, denn sonst wäre er ihr sofort gebracht worden.

Sprudel bedankte sich für die Auskunft, wobei seine Stimme deutlich verärgert klang. Nachdem er für Fanni übersetzt hatte, wusste sie, warum, ohne dass Sprudel hatte hinzufügen müssen: Wir haben es hier anscheinend mit Hellsehern zu tun, die einem Fundstück sofort anmerken, wem es gehört. Das Tuch ist weg. Wer immer es auch aufgelesen hat, er wird es behalten.

Im Restaurant hatten sich sämtliche Mitglieder der Reisegruppe bereits um einen großen runden Tisch versammelt: Seegers und Brügges, das Ehepaar Horn, Melanie Fuchs, Elke Knorr, Bernd Freise, Gisela Stolzer und Olga Klein. Zwischen Olga Klein und Dora Seeger gab es noch zwei frei Plätze.

Fanni setzte sich neben die Klein-Bäuerin. Olga ergriff ihre Hand.

»Nachdem die Polizei euch alle vernommen hatte«, sagte Elke gerade, »konnte ich die nötigen Formalitäten so weit erledigen, dass Marthas Leichnam nun auf dem Weg nach München sein dürfte. Die Familie ist verständigt.«

Familie, dachte Fanni. Marthas nächster Verwandter ist ihr Schwager Toni, der Bruder ihres ermordeten Mannes. Und ihre nächste Verwandte ist Gisela.

Quatsch! Seit Gisela von Toni geschieden ist, ist sie mit Martha überhaupt nicht mehr verwandt!

Wiehert der Amtsschimmel, verspottete Fanni ihre Gedankenstimme. Es ist doch wohl egal, ob die beiden amtlich als verwandt gelten oder nicht, dachte sie, Gisela und Martha sitzen seit Jahrzehnten gemeinsam in der Firmenleitung von Stolzer & Stolzer. Sie haben sogar eine Zeit lang zusammen im selben Haus gewohnt, und trotz oder gerade wegen der Katastrophe von vor zwei Jahren sind sie sehr eng miteinander verbunden.

Soweit ihre höchst unterschiedlichen Charaktere vertraute Nähe zulassen – besser gesagt: zuließen!
Fanni schluckte. Olga drückte ihre Hand.
»Ich möchte«, sagte Elke, »dass sich jeder von euch ganz individuell darüber klar wird, wie er zu einem Abbruch beziehungsweise zu einer Fortsetzung der Reise steht.«
Fanni sah zur Reiseleiterin hinüber, deren Stimme sie – wie meistens – nervte.
Elke war ungefähr in Lenis Alter und ungewöhnlich hübsch. Das ist aber auch schon alles, was sie mit meiner Tochter gemeinsam hat, dachte Fanni grimmig. Im Gegensatz zu meiner lebhaften, munteren Leni wirkt Elke hölzern und steif – wie computergesteuert.
Sie ist eben gut geschult für ihre Aufgabe!
Mir ist sie zu frostig, zu spröde, ließ Fanni ihre Gedankenstimme wissen. Und dieser Tonfall! Elke hört sich an wie ein quengelndes Kind. Und das ist nicht allein mein Eindruck. Sogar die wortkarge Wiebke Brügge hat gestern gesagt: »Manchmal klingt unsere Reiseleiterin zickig.«
»Bevor die Suppe aufgetragen wird«, sagte Elke, »möchte ich mit euch gemeinsam für eine Minute Martha Stolzers gedenken.«
Als sie sich erhoben, musste Olga Fannis Hand loslassen.
Fanni warf einen kurzen Blick in die Runde und bekam Gisela ins Visier. Tränen liefen über die Wangen von Marthas Schwägerin.
Auf ihre Weise hat sie Martha gemocht!
Ja, sie hat Martha wirklich gerngehabt, dachte Fanni. Sonst hätte sie nicht eine Sekunde ihrer Zeit mit ihr verbracht. Nicht Gisela, die kennt da keine Gnade. Aber die

beiden waren nach Tonis Tod anscheinend mehrfach zusammen unterwegs gewesen. Und als Gisela davon gehört hatte, dass Martha gemeinsam mit uns diese Reise macht, wollte sie unbedingt auch dabei sein.

Fanni spürte, dass Olga nach irgendetwas kramte.

Nach einem Taschentuch vermutlich! Außer der Soziopathin Fanni Rot haben alle Tränen in den Augen!

Jeder musste Martha mögen, sinnierte Fanni. Vom ersten Augenblick an musste man sie mögen, denn Martha war sympathisch, freundlich, liebenswert. Auch Olga hat sie bestimmt sofort ins Herz geschlossen.

Sie biss sich auf die Lippen.

Sind sich Olga und Martha vor dieser gemeinsamen Reise wirklich nie über den Weg gelaufen?

Fanni schüttelte unmerklich den Kopf. Eher nicht. Nein, ganz bestimmt nicht. Als ich Olga von unseren Reiseplänen erzählt habe und die Rede auf die Stolzers kam, sagte sie, natürlich erinnere sie sich an all die Zeitungsberichte von vor zwei Jahren, sie sei aber nie mit jemandem aus der Familie Stolzer zusammengetroffen.

Olga wischte sich die Augen.

Fanni biss sich die Lippe fast blutig und rief sich ihren jüngsten Aufenthalt in Birkenweiler und den damit verbundenen Besuch auf dem Klein-Hof in Erinnerung, um nicht daran denken zu müssen, dass Martha nicht mehr lebte.

Fanni und Sprudel waren für fest eingeplante zwei Wochen nach Birkenweiler gereist, weil Sprudel ab und zu nach seinem Anwesen dort sehen musste, das er von seiner Familie mütterlicherseits geerbt hatte.

Schon ab dem ersten Tag ihres Aufenthalts hatte Fanni beobachtet, wie Sprudel mit gerunzelter Stirn im Haus herummarschierte, Wände beklopfte, Leitungen inspizierte und eines sonnigen Nachmittags sogar aufs Dach stieg, um dort weitere Betrachtungen vorzunehmen. Am Abend hatte er zu Fanni dann gesagt: »Das Anwesen ist recht gut in Schuss ...«, und war anschließend in Schweigen verfallen.

Fanni hatte ihn fragend angesehen, und Sprudel hatte bestätigend genickt. »Es ist sehr gut in Schuss, und deshalb kann ich es Leni getrost überschreiben.«

»Bist du verrückt?«, hatte Fanni gerufen.

Aber Sprudel hatte nur lächelnd den Kopf geschüttelt und ihr erklärt, dass seinem Vorhaben eine ganz einfache Rechnung zugrunde liege. »Du hast deine Eigentumsrechte an dem Haus in Erlenweiler an Hans Rot verkauft – gut. Du bestehst darauf, den Erlös dafür in die Finanzierung unseres gemeinsamen Lebens zu investieren – schön. Du rätst mir ab, mein Anwesen zu verkaufen, weil es schade drum wäre, wie du sagst, und weil wir das Geld, das wir dafür bekommen würden, nicht brauchen – durchaus vernünftig.« Er hatte Fanni mit ungewohnter Strenge angesehen. »Hast du mir zugehört? Wir brauchen das Geld nicht! Und warum? Weil du genug einbringst! Und deshalb will ich das Saller-Anwesen Leni überschreiben – vielleicht lässt sie uns ja ab und zu hier wohnen.«

Fanni hatte Sprudels Beweggründe begriffen und musste seine Entscheidung folglich akzeptieren.

Er und Leni hatten sich von Anfang an gut verstanden. Im Gegensatz zu Leo und Vera, die er nie persönlich kennengelernt hatte, war ihm Leni lieb geworden wie eine eigene Tochter. Wem außer ihr also sollte er – der keine eigenen Kinder, nicht mal nahe Verwandte hatte – seinen Besitz überlassen?

»Gut«, hatte Fanni geantwortet. »Überschreib Leni das Anwesen. Aber weshalb muss das solche Eile haben?«

Sprudel hatte sehr ernst gewirkt, als er entgegnete: »Weil es nachlässig, ja geradezu dumm ist, nicht einzukalkulieren, dass Unfälle geschehen, dass man einer plötzlichen Krankheit, einem Gewaltverbrechen zum Opfer fallen kann. Wer würde mich denn beerben, wenn ich heute sterbe? Der Staat? Die Kirche?«

Plötzlich hatte er sich mit der flachen Hand gegen die Stirn geschlagen. »Um Himmels willen, du würdest leer ausgehen, Fanni. Ich muss auf der Stelle ein Testament ...«

Sprudel hatte sich tatsächlich sofort hingesetzt und ein Testament verfasst, in dem er Fanni als seine Alleinerbin bestimmte, was zur Folge hatte, dass nach Fannis Tod ihre Kinder zu gleichen Teilen an jenem Erbe berechtigt waren.

Sprudel wollte jedoch Leni bevorzugt wissen, und deshalb rief er gleich anschließend im Notariat an, um die Überschreibung des Saller-Anwesens an sie in die Wege zu leiten. Wegen der dazu nötigen Beratungen und Rücksprachen mit dem Steuerberater hatte sich ihr Aufenthalt in Birkenweiler um eine Woche verlängert.

Fanni hatte die Zeit für einige Ausflüge auf den Klein-Hof genutzt. Und zufällig hatte sie bei ihrem Abschiedsbesuch dort die bevorstehende Reise nach Marokko erwähnt. Olga hatte nachgefragt und ganz glänzende Augen bekommen, sodass Fanni auf einmal nicht mehr anders konnte, als zu sagen: »Komm doch mit, Olga. Soviel ich weiß, sind noch Plätze frei.«

Sie hatte Olga von Gisela und Martha Stolzer erzählt, die mit von der Partie sein würden, und davon, dass laut Teilnehmerverzeichnis noch fünf weitere Mitreisende aus Niederbayern dabei wären. »Ein Stückchen Heimat in der Ferne«, hatte sie hinzugefügt und sich den Zusatz »falls jemand Wert darauflegt« verkniffen.

Zu guter Letzt hatte sie sich an Bauer Klein, an Bene und Ivo gewandt, die an diesem Sonntagnachmittag bei Kaffee und Kuchen mit Fanni und Olga in der Wohnstube am Tisch saßen. »Ihr kommt doch zwei Wochen ohne Olga aus?«

Ivo hatte frenetisch genickt, und Fanni hatte ihm bewundernd zugelächelt, denn Ivo war beinahe weise für seine gerade mal zehn Jahre. Fanni war sich sicher gewesen, dass er alles tun würde, um seiner Mutter die Reise zu ermöglichen.

Bene hatte ebenfalls genickt, wenn auch zögernd. Was hätte er auch anderes tun sollen? Olgas Mann war es nicht gegeben, sich vorzustellen, wie es ohne Olga sein würde. Bene konnte sich nur vergegenwärtigen, was er gerade sah, fühlte und hörte. Zukünftige Situationen waren in seinem Hirn nicht visualisierbar. Doch eines schien Fanni klar: Bene war daran gelegen, seiner Frau jeden Wunsch zu erfüllen.

Zum Schluss hatte Fanni den alten Bauer Klein erwartungsvoll angeschaut, der mit finsterem Gesicht an der Stirnseite des Tisches saß. Aber er hatte beharrlich geschwiegen und war schließlich in seiner Schlafkammer verschwunden.

Jetzt hast du ihn vergrault!, hatte Fannis vorlaute Gedankenstimme gezetert. *Nicht einmal Fanni Rot darf Bauer Kleins Schwiegertochter zu einer Reise nach Afrika beschwatzen! Nicht einmal Fanni Rot hat beim Bauern einen derart großen Stein im Brett!*

Beschämt hatte Fanni ihren Kaffee ausgetrunken. War ihre Freundschaft mit Bauer Klein jetzt ruiniert, war womöglich sogar die Harmonie in der Familie Klein zerstört?

Verzagt hatte sie nach ausgleichenden Worten gesucht, als der Bauer forschen Schrittes zurückkehrte. Aber er hatte sie nicht reden lassen, sondern ihr ein Bündel Geld entgegengestreckt. »Melden Sie die Olga für die Reise an, Frau Fanni. Knausern müssen Sie nicht dabei. Die Olga soll ein schönes Zimmer haben im Hotel und ein Zelt für sich allein, wenn es schon so ein Bergabenteuer sein muss, und ...«

Olga war aufgesprungen und hatte ihm das Geldbündel entrissen, das die ganze Zeit wie ein Lampion über dem Sonntagskuchen hing, weil Fanni gezögert hatte, danach zu greifen. »Bauer, das kommt nicht in Frage, das Geld ist für ...«

Eine schroffe Geste Kleins hatte sie verstummen lassen. »Das Geld ist noch von meiner Alten. Sie hat es für eine Wallfahrt nach Lourdes gespart, aber aus der ist nie was geworden. Die Scheine liegen jetzt seit gut zwanzig Jahren in der Schatulle. Ich hab sie nie angefasst – außer ein Mal. Seinerzeit, wie sie den Euro eingeführt haben, da hab ich die D-Mark-Hunderter in Euro-Fünfziger umtauschen lassen. Die Wallfahrt, Olga, machst halt du jetzt nach Dings ... ach, wohin du willst.«

Ein nach Tuareg-Art gekleideter Junge – er trug ein elfenbeinfarbenes knöchellanges Übergewand und eine indigoblau gefärbte Chèche, die er als Turban geschlungen hatte – servierte die Suppe. Unterdessen nahm ein befrackter Kellner die Getränkebestellungen auf, und Fanni meinte zu erkennen, dass es derselbe war, der ihnen am Morgen die beiden NusNus an den Tisch gebracht hatte.

»Na endlich«, hörte sie Hubert knurren. »Na endlich bequemt sich einer von den Berabern mal und kümmert sich darum, dass wir was zu trinken bekommen.«

Offensichtlich glaubte auch Sprudel den Kellner wiederzuerkennen, denn nachdem er eine Halbliterflasche Guerrouane Es Saadi und eine Literflasche Mineralwasser bestellt hatte, fragte er ihn auf Französisch nach Fannis Tuch. Der Bedienstete ließ es sich beschreiben, hakte nach, lauschte Sprudels Antwort. Während die beiden debattierten, sah Fanni, wie sich Gisela und Olga beredte Blicke zuwarfen.

Wie beinahe erwartet, gab der Kellner Sprudel zu verstehen, das beschriebene Tuch sei ihm nirgends untergekommen.

Am Tisch löffelte man schweigend die Suppe.

Olgas Teller war noch halb voll, als sie den Löffel weglegte, sich zu Fanni beugte und leise sagte: »Dein Tuch hatte Martha um.«

Fanni sah sie verdattert an.

»Erinnerst du dich nicht?«, fragte Olga fast flüsternd. »Heute Morgen haben wir uns alle im Hotelcafé ans Panoramafenster gesetzt, um auf den Ersatzbus zu warten. Als du und Sprudel später dazugekommen seid, war dort nur noch ein einziger Stuhl frei. Während ihr überlegt habt, wo ihr euch hinsetzen sollt, hast du dein Umschlagtuch abgenommen und es über die Stuhllehne gehängt. Bernd hat dann angeboten, auf die Suche nach einem zweiten Stuhl zu gehen, aber du hast abgelehnt. Ihr seid stattdessen in den hinteren Teil des Cafés gegangen und habt euch da einen Tisch gesucht. Das Tuch hast du hängen lassen.«

Ja, dachte Fanni, als es ihr wieder einfiel. Es ist auf jener Stuhllehne zurückgeblieben.

»Gerade als dir Martha nachrufen und dich darauf aufmerksam machen wollte«, fuhr Olga fort, »bekam sie wieder einen Hustenanfall. Du weißt ja, sie hustete schon die ganze Zeit. Sie hat die Lutschtabletten aus ihrer Tasche geholt und dabei festgestellt, dass sie fast aufgebraucht waren. Deshalb hat ihr Gisela geraten, sich lieber mit Nachschub zu versorgen. ›Gleich neben dem Hotel ist eine Apotheke‹, hat sie gesagt ...«

Olga brach ab, weil der Kellner herangetreten war, eine kleine Flasche Flak öffnete und das marokkanische Bier in ihr Glas schäumen ließ. Erst als er sich Gisela zuwandte, sprach sie weiter. »Martha ist sofort aufgestanden und hinausgelaufen, aber gleich wieder zurückgekommen. Sie hat etwas von ›eiskaltem Wind‹ gesagt, nach deinem Tuch gegriffen und es sich um die Schultern gelegt. Gisela und ich haben ihr ermunternd zugenickt. Es war ja klar, dass du ihr das Tuch gerne borgen würdest, sie sollte sich doch nicht noch mehr verkühlen.«

Olga schwieg und starrte auf das Flak in ihrem Glas, dessen Schaumkrone bereits zu einer winzigen Insel zusammengesackt war. Als Fanni schon dachte, sie würde ihrem Bericht nichts mehr hinzufügen, sagte sie: »Das war das Letzte, was ich von Martha gesehen habe: dein rotes Umschlagtuch und die hellgraue Mütze, die sie sich aufgesetzt hatte. Dann habe ich nicht mehr auf sie geachtet, weil Hubert anfing, Witze über die Duschvorrichtung in seinem Hotelzimmer zu reißen.«

Die quengelige Stimme der Reiseleiterin unterbrach das

Gespräch. »Ich möchte, dass wir nach dem Hauptgang – es gibt Tajine mit Hühnchen – darüber abstimmen, ob die Reise weitergehen soll.« Elke sah angegriffen aus, müde und zerschlagen.

Kein Wunder, sie konnte sich schließlich nicht den ganzen Tag in einem Kingsize-Bett räkeln wie Fanni Rot! Sie muss eine Menge Papierkram erledigt haben und Telefongespräche noch und noch, mit der Agentur, mit den Behörden ...!

Die Keramiktöpfe, in denen das Hühnchen gegart und serviert worden war, waren schnell leer gegessen. Huberts Kalauer: »Wie sagt der Beraber, wenn es drei Abende hintereinander Tajine mit Hühnchen gibt? ›Inschallah!‹ Und wie macht er am vierten Abend? ›Kikeriki!‹«, fand weder Anklang noch Widerhall. Hubert überging das betretene Schweigen, indem er eine Flasche Rotwein bestellte.

»Na, Hubert, willst du dir die Kante geben?«, fragte Bernd, der Schwachstellenanalytiker, während er mit einem Stück Brotfladen die Reste der Soße aus dem Tajinegefäß tunkte. »Wie viele Flak hast du denn schon geschluckt?«

Hubert reckte die rechte Hand mit allen fünf Fingern hoch.

»Da sind ja bloß zwei Zentiliter drin«, erklärte Dieter Horn fachmännisch, hob sein leeres Fläschchen und signalisierte dem Kellner, dass er ein weiteres haben wolle.

Dieter sieht gar nicht wie ein Biertrinker aus, dachte Fanni. Im Gegensatz zu Hubert lässt sich bei ihm nicht mal der Ansatz eines Bäuchleins erkennen. Muskulöser Oberkörper. Waschbrettbauch. Dabei müssen die beiden ungefähr im gleichen Alter sein.

Mitte vierzig vielleicht?
Fanni nickte gedankenverloren.
»Ich mache es wie die Beraber-Kamele«, sagte Hubert gerade, »ich saufe, solange es was zu saufen gibt. Denn damit ist vielleicht bald Schluss. Ich hab nämlich läuten hören, dass in einfachen Gästehäusern und Restaurants kein noch so kleines Bierchen ausgeschenkt wird, kein Gläschen Wein, nicht das winzigste bisschen Alkohol. Aber das kann ja wohl nicht stimmen – oder, Elke?«
Die Reiseleiterin warf ihm einen ärgerlichen Blick zu und wandte sich an ihre rechte Tischnachbarin. »Melanie, möchtest du, dass unsere gemeinsame Reise abgebrochen wird, oder willst du, dass sie weitergeht?«
Melanie Fuchs sah jetzt womöglich noch verhärmter aus als in den vergangenen Tagen. Um ihre Mundwinkel hatten sich zwei bogenförmige Furchen gegraben, und auf ihrer Stirn standen zwei senkrechte Falten. Ihre ohnehin gekrümmte Nase wirkte wie ein Geierschnabel und ihr Mund wie ein Zickzackband.
Wenn sie so weitermacht, kann sie in zehn Jahren ihre Brötchen als Hexenlarve verdienen!
Fanni unterdrückte einen Seufzer. Ihre Gedankenstimme zeigte sich heute Abend wieder einmal besonders vorlaut, besonders gehässig, besonders anmaßend. Fanni versuchte, nicht mehr auf die beißenden Kommentare zu achten, die ständig in ihrem Kopf aufblitzten, und wandte ihre Aufmerksamkeit wieder Melanie Fuchs zu.
Melanie wirkte von Elkes Frage völlig überrumpelt. Sie blickte erschrocken in die Runde, schluckte, senkte den Blick. »Ich verstehe recht gut, wenn Gisela …«

Elkes Stimme, jetzt eher streng als quengelig, unterbrach sie. »Es geht im Augenblick nur um deinen ganz persönlichen Wunsch, Melanie. Möchtest du weiterreisen?«

Melanie vermittelte plötzlich den Eindruck, als hätte sich eine Last auf sie gelegt, die ihr jedes Wort, jede Bewegung unmöglich machte. Eine Weile herrschte Schweigen am Tisch. Dann sagte Melanie, und in ihrer Stimme klang eine Mischung aus Trauer und Härte: »Manchmal ist es am besten, einfach weiterzumachen.«

Nicht nur Fanni schaute sie daraufhin verwundert an.

Elke fing sich als Erste wieder und wandte sich an den nächsten in der Runde: Dieter Horn.

»Antje und ich«, antwortete Dieter bedächtig, »haben uns schon heute Nachmittag über das Für und Wider unterhalten. Ich will euch die Argumente ersparen, die uns zu dem Entschluss brachten, gegen den Abbruch der Reise zu stimmen.«

Während er sprach, ließ Fanni ihren Blick auf seiner Frau ruhen. Antje war ihr – obwohl gänzlich ohne bayerische Wurzeln –

Oder gerade deswegen!

– von Anfang an sympathisch gewesen. Fanni schätzte sie, wie ihren Mann Dieter, auf Mitte vierzig. Antjes halblange, natürlich gewellte, mit ersten grauen Strähnen durchzogene Haare umrahmten ein freundliches Gesicht ohne Auffälligkeiten.

Sieht sie nicht ein bisschen wie eine Nachrichtensprecherin aus? So betont untadelig!

Elke machte zwei Kreuzchen auf einer Liste, die sie sich zurechtgelegt hatte, und nickte dann dem Ehepaar Brügge ermunternd zu.

Geht etwa unsere Reiseleiterin davon aus, überlegte Fanni, dass alle Paare so wie die Horns eine einhellige Entscheidung getroffen haben?

Für die Brügges traf das offensichtlich zu, denn Otto erklärte lakonisch: »Weitermachen.«

Kaum war das Wort ausgesprochen, pressten sich seine kantigen Kiefer wieder zusammen.

Jetzt sieht er aus wie eines von den Nussknackermännchen, die um die Weihnachtszeit überall verkauft werden! Sogar sein weißer Haarkranz passt dazu!

Otto dürfte fast in meinem Alter sein, dachte Fanni, sechzig oder sogar darüber.

Sie warf einen Blick auf Ottos Frau, doch die hielt die Augen auf das Tischtuch gesenkt und schwieg.

Fanni versuchte sich zu erinnern, ob sie seit Beginn der Reise schon mehr als einen knappen Satz aus Wiebkes Mund gehört hatte. Sprach Ottos Frau irgendeinen Dialekt? Der Vorname Wiebke deutete jedenfalls darauf hin, dass sie nicht aus Bayern stammte.

Hört sich nach Waterkant an!

Fanni hob die Schultern. Waterkant. Der Name Wiebke konnte ebenso gut in der Lüneburger Heide beheimatet sein.

Wiebkes lange, kastanienrot gefärbte Haare waren nach vorn gefallen und verhüllten ihr Gesicht wie ein Vorhang.

Besser so! Bestimmt trägt sie wieder diese gekränkte Miene zur Schau! Kennt man ja seit der allerersten Begrüßung auf dem Frankfurter Flughafen! Was die gute Wiebke wohl derart angesäuert hat? Nussknacker-Ottos borstiges Verhalten?

»Hubert«, sagte Elke, »wie lautet eure Antwort?«

Hubert versuchte, seine Lider zu heben, die heruntergesackt waren. Unter seinen Augen hatten sich riesige Tränensäcke gebildet. Er setzte zum Sprechen an, ließ es dann aber bleiben.

Fanni warf einen Blick auf die Rotweinflasche. Sie war leer.

Warum säuft er so viel?, fragte sie sich. Er ruiniert sich die Gesundheit damit. Hubert ist bestimmt keinen Tag älter als Dieter Horn, aber –

– *aber man könnte ihn beinahe für dessen Großvater halten!*

Fanni schüttelte gereizt den Kopf. Diese Stimme in ihrem Kopf machte sie rasend.

Hubert hatte seine Hand auf Doras Arm gelegt und sachte draufgeklopft.

Da sagte Dora müde: »Nichts, was wir tun, kann Martha wieder lebendig machen. Ob wir nach Hause fliegen oder den Toubkal besteigen, Martha wird nicht dabei sein.« Sie verstummte, aber alle sahen sie erwartungsvoll an. Ihre Entscheidung über Abbruch oder Fortsetzung der Reise hatte Dora damit noch nicht mitgeteilt – oder?

Dora brütete schweigend vor sich hin.

Im Gegensatz zu Huberts verweichlichter Physiognomie hatte sie eher herbe Gesichtszüge und ein geradezu eckiges Profil.

Das mir irgendwie bekannt vorkommt, sagte sich Fanni.

Hatten die Seegers beim Vorstellungsgespräch nicht erwähnt, sie würden in Dingolfing wohnen?

Liegt nicht gerade in unserm Landkreis, überlegte Fanni, aber auch nicht so weit weg, dass mir Dora nicht irgendwann über den Weg gelaufen sein könnte. Im Caprima zum Beispiel.

Lieber Himmel, Fanni! Du warst nicht mehr im Dingolfinger Erlebnisbad, seit Leni BHs trägt!

Dann halt woanders, kapitulierte Fanni vor ihrer naseweisen Gedankenstimme. Vielleicht beim Wandern im Bayerischen Wald. Dora sieht aus, als könnte sie tagelang marschieren.

Sie wirkt überhaupt recht tüchtig!

Ja, dachte Fanni. Aber trotzdem scheint ihr etwas zu schaffen zu machen. Kein Zweifel, zwischen ihren Augenbrauen steht eine tiefe Falte.

»Wollt ihr die Reise nun fortsetzen oder nicht?«, nörgelte Elke.

Dora schreckte auf. Bevor sie etwas sagen konnte, lallte Hubert: »Okay, okay, machen wir halt weiter in drei Teufels Namen. Auf zu den Berg-Berabern.«

Und damit war Sprudel an der Reihe. »Was wohl Martha wollen würde?«, fragte er in die Runde. »Dass wir alle kurzerhand nach Hause fliegen und sie im Alltagsstress vergessen? Oder dass wir mit ihrem Bild in unseren Gedanken das Atlasgebirge durchqueren und seinen höchsten Gipfel besteigen?«

Fanni hatte, während Sprudel sprach, ihre Lippen wieder wund beißen müssen und wusste nun nicht, wie sie auch nur ein einziges Wort herausbringen sollte, ohne laut zu schluchzen. Aber sie konnte es sich nicht ersparen, sie musste deutlich machen, dass sie die Reise durchgeführt haben wollte.

Einzig und allein wegen Martha, dachte sie, um vielleicht doch noch Genaueres über den Unfallhergang zu erfahren. Ausschließlich für Martha, wiederholte sie in Gedanken, denn wie viel angenehmer wäre es, auf der Stelle diesem verfluchten Land den Rücken kehren zu können, in dem meine beste Freundin ihr Leben lassen musste?

Unversehens erkannte Fanni, dass sie ganz Marokko dafür zu hassen begann.

Wie dumm, wie töricht! Wie unprofessionell!

Ob ich das Land nun hasse oder liebe, hielt Fanni ihrer Gedankenstimme entgegen, was spielt es für eine Rolle?

Du wirst es mit voreingenommenen, verstockten Gefühlen durchqueren, keinen Blick für seine Schönheiten, seine Vorzüge haben!

Ich *will* gar keinen Blick für seine Vorzüge haben, konterte Fanni störrisch.

An Elke gewandt sagte sie gepresst, aber mit fester Stimme: »Wir müssen die Reise unbedingt fortsetzen.«

Die Reiseleiterin sah Fanni für einen Moment forschend an, unterließ es jedoch zu fragen, was sie zu einer derart strikten Äußerung bewog. Stattdessen fasste sie Olga ins Auge, die mühsam herausbrachte: »Wir werden Martha mit uns nehmen.«

Gisela musste ein paarmal schlucken, bevor sie reden konnte. Dann aber klang ihre Stimme klar. »Es spielt für mich keine Rolle, was heute an diesem Tisch hier entschieden wird. Nichts und niemand kann mich daran hindern, meine Sachen zu packen und ins nächste Flugzeug nach Hause zu steigen, falls ich einen solchen Entschluss fassen würde.«

Elke nickte mehrmals, als wolle sie Gisela versichern, dass keiner im Sinn habe, sie an irgendetwas zu hindern. Dann schaute sie sie eindringlich an und fragte: »Aber wofür stimmst du?«

»Ich enthalte mich«, antwortete Gisela trocken und blickte auffordernd zu Bernd Freise hinüber, den Letzten in der Runde.

Da muss man aber jetzt kein Schwachstellenanalytiker sein, um zu erkennen, dass eine einzige Gegenstimme am Ergebnis nichts mehr ändern würde!

Bernd kaute auf einer Handvoll Nüsse herum. Er hatte die Schüssel, die der Tuareg-Junge auf den Tisch gestellt hatte, zu sich herangezogen und schon fast leer gegessen.

Muss der ständig was zwischen den Zähnen haben?

Wie groß er wohl sein wird?, dachte Fanni. Zwei Meter? Eins fünfundneunzig mindestens. Und dabei klapperdürr. Womöglich muss er seinen Körper rund um die Uhr mit Kalorien versorgen, damit er nicht unterzuckert.

Hat Gisela nicht erwähnt, er sei Marathonläufer? Zweiundvierzig Kilometer im Laufschritt, da gehen bestimmt eine Menge Broteinheiten drauf!

Bernd schluckte die zerkauten Nüsse, nahm sich neue und drehte eine davon zwischen Daumen und Zeigefinger hin und her. »In der vorliegenden Situation würde eine vorzeitige Beendigung der Reise einerseits niemandem nützen, andererseits jedoch eine ganze Anzahl Beschwerlichkeiten nach sich ziehen: Die Rückflüge müssten umgebucht ...«

Elke ließ ihn nicht weiter darüber referieren, welche Maßnahmen im Fall des Abbruchs einer Gruppenreise erforderlich wären. Sie atmete sichtlich auf, legte den Stift weg, mit dem sie auf ihrer Liste elf Kreuze gemacht hatte, und sah in die Runde. Ihre Stimme klang quengeliger denn je, als sie verkündete:

»Ehrlich gesagt habe ich darauf gehofft, dass die Abstimmung zugunsten einer Fortsetzung unserer Reise ausgehen würde. Was ich allerdings nie anzunehmen gewagt hätte, ist, dass die Pro-Entscheidung so gut wie einstimmig ausfällt. Das macht alles leichter.« Sie räusperte sich. »Vorsorglich habe ich den morgigen Tagesablauf bereits neu geplant und organisiert.« Unter der Namensliste zog sie ein Blatt mit ein paar Notizen hervor. »Und ich habe versucht, wenigstens die wichtigsten Sehenswürdigkeiten Marrakeschs wiederum ins Programm aufzunehmen.«

Verhaltenes Klopfen auf die Tischplatte aus der Richtung von Otto Brügge ließ sie einen Moment innehalten. Dann fuhr sie fort: »Wir werden uns also morgen Vormittag noch die Saadier-Gräber, den Bahia-Palast und die Koranschule ansehen, bevor wir nach Oukaimeden, dem Ausgangspunkt unseres Trekkings, fahren.« Sie sah auf die Notizen. »Frühstück um sieben Uhr dreißig, Aufbruch um acht Uhr dreißig.«

»Und wer weckt uns?«, fragte Hubert mit schwerer Zunge. Er war auf seinem Stuhl ganz an die vordere Kante gerutscht, sodass sein Hinterkopf an der hohen Lehne ruhen konnte. »Der Schreihals von der Moschee?«

Elke lächelte gezwungen. Der quengelnde Ton steigerte sich dagegen fast zu einem Keifen, als sie antwortete: »Der Muezzin ruft zunächst in der Morgendämmerung zum Gebet – so gegen halb fünf in dieser Jahreszeit –, das zweite Mal ruft er mittags und dann wieder in der Mitte des Nachmittags. Zum vierten Mal meldet er sich bei Sonnenuntergang und zum fünften und letzten Mal zwei Stunden nach Sonnenuntergang. Wer also morgens um sechs oder halb sieben geweckt werden will, wird sich einen Wecker stellen oder an der Hotelrezeption um telefonischen Weckruf bitten müssen.«

Kaum hatte Elke ausgeredet, scharrten schon die ersten Stühle über den Marmorboden. Brügges und Horns wünschten eine Gute Nacht und verzogen sich.

Gisela tuschelte mit dem Schwachstellenanalytiker. Als sie das Wort »Drink« etwas zu laut sagte, wurde Hubert lebendig. »Auf und an die Bar, Leute. Ohne einen kräftigen Schlaftrunk werden wir uns nicht aus unseren Stellungen zurückziehen.«

Fanni sah Sprudel an und schüttelte den Kopf. »Ich würde lieber noch ein paar Schritte laufen, wenigstens einmal um den Block.«

Solltest du nicht lieber damit anfangen, die Reisegefährten danach zu fragen, wo sie sich heute früh aufgehalten haben, als Martha in den Tod rannte; ob sie etwas davon mitbekommen haben und so weiter? Wäre die Bar nicht der richtige Ort dafür? Die Zunge ist vom Alkohol gelöst, die Wachsamkeit erschlafft!

Fanni wand sich. Ja, sie hatte sich vorgenommen, eine Menge Fragen zu stellen. Ja, der Zeitpunkt war günstig. Doch nein, sie wollte nicht. Nicht jetzt, nicht noch heute Abend, nicht in der Bar. Die Reise würde fortgesetzt werden, und so würde ihr genug Zeit bleiben – zehn Tage, um genau zu sein –, sich mit jedem Einzelnen der Gruppe ausgiebig zu unterhalten.

»Eine Runde um den Block, sehr gern«, sagte Sprudel, und sie wandten sich dem Ausgang zu. Als Fanni merkte, dass Olga hinter ihnen herkam, warf sie ihr einen fragenden Blick zu, doch Olga bedeutete ihr, dass sie auf ihr Zimmer gehen wolle.

Die anderen waren bereits in dem Durchgang verschwunden, der zum Souvenirladen und zur Bar führte.

Als sie durchs Foyer gingen, kreuzten sie allerdings noch Doras Weg, die sich gerade vom Tresen der Rezeption abgewandt hatte.

Hat wohl Post aufgegeben, dachte Fanni und nickte ihr freundlich zu.

Dora trat einen Schritt näher an sie heran. »Brokatbezüge und ein Haufen Schnitzwerk im Foyer, dafür in den Zimmern abgetretene Spannteppiche und kaputte Wasserhähne. Hubert und ich können nicht einmal duschen«, sagte sie aufgebracht.

»Ja«, pflichtete ihr Sprudel bei. »Das Hilton ist es nicht. Viersternehotels hat unser Veranstalter auf seinen Trekkingreisen nicht vorgesehen.«

Dora rümpfte die Nase. »Dabei gibt es die tollsten Hotelanlagen hier in Marrakesch. Sind euch nicht auch ein paar aufgefallen bei der Fahrt hierher?«

Natürlich waren sie das. Im Bus hatte man sich den Hals danach verrenkt. Und Fanni hatte wehmütig an ihre Reise nach Südamerika gedacht, wo stets erstklassige Hotels gebucht gewesen waren.

»Der Preis für die Reise lässt halt keine großen Sprünge zu«, sagte Sprudel gerade. »Wir wussten doch, worauf wir uns einlassen.«

Ja, dachte Fanni, wir wussten es. Und es ließ sich nicht vermeiden. Auch die anderen Veranstalter haben für eine solche Reise ein ähnliches Programm zum fast gleichen Preis angeboten. Deshalb hieß es: so oder gar nicht.

Ihr Blick fiel auf die Schwingtür zur Straße, die sich eben

geöffnet hatte. Durch diese Tür, ging es ihr durch den Sinn, hat Martha heute Morgen das Hotel verlassen. Und sie wird nie mehr irgendwohin zurückkehren.

Unvermittelt wandte sie sich an Dora. »Wie kommt es nur, dass niemand gesehen hat, wie Martha in den Tod stolperte?«

Teilnehmend legte ihr Dora die Hand auf den Arm. »Du weißt doch, wie das ist, Fanni. Jeder ist mit sich selbst beschäftigt. Man kramt in der Handtasche nach den Tempotaschentüchern oder nach dem Geldbeutel, man sieht sich das Blatt mit dem Tagesprogramm an oder die Getränkekarte. Aber selbst diejenigen, die zufällig einen Blick auf die Straße geworfen haben, hätten den Unfall nicht beobachten können, weil die Sicht mit parkenden Autos, irgendwelchen Kisten und einem Kerl verstellt war, der einen Holzrahmen mit einem riesigen Plakat vorbeigetragen hat.«

Dieses Plakat hat Hubert gar nicht erwähnt, dachte Fanni. Dora muss wohl einen etwas anderen Blickwinkel gehabt haben als er.

Dora drückte sanft Fannis Arm. »Ich weiß, wie schwer es ist, jemanden zu verlieren, der einem nahestand.« Sie schaute auf die Tür, deren Flügel wieder aufschwangen. »Habt ihr vor, noch eine Runde zu gehen? Das ist eine sehr gute Idee. Draußen fühlt man sich immer besser. Da verflüchtigt sich die Schwermut ein bisschen.« Sie strich Fanni noch einmal sachte über den Arm und wandte sich dann in die Richtung, in der sich die Bar befand.

4

Fanni und Sprudel waren ein Stück stadteinwärts gegangen und dann zweimal rechts abgebogen, sodass sie sich nun in einer Parallelstraße hinter der Mohammed V befanden. Hier reihte sich ein Lokal ans andere – Fastfood, Snackbar, Eisdiele, Coffeeshop. Entsprechend viele Menschen tummelten sich auf den Bürgersteigen, die von den erleuchteten Fenstern der Gaststätten nur schwach erhellt waren.

Vom Atlasgebirge wehte noch immer ein scharfer Wind herunter und blies bereits Winterluft durch Marrakeschs Häuserzeilen. Fanni vermisste ihr Tuch und fröstelte.

Sprudel blieb stehen, nahm sie in den Arm und wies auf eine schmale Quergasse, die wenige Meter vor ihnen abzweigte. »Wenn wir dort hinuntergehen, müssten wir direkt zu unserem Hotel zurückkommen.«

Fanni zögerte. Die Gasse sah wenig einladend aus, war eng und dunkel.

Während sie noch unschlüssig dastanden, wurden sie von einem Grüppchen laut miteinander debattierender Personen überholt. Eine davon schwenkte plötzlich aus dem Pulk aus und bog in die Gasse ein.

Schön, dachte Fanni, dann können wir es ja auch versuchen.

Das Gässchen erwies sich als genauso dunkel und schmal, wie Fanni befürchtet hatte. Aber offenbar war es kaum dreißig Meter lang, denn am anderen Ende konnte man bereits die Beleuchtung auf der Mohammed V erahnen.

Zunächst schlug Fanni einen forschen Schritt an, um möglichst schnell zum tröstlichen Lichtschein des Hauptboulevards zu gelangen. Aber das holprige Pflaster zwang sie, langsamer zu gehen und sorgsam auf ihre Tritte zu achten.

Hand in Hand tasteten sich Fanni und Sprudel vorwärts, an geschlossenen Türen vorbei, an versteckten Nischen, an offenen Durchgängen.

Ungefähr nach der Hälfte des Wegs wurde es so finster, dass Fanni, um sich orientieren zu können, den linken Arm seitlich ausstreckte und die Hand an der Hauswand entlanggleiten ließ.

Plötzlich fühlte sie sich am Handgelenk gepackt und grob zur Seite gerissen. Hätte Sprudel nicht reflexartig fester zugepackt, wäre Fanni in den offenen Durchgang geschleift worden. So aber befand sie sich halbwegs im Gleichgewicht zwischen Sprudel und einem unsichtbaren Angreifer.

Der zog jetzt auf einmal kräftiger. Sprudel machte einen Schritt vorwärts und ließ die rechte Faust vorschnellen, die jedoch unverkennbar ins Leere traf.

Fanni und er standen nun frontal zu dem Mauerdurchlass, in dem sich der Angreifer verkeilt hatte, Fannis Handgelenk umklammert hielt und mit unverminderter Kraft daran zog.

In Fanni stieg Panik auf, denn derjenige, der da so unerbittlich an ihr zerrte, wirkte auf sie nicht wie ein Mensch aus Fleisch und Blut, eher wie ein Gespenst. Seine Gestalt war nur als schwarzer Schemen zu erkennen.

Fanni hörte Sprudel keuchen und fragte sich bang, wie lange er der Zugkraft noch standhalten konnte. Falls er den

Griff um ihre Hand nur eine Sekunde lang lockerte, würde sie unweigerlich in das schwarze Loch gesogen werden.

Ungerufen drang ein Wimmern aus ihrer Kehle.

Memme! Verpass dem Kerl lieber einen Tritt!

Das wagte sie nicht. Was, wenn ich ihn nicht treffe, unsichtbar wie der Angreifer ist?, fragte sie sich ängstlich. Was, wenn ich durch einen Tritt ins Nichts Sprudel und mich zu Fall bringe und damit dem anderen in die Hände spiele?

Sprudel hatte indessen einen weiteren Schritt nach vorn gemacht, offenbar in der Absicht, sie hinter sich zu drängen und selbst näher an den Widersacher heranzukommen.

Fanni schrie auf, weil es sich so anfühlte, als würde ihr ohnehin überstreckter Arm nun auch noch ausgekugelt werden.

Da hörte der Schemen im Durchgang urplötzlich auf zu zerren.

Fanni torkelte so heftig rückwärts, dass sie Sprudel zu Fall brachte. Bevor er auf dem Boden aufschlug, gelang es ihm allerdings noch, Fanni herumzureißen und unter sich zu begraben.

Einen Moment lang herrschte vollkommene Stille.

Dann hörte Fanni ein Scharren. Sie fühlte, wie sich Sprudel ein wenig aufrichtete, und hob ebenfalls den Kopf, um nachzusehen, ob der Angreifer fort war.

Dunkelheit umgab sie wie mit Tinte getränkte Watte.

Plötzlich nahm Fanni eine Bewegung über sich wahr, nahezu gleichzeitig griff Sprudel nach ihr und presste ihren Kopf unter seine Schulter. Im nächsten Augenblick stöhnte er auf und sackte über ihr zusammen.

Aus, dachte Fanni, als sie Schritte hörte, die neben ihr

verhielten. Eine Hand zwängte sich unter Sprudels Schulter, die Finger verflochten sich mit ihren Haaren und rissen daran.

Fannis Wange schrammte über rauen Stein – ein paar Zentimeter jedoch nur, mehr nicht, denn zügig entglitten ihre kurz geschnittenen Haare den grob zupackenden Fingern.

Das ist deine Chance! Er wird einen Augenblick loslassen müssen, um sich tiefer in deinen Haarschopf einkrallen zu können!

Prompt ließ die Hand locker, und bevor sie von Neuem zugreifen konnte, hatte Fanni ihren Kopf gedreht und die Zähne in etwas geschlagen, das sich wie ein Knorpel anfühlte.

Sie biss zu, so fest sie konnte.

Der Angreifer jaulte auf.

Fannis Kiefermuskulatur erschlaffte. Gleich würde sie den Finger oder was auch immer sie da mit den Zähnen gepackt hielt, loslassen müssen.

Da hörte sie ein Geräusch, als würde eine geballte Faust gegen eine Ziegelwand geschlagen.

Der Angreifer wurde zurückgeschleudert, sein mutmaßlicher Fingerknöchel entglitt Fannis Zähnen.

Und dann war Sprudel auf den Beinen. Eilig half er Fanni auf.

»Schnell weg hier«, keuchte er.

Sie versuchten, sich gegenseitig zu stützen, als sie, so rasch sie konnten, auf die Sicherheit versprechenden Lichter der Mohammed V zuhumpelten.

Atemlos bogen sie um die Ecke, brachen in die Lobby des Agalan und liefen dort Hubert Seeger in die Arme.

»Wie schaut ihr zwei denn aus?«, rief er. »Als ob ihr unter die Räder ...« Verlegen hielt er inne. Anscheinend hatte es der Alkohol, den er beim Essen und vermutlich auch danach noch getrunken hatte, nicht geschafft, aus seinem Bewusstsein zu verdrängen, was am Morgen geschehen war.

Hastig sprach er weiter. »Ich glaube, ihr braucht jetzt dringend was für die Nerven.« Er drängte sich zwischen sie und legte Fanni den Arm um die Schultern, was sie aufstöhnen ließ; dann packte er Sprudel am Ellbogen und schob sie beide in Richtung Bar. Dort nötigte er sie auf ein halbrund geschwungenes Sofa.

Fanni hatte mit dem ersten Glas Cognac ihre Zähne gründlich durchgespült und die Flüssigkeit dann nur widerwillig hinuntergewürgt.

Den zweiten doppelten Cognac hatte sie langsam in kleinen Schlucken getrunken und Sprudel das Erzählen überlassen.

Fanni hatte mit keiner Silbe protestiert, als Dora sich mit der gebieterischen Ankündigung zur Tür gewandt hatte, sie werde auf der Stelle das Mobilat, das Voltaren und den Franzbranntwein aus ihrer Reiseapotheke holen. Fanni und Sprudel müssten sich vor dem Zubettgehen nur gründlich damit einreiben, dann würde das schon wieder werden.

Fanni legte den Kopf auf die dick gepolsterte Lehne und dachte verwirrt: Womit einreiben? Mit dem einen oder mit dem andern? Mit allen drei Mitteln auf einmal?

Vorerst wollte sie nichts anderes als heiß duschen. Und dann würde man sehen. Hatte sie in ihrer eigenen Reiseapotheke nicht Traumeel-Salbe gegen Zerrungen? Sie schloss die Augen.

»Einer von diesen Beraber-Banditen wollte euch also ausrauben«, hörte sie Hubert sagen, worauf Sprudel antwortete: »Was hätte er wohl sonst für einen Grund gehabt, uns zu überfallen?«

Erschöpft sagte sich Fanni, dass sie darüber nachdenken müsse – morgen.

Nur mit Mühe gelang es ihr, die Augen zu öffnen, als Dora zurückkam und anfing, ihr Ratschläge für die medizinische Behandlung zu erteilen. Fanni nickte jedes Mal dann, wenn Dora Atem holte; zum einen, weil sie den Anweisungen nicht recht folgen konnte, zum andern, weil sie damit zu bemänteln hoffte, dass es ihr nicht gelang, Dora zu fokussieren.

Ihr Blick haftete eine Weile an der blank polierten Tischplatte, schlich müde weiter und saugte sich an einer bunten Teppichecke fest. Nach einiger Zeit hob er sich ein Stückchen, fand – hinter einer eingetopften Palme am anderen Ende der Bar – die Unterkanten einer etwas versteckten Sitzgruppe und blieb dort an einem glänzenden brombeerfarbenen Hosenbein hängen.

Während Dora sagte: »Und den Franzbranntwein tropfst du auf ein Taschentuch, und das bindest du dir über Nacht ums Handgelenk«, wanderte Fannis Blick langsam an dem Hosenbein hoch, registrierte zwei ineinander verschränkte Hände, wanderte weiter und verhielt wie ertappt, als er ein bekanntes Gesicht identifizierte.

Gisela!

Gisela. Fanni blinzelte nervös in dem Bestreben, sich auf

das Bild zu konzentrieren, das ihre Augen so unverhofft entdeckt hatten.

Plötzlich gehorchte ihr der Blick wieder. Er präsentierte ihr Gisela und Bernd auf einer Couch hinter jener Palme – derart gründlich miteinander verschlungen, dass Giselas Kopf auf der Schulter des Schwachstellenanalytikers zu liegen gekommen war.

Sie muss besoffen sein! Weitaus besoffener als Hubert Seeger!

Ja, dachte Fanni. Und es ist ihr nicht zu verdenken, wenn sie wenigstens für ein paar Stunden vergessen will ...

Fanni registrierte, dass Gisela und Bernd ganz allein vor einem niedrigen Tisch saßen, um den noch eine zweite Couch und vier Sessel gruppiert waren.

Sind denn alle anderen schon zu Bett gegangen?

An seine Obliegenheit erinnert, glitt Fannis Blick folgsam durch den Raum und entdeckte die Brügges auf Barhockern am äußersten Rand der Theke. Die schienen jedoch eben erst gekommen zu sein, denn Otto signalisierte dem Barkeeper, dass er etwas bestellen wolle.

Aus dem Konzept gebracht kehrte Fannis Blick an den eigenen Tisch zurück, als sie Hubert sagen hörte: »Das kannst du dir sparen. Polizei! Wegen einem läppischen Überfall lässt doch kein Beraber-Gendarm sein gemütliches Plätzchen hinterm Schreibtisch im Stich. Euch ist ja nicht mal was gestohlen worden. Und überhaupt, wie willst du denn beweisen, dass ihr wirklich angegriffen worden seid?«

Da hat er wohl recht, der Seeger-Beraber! Und wie stocknüchtern er auf einmal wirkt!

Fanni sah Dora fragend an. »Hatte Hubert einen doppelten Espresso statt eines Gute-Nacht-Drinks?«

Dora lächelte spitzbübisch und klopfte auf die Polsterung des Sofas. »Er hat ein Nickerchen gehalten, und ich habe mir währenddessen das Angebot des Souvenirladens angeschaut.«

Fanni bemerkte, dass Sprudel gedankenversunken seinen Cognac austrank.

Der wird ihm guttun! Bestimmt ist er genauso müde wie du!

Fanni schloss wieder die Augen und genoss die wohlige Wärme, die sich in ihr ausbreitete.

Vielleicht haben wir uns alles nur eingebildet, streifte sie ein verheißungsvoller Gedanke, der sich jedoch nur so lange hielt, bis der Schmerz in Arm und Schulter sie eines Besseren belehrte. Unwillkürlich begann sie, ihr Handgelenk zu massieren.

Fannis Geste schien Sprudel aufzuschrecken. »Wir sollten nach oben gehen, uns ausruhen, schlafen legen.«

Er wollte das Portemonnaie aus der Gesäßtasche ziehen, doch Hubert hinderte ihn daran.

»Die Medizin geht aufs Haus«, grinste er und klopfte sich an die Brust. »Der Anführer zahlt die Zeche.«

Fanni lehnte sich schwer an Sprudel, als sie sich auf den Weg aus der Bar machten. Ihr Blick strich kurz über den Platz hinter der Palme, wo sich Gisela aufgerichtet hatte und gerade einen tiefen Schluck aus einem dickwandigen Glas nahm, in dem eine bernsteinfarbene Flüssigkeit schwappte.

Whisky, dachte Fanni zerstreut.

Da wird die liebe Gisela morgen wohl einen zentnerschweren Kopf haben und eine ganze Tonne Make-up brauchen, um die Spuren ihres ausgewachsenen Katers zu übertünchen!

Fanni und Sprudel hatten soeben das Ende der Bartheke

erreicht, die in der Nähe des Ausgangs einen Knick machte und dann im Neunziggradwinkel bis an eine Querwand verlief, als Fanni von dort aufgebrachte Stimmen hörte.

Zwangsläufig schaute sie hin, benötigte jedoch etliche Augenblicke, bis sie das Paar auf den hintersten beiden Barhockern erkannte.

Mein Gott, Fanni! Wer ist denn nun besoffen? Du hast die Brügges doch schon vor einer ganzen Weile dort drüben sitzen sehen!

Wiebke hatte ihre langen kastanienroten Haare im Nacken straff zusammengebunden, sodass ihre erzürnte Miene nicht durch die kleinste Strähne bemäntelt war. Auf Ottos Wangen glühten hektische Flecken, und sein spärlicher Haarkranz war zerrauft, als wäre er sich mehrmals kreuz und quer mit beiden Händen durchgefahren.

Reflexartig zuckte Fannis Blick auf Ottos Hände. Die Linke hielt ein dickwandiges Glas, wie es Fanni gerade eben bei Gisela gesehen hatte. Die Rechte lag auf dem Tresen und war mit einem Taschentuch umwickelt.

Bevor Fanni Ottos verbundene Hand eingehender betrachten konnte, hatte Sprudel bereits die Schwingtür geöffnet und schob sie mit sanftem Druck hinaus.

In ihrem Rücken hörte sie Otto Brügges ebenso mühsam wie wenig effektiv gedämpfte Stimme. »Das wirst du nicht tun! Du wirst doch nicht ...« Die Tür schwang zu.

Fanni stöhnte laut auf, als Sprudel Doras Salbe in ihr Handgelenk einmassierte. Ihre verletzte Schulter und ihren geschundenen Unterarm hatte er bereits damit behandelt.

Sprudels eigene Schulterpartie war mit einem in Franzbranntwein getränkten Handtuch abgedeckt. Er hatte ein T-Shirt darüber angezogen, damit nichts verrutschen konnte. Auf seinem Schulterblatt hatte sich dort, wo ihn der Angreifer erwischt hatte, ein stattliches Hämatom gebildet.

»Es war ein Eisentrumm«, sagte Sprudel soeben.

»Wie kommst du auf so was?«, fragte Fanni nicht recht bei der Sache. »Es ist doch stockdunkel gewesen in der Gasse.«

»Ich habe es aufblitzen sehen«, antwortete Sprudel. Er hörte auf, Fannis Handgelenk zu traktieren, und setzte sich neben sie auf die Bettkante. »Außerdem war das Ding hart wie Stahl. Obwohl mich der Kerl damit nur an der Schulter getroffen hat, habe ich zuerst Sterne gesehen, und dann ist mir schwarz vor Augen geworden – aber nicht weil es so stockdunkel war in der Gasse.«

»Womit hast *du* eigentlich zugeschlagen?«, murmelte Fanni.

»Ich habe einen Ziegelstein …«

Fanni hörte nicht mehr, wie Sprudel erzählte, er habe einen losen Stein ertastet und als Waffe benutzt. Sie war bereits eingeschlafen.

Sprudel hüllte sie in ihren Daunenschlafsack, überlegte einen Moment, holte dann die Bettdecke, die sie in den Schrank gesteckt hatten, und breitete sie locker über dem Schlafsack aus. Dann küsste er seine schlafende Fanni zärtlich und sehr sanft auf die Lippen, betrachtete sie noch eine Weile, wobei sich so etwas wie Wehmut in seine Miene schlich, und streckte sich schließlich in seinem eigenen Schlafsack neben ihr aus.

5

Am Morgen weckte sie der Muezzin. »Allah u Akbar, Allah u Akbar. Ash-hadu al-la Ilaha ill Allah ...«

Fanni blieb mit geschlossenen Augen liegen. Die Schmerzen in Arm und Schulter waren noch da, fühlten sich aber viel erträglicher an als am Abend zuvor.

Vielleicht sind sie bloß noch nicht ganz wach!

Nach einiger Zeit hob Fanni den Kopf und sah auf den Wecker auf ihrem Nachttisch: kurz vor halb fünf. Erleichtert ließ sie sich zurücksinken. Noch zwei Stunden Ruhe, zwei Stunden Behaglichkeit, bequem ausgestreckt und angenehm schlaftrunken.

»Wie fühlst du dich?«, flüsterte Sprudel.

Sie streckte den unverletzten Arm zu ihm hinüber und spürte gleich darauf seine Hand in ihrer.

»Leidlich«, antwortete sie, »verhältnismäßig gut sogar. Und du?«

»Abgesehen von einem fiesen Pochen in der rechten Schulter ganz passabel«, erwiderte er.

Fanni rückte sehr vorsichtig (um die Schmerzen im Arm nicht doch noch auf den Plan zu rufen) näher zu ihm hin. Sprudel öffnete den Reißverschluss seines Schlafsacks und rutschte zur Seite. Sie schälte sich aus dem ihren, kroch zu ihm und zog den leeren Schlafsack als Federbett über sie beide. Die Zudecke, die Sprudel aus dem Schrank geholt hatte, war im Lauf der Nacht auf den Boden gerutscht.

Gleich am ersten Abend hatten Fanni und Sprudel das

hoteleigene Arrangement aus muffiger Wolldecke und straff gespanntem Laken vom Bett entfernt, hatten ihre Schlafsäcke ausgepackt, darin geschlafen und entschieden, das auch die folgenden Nächte beizubehalten.

Eine ganze Weile lagen sie schweigend nebeneinander auf dem Rücken, die Gesichter einander zugewandt.

Sprudel küsste sie auf die Nasenspitze. »Keine Abkürzungen durch dunkle Gassen mehr.«

»Der Kerl muss uns beobachtet haben«, sagte Fanni. »Und als er merkte, wo wir einbiegen würden, hat er uns überholt und uns in dem finstern Torweg aufgelauert.«

»Er muss uns beobachtet haben ...«, wiederholte Sprudel nachdenklich.

Fanni sah ihn irritiert an.

Da fügte Sprudel hinzu: »Wenn er uns beobachtet hat, dann muss er doch gesehen haben, dass du keine Handtasche dabeihattest. Weshalb hat er dann dich gepackt? Ist es – gerade bei älteren Paaren – nicht am wahrscheinlichsten, dass der Mann Geld und Kreditkarte einstecken hat?«

Fanni wollte nicken, ließ es aber bleiben, weil Sprudel schon beim ersten Anzeichen dafür zusammengezuckt war. Anscheinend schmerzte seine Schulter bei der kleinsten Erschütterung, weswegen sich sein Körper schon bei der Aussicht darauf anspannte.

»Der Bursche hat wie besessen an dir gezerrt«, sagte er.

Fanni brachte ein Grinsen zustande. »Meinst du, er wollte mich entführen und als Konkubine an einen Wüstennomaden verkaufen? Bin ich dafür nicht ein bisschen zu alt?«

Sprudel sah sie ernst an. »Er hatte es auf dich abgesehen, Fanni.«

Sie schwieg und rührte sich nicht.

»Ich habe mir den Ablauf wieder und wieder vor Augen geführt«, insistierte Sprudel. »Versuch doch selbst, dich zu erinnern.«

Das wollte Fanni nicht.

Ah, Fanni Rot beliebt zu kneifen!

»Ich hatte von Anfang an das Gefühl, dass es nur um dich ging, Fanni«, sprach Sprudel weiter. »Deshalb habe ich, als ich zu Boden gestürzt bin, dafür gesorgt, dass du unter mir zu liegen kamst. Und was ist dann geschehen?«

Fanni wusste es genau.

Was sich daraufhin abgespielt hat, lässt sich kaum bestreiten, auch wenn du es nicht wahrhaben willst.

»Er hat sich in meinen Haaren verkrallt und wollte unbedingt meinen Kopf unter dir hervorzerren«, murmelte Fanni.

»Und wozu?«, fragte Sprudel.

»Das wissen wir nicht«, lehnte sich Fanni gegen die Antwort auf, die der Logik Genüge getan hätte.

»Wir wissen es nicht«, wiederholte Sprudel, »aber wir können ziemlich sicher sein.« Er sah Fanni besorgt an. »Der Angreifer, den ich nur als Schemen erkennen konnte, hatte dieses Metallteil in der erhobenen Hand, bereit, auf der Stelle zuzuschlagen, sobald dein Kopf ungeschützt gewesen wäre. Ich konnte ihn nur außer Gefecht setzen, weil seine andere Hand plötzlich irgendwo eingeklemmt war. Ich frage mich immer noch ...«

Er unterbrach sich, weil von Fanni ein leises Lachen kam. »Ich hatte mich daran festgebissen.«

Als Fanni und Sprudel im Frühstücksraum erschienen, hatte Hubert Seeger bereits dafür gesorgt, dass sämtliche Reisegefährten von dem Überfall wussten.

Elke Knorr fing die beiden ab und lotste sie an einen Tisch an der Wand. »Wie geht es euch?«

»Wir haben das Abenteuer ganz gut überstanden«, antwortete Sprudel und wandte sich mit seiner leeren Tasse in der Hand der Theke zu, auf der die Kaffeekannen standen.

Doch Elke hielt ihn zurück. »Wollt ihr Anzeige erstatten?«

Fanni und Sprudel verneinten unisono.

»Es würde sowieso nichts nützen«, sagte Elke. »Eure Anzeige würde vermutlich in den Papierkorb wandern, sobald ihr die Polizeistation verlassen hättet.«

»Eben«, stimmte ihr Sprudel zu und schaute begehrlich auf die Kaffeekannen. »Es würde den Aufwand nicht lohnen.«

»Wo genau hat sich der Überfall denn zugetragen?«, fragte Elke.

Sprudel stellte – verhalten seufzend – seine noch immer leere Tasse auf den Tisch zurück und beschrieb ihr die Stelle minutiös. Aber als Elke dann wissen wollte, wie der Kampf exakt vonstatten gegangen war, fiel seine Replik vage aus.

Während die Reiseleiterin noch ein paarmal recht erfolglos nachhakte, schenkte Fanni für sich und Sprudel am Tresen Kaffee ein. Sie goss beide Tassen zur Hälfte voll und füllte mit heißer Milch auf.

Hubert, der hinzukam und sich ebenfalls bei den Kannen bedienen wollte, lachte. »Du glaubst wohl auch, da ist Eselsmilch drin. Gisela jedenfalls scheint es zu glauben. Sie hat gleich drei Gläser davon getrunken, nachdem Bernd verkündet hatte, Kleopatra, die Schönste der Schönen, hätte schon vor zweitausend Jahren ihren Teint mit Eselsmilch aufpoliert.«

Fanni schloss für eine Sekunde die Augen und atmete durch. Hubert ging ihr auf die Nerven. Wieso musste er einem nur ständig mit irgendwelchen Albernheiten kommen?

»Sprudel und ich trinken unseren Kaffee immer halb halb«, sagte sie kurz angebunden.

»NusNus heißt das hier im Beraber-Land«, berichtigte sie Hubert zwinkernd.

Fanni hatte die Tassen auf Untertellern abgestellt und wollte damit soeben an ihren Tisch gehen, da legte ihr Hubert die Hand auf den Arm. »Ich habe mich heute schon vor dem Frühstück am Tatort umgesehen.«

Tatort! Argwöhnte Hubert etwa auch, dass mehr hinter dem Überfall stecken könnte, als ein kleiner Ganove, der es auf ihr Portemonnaie ...

Bevor Fanni den Gedanken zu Ende bringen konnte, fuhr er fort: »Ich bin in dieser Verbindungsgasse zwischen Mohammed V und der Parallelstraße gewesen. Der Durchlass, den ihr mir gestern Abend beschrieben habt, führt durch einen Torbogen in einen Hinterhof, wo heute Morgen Handwerker zugange waren. Gerümpel, das man zum Zuschlagen benutzen kann, liegt dort genug herum, Eisenrohre, zerbrochene Ziegel, kaputtes Werkzeug.« Hubert grinste. »Die Beraber-Maurer ...«

Fanni unterdrückte ein Aufstöhnen. Konnte dieser Clown seine Mätzchen nicht wenigstens dann sein lassen, wenn er etwas Ernstes zu erzählen hatte?

»... waren ganz erfreut über meinen Besuch. Sie haben mir den Anbau gezeigt, den sie da hochziehen. Ende des Monats soll er fertig sein – inschallah. Die Unterhaltung mit ihnen hat übrigens bestens funktioniert.« Hubert macht eine Geste, die wohl ausdrücken sollte, dass er und sein Gegenüber Freunde seien. »Die Arbeiter haben mich überall herumgeführt, und am Schluss haben sie sich erkundigt, ob ich gekommen bin, um danach zu suchen.« Er hielt Fanni ein goldenes Armkettchen unter die Nase. »Sie haben es unter dem Torbogen gefunden, wo euer Gerangel mit dem Räuber stattgefunden haben muss. Offenbar dachten sie, ich hätte es verloren und wäre auf der Suche danach. Ehrliche Leute, diese Handwerker-Beraber.« Er reichte Fanni das Kettchen. »Ich nehme an, es gehört dir.«

Fanni schüttelte den Kopf. »Nein, weder Sprudel noch ich haben so was getragen.«

Hubert machte große Augen. »Dann muss es dem Räuber abgerissen worden sein.«

Fanni schaute das Kettchen, das jetzt auf ihrer flachen Hand lag, zweifelnd an. Jeder, der durch die Gasse gegangen war, konnte es verloren haben.

Hubert griff nach ihrer Hand und bog sie um das Kettchen zu einer Faust zusammen. »Behalt es als Andenken an dein aufregendes Erlebnis gestern.« Damit wandte er sich den Kaffeekannen zu, brachte seine Tasse in die richtige Position unter der Spenderdüse und begann zu pumpen.

Fanni ließ das Kettchen in ihre Hosentasche gleiten, nahm die beiden Tassen auf und ging an ihren Tisch.

Elke war fort. Seit einigen Minuten offenbar schon, denn Sprudel hatte bereits Fladenbrot, Butter und Marmelade und ein Schälchen Oliven auf den Tisch gestellt. Mehr hatte das Büfett auch heute wieder nicht zu bieten, abgesehen von Unmengen an übersüßen Gebäckteilchen. Obwohl Sprudel ein großer Liebhaber von Kuchen und Torten war, konnte er den einheimischen Konditorwaren, die schon zum Frühstück in großer Vielfalt angeboten wurden, nichts abgewinnen. Das lag wohl daran, dass er sich inzwischen zu sehr an Fannis zuckerreduzierte Vollkornprodukte gewöhnt hatte, die, wie er ihr schon oft versichert hatte, seinem Magen, seinem Gewicht, seinem gesamten Stoffwechsel – kurz, seiner Gesundheit – sehr zugutekamen.

Fanni trank einen Schluck Kaffee und steckte sich eine Olive in den Mund, bevor sie das Kettchen aus der Hosentasche angelte, es auf dem Tischtuch ausbreitete und Sprudel berichtete, woher sie es hatte.

Beide starrten es an, während sie aßen.

»Sieht echt aus«, sagte Fanni.

Sprudel deutete auf die eingestempelte Zahl am Verschlussring. »585er Gold.«

»Und viel getragen«, fügte Fanni hinzu. »Es glänzt gar nicht mehr.« Zögernd kroch ihre Hand über das Tischtuch zu dem Kettchen hin und verharrte an der Stelle, an der es abgerissen war. Dort war ein schmales, längliches Goldplättchen eingefügt. Fanni drehte es um. Wie sie vermutet hatte, waren auf der anderen Seite Buchstaben eingraviert, die sich jedoch als von tiefen Kratzern durchzogen und deshalb als auf den ersten Blick unleserlich erwiesen.

Fanni nahm das Kettchen vom Tisch und hielt es sich vors Gesicht. »Es ist ein Name. Klaus-Otto. Ja, Klaus-Otto, ohne Frage.« Sie kniff die Augen zusammen in der Hoffnung, auf diese Weise auch das Folgende entziffern zu können. Doch bald gab sie auf und legte das Kettchen zurück. »Vom Rest ist nicht mehr als ein Sternchen zu erkennen.«

Sprudel warf einen prüfenden Blick darauf. »Aber man kann noch sehen, dass weitere fünf Zeichen eingraviert waren, höchstens sechs, falls diese Schramme hier ein ›I‹ oder ›L‹ überdeckt. Und außerdem lässt sich behaupten, dass der Vorname auf einen deutschen Besitzer hindeutet.«

Gedankenverloren kauten sie ihre Fladenbrote, tranken den Kaffee und betrachteten das Kettchen auf dem Tischtuch.

»Es kann seit Tagen in der Gasse gelegen haben«, sagte Fanni.

Sprudel sah sie skeptisch an. »Hätten es dann die Handwerker nicht auch schon vor Tagen gefunden?«

Beide sahen auf, als ein Schatten auf das Tischtuch fiel.

Dora Seeger war zu ihnen getreten. Sie starrte auf das Armband.

Hat Hubert ihr nichts davon erzählt?

Fanni wollte gerade zu einer Erklärung ansetzen, als Dora eine Salve Fragen auf sie abschoss: »Fühlt ihr euch besser? Habt ihr noch Schmerzen? Kann ich was für euch tun? Braucht ihr Schmerztabletten? Aspirin? Paracetamol? Ibuprofen? Will Elke Anzeige erstatten? Wollt ihr nicht vorsichtshalber einen Arzt –?«

Fanni unterbrach sie, indem sie ihr eine Hand auf den Arm legte.

Dora trug an diesem Morgen einen Pullover im Häkellook, der um die Hüften und um die Handgelenke in vielen kleinen Zipfeln endete.

So ein Schnickschnack passt überhaupt nicht zu ihr!
Fanni fragte sich, weshalb ihr das Kleidungsstück so bekannt vorkam. Dora hatte es in den Tagen zuvor bestimmt nicht getragen. Wo also hatte sie es gesehen?
Im Souvenirladen! Da gibt es die Dinger stapelweise und in allen Farben! Sogar die Schaufensterpuppe hat so ein Zipfeldings an!
Sprudel versicherte Dora inzwischen ausdrücklich, dass Fanni ebenso wie er selbst den gestrigen Überfall glimpflich überstanden habe. Dass sie sich beide leidlich gut fühlten und keine Medikamente benötigten. Er versäumte auch nicht, sich bei ihr noch einmal für die Salben zu bedanken, die, wie er betonte, wahre Wunder gewirkt hätten.
»Ihr müsst euch noch ein paar Tage damit einreiben«, ordnete Dora an. »Und wenn ihr sonst noch was braucht ...«
Sprudel bedankte sich erneut.
Fanni strich über die mohairartige Wolle auf Doras Arm. »Schicker Pulli.«
Dora lächelte verschämt. »Ja, ganz anders als das, was ich sonst trage. Aber Gisela hat gestern im Souvenirladen einen dieser Häkelpullis anprobiert, und sie hat so apart darin ausgesehen, dass ich nicht widerstehen konnte.«

Um kurz vor halb neun fanden sich die Reisegefährten wieder in der Lobby zusammen. Man erwartete, wie schon am Vortag, den Touristenbus, der die Gruppe zur Besichtigung der wichtigsten Sehenswürdigkeiten in die Altstadt bringen sollte.
Sämtliche Sitzgelegenheiten im Raum waren von schnatternden deutschen Touristen belegt, die wohl ebenfalls gleich abgeholt werden sollten.

Hubert schlenderte auf Fanni und Sprudel zu. »TUI«, feixte er. »Dreißig Leute auf der Route Rabat-Meknes-Fes-Marra...«

Der Rest seines Satzes ging unter, weil auf einmal Tumult entstand. Die TUI-Gruppe hatte sich erhoben und drängelte geschlossen zum Ausgang.

Sprudel zog Fanni in den Schutz des Ständers mit den Ansichtskarten.

Wenige Minuten später war der Aufruhr vorbei, und die Polstersessel waren auf einmal wie leer gefegt. Nur ein paar zerknüllte Tempotaschentücher waren zurückgeblieben, eine leere Bonbontüte, ein Modemagazin und eine Tageszeitung, auf der die Titelschlagzeile lautete: »Ehrenbürger richtet sich selbst.«

Fanni, die zufällig hinter dem Sessel stand, auf dem das Blatt liegen geblieben war, nahm es auf und setzte sich. Müßig richtete sie den Blick auf die Titelseite, wobei sie erstaunt feststellte, dass es sich um ein Tagblatt aus der Region Niederbayern handelte. Dem Datum nach war es bereits vor zwei Monaten erschienen, entsprechend ramponiert sah es aus. Offensichtlich waren die Seiten als Einwickelpapier verwendet worden.

Unter der Titelschlagzeile fand sich ein Foto des Mannes, der anscheinend Suizid begangen hatte. Er sah alt aus, erschöpft und verbittert. Fanni war sich beim ersten Hinsehen sicher, ihn nicht zu kennen, doch der zweite Blick ließ Zweifel in ihr aufkommen. War sie diesem menschlichen Wrack etwa einmal begegnet, bevor die Zerstörung begann?

Sein Name wird ja wohl in dem beigefügten Artikel erwähnt sein!

Fanni schickte sich an, den Bericht über den Selbstmörder zu lesen, dem offenbar früher einmal die Ehrenbürgerwürde einer niederbayerischen Stadt verliehen worden war. Aber über die erste Zeile kam sie nicht hinaus.

»Unser Bus ist da«, rief Elke.

Fanni griff nach ihrem Rucksack, ihrer Fleecejacke, die das Umschlagtuch ersetzen musste, und nach der Mineralwasserflasche, die Sprudel soeben im Hotelshop gekauft hatte.

Vor der offenen Einstiegstür ihres Fahrzeugs hatte sich bereits eine kleine Traube gebildet, weil der Busfahrer noch damit beschäftigt war, das Mikrofon für den einheimischen Guide zu installieren, den Elke für die Stadtführung extra angeheuert hatte. Fanni rechnete mit einer unangebrachten Bemerkung von Hubert zu dieser Verzögerung, doch er blieb ausnahmsweise still.

Stattdessen brummte Otto Brügge, der dicht neben ihr stand: »Unqualifiziertes Gesindel.«

Fanni sah ihn erschrocken an, doch Otto würdigte sie keines Blickes. Er drängte sich zum Einstieg vor, legte eine Hand auf den Haltegriff und stellte einen Fuß auf die erste Stufe.

Fanni starrte wie behext auf Otto Brügges Hand, die mit einer Mullbinde umwickelt war. Dabei hätte sie fast Wiebkes Stimme überhört.

»Seit dem Malheur in der Bar gestern Abend ist Otto auf die Einheimischen nicht mehr gut zu sprechen.« Auf Fannis verständnislosen Blick hin fuhr sie fort: »Der Barkeeper hat ihm den Whisky in einem Glas mit einer winzigen, aber rasiermesserscharfen Scharte serviert, an der sich Otto böse verletzt hat.«

Nun ließ sich auch Hubert wieder hören: »Sag ehrlich,

Otto, war das die Scharte, oder hat dir deine Frau eins auf die Finger gegeben?«

Oder jemand anders. Wer weiß denn, wie Brügges Wunde wirklich aussieht? Vielleicht hat ihn ja auch etwas gebissen, und die Brügges geben nur vor, er hätte sich geschnitten!

Im Bus kamen Fanni und Sprudel hinter Melanie Fuchs zu sitzen, die sich in der ersten Sitzreihe auf der Fahrerseite breitgemacht hatte. Ihr Rucksack, ihre Jacke und ein nagelneuer Reiseführer belegten den Platz neben ihr.

Melanie drehte sich zu Fanni um und sagte sichtlich wissbegierig: »Ihr seid überfallen worden, heißt es.«

Höflichkeitshalber berichtete ihr Fanni kurz, was geschehen war. Als sie geendet hatte, fiel ihr Blick aus dem Seitenfenster und auf die rosa Hausfassade mit der Aufschrift »FedEx«. Der Durchlass in die schmale Gasse zwischen dem rosa und dem angrenzenden Haus war zur Hälfte von einem Lieferwagen verdeckt.

Fanni deutete hinaus. »Genau so eine Gasse war es, die Sprudel und mir zum Verhängnis wurde. Man sollte sich da nicht hineinwagen, am besten nicht einmal am helllichten Tag.«

Melanie schaute sie unverwandt an.

»Sprudel meinte«, fuhr Fanni dreist fort, »er hätte dich gestern Mittag dort drüben an dem Durchgang gesehen – mit einem Fremden.«

Melanie zeigte ein freudloses Lächeln. »Keine Sorge, Fanni. Ich kann schon auf mich aufpassen.«

Dann drehte sie sich abrupt nach vorn, denn der Touristenbus war losgefahren und fädelte sich soeben in den fließenden Verkehr auf der Avenue Mohammed V.

Wenn es mit deinen Recherchen so kümmerlich weitergeht, kannst du ebenso gut nach Hause fahren, um Marthas Beerdigung nicht zu versäumen! Wenn du was herausbekommen willst, musst du schon direkt fragen: Hallo, Melanie, mit wem hast du gestern Nachmittag hier an der Ecke gequasselt und warum?
Fanni verdrehte die Augen zum Bushimmel hinauf.

Nachdem die Reisegruppe in der Nähe des Bahia-Palastes aus ihrem Fahrzeug gestiegen war und sich zu Fuß auf den Weiterweg gemacht hatte, drängte sich Olga an Fannis Seite und wollte wissen, ob es stimmte, wovon an diesem Morgen alle sprachen. Gefügig begann Fanni noch einmal zu erzählen, erwähnte jedoch – wie schon zuvor bei Melanie – mit keinem Wort, dass es der Angreifer womöglich auf ihr Leben und nicht auf ihr Portemonnaie abgesehen hatte.

Obwohl Fanni das nächtliche Abenteuer viel harmloser geschildert hatte, als es tatsächlich gewesen war, wirkte Olga wie vor den Kopf geschlagen.

Fanni sah sie besorgt an. Die Klein-Bäuerin hatte sich von Beginn der Reise an erstaunlich eigenständig und unabhängig gezeigt, hatte sich überall schnell zurechtgefunden und war bei der ganzen Gruppe beliebt. Sie hatte Fanni keine Sekunde lang das Gefühl gegeben, ihre Zuwendung oder besondere Aufmerksamkeit zu benötigen. Olga hatte mit Martha herumgealbert, mit Gisela in Modezeitschriften geblättert und zusammen mit Dora ein Katzenjunges von einem Wagendach gerettet.

Aber jetzt war Martha tot, Gisela klebte wie eine Klette am Schwachstellenanalytiker, und einige aus der Gruppe verhielten sich merklich zugeknöpfter als anfangs. Fanni nahm sich vor, sich Olgas verstärkt anzunehmen.

Sie betraten den dschungelartig bepflanzten Innenhof des Palastes, wo der einheimische Stadtführer eine vom Touristenstrom etwas abgelegene Stelle an der Außenmauer ansteuerte. Von dort aus winkte und gestikulierte er, bis die gesamte Reisegruppe um ihn versammelt war.

»Die Bahia«, begann er seinen Vortrag, »so wurde zur damaligen Zeit die Lieblingsfrau des Sultans genannt, bewohnte das schönste Gemach im Palast, das wir gleich besichtigen werden. Die Nebenfrauen …«

Fanni hörte nicht mehr hin. Der Trubel, der Lärm und das Gedränge ringsum machten sie benommen. Außerdem heizte die Sonne, die heute schon seit dem frühen Morgen vom Himmel strahlte, den Innenhof zusehends auf und erzeugte eine schier tropische Atmosphäre.

Haltsuchend klammerte sie sich an Sprudel.

Er fasste sie fest um die Taille, als sich die Gruppe in Bewegung setzte, um dem Guide zu folgen, der – immer wieder Haken um kleine Menschenansammlungen schlagend – auf einen Säulengang zustrebte. Gemeinsam bemühten sie sich, ihn nicht aus den Augen zu verlieren.

»Und hier residierte die Lieblingsfrau des Sultans«, sagte der Guide an der Stelle, wo das letzte Säulenpaar in einen geschlossenen Raum überleitete, mit einer ausladenden Handbewegung.

In dem weiträumigen, weder mit Tisch und Stuhl noch Bett möblierten Gemach der Bahia hallten die Stimmen der Besucher echoverstärkt von den gekachelten Wänden wider.

»Kissen«, antwortete der Guide auf eine Frage, die aus der

Gruppe aufstieg und einen Augenblick lang wie ein Wölkchen in der Luft hing, bevor sie an sein Gehör drang. »Sie dürfen sich keine Einrichtung nach europäischem Muster vorstellen. Man saß auf Kissen, ruhte auf mehreren Lagen dicker Teppiche. Zum Verstauen der Kleidung gab es Truhen aus Leder. Und nun bitte ich Sie, dem Kunstwerk Beachtung zu schenken, das diesen Raum so berühmt gemacht hat.«

Pflichtschuldig hob Fanni den Blick zur Decke, die – da musste sie dem Guide recht geben – ein Wunder an Wandmalerei darstellte. Fein ausgearbeitete Arabesken, Rankenwerke, Ornamente überzogen die gesamte Fläche.

Im nächsten Moment verschwammen die farbigen Muster vor Fannis Augen zu rotierenden bunten Scheiben und drehten sich wie Kreisel.

Hastig senkte sie den Blick wieder, versuchte krampfhaft, einen bestimmten Punkt auf dem Boden zu fixieren.

So ist er halt, dein Kreislauf, solche Eskapaden wie gestern Abend trägt er dir nach!

Während der Guide des Langen und Breiten die herrlichen Stuckarbeiten und Malereien im Deckengewölbe pries, auf dies und jenes Detail aufmerksam machte und in den Ahs und Ohs der Umstehenden badete, hafteten Fannis Augen wie gebannt auf dem glänzenden Fußboden und entdeckten dort plötzlich zwei Stiefel mit hohem Absatz, die sich offenbar schwertaten, auf dem polierten Marmorstein Halt zu finden.

Fanni unterdrückte ein Schmunzeln. Sie musste nicht aufsehen, um zu wissen, wer eitel genug war, bei einer Führung durch die Altstadt von Marrakesch hochhackige Stiefel zu tragen. Hatte nicht Elke extra bequemes Schuhwerk empfohlen, weil man in der Medina mit spiegelglattem Marmor ebenso rechnen musste wie mit schlüpfrig-holprigem Kopfsteinpflaster, das sich bis auf hundert Grad aufheizen konnte?

Im Gegensatz zu Fanni Rot, die Jahr und Tag in Tretern mit Fußbett herumlatscht und je nach Wetter Baumwoll- oder Stricksocken darin trägt, weiß Gisela eben, was mondäner Stil ist!

Was tut sie sich bloß für Plagen an, dachte Fanni. Und wofür? Für ein paar flüchtige bewundernde Blicke. Lohnt es sich dafür, Beinvenen zu Tode zu foltern, Zehen verkrümmen zu lassen, Fersen wund zu scheuern?

Die Mode ist doch von jeher ein sadistischer Herrscher, Fanni, besonders in Bezug auf die Frauen! Denk an die Rokokozeit: viel zu eng geschnürte Mieder, viel zu hoch aufgetürmte Frisuren, Reifröcke, die nicht einmal ein normales Hinsetzen zuließen! Wie hat deine Großmutter zu dir gesagt, als du mit fünf Jahren unbedingt Locken haben wolltest und sie dir mit der Brennschere zuleibe gerückt ist? »Hoffart muss sich zwicken lassen.«

Ja, sagte sich Fanni. Mich hat die Brennschere damals davor bewahrt, später jedem modischen Schnickschnack zu verfallen. Aber warum nur lassen sich Frauen wie Gisela derart versklaven?

Da wäre wohl noch ein wenig Emanzipationsarbeit zu leisten!

Auf dem Weg zum gemeinsamen Gemach der weniger privilegierten Haremsfrauen folgte Fannis Blick neugierig Giselas Fußbekleidung, die ihr, wie Fanni inzwischen festgestellt hatte, bis zu den Knien reichte (der Rocksaum zeigte sich erst gut zehn Zentimeter weiter oben).

Giselas Schuhsohlen schlitterten durch den Säulengang wie über eine frisch aufbereitete Eisbahn.

Sie sollte sich vorsichtshalber ein bisschen am Mauerwerk abstützen, dachte Fanni gerade, als sie neben Giselas unpraktischer Stiefelkreation ein Paar schnittiger Turnschuhe mit dem Emblem eines weltweit bekannten Herstellers entdeckte, die sich am Marmor geradezu festzusaugen schienen.

Fanni ahnte, zu wem sie gehörten.

Da ist unser Schwachstellenanalytiker ja mal richtig fündig geworden! Wie er das aufgespürte Manko an Giselas Schuhwerk wohl beheben will? Durch rigoroses Entsorgen der Blutstauförderer?

Fanni musste schmunzeln. Sie schaute auf ihre eigenen Füße, die in unauffälligen Sportschuhen steckten, deren Sohle aus gummiartigem, leicht geriffeltem Material bestand, das mit dem Marmorboden eine hinreichende Fusion einging.

»Bitte zusammenbleiben«, nörgelte Elke, als die Reisegruppe, eng um ihren Guide geschart, den Bereich des Bahia-Palastes verließ. »Wir werden jetzt zu Fuß durch die schmalen, verwinkelten Gassen der Medina zur Koranschule gehen, und ich will keinen von euch verlieren.«

Die kleine Schar kam nur langsam vorwärts. Mal blieb der eine vor einer der kleinen Werkstätten stehen, die handgeknüpfte Teppiche, Schmuck oder Lederwaren anboten, mal ein anderer.

Als die Partie wieder einmal stockte, hatte Fanni reichlich Zeit, eine halbhohe Tischlampe aus Messing und buntem Glas zu bewundern.

So eine würde Leni gefallen, dachte sie und hoffte, irgendwann eine bessere Gelegenheit zu finden, Mitbringsel einzukaufen. Sie wollte das in Ruhe tun; nicht hastig, während sämtliche Reisegefährten auf sie warten mussten.

Wenig später entdeckte Fanni eine Wandlampe im selben Stil und überlegte gerade, ob die für Lenis Wohnung nicht besser geeignet wäre, da fühlte sie sich am Arm gepackt.

»Fanni, meine Güte«, rief Antje Horn. »Hubert sagte heute Morgen im Frühstücksraum, dass du und Sprudel gestern Abend überfallen worden seid.«

Fanni nickte matt und wünschte – um nicht noch einmal von dem Angriff in der Gasse erzählen zu müssen –, Antje würde schleunigst von ihr abgedrängt werden. Die Chancen dafür standen recht gut, denn zwei Männer mit einem Handkarren kamen ihnen entgegen, und eine Traube verschleierter Frauen mit dicken Bündeln in den Armen verstopfte den Weg. Aber Antje ließ ihren Arm nicht los, weshalb Fanni zum dritten Mal von dem Vorfall in der dunklen Quergasse berichten musste.

Sie fasste sich so kurz wie möglich, was ihr jedoch wenig nützte, denn Antje stellte Frage um Frage. Fanni konnte ihr nicht mehr entkommen, weil sich die Reisegruppe soeben vor dem Laden eines Gerbers versammelt hatte und auf Gisela wartete, die in dem Geschäft gerade eine kanariengelbe Lederjacke anprobierte. Von der Straße aus war gut zu beobachten, wie sie sich auch noch in einer blauen und in einer rostroten musterte, um sich dann doch für die gelbe zu entscheiden.

Und jetzt wird es eine Ewigkeit dauern, bis sie mit dem Verkäufer den Preis dafür ausgehandelt hat, dachte Fanni.

Du solltest die Zeit nutzen, um mehr über Marthas Unfall herauszufinden! Solltest Erkundigungen einziehen, solange den Leuten der gestrige Morgen noch frisch im Gedächtnis ist! Bombardier sie mit Fragen, die Horn, so wie sie dich mit Fragen bombardiert hat!

Das Stichwort dafür, Marthas Unfall zur Sprache zu bringen, gab Antje selbst. Sie zeigte auf eine Touristin, die sich soeben mit einem geradezu akrobatischen Sprung auf ein Mäuerchen davor gerettet hatte, von zwei Ziegen aufs Korn genommen zu werden. »Gefährliches Pflaster, dieses Marrakesch, da sind Unfälle vorprogrammiert.«

Fanni nickte bekümmert. »Und manche gehen tödlich aus.« Sie schaute Antje an. »Bist du im Hotelcafé gewesen, als das Unglück passiert ist?«

»Dieter und ich haben zusammen an einem winzigen Ecktischchen gesessen«, antwortete Antje. Weil Fanni ganz offensichtlich auf mehr wartete, fuhr sie fort: »Wir konnten zwar durch das Panoramafenster auf die Straße hinausschauen, aber nur einen kleinen Abschnitt davon überblicken, der lag gut zwanzig Meter stadteinwärts der Stelle, an der Martha verunglückt ist.«

»Und was habt ihr in dem Ausschnitt gesehen?«, insistierte Fanni.

»Melanie«, antwortete Antje prompt. »Sie kam die Straße herunter.«

Scheint sich ja ständig auf der Mohammed V herumzutreiben, die verhärmte Melanie Fuchs!

»Und sonst?«

»Parkende Autos, vorbeifahrende Autos ...« Antje dachte kurz nach. »Du musst diejenigen fragen, die an den Tischen in der Mitte saßen, von da hatte man das längste Stück Straße im Blick.«

»Und wer saß in der Mitte?«, wollte Fanni wissen.

Antje bemühte sich sichtlich, sich daran zu erinnern, und wirkte geradezu schuldbewusst, als sie antwortete: »Ich weiß es nicht. Die Einzigen, die mir einfallen, sind Wiebke und Otto. Sie saßen neben uns und haben lauthals gestritten.

»Wieso die zwei sich wohl dauernd in den Haaren liegen?«, sagte Fanni mehr zu sich selbst.

»Es war nicht zu überhören, worum es ging«, erwiderte Antje. »Otto hatte eine Affäre mit einer Turnlehrerin, die an der gleichen Schule unterrichtet wie er. Und Wiebke gibt sich für seinen Geschmack zu viel mit esoterischem Blödsinn ab. Die gemeinsame Reise sollte wohl den Ehefrieden wiederherstellen. Scheint aber bisher nicht zu funktio ...«

Der Rest des Wortes verhallte, denn Gisela hatte inzwischen zur Gruppe aufgeschlossen, und der ganze Pulk drängte voran. Antje wurde von Fanni getrennt und verlor sich in der Menge.

Als Fanni endlich im Innenhof der Koranschule neben dem Wasserbecken stand, das die ganze Pracht orientalischer Zierde widerspiegelte, fühlte sie sich erschöpft und ausgelaugt.

Ist es nicht wunderschön hier? Ist es nicht wie im Märchen? Farbenfrohe Mosaiken, filigrane Schnitzereien, kostbarer Marmor, herrliche Stuckarbeiten, und alles untermalt vom leisen Plätschern eines Brunnens! Ist es nicht romantisch hier?

Fanni seufzte. Sie konnte die Werke maurischer Baumeister und Künstler nicht angemessen würdigen. Und wie phantasievoll, wie exotisch auch immer, das Flair von Tausendundeiner Nacht perlte an ihr ab wie Tau von einem Plastikhalm. Fanni war müde und traurig, und sie fragte sich, ob dieser Zustand jemals wieder enden würde.

Apathisch sah sie zu, wie Antje und etliche andere aus der Gruppe die Treppe zur ersten Etage hinaufeilten, wo die verlassenen Stuben der ehemaligen Schüler lagen.

Antjes Kopf erschien soeben in einer der Fensteröffnungen. »Dieter!«, rief sie zu ihrem Mann hinunter. »Du musst ein Foto von mir machen. Nein, stopp, komm lieber rauf. Elke kann uns alle beide im Fensterrahmen fotografieren.«

Fanni seufzte noch einmal und begann, sich am Rand des Bassins nach einem Plätzchen zum Niederlassen umzuschauen.

Als sie sich neben ein Popcorn futterndes Mädchen setzen wollte, hielt Sprudel sie zurück. »Wir sollten lieber zu dem Bänkchen dort in der Ecke hinübergehen. Das steht ein wenig abseits von dem ganzen Trubel.«

Dankbar ließ sich Fanni in den vom Eingang am weitesten entfernten Winkel führen.

Es tat ihr gut, in der Nische zu sitzen und zu schweigen. Ihr Blick ruhte sich auf den feinen Stuckverzierungen an der Wand neben ihr aus.

»Wir haben es bald geschafft«, sagte Sprudel nach einer Weile. »Nach den Saadier-Gräbern steht schon das Mittagessen auf dem Programm.«

Fanni graute vor diesem Mittagessen. Würden die Tischnachbarn sie bei Couscous und Hühnchen-Tajine erneut über das gestrige Geschehen ausfragen?

»Es geht weiter«, drang Elkes Stimme durch den Innenhof der Koranschule. »Kommt zum Ausgang bitte. Es ist schon nach zwölf, die Zeit läuft uns davon.«

Das Restaurant, in das sie zum Mittagessen geführt wurden, war laut Elkes Ankündigung »repräsentativ marokkanisch«, was in diesem Fall auch bedeutete, dass der Speiseraum nicht mit Straßenschuhen betreten werden durfte.

Selbst Fanni verschlug es für einen Moment den Atem, als sie eintrat. Ja, so stellte man sich die Gemächer vor, in denen einst Sultane mit ihrem Gefolge tafelten: prunkvoll und dennoch behaglich, lebhaft bunt und dennoch betäubend.

Zwei blank polierte Marmortreppen und ein auf Hochglanz gewienerter Flur hatten zu einem vertäfelten Entree geführt, das in einen gänzlich mit dicken, handgearbeiteten Teppichen ausgelegten Salon überleitete. Bunte Sitzkissen unterbrachen wie kleine Inseln die Teppichlandschaft.

»Das heutige Mittagessen«, sagte Elke, »könnt ihr als Generalprobe für die Mahlzeiten beim Zelttrekking betrachten.« In ihre Stimme hatte sich ein Anflug von Humor geschlichen.

Fanni und Sprudel schlüpften aus ihren Schuhen und stellten sie am Durchgang zum Salon auf einer der dafür vorgesehenen Bambusmatten nebeneinander ab.

Als sie in den Speiseraum traten, hatte sich Hubert Seeger bereits auf eines der Kissen gefläzt, die anstelle von Stühlen den kaum zehn Zentimeter hohen Tisch umlagerten. Er hatte den Kopf auf den angewinkelten rechten Arm gestützt und die Beine nach hinten weggestreckt.

»Lieg anständig bei Tisch«, grinste er Fanni entgegen.

Aufatmend steuerte sie auf das noch freie Sitzkissen links von ihm zu. Hubert kannte alle Details des Überfalls bereits, er würde sie also damit in Ruhe lassen. Seine Kalauer wollte sie dafür gern in Kauf nehmen.

Sie rückte das Kissen zurecht und versuchte, sich im Schneidersitz darauf niederzulassen. Dora, an Huberts anderer Seite, hatte die Beine geradezu beispielhaft unter sich gefaltet und hockte mit so tadellos geradem Rücken da, als hätte sie noch nie anders zu Tisch gesessen.

Nur kein Neid, Fanni! Dora ist ein ganzes Stück jünger als du, zwanzig Jahre mindestens!

Fanni gelang es zwar, den rechten Fuß unter den linken Oberschenkel zu klemmen, doch das linke Bein ließ sich nicht stark genug abknicken, sodass der Fuß unterm rechten Knie zu liegen kam. Die so entstandene Körperhaltung ähnelte zwar durchaus einem Schneidersitz, hatte jedoch den entschiedenen Nachteil, dass der Schwerpunkt zu weit hinten lag. Um nicht zu kippen, musste Fanni beide Hände um ihre Fesseln legen.

Keine Frage, auf diese Weise lässt sich Stabilität garantieren! Du wirst allerdings jemanden brauchen, der dich füttert!

Fanni hörte Sprudel ächzen und bemerkte, dass er begehrlich in den hinteren Teil des Salons spähte, der mit normalen Tischen und Stühlen und gepolsterten Bänken ausgestattet war.

Ja, dachte sie, ein Sofa wäre jetzt gut, eines mit weicher Rückenlehne, auf die man den Kopf betten kann. Eines mit einem Schemel davor, um die Füße abzulegen.

Heroisch umfasste sie ihre Knöchel fester und spannte die Rückenmuskeln an.

Während der Kellner die Getränkebestellungen aufnahm, blickte Fanni in die Runde. Gegenüber von ihr klebte Gisela an Bernd. Es sah aus, als würden sich die beiden ein Kissen teilen.

Olga saß zwischen Gisela und Melanie. Eben richtete sie ein paar Worte an Melanie, erntete jedoch nur ein unwilliges Nicken als Antwort.

Fanni bekam ein schlechtes Gewissen. Sie starrte grüblerisch das winzige Tellerchen an, auf das Sprudel ein Stück Fladenbrot gelegt und ein paar Oliven gehäuft hatte.

Fühlte sich die Klein-Bäuerin von ihr im Stich gelassen? Hatte sich Olga während dieser Reise doch mehr Aufmerksamkeit und Fürsorge von ihr erwartet? Hatte sie gehofft, dass Fanni und Sprudel sich rund um die Uhr ihrer annehmen würden?

Fanni dachte an ihre guten Vorsätze vom Morgen. Hatte sie nicht beabsichtigt, Olga ab sofort mehr Interesse zu schenken?

Doch Olga war ihr entschlüpft, wie ihr offenbar auch der Zugang zu ihrer Umwelt entschlüpft war – wie ihr Martha entschlüpft war. Und Martha ließ sich nicht mehr zurückholen.

Ein Grund mehr, sich jetzt vordringlich um Olga zu kümmern, sagte sich Fanni. Aber ihre Gedankenstimme schien anderer Meinung zu sein.

Quatsch, so wie sich die Klein-Bäuerin bisher durchs Leben beißen musste, braucht sie keine Fanni Rot, die bei ihr Kindermädchen spielt! Olga genießt die Ferien von Erlenweiler und vom Kuhstall! Sie genießt die Reise und die Gesellschaft von Menschen, die keine Vorurteile gegen sie hegen! Und wenn ihr die sauertöpfische Melanie grantig kommt, dann nimmt Olga das nicht persönlich!

Trotzdem! War Olga enttäuscht, gekränkt?

Fanni hob den Blick, um ihr wenigstens ein nettes Lächeln zu schicken, aber Olga bemerkte es nicht, weil sie sich gerade angeregt mit Dieter Horn unterhielt. Er hatte seinen Platz auf der anderen Seite von Melanie. Doch deren Sitzkissen war mittlerweile leer, sodass Olga und Dieter für den Moment kein Bollwerk trennte.

Melanie selbst war nirgends zu entdecken, und Fanni vermutete, dass sie sich auf die Suche nach den Toiletten gemacht hatte.

Fannis Blick streifte Antje Horn an Dieters anderer Seite und wanderte zu den Brügges, die, soweit es der Raum zwischen Antje und Elke zuließ, voneinander abgerückt waren und, wie zum Gebet auf ihren Kissen kniend, vor sich hin muffelten.

Sprudels unbehagliches Rumoren auf dem Kissen neben ihr lenkte Fanni von den Brügges ab, und sie schaute auf. Zwei Burschen in Tuareg-Gewändern brachten soeben ein Tablett mit Vorspeisen herein. Sie stellten es in der Mitte des niedrigen Tisches ab, und gleich darauf wurden Teller mit Linsen, Auberginen, Tomaten und noch mehr Oliven herumgereicht.

Fanni ließ ihre Fußknöchel los.

Und du glaubst, das funktioniert?

Jawohl, konterte Fanni. Oder bin ich etwa umgefallen?

Leider genügte es nicht, die Hände frei zu haben und gleichzeitig ein wackeliges Gleichgewicht aufrechtzuerhalten. Es war jetzt auch nötig, sich seitwärts zu neigen, um

Teller für Teller entgegenzunehmen, sich von den Speisen zu bedienen, sich auf die andere Seite zu beugen, um den Teller weiterzugeben, und so fort.

Für derartige Verrenkungen bot Fannis rudimentärer Schneidersitz ohne den stützenden Handgriff um die Fesseln entschieden zu wenig Stabilität.

Sprudel hatte sich inzwischen hingekniet und hockte auf seinen Fersen. Fanni tat es ihm nach. Doch bereits nach kurzer Zeit schmerzten ihre Knie.

Rings um den ganzen Tisch herum herrschte ein Scharren und Wühlen, ein Rücken und Rumpeln. Einzig Hubert lag bequem da. Er ließ sich von Dora bedienen und kaute zufrieden. Das fleischige Kinn ruhte gemütlich auf seiner Handfläche. Hubert schien derart versunken, dass er sogar vergaß, »Kikeriki« zu krähen, als Tajine mit geschmortem Hühnchen aufgetragen wurde.

Tatsächlich war sogar Fanni von der Vielfalt der angebotenen Speisen, von deren vorzüglichem Geschmack und von der unermüdlichen Aufmerksamkeit der hin und her eilenden Tuaregs beeindruckt und gewöhnte sich mit der Zeit an ihre ungewohnte Position beim Essen. So schien es den meisten aus der Gruppe zu gehen, und so kam es, dass sich das Mittagessen über fast zwei Stunden hinzog.

Als Fanni danach aufstehen wollte, musste sie sich mit ausgestreckten Armen am Boden abstützen, bis ihre Beine nicht mehr einknickten und ihr Körpergewicht wieder tragen konnten.

Das sieht aber äußerst ungraziös aus!

Ein kurzer Blick überzeugte Fanni davon, dass die anderen keine viel bessere Figur machten. Selbst Elke presste beide Hände haltsuchend auf ihre Oberschenkel, während sie sich langsam aufrichtete.

Kaum hatte Fanni das Entree verlassen und den polierten Marmorboden am Beginn des langen Flurs betreten, der zur Treppe führte, rutschte sie weg.

Ihre Schuhsohlen gebärdeten sich plötzlich, als wären sie in Schmierseife getaucht worden. Fanni schlitterte kreuz und quer, viel schlimmer, als sie es bei Gisela im Bahia-Palast beobachtet hatte.

Erschrocken schaute sie auf ihre Füße. Hatte sie versehentlich Giselas Schuhe angezogen?

Hast du nicht! Du bist ja noch nicht völlig plemplem!

Nein, so irre war sie tatsächlich nicht, ihre plumpen Treter mit hochhackigen Lackstiefeln zu verwechseln. Fannis Füße steckten in ihren eigenen Schuhen, die sich aber urplötzlich in Schlittschuhe verwandelt zu haben schienen.

Stabilität erhoffend steuerte sie auf eine der Wände zu und lavierte daran entlang.

Viel lieber hätte sie sich an Sprudel festgehalten, doch der war bereits ins Erdgeschoss geeilt, wo sich die Toiletten befanden. Erst am Ausgang würde sie wieder mit ihm zusammentreffen. Auch Olga befand sich nicht in ihrer Nähe; Fanni hätte sie sonst gebeten, sich bei ihr einhängen zu dürfen.

Suchend schaute sie sich um. Gar niemand war in ihrer Nähe. Aus dem Entree drangen Stimmen, anscheinend waren die meisten gerade dabei, ihre Senkel zu schnüren. Bereits im nächsten Moment musste eine ganze Traube auf dem Flur erscheinen.

Warte, bis sie kommen! Inzwischen ziehst du besser einen

Schuh aus und siehst nach, was auf einmal mit der Sohle los ist!

Fanni tastete sich weiter. Die Vorstellung, umringt, bemuttert, geführt und gestützt zu werden, war ihr peinlich. Wenn sie sich auf jeden ihrer Schritte konzentrierte und die Wand als Haltegriff benutzte, würde sie es wohl auch alleine schaffen.

Gerade mal fünf oder sechs Meter bis zu den Treppen, dachte sie. Ein paar Stufen hinunter, und schon bin ich unten im Erdgeschoss, wo der Boden rau ist und mehr Halt bietet – und wo Sprudel auf mich wartet.

Sie befand sich kurz vor der Treppe, als sie eilige Schritte den Flur herunterkommen hörte. Irgendjemand war also bereits im Anmarsch. Sie schaute sich nicht um, gab angespannt Acht, auf den Füßen zu bleiben.

Die rechte Hand an der Wand, brachte sie die ersten Stufen hinter sich. Die Schritte, die sie zuvor gehört hatte, waren inzwischen ganz nah und hatten offenbar auch Gesellschaft bekommen, denn hinter sich hörte sie es schlurfen und klappern und widerhallen.

Fanni querte einen Absatz und wollte gerade die nächsten Stufen in Angriff nehmen, da wurde sie von hinten gestoßen.

Ihre Hand rutschte von der Wand ab, ihre Füße drifteten über den Treppenabsatz hinaus, und sie fiel.

Doch bevor ihr Sturz an Schwung zulegen konnte, fühlte sie sich gepackt und an eine Brust gepresst.

»Fanni«, keuchte Sprudel. »Mit dem Kopf auf eine marmorne Stufenkante aufzuschlagen, das wäre absolut ... absolut ...«

»Ungesund«, sagte Hubert.

Die Gruppe staute sich auf dem Treppenabsatz. Stimmen riefen durcheinander. »Hinuntergestürzt ist sie!« – »Ist jemand verletzt?« – »Wer ist denn gestürzt?« – »Warum gehen wir nicht weiter?«

Fanni hatte sich mit fürsorglicher Unterstützung von Sprudel aufgerichtet und versuchte, wieder auf eigenen Füßen zu stehen. Aber ein brennender Stich durchfuhr ihren linken Knöchel.

6

Fanni war von Sprudel – assistiert von Hubert und Dora Seeger – im Touristenbus auf eine Sitzreihe gebettet worden.

Gleich nach dem Sturz hatten sich natürlich auch alle anderen um sie geschart. Olga wollte sie stützen und festhalten, war jedoch von den Seegers abgedrängt worden. Ebenso war es Antje Horn ergangen und gleichermaßen Gisela, die allerdings eher erleichtert darüber gewesen zu sein schien.

Einzig Otto Brügges schroffes Auftreten hatte Hubert und Dora für ein paar Augenblicke aus Fannis unmittelbarer Nähe verscheucht. Otto hatte sich als ausgebildeter Sanitäter zu erkennen gegeben und Fannis schmerzenden Knöchel gründlich begutachtet.

Ottos Chance, zu Fannis Betreuer zu avancieren, war freilich vertan, als sich seine Diagnose auf ein Schulterzucken beschränkte.

Auf diese oder jene Art hatte jeder seine Hilfe angeboten, nur Melanie hatte sich erkennbar abseits gehalten und das Gewusel um Fanni misstrauisch beäugt.

Letztendlich hatte Fanni dann, halb getragen von Sprudel und Hubert, den kurzen Weg vom Restaurant zum wartenden Bus hinter sich gebracht.

Nun saß sie in der ersten Sitzreihe, lehnte mit dem Rücken am Fenster, und ihre Beine ruhten ausgestreckt auf dem Platz neben ihr.

Zum zweiten Mal in weniger als vierundzwanzig Stunden holte Dora ihre Reiseapotheke heraus, die sie in ihrem ohnehin prall gefüllten Rucksack auch zur Stadtbesichtigung mitgenommen hatte, und bereitete einen Umschlag aus diversen Salben. Zugunsten eines schnelleren Erfolges von Doras Heilbehandlung schlug Otto einen kühlenden Wickel vor, dessen sich Elke annahm. Das Marschgepäck der Reiseleiterin gab ein Handtuch und eine kleine Flasche Mineralwasser her, mehr war nicht vonnöten, um Fannis linken Knöchel feuchtkalt zu umwickeln.

»Prima«, rief Dora, »ganz prima. Damit verhindern wir das Anschwellen.« Während sie sprach, warf sie Sprudel verwunderte Blicke zu, denn der starrte seit einigen Sekunden wie gebannt auf die Sohlen von Fannis Schuhen.

»Abfahrt«, rief Elke drängend. »Jetzt sofort. Wir haben es wirklich sehr eilig.«

Als der Touristenbus eine halbe Stunde später vor dem Hotel Agalan anhielt, tätschelte Hubert Seeger Fanni die Hand. »Memsahib bleibt auf Polster sitzen. Memsahib ruht sich aus. Boy bringt Gepäck.«

Elke mahnte erneut zur Eile.

»Es geht schon auf halb vier zu«, quengelte sie. »Und vor uns liegt noch der ganze Weg nach Oukaimeden.« Sie wandte sich an Fanni. »Aber selbst wenn wir hier noch ein Stündchen Pause machen könnten, würde dir das nicht viel nützen, weil du sowieso keine Möglichkeit hättest, dich richtig hinzulegen. Die Zimmer mussten wir ja schon am Morgen räumen.«

Allerdings, dachte Fanni, und schon am Morgen habe ich mich gefragt, warum unser Gepäck in der Lobby gesammelt und nicht gleich in den Bus geladen wurde. Dann hätten wir nicht noch mal hierherkommen müssen.

Die Antwort auf diese nicht ausgesprochene Frage zeigte sich schon kurz darauf in Gestalt eines Trekkingguides aus dem hohen Atlas sowie eines ansehnlichen Hügels aus Kartons, Plastiktüten und Stoffbündeln.

»Hassan«, erklärte Elke, »wird uns von jetzt an bis zum Ende des Trekkings begleiten. Und was da soeben in den Bus geladen wird, ist ein Teil unserer Ausrüstung und des Proviants. Den Rest bringen unser Koch und die Mulitreiber mit, die wir in Oukaimeden treffen werden.«

Von ihrer provisorischen Liegestatt im Bus aus sah Fanni zu, wie Taschen und Rucksäcke, Pakete und Bündel allmählich im Stauraum unterhalb der Sitzplatzreihen verschwanden. Als nur noch vereinzelte Gepäckstücke vor den offenen Klappen standen, löste sich Sprudel aus dem Pulk der Helfer und stieg zu Fanni in den Bus.

Er stellte sich in die Sitzreihe hinter ihr, beugte sich über die Lehne und nahm ihre Hand. »Wie fühlst du dich?«

Fanni hätte am liebsten »beschissen« geantwortet. Ihre Schulter und ihr Handgelenk schmerzten wieder, in ihrem lädierten Knöchel pochte es.

Sie hatte keine Ahnung, wie sie morgen die erste Marschstrecke bewältigen sollte, und in ihrem Kopf hatte sich ein hartnäckiger Wicht eingenistet, der wissen wollte, warum sie innerhalb von knapp vierundzwanzig Stunden zweimal in Gefahr geraten war, tödlich verletzt zu werden. Aber Sprudel machte sich ohnehin schon genug Sorgen.

»Es geht«, sagte sie deshalb. »Ich hoffe, der Knöchel beruhigt sich bald.«

»Wir werden sehen«, erwiderte Sprudel. »Und wenn es mit dem Laufen nicht ...«

»Dann reitet Memsahib eben auf einem Muli«, unterbrach ihn Hubert, der soeben eingestiegen war.

Dora drängte ihn zur Seite und begann, den Salbenumschlag zu erneuern.

Elke hatte, obwohl sie als Letzte in den Bus kam, Huberts Ausspruch offenbar gehört. Sie zählte kurz die Reisegruppe durch, gab dem Fahrer das Zeichen zur Abfahrt und sagte dann zu Fanni: »Die Mulis wären eine Option, für einige Wegabschnitte jedenfalls. Aber nicht für die ganze Strecke. Eine andere Möglichkeit wäre, dich direkt in die Gîte d'Etape nach Aroumd zu bringen, wohin wir anderen in drei Tagen kommen werden.«

Bevor Fanni etwas einwenden konnte, fuhr sie fort: »Andererseits könnte es ja auch sein, dass du dich morgen früh schon wieder besser fühlst. Unsere erste Wegstrecke ist weder besonders lang noch besonders anstrengend. Außerdem wird es unterwegs viele Pausen geben, in denen du dich und den Fuß ausruhen kannst. Sollen wir es einfach darauf ankommen lassen?«

Fanni nickte.

Eineinhalb Stunden später erreichten sie Oukaimeden, den Ausgangspunkt des Trekkings und den laut Reiseführer höchstgelegenen Wintersportort Afrikas.

Fanni starrte entgeistert aus dem Busfenster.

Das Kaff heißt Oukaimeden, nicht Davos und nicht St. Moritz!

Das Kaff sollte Müllkippe heißen, dachte Fanni übellaunig.

Die Passstraße schlängelte sich an einem Stauweiher vorbei,

in den offensichtlich die Kloake aus dem gesamten Ort floss. Zwei für die Kälte hier oben viel zu leicht bekleidete Jungen stocherten mit Stöcken in den grünlich schimmernden Pfützen herum, die sich am Ufer gebildet hatten. Ein Stück oberhalb des Weihers erstreckte sich eine Wiese, auf der das halb verrostete Gestänge eines ehemaligen Schlepplifts lag. Zwischen den Eisentrümmern grasten ein paar Schafe.

Fanni kniff die Augen zu, als könne sich dadurch die schmuddelige Umgebung in eine kultivierte verwandeln.

Als sie wieder nach draußen sah, tauchten die ersten Häuser des Ortes auf. Eine großformatige Reklametafel kündigte das beste Hotel am Platz an.

»Spa«, las Fanni. »Happy Hour. First-Class-Suite«. Und über der Abbildung eines imponierenden Gebäudekomplexes prangten fünf Sterne.

Wenige Meter dahinter konnte Fanni das ramponierte Original betrachten. Der Putz bröckelte von den Mauern; die Fenster waren nicht erst seit gestern blind; Wind und Wetter hatten den vormals parkähnlichen Garten mit zerfledderten Plastiktüten und sonstigem Unrat zugeweht.

Da bin ich ja mal auf die Wanderherberge gespannt!

Die Gîte d'Etape des französischen Alpenvereins war offensichtlich eines der wenigen Häuser in Oukaimeden, die gut in Schuss gehalten wurden. Steinstufen führten über eine Art Veranda zu der hübschen Eingangstür aus verglasten Holzelementen. Sämtliche Fenster zur Straße hin waren sauber geputzt, die Fassade aus ineinandergefügten Brettern war kaum verwittert, und auf dem Vorplatz lag nicht einmal eine Zigarettenkippe.

Beim Aussteigen aus dem Bus belastete Fanni versuchsweise ihren Fuß und stellte erfreut fest, dass er zwar noch wehtat, seine Aufgabe aber leidlich erledigte.

In der Eingangshalle der Gîte, von der eine breite Treppe zu den Schlafräumen im ersten Stock führte, gab es zwei bequeme Polstergruppen mit weichen Sofas.

»Memsahib«, rief Hubert und winkte sie zu dem Sofa in der Ecke. »Memsahib wird hier sitzen und ruhen. Boy bringt Gepäck hinauf und macht Quartier fertig.«

Sprudel war bereits mit Fannis Reisetasche nach oben unterwegs, und es würde vermutlich geraume Zeit vergehen, bis er zu ihr zurückkehren konnte.

Fanni lag indessen geduldig auf dem Sofa. Gedankenverloren beobachtete sie die beiden Flügeltüren, die das Foyer von dem Windfang hinter der Haustür abtrennten und keinen Augenblick lang stillstanden.

»Wie geht es dir?«, rief Olga herüber, die soeben mit ihrem gesamten Reisegepäck beladen auf die Treppe zusteuerte.

Fanni streckte den Arm aus und reckte den Daumen nach oben. Worte sparte sie sich. Sie hätte schreien müssen, um das Stimmengewirr, das Scharren und Rascheln, das Klacken von Giselas Absätzen, Elkes Quengeln und Hassans Anweisungen übertönen zu können.

Am Rande ihres Blickfelds gewahrte sie, wie sich am anderen Ende der Halle ein Mann in Anorak und Schirmmütze von einem Barhocker an der Theke erhob und im Nebenraum verschwand.

Die anderen Gäste ergreifen bereits die Flucht!

»Unsere Gruppe ist in Mehrbettzimmern untergebracht«, sagte Sprudel, rückte einen der Polsterstühle nahe an die Couch heran und ließ sich darauf nieder. »Dora wollte gern, dass sie und Hubert sich eine der drei Vierbettkammern mit uns teilen, weil es dann für sie einfacher wäre, deinen Fuß zu behandeln. Aber Hubert hatte ihre Taschen schon auf Nummer 3 gebracht, wo bereits die Brügges eingezogen waren. Und inzwischen hatte Olga in Zimmer Nummer 1, in dem sie unser Gepäck stehen sah, ihre Sachen ausgepackt. Und so soll es jetzt auch bleiben.« Er fuhr sich mit beiden Händen übers Gesicht und ließ den Kopf auf die gepolsterte Sessellehne sinken.

Im Foyer war es ruhig geworden. Der Lärm, der hier eben noch geherrscht hatte, drang jetzt – gedämpft und geringfügig modifiziert – aus der ersten Etage herunter.

»Und wer vervollständigt unser Quartett?«, fragte Fanni.

Sprudel benötigte einige Augenblicke, bis er verstand, was sie meinte.

»Gisela«, antwortete er.

»Und was ist mit Bernd?«, fragte Fanni verwundert.

Sprudel zuckte die Schultern.

Die Antwort ist ja wohl einfach! Horns, Melanie und Bernd teilen sich Nummer 2! Fragt sich bloß, wo Elke untergekrochen ist?

»Ist es nicht seltsam, dass Gisela ...«, begann Fanni.

Sprudel unterbrach sie schmunzelnd. »Vier Betten in einem winzigen Zimmer, Fanni. Welches davon du auch wählst, du liegst wie auf dem Präsentierteller.«

»Trotzdem«, beharrte Fanni.

»Vielleicht wollte Gisela einfach mal wieder mit ihren Bekannten aus dem Deggendorfer Landkreis zusammen sein, wenn sie und Bernd schon nicht für sich allein sein können«, meinte Sprudel.

Fanni nickte. Die Erklärung hörte sich einleuchtend an.

»Hat Gisela Nachrichten von zu Hause?«, fragte sie. »Von Toni? Weiß sie etwas über Marthas ... Rückkehr?«

Sprudel bejahte. »Sie hat offenbar mehrmals mit Toni telefoniert. Inzwischen scheint er auch offiziell über den Unfall informiert worden zu sein, und dabei hat man ihm wohl mitgeteilt, dass sich Martha im gerichtsmedizinischen Institut befindet.« Auf Fannis fragenden Blick fügte er hinzu: »Über den genauen Unfallhergang hat wohl auch Toni nichts erfahren.«

Während sich Fanni und Sprudel unterhielten, war Dora heruntergekommen. Sie hatte ihre Salben und eine elastische Binde mitgebracht. Mit einem theatralischen Seufzer ließ sie sich auf der Couch nieder, nahm Fannis Bein auf den Schoß und begann, den Wickel zu lösen.

»Wir legen einen Stützverband an, damit du auftreten kannst. Aber übertreib es nicht.«

Widerstandslos ließ sich Fanni den Verband anlegen, der ihr jedoch viel zu straff erschien.

Da kannst du dir ebenso gut Giselas Stiefel ausleihen!

Fanni dankte Dora herzlich, ohne sich anmerken zu lassen, wie lästig ihr die Bandage war.

»Es gibt eine ganz neu eingebaute Etagendusche auf dem Gang oben, wo die Zimmer sind«, sagte Dora. »Momentan herrscht da ziemlicher Andrang, aber falls du später duschen möchtest, kann ich dir gern dabei helfen.«

Fanni lehnte das Angebot höflich ab.

Sprudel würde für sie da sein, falls sie jemanden brauchte. Sprudel würde sich das sowieso nicht nehmen lassen, aber Fanni wollte auch niemand anders als Helfer haben.

Allein schon deshalb nicht, weil Sprudel nach dem Duschen den Verband so anlegen wird, dass er nicht überall zwickt und zwackt!

»Schön«, sagte Dora, klopfte sachte auf Fannis bandagierten Knöchel und erhob sich. »Dann werde ich mal nachsehen, wann ich an der Reihe bin.«

Sprudel hatte mittlerweile an der Theke zwei NusNus geholt und auf den niedrigen Tisch gestellt. Nun nahm er Doras Platz auf dem Sofa ein und legte Fannis Beine quer über seine Knie.

Es war warm und gemütlich in der Sofaecke. Eine ganze Weile saßen sie schweigend da und nippten an ihrem Milchkaffee. Ihre Reisegefährten befanden sich alle im ersten Stock, beim Duschen, beim Auspacken, beim Frischmachen. Vielleicht hatte sich der eine oder andere auch aufs Bett gelegt und hielt ein Nickerchen.

Fanni konnte geradezu hören und sehen, wie es in Sprudel brodelte.

Er weiß, dass ich die Treppe nur deshalb hinuntergestürzt bin, weil etwas mit meinen Schuhsohlen nicht in Ordnung war, dachte sie. Er hat sie sich im Bus ja angesehen. Während der Fahrt hierher hatte er Zeit, darüber nachzudenken, was davon zu halten ist. Und gleich muss ich ihm sagen, wie der Sturz letztlich ausgelöst worden ist.

Aber das möchtest du hinauszögern!

Ja, gab Fanni zu.

Wie lange würde es denn dauern, bis Sprudel klar war,

dass es nur jemand aus der Reisegruppe gewesen sein konnte, der wollte, dass Fannis Kopf auf einer der Marmorstufen aufschlug? Einen Lidschlag? Zwei? Fanni wettete auf einen. Sprudel würde sofort erfassen, dass dort auf dem Treppenabsatz ein Fremder aufgefallen wäre wie ein Hirsch in der Ziegenherde, weshalb nur einer der Mitreisenden dafür in Frage kam, sie angerempelt zu haben.

Angerempelt!

Warum nicht?, überlegte Fanni. Wegen der glatten Sohlen musste ich überaus langsam und vorsichtig gehen. Alle, die nach mir aus dem Entree kamen, hatten bis zum Treppenabsatz längst zu mir aufgeholt, drängten sich dort zusammen. Einer von ihnen hat sich an der Nase gekratzt und mich dabei mit dem Ellbogen in den Rücken getroffen – völlig unabsichtlich, aus Versehen sozusagen.

Mach dir nichts vor, Fanni! Der Stoß kam gezielt, du weißt es genau!

Sie merkte, dass Sprudel zum Sprechen ansetzen wollte, und legte ihm schnell die Hand auf den Arm.

Falls es sich wirklich so verhält, dass es jemand aus der Gruppe auf mein Leben abgesehen hat, dachte sie, könnte er in der Nähe sein, um zu lauschen, zu beobachten, neue Hinterlist auszutüfteln.

Aufmerksam sah sie sich um.

In der Gîte gab es an diesem Tag offensichtlich nur wenige andere Gäste. Einer der beiden kleinen runden Tische in der Mitte der Halle war von drei jungen Männern besetzt, die eine topografische Karte studierten und leise miteinander sprachen. Fanni schien es, als würden sie Deutsch reden.

Auf einem zweiten Sofa, nicht weit von dem, auf dem Fanni lag, saß ein Pärchen. Beide lasen Bücher mit französischen Titeln.

An die Theke gelehnt stand ein junger Mann in Wollpullover und Baseballkappe mit einer Bierdose in der Hand. Kurz streifte Fanni der Gedanke, wie sehr Hubert sich wohl darüber freuen würde, dass der französische Alpenverein Eigentümer der Gîte war und hier nach Lust und Laune Alkohol ausschenken konnte.

Der Mann an der Theke kam Fanni irgendwie bekannt vor. Sie fragte sich, ob er zu den dreien mit der Karte gehörte. Er sah allerdings etwas älter aus als sie. Aber wieso glaubte sie, sich an etwas an ihm zu erinnern?

Die Kappe! Es ist die Kappe!

Fanni fasste sie genauer ins Auge und erkannte den Schriftzug auf dem Schirm. Genau so eine Kappe hatte der Mann getragen, der mit einer Gazette du Maroc vor dem Hotel Agalan in Marrakesch saß, bevor Martha zu Tode kam.

Vielleicht saß er sogar währenddessen noch da! Und überhaupt, hält er sich nicht steif und gerade wie ein Lineal?

Fanni machte Sprudel unauffällig auf den Mann an der Theke aufmerksam.

Sprudel nickte bedächtig, »Ich habe ihn mir auch schon angesehen. Und ich glaube, er könnte es sein.«

»Derjenige, dem Melanie in Marrakesch etwas übergeben hat?«, vergewisserte sich Fanni.

Sprudel nickte noch einmal.

Man sollte mal ein Wörtchen schwätzen mit dem Käppimann!

»Ein Überfall und zwei Unfälle in knapp zwei Tagen«, sagte Sprudel. »Einer davon tödlich.«

Fanni merkte, wie angespannt Sprudel war. Sie musste mit ihm reden. Jetzt sofort. Egal, ob jemand etwas von dem Gespräch aufschnappte oder nicht.

Fanni berichtete ihm kurz und mit gedämpfter Stimme von dem Stoß am Treppenabsatz.

Sprudel nickte, als habe er nichts anderes erwartet. »Der Überfall in der Gasse, der Vorfall auf der Treppe, das waren Anschläge auf dein Leben.«

»Und Marthas Unfall?«, fragte Fanni.

Sprudel wirkte unschlüssig, antwortete aber dann mir fester Stimme: »Scheint mir inzwischen mehr als verdächtig.«

Ja, Fanni Rot, Sprudel weiß eben, wann es Zeit ist, Fraktur zu reden!

»Warum Martha, warum ich?«, sagte Fanni nach einer Weile. »Was wäre, wenn ich den gestrigen Angriff oder den heutigen Sturz nicht überlebt hätte? Wäre dann Schluss, oder würde sich der Täter – wir gehen doch davon aus, dass es einen gibt …?« Sie wartete Sprudels Zustimmung nicht ab, sondern fuhr nahtlos fort: »… würde er sich ein neues Ziel suchen? Wieder eine Frau? Nach welchen Kriterien wählt er seine Opfer aus? Augenfarbe? Größe? Alter? Kleidung?«

Sprudel strich nachdenklich über ihr Bein. »Figur, Alter, Kleidung. So betrachtet seid ihr euch recht ähnlich gewesen, Martha und du. Sie war fast genauso schlank wie du, allerdings ein paar Zentimeter größer, was aber nicht auffiel, wenn man euch nicht direkt nebeneinander gesehen hat. Und im Gegensatz zu Gisela war Martha immer sportlich und eher dezent gekleidet, wie du eben. Der auffälligste Unterschied war wohl die Frisur. Sie hatte dunkle, fast schulterlange Locken, du trägst die Haare kurzgeschnitten und hast farblich der Natur ihren Lauf gelassen ...«

Er unterbrach sich, denn Fanni saß plötzlich stocksteif da. »Was ist? Sticht es so arg in deinem Knöchel?«

Fanni musste zweimal schlucken, bevor sie antworten konnte. »Als Martha gestern früh das Hotelcafé verlassen hat, um zur Apotheke zu gehen, hatte sie ... Erinnerst du dich, was sie da trug?«

Sprudel dachte kurz nach, dann erstarrte auch er.

Die drei jungen Männer am Tisch sahen plötzlich zu ihnen herüber, als spürten sie, dass etwas nicht stimmte.

»Martha trug mein rotes Umschlagtuch und auf dem Kopf ihre hellgraue Mütze«, flüsterte Fanni.

Sprudels Finger gruben sich in ihre Wade, bis sie aufstöhnte. Er ließ erschrocken los. Doch gleich darauf nahm er resolut ihre beiden Beine und stellte sie auf den Boden. »Wir rufen uns ein Taxi, fahren nach Marrakesch und steigen in den nächsten Flieger nach Hause.«

Nun starrten nicht mehr nur die drei jungen Männer am Tisch her, sondern auch der Kerl an der Theke.

Fanni ließ die Beine auf dem Boden stehen und drehte den Oberkörper so, dass sie Sprudel direkt ins Gesicht blicken konnte. »Er ist also hinter mir her.«

»Und deshalb bleiben wir keine Minute länger hier«, sagte Sprudel entschieden.

Es kostete Fanni einige Überzeugungsarbeit, aber letztendlich gelang es ihr, Sprudel umzustimmen.

»Eine überstürzte Abreise«, argumentierte sie, »würde das Problem nicht lösen. Wenn es sich wirklich so verhält, wie wir glauben, wenn wirklich jemand beschlossen hat, mich umzubringen, dann wird er uns auf der Fährte bleiben und es wieder und wieder versuchen. Besser, als davonzulaufen wie der Hase vor dem Fuchs, besser, als unsere Energie in einem Fluchtplan zu vergeuden, wäre es doch zu versuchen, den Täter aufzuspüren. Gerade auf dieser Reise, wo das Umfeld begrenzt und überschaubar ist, dürfte uns das leichter fallen als irgendwo sonst.«

»Aber zu Hause könnte uns Marco helfen, die Polizei ...«, wandte Sprudel ein.

Fanni ließ ihn nicht ausreden. »Hast du schon vergessen, dass Marco letzte Woche nach Atlanta gereist ist, dass er dort für ein halbes Jahr in einem ›Police Department‹ als Ermittler arbeiten wird? Und außer ihm kennen wir niemanden bei der Polizei. Deine früheren Kollegen sind entweder im Ruhestand oder wurden weit weg versetzt. Und dieser Frankl, der Marco vertritt, würde uns seine allerübelsten Flüche an den Kopf werfen, wenn wir erzählen würden, dass es in Marokko einen Unfall mit einer Toten gegeben hat, der ein Mordanschlag auf mich gewesen sein sollte.«

Sprudel nickte bekümmert, denn Fanni hatte wieder einmal recht.

Sie gab ihm einen Kuss. »Du wirst sehen, Sprudel, wir entlarven den Täter. Wir schaffen das, wir haben es bisher immer geschafft.«

Wieder nickte Sprudel, doch die Empfindung, die ihn überkommen hatte, war ihm deutlich anzusehen: Angst. Schiere, greifbare Angst.

»Dusche nicht mehr belegt und frisch gelüftet, Wasser schön warm und reichlich vorhanden – möchte Memsahib nun ins Obergeschoss geleitet werden?«, sagte Hubert, als er zu Fanni und Sprudel ans Sofa trat. Dora war ihrem Mann gefolgt, und Fanni sah, dass soeben auch Brügges und Horns die Treppe herunterkamen.

Sie stand auf, belastete den verstauchten Knöchel und lächelte in die Runde. »Doras Salbenumschläge haben wahre Wunder gewirkt. Nur ganz tief drinnen zieht es noch ein kleines bisschen.«

Dafür staut sich jetzt das Blut unter der straffen Bandage!

Fanni bemühte sich, die lästige Gedankenstimme abzuschalten, und sprach weiter: »Ich sollte mal ein paar Schritte versuchen, am besten draußen vor dem Haus.« Sie wandte sich zur Tür.

»Nicht, Fanni«, rief ihr Dora nach. »Du musst den Fuß schonen, so lange es geht, sonst kuriert sich die Verletzung nicht aus.«

»Nur ein paar Schritte«, wiederholte Fanni, »und ein paar Atemzüge frische Luft.«

Auf dem Weg hinaus bemerkte sie, dass der Tisch, an dem die drei jungen Männer die Karte studiert hatten, jetzt leer war. Auch der Mann an der Theke war verschwunden.

Fanni trat auf die Straße und schaute sich um. Die Gîte d'Etape war eines der letzten Häuser in Oukaimeden. Gleich dahinter verengte sich die Fahrbahn und ging in einen Feldweg über, der bergan führte. Er schlängelte sich einen Hügel hinauf und von dessen Kuppe aus ein Stück westwärts, wo er zwischen den Stahlträgern eines Skilifts verschwand.

Der Hügel war mit stoppeligem Gras und niedrigen Büschen bewachsen. Von West nach Ost zog eine Schafherde darüber. Etliche Lämmer, die Fanni für erst ein paar Tage alt hielt, sprangen übermütig herum.

Wenn man den Rest der Kulisse ausblendet, wirkt es hier sogar geradezu idyllisch! Fidele Lämmchen, ein bärtiger Schäfer in Filzstiefeln und wollenem Umhang, ein munteres Bächlein, das den Hang herunterplätschert!

Fanni ging langsam darauf zu.

Der Knöchel verhielt sich ganz passabel, doch Sprudel, der ihr selbstredend gefolgt war, warnte: »Übertreib es nicht, Fanni.«

Gehorsam setzte sie sich auf eine Holzplanke am Wegrand. Sprudel tat es ihr nach.

Sie legte eine Hand in die seine. »Die Sonne wird gleich hinter dem Hügel verschwinden, lass uns die letzten Strahlen genießen.«

»Es ist wärmer geworden«, sagte sie nach einer Weile und öffnete den Reißverschluss ihrer Fleecejacke. »Sogar hier, in mehr als zweieinhalbtausend Metern Höhe, ist die Temperatur jetzt ganz angenehm.«

Weil Sprudel nicht antwortete, fügte sie hinzu: »Aber das wird sich ändern, sobald die Sonne weg ist; und wer weiß, welches Wetter die nächsten Tage bringen.«

Sprudel schwieg noch immer.

Er denkt darüber nach, wie er eine Leibwache für dich auf die Beine stellen könnte! Vermutlich schwebt ihm die Schweizer Garde vor!

Fanni drückte seine Hand. »Schau, Sprudel, wir haben inzwischen einen entscheidenden Vorteil, weil wir gewarnt sind. Wir wissen, dass wir uns vorsehen müssen.«

»Aber wir stehen ganz allein da«, entgegnete Sprudel. »Wir sollten jemanden ins Vertrauen ziehen. Die Seegers vielleicht.«

Fanni winkte energisch ab. »Auf keinen Fall. Überleg doch mal, wo wir vorrangig nach dem Täter suchen müssen.« Sie gab sich selbst die Antwort. »Innerhalb der Reisegruppe natürlich. Nur jemand von unseren Mitreisenden kommt dafür in Frage. Wer sonst hätte die Möglichkeit gehabt, die Anschläge zu verüben?«

»Das ist es ja gerade«, erwiderte Sprudel. »Wer von unseren Mitreisenden sollte Grund dazu haben? Abgesehen von Gisela und Olga kannte dich bis vor ein paar Tagen keiner von ihnen.«

Fanni ließ den Kopf hängen. Sprudel hatte recht. »Ich weiß«, sagte sie nach ein paar Augenblicken. »Der Haken an der ganzen Sache ist, dass weit und breit kein Motiv zu sehen, ja nicht einmal zu erahnen ist. Wie könnte ich, ohne es zu merken, innerhalb kürzester Zeit jemanden so beleidigt haben, dass er mich umbringen will? Und auch mit Olga und Gisela, den Einzigen, die mich schon länger kennen, hatte ich noch nie Unstimmigkeiten. Aber selbst wenn eine der beiden plötzlich beschlossen hätte, mich zu ermorden, dann hätte sie mich nicht mit Martha verwechselt. Beide haben ihr ja zugesehen, wie sie mein Tuch genommen hat.«

Falls eure Verwechslungstheorie zutrifft! Sich darauf zu versteifen ist wohl keine gute Idee! Ein guter Ermittler ...

... denkt immer in sämtliche Richtungen – bla, bla, bla, machte Fanni ihre Gedankenstimme nieder.

Eine Zeit lang war es still, dann fiel ihr wieder ein, was sie zuvor hatte sagen wollen. »Wir können Hubert Seeger nicht ins Vertrauen ziehen, Sprudel, solange wir keinen Beweis dafür haben, dass er nicht hinter den Anschlägen steckt.« Sie runzelte die Stirn. »Hubert, finde ich, ist fast am wenigsten zu trauen. Wozu spielt er andauernd dieses alberne Theater? Um von etwas anderem abzulenken? Von etwas, das keiner wahrnehmen soll?« Sie drückte Sprudels Hand so fest, dass er leise aufstöhnte. »Außer Olga und Gisela können wir niemandem aus der Gruppe vertrauen, Sprudel. Aber was wäre damit gewonnen, die beiden einzuweihen?«

Fanni ließ einige Sekunden verstreichen, doch als von Sprudel keine Erwiderung kam, fuhr sie fort: »Nichts, vermutlich. Im Gegenteil, es könnte sogar schädlich sein. Gisela würde womöglich bei ihrem Schwachstellenanalytiker tratschen, und Olga würde sich so erkennbar Sorgen machen, dass der Täter gewarnt wäre und noch vorsichtiger zu Werke ginge.«

Sprudel brütete wieder schweigend vor sich hin.

Langsam sank die Sonne, und zugleich wurde es empfindlich kühl. Fanni machte Anstalten aufzustehen, aber Sprudel hielt sie zurück.

»Es ist beinahe unmöglich, hier und jetzt Ermittlungen anzustellen. Wie, in Gottes Namen, sollen wir herausfinden, ob jemand aus der Reisegruppe hinter dir her ist? Wir kennen diese Leute nicht, und unter sich kennen sie sich ebenso wenig. Wen also sollen wir über ... ja, über was eigentlich ausfragen? Solange wir nicht sagen, weshalb wir Erkundigungen einziehen, werden wir nicht nur Misstrauen ernten, sondern womöglich auch noch Feindseligkeit.«

Sprudel hat recht! Heimliches Hintenherumfragen führt in diesem Fall zu nichts! Da muss man die Karten schon auf den

Tisch legen: Fannis Schuhsohlen sind präpariert worden, sodass sie ganz glatt waren, und außerdem ist Fanni oben an der Treppe geschubst worden! Wer hat was gesehen? Wer befand sich wo? Und wer befand sich wo, als Martha ...?

Fanni stand auf. »Wir müssen eben beobachten, hinhören, Augen und Ohren aufsperren.« Sie schlug den Weg zurück zur Herberge ein. »Und achtgeben.«

»Wanzen in Zelten und Schlafkammern wären willkommen«, sagte Sprudel.

Fanni zuckte zusammen. »Glaubst du, es gibt Wanzen in Marokko? Ich hatte es noch nie mit diesen Biestern zu tun, aber sie sollen wirklich widerwärtig sein.«

Sprudel lachte glucksend. »Abhörwanzen, Fanni!«

Bevor sie ihn in die Seite knuffen konnte, nahm er sie in die Arme und hielt sie fest. So standen sie noch einige Zeit und ließen die allerletzten Sonnenstrahlen des Tages, die Stille der Berglandschaft, das Bild der sich immer weiter entfernenden, ruhig weidenden Schafherde wie eine Decke des Trostes über sich breiten.

Gegenüber der Herberge teilten sich drei angepflockte Mulis die paar dürren Halme auf einem trockenen Grasfleck.

»Das müssen die Packtiere für unsere Reisegruppe sein«, sagte Sprudel.

Fanni schaute interessiert hinüber. Die Tiere wirkten friedlich und sanftmütig.

Trotzdem, dachte Fanni, ich wäre meinen Beinen wirklich dankbar, wenn sie mich selbst tragen könnten.

Klar, wer will schon wie ein Mehlsack festgeschnallt auf einem Mulirücken hängen? Hilf- und wehrlos, falls das Tier ei-

nen Fehltritt tut, den nächstbesten Felsabbruch hinabstürzt und seine Last unter sich begräbt?

Fanni warf den Packtieren einen letzten, etwas scheelen Blick zu und hoffte, dass sie am kommenden Tag die vorgesehene Strecke auf eigenen Füßen würde bewältigen können.

Sie wollte sich gerade abwenden, da sah sie ein Stück unterhalb der Mulis, halb verdeckt von einem vor sich hinrostenden Motorschlitten, eine Frau und einen Mann in lebhafter Unterhaltung. Bei der Frau handelte es sich unverkennbar um Melanie Fuchs. Und der Mann, da hätte Fanni schwören können, war derjenige, der zuvor an der Theke in der Gîte gesessen hatte.

Der Käppimann! Könnte nicht er den Überfall in der Gasse ausgeführt haben? Als Melanies Komplize?

Fanni wollte Sprudel gerade auf das Paar aufmerksam machen, da merkte sie, dass er sich dem Eingang der Gîte zugewandt hatte und angespannt hinübersah.

Die Stufen zur Tür waren von einem der jungen Männer blockiert, die zuvor an dem Tisch in der Halle gesessen hatten. Er hielt eine Spraydose in der Hand und betätigte in kurzen Abständen den Sprühkopf. Schauer um Schauer regnete auf die Gurte und Schnallen an seinem Rucksack nieder, den er auf der obersten Stufe flach ausgebreitet hatte.

Sprudel setzte sich in Bewegung. Fanni war ihm bereits einen Schritt voraus.

Als sie an den jungen Mann herantraten, hatte er die Sprayflasche abgestellt und ließ gerade einen der Gurte in die zugehörige Öse gleiten. Fanni konnte sehen, wie das Material geschmeidig durchlief.

Sie sprach, bevor sie sich Worte zurechtgelegt hatte. »Das Zeug ist ja erstaunlich. Macht alles glatt wie eine Bananenschale.«

Der junge Mann lachte und drehte die Spraydose so, dass Fanni die Aufschrift lesen konnte. Der Name des Produkts sagte ihr nichts, aber dem Text darunter entnahm sie, dass es sich um ein Gleitspray auf Silikonbasis handelte. Und der Preisaufkleber verriet ihr, dass es aus einem Baumarkt in der Nähe von Deggendorf stammte.

Fanni klopfte mit dem Zeigefinger auf das Schildchen. »Mir scheint, wir kommen aus der gleichen Gegend.«

Der junge Mann sah sie verwirrt an. Erst als sein Blick von ihrem Finger gelenkt auf das Etikett fiel, begriff er offenbar, was sie meinte. »Oh – ähm – ich hab das Spray gar nicht von zu Hause mitgebracht.«

»Dann gehört es wohl einem Ihrer Freunde?«, hakte Fanni nach.

Der junge Mann antwortete nicht gleich.

Jetzt überlegt er, was dich das angeht! Mach dich auf eine rotzige Entgegnung gefasst!

Aber anscheinend handelte es sich um einen höflichen, redlichen jungen Mann, denn er sagte nach einer kleinen Pause: »Ob Sie es glauben oder nicht, ich habe diese Sprayflasche vor ein paar Minuten gefunden.«

Fannis »Wo?« kam so schnell, dass er stutzte. Dann entgegnete er entschieden: »Ich habe sie wirklich gefunden, neben dem grünen Abfallkorb in der Halle. Als ich meine Coladose entsorgen wollte, habe ich sie gesehen. Sie wirkte so neu und unbenutzt, dass ich sie genommen und mir angeschaut habe. Dabei fiel mir auf, dass sie noch gut halb voll war.« Plötzlich schaute er Fanni erschrocken an. »Ist sie Ihnen etwa abhanden gekommen?«

Fanni hätte gern mit »Ja« geantwortet und die Flasche an sich genommen. Aber konnte sie einfach jemandem so eiskalt ins Gesicht lügen?

Sprudel konnte es. »Ich habe sie versehentlich in der Halle stehen lassen, und jemand muss sie für Müll gehalten haben. Ich hätte sie zwar gern zurück, aber Sie dürfen damit sprühen, so viel Sie wollen.«

7

Fannis Knöchel ließ sich willig belasten. Die Bandage saß jetzt stützend, jedoch nicht mehr so straff.

Sie und Sprudel hatten geduscht, frische Wäsche und warme Pullover angezogen und sich zudem noch in Fleecejacken gehüllt. Dann hatten sie sich in ihrem recht frostigen, ziemlich klammen Schlafraum eng nebeneinander auf Fannis Bett gehockt.

Beide wussten, dass sie es unten in der Halle wohlig warm gehabt hätten, denn der Kachelofen war mit dicken Scheiten beheizt worden. Die Hitze, die er abstrahlte, brachte die Luft beinahe zum Flimmern. Gisela und Olga und vermutlich auch alle anderen hatten sich längst ein Plätzchen nah an der Wärmequelle gesichert.

Aber Fanni und Sprudel wollten für sich sein. Was sie zu tun und zu bereden hatten, war nicht für die Öffentlichkeit bestimmt. Jedenfalls noch nicht. Deshalb verbannte die Angelegenheit, an der sie herumtüfteln mussten, die beiden in ihre kalte Kammer.

Die aufgeregten Stimmen der anderen waren bis hier oben zu hören, was wohl bedeutete, dass sie verschärft diskutierten.

Als Fanni und Sprudel von draußen hereingekommen waren, hatte Hubert gerade geröhrt: »Ja, was glaubt ihr denn, was uns das kostet, wenn wir die Griechen aus der EU ...« Er hatte sich unterbrochen und ihnen zugerufen: »Habt ihr zwei es mitbekommen? Abendessen gibt's um halb acht.«

Elke hatte bestätigend dazu genickt, und Fanni und Sprudel

hatten sich an einem unverbindlich-freundlichen Lächeln versucht.

Fanni sah auf ihre Uhr: Viertel vor sieben.

Sprudel drehte die Spraydose in der Hand hin und her. »Hast du gesehen? Es führt genau dieselbe Wirkung herbei.« Er hatte die Sohle seines Turnschuhs eingesprüht, die nun wie ein Schlittschuh über den Boden glitt. »Dabei ist der Kunststoffbelag hier längst nicht so glatt wie der Marmor im Restaurant.«

Fanni hatte ohnehin nicht daran gezweifelt, dass der Täter ihr Schuhwerk mit dem Silikonspray präpariert hatte.

Das Experiment wäre eigentlich gar nicht mehr nötig gewesen, dachte sie.

Es hat den Beweis geliefert!

Und die Frage aufgeworfen, wie das Zeug wieder von der Sohle wegzukriegen ist, motzte Fanni ihre Gedankenstimme an.

Sie schaute Sprudel dabei zu, wie er versuchte, mit einem Feuchttuch, das er zusätzlich mit Shampoo getränkt hatte, den glatten Belag wieder wegzurubbeln.

Ihre eigenen Schuhe, an deren Sohlen die Silikonschicht noch haftete, steckten in einer Plastiktüte, in der sie Sprudel nachmittags hatte verschwinden lassen, während im Hotel Agalan in Marrakesch das Gepäck eingeladen wurde. Damit Fanni nicht auf Strümpfen humpeln musste, hatte er ihr die Sandalen aus dem Seitenfach der Reisetasche gebracht.

»Der Kerl muss deine Schuhe präpariert haben, während wir beim Mittagessen saßen«, hörte Fanni ihn murmeln.

Sie lachte bitter auf. »Da standen alle Schühchen in Reih und Glied im Entree, und jeder konnte sich bedienen.«

»Jeder aus der Gruppe«, präzisierte Sprudel.

»Außerdem die Kellner und die anderen Gäste, die mittags in dem Restaurant waren«, vervollständigte Fanni. »Aber die können wir ja wohl ausklammern.«

Sprudel warf ihr einen deprimierten Blick zu. »Es scheint tatsächlich auf jemanden aus der Gruppe hinauszulaufen. Bist du nach wie vor entschlossen, den anderen unsere Schlussfolgerungen zu verschweigen?«

»Vorerst schon«, entgegnete Fanni. »Je sicherer sich der Täter fühlt, desto eher verplappert er sich. Vielleicht bezeichnet Wiebke die Handverletzung ihres Mannes irgendwann einmal ganz in Gedanken als Bisswunde. Wer weiß denn schon, ob das Glas wirklich eine Scharte hatte? Von den anderen scheint niemand bemerkt zu haben, dass sich Otto daran verletzt hat. Und wieso waren die Brügges eigentlich in der Bar? Wollten sie nicht gleich nach dem Essen auf ihr Zimmer?«

Weil Sprudel schwieg, offenbar damit beschäftigt, sich Fannis Worte durch den Kopf gehen zu lassen, fuhr sie fort: »Vielleicht zoffen sich die beiden nur, um wahrgenommen zu werden. ›Seht her, wir sitzen im Café! Seht her, wir sitzen in der Bar!‹ Vielleicht haben ihre Auftritte nur den Zweck, auf ihre Präsenz hinzuweisen.«

Oho, zieht sich um die Brügges etwa eine Schlinge aus Verdachtsmomenten zusammen?

Von den Feuchttüchern, die Sprudel benutzt hatte, waren nur noch ein paar Fetzen übrig. Fanni sammelte sie in einer leeren Dattelverpackung, die sie später mit zu dem Abfallkorb in der Halle nehmen wollte.

Die Sohle des besprühten Turnschuhs glänzte noch immer. Als Sprudel sie versuchsweise über den Boden gleiten ließ, wies sie allerdings eine merkliche, wenn auch eingeschränkte Haftung auf.

»Tauglich«, entschied er. »Vielleicht nicht gerade für Marmorböden, aber für Holz- und Kunststoffbeläge und für Wiesenwege allemal.« Er stellte den Turnschuh zu seinem Gegenstück unters Bett und wollte nach der Tüte mit Fannis präparierten Schuhen greifen.

Sie legte ihm jedoch die Hand auf den Arm. »Lass nur. Ich brauche sie nicht. Auf der Trekkingtour muss ich sowieso die Bergschuhe anziehen, und für einen Spaziergang um unsere Herbergen herum oder quer über den Zeltplatz reichen die Sandalen. Was wir aber während des Trekkings noch brauchen, sind unsere Feuchttücher.«

Sprudel nickte, sagte aber einschränkend: »Irgendeiner unserer Reisegefährten wird sicherlich eine Bürste dabeihaben, die ich mir mal ausleihen kann. Sobald wir an einem Bach zelten, werde ich deine Schuhsohlen damit bearbeiten.«

Fanni nickte zerstreut. Ihre Gedanken beschäftigten sich bereits wieder mit Ermittlungsarbeit. »Wir haben doch in dem Restaurant alle gemeinsam an einem Tisch gesessen. Da muss es doch möglich sein, sich zu erinnern, wer mittendrin aufgestanden ist.«

»Heute Mittag am Tisch«, entgegnete Sprudel, »hat wohl jeder mal gefehlt. Fast alle sind, bevor das Hauptgericht aufgetragen wurde, auf die Toilette gegangen.«

»Melanie war sehr lange weg«, sagte Fanni und tat ihre Bemerkung im selben Augenblick mit einer wegwerfenden Geste ab. »Was natürlich nichts heißen will.« Nach einem Moment angestrengten Nachdenkens fügte sie hinzu: »Vielleicht sollten wir versuchen, uns zu erinnern, wer nicht aufgestanden und hinausgegangen ist, dann könnten wir vielleicht den einen oder anderen als Täter ausschließen.«

Es war eine Weile still in der immer mehr auskühlenden Kammer. Plötzlich fiel Fanni ein, dass ja auch Sprudel vorhin etwas hatte sagen wollen. Sie fragte ihn danach.

Er sah sie grüblerisch an. »Fanni, wir brauchen Informationen, die wir uns hier nicht beschaffen können.«

Ach, wo denn dann?

Fanni wartete, dass Sprudel weitersprach.

Da sagte er munter: »Lass uns doch – um ein bisschen Überblick zu gewinnen – so ein Hypothesengebäude errichten, wie wir es in früheren Fällen immer konstruiert haben.«

Mit einer einladenden Handbewegung forderte ihn Fanni dazu auf, und er begann recht flüssig zu erörtern: »Hypothese eins: Jemand plant, Fanni Rot zu ermorden.

Eins a: Durch eine fatale Verwechslung fällt ihm beim ersten Versuch Martha Stolzer zum Opfer.

Eins b: Er verfolgt seinen Plan weiter, führt zwei Anschläge auf Fanni aus.

Hypothese zwei: Der Täter ist innerhalb der Reisegruppe zu suchen.

Zwei a: Er macht diese Reise mit, um Fanni Rot in Reichweite zu haben.

Zwei b: Er kennt Fanni nur von Bildern und aus Erzählungen ...«

»Zwei b ist aber eine sehr gewagte Annahme«, fiel ihm Fanni ins Wort.

»Wieso?«, verteidigte sich Sprudel. »Wenn dich der Täter persönlich kennen würde, müsstest du ihn ja auch längst erkannt haben.«

Dem wollte Fanni widersprechen, doch Sprudel kam ihr zuvor: »Vergiss zwei b. Ausschlaggebend ist, dass es eine uns bisher unbekannte Verbindung zwischen dir und jemandem aus der Gruppe geben muss, die wir aufdecken müssen. Denn diese verborgene Beziehung führt uns geradewegs zum Motiv und damit zum Täter.«

Er wollte weiterreden, aber Fanni hatte etwas einzuschieben: »Weißt du, was sich aus zwei b schließen lassen könnte?«

Aber nur, wenn man wie Fanni Rot eine Menge Krimis gelesen hat!

»Dass es sich um einen Auftragskiller handelt.«

Sprudel schaute sie erschrocken an. »Das ist ja wohl – nein, du hast recht. Wir müssen diese Möglichkeit in Betracht ziehen. Es muss ja kein Profi sein – es kann kein Profi sein.« Sprudel verstummte und starrte brütend vor sich hin.

Fanni riss ihn aus seinen Gedanken. »Du hast gerade von der Verbindung zwischen mir und dem Täter gesprochen, als ich dich unterbrochen habe.«

»Die sich nicht herstellen lässt, wenn es sich tatsächlich um einen Auftragsmord handelt«, sagte Sprudel dumpf.

»Dann ignorieren wir diese Theorie eben vorerst«, empfahl Fanni, »und gehen davon aus, dass derjenige, der mich um die Ecke bringen will, persönlich agiert.«

Sprudel stimmte zögerlich zu.

Der »Auftragskiller« ist ihm in die Glieder gefahren!

»Für einen gedungenen Mörder«, sagte Sprudel einen Moment später, »spricht allerdings der Überfall in der Gasse. Denn dabei hätte sich jeder aus der Reisegruppe dem enormen Risiko ausgesetzt, erkannt zu werden.«

»Einem wirklich enormen«, gab Fanni zu, »und zudem hat

es der Angreifer allein gegen uns beide aufgenommen ...« Sie hing eine Weile diesem Gedanken nach, dann lächelte sie leise. »Aber eigentlich passt es ganz gut in unser Hypothesenbauwerk.«

Sprudel sah sie skeptisch an.

»Hypothese eins a besagt«, erklärte Fanni. »›Durch eine fatale Verwechslung fällt unserem Täter beim ersten Mordversuch Martha Stolzer zum Opfer.‹ Darüber, nehme ich an, gerät er völlig außer sich. Er ist so in Rage, dass er nach einer schnellen Gelegenheit sucht, wieder zuzuschlagen, um seine Wut loszuwerden. Es gelingt ihm einfach nicht, einen kühlen Kopf zu bewahren. Als er mitbekommt, dass wir nach dem Abendessen noch eine Runde laufen wollen, folgt er uns. Er hat sogar noch Zeit genug, sich zu vermummen, sodass wir ihn nicht erkennen können. Vielleicht nimmt er einfach einen dunklen Mantel und einen dunklen Schal von einem der Garderobenständer im Hotel und schlingt sich den Schal wie eine Chèche um Kopf und Gesicht. Er folgt uns also und sieht seine Chance, weil ihm klar wird, dass wir vorhaben, in die kleine Gasse einzubiegen. Er überholt uns und lauert uns auf. Durch den Kampf, den er verliert, wird sein Mütchen gekühlt. Er beginnt, wieder klarer zu denken, verschlagener zu planen.«

»So könnte es gewesen sein – vielleicht, vielleicht aber auch nicht.« Sprudel wirkte konfus, begann seine Wangenfalten zu malträtieren und sein Kinn zu kratzen. Plötzlich hielt er inne. »Wir spielen das Ganze an einem konkreten Beispiel durch.«

Fanni wartete ab, und er fuhr fort: »Nehmen wir Otto Brügge als Täter, wegen seiner Handverletzung scheint er dir ja am verdächtigsten zu sein.« Sprudel unterbrach sich kurz, bevor er hinzufügte: »Für die es allerdings zumindest ein schartiges Glas als Beweis und einen bedauernswerten Barkeeper als Zeugen geben dürfte.«

»Scharten kann man absichtlich schlagen«, warf Fanni ein, »um einen Grund zu finden, die Hand mit dem Taschentuch zu umwickeln.«

Sprudel musste ihr recht geben. »Otto Brügge«, fing er wieder an, »hat also ein uns unbekanntes Motiv, dich töten zu wollen. Morgens im Café täuschen die Brügges einen Streit vor, um sich ein Alibi ...« Er verstummte und dachte nach. »Nein, Fanni, das ist Unsinn. Sie konnten ja nicht wissen, dass sie eines brauchen würden. Die Brügges streiten sich tatsächlich allen Ernstes über das, wovon Antje gesprochen hat. Auf einmal sieht Otto eine Frau, die ein rotes Umschlagtuch und eine graue Mütze trägt, das Café verlassen. Er hält sie für Fanni Rot, springt auf, folgt ihr und stößt sie vor einen Omnibus. Bereits wenige Minuten später sitzt er wieder am Tisch. Außer seiner Frau hat niemand sein Fehlen bemerkt. Die aber hält trotz aller Zwistigkeiten zu ihm.«

Sprudel ordnete kurz seine Gedanken, dann sprach er weiter. »Am Abend spielt es sich ähnlich ab. Er entschließt sich spontan, uns zu folgen, weil ihm sein Missgriff keine Ruhe lässt. Von seiner Frau lässt er sich den schwarzen Schal geben, den sie beim Abendessen zum beigen Pullover trug, und wickelt ihn sich um den Kopf. Eine dunkle Jacke hat er sowieso an. Wiebke Brügge kommt natürlich nicht mit, aber sie hat auch nicht den Nerv, aufs Zimmer zu gehen. Sie wartet im Foyer auf ihn, und als er zurückkommt, gehen sie in die Bar, wo sie diesmal tatsächlich streiten, um bemerkt zu werden, und wo er so tut, als hätte er sich geschnitten, um die Bisswunde vertuschen zu können. Ja«, fügte Sprudel nach einer Verschnaufpause hinzu, »ja, denkbar wäre das.«

»Denkbar«, wiederholte Fanni gedehnt. »Denkbar wäre aber genauso gut, dass mir Melanie Fuchs nach dem Leben trachtet und dieses Lineal mit Sonnenbrille und Käppi damit beauftragt hat, die Schmutzarbeit für sie zu erledigen. Leider passiert dem Auftragskiller dabei ein nicht wiedergutzumachendes Versehen, weshalb Melanie ihn drängt, die Scharte schleunigst wieder auszuwetzen. Er nutzt die erstbeste Gelegenheit dazu, und als er wieder versagt, nimmt Melanie die Sache tags darauf persönlich in die Hand.«

»Auch das ist denkbar«, sagte Sprudel müde. »Denkbar ist ebenso, dass Martha sterben musste, weil es so geplant war. Dass gar keine Verwechslung vorlag, dass es der Täter ebenso auf sie abgesehen hatte, wie er es auf dich abgesehen hat. Alles Mögliche ist denkbar und ergibt erst dann einen Sinn, wenn das Motiv offenliegt.«

»Und das bringt uns wieder zu der Verbindung zwischen dem Täter und mir, die das Motiv eigentlich enthüllen müsste«, erinnerte ihn Fanni.

»Wir können sie nur finden«, erwiderte Sprudel, »indem wir jedes einzelne Mitglied der Reisegruppe unter die Lupe nehmen – mitsamt Herkunft, Umfeld, Verwandten.«

Muss man jetzt wirklich bereden, dass derartige Ermittlungen auf einer Tour durchs Atlasgebirge unmöglich sind? Doch wohl nicht!

Sprudel fuhr bereits fort: »Deshalb brauchen wir jemanden, der diese Recherchen zu Hause für uns erledigt.«

»Aber der Einzige, der das könnte, sitzt für ein halbes Jahr in Atlanta«, entgegnete Fanni.

Sprudel piesackte wieder seine Wangenfalten, was Fanni kundtat, dass er angestrengt nachdachte.

Jetzt lässt er seine ehemaligen Kollegen Revue passieren, überlegt, ob doch noch einer im Dienst ist, den er einspannen könnte!

»Unser Sekundant muss nicht zwangsläufig bei der Polizei sein«, sagte Sprudel nach einiger Zeit. »Vielleicht wäre uns schon geholfen, wenn wir jemanden hätten, der im Internet ein paar Nachforschungen über unsere Reisegefährten anstellt.«

Beim dem Wort »Internet« kam Fanni unweigerlich ihr Sohn Leo in den Sinn. Leo war Lenis Zwillingsbruder. Er war ein krasser Rationalist mit einem Diplom in Mathematik und einem in Physik, der jede freie Minute am Computer verbrachte, um in World of Warcraft oder einem anderen dieser Strategiespiele abzutauchen.

Leo wäre der Richtige für Internetrecherchen, dachte sie.

Leo würde dir was husten, wenn du ihm damit kämst! Er interessiert sich nämlich nicht für die Belange anderer, nicht einmal für die seiner Mutter!

Das ist zu hart ausgedrückt, rügte Fanni ihre Gedankenstimme. Wenn Leo wüsste, dass das Leben seiner Mutter in Gefahr ist, würde er sogar World of Warcraft links liegen lassen.

Würde! Wüsste! Er weiß es eben nicht, und er würde es auch nicht glauben! Aber er ist ja wohl nicht der Einzige in der Familie, der ein wenig Grips im Hirn hat!

Nein, dachte Fanni, Leni ist genauso begabt. Wenn auch auf einem anderen Gebiet.

Aber ein bisschen googeln wird sie doch hinkriegen! Nach Feierabend hat sie sowieso nichts anderes zu tun, als die Tage zu zählen, bis sie ihrem Marco hinterherreisen kann!

»Wir könnten Leni fragen«, sagte Fanni.

Sprudel horchte auf, dann begann er zu strahlen. »Ja, wir fragen Leni! Sie hilft uns bestimmt gerne.«

Fanni hob gebieterisch die Hand. »Aber wir verharmlosen die Sache, damit sie sich nicht zu viele Sorgen macht.«

Darauf gab Sprudel keine Antwort. Ihm war jedoch deutlich anzusehen, dass er sich fragte, wie man einen Mord und zwei Mordversuche verharmlosen könnte.

»Ich rufe Leni über Handy an und bitte sie, Melanie Fuchs, Bernd Freise und die Brügges zu überprüfen«, verkündete Fanni. »Lange Begründungen dafür liefere ich nicht – das würde ja auch viel zu viele Gebühren verschlingen.«

Sprudel nickte bedächtig. »Wenn wir ausführlich mit Leni sprechen wollen, sollten wir das über Internet-Telefon tun. ›Skype‹ nennt sich so eine Telefonverbindung«, fügte er betont angeberisch hinzu.

»Skype«, sagte Fanni großspurig. »Wenn Leni und Leo miteinander telefonieren, dann nur über Skype. Aber vorerst begnügen wir uns mit dem Handy«, schloss sie trocken und begann, in einer der Innentaschen ihres Rucksacks zu kramen.

Während sie nach dem Mobiltelefon fahndete, sagte Sprudel: »Melanie willst du wohl deshalb zuerst aufs Korn nehmen, weil sie in der Gasse gegenüber dem Hotel mit einem Fremden, nennen wir es *konspiriert* hat; und weil dieser Fremde – gehen wir ruhig davon aus, dass es derselbe ist – hier in Oukaimeden aufgetaucht ist. Die Brügges scheinen dir wegen Ottos Verletzung an der Hand verdächtig. Aber warum gibst du dem Schwachstellenanalytiker den Vorrang vor Seegers und Horns?«

Fanni hielt inne, zog die Hand aus dem Rucksack und fuchtelte mit dem Zeigefinger vor Sprudels Nase herum. »Weil er sich an Gisela herangemacht haben könnte, um ...«

»Moment, Moment«, rief Sprudel. »Sagtest du nicht, Gisela wäre diejenige ...«

»Gisela«, unterbrach ihn Fanni, »wirft ihre Angel oft unwillkürlich aus. Aber wer sagt denn, dass sie es auch bei Bernd getan hat? Was, wenn er sie kunstgerecht umgarnt hat, bis sie weich und knetbar war? Ist es nicht ein bisschen komisch, dass er ihr kaum von der Seite weicht? Dass er so tut, als hätte er innerhalb von Sekunden seine große Liebe gefunden? Wann soll denn das gewesen sein? Im Flieger? Hoch über den Alpen? Oder bereits auf der Startbahn? Als die beiden in München ins Flugzeug gestiegen sind, konnten sie eigentlich nur das voneinander wissen, was auf der Anmeldeliste der Agentur stand: Name und Wohnort. Beim Aussteigen sah es aus, als wären sie ein Paar.«

Fanni merkte, dass Sprudel sehr zweifelnd dreinschaute, und fügte hinzu: »Überleg doch mal, Sprudel, Bernd dürfte gut über fünfzig sein. Er ist gebildet und scheint gut situiert. Fährt so ein Mann auf die erstbeste Frau ab wie ein Dorftrottel in ›Bauer sucht Frau‹?«

Was redest du denn da für einen Unsinn, Fanni? Du hast dir doch noch nie eine dieser Fernsehsendungen angesehen! Da kann es ja durchaus seriös zugehen! Nur weil du Dieter Bohlen nicht magst, musst du doch nicht sämtliche Shows eines gewissen Senders verurteilen und Leute in den Dreck ziehen, die händeringend auf Partnersuche sind!

Fanni entging nicht, dass Sprudel ein Grinsen unterdrückte. Doch im nächsten Moment sagte er ernst: »Gut, nehmen wir einmal an, Bernd hätte sich Gisela mit List und Tücke und haufenweise Schmeicheleien ›gefügig‹ gemacht. Aber würde ihm eine Liaison mit ihr – vorausgesetzt er wäre der Täter – nicht mehr Nachteile als Vorteile bringen? Seine Handlungsfreiheit wäre drastisch eingeschränkt; es wäre schwieriger für ihn, unbeachtet an sein Opfer heranzukommen; er müsste sich viel mehr vorsehen.«

Das musste Fanni zwar zugeben, wandte jedoch ein: »Andererseits gäbe Gisela ein wunderbares Alibi für ihn ab. Jeder denkt, dass die beiden zusammen sind, selbst wenn es gerade nicht so ist. Und außerdem könnte er von Gisela einiges über mich erfahren: Gewohnheiten, Schwachstellen ...«

Schwachstellen! Fanni, du vergaloppierst dich!

Sprudel rieb sich die Stirn. Überzeugt sah er nicht aus, trotzdem nahm er ihren Einwand ernst. »Also gut, deine Argumentation ist nicht ganz von der Hand zu weisen. Lassen wir Bernd als einen der Ersten überprüfen.«

»Memsahib, das Dinner ist angerichtet.«

Fanni richtete sich erschrocken auf und sah Hubert Seeger grinsend in der Tür stehen. Sie warf einen Blick auf ihre Armbanduhr: zehn nach halb acht. Sprudel und sie hatten versäumt, pünktlich zum Abendessen zu erscheinen. Hubert war extra heraufgekommen, um sie zu holen.

Fanni erhob sich vom Bett, verschränkte die Arme vor der Brust und rieb über ihre Oberarme. Sie und Sprudel hatten viel zu lange in der eiskalten Kammer gesessen.

Sprudel hatte indessen nach ihrem Rucksack gegriffen und ließ die Verschlüsse einschnappen.

Fanni schaute ihm irritiert zu. Wieso war ihr Rucksack denn offen gewesen?

Fanni, Fanni! Hast du dir bei dem Sturz über die Treppe im Restaurant eventuell doch den Kopf angeschlagen?

Sie starrte Sprudels rechte Hand an, die den Rucksack in einer Nische hinter dem Bett verstaute.

Irgendwo begann ein Handy zu klingeln.

Ja, natürlich, dachte Fanni, ich habe im Rucksack nach meinem Handy gesucht, weil ich Leni anrufen wollte.

Hubert winkte Fanni zu sich. »Memsahib, darf ich Sie zu Tisch geleiten?«

Warum spukt der Kerl mit seinen Possen eigentlich ständig in deiner Nähe herum? Macht sich Hubert damit nicht viel verdächtiger als Otto, für dessen verletzte Hand es ja immerhin eine Erklärung gibt?

Die für mich nach Unwahrheit riecht, beharrte Fanni und trat auf Hubert zu. Fügsam ließ sie sich von ihm unterhaken. Als er sie wegführte, stellte sie erfreut fest, dass ihr Knöchel kaum noch schmerzte.

Das ist die gute Nachricht! Die schlechte lautet: Du scheinst ganz schön durcheinander zu sein!

Ja, dachte Fanni, zugegeben. Denn was hier geschieht, lässt sich nicht im Mindesten mit den Fällen vergleichen, die Sprudel und ich in den vergangenen Jahren aufklären konnten. Zu wissen, dass man selbst als Mordopfer ausersehen ist, trübt die Sicht, verstellt den Blick.

Sie unterdrückte einen Seufzer. Und das Schlimmste daran ist, ständig in Tuchfühlung mit den Verdächtigen sein zu müssen, ohne die geringste Ahnung zu haben, wer von ihnen jede Sekunde darauf lauert, erneut zuzuschlagen.

Elf Verdächtige! Neun, wenn man Olga und Gisela ausspart! Und Fanni Rot als auserkorenes Opfer mittendrin! Ohne wirkliche Möglichkeit, sich zurückzuziehen, zu entspannen, in Ruhe nachzudenken.

Fanni wünschte sich inständig in ihr Hütterl im Wald am Birkenweiler Hügel, wo sie und Sprudel so viele stille Nachmittage verbracht hatten, unbehelligt und fern aller störenden Einflüsse, allein mit sich, ihren Gedanken und den Hypothesen und Theorien, die sie endlos variierten, immer wieder verwarfen und neu aufstellten, bis diejenige gefunden war, die auf alle Fragen eine logische Antwort gab und somit das Rätsel, das der Tod eines Menschen aufgegeben hatte, zwangsläufig löste.

Fanni schreckte aus ihren Gedanken auf, als sich die vielen Stimmen um sie herum auf einmal mit bekannten Gesichtern verbündeten.

Sie saß zwischen Sprudel und Dora an einem langen, schmalen Tisch im Speiseraum der Gîte.

Dora drückte ihr gerade ein kleines Päckchen in die Hand. »Das sind sehr wirkungsvolle Schmerztabletten, falls dich dein Knöchel triezt heute Nacht und du nicht schlafen kannst.«

»Aber er scheint sich gut erholt zu haben«, war Olga von schräg gegenüber zu hören. »Lass lieber die Finger von Schmerzmitteln, wenn es auch anders geht.«

Tajine mit Hühnchen wurde aufgetragen. Hubert warf einen Blick darauf und begann sein »Kikeriki, kikeriki«.

Man könnte ihm glatt eine scheuern, diesem Idioten!

Huberts Mumpitz wurde von Elkes nörgelnder Stimme unterbrochen. »Zum Besprechen des Trekkingablaufs sollten wir uns besser nach dem Essen noch mal am Kachelofen in der Halle treffen. Dort können wir schön in der Runde sitzen, und gemütlicher ist es auch. Hassan wird dann ebenfalls Zeit haben, uns weitere Informationen zu liefern und Fragen zu beantworten.«

Gemütlich in der Runde! Das wird sich hinziehen! Länger als dir lieb ist! Weit über die Zeit hinaus, zu der in Alpenhütten das Licht abgedreht wird!

Fanni gab ihrer Gedankenstimme, die heute wieder einmal besonders geschwätzig zu sein schien, im Stillen recht. Man würde am Ofen sitzen und von Hassan alles Mögliche wissen wollen, freilich nicht nur über die vorgesehene Route durch das Atlasgebirge. Fragen nach seiner Familie würden gestellt werden, nach seiner Schulbildung, seiner Religion.

Man wird quasi vom Hundertsten ins Tausendste kommen!

Ja, dachte Fanni. Und Hubert Seeger wird seinen gesamten Vorrat an Albernheiten ausspielen.

Eben hörte sie ihn zu Sprudel sagen: »Sind wir nicht ausgerüstet wie zu einer Expedition durch den Himalaja? Drei Mulis, drei Mulitreiber, ein Koch, haufenweise Proviant – der aus einem Regiment Hühner besteht, nehme ich an –, ein Beraber-Guide und dazu noch unsere kleine, aber unbedingt sachverständige Elke ...«

Fanni horchte nicht mehr hin. In diesem Stimmengewirr war Hubert für sie ohnehin nicht leicht zu verstehen, denn er saß links von Sprudel. Den Platz rechts von Sprudel belegte Fanni, und rechts neben ihr saß Dora.

Haben euch die zwei in die Zange genommen oder beschützend in die Mitte?

Als Dessert wurde gerade Karamellpudding serviert, da trat Hassan an den Tisch und bat sie alle sehr höflich darum, vor der Zusammenkunft in der Halle die Tischgetränke an der Theke zu bezahlen.

Schon während der Busfahrt von Marrakesch nach Oukaimeden war Fanni aufgefallen, was für ein geschliffenes Deutsch der Marokkaner sprach.

Deshalb wird auch eine der ersten Fragen an ihn lauten: »Wo hast du das gelernt, Hassan?«

Überhaupt scheint er recht gebildet zu sein, dieser *Guide des montagnes,* dachte Fanni, der laut Elke aus einem kleinen Bergdorf im hohen Atlas stammt.

Es sieht auch ganz danach aus, als hätte er die Organisation der Tour komplett im Griff! Wozu ist eigentlich Elke noch dabei?

Fanni musste ein Lachen unterdrücken, als die Antwort darauf aufblitzte: damit wir ihre nörgelnde Stimme nicht vermissen.

Diese Stimme war soeben deutlich zu hören: »Bei Durchfallerkrankungen ist es am besten, Diät zu halten. Kein Fett, kein Zucker. Vor allem kein Fett.«

Antje Horn schob den erst zur Hälfte aufgegessenen Karamellpudding von sich weg.

Fanni schaute mürrisch auf ihre Armbanduhr, während sie die Halle betrat, wo Hassan bereits auf seine Trekkinggruppe wartete. Halb zehn. Zwei Stunden würde man mindestens hier zusammensitzen.

Und dann schleunigst ab ins Bett!

Ja, dachte Fanni resigniert, das Telefongespräch mit Leni werde ich wohl verschieben müssen.

8

Oukaimeden lag bereits eine halbe Wegstunde zurück.

Die kleine Karawane kroch gemächlich über Wiesenpfade auf einen Berghang zu. Hassan führte sie an, Elke bewachte die Nachzügler.

Fanni hatte sich morgens beim Abmarsch ganz am Ende eingereiht, um niemanden aus dem Tritt zu bringen, falls sie wegen ihres Knöchels stehen bleiben oder überhaupt langsamer gehen musste als die anderen.

Inzwischen war jedoch ersichtlich, dass ihr der Knöchel beim Gehen keine Schwierigkeiten mehr bereitete, dass nicht sie Stockungen und Saumseligkeiten verursachte, sondern mal dieser, mal jener aus der Gruppe: Antje Horn war schon zweimal eilig im Gebüsch verschwunden. Gisela und Bernd hatten so viel miteinander zu tuscheln, dass sie offenbar nicht merkten, wie sich ihr Abstand zu Wiebke, die vor ihnen lief, von Minute zu Minute vergrößerte. Otto schien jeden Grashalm fotografieren zu wollen. Und Hubert redete pausenlos auf seine Frau ein, wobei er immer wieder zum Stehen kam und sie festhielt, als müsse er sie daran hindern, den falschen Weg einzuschlagen.

Am Fuß des Berghangs blieb Hassan stehen und schnallte seinen Rucksack ab.

Rast, dachte Fanni, nach so einer kurzen Wegstrecke schon.

Der Guide zog eine prall gefüllte Tüte aus dem Gepäck, machte damit die Runde und bat jeden, sich zu bedienen.

»Nüsse, Datteln, Feigen und jede Menge Kichererbsen! Kalorienspritze für Toubkal-Trekker«, witzelte Hubert.

Bernd warf ihm einen anzüglichen Blick zu. »Manch einer könnte gut darauf verzichten.«

Als sich der Trupp mit Hassan an der Spitze wieder in Bewegung setzte, sah sich Fanni plötzlich in Gesellschaft von Olga. Der Weg, der vorerst nur mäßig anstieg, war hier breit genug für zwei Personen nebeneinander.

Nachdem sich Olga von Fanni hatte versichern lassen, dass ihr das Laufen keinerlei Schwierigkeiten bereitete und der gestrige Sturz auch keine anderweitigen Beschwerden verursacht hatte, sagte die Klein-Bäuerin: »Du musst vorsichtig sein, Fanni. All diese Unglücksfälle in kürzester Zeit – das gibt mir zu denken.«

Fanni wartete darauf, dass Olga erläuterte, was speziell ihr daran zu denken gab.

Die Klein-Bäuerin ist nicht dumm!

Selbstverständlich nicht, dachte Fanni. Hat sich nicht schon oft gezeigt, dass auch ihr Sohn Ivo ein außerordentlich gewitztes Bürschchen ist?

Olga räusperte sich, schluckte, räusperte sich wieder. Anscheinend fiel es ihr schwer, auszusprechen, was sie sich zu sagen vorgenommen hatte.

Plötzlich stieß sie hervor: »Fanni, könnte es nicht sein, dass es jemand auf dich abgesehen hat?« Entschiedener fuhr sie fort: »Ich glaube, jemand will dich umbringen und die Tat wie einen Unfall aussehen lassen. Beim ersten Versuch ist es missglückt, weil er dich mit Martha verwechselt hat. Sie hatte sich doch dein rotes Tuch ausgeliehen, und das war so ein eindeutiges Erkennungszeichen, dass der

Kerl vermutlich nicht mehr genauer hingesehen hat. Beim zweiten ...«

Fanni hörte nicht mehr hin, als Olga auf den Angriff in der Gasse zu sprechen kam. Erneut brandete auf, womit sie sich die halbe Nacht herumgequält hatte: Die Wahrscheinlichkeit, dass Martha hatte sterben müssen, weil der Täter sie mit Fanni verwechselte, war so hoch, dass man bedenkenlos davon ausgehen konnte. Wer trug demnach die Schuld an Marthas Tod? Sie, Fanni!

Das hatte ihr den Schlaf geraubt. Sie hatte sich herumgewälzt und sich nicht mehr von dem Gedanken befreien können, dass Martha an ihrer Stelle gestorben war. Gegen drei Uhr morgens hatte sie den Entschluss gefasst, eine von Doras Schmerztabletten zu schlucken, weil sie hoffte, das Medikament würde eine beruhigende, einschläfernde Wirkung haben.

Doch Sprudel war ihr zuvorgekommen. Er hatte sie fest in die Arme genommen, hatte sie zart geküsst und sanft gestreichelt, hatte ihren Kopf in seine Halsbeuge gebettet, und irgendwann war sie eingeschlafen.

»... deine Schuhsohlen eingefettet«, sagte Olga gerade. Fanni horchte auf. »Gestern auf dem Weg in den Speiseraum von diesem Restaurant in Marrakesch war ich zufällig hinter dir, als wir über den spiegelglatten Belag im Flur gelaufen sind. Im Gegensatz zu Gisela hast du mit deinen Schuhen gut Halt darauf gefunden. Aber ganz anders war es auf dem Rückweg. Ich kam gerade aus dem Durchgang, da habe ich dich am anderen Ende des Flurs auf die Treppe zuschlittern sehen wie zum Schanzenspringen.« Sie warf Fanni einen prüfenden Blick zu. »Darauf ist es ja fast auch hinausgelaufen.«

»Hast du gesehen, wer an der Treppe direkt hinter mir war?«, fragte Fanni.

In Olgas Blick blitzte Begreifen auf. »Ein ganzes Knäuel, Fanni. Aber ich kann beim besten Willen nicht sagen, wer am nächsten an dir dranklebte. Darauf habe ich einfach nicht geachtet.«

Fanni nickte versonnen. Es waren immer viel zu viele Leute im Spiel, als dass man hätte überschauen können, was jeder Einzelne gerade machte.

»Es stimmt also?«, fragte Olga.

Wieder nickte Fanni gedankenverloren.

»Der Kerl muss deine Schuhsohlen eingeschmiert haben, während wir andern beim Essen saßen«, sagte Olga.

»Es muss ja nicht unbedingt ein *Kerl* gewesen sein«, wandte Fanni ein.

Olga schnaubte. »Mann oder Frau, Wortklaubereien helfen bestimmt nicht weiter.«

»Sprudel und ich haben uns zu erinnern versucht, wer beim Essen für einige Zeit gefehlt hat«, sagte Fanni. »Doch das hat uns auch nicht weitergebracht. Schier jeder ist mal zur Toilette gegangen.«

»Aber der Kerl – der Übeltäter müsste für längere Zeit weg gewesen sein«, gab Olga zu bedenken.

»Melanie ...«, begann Fanni.

Olga unterbrach sie. »Ja, Melanie war gleich anfangs mindestens fünfzehn Minuten draußen. In der Zeit hat mir nämlich Dieter Horn bis in jede Einzelheit geschildert, wie er letztes Jahr den Großglockner bestiegen hat.« Sie dachte einen Moment lang nach. »Ich selbst bin zwischen Tajine und Nachtisch hinausgegangen. Auf dem Weg hinunter ist mir Gisela entgegengekommen und auf dem Weg zurück Dora zusammen mit Elke.«

Olga kniff die Augen ein wenig zusammen, als studiere sie ein Bild. »Als ich die Schuhe oben wieder ausgezogen habe, ist mir aufgefallen, dass Ottos Quadratlatschen, die zuvor neben meinen Schuhen standen, nicht mehr da waren. Aber Otto habe ich nirgends gesehen.«

Sie verhielt den Schritt und legte Fanni die Hand auf den Arm. »Ich habe Otto danach auch im Speiseraum nicht mehr gesehen! Hubert hat später noch seinen Nachtisch aufgegessen. Erinnerst du dich nicht? Wiebke hat gefragt, wer den Flockenkuchen haben will, und Hubert ist Bernd zuvorgekommen.«

Auf einmal war der Weg so schmal geworden, dass Olga nun vor Fanni laufen musste. Deshalb, und weil der Pfad jetzt auch steiler anstieg, wurde ihr Gespräch unterbrochen. Schweigend stiefelten sie in einer Reihe dahin: Olga, Fanni und Sprudel, der sich bisher – je nach Wegbreite – neben oder knapp hinter den beiden Frauen gehalten hatte. Ein Stück vor ihnen ging Melanie, und weit hinter ihnen dümpelten Gisela und Bernd herum.

Hassan hatte mit einigen aus der Gruppe bereits die erste Serpentine bewältigt, eine von vielen, die sie aus dem Tal, das sich an dieser Stelle zu einem V verengt hatte, auf den Pass Tizi-n-Addi führen sollten.

Fanni passierte soeben ein rechter Hand steil ansteigendes Kar, als sie das Rumpeln hörte. Sie blickte hoch und sah mehrere Gesteinsbrocken herunterkommen. Ein großer schlug auf einer Felskante auf und zersprang in drei Trümmer, die angeregt weiterhüpften.

»Schnell!«, rief Sprudel drängend.

Fanni stolperte hastig vorwärts, obwohl sie genau wusste, dass sie dem Steinschlag nicht entkommen konnte. Kleinere Bruchstücke prasselten bereits in eine schmale Rinne, die sich ein Stück oberhalb von ihr, parallel des Wegs, entlangzog. Dort blieben sie glücklicherweise stecken. Doch im nächsten Moment kollerten etliche größere Brocken wenige Zentimeter vor Fannis Füßen (die sich unwillkürlich weigerten, sich weiterzubewegen) über den Pfad und kamen vor der gegenüberliegenden Felswand zu liegen.

Dann war es still.

Hassan schaute von der Kehre der zweiten Serpentine aus auf die Dreiergruppe hinunter und wischte sich mit einem riesigen Taschentuch die Stirn. Er schien etwas blass geworden zu sein.

»Das hätte aber schlimm ausgehen können«, sagte Bernd, der gerade aufholte.

Erschrocken eilte Fannis Blick über das Kar hinauf. Was, fragte sie sich, kann den Steinhagel verursacht haben? Ein Tier? Eine instabile Erdschicht, die sich – aus keinem anderen Grund, als dass der Zeitpunkt dafür gekommen war – gelöst hatte? Ein Mensch? Ein Mensch mit Mordgedanken, der dort hinaufgeklettert war und die Felsbrocken losgetreten hatte?

Sie wandte die Augen vom Kar ab und sah in die Runde. Dabei bemerkte sie, dass auch Olga und Sprudel die Blicke schweifen ließen, als würden sie nach jemandem suchen.

Wir drei suchen nach einem, der fehlt, dachte Fanni.

Aber die Gruppe war vollzählig.

Es muss Zufall gewesen sein! Ein böser, schier unglaublicher Zufall! Aber trotzdem ein Zufall!

Fanni beobachtete, wie Olga vor sich hin nickte, als wolle

sie sich selbst etwas bestätigen. Und sie fragte sich, ob auch die Klein-Bäuerin von Zeit zu Zeit mit einer Gedankenstimme kommunizierte, die ihr soeben versichert hatte, dass der Steinschlag nicht vorsätzlich ausgelöst worden war.

»Weiter jetzt«, rief Hassan. »Und dicht aufschließen. Wir müssen schnellstens aus dem Kessel heraus, falls noch mehr Steine über den Hang herunterkommen.«

Eine halbe Stunde später erreichten sie die Passhöhe. Wiebke und Antje ließen sich schwer atmend auf eine halb verrottete Holzplanke fallen, die vermutlich einmal zu dem Unterstand gehört hatte, der nun als Müllhaufen auf dem kleinen Plateau lag. Selbst Elkes Atem ging schneller. Huberts Gesicht leuchtete so rot wie eine Mohnblüte.

Erstaunlich, dachte Fanni, während sie ihm zusah, wie er gierig aus seiner Wasserflasche trank. Trotz seines Übergewichts bewegt er sich bemerkenswert flink, ist nicht eine Handbreit zurückgefallen. Der ganze Trupp war zusammengeblieben – Mütze an Mütze, Rucksack an Rucksack, so schwer es manchem auch gefallen sein mochte, mitzuhalten.

Hassan machte mit seiner Tüte voll Kraftfutter die Runde.

Die Atemzüge begannen sich zu normalisieren, die ersten Worte wurden gewechselt. Und dann geschah, was Fanni befürchtet hatte. Sie wurde von den Reisegefährten umringt, befand sich auf einmal im Mittelpunkt des allgemeinen Interesses, galt geradezu als Attraktion.

Aus dir ist mittlerweile eine Zirkusnummer geworden: Die Frau, der jedes erdenkliche Unglück widerfährt!

»Fanni«, sagte Wiebke Brügge noch immer ein wenig atemlos. »Verzeih, wenn ich es dir so unverblümt sage.

Aber für dich steht die Reise unter keinem guten Stern. Solche Winke des Schicksals sollte man nicht auf die leichte Schulter nehmen. Ich an deiner Stelle würde nach Hause fahren – sofort.«

»Spinnst du?«, rief ihr Mann aufgebracht. »Komm uns jetzt bloß nicht mit diesem esoterischen Schwachsinn. Vorzeichen, Menetekel – alles Quatsch.«

Bernd hob lehrerhaft den Zeigefinger. »Manchmal können sich Unglücksfälle ebenso häufen wie Regentage, wie Rücktritte von Politikern, wie neue Erfindungen. Man begegnet dem Phänomen am besten mit erhöhter Aufmerksamkeit.«

So gut wie alle schienen Bernd zuzustimmen. Einige bejahten laut, andere nickten bloß, denn im Grunde war es ihnen wohl egal, ob Fanni die Tour weitermachte oder nicht.

Abgesehen von Sprudel, der Fanni ja schon gestern aus Marokko hatte wegbringen wollen, wirkte einzig Olga unschlüssig. Sie hatte die Nase gekraust, als müsse sie Wiebkes und Bernds Sätzen nachspüren wie Gerüchen.

Meint sie, Richtiges und Falsches erschnüffeln zu können wie Schweine Trüffel?

Wiebke ließ beschämt den Kopf hängen. Fanni ging zu ihr und legte ihr die Hand auf den Arm. »Kurz nachdem wir hier angekommen sind, ist etwas Schreckliches geschehen: Martha musste sterben. Eine Minute Herumtrödeln, ein Schritt nach links oder nach rechts hätte sie vielleicht retten können ...«

Eher eine eigene Jacke!

»... seither trifft mich ein Missgeschick ums andere. Aber immer hatte ich Glück. Was aber, wenn ich nach Hause fahre? Ist dann Schluss mit den Missgeschicken, oder habe ich dann kein Glück mehr?«

Otto Brügge verdrehte die Augen und tippte sich an die Stirn.

»Philosophischer Diskurs in knapp dreitausend Metern Meereshöhe«, alberte Hubert, »auf dem ...« Er sah sich um, als würde der Name des Gebirgspasses wie eine Leuchtreklame irgendwo am Horizont geschrieben stehen.

»Tizi-n-Addi«, nörgelte Elke.

Im selben Augenblick rief Hassan: »Aufbruch! Wir haben bis zu unserem Zeltplatz in der Nähe von Ouaneskra noch gut siebenhundert Meter Abstieg vor uns.«

Erleichtert hakte Fanni den Bauchgurt ihres Rucksacks fest. Die Anforderung des Abstiegs würde sie aus dem Brennpunkt der allgemeinen Aufmerksamkeit rücken.

Dieses Interesse an deiner Person solltest du geradezu begrüßen, Fanni, weil es dir die Möglichkeit bietet, die Mienen und die Reaktionen deiner Reisegefährten zu studieren!

Fanni ignorierte die Gedankenstimme, um ihr nicht recht geben zu müssen, und reihte sich hinter Olga ein, die ihr entsprechende Zeichen gemacht hatte. Nach Sprudel musste sich Fanni nicht umsehen. Sie wusste auch so, dass er dicht hinter ihr war.

Jetzt hast du zwei Schutzengel!

Fanni seufzte. Wieso musste diese Stimme in ihrem Kopf nur ständig irgendeinen Kommentar auf Lager haben?

Womöglich plappert die noch und plappert, wenn ich schon längst tot bin, dachte sie.

Als sich die Karawane in Bewegung setzte, stützte sich

Fanni auf ihre Teleskopstöcke und achtete sorgsam auf ihre Tritte, denn der Pfad von der Passhöhe hinunter ins Nachbartal war steinig, steil und sehr, sehr schmal.

Der lädierte Knöchel begann zu schmerzen.

Gegen vier Uhr nachmittags hatte Fanni die erste Tagesetappe glücklich hinter sich gebracht.

Bei der Ankunft in dem kleinen Dorf Ouaneskra stellten sie und ihre Gefährten überrascht und erfreut fest, dass die Mulitreiber nicht nur das Küchen- und das Speisezelt, sondern auch die Zweimannzelte für die Reisegruppe bereits aufgebaut hatten.

Fanni und Sprudel bezogen Nummer 147.

»Merkt euch die Nummern«, nörgelte Elke. »Und nehmt in den kommenden Tagen immer dasselbe Zelt. Dann kann es keine Streitereien darüber geben, ob ihr es schmutzig oder sauber hinterlassen habt.«

Fanni band eine gelbe Reepschnur an den Zeltsack, damit sie und Sprudel nicht jedes Mal nach der Nummer fahnden mussten, die an versteckter Stelle und nur schwer leserlich aufgemalt war.

»Hundert Meter weiter unten gibt es Handyempfang«, sagte Sprudel. Er kam vom Küchenzelt zurück, wo er Hassan, der dem Koch bei der Zubereitung des Abendessens zur Hand ging, danach gefragt hatte.

Fannis Handy steckte bereits in ihrer Hosentasche.

Gut hundert Höhenmeter weiter talwärts verlief eine relativ breite Fahrstraße, es gab Strommasten, es gab Mobilfunkempfang. Und dort, wo die Straße den Weg von den Bergen her kreuzte, befand sich ein Picknickplatz mit Feuerstellen und runden, grob aus Holz gezimmerten Gestellen, die aussahen wie Hocker.

Sprudel steuerte darauf zu. Der Platz wirkte ausgestorben, schien schon lange nicht mehr benutzt worden zu sein. Sprudel fegte trockene Blätter und Grashalme, die der Wind überall verstreut hatte, von zwei Hockern, sodass sie sich hinsetzen konnten.

Obwohl sich die Sitzgelegenheit als wenig komfortabel erwies, war Fanni dankbar dafür. Ihr Knöchel pochte und verlangte nach Ruhe. Sie streckte das Bein aus und legte den Fuß auf einen leeren Fünfliterkanister, der ihr von all dem Abfall und sonstigen Plastikteilen, die überall herumlagen, das geeignetste Objekt dafür erschien.

Während sie, nachdem sie die PIN-Nummer eingegeben hatte, auf das »OK« wartete, warf sie einen Blick auf ihre Armbanduhr. Achtzehn Uhr, das bedeutete sechzehn Uhr in Deutschland.

Ob Leni um diese Zeit schon zu Hause ist?

Fanni hoffte es. Sie wollte ihre Tochter nur ungern bei der Arbeit im Labor stören, wo die Versuchsreihen ihre ganze Aufmerksamkeit forderten.

Leni meldete sich nach dem zweiten Klingelton. Ihre Stimme hörte sich genauso an wie bei einem Gespräch von Erlenweiler aus.

Oder von Levanto! Das ist doch heutzutage kein Thema mehr! Von Vancouver nach Timbuktu telefonierst du genauso unproblematisch wie von München nach Erding!

Fanni presste die freie Hand auf die Stirn, um die – wie ihr schien – immer zügelloser und weitschweifiger quasselnde Gedankenstimme zum Schweigen zu bringen.

»Alles in Ordnung zu Hause?«, fragte sie ihre Tochter. »Bei dir? Bei Leo? Bei Vera und den Kindern?«

Leni antwortete mit drei knappen »Ja«, so als ob sie ahnte, dass Fannis Anruf einen weiteren, viel brisanteren Grund hatte, als sich nach dem Wohlergehen der Familie zu erkundigen.

Das ist ja wohl nicht schwer zu erahnen! Du rufst doch sonst nie an, wenn du auf Reisen bist! Gehst einfach davon aus, dass man dich schon informieren wird, falls was geschieht!

»Ich möchte dich um etwas bitten, Leni«, sagte Fanni.

Als sie wenige Minuten später auf die rote Taste ihres Mobiltelefons drückte, besaß sie Lenis Versprechen, Erkundigungen über Melanie Fuchs, Bernd Freise und die Brügges anzustellen. Über den Grund für ihr Anliegen hatte Fanni ihre Tochter nicht direkt belogen, das hätte sie niemals getan. Sie hatte ihr ausführlich von Marthas tödlichem Unfall erzählt, es allerdings so hingestellt, als wolle sie einfach nur sichergehen, dass keiner dabei nachgeholfen hatte. Begreiflicherweise hatte aber selbst die halbe Wahrheit Leni in Aufruhr versetzt, und Fanni hatte sich ziemlich ins Zeug legen müssen, ihrer Tochter die ganze Ermittlung als mehr oder weniger akademisch zu verkaufen.

»Es wurde von den Behörden offiziell bestätigt, dass es ein Unfall war. Aber mich würde es halt einfach beruhigen zu wissen, dass niemand aus der Reisegruppe eine alte Rechnung mit Martha zu begleichen hatte.« Was ihr selbst widerfahren war und welche Schlüsse sich daraus ziehen ließen, hatte Fanni mit keinem Wort erwähnt, obwohl ihr durchaus bewusst war, wie sehr sie den Erfolg von Lenis Ermittlungsarbeit damit einschränkte.

Sinnlos machst du ihre ganze Mühe! Lenis Nachforschungen

sind doch völlig nutzlos, wenn sie sich nur auf Martha beziehen!

Nein, dachte Fanni, gar nicht.

Und zum x-ten Mal, seit sie sich dazu entschlossen hatte, Leni um Recherchen zu bitten, begann sie zu überlegen, wie Leni vorgehen würde – vorgehen konnte.

Da sagte Sprudel: »Leni wird in die falsche Richtung ermitteln.«

Fanni schüttelte den Kopf. »Es gibt ja nur eine. Leni muss, so weit möglich, den Lebenslauf der Personen durchleuchten, deren Namen ich ihr gegeben habe.«

Weil Sprudel nichts erwiderte, sprach sie weiter: »Sie wird die Namen bei Google eingeben.«

Googeln heißt das!

Fanni stöhnte lautlos. »Sie wird die Namen googeln.«

Unbedacht verlagerte sie ihr Gewicht auf dem Hocker, was zur Folge hatte, dass der Kanister umkippte. Sprudel stellte ihn wieder auf und verkeilte ihn mit ein paar Steinen.

»Leni tippt beispielsweise ›Melanie Fuchs‹ in ihren Computer ein«, sagte Fanni, nachdem ihr Knöchel wieder auf seinem Unterbau ruhte. »Wenn wir Pech haben, erscheint dann nicht einmal ein Telefonbucheintrag. Mit einer Portion Glück aber arbeitet Melanie in einer Firma, die mit sämtlichen Mitarbeitern im Internet auftritt, sodass Leni vielleicht mit einem Anruf bei einer von Melanies Kolleginnen herausbekommen kann, ob sie Familie hat, wer ihre Eltern sind und so weiter. Mit einem Haufen Glück hat Melanie irgendwann mal etwas veröffentlicht, und ihr gesamter Lebenslauf erscheint. Und mit einer Unmenge Glück könnte Melanie in einem von diesen Foren aufzustöbern sein: Facebook, Twitter oder was es da so alles an Web-Kommunikation gibt, wo die Beteiligten ihr halbes Leben ausbreiten.«

Fanni sah Sprudel eindringlich an. »Schau, es geht doch in erster Linie darum, möglichst viel über unsere Reisegefährten herauszubekommen. Querverbindungen zu mir – aus denen sich ein Motiv ableiten ließe – können wir ja dann selbst herstellen.«

Sprudel nickte zögerlich, wagte aber dann doch einzuwenden: »Hat Melanie nicht erwähnt, dass sie aushilfsweise in einer Gärtnerei arbeitet? Ich fürchte, über ihre Karriere wird sich nicht viel googeln lassen.«

Sprudel will halt schleunigst mit dir nach Hause! Er hat ja auch vollkommen recht! Und weißt du, warum? Weil der ganzen Sache das Gleichgewicht fehlt: Die Bedrohung, der du hier ausgesetzt bist, ist sehr konkret, sehr nahe, sehr echt. Dagegen wirkt eure Ermittlungsarbeit wie ein Umherirren im Dunkeln!

Fanni wollte Sprudel keine Gelegenheit geben, weiterzusprechen und ihrer Gedankenstimme Futter zu geben, deshalb sagte sie eilig: »Leni übernimmt die Recherchearbeit gern. Und ich habe mit ihr ausgemacht, dass wir beide versuchen werden, am Samstag über Internet Kontakt mit ihr aufzunehmen. Sie hat mir genau erklärt, wie wir dabei vorgehen müssen.«

»Über Internet?« Sprudels Stimme klang verwundert.

»Von Samstag auf Sonntag werden wir in einer Gîte in Aroumd Quartier beziehen«, belehrte ihn Fanni. »Aroumd ist der Ausgangspunkt für sämtliche Touristen, die den Toubkal besteigen wollen. Meinst du nicht, dass es in dem Ort einen öffentlichen Zugang zum World Wide Web geben muss?«

9

Die beiden folgenden Tagesetappen bis zu dem Flusstal, in dem Aroumd, das letzte Dorf auf der Route zu Marokkos höchstem Berg, dem Toubkal, lag, erwiesen sich als unschwierig (ja geradezu gemütlich), als relativ kurz – und sie vergingen ohne den kleinsten Zwischenfall.

Unter Sprudels aufmerksamen Augen wanderte Fanni gemächlich und letztendlich auch schmerzfrei dahin, denn irgendwann hatte ihr Knöchel endgültig aufgehört zu pochen.

Auf Wegen, die sich in der Nähe von Dörfern zu Fahrstraßen verbreiterten, fand sie sich oft in Gesellschaft von Olga, manchmal in der von Elke wieder. Zwischendurch holte mal der eine, mal der andere aus der Gruppe zu ihr auf oder ließ sich zu ihr zurückfallen und fragte nach ihrem Befinden. Anfangs nutzte Fanni die daran anknüpfenden Gespräche, um Antworten auf die Fragen zu finden, die ihr auf den Nägeln brannten.

Als aber ein weiterer Tag ebenso wie die dritte Nacht im Zelt ereignislos verlief, begann sich unmerklich ein Schleier über das Geschehene auszubreiten. Die stille Landschaft, die Schlichtheit des Lebensstils, die Ruhe, die wie eine Decke über allem lag, verführten dazu, einfach zu vergessen. Von Zeit zu Zeit schien es Fanni, als wären nie Mordanschläge auf sie verübt worden, als hätte sie das alles nur geträumt und Martha wäre einem zwar schrecklichen, jedoch beliebigen Unfall zum Opfer gefallen.

Im gleichen Ausmaß, in dem die Erregung abflaute, kroch jedoch die Trauer um Martha hervor. So kam es, dass Fanni und Sprudel meist gleich nach der Ankunft auf dem Zeltplatz das Camp wieder verließen und irgendeinen Berghang emporstiegen, wo sie sich einen windstillen Platz suchten und wo Fanni Tränen um Martha vergoss, während Sprudel sie in den Armen wiegte.

Am Samstag, den 15. Oktober, gegen Mittag, nachdem das Dorf Aroumd in Sicht gekommen war, musste Fanni wohl oder übel in die Realität zurückkehren.

Bereits beim Abstieg von den Hängen des Passes Tizi Mzik hatte Elke auf eine hübsch renovierte Kasbah im tiefer gelegenen Teil des Dorfes hingewiesen und erklärt, dass sie zu einem Nobelhotel unter französischer Führung umgebaut worden war.

Sprudel hatte den Arm um Fanni gelegt und ihr zugeflüstert: »Gleich nach dem Mittagessen in der Gîte fragen wir dort nach einem Netzzugang. So ein nobles Hotel muss doch für seine Gäste Internet bereitstellen. Und gegen Bezahlung werden wir es ja wohl benutzen können.«

Fanni hatte ihm zugestimmt. Ja, so schnell wie möglich würden sie sich mit Leni in Verbindung setzen. Binnen Kurzem würden sie erfahren, was sie herausgefunden hatte.

Weil jedoch die Mulis nur wenige Minuten vor der Gruppe eingetroffen waren und noch abgeladen werden mussten; weil der Koch deswegen eine Zeit lang auf das Kochgeschirr und den Proviant zu warten hatte, bevor er mit den Vorbereitungen fürs Mittagessen (das in der Gîte zubereitet werden sollte) anfangen konnte, mussten sich Fanni und Sprudel noch etwas gedulden.

Sie hatten ein sehr einfaches kleines Zimmer zugewiesen bekommen. Aber – und das hatte Fanni erleichtert aufatmen lassen – sie mussten es mit niemandem teilen.

Fanni machte das Fenster zu und schaute nach, ob das Türschloss richtig eingerastet war. Dann legte sie sich neben Sprudel auf die Matratze. Sie wollte die ungeplante Ruhepause nutzen, um sich mit ihm darüber zu unterhalten, was bei den Gesprächen, die sie unterwegs mit diesem und jenem aus der Reisegruppe geführt hatte, ans Licht gekommen war. In den vergangenen drei Tagen hatten die beiden kein Wort über Verdächtige, über Tatmotive oder Ermittlungsarbeit miteinander gewechselt, denn die Stunden, die sie allein an Berghängen verbracht hatten, waren der Trauer um Martha vorbehalten gewesen.

Sprudel legte das Heft mit dem Reiseprogramm, in dem er soeben nachgesehen hatte, wo sie die nächste Nacht verbringen würden – Gîte oder Zelt –, beiseite und sagte mit gedämpfter Stimme: »Habe ich das gestern richtig verstanden, Dieter Horn und Hubert Seeger haben ihren Wehrdienst zur selben Zeit im gleichen Bataillon abgeleistet?«

Fanni angelte nach Sprudels Fleecejacke und deckte sie beide damit zu. »Ja, Dieter hat es erwähnt. Die zwei waren Ende der Siebziger in der Bayerwaldkaserne in Regen stationiert.«

»Ist es da nicht ein bisschen seltsam«, fragte Sprudel, »dass sie nicht vertrauter miteinander umgehen?«

»Vielleicht«, antwortete Fanni, »obwohl ich mir vorstellen kann, dass sie damals nur wenig Berührungspunkte hatten.

Regen ist immer ein großer Bundeswehrstandort gewesen, Ende der Siebziger waren da eine Menge Soldaten stationiert. Wenn Hubert und Dieter nicht auf der gleichen Stube, ja nicht einmal in der gleichen Abteilung – oder nennt man das Zug? – waren, dann kann es schon sein, dass sie einander nicht näher kannten, als du und Hassan euch kennt.«

»Hassan«, wiederholte Sprudel den Namen ihres Trekkingguides. »Hast du beobachtet, wie er Gisela anstarrt?«

»Hm«, machte Fanni. »Sie übertreibt es ja auch wieder mal. Das T-Shirt, das sie gestern trug, hat rein gar nichts verhüllt.«

»So gut wie nichts«, gab Sprudel zu.

»Und wenn man bedenkt«, fuhr Fanni fort, »dass die meisten Frauen hier verschleiert herumlaufen, ist es Hassan nicht zu verdenken, wenn er bei einem Dekolleté wie dem von Gisela Stielaugen bekommt.«

»Dabei hat Elke schon mehrmals betont, wie angezeigt und verpflichtend es für uns Touristen ist, sich der einheimischen Kultur anzupassen – besonders was die Kleidung betrifft«, sagte Sprudel.

Fanni lachte leise. »Als ob sich Gisela darum kümmern würde.«

Sprudel stimmte in ihr Lachen ein. »Kein Wunder, dass sich Elke so einen quengeligen Ton angewöhnt hat. Wenn man als Reiseleiter in jeder Gruppe eine Person wie Gisela hat, die sich um keine Konventionen schert, dann kann man schon nörglerisch werden.«

Fanni stützte sich auf den Ellbogen, sodass sie Sprudel von oben ins Gesicht blicken konnte. »Als Reiseleiter*in* kann man in Giselas Fall nörglerisch werden. Hassan dagegen sieht mir nicht so aus, als wolle er sich über etwas beschweren, und sonst auch niemand von den Männern, und damit meine ich nicht nur die Mulitreiber.«

Sprudel zog sie zu sich herunter und gab ihr einen Kuss. »Du weißt doch, man sieht hin, registriert und ist erleichtert, dass es nicht die eigene Frau ist, die sich da so produziert.«

»Pharisäer«, schimpfte Fanni.

Er küsste sie noch mal und noch mal, und das zog sich hin.

Nach einiger Zeit sagte Fanni: »Neben Gisela erscheinen alle anderen Frauen in der Reisegruppe richtig farblos. Sogar Olga und Elke, die nicht nur etliche Jahre jünger sind, sondern auch wirklich hübsch.«

»Die Klein-Bäuerin ist sehr hübsch«, bestätigte Sprudel, »und deshalb zieht sie auch oft genug Blicke auf sich. Aber sie hat eine ähnliche Ausstrahlung wie du, Fanni. Olga sendet eine Art Signal aus, das kundtut: Macht mich bloß nicht an, sonst könnt ihr was erleben!«

Fanni gluckste. »Gut, unterstellen wir, das stimmt, dann müsste dieses Signal aber auch empfangen und beachtet werden.«

»Na, ist es etwa nicht so?«, fragte Sprudel. Aber bevor Fanni darauf antworten konnte, fuhr er fort: »Im Übrigen scheint sich Olga eine Menge Sorgen um dich zu machen. Während des Trekkings war sie ständig in deiner Nähe.«

Fanni nickte. »Hast du nicht selbst mitbekommen, dass sie die gleichen Schlüsse gezogen hat wie wir? Daraufhin wird sie sich vorgenommen haben, die Augen offen zu halten.« Sie fuhr mit dem Zeigefinger die Kontur von Sprudels Ohr nach. »Außerdem glaube ich, dass Olga Heimweh hat. Ivo fehlt ihr. Vielleicht auch Bene.« Sie schmunzelte. »Womöglich sogar der alte Klein. Jedenfalls hat Olga unterwegs meistens von Ivo gesprochen. Wie gut er sich in der Schule macht, wie tüchtig er auf dem Hof arbeitet. Und mit wem außer mir kann sie schon über Ivo reden?«

Es war eine Weile still in dem Zimmerchen, weil sich Fannis Hand auf Sprudels Wange gelegt hatte und ihre Lippen den seinen wieder ganz nahe gekommen waren.

»Lass uns unsere Sachen packen und einfach verschwinden«, sagte Sprudel irgendwann. »Wir könnten in Marrakesch den nächsten Flieger nach irgendwohin nehmen.«

Fanni kicherte. »Das könnten wir tun, Sprudel. Was sollte uns daran hindern?« Dann wurde sie ernst. »Aber so sind wir nicht, Sprudel. Wir sind weder impulsiv noch leichtlebig. Wir sind konservativ. Wir sind so strukturiert, dass wir alles so weit als möglich zu einem richtigen Ende bringen möchten. Wir leben unser Leben, wie wir unsere Wohnung bewohnen; gehen nicht weg, bevor ordentlich aufgeräumt ist.« Sie ließ Sprudel keine Zeit zu widersprechen. »Ist dir in den letzten Tagen außer Olga nicht noch jemand aufgefallen, der ungewöhnlich oft in unserer – in meiner – Nähe war?«

»Melanie«, erwiderte Sprudel prompt. »Sie hatte dich ständig im Visier.«

Fanni wartete darauf, dass er in Worte fasste, was die naheliegendste Folgerung daraus war.

Er hob die Brauen. »Das macht sie in gewisser Weise noch verdächtiger, als sie ohnehin schon ist. Lässt argwöhnen, dass sie nach einer Gelegenheit für einen neuen Anschlag auf dein Leben sucht.«

»Melanie ist meistens, wenn ich unterwegs in den Büschen verschwinden musste, hinterhergekommen und hat sich keine zwei Meter von mir entfernt hingehockt.«

Sprudel nickte. »Sie hing dauernd an dir dran. Aber genau das hat meinen Argwohn eher zerstreut.«

Fanni sah ihn erstaunt an.

»Stell dir vor«, erklärte er, »Melanie hätte es auf dein Leben abgesehen und will, nachdem sie schon mehrmals gescheitert ist, die Tat auf der Trekkingroute ausführen. Würde sie dir dann in die Büsche nachrennen und dich dort erschlagen? Keine zwanzig Meter vom Rest der Reisegruppe entfernt? Das wäre doch komplett verrückt. Irgendeiner aus der Gruppe hätte zuvor garantiert beobachtet, wohin du verschwunden bist und wer dir gefolgt ist.«

Sprudel schlug die Fleecejacke zurück, mit der sie beide zugedeckt waren. Offenbar hielt er es für an der Zeit, aufzustehen.

»Du hast schon recht«, sagte Fanni, »aber – mal angenommen Melanie wäre unsere Täterin, dann ist sie außergewöhnlich schlau und geschickt. Denn so geht der Täter vor: schlau und geschickt. Marthas Tod ging problemlos als Unfall durch; niemand stellte in Frage, dass wir beide am Montagabend in Marrakesch von einem – wie sagte Hubert – Beraber-Banditen überfallen worden sind; und außer Olga kam keiner auf die Idee, bei meinem Unfall im Restaurant hätte es sich um etwas anderes handeln können als um ein unglückliches, aber selbst verschuldetes Stolpern.«

Sie verschnaufte, fuhr jedoch fort, bevor Sprudel etwas

einflechten konnte: »Melanie, unsere mutmaßliche Täterin, dürfte darauf aus sein, bald wieder eine Situation zu nutzen oder entstehen zu lassen, die ihr erlaubt, wirkungsvoll zuzuschlagen.«

Sprudel war blass geworden. »Sie folgt dir in die Büsche, stößt dich einen Abhang hinunter, und dann ruft sie laut um Hilfe.«

»So ähnlich stelle ich es mir vor«, bestätigte Fanni.

Sprudel nahm sie in die Arme und hielt sie fest, als müsse er sie hier und jetzt daran hindern, in einen Abgrund zu stürzen.

Ab sofort wird er dich sogar beim Pinkeln mit Argusaugen bewachen!

»Mittagessen«, tönte Elkes Stimme aus dem Innenhof herein, um den die Gästezimmer angeordnet waren.

Sprudel drückte Fanni noch einmal an sich, bevor er sie losließ, um aufzustehen.

Nachdem sich Fanni ebenfalls erhoben hatte, öffnete sie das Fenster und warf einen Blick hinaus. Im Innenhof war in der Zwischenzeit dort, wo die Sonne ein Viereck auf den Steinboden malte, ein langer Tisch aufgestellt worden. Billige Stühle aus ehemals weißem Plastik umstanden ihn.

»Dem Patron der Gîte sei Dank für Tisch und Stühle«, seufzte Sprudel, der ihr über die Schulter schaute.

Fanni tätschelte seine faltige Wange. Auch sie hatte in den vergangenen Tagen die Vorzüge von Stühlen gründlich schätzen gelernt. Obwohl sie klein und zierlich und für ihr Alter ziemlich gelenkig war, hatte es ihr Schwierigkeiten bereitet, Mahlzeit für Mahlzeit auf dem Boden hockend durchzustehen. Besonders abends zog es sich oft lange hin, bis

Suppe, Hauptgang und Nachtisch aufgetragen, ausgeteilt und gegessen waren.

Von Anfang an aber war offensichtlich gewesen, dass sich die Männer mit der marokkanischen Esskultur am schwersten taten. Bernd kniete so stramm und kerzengerade da wie in einer Kirchenbank, Hubert behielt eisern seine altrömische Liegeposition bei, und Dieter Horn löffelte seine Suppe über dem Napf kauernd, als wäre er ein Hund, dem man eine Zirkusnummer beigebracht hat.

Sprudel schlug sich im Speisezelt dagegen tapfer. Zur Suppe bevorzugte er eine recht saloppe Form von Schneidersitz, bei der die Knie seine Brust berührten. Beim Hauptgang ging er wie Fanni in die Fersenhocke, begann allerdings schon nach wenigen Minuten mit periodischen Gewichtsverlagerungen. Zum Nachtisch setzte er sich kerzengerade hin, stellte die angewinkelten Beine zuerst auf und ließ sie dann nach rechts kippen, sodass die Füße auf seiner linken Seite zu liegen kamen (oder umgekehrt).

Fanni konnte all das billigen – sogar Horns Hundenummer und Seegers Cäsarenpose. Warum auch nicht? Schließlich waren sie Europäer, die von klein auf gelernt hatten, auf einem Stuhl sitzend am Tisch zu essen. Und damit befanden sie sich gegenüber jedem Einheimischen, dessen Teller seit jeher direkt vor seinen Füßen gestanden hatte, schwer im Nachteil. Fanni verspürte beinahe Mitleid mit den so viel größeren, ungelenken Männern, die ihre Mahlzeiten im Speisezelt mehr oder weniger durchleiden mussten – mit allen außer mit einem.

In den vergangenen drei Tagen hatte sie Otto Brügges Auftritt im Speisezelt hassen gelernt. Zugegeben, Otto war groß, fast so groß wie Bernd Freise. Aber seine Größe von gut eins achtzig gab ihm noch lange nicht das Recht, seine Beine quer über den Tisch zu legen.

Denn so war es tatsächlich: Otto saß aufrecht mit von sich weggestreckten Beinen. Und die waren so lang, dass sie zwischen Tellern, Bechern und Töpfen bis über die Mitte der Bastmatte hinausragten, die den Bezirk einer Tischplatte markierte. Ottos schwarzer, gewiss nur selten frisch bestrumpfter großer Zeh steckte mit Vorliebe im Brotkorb. Mit einer derartigen Vorliebe sogar, dass er immer wieder dort landete, egal wie oft Fanni oder Sprudel den Korb wegschoben. Kein noch so indignierter Blick zeigte Wirkung.

»Wenn er wenigstens seinen Stinkzeh nicht immer im Brotkorb parken würde«, hatte Fanni unterwegs einmal zu Olga gesagt.

»Wieso stört dich das?«, hatte die Klein-Bäuerin trocken geantwortet. »Er isst den Inhalt ja sowieso bis auf den letzten Krümel alleine auf.« Und damit hatte Olga recht gehabt.

Sogar der ständig hungrige Bernd ließ inzwischen die Finger vom gemeinsamen Brotkorb. Er hatte sich offensichtlich genügend mit eigenem Proviant eingedeckt, denn selbst seine Hosentaschen waren meistens mit Tütchen und Täfelchen ausgebeult.

Trotzdem, dachte Fanni. Gewissermaßen umso schlimmer. Brügge ist nicht nur ein Flegel, sondern auch ein rücksichtsloser Vielfraß.

Stimmt! Und am Ende jeder Mahlzeit putzt er sämtliche Töpfe und Platten mit Brotstücken blank! Umso erstaunlicher ist, dass er in dem Restaurant in Marrakesch, wo deine Schuhsohlen präpariert wurden, seinen Nachtisch stehen ließ!

Bei Tisch kam Fanni neben Bernd zu sitzen. Obwohl sie nun schon fast eine Woche lang zusammen unterwegs waren, hatte Fanni bisher noch keine Gelegenheit gehabt, mit Bernd Freise ein persönliches Gespräch zu führen. Das galt zwar auch für Otto Brügge, doch der war ihr inzwischen dermaßen unsympathisch geworden, dass sie ihm planvoll aus dem Weg ging, obwohl jede noch so kleine Information für ihre Ermittlungen hätte wichtig sein können.

»Ich könnte mir vorstellen«, sagte Fanni und reichte den Tomaten-Mais-Salat an Bernd weiter, »dass dein Erscheinen in einem Betrieb von der Belegschaft nicht gerade mit Applaus aufgenommen wird.«

Freise lachte. »Du hast recht. Fanpost bekomme ich keine.«

»Aber Job ist Job?«, sagte Fanni fragend.

Bernd nickte.

»Du arbeitest als selbstständiger Berater?«, insistierte Fanni.

Wieder nickte Bernd nur.

Der lässt sich ja die Würmer einzeln aus der Nase ziehen!

»Immer schon?«, fragte Fanni.

»Schon viele Jahre«, antwortete Bernd kurz, fügte aber nach einer Pause unvermutet gesprächig hinzu: »Es war nicht leicht, sich hochzuarbeiten. Vor den großen Happen kamen die Brösel, die außer den Reisespesen nicht viel einbrachten. Erst wenn man sich einen Namen gemacht hat, beißen auch mal dicke Fische an, aber dann verfolgen einen Komplikationen sogar in den Urlaub.«

»Müsste deine Berufsbezeichnung nicht ›Unternehmensberater‹ lauten?«, erkundigte sich Fanni. »Schwachstellenanalytiker klingt so technisch.«

»Und bezeichnet exakt meine Tätigkeit«, sagte Bernd. »Ich suche nach Schwachstellen – im Produktionsablauf, im Maschinenpark, im Computersystem und natürlich auch in der Belegschaft. Erst dann mache ich Verbesserungsvorschläge.«

»Du musst ja schon viel herumgekommen sein«, meinte Fanni.

Bernd blinzelte ihr zu. »Bis ins Niederbayerische, wo ich meine große Liebe gefunden habe.«

Fanni sah ihn verdattert an. »Gisela?«

Man brauchte kein Schwachstellenanalytiker zu sein, um zu merken, dass Fanni vor einem Rätsel stand. Deshalb sah sich Bernd offenbar genötigt zu erklären: »Es ist schon ziemlich lange her – fünfzehn Jahre, um genau zu sein. Damals bin ich von Stolzer & Stolzer beauftragt worden, das Unternehmen zu durchleuchten. Willi Stolzer war sich sicher, dass Umgestaltungen notwendig seien, wusste aber nicht, welche Richtung man einschlagen sollte. Folglich benötigte die Firma einen Spezialisten. Für mich war die Lösung auch ganz leicht zu finden, nämlich dass Stolzer & Stolzer gut daran täte, die Eigenproduktion einzustellen und sich auf den Handel und den Verkauf an den Endverbraucher zu konzentrieren. Soweit ich inzwischen erfahren habe, ist Stolzer damals meinen Vorschlägen gefolgt und nicht schlecht damit gefahren.«

Bernd schob sich eine Gabel voll Couscous in den Mund, als ihm einzufallen schien, dass die Geschichte noch eine andere Seite hatte. »Während meines Aufenthalts damals habe ich als Gast bei den Stolzers gewohnt, und Gisela hat mich unter ihre Fittiche genommen.« Er legte das Besteck weg und lächelte schmerzlich.

Na so was! Der Junge hat sich seinerzeit unsterblich in dieses flatterhafte Frauenzimmer verliebt!

Ganz leise, mehr zu sich selbst, fügte Bernd hinzu: »Es war ein Traum, ein herrlicher Traum, und ich wollte nicht, dass er nach zwei Wochen endet.«

»Du hast Gisela bestürmt, mit dir ein neues Leben anzufangen«, riet Fanni.

Bernd nickte. »Die Ehe mit Toni, du weißt ja wohl?«

»Gab es nur auf dem Papier«, bestätigte Fanni.

»Was hat Gisela gehindert?«, murmelte Bernd wieder zu sich selbst, und es hörte sich an, als habe er sich diese Frage so oft gestellt, bis sie zu einer Phrase geworden war.

Was Gisela gehindert hat, die Bühne zu wechseln? Dass du ein Niemand gewesen bist, Junge! Einer, der von Firma zu Firma tingelte und in den Betrieben mehr oder weniger zutreffende Prognosen abgab! Einer mit ungewisser Zukunft! Für so einen wollte Gisela Stolzer nicht auf das Rampenlicht verzichten, das Stolzer & Stolzer ihr bot! Selbst wenn es sich nur um eine Provinzbühne handelte, auf der sie stand!

Fanni sah Bernd aufmunternd an. »Aber jetzt habt ihr euch wiedergefunden, und der Traum geht weiter.«

»Ich hätte Gisela sofort erkannt«, sagte Bernd, »auch wenn mir ihr Name nicht schon ins Auge gestochen wäre, als ich vor Wochen die Teilnehmerliste zugeschickt bekam.«

Hm, die liebe Gisela kam aber wohl erst nach einem deutlichen Hinweis seinerseits auf den Trichter! Und an seinen Namen hat sie sich schon gar nicht erinnert! Verflixt noch mal, das würde ich aber eine echte Schwachstelle nennen!

Bernd hatte sich von Fanni ab- und Gisela zugewandt, die

rechts neben ihm saß und anscheinend wissen wollte, was es mit Fanni andauernd zu flüstern gab.

Fanni nahm sich indessen zwei der mit Zimt bestreuten Orangenscheiben von der Platte, die Sprudel ihr reichte.

Wie sich Gisela wohl diesmal entscheiden wird?, überlegte sie. Inzwischen scheint Bernd ja recht wohlhabend zu sein, hat womöglich einen guten Namen in der Branche. Und nach allem, was mittlerweile bei den Stolzers geschehen ist, könnte Gisela jetzt ...

»Den Nachmittag heute habt ihr zur freien Verfügung«, sagte Elke in Fannis Gedanken hinein. »Wer mag, kann einen Rundgang durchs Dorf machen oder zum Fluss hinüberschlendern. Dort gibt es einen netten kleinen Wasserfall. Wer nicht herumlaufen will, kann sich hier im Innenhof aufhalten oder im Salon.«

Fanni und Sprudel verständigten sich ohne Worte und standen auf. Sie wollten nun endlich zum Kasbah-Hotel hinuntergehen und versuchen, Leni über dieses Skype-Programm zu erreichen.

Eilig machten sie sich auf den Weg.

Der Rezeptionist des sehr nobel erscheinenden Hotels, dem Sprudel auf Französisch sein Anliegen vorbrachte, zeigte sich überaus entgegenkommend. Er führte sie in einen kleinen Raum, rückte ihnen vor dem Computertisch zwei Stühle zurecht, reichte Sprudel ein Headset und war ihm sogar noch dabei behilflich, die Verbindung herzustellen. Als Leni auf dem Bildschirm erschien, verließ er taktvoll den Raum. Sprudel gab Fanni das Headset.

Leni lächelte, winkte, fragte kurz, wie es Fanni und

Sprudel ging, und begann dann zu berichten: »Bernd Freise ist selbstständig und wird hauptsächlich von Firmen gebucht, die in großem Stil mit maschineller Produktion arbeiten. Er scheint sehr gefragt zu sein. Geboren in Hamburg, Schule und Studium in Hamburg, ein Auslandssemester in Colorado, Büro und Wohnung in Hamburg; unverheiratet, keine ersichtlichen Beziehungen zu Martha oder der Familie Stolzer, auch nicht zu eurer ehemaligen Bergsteigergruppe.«

Tja, amouröse Abenteuer erscheinen in Lebensläufen wohl äußerst selten! Und nicht jede geschäftliche Beziehung kann darin erwähnt werden.

Fanni hatte ihre Tochter gebeten, insbesondere auf Verbindungen zu der Bergsteigergruppe zu achten, der Martha, die Stolzers und sie viele Jahre lang angehört hatten. Es war ihr als einzige Möglichkeit erschienen, sich selbst ins Spiel zu bringen.

Und falls, hatte sie gedacht, bei Marthas Unfall doch keine Verwechslung vorlag, ist dort der ursprüngliche Schnittpunkt zwischen mir und Martha zu finden.

Der Gedanke, Leni darum zu bitten, besonderes Augenmerk aufs Bergsteigen zu richten, war Fanni am Mittwochabend in Ouaneskra gekommen. Aus heiterem Himmel war ihr eingefallen, dass irgendwann in den Achtzigern bei einem Steinschlag unterhalb der Südspitze des Watzmann ein Mann ums Leben gekommen war. Wer oder was den Steinhagel ausgelöst hatte, war seinerzeit nicht festzustellen gewesen, doch eines war sicher: Ihre Gruppe hatte sich ziemlich genau oberhalb der Unglücksstelle befunden.

Kann man denn ausschließen, hatte sich Fanni gefragt,

dass dieser Mann einen Sohn oder eine Tochter hatte und dass dieses Kind jetzt Rache nehmen will?

»Otto Brügge«, sagte Leni gerade. »Lehrer in einem kleinen Kaff in Franken. Ausgebildeter Sanitäter und ehrenamtlich bei der freiwilligen Feuerwehr und ein paar Vereinen tätig. Als ich entdeckte, dass er in Zwiesel Abitur gemacht hat, habe ich mir die Jahresberichte des Gymnasiums von 65 bis 70 durchgesehen.«

Leni redete schnell, als hätte sie Angst, unterbrochen zu werden.

Nicht zu Unrecht, dachte Fanni.

Die Verbindung kam oft ins Stocken, mal war das Bild weg, mal der Ton. Fanni hoffte, dass ihre Tochter zu Ende berichten konnte, bevor der Kontakt völlig abriss.

Leni redete immer schneller.

Sie wird wohl ihre Erfahrungen gemacht haben mit diesem Skype! Bestimmt skypt sie zweimal täglich mit Marco!

»Brügge, Otto, Jahrgang 1952«, sagte Leni gerade. »Er taucht in etlichen von den Jahresberichten auf, offenbar war er zwei Klassen unter dir, Mami.«

Der Bildschirm flackerte, im Headset rauschte und knackte es. Dann war Leni wieder da, und Fanni bekam halbwegs mit, dass sie über Brügges Frau Wiebke ebenso wenig gefunden hatte wie über Melanie Fuchs.

»Aber«, fuhr Leni fort, wobei Bild und Ton nichts zu wünschen übrig ließen, »du hattest mir ja angegeben, dass Melanie in Bogen wohnt, deshalb bin ich gestern Abend nach Erlenweiler gefahren, und morgen werde ich mal an ihrer Wohnungstür klingeln.«

»Du bist in Erlenweiler – bei Hans?«, japste Fanni.

Leni grinste breit. »Er hat sich sehr darüber gefreut, Besuch von seiner ältesten Tochter zu bekommen. Ich habe Schinkennudeln gemacht, wir haben zusammen gegessen ...«

Schinkennudeln! Hat Leni eigentlich noch ein weiteres Gericht im Repertoire?

»... und dann haben wir gemeinsam die alten Jahresberichte vom Zwieseler Gymnasium angeschaut. Wie wäre ich sonst an die rangekommen? Hans kennt ja eine Menge ...«

Diesmal blieben Bild und Ton eine ganze Weile weg. Als Fanni schon meinte, die Verbindung sei endgültig zusammengebrochen, hörte sie Leni sagen: »... sollten ohne Bild weitermachen, ich glaube, dann tut sich das System etwas leichter.«

Fanni nickte verständig, obwohl ihre Tochter sie gar nicht mehr sehen konnte.

Leni hatte inzwischen gefragt: »Hast du noch mehr Namen zu überprüfen?«

Fanni gab die Namen und Adressen von den Seegers und den Horns durch. Nach einem kurzen Moment des Überlegens fügte sie den Namen Elke Knorr hinzu und deren Anschrift.

Leni schrieb sich vermutlich alles genau auf, denn es dauerte eine Weile, bis sie mit einem Lachen in der Stimme sagte: »Gut, dann werde ich Marco mal zeigen, wie man effizient ermittelt.« Bei den nächsten Worten wurde ihre Stimme ernst. »Und du und Sprudel, ihr passt aufeinander auf – ja? Solange wir nicht ganz genau wissen ...« Damit war die Kommunikation zu Ende. Die Kopfhörer gaben nicht einmal mehr ein Rauschen von sich.

Fanni nahm das Headset ab und legte es sorgsam neben den Bildschirm. »Leni hat Lunte gerochen.«

»Wenn nicht, wäre ich auch bass erstaunt gewesen«, erwiderte Sprudel. »Sie konnte sich ja einiges zusammenreimen. Einerseits hast du ihr zu verstehen gegeben, dass du herausfinden willst, ob jemand aus der Reisegruppe Grund hatte, Martha übel zu wollen. Andererseits musstest du dafür sorgen, dass Leni bei ihren Recherchen auch auf Bezüge zu dir achtet. Die Idee mit der Bergsteigergruppe war gut – vielleicht ist der Berührungspunkt tatsächlich auf einer Berghütte zu finden. Aber Leni war natürlich sofort klar, dass auch du in Gefahr sein könntest. Da musste ihr keiner was von den Anschlägen erzählen.«

Die Tür flog auf, und der Rezeptionist des Hotels stürzte in den Raum. Er ließ einen nicht enden wollenden französischen Wortschwall auf sie herabregnen.

Sprudel nickte, lächelte zuvorkommend und versuchte vergeblich, auch zu Wort zu kommen.

Letztendlich blieb Fanni und ihm nichts anderes übrig, als dem Mann in einen Salon zu folgen, wo dicke, handgeknüpfte Teppiche nicht nur den Boden belegten, sondern auch die Wände bespannten und wo er ihnen einen Thé à la menthe servierte, der aus achtzigprozentiger Zuckerlösung zu bestehen schien.

»Monsieur ist untröstlich über den Stromausfall«, sagte Sprudel zu Fanni. »Sobald der Schaden behoben ist, will er die Verbindung für uns wiederherstellen.« Er winkte ab, als Fanni etwas erwidern wollte. »Wir müssen jetzt Tee trinken, zwei oder drei Gläser mindestens. In einer halben Stunde ist es dann hoffentlich so weit, dass er uns gehen lässt.«

Fügsam lehnte sich Fanni in die Polster des niedrigen Sofas zurück und ließ ihre Gedanken treiben. Sie dachte an ihre Tochter, die sich schwer ins Zeug legte, um herauszufinden, wo die Ursache für gewisse Geschehnisse in Marokko verborgen war.

Bildhaft stellte sich Fanni vor, wie Leni an der Wohnungstür von Melanie Fuchs klingelte. Wie ihr Melanies Sohn oder Tochter, möglicherweise ihre Mutter, vielleicht auch ihr Ehemann öffnete.

Womöglich macht überhaupt niemand auf, weil Melanie allein lebt!

Fanni wischte den Einwand ihrer Gedankenstimme weg und überlegte hin und her, was sich Leni wohl für einen Vorwand ausgedacht hatte, um mit Wer-auch-immer-die-Tür-öffnete ins Gespräch zu kommen.

10

Kein Geistesblitz, keine Eingebung brachten Fanni darauf, wie sich Lenis Nachforschung wirklich abspielen sollte.

Fannis Tochter musste sich nämlich keine List ausdenken und auch niemandem eine Lügengeschichte erzählen. Sie musste nicht einmal nach Bogen fahren und erst recht nicht an einer fremden Wohnungstür klingeln. Was Leni wissen wollte, erfuhr sie von Bauer Klein beziehungsweise von der Dame, die bei Kleins zu Besuch war.

Noch bevor sie sich auf den Weg nach Bogen machte, um ihre Erkundigungen über Melanie Fuchs einzuziehen, wollte sie dem Klein-Hof einen kurzen Besuch abstatten. Denn erstens musste sie den Kleins Grüße aus Marokko bestellen, das hatte ihr Fanni extra aufgetragen, und zweitens wollte sie sich Eier von Olgas freilaufenden Hühnern besorgen. Eines davon sollte Hans Rot am morgigen Sonntag als Frühstücksei bekommen, die übrigen wollte sie mit nach Nürnberg nehmen, um sich abends ein Omelett zu braten.

Leni schlüpfte in die Gummistiefel ihrer Mutter und stapfte die patschnasse Wiese hinauf.

In den ersten beiden Oktoberwochen war das Wetter schön gewesen, sonnig und warm.

»Schöner als in Marokko«, hatte Leni gewitzelt, als ihre Mutter den kalten Wind, der dort schier ständig blies, erwähnt hatte.

Aber in der vergangenen Nacht hatte es zu nieseln begonnen. Inzwischen regnete es ziemlich stark, und das war wohl der Grund, weshalb weder Bauer Klein noch sein Sohn Bene, ja nicht einmal Ivo draußen herumwuselten.

Aus dem Stall drang das typische Rumpeln, Scharren und Wühlen, das die Kühe für gewöhnlich erzeugten. Nichts deutete darauf hin, dass sich außer ihnen jemand dort drin befand.

Die Kleins mussten sich demnach im Wohnhaus aufhalten. Leni steuerte darauf zu, klopfte kurz und trat ein.

Bauer Klein stellte das Schnapsglas, das er eben zum Mund führen wollte, auf den Tisch zurück. »Ja, die Leni, was für ein seltenes Gesicht! Ja, was treibt dich denn da her?«

Leni warf einen kurzen Blick auf ihre Armbanduhr. Kurz nach vier. Bauer Klein fing aber früh an mit dem Schnaps.

Er schien ihre Gedanken gelesen zu haben. »Wir müssen heut den Weltverdruss ertränken, ich und die Mari. Setz dich, Lenerl, und hilf uns dabei.«

Leni konnte nicht anders, sie lächelte und nahm Platz. Es wäre wohl auch als Affront aufgefasst worden, hätte sie es nicht getan. Doch sie tat es gern.

Ebenso wie ihre Mutter mochte Leni den verschrobenen Bauern. Er war ein Original, und so sehr die Leute aus Erlenweiler von jeher über ihn herzogen, Leni fand wie Fanni, er sei ein liebenswertes Original.

Bauer Klein angelte ein Stamperl aus der Vitrine, schenkte ihr ein und prostete ihr und seiner Besucherin, die er »Mari« genannt hatte, zu.

»Müssen wir den gesamten Weltverdruss ertränken?«, fragte Leni, nachdem die Stamperl wieder auf dem Tisch standen (die von Bauer Klein und Mari waren leer, in dem von Leni hatte sich der Pegel höchstens um einen Millimeter gesenkt), »oder nur einen besonders schlimmen Teil davon?«

Der Bauer hob seinen Arm und bewegte ihn wie einen überdimensionalen Scheibenwischer. »Alles ertränken wir, ratzeputz alles.«

Er scheint ja schon gute Fortschritte dabei gemacht zu haben, dachte Leni amüsiert.

Von der Frau, die Mari hieß, kam ein Schniefen. »Mei, wissen S', Fräulein Leni, es ist halt so ungerecht, das Leben.«

Leni wäre beinahe laut herausgeplatzt. Fräulein!

»Kannst laut sagen, Mari«, murmelte der Bauer indessen, »kannst laut sagen.« Er schenkte sich und ihr noch mal nach und hob sein Glas. »Schluck es weg, Mari. Du kannst eh nichts mehr ändern, so nicht und so nicht. Dein Arbeitsplatz ist längst vergeben, deine Melanie ist jahrelang von ihrem rabiaten Ehemann verprügelt worden – kannst froh sein, dass die Scheidung endlich durch ist –, und letzte Woche hat man deinen Enkel im Media Markt beim Klauen erwischt. So ist es und nicht anders. Schluck es weg, Mari. Was bleibt dir denn anderes übrig.«

Klein wandte sich an Leni. Seine Augen glänzten wässrig. »Weißt, Lenerl, die Mari ist heut zu mir herübergekommen, weil sie sich um ihre Melanie Sorgen macht. Die Melanie ist nämlich grade in Marokko. Die ist mit der Reisegruppe unterwegs, bei der unsere Olga auch dabei ist und deine Mama und die Stolzer-Weiber. Und ...«

»Furchtbar ist das, was da passiert ist, da in dem Marrakesch«, unterbrach ihn Mari. »Ich hab es erst gestern in der Zeitung gelesen: ›Martha Stolzer, Firmenchefin von Stolzer & Stolzer, fiel am Montag in Marrakesch einem tragischen Verkehrsunfall zum Opfer.‹ Ja, kommt man in dem Land so leicht unter die Räder? Gibt's da keine Ampeln und keine Verkehrsregeln? Was ist denn das für ein gefährliches Pflaster da in dem ...«

Mari verstummte, und auch der Bauer schwieg.

Leni versuchte, ihre Gedanken zu ordnen, die von den beiden ein wenig durcheinandergewirbelt worden waren.

Da begann Mari wieder zu sprechen: »Eigentlich wollt ich ja den Hans fragen, ob er was Genaueres über das Unglück weiß.« Sie deutete aus einem der Fenster in Richtung des Rot'schen Hauses. »Seine Alte ist ja auch dabei. Aber heute Mittag ist mir eingefallen, dass die ja weg ist aus Erlenweiler, weg vom Hans. Da bin ich zum Klein-Bauern. Wir kennen uns ja schon von Kind an.«

»Freilich, freilich«, warf der Bauer schnell ein. »Die Mari stammt ja vom Birkdorfer Wirtshaus ab. Da haben wir im Hinterzimmer die ersten Kippen geraucht und die ersten ...« Er brach ab, räusperte sich und fuhr hastig fort: »Aber sie hat ja dann von einem Tag auf den andern am Bogenberg eingeheiratet, ist nicht mehr oft aufgetaucht in der Gegend, außer vielleicht wenn Schützenball war.«

Die Schützen! Leni hatte sich bereits gefragt, woher Mari – sie hieß wohl nicht »Fuchs« wie ihre Tochter, die ja offenbar verheiratet oder zumindest verheiratet gewesen war – Hans Rot kannte. Einen Moment lang fragte sie sich auch, weshalb Mari so abfällig von ihrer Mutter sprach, bis ihr einfiel, dass »seine Alte« auf dem Land eine so gut wie normale Bezeichnung für eine Ehefrau war.

Mari hatte inzwischen erneut ihr Stamperl geleert und sagte nun entschlossen: »Aber den Hans werde ich trotzdem aufsuchen, jetzt erst recht. Er soll ruhig erfahren, dass seine entschwundene Alte mit der gleichen Gruppe unterwegs ist wie sein Patenkind, von dem sie nie was hat wissen wollen.«

Leni schnappte nach Luft. Melanie war Hans Rots Patenkind? Und Melanies Mutter hatte offensichtlich keine Ahnung davon, dass Leni – laut Geburtsregister jedenfalls – Hans Rots Tochter war und damit auch die von Fanni Rot, über die sie sich nun wohl doch eindeutig abfällig geäußert hatte. Wie betäubt kippte Leni ihr Stamperl weg. »Ihr seid verwandt, ähm – du und Hans Rot?«

Mari schüttelte den Kopf. »Aber fast wären wir es geworden.«

Leni merkte, dass der Bauer anfing, unruhig auf seinem Stuhl hin- und herzurutschen. Für einen Moment schien es, als wolle er sich einmischen, um Mari am Weiterreden zu hindern. Anscheinend war auch ihm aufgegangen, dass Mari nicht wissen konnte, wen sie in Leni da vor sich sitzen hatte. Doch anscheinend überlegte er es sich anders, trank seinen Schnaps aus und glotzte die Tischplatte an.

Da sagte Mari: »Es stimmt gar nicht, was der Bauer erzählt, dass ich vom Elternhaus in Birkdorf weg gleich ins Wirtshaus am Bogenberg eingeheiratet habe. Nein, das stimmt nicht, da waren noch zwei Jahre dazwischen. Während dieser Zeit bin ich in Regen beim Falterbräu als Bedienung angestellt gewesen, und da habe ich den Hans kennengelernt.« Sie seufzte auf. »Der Hans hat damals bei Rodenstock-Optik gearbeitet und ist jeden Dienstag zum Stammtisch ins Falterbräustüberl gekommen. Er war so ein fescher Kerl.«

Wehmütig schaute Mari in ihr Schnapsglas, als hoffte sie,

das Bild eines verjüngten Hans Rot darin zu sehen. »Aber es ist ja im ganzen Landkreis bekannt gewesen, dass er vergeben war.« Sie seufzte noch mal. »Mit Haut und Haaren vergeben. Nie hätte ich gedacht, dass er auf einmal zu haben sein könnte, bis er eines Tages vollkommen geknickt am Stammtisch erschienen ist, weil ihn seine Flamme hat sitzen lassen.« Mari seufzte ein drittes Mal. »Wir haben so eine schöne Zeit miteinander gehabt, ich und der Hans.« Sie verstummte und blieb still.

Leni wagte es nicht, die Frage zu stellen, die sich bei Maris letzten Worten wie ein Erdbrocken auf sie gewälzt hatte.

Der Bauer sprach dem Schnaps zu.

Endlich brach Mari das Schweigen. »So eine schöne Zeit. Aber dann ist aus heiterem Himmel seine alte Flamme wieder aufgetaucht. Vierzehn Tage später haben sie geheiratet.«

»Und Melanie?«, krächzte Leni.

»Melanie«, sagte Mari, »ist ein Jahr später auf die Welt gekommen. Da bin ich aber schon mit dem Wirt vom Bogenberg verheiratet gewesen.« Als sie weitersprach, erschien ein Lächeln auf ihren Lippen. »Wie es der Zufall wollte, waren mein Sepp und der Hans Schützenkameraden. Und weil ich ihn immer noch recht gern gesehen habe, den Hans, hab ich ihn gefragt, ob er Taufpate von der Melanie werden will. Und wisst ihr was? Er hat sich gefreut.«

Mari nickte bestätigend vor sich hin. »Eine schöne Tauffeier ist es gewesen. Bis in die Nacht hinein sind wir beieinandergesessen. Das Buchsteiner-Trio hat die alten Weisen gesungen, und mein Sepp hat dazu auf dem Akkordeon gespielt.« Das Lächeln verschwand, wich einem bitteren Zug um den Mund. »Das halbe Dorf und viele Leute von auswärts sind gekommen. Nur die Alte vom Hans hat sich keine Minute lang sehen lassen.«

Mari machte eine wegwerfende Geste. »Freilich, ein paar Wochen zuvor hat sie Zwillinge entbunden gehabt – Siebenmonatskinder –, deshalb hat sie angeblich nicht fortkönnen von daheim. Aber ich bin mir sicher, dass sie das damals bloß als Vorwand genommen hat. Die wollte nichts zu tun haben mit uns.«

Resigniert hoben sich ihre Schultern. »Wir haben sie auch später nie zu sehen gekriegt, und eingeladen sind wir erst recht nicht worden. Auch die Melanie nicht, kein einziges Mal. Dabei waren doch unsere Kinder fast genau gleich alt. Die hätten doch schön miteinander spielen können.« Erneut machte Mari eine geringschätzige Bewegung. »Aber was hilft das ganze Hin- und Herreden. Die Alte vom Hans wollte nicht, und damit basta. Und von ihm haben wir dann auch nicht mehr viel gesehen. Er war zwar noch auf der Beerdigung vom Sepp, aber auf der Hochzeit von der Melanie ...«

Nach ein paar Sekunden Schweigen fuhr sie fort: »Aber ich will nicht ungerecht sein. Seit siebenunddreißig Jahren taucht der Hans jedes Jahr an Weihnachten und am Geburtstag von der Melanie kurz auf und bringt ihr Geschenke.« Ein Schmunzeln stahl sich in Maris Gesicht. »Die Melanie lässt über ihren Onkel Hans nichts kommen.«

»Bauer, Bauer!« Ivo stürmte in die Stube. »Bei der Resi ist es so weit. Wir brauchen dich zum Ziehen. Die Resi kälbert doch immer so schwer.«

Ivo blinzelte Leni zu, packte die Schnapsflasche und stellte sie in die Vitrine.

Leni begriff. Nicht die Sorge um das Kalb hatte Ivo in die Stube getrieben – es war vermutlich längst geboren –, sondern die Befürchtung, am Abend statt des Großvaters eine Schnapsleiche vorzufinden.

Mama hat recht, dachte Leni, Ivo ist gewitzt, umsichtig und aufmerksam. Die Leute von Erlenweiler werden noch staunen.

Sie erhob sich. Mari stand ebenfalls auf. Bauer Klein war bereits auf dem Weg zur Tür.

»Die Resi, ja, die Resi«, brabbelte er. »Wie viel Kälber hat uns die Resi jetzt schon ...?« Plötzlich drehte er sich um und sah Leni scharf an. »Sag einmal, Lenerl, wie alt bist du jetzt? Wird es nicht langsam Zeit? Zum Kinderkriegen, meine ich. Der Hans hätte bestimmt gern noch ein paar Enkel.«

Damit war der Bauer aus der Tür, und Mari ließ sich mit einem Platscher wieder auf ihren Stuhl fallen.

Leni holte die Schnapsflasche aus der Vitrine und goss ihnen beiden ein.

11

»Oho, Memsahib geruht ihren Thé à la menthe im noblen Kasbah-Hotel zu nehmen«, rief Hubert. Er hatte soeben zusammen mit Dora den Salon betreten und Fanni samt Sprudel zwischen den bunten Kissen des Sofas erspäht.

Das Lächeln um Doras Lippen wirkte, als müsse es vertuschen, dass die freigelegten Zähne lieber zuschnappen würden. »Hubert schleppt mich von einer Kaschemme zur andern, weil er einfach nicht glauben will, dass im ganzen Ort nirgends Bier ausgeschenkt wird.«

»Hier in Aroumd, wo es vermutlich mehr Touristen gibt als Einheimische«, beschwerte sich Hubert, »sollte man doch damit rechnen können, ein gepflegtes Bierchen mit einem hübschen weißen Schaumkrönchen zu bekommen.«

»Auf dem Land werden die Gebote des Islam halt noch ganz strikt eingehalten«, entgegnete Dora.

»Gebote des Islam, bla, bla, bla«, regte sich Hubert auf. »Wir befinden uns hier in einem Kasbah-Hotel unter französischer Führung. Schon vergessen, was die Knorr erklärt hat: ›Eine Kasbah ist eine Enklave, eine Stadt innerhalb der Stadt, da machen die ihre eigenen Regeln.‹«

»Eben«, sagte Dora unwirsch.

Sie wirkt so angesäuert! Haben die Seegers mittlerweile etwa auch Zoff, wie die Brügges? So, wie Hubert sich dauernd aufführt, wäre es ja auch kein Wunder, wenn Dora mal auf den Tisch hauen würde!

»Thé à la menthe?« Ein Kellner war an Hubert herangetreten.

Hubert schnaubte. »Ich will was zu trinken haben, kein Pfefferminz-Lutschbonbon.«

Dora bestellte zwei NusNus.

»Was treibt ihr beiden denn hier?«, wandte sich Hubert an Sprudel. »Seid ihr auch auf der Suche nach einem kühlen Flak gewesen?«

Sprudel blieb die Antwort erspart, weil der Kellner bereits mit zwei kleinen Bechern aus dickwandigem Glas zurückkam. Er setzte sie auf dem Tisch vor Fanni und Sprudel ab.

Dora schob sich einen der Hocker heran, die überall herumstanden und mit dicken marokkanischen Sitzkissen gepolstert waren. Sie nahm darauf Platz, trank einen Schluck aus ihrem Becher und verzog den Mund.

Hubert hatte sich in die freie Ecke des Sofas geworfen, auf dem Fanni und Sprudel saßen. Er bedachte sein Kaffeeglas mit einem verbitterten Blick und ließ es stehen.

»Was macht dein Knöchel?«, fragte Dora.

Fanni lächelte sie warm an. »Dank deiner Salbenumschläge ist er inzwischen kaum mehr zu bremsen. Wie kommt es nur, dass du mit so vielen nützlichen Medikamenten eingedeckt bist?«

»Meine Frau sitzt an der Quelle«, kam Hubert Doras Antwort zuvor. »Sonnenapotheke, direkt am Sportplatz – und mittags nach der Arbeit: eine Runde um die Aschenbahn.«

Dora winkte ab. »Nur ab und zu. Manchmal muss ich einfach was tun für die Kondition.«

Damit wandte sich das Gespräch der Trekkingtour zu. Man kam auf die unkomfortablen Nächte zu sprechen und darauf, dass die Zelte, die der Veranstalter zur Verfügung gestellt hatte, einem kräftigen Regenschauer mit zwei, drei Windböen vermutlich nicht standhalten würden.

»Beraber-Schrott«, knurrte Hubert. Aber niemand ging darauf ein.

»Die Horns haben beim Abbauen jedes Mal mit ihrem Zeltgestänge zu kämpfen«, erzählte Dora. »Die einzelnen Teile lassen sich offenbar nur noch mit Gewalt ineinanderstecken, verdreckt und eingerostet wie sie sind, und entsprechend schwer wieder auseinanderziehen.«

»Ein bisschen Vaseline wirkt da oft wahre Wunder«, meinte Sprudel.

Dora sah ihn an. »Hatte Bernd – oder war es Otto – nicht neulich so eine Spraydose in der Hand? Eine mit Schmiermittel? Damit kann man doch das Gestänge bestimmt wieder gleitfähig machen.«

Ihr Mann griff nun doch nach seinem Kaffeebecher und trank ihn in einem Zug leer. »Ich wüsste nicht, wer so eine Spraydose gehabt haben soll.«

Nach einer Weile sagte er, an Fanni gewandt, in das entstandene Schweigen hinein: »Erlenweiler, liegt der Ort nicht ganz in der Nähe von Straubing, wo die schweren Jungs eingebuchtet sind?«

Fanni vergaß zu antworten, als sie bemerkte, wie böse Dora ihren Mann anstarrte.

Der erhob sich abrupt. »Wir müssen zurück zur Gîte.« Er sprach das Wort wie »Shit« aus. »Die Knorr hat das Abendessen für achtzehn Uhr dreißig bestellt – Tajine mit Hühnchen.« Er grinste und tat, als würde er mit Flügeln schlagen.

Fanni und Sprudel machten sich gemeinsam mit den

Seegers auf den Weg. Als sie gut die Hälfte der Strecke zu ihrer Unterkunft hinter sich gebracht hatten, vernahm Fanni plötzlich schnelle Atemzüge in ihrem Rücken. Sie drehte sich um und sah Melanie, die sich anscheinend sehr beeilt hatte, um zu ihnen aufzuschließen. Sie hechelte und schnaufte, als wäre sie von Aroumd bis Imlil – einem Dorf an der Straße nach Marrakesch – und wieder zurück gelaufen.

Als sie bei ihnen war, drängte sie sich zwischen Dora und Fanni und hakte sich bei Fanni ein. »Wo seid ihr denn die ganze Zeit gewesen?«

»Du hast absolut nichts versäumt«, erwiderte Hubert an Fannis Stelle. »Die Party ist ins Wasser gefallen. Kein Bier, kein Wein, nur Pfefferminztee und NusNus.«

»Ihr seid ja eine Ewigkeit verschwunden gewesen«, beklagte sich Melanie.

Fanni wusste nicht, was sie darauf antworten sollte. Sie fühlte sich überrumpelt und irgendwie in Bedrängnis.

Du konntest es noch nie ertragen, von jemandem untergehakt zu werden! Abgesehen von Sprudel natürlich!

»Hast du nach uns gesucht, Melanie?«, fragte Sprudel. »Warum das denn?«

Sie waren inzwischen bei den Steinstufen angekommen, die zur Gîte hochführten.

Melanie ließ Fannis Arm los. »Nur so.« Sie hastete hinauf und verschwand gleich hinter dem Eingang in der Damentoilette.

Keine drei Schritte weiter stießen Fanni, Sprudel und die Seegers auf Elke.

»Die Suppe ist schon aufgetragen«, quengelte sie.

Hubert warf ihr eine Kusshand zu. »Nur schnell Hände waschen, Frisur glätten, und schon sitzen wir mit euch am Tisch.«

»Hubert Seeger hat mich heute Nachmittag im Kasbah-Hotel – gewiss ganz unbewusst – auf ein mögliches Motiv für die Anschläge auf dich gebracht«, sagte Sprudel, als er und Fanni nach dem Abendessen in ihren Schlafsäcken steckten und auf ihren Matratzen lagen.

Fanni rückte ganz nah an ihn heran, sodass sie sich flüsternd unterhalten konnten.

»Wir haben ja schon öfter an Rache als Tatmotiv gedacht«, fuhr Sprudel fort. »Aber bisher hatten wir keine brauchbare Idee, wer oder was gerächt werden sollte.« Er rieb mit den Fingerspitzen über seine Stirn. »Ich weiß, du neigst dazu, irgendein früheres Geschehnis in den Bergen für den Auslöser zu halten, aber darauf gibt es nicht den geringsten Hinweis.«

»Worauf dann?«, warf Fanni ein, weil ihr Sprudels Vorrede zu lang dauerte.

»Einen Hinweis gibt es eigentlich immer noch nicht«, antwortete er bedächtig. »Ich hatte nur so einen Gedanken, der mir allerdings vielversprechend erscheint.«

»Dann spuck ihn jetzt endlich aus, Sprudel.«

»Der Gedanke kam mir«, fügte Sprudel ungerührt hinzu, »als Hubert das Straubinger Zuchthaus erwähnte.«

Fanni sog scharf die Luft ein. Sprudel musste nicht weiterreden. Sie hatte bereits begriffen, was ihm durch den Kopf ging.

»Du hast recht, du hast völlig recht!«, rief sie laut, senkte jedoch ihre Stimme schnell wieder zu einem Murmeln. »Die Mörder, die wir in den letzten Jahren hinter Gitter gebracht haben, hätten am meisten Grund, sich an mir zu rächen. Jeder Einzelne von ihnen hasst mich und wünscht mir einen Strick um den Hals. Mir vermutlich viel mehr als dir ...«

Sowieso! Es wird ja nicht verborgen geblieben sein, wer die treibende Kraft jeweils war. Fanni Rot!, die, anstatt zu tun, wofür Hans Rot immer schon plädiert hat – nämlich Zwiebeln zu schneiden, Hemden zu bügeln und Hefeteilchen zu backen –, auf Mörderjagd geht! Was man einem pensionierten Kriminalbeamten vielleicht zugesteht, lässt man sich von einer Fanni Rot noch lange nicht bieten!

»Fraglos sind die Schurken nicht gut auf dich zu sprechen«, sagte Sprudel, doch seine Stimme klang irgendwie erleichtert. »Aber hast du nicht soeben gesagt: Wir haben sie hinter Gitter gebracht. Und da befinden sie sich mit Sicherheit immer noch.«

»Sie selbst schon«, erwiderte Fanni nachdenklich. »Allerdings könnte das bedeuten, dass wir es doch mit einem Auftragskiller zu tun haben oder mit jemandem, der für einen von ihnen, der ihm nahesteht, Rache nehmen will.«

Wispernd machten sie sich daran, die Mordfälle durchzugehen, die sie in den vergangenen Jahren gemeinsam aufgeklärt hatten.

»Wir wissen zu wenig«, stellte Sprudel nach einiger Zeit deprimiert fest. »Wir haben keine Ahnung, ob beispielsweise unser Falkenstein-Mörder einen Bruder hat, der genauso irre ist wie er und jetzt blutige Rache schwört. Er könnte sich unter falschem Namen in unserer Reisegruppe eingeschlichen haben und ...«

»Halt«, unterbrach ihn Fanni. »Das konnte er nicht. Dazu hätte er auch einen falschen Pass vorlegen müssen.«

Sprudel dachte eine Weile nach. »So unmöglich erscheint mir das gar nicht, Fanni. Er hätte ja beste Beziehungen in den Knast.«

»Nein, Sprudel«, widersprach Fanni erneut. »Das kommt mir zu weit hergeholt vor. Was für ein Aufwand, einen falschen Pass anfertigen zu lassen, und was für ein Risiko, falls der Schwindel bei der Kontrolle am Flughafen aufgeflogen wäre.«

Sichtlich aus dem Gleis geworfen, schwieg Sprudel.

»Trotzdem«, fuhr Fanni fort, »ist es das einleuchtendste Motiv, das uns bisher eingefallen ist.« Sie musste ein wenig mit sich ringen, bevor sie herausbrachte: »Wir sollten Leni doch reinen Wein einschenken und sie bitten, sich bei ihren Recherchen auf den Umkreis der Mörder zu konzentrieren, die wir in den vergangenen Jahren überführt haben.«

Sprudel sah auf seine Uhr. »Schade«, meinte er, »jetzt ist es viel zu spät, um noch mal ins Kasbah-Hotel zu gehen und mit Leni Verbindung aufzunehmen. Und unglücklicherweise werden wir dazu erst wieder in drei Tagen Gelegenheit haben, wenn wir von der Toubkal-Besteigung zurückkommen.«

»Ja«, sagte Fanni. »Sehr schade. Mich würde nämlich wirklich interessieren, was Leni in Bogen über Melanie erfahren hat. Denn Melanie – da sind wir uns einig – benimmt sich ausgesprochen merkwürdig.« Sie begann, in ihrem Rucksack zu kramen. »Ich kann es ja mit dem Handy versuchen. Allerdings habe ich Bernd erwähnen hören, dass der Empfang in der Gîte sehr schlecht ist, auch draußen soll er kaum besser sein. Erst auf halbem Weg nach Imlil wird er angeblich passabel.«

»Wieso muss dieser Schwachstellenaufstöberer eigentlich ständig telefonieren?«, regte sich Sprudel auf, während Fanni ihr Handy einschaltete, ein paar Tasten drückte, lauschte, dann enttäuscht den Kopf schüttelte. Sie steckte es wieder weg und sagte zwinkernd zu Sprudel: »Vielleicht um seinem Auftraggeber im Knast Bericht zu erstatten?«

Weil Sprudel ernsthaft darüber nachzudenken schien, fügte sie hinzu: »Soweit wir aber wissen, ist Bernds einziger Bezug zu Niederbayern fünfzehn Jahre alt und führt direkt zu Gisela.« Nachdenklich fügte sie hinzu: »Allerdings hat Bernd damals auch Martha kennengelernt.«

Sprudel nickte, sie hatte ihm bereits am Nachmittag von ihrem Tischgespräch mit Bernd Freise erzählt.

»Aber damit endet die Spur auch schon«, sagte Fanni jetzt. »Selbst wenn Bernd einen Grund gehabt hätte, Martha zu beseitigen – womöglich hat sie ihn damals vor Gisela diskreditiert, hat sie überredet, ihn fallen zu lassen, und das wollte er kein zweites Mal riskieren –, selbst wenn es so gewesen wäre, warum sollte er auch mich umbringen wollen?«

»Die Spur ist sowieso ziemlich kalt«, stimmte ihr Sprudel zu. »Denn wäre Freise wirklich Marthas Mörder, würde er dann freiweg von seinem privaten Waterloo bei den Stolzers erzählen? Eher nicht.«

»Freiweg«, wiederholte Fanni. »Das bringt mich noch mal auf Melanie. Die hat noch nie einfach freiweg geredet. Melanie wirkt von allen am meisten so, als ob etwas an ihr frisst.«

Sprudel rieb sich die Augen. »Sie ist verhärmt, eigenbrötlerisch und verschwiegen – nein, falsch: geheimniskrämerisch.«

»Immerhin hat sie letzte Woche bei der Vorstellungsrunde ihr Alter ausgeplaudert«, sagte Fanni und gähnte.

»Ja«, murmelte Sprudel, »siebenunddreißig. Das würde für den Fall im Bayerischen Nationalpark gut passen. Melanie könnte die Tochter des Falkenstein-Mörders sein. Der Name Fuchs will nichts besagen, den kann sie sich ja erheiratet haben.«

»Dumm ist bloß«, antwortete Fanni schläfrig, »dass der Falkenstein-Mörder ... keine ... Kinder ... hatte ...«

Sprudels Gute-Nacht-Kuss kam nur noch als Traum bei ihr an.

12

Um die Zeit, als Fanni versuchte, Leni per Handy zu erreichen, machte ihre Tochter gerade einen Besuch, bei dem sie Brisantes erfuhr.

Kurz entschlossen hatte sie an der Tür von Marthas Schwager Toni Stolzer geklingelt.

Als er öffnete, starrte er sie einen Moment lang verdutzt an, dann erkannte er sie.

»Himmel, das ist ja Leni Rot, die uns auf dem Venedigergletscher beinahe in den Abgrund geschlittert wäre.«

Toni schloss sie ungestüm in die Arme und führte sie daraufhin in ein gemütliches Wohnzimmer im ersten Stock des Stolzer'schen Zweifamilienhauses.

Im Erdgeschoss lag – wie Leni von einem früheren Besuch her wusste – die Wohnung von Martha und Willi, die Martha, seit ihr Mann ermordet worden war, allein bewohnte. Doch jetzt war auch Martha tot.

Leni sprach Toni ihr Beileid aus.

»Wir haben sie gestern begraben«, sagte Toni, »aber begreifen kann ich es immer noch nicht.«

Die Zimmertür öffnete sich unvermittelt, und Tonis Lebenspartner kam herein. Toni stellte ihn galant vor.

»Wir kennen uns ja bereits«, sagte Leni, denn sie war schon einmal mit Günther zusammengetroffen – damals an Sprudels Krankenbett, kurz nachdem Fanni den Mord an Marthas Mann aufgeklärt hatte. Bald darauf hatten sich Toni und Günther offiziell zueinander bekannt, und Günther war bei Toni eingezogen. Gisela hatte ihm den Platz an Tonis Seite bereitwillig überlassen. Ihre Ehe mit Toni war ohnehin nur ein Arrangement gewesen, eine Maskerade, die während der Ermittlungen im Fall »Magermilch« aufgeflogen war.

»Mama kann es auch nicht begreifen«, sagte Leni.

Tonis Augen weiteten sich. »Willst du mir damit sagen, dass Fanni nicht so recht an einen Unfall glaubt?«

Toni ist nicht auf den Kopf gefallen, dachte Leni, das hat er seinerzeit schon bewiesen. Und er kennt meine Mutter gut.

Sie nickte und schwieg.

»Deshalb also ...«, murmelte Toni.

Leni sah ihn fragend an, und auch Günther schien darauf zu warten, dass er weitersprach.

»Ich habe mich die ganze Zeit gefragt«, sagte Toni, »weshalb Fanni dagegen war, die Reise abzubrechen. Gisela hat mir am Telefon erzählt, deine Mutter habe dafür plädiert, weiterzumachen – uns allen war das unverständlich. Aber jetzt ist die Sache klar. Fanni sucht einen Mörder, und sie sucht ihn innerhalb der Reisegruppe.«

»Ist er nicht ein Schlaukopf, unser Toni?«, meinte Günther an Leni gewandt.

Toni gab ihm einen Klaps. »Fanni hat sich also wieder einmal auf die Spur eines Verbrechers gesetzt.«

»Und diese Spur will sie nicht verlieren«, erwiderte Leni. »Deshalb reist Mama in Gesellschaft von einem knappen Dutzend Verdächtiger durch Marokko und versucht herauszufinden, ob einer von ihnen Martha auf dem Gewissen hat.«

»Aber weil das gar nicht so einfach ist«, mutmaßte Toni, »weil Fanni, außer die Verdächtigen zu belauern, nicht viel tun kann, hat sie ihre Tochter um Unterstützung gebeten, richtig? Und wie kann ich dabei helfen?«

Leni sah Günther zu, wie er drei Gläser aus einer Vitrine nahm und sich daran machte, Rotwein einzuschenken. Nachdem er ein volles Glas vor sie hingestellt hatte, sagte sie an Toni gewandt: »Ich möchte dich bitten, nachzusehen, ob du einen der Namen auf dieser Liste hier kennst.« Sie reichte ihm das Blatt, auf dem sie die Reiseteilnehmer aufgeschrieben hatte.

Daraufhin lümmelte Toni eine ganze Weile auf dem Sofa und studierte die Liste. Hie und da murmelte er einen der Namen vor sich hin.

Leni und Günther tranken ihren Wein, wechselten ab und zu ein paar Worte.

Fast eine halbe Stunde verging, bis Toni die Liste auf den Tisch warf und nach seinem Weinglas griff. »Nichts, keiner der Namen löst das erhoffte Klingeln in meinem Kopf aus. Was nicht viel heißen muss, denn von einigen Frauen haben wir ja nur den Namen, den sie durch Heirat erworben haben.«

Günther hatte das Blatt an sich genommen und las halblaut die Vornamen der verheirateten Frauen. Dann fragte er Toni: »Dora, Antje, Wiebke, Melanie. Sagen dir diese Vornamen denn gar nichts? So häufig sind sie ja auch wieder nicht. An eine Dora würdest du dich doch erinnern, oder?«

»Tu ich aber nicht«, brummte Toni und leerte sein Glas. Günther schenkte ihm nach.

Leni räusperte sich. »Du könntest versuchen, deine Erinnerung auf einzelne Bereiche zu fokussieren: Verwandtschaft, Geschäft, Freizeit.«

Günther nickte eifrig und drückte Toni die Liste wieder in die Hand.

»Freizeit«, maulte Toni. »Ich weiß doch nicht über den gesamten Bekanntenkreis von Martha Bescheid.«

»So weit es sich dabei um Bergsteiger handelt, wohl schon«, entgegnete Leni. »Denk zurück, denk weit zurück. Wenn heute ein Mord geschieht, muss der Anstoß dafür ja nicht erst gestern erfolgt sein.«

Toni seufzte theatralisch, wandte sich aber erneut der Liste zu.

Leni meinte beinahe zu sehen, wie in seinem Kopf Bilder auftauchten; Szenen, die sich während vertrackter Klettereien abgespielt hatten, auf eisblanken Gletschern, auf schmalen Graten.

»Glaubt mir«, sagte er nach langer Zeit, »Martha hat bei Bergtouren nie jemanden gefährdet. Sie hat meines Wissens keine Steine losgetreten, durch die jemand zu Schaden gekommen wäre. Sie hat keine Hilfeleistung verweigert. Sie hat niemanden in die Irre gef ...« Er brach plötzlich ab.

Leni und Günther sahen ihn gespannt an.

»Dieter Horn«, flüsterte Toni. Er war blass geworden. Es dauerte einige Augenblicke, bis er weitersprechen konnte. »Dieter Horn hat in den Neunzigern durch einen Unfall seine Schwester verloren. Er gab Martha und Fanni die Schuld dafür.«

»Und da hast du dich nicht eher an seinen Namen erinnert?«, fragte Günther verblüfft.

Toni sah ihn zerknirscht an. »Das liegt vermutlich daran, dass ich kein Gesicht zu dem Namen habe.«

In das aufkommende Schweigen hinein sagte Leni: »Du hast also Dieter Horn nie persönlich kennenge...«

»Keiner von uns«, fiel ihr Toni ins Wort.

»Aber«, begann Leni, doch Toni unterbrach sie erneut: »Lasst mich die Geschichte einfach erzählen: Es war, wie gesagt, in den Neunzigern. Wir hatten von der Tschierva-Hütte aus den Morteratsch bestiegen und waren auf dem Rückweg nach Pontresina. Dieser Abstieg zieht sich ewig hin. Denn obwohl man die Talsohle schon nach etwa zwei Stunden erreicht, muss man noch viele Kilometer auf relativ flachem Gelände zurücklegen, bis man zum Parkplatz am Ortsrand kommt. Damals – und wahrscheinlich wird das auch heute noch so sein – konnte man für diese letzte, recht ermüdende Etappe für fünf Franken einen Platz auf einer der Pferdekutschen bekommen, die dort Touristen hin- und herbefördern.«

Toni trank einen Schluck Wein, bevor er fortfuhr: »An jenem Nachmittag gab es geradezu einen Run auf die Kutschen. Wenn uns Martha und Fanni nicht ein Stück voraus gewesen wären, hätten wir mindestens eine Stunde auf so ein Gefährt warten müssen. Den beiden aber gelang es, für unsere Gruppe diejenige Kutsche zu requirieren, die eigentlich für Dieter Horn, seine Schwester und deren Freunde reserviert gewesen war. Er und seine Leute befanden sich – mit dem Feldstecher deutlich erkennbar – noch so weit oben im Abstieg, dass sich der Kutscher von Martha und Fanni dazu überreden ließ, erst einmal uns zu fahren. Wer sollte denn ahnen ...«

Toni rieb sich die Stirn, dann sprach er müde weiter: »Niemand konnte ahnen, dass die Kutsche, die Horns Gruppe später aufnahm, während der Fahrt umstürzen und Horns Schwester unter sich begraben würde.« Er machte zwei tiefe Atemzüge. »Horn muss damals komplett durchgedreht sein. Offenbar hat er Himmel und Hölle in Bewegung gesetzt, um herauszufinden, wer ihnen das bestellte Gefährt, das sicher in Pontresina angekommen war, weggeschnappt hatte. Zuerst hat er wohl die Kutscher ausgefragt, später muss er noch mal zur Hütte hinaufgegangen sein, um auch dort herumzuhorchen und im Hüttenbuch nachzusehen. So kam er schließlich an Willis Adresse.«

Erneut atmete Toni durch, bevor er weiterredete: »Und dann hat Dieter Horn diesen Brief geschrieben, voll von Anklagen, Vorwürfen, Drohungen. Erst dadurch haben wir erfahren, was geschehen war. Martha hat sich natürlich sofort schuldig gefühlt, und wir mussten ewig auf sie einreden, bis sie sich wieder einigermaßen beruhigt hatte. Das wollten wir uns bei Fanni ersparen, deshalb haben wir ihr nie davon erzählt.« Toni streckte die Hand nach seinem Weinglas aus. »Ein paar Tage später haben sich Willi und Martha hingesetzt und den Brief so verständnisvoll wie möglich beantwortet. Daraufhin haben wir nie wieder von Horn gehört.«

Er schüttete ein halbes Glas Wein in sich hinein und fügte fast entschuldigend hinzu: »Nur in diesem Brief kam mir Horns Name jemals unter. Keiner von uns kannte ihn. Wie hätte mein Gedächtnis den Namen verfügbar speichern können?«

Leni saß schon eine Weile wie erstarrt da und schaute Toni mit großen Augen an. Erst als ihr Günther die Hand auf den Arm legte und sagte: »Wir müssen deine Mutter warnen«, kam Bewegung in sie.

Sie kramte nach ihrem Handy, scrollte zum Namen ihrer Mutter und drückte die Taste.

Während sie auf die Verbindung wartete, sagte Toni: »Ich weiß nicht recht, vielleicht machen wir ja auch bloß die Pferde scheu. Dieser Dieter Horn, der in Fannis Gruppe mitreist, muss doch nicht unbedingt derselbe sein, der uns damals gedroht hat. Und selbst wenn. Er hat Martha und Fanni nie gesehen, wie sollte er sie erkennen?«

»Meinst du nicht, dass er ebenfalls eine Teilnehmerliste hatte?«, antwortete Günther. »Und dass sich die Reisegefährten bald miteinander bekannt gemacht haben? Bestimmt haben sie auch das eine oder andere von sich erzählt. Da bedurfte es wohl nicht mehr vieler Fragen, um herauszukriegen, ob es sich bei Martha und Fanni um die beiden Frauen handelt, die Horns Auffassung nach seine Schwester in den Tod geschickt haben.«

Es war ein paar Augenblicke still, dann erwiderte Toni sichtlich verwirrt: »Horn hört also Marthas Namen ...« Er unterbrach sich. »Nein, er wusste ihn ja schon. Und dann lernt er sie und Fanni kennen. Hat er erst da ...? Oder hat er die Reise schon mit dem Vorsatz angetreten ...?« Er verstummte.

»Martha hat sich anscheinend ebenso wenig an Horns Namen erinnert wie du«, sagte Günther nachdenklich, »sonst hätte sie mit dir darüber gesprochen.«

Toni stimmte ihm zu. »Solche Teilnehmerlisten überfliegt man ja normalerweise auch bloß, die studiert man nicht wie eine Gebrauchsanweisung. Aber vielleicht ist später irgendwann der Groschen bei ihr gefallen, unterwegs, als der Name öfter auftauchte.«

»Meinst du, Martha hätte Horn auf damals angesprochen, wenn sie sich plötzlich erinnert hätte?«, fragte Günther.

»Ich denke schon«, antwortete Toni.

»Vielleicht kam es zum Streit«, spekulierte Günther. »Horn hat sich in Rage geredet, hat Martha gestoßen, sie ist gestolpert und vor den fahrenden Bus gestürzt.«

»Ich möchte fast hoffen, dass es sich so abgespielt hat«, sagte Toni darauf. »Denn dann wäre Fanni nicht in Gefahr.«

Leni hatte ihr Handy schon vor einigen Sekunden auf dem Tisch abgelegt.

»Keine Verbindung?«, fragte Toni.

Leni schüttelte den Kopf. »Sie sind wohl noch in den Bergen.« Sie warf einen Blick auf ihre Armbanduhr, die Samstag, den 15. Oktober, zweiundzwanzig Uhr anzeigte.

13

Leni hatte recht.

Fanni und Sprudel befanden sich noch immer in der Gîte in dem kleinen Ort Aroumd mitten im Hohen Atlas. Am folgenden Morgen würden sie zu ihrem Zeltcamp unterhalb der Neltner-Hütte aufsteigen, von wo aus tags darauf noch tausend Höhenmeter zum Gipfel des Toubkal zu bewältigen sein würden.

Der Aufstieg am nächsten Tag zeigte sich nicht unwegsamer als die vorherigen Trekkingetappen.

»Mehr als drei bis vier Stunden wird er nicht in Anspruch nehmen«, hatte ihnen Elke am Morgen quengeliger denn je mitgeteilt.

Wie gewohnt führte Hassan die Gruppe an. Elke ging diesmal stoisch als Letzte. So weit sich die kleine Karawane auch auseinanderzog, niemals überholte sie jemanden, nicht einen einzigen Schritt weit.

Irgendwann dümpelten sie und Melanie in großem Abstand hinterher.

Fanni fragte sich erstaunt, warum Melanie auf einmal so sehr zurückblieb. Konnte sie plötzlich nicht mehr schneller laufen? Hatte sie sich den Fuß verknackst?

Oder will sie etwa frühzeitig mitkriegen, wenn ich mich zum Pinkeln in die Büsche schlagen muss?, überlegte Fanni. Will sie sich dann von hinten an mich heranpirschen in der Hoffnung, mir den Garaus machen zu können?

Vielleicht! Aber Melanie wird schnell merken, dass Sprudel wie eine Schildwache neben jedem Busch steht, hinter den du dich hockst!

Tagsüber ist das ja keine Mühe für ihn, sinnierte Fanni. Aber nachts? Ich muss doch auch in der Nacht, zweimal mindestens.

Bisher war sie nachts ganz leise aus dem Zelt geschlüpft in der Hoffnung, Sprudel würde nichts davon merken – was natürlich illusorisch war. Er war jedes Mal hellwach gewesen, wenn sie zurückkam.

Und ab sofort wird er wohl mitkommen! Oder denkst du, er lässt dich alleine aus dem Zelt krabbeln und in der Dunkelheit verschwinden? Er wird sich aus dem Schlafsack schälen, mitkommen und frierend neben dir stehen, bis du fertig gepinkelt hast!

Da nahm sich Fanni vor, abends weniger von dem Verbenentee zu trinken, der immer nach dem Essen im Speisezelt ausgeschenkt wurde, damit sie nachts das Zelt nicht verlassen musste – oder wenigstens nur ein Mal.

Das schleppende Tempo begann Fanni zu nerven.

Otto Brügge hatte wieder damit angefangen, die Linse seiner Kamera auf jeden Stängel zu richten, und trieb sich weit abseits des Weges herum. Dieter Horn und Hubert Seeger hatten sich offenbar in ein Gespräch über elektronische Geräte vertieft, denn Begriffe wie GPS, User und LAN-Modul wehten über Fanni hinweg. Die angeregte Diskussion zwang die beiden, alle paar Meter stehen zu bleiben, um Luft für neue Worte zu schöpfen, und sie zwang Hassan, in regelmäßigen Abständen auf Hubert und Dieter zu warten.

Fanni langweilte sich. Inzwischen bereitete ihr der Knöchel keine Schmerzen mehr, ja nicht einmal mehr Unbehagen. Die Schulter, die ihr in der Gasse in Marrakesch schier ausgerenkt worden war, trug willig ihren Anteil am Gewicht des Rucksacks. Selbst das Handgelenk, an dem sie der Angreifer so fest gepackt hatte, tat kein bisschen mehr weh, wies jedoch noch zwei rote Male auf, als hätte Fanni eine Fessel getragen.

Sie wäre wirklich gern schneller gelaufen; hätte ihr Tempo am liebsten so weit gesteigert, dass sich der Puls als lautes Pochen in den Ohren bemerkbar machte; hätte gern hektoliterweise frische Luft durch ihre Lungen gepumpt.

Man muss das Hirn mit Sauerstoff geradezu überschwemmen, dachte sie, den Denkapparat mit reichlich Nahrung versorgen, damit er fit genug ist, Erkenntnisse aufblitzen zu lassen.

Aber statt euch außer Puste zu bringen, schleicht ihr dahin, kommt alle Nase lang zum Stehen!

Und schließlich blieben sie in Sidi Chamharouch mehr als eine Stunde lang hängen.

Elke führte die Gruppe in eine Teestube, wo schon für alle Thé à la menthe bereitstand.

»Die Wallfahrtsstätte Sidi Chamharouch«, erklärte sie, während die meisten ihrer Schützlinge den wie immer stark überzuckerten Tee mit einer unwilligen Grimasse tranken, »wird von sehr vielen Marokkanern aufgesucht. Dem Volksglauben nach ist unter dem großen weißen Felsen, der dort drüben mitten im Bach steht, ein heiliger Mann bestattet, dem man magische Kräfte zuschreibt. Es heißt, er könne von seinem Grab aus psychische Störungen heilen.«

Hubert tauschte das leere Teeglas seiner Frau gegen sein volles aus. »Da sind uns die Beraber aber mal schwer voraus: Die bringen ihre Seelenklempner um, bevor sie sich ihnen anvertrauen.«

Trotz aller Saumseligkeit erreichten sie schon bald nach Mittag den terrassenförmigen Einschnitt im Berghang, wo die Mulitreiber sämtliche Zelte bereits aufgebaut hatten.

»Inschallah«, sagte der Koch, der ebenso wie ihr Guide Hassan hieß.

Er winkte die Gruppe ins Speisezelt und eilte davon, um gleich darauf mit einer Platte voll Couscous und einer Terrine mit Gemüse zu erscheinen.

Wohl oder übel schnürten die Trekker ihre Bergschuhe auf, schlüpften heraus, betraten auf Socken das kuppelförmige Zelt und umringten die wohlbekannte Bastmatte, die den nun wieder schmerzlich vermissten Tisch ersetzte.

Antje Horn schien als Erste einzusehen, dass es nichts nützte, von einem Fuß auf den anderen zu treten und missbilligend auf die Matte zu starren. Ein Tisch würde genauso wenig von der Zeltkuppel herunterschweben wie die zugehörigen Stühle.

»Herrgott«, seufzte Antje und ließ sich auf dem Boden nieder, »wann lässt du mich eine Kauerstellung finden, die ich länger als zehn Minuten durchhalten kann?«

»Den Rest des Nachmittags«, verkündete Elke beim Dessert, »habt ihr wieder zur freien Verfügung. Ruht euch aus, steigt die paar Meter zur Neltner-Hütte hinauf – dort kann man Getränke und allerhand Snacks kaufen und sich zum Lesen in den beheizten Aufenthaltsraum setzen – oder geht spazieren. Macht einfach, wonach euch ist. Aber denkt daran, das Gepäck unterzubringen, bevor ihr weggeht. Ich hoffe, jeder hat sich die Nummer des Zeltes gemerkt, das er bisher benutzt hat.«

Fanni und Sprudel entdeckten das mit der gelben Reepschnur markierte in der Reihe der Zweimannzelte neben dem der Horns. Schräg gegenüber befand sich das Kochzelt und daneben das Speisezelt.

Sie räumten ihre Gepäckstücke hinein, legten ihre Wäschebeutel bereit, entrollten die Liegematten, breiteten die Schlafsäcke aus. Daraufhin nickten sie sich verschwörerisch zu. Sie würden zur Hütte aufsteigen, jawohl, diese jedoch links liegen lassen und weiterlaufen. Immer weiter, so lange es hell blieb.

Als Fanni nach draußen kroch, spannte Dieter gerade eine Leine zwischen den beiden Iglus.

»Eure Socken haben darauf sicher auch noch Platz«, sagte er zu Sprudel, der bereits neben ihm stand.

Nachdenklich machte Fanni das Innenzelt zu.

Einen Versuch ist es allemal wert!

Sie griff nach dem Bändchen, das am Reißverschluss des Überzeltes angebracht war, und zog und zerrte es rückwärts und vorwärts, als ob der Mechanismus klemmte.

»Man müsste das Ding schmieren«, sagte Dieter, wie sie es erhofft hatte. »Notfalls mit Seife oder Sonnencreme.«

Fanni nickte verständig, gab vor zu überlegen und erwiderte: »Hab ich nicht neulich irgendwo eine Dose Silikonspray herumstehen sehen? Das wäre doch genau das Richtige. Bei wem hab ich bloß ...«

»Hubert hatte so ein Spray«, mischte sich Antje ein. »Aber die Dose muss leer gewesen sein, weil ich gesehen habe, wie er sie in der Gîte in Oukaimeden zum Abfallkorb trug.«

»Dann werde ich es wohl doch mit Sonnencreme versuchen müssen«, meinte Fanni und zog unbedacht an dem Reißverschluss, der ohne Holpern zuglitt.

Dieter und Antje starrten perplex auf Fannis Hand.

Wie kannst du nur immer derart stümpern!

Verlegen richtete sie sich auf und hastete hinter Sprudel her. Der war schon ein paar Schritte in Richtung der halbhohen Steinmauer gegangen, die den Zeltplatz auf drei Seiten begrenzte und nur einen schmalen Durchschlupf freiließ. Hinter der Mauer rupften zwei von ihrer Last befreite Mulis an einem harten Grasbüschel, das zwischen Felsbrocken ein paar Erdkrumen zum Einwurzeln gefunden hatte.

»Die Tiere scheinen sehr gutmütig zu sein«, sagte Sprudel, »und ziemlich verständig. Mir ist aufgefallen, dass sie nicht einmal mehr nachts angepflockt werden.« Er klopfte einem der Mulis auf den Hals. Es mampfte unbeeindruckt weiter, quittierte die Berührung nur mit einem gleichgültigen Seitenblick.

»Bestimmt sind die Tiere abends viel zu müde, um noch viel herumzulaufen«, meinte Fanni, während sie und Sprudel weitergingen.

Bereits nach wenigen Minuten tauchte die Neltner-Hütte vor ihnen auf, doch kurz vor dem recht ansehnlichen Gebäude gabelte sich der Weg, und sie wählten den Pfad, der laut Beschilderung zum Pass Tizi-n-Omagane führte. Als Fanni einige hundert Meter später, von höher oben aus, einen Blick zurückwarf, sah sie Wiebke und Otto Brügge mit

Wasserflaschen in den Händen soeben aus der Neltner-Hütte herauskommen.

Der felsige Pfad, den Fanni und Sprudel entlanggingen, begann schroff anzusteigen. Fanni forcierte das Tempo. Bereits nach kurzer Zeit nahm sie wahr, wie Sprudel hinter ihr keuchte. Sie selbst atmete nicht weniger heftig, behielt den schnellen Schritt jedoch unvermindert bei, obwohl es zunehmend steiler wurde.

Fast eine Stunde lang stiefelte Fanni derart ungestüm voraus, dann hörte sie Sprudel japsen: »Fanni ... lass ... gut sein ... jetzt.«

Sie machte noch ein paar schnelle Schritte, dann wurde sie langsamer und blieb neben einem tischhohen Felsbrocken endlich stehen.

Dabei heißt es, nur Lastwagen benötigen einen extralangen Bremsweg!

Sprudel holte auf, stützte sich vornübergebeugt mit beiden Händen auf den Stein und pumpte Luft in seine Lungen. »Ich ... ich sehe ... ein, dass Angst und ... und Frustration kom ... kompensiert werden müssen.« Er atmete noch einmal tief durch. »Aber wenn wir uns zu Tode schinden, lacht sich der ...«

»... der es auf mich abgesehen hat«, schlug Fanni vor.

»... ins Fäustchen«, beendete Sprudel den Satz. »Lass uns umkehren«, fugte er hinzu. »Bis zur Passhöhe können wir es sowieso nicht schaffen.«

Ja, und wozu auch?

Gemächlich gingen sie zurück, blieben dort und da stehen, um einen Blick ins Tal oder hinauf zu dem Bergkamm zu werfen, hinter dem der Toubkal lag.

Als sie wieder in die Nähe der Neltner-Hütte kamen, sahen sie Melanie auf einem Steiglein neben dem Bach dahinspazieren, der hinunter nach Aroumd floss, waren aber zu weit entfernt, um ihr etwas zuzurufen.

Bald darauf trafen sie auf die Seegers, liefen ihnen sozusagen in die Arme, denn Hubert und Dora wanderten denselben Pfad herauf, den Fanni und Sprudel gerade hinuntergingen.

Hubert hielt Doras Hand fest umklammert. Er atmete schwer, und es sah fast so aus, als müsse Dora ihn ziehen.

Er grinste schief. »Kaum verkündet unsere frömmelnde Antje: ›Vor jede Mahlzeit hat der liebe Gott einen Messbecher voll Plackerei gesetzt‹, nimmt Dora das für bare Münze und hört nicht mehr auf mich. Dabei liegt Antje völlig falsch. Der liebe Gott hat vor jede Mahlzeit einen Messbecher voll trockenem Sherry gesetzt, gerne auch mit einem Tröpfchen Gin gemischt; oder einen milden Anislikör mit reichlich Cassis und wenig Sodawasser.«

Dora verdrehte die Augen und zerrte ihn weiter.

Auf halbem Weg zwischen Hütte und Zeltplatz wandte sich Fanni um und schaute zurück. Sie konnte erkennen, dass Hubert und Dora bereits wieder umgekehrt waren und zielstrebig talwärts stiegen.

Aus dem Speisezelt drangen Stimmen.

Fanni sah auf ihre Uhr. »Kurz vor fünf. Wer nicht mehr unterwegs ist, hockt da drin und trinkt Tee.«

Sprudel sah sie fragend an, doch Fanni schüttelte den Kopf. »Wir werden uns erkälten, wenn wir uns in den verschwitzten Sachen ins Zelt setzen. Wir sollten uns erst mal so gut es geht waschen und danach frische Wäsche anziehen.«

»Der Bach ...«, begann Sprudel.

Fanni unterbrach ihn: »... ist viel zu weit weg, viel zu kalt und im Umkreis einer Hütte bestimmt mit Exkrementen verseucht. Wir greifen wieder zur Warmduscher-Variante.«

Sprudel schmunzelte. Fannis Warmduscher-Variante kannte er bereits aus Oughlad. Am dortigen Zeltcamp war der Bach fast unerreichbar in einer Schlucht vorbeigeflossen, und Fanni hatte ihm gezeigt, wie man trotz akuten Wassermangels frisch und einigermaßen sauber werden konnte.

»Man nehme eines von Lenis reißfesten Zellstofftüchern, die sie von einer Firma für Laborausstattung bezieht«, hatte ihm Fanni erklärt, als sie beide unbekleidet nebeneinander auf ihren Schlafmatten im Zweimannzelt knieten, und ihm ein blütenweißes, weiches, gut taschentuchgroßes Gewebe gereicht. »Das befeuchte man sparsam mit Mineralwasser« – sie hatte ein Schlückchen aus ihrer Trinkflasche draufgeschüttet – »gebe einen winzigen Tropfen Waschlotion dazu und reibe sich von oben bis unten gründlich damit ab.«

Sprudel hatte zugeben müssen, dass die Methode zwar dürftig erschien, sich jedoch als durchaus effektiv erwies.

»Und jetzt«, hatte Fanni hinzugefügt, nachdem sich beide unter vielen Verrenkungen und unsanften Zusammenstößen mit dem Zeltgestänge, mit gegenseitiger Hilfestellung und gegenseitigem In-die-Quere-Kommen von den Ohren bis zum kleinen Zeh abgerieben hatten, »jetzt braucht man den benutzten Zellstoff noch lange nicht in die Mülltüte zu schmeißen. Zum Schuheputzen taugt er allemal noch und fürs Abwischen der Zeltheringe sowieso.«

Sprudel hatte laut gelacht. »Robinson Crusoe hätte ganz schön was von dir lernen können.«

Als Sprudel gerade den Eingang ihres Zeltes öffnen wollte, hörte Fanni plötzlich Elke Knorr neben sich quengeln.

»Der Nachmittagstee ist längst fertig. Unser Koch hat heute extra Crêpes dazu gemacht.« Elke schaute sie so vorwurfsvoll an und winkte sie so gebieterisch zum Speisezelt hinüber, dass sich Fanni nicht zu widersetzen wagte. Sie bedankte sich für die ausdrückliche Einladung und warf Sprudel dann verstohlen einen resignierten Blick zu.

Wenige Augenblicke später betraten sie das Speisezelt. Verhalten ächzend ließ Fanni ihre Knie einknicken und hockte sich auf die Fersen.

»Unser Koch ist ein Zauberer«, sagte Gisela und steckte sich das letzte Stück ihrer Crêpe in den Mund.

»Schweren Herzens haben wir zwei davon für euch aufgehoben«, fügte Bernd hinzu und reichte Fanni eine Platte.

Otto Brügges Blick schien anzudeuten, dass er nicht damit einverstanden gewesen war.

Fanni bestrich die beiden Crêpes dick mit Feigenmarmelade, rollte sie zusammen und reichte eine davon Sprudel, der genussvoll hineinbiss.

Während Fanni den Eierkuchen aß, den sie für sich selbst hergerichtet hatte, dachte sie an ihre Enkelkinder Max und Minna, die sich, sooft sie zu Besuch nach Erlenweiler gekommen waren, Eierkuchen mit Kirschen bei ihr bestellt hatten.

Was die beiden wohl gerade treiben?, fragte sich Fanni. Wie sich Max wohl auf dem Gymnasium macht? Ob Minna wohl einen Preis im Musikwettbewerb gewonnen hat? Hoffentlich hatte sich der Hautausschlag gebessert.

Von jäher Sehnsucht nach ihren Enkeln befallen nahm sie sich vor, Max und Minna in den nächsten Ferien für eine ganze Woche nach Birkenweiler einzuladen. Fanni zweifelte keinen Moment daran, dass sie und Sprudel – mit oder ohne Gäste – jederzeit in Lenis Anwesen wohnen konnten.

Max wird begeistert sein, dachte sie, wenn er auf dem Klein-Hof wieder mal Bauer spielen darf. Ein leises Lächeln umspielte ihre Lippen. Falls er Glück hat, kriegt die Resi genau in diesen Tagen ein neues Kalb.

Und mit Minna, überlegte Fanni weiter, können Sprudel und ich im Elypso-Hallenbad schwimmen gehen, einen Ausflug ins Haus der Wildnis nach Ludwigsthal machen und einen ganzen Nachmittag bei einer Einkaufstour in der Deggendorfer Innenstadt verschwenden. Sprudel wird bestimmt nichts gegen den Besuch der beiden haben. Im Gegenteil, sinnierte Fanni, Sprudel wird sich freuen.

Entschlossen nahm sie sich vor, ihren Plan mit Vera zu besprechen, sobald sie und Sprudel von der Marokkoreise nach Hause zurückgekehrt waren.

Nach Hause?

Birkenweiler, dachte Fanni, nach der Landung in München werden wir für ein paar Tage nach Niederbayern fahren. Von Birkenweiler aus kann ich Vera anrufen, bevor ...

Bevor was? Bevor du Pläne machst, solltest du dich lieber fragen, ob du jemals irgendwohin zurückkommen wirst!

»Morgen ist es genau eine Woche her«, sagte Olga in Fannis Gedanken hinein, »dass Martha diesen furchtbaren Unfall hatte.«

Schweigen breitete sich aus, das Bernd nach einer Weile brach: »Je mehr ich über diesen Unfall nachgedacht habe, desto unglaublicher kommt es mir vor, dass keiner von uns mitbekommen haben soll, wie Martha vor den Bus geraten konnte.«

»Was soll daran unglaublich sein?«, entgegnete Wiebke Brügge fast aufgebracht. »Ich konnte nicht einmal auf die Straße hinausschauen, weil an der Glasscheibe vor meinem Platz mannshoch Kisten aufgestapelt waren. Warum hast du selbst denn nichts mitbekommen, Bernd?«

»Weil ich nicht – wie ihr andern alle – im Hotelcafé am Panoramafenster gesessen habe, als Martha starb«, antwortete Bernd steif.

»Und darf man fragen, wo du zu dem Zeitpunkt warst?«, schoss Wiebke zurück.

»Auf dem Weg zum Supermarkt«, antwortete Bernd ernst. »Eigentlich hatte ich im Hotelshop Mineralwasser kaufen wollen, aber der hatte zu.«

»Du warst draußen?«, rief Wiebke. »Dann hättest du den Unfall ja beobachten müssen!«

Bernds Stimme nahm einen belehrenden Tonfall an: »Der Supermarkt liegt stadteinwärts. Demnach hatte ich der Unfallstelle den Rücken zugewandt, als ich mich dorthin aufmachte.«

Er wirkte nachdenklich, als er hinzufügte: »Auf Höhe der Apotheke kam mir Melanie entgegen.«

»Aber Melanie hat doch mit uns im Café gesessen«, mischte sich Dieter Horn ins Gespräch. »Ich meine mich zu erinnern, dass Dora erwähnt hat, sie und Melanie ...«

Der Rest ging im aufkommenden Stimmengewirr unter.

Fanni schnappte dort und da einen Satz auf: »Hubert hat doch gerade diese blöde Geschichte erzählt ...« – »Elke war keine Sekunde im Café. Sie hat ja die ganze Zeit über in der Lobby telefoniert ...« – »Und woher willst du das wissen?« – »Wiebke, wolltest du an dem Morgen nicht draußen irgendwo Briefmarken kaufen?«

Es wird sich nie wirklich feststellen lassen, dachte Fanni, wer sich wo befand, als Martha überfahren wurde. Abgesehen davon, dass eine Person ja wohl lügen muss, sind die Erinnerungen der anderen einfach nicht zuverlässig genug.

In den vergangenen Tagen scheint es ja ganz schön gegoren zu haben in den Köpfen deiner Mitreisenden! Wurden da etwa gewisse Fragen aufgeworfen?

Gut möglich, dachte Fanni. Der erste Schock wird sich mittlerweile gelegt haben, außerdem hatten wir alle während der ausgedehnten Wegstrecken auf der Tour nach Aroumd eine Menge Zeit, um nachzudenken. Jetzt ist es wohl so weit, dass einige Gedanken ausgesprochen werden wollen.

Die Diskussion im Speisezelt wurde lauter und hitziger.

Du wirst hier drin nichts Aufschlussreiches erfahren! Schon allein deshalb nicht, weil inzwischen kein vollständiges Wort mehr zu verstehen ist.

Fanni erhob sich, stützte sich dabei leicht auf Sprudels Schulter und sagte in sein Ohr: »Ich gehe mich waschen und umziehen.«

Sprudel zögerte, überlegte einen Moment, schien aber zu dem Ergebnis zu kommen, dass Fanni mitten im Camp nicht in Gefahr war.

Er antwortete leise: »Ich bleibe noch ein bisschen. Dann hast du unser kleines Zelt für dich allein.« Sie spürte, dass er grinste. »Mehr Platz, weniger Rempeleien.« Ernsthafter fuhr er fort: »Und wer weiß, womöglich ergibt sich noch ein wichtiger Hinweis während dieser aufgeregten Debatte hier.«

Fanni wandte den Kopf und küsste ihn kurz auf den Mund, bevor sie hinausschlüpfte.

Als sie schon fast bei ihrem Zelt war, merkte sie, dass zwei weitere Personen das Speisezelt verlassen hatten. Sie drehte sich schnell um, konnte jedoch wegen der fortgeschrittenen Dämmerung nicht erkennen, wer es war.

Die Igluzelte, die der Reiseveranstalter den Teilnehmern des Atlas-Trekkings zur Verfügung stellte, bestanden aus einem Innenzelt, das gerade geräumig genug war, um zwei Personen Platz zum Schlafen zu bieten, und einem Überzelt, das wegen seiner größeren Breite links und rechts vom Innenzelt Apsiden entstehen ließ.

Dort waren sowohl am Innen- wie auch am Überzelt Reißverschlüsse angebracht, sodass man beide Apsiden – theoretisch – als Ein- und Ausgang benutzen konnte. Praktisch jedoch ließ sich nur eine dafür verwenden, denn in der anderen musste man das Gepäck und die Bergschuhe unterbringen.

Fanni kroch ins Zelt, zog die beiden Reißverschlüsse an der Seite zu, die sie und Sprudel als Eingang benutzten, und öffnete diejenigen auf der gegenüberliegenden Seite, um an das Gepäck zu kommen.

Es dauerte einige Zeit, bis sie alles, was sie brauchte, auf ihrer Schlafmatte ausgebreitet hatte: frische Unterwäsche, Waschlotion, Zellstofftuch, Mineralwasserflasche, Haarbürste, Creme ...

Du weißt es hoffentlich zu schätzen, dass du heute das Zelt für dich allein hast! In Oughlad ist es ja geradezu in ein Handgemenge ausgeartet, als ihr versucht habt, euch gleichzeitig in dieser Stofftüte frisch zu machen!

Fanni wollte gerade damit beginnen, sich auszuziehen, da merkte sie, dass sie schon wieder pinkeln musste. Einen Moment lang schimpfte sie stillschweigend mit ihrer Blase, weil die ihr andauernd Umstände bereitete.

Da wirst du dich doch wohl hineinschicken können! Solltest lieber froh und dankbar sein, dass dein Flüssigkeitshaushalt so störungsfrei funktioniert!

Fanni beschloss, das Pinkeln noch vor dem Waschen zu erledigen.

Hast Glück, dass es schon fast dunkel ist! Ein paar Schritte vom Zeltplatz weg, ein Tritt hinter einen der großen Steine, und schon kannst du dich hinhocken!

Fanni schaute sich mürrisch den Zelteingang an, der mit all jenen Sachen verbarrikadiert war, die sie sich gerade eben hergerichtet hatte. Gegenüber, vor der anderen Apsis, lag gar nichts, weil sie sich den Zugriff zu ihrer Reisetasche freigehalten hatte. Allerdings stand in diesem Zwischenraum das gesamte Reisegepäck.

Trotzdem, dachte Fanni. Einfacher ist es durch die Hintertür.

Sie angelte nach ihren Flipflops, zog den Reißverschluss des Überzelts hoch und kroch über die beiden Taschen und die beiden Tagesrucksäcke hinweg ins Freie. Draußen schaltete sie ihre Stirnlampe ein und wandte sich nach rechts, wo sich hinter dem letzten der Igluzelte ein kleiner Felsvorsprung befand, der sich als Versteck eignen würde.

Sie hatte sich noch nicht weit entfernt, da erklang hinter ihr ein Hufgetrappel, als sei sie mitten auf die Pferderennbahn geraten. Das Trampeln war von einem lauten Schnauben und etwas wie einem Husten begleitet. Fanni warf einen erschrockenen Blick zurück, der unvermittelt auf eine monströse Kreatur fiel, die, so weit sie das im Dämmerlicht erkennen konnte, auf ihr Zelt zuhielt.

Einen Moment lang blieb sie wie erstarrt stehen, erwachte jedoch zum Leben, als sie die Kreatur in die vordere Zeltwand hineinstampfen sah. Hastig sprang sie vorwärts, hüpfte mehr als sie rannte – doch sie kam nicht weit. Nach wenigen Metern stolperte sie über eine Zeltverspannung, ruderte verzweifelt mit den Armen, verlor dennoch das Gleichgewicht, stürzte und blieb liegen.

Fanni lag mit aufgeschlagenen Knien, abgeschürften Handflächen und schmerzenden Ellbogen auf einer Schotterfläche. Sie sah Lichter, hörte noch immer Getrampel, hörte Geschrei und das Reißen von Stoff.

Steh auf und bring dich in Sicherheit!

Fanni hätte beinahe gelacht. Sicherheit! Als ob hier irgendwo Sicherheit zu finden wäre.

Sie schloss die Augen und rührte sich nicht.

Memme, Feigling, Hasenfuß! Hast du überhaupt keinen Schneid mehr?

Nein, dachte Fanni. Nicht den geringsten.

»Sie liegt nicht drunter. Sie war gar nicht drin.« Die Stimme übertönte alle anderen Geräusche, und Fanni kannte sie, konnte sich jedoch im Moment nicht erinnern, wem sie gehörte.

Gleich darauf war es still. Kein Getrampel mehr, kein Geschrei und kein Reißen von Stoff. Nur Stille. Und dann drang die Stimme an ihre Ohren, die Fanni jederzeit und überall zuordnen konnte. Sprudels Stimme.

»Fanni, Fanni, wo bist du? Fanni, sag, dass dir nichts geschehen ist.«

Steh endlich auf! Wirklich verletzt bist du ja nicht!

Fanni tat kein Zucken.

Mach dich wenigstens bemerkbar, wenn du schon hier liegen musst wie ausgespuckt!

Da nahm sie alle Kraft zusammen und schaffte es zu rufen.

14

Man hatte Fanni im Speisezelt auf zwei übereinandergelegte Schlafmatten gebettet. Olga hatte ihr Beruhigungstee eingeflößt, Gisela hatte den Dreck von ihrer Kleidung abgeklopft, und Dora hatte es sich nicht nehmen lassen, Fannis Knie und Handflächen zu desinfizieren und zu verpflastern.

Fanni hatte sich gegen nichts und niemanden gewehrt, hatte Hilfeleistung und Fürsorge stumm über sich ergehen lassen, hatte nicht einmal gezuckt, als Dora einen kleinen Holzsplitter aus ihrem Handballen zog.

Mit solchen Nebensächlichkeiten konnte sich Fanni im Moment nicht abgeben. Sie benötigte ihre gesamte Energie, um die Atmung flach zu halten und um sich wieder und wieder vorzubeten, dass nur ein einfältiges Muli auf ihr Zelt getrampelt war, ein ganz gewöhnliches Tier, kein Monster aus einem Fantasyroman.

Vorsichtig richtete sie den Blick auf Sprudel, der neben ihrer linken Schulter kniete und seine Hand auf ihren Arm gelegt hatte. Sprudels Gesicht wirkte wie ein grauer Schemen. Als es Fanni gelang, schärfer zu fokussieren, erkannte sie, dass sich die beiden Falten tiefer denn je in seine Wangen eingegraben hatten, und sie meinte wahrzunehmen, dass seine Mundwinkel zitterten.

Da versuchte sie, ihm mit Blicken zu sagen, dass alles in bester Ordnung sei; wollte ihn zwingen, als gewiss hinzunehmen, was ihr als Erklärung plausibel schien: Das Muli musste sich beim Grasen in den Zeltleinen verfangen haben. Dabei war es in Panik geraten und durchgegangen.

Gegen diese Auslegung hatte allerdings ihre missliebige Gedankenstimme Gewichtiges einzuwenden:

Und was hätte es auf dem Schotterboden zwischen den Zelten abgrasen sollen? Schnürsenkel von Bergschuhen? Handschlaufen von Teleskopstöcken?

Fanni bemerkte, dass Sprudels Mundwinkel heftiger zitterten.

Das Muli, lehnte sie sich halsstarrig gegen ihre Gedankenstimme auf, war auf der Suche nach Essbarem. Deshalb ist es von der mageren Weide hinter der Steinmauer auf den Zeltplatz herübergekommen. Woher sollte es denn wissen ...

Sie schloss die Augen.

Mit auffallend ernstem Gesicht betrat Hassan eine gute Stunde später das Speisezelt, in dem nun alle versammelt waren. Manche hockten auf dem Boden, die meisten aber standen in der Mitte des Zeltes auf der geflochtenen Matte, die bei den Mahlzeiten als Unterlage für Teller, Töpfe und Schüsseln diente.

Fanni saß jetzt aufrecht auf den beiden übereinandergelegten Matten, den Rücken an eine Zeltstange gelehnt, die Dora mit ihrem Anorak gepolstert hatte.

Dicht neben Fanni kauerte Sprudel. Er hatte den Kopf auf die Hände sinken lassen.

Ohne Umschweife wandte sich Hassan an Fanni. »Wenn du ihn nicht ausdrücklich davon entbindest, muss der Mulitreiber sein Tier auf der Stelle töten.« Bekümmert sah er sie an. »Für ihn wäre das eine Katastrophe. Das Muli ist seine Lebensgrundlage und die seiner Familie.«

Fanni wollte gerade antworten, dass es keinen Sinn habe, das Tier zu töten, da rief Otto Brügge dazwischen: »Dieses tobsüchtige Vieh muss weg. Es ist unberechenbar, kann jederzeit wieder angreifen. Was, wenn es dann wirklich jemanden zu Tode trampelt?«

Hassan sah ihn streng an. »Das Muli hatte einen guten Grund, durchzugehen.«

In das entstandene Schweigen hinein meinte Hubert, einen seiner Witze machen zu müssen: »Weil es den Gestank unserer Bergschuhe nicht ertragen hat?«

Hassan warf ihm einen abfälligen Blick zu. »Der Mulitreiber hat sein Tier vorhin gründlich untersucht, weil er angenommen hat, sein Verhalten sei durch eine Verletzung oder eine Kolik ausgelöst worden. Und er hatte recht. Ich habe mich selbst davon überzeugt. Das Muli hat eine tiefe Wunde in der rechten Flanke, so als hätte jemand einen spitzen Gegenstand hineingestoßen. Der Schmerz muss es in Panik versetzt haben.«

»Es wurde verletzt?«, fragte Fanni mit dünner Stimme. »Absichtlich verletzt?«

Hassan zögerte mit der Antwort. Da fragte Sprudel: »Weshalb befand es sich eigentlich auf dem Zeltplatz und nicht hinter der Steinmauer, so wie die anderen?«

Hassan sah ihn an. »Der Mulitreiber meint, es muss hergelockt worden sein.«

»Jetzt aber mal langsam«, ließ sich Bernd vernehmen. »Willst du damit sagen, jemand hätte dem Muli irgendwas Essbares vors Maul gehalten und es auf diese Weise dazu gebracht, ihm zu folgen? Vor Fannis Zelt hat er dem Tier dann ein Messer in die Flanke gerammt, woraufhin es losstürmte?«

Hassan sah ziemlich unglücklich aus, als er antwortete: »So muss man sich das vorstellen, meint der Mulitreiber.«

Etliche Stimmen riefen durcheinander:

Otto Brügge: »Quatsch, der sucht doch nur nach einer Ausrede, damit er das verrückte Vieh nicht schlachten muss!«

Dora Seeger: »Wer sollte denn so was tun? Fanni hätte dabei umkommen können.«

Bernd Freise: »Das muss ein Mulitreiber gemacht haben, der seinen Kollegen ruinieren will.«

Hubert Seeger: »Wer weiß, was die Beraber da untereinander austragen.«

Hassan wartete mit stoischer Miene, bis wieder Ruhe eingekehrt war. Dann sagte er nachdrücklich: »Kein Mulitreiber würde eines der Tiere verletzen. Auch dann nicht, wenn es das seines schlimmsten Feindes wäre.«

Die meisten im Zelt quittierten seine Worte mit einem einsichtigen Nicken. War es nicht mehr als verständlich, dass die Bergbauern im Hohen Atlas größten Respekt vor den Tieren hatten, die mit Mühsal und Plackerei ihre Familien ernährten?

»Könnte sich das Muli die Wunde nicht durch einen Unfall zugezogen haben?«, fragte Antje Horn in die aufkommende Stille. »Es könnte ja von einem anderen der Tiere an eine spitze Felszacke gedrängt worden sein. Kein Wunder, wenn es daraufhin kopflos auf den Zeltplatz gestürmt und über alles drübergetrampelt wäre, was ihm im Weg stand.«

Hassan wiegte den Kopf. »Es wird sich wohl nicht mehr

feststellen lassen, was die genaue Ursache für die Verletzung war. Aber wenn es unter den Tieren einen Aufruhr gegeben hätte, dann hätten die Mulitreiber das mitbekommen.«

Fanni beugte sich vor, um sich Aufmerksamkeit zu verschaffen, und sagte sehr betont: »Was auch passiert ist, dieses Muli hatte guten Grund, in Panik zu geraten, und deshalb darf es nicht getötet werden.«

Hassan lächelte ihr zu und verließ sichtlich erleichtert das Zelt.

Fanni griff nach Sprudels Hand und hielt sich daran fest, um auf die Füße zu kommen. »Wir müssen unsere Sachen suchen gehen, müssen sehen, was noch zu gebrauchen ist und was nicht.«

Olga legte ihr den Arm um die Schultern. »Gisela, Antje, Wiebke und ich haben schon alles zusammengetragen, sortiert und auf eine saubere Zeltplane gelegt. Ich glaube, der Schaden ist nicht allzu groß. Das Zelt ist natürlich hin. Der Stoff ist zerfetzt, das Gestänge zerbrochen. Trotzdem ist alles, was darunter war, weder besonders schmutzig noch irgendwie beschädigt. Nur das Gehäuse von deiner Armbanduhr ist gesplittert, Fanni. Die muss direkt unter einen Huf geraten sein.«

»Lässt sich ersetzen, war nicht wertvoll«, murmelte Fanni. »Aber – wo sollen wir die heutige Nacht verbringen?«

»Darum habe ich mich schon gekümmert«, meldete sich Elke zu Wort, die während der Debatte mit Hassan unbeweglich am Rand der Matte gehockt hatte. »Ihr übernachtet auf der Neltner-Hütte, da gibt es Platz genug.«

Fanni warf Sprudel einen Blick zu, der deutlich ihre Erleichterung zeigte. Sie würden ein festes Dach über dem

Kopf haben, ihre Habe war so gut wie unversehrt, das Leben des Muli war gerettet, und sie selbst war wieder einmal mit dem Schrecken davongekommen.

Draußen hatte Olga bereits damit begonnen, die Gegenstände, die auf der Zeltplane lagen, in Fannis Reisetasche zu packen.

»Alles bestens geregelt«, resümierte Bernd. »Und jetzt sollten sich ein paar von uns zusammentun und euer Gepäck zur Hütte schaffen.«

Fanni und Sprudel hatten im Obergeschoss der Neltner-Hütte zwei Matratzenlager in einem Raum mit sieben Schlafstellen zugewiesen bekommen. Auf dem Bord darüber hatten sie ihre Utensilien abgelegt, jetzt waren sie dabei, die Rucksäcke für den morgigen Gipfelanstieg zu packen.

»Fühlst du dich wirklich fit genug für eine solche Bergtour?«, fragte Sprudel.

Fanni sah ihn missbilligend an. »Ich habe an den Knien und in den Händen ein paar Kratzer, sonst nichts. Und der Schrecken, der mir noch in den Knochen sitzt, lässt sich – wie du weißt – am besten durch körperliche Anstrengung verjagen.«

Sprudel legte die Arme um sie. »Ich hätte dich nicht aus den Augen lassen dürfen. Ich hätte mit dir kommen müssen.«

Fanni schob ihn ein Stück von sich weg. »Sprudel, was redest du da? Stell dir vor, wir beide hätten in dem Zelt gehockt, als das Muli darübergetrampelt ist.«

Er ließ sich auf die Kante des Matratzenlagers fallen. »Mir will noch immer nicht in den Kopf, dass jemand ein Muli vor unser Zelt gelockt, dort absichtlich verletzt und auf diese Weise dazu angestachelt hat, wild draufloszustürmen.«

Fanni setzte sich neben ihn. »Aber hatten wir nicht erwartet, dass der Täter noch mal zuschlagen würde?«

»Ja, das hatten wir«, erwiderte Sprudel. »Aber nicht so ...«

»Kopflos«, half Fanni aus.

»Kopflos?«

»Allerdings«, sagte Fanni. »Ein Muli zu attackieren! Es hätte ihn selbst zu Tode trampeln oder irgendeines der anderen Zelte zerstören können.«

Sprudel stimmte ihr zu. »Er muss ziemlich verzweifelt sein.«

Fanni sah ihn gleichmütig an. »Kein Wunder. Immer vorausgesetzt, dass er es von Anfang an auf mich abgesehen hatte, musste der Täter – oder die Täterin, um akkurat zu sein – bis jetzt einen Fehlschlag nach dem andern hinnehmen. Beim ersten Versuch erwischte er das falsche Opfer, und bei den drei nächsten ging sein Plan überhaupt nicht auf.«

Sprudel wiegte den Kopf. »Er hat es halt auch nicht leicht. Er muss improvisieren, er muss sich verstellen, er muss uns allen den Lauteren vorspielen.«

»Dafür macht er seine Sache eigentlich ganz gut.« Fanni verstummte und dachte einen Moment nach. »Und weißt du, was man ihm noch zugestehen muss?«, sagte sie dann. »Dass er eine Menge Phantasie besitzt.«

Sprudel nickte. »Bisher ist es ihm meisterhaft gelungen, Unglücksfälle zu inszenieren, die so echt wirkten, dass sich ein Vorsatz kaum nachweisen ließe. Es gibt immer haufenweise Erklärungen für das jeweilige Ereignis.«

»Die Handschrift einer Frau?«, fragte Fanni.

»Was den Einfallsreichtum betrifft, könnte man das denken«, antwortete Sprudel. »Und der Anschlag im Restaurant würde auch gut auf eine weibliche Täterin passen. Aber hätte eine Frau es ganz allein gewagt, uns beide in der dunklen Gasse in Marrakesch zu überfallen? Hätte sie einem Muli ein Messer in den Bauch gerammt?«

Fanni biss sich auf die Unterlippe. »Könnten wir es mit einem Täterpaar zu tun haben?«

Sprudel hob die Hände und ließ die leeren Handflächen vor seiner Brust schweben. »Wir wissen halt einfach gar nichts.«

»Dann sollten wir jetzt mal überlegen, ob heute Nachmittag im Speisezelt jemand gefehlt hat, der auch in dem Restaurant in Marrakesch für einige Zeit verschwunden war«, schlug Fanni vor.

»Melanie und die Seegers waren von Anfang an nicht da, Antje Horn hat sich irgendwann verzogen, und als du gegangen bist, haben auch die Brügges das Speisezelt verlassen«, zählte Sprudel auf.

Da hat er ja schon eifrig Vorarbeit geleistet!

»Melanie«, sagte Fanni gepresst. »Immer wieder Melanie. Wenn es hier in den Bergen Handyempfang gäbe, würde ich Leni jetzt auf der Stelle fragen, ob sie etwas über diese Frau herausgefunden hat.«

Draußen knarrte die Holztreppe. Es hörte sich an, als würde jemand schweres Gepäck heraufschleppen.

»Wir bekommen Zimmergenossen«, sagte Sprudel. »Offenbar sind neue Gäste in der Hütte eingetroffen.«

Beide schauten zur Tür, die langsam aufging.

Als Erstes erschien eine unförmige rote Tasche aus wasserabweisendem Material, wie sie von Veranstaltern für Trekkingreisen empfohlen wurden.

Und dann erschien Melanie.

Sie warf ihr Gepäck mit Wucht auf die freie Matratze neben der, auf der Fanni und Sprudel saßen. »Kommt überhaupt nicht in Frage, absolut nicht. Nach dem, was vorhin passiert ist, werde ich keine einzige Nacht mehr in einem Zelt verbringen. Zwölf Dirham, das ist mir wirklich nicht zu viel für ein ordentliches Dach über dem Kopf.«

Fanni schluckte. »Würden sich nicht auch alle anderen hier in der Hütte sicherer fühlen?«

Melanie zuckte die Schultern. »Die Mulis sind jetzt angepflockt.«

Sie zerrte ihren Schlafsack aus der roten Tasche und schleuderte ihn auf die nächste Schlafstelle. Während ihr Fanni und Sprudel beklommen zusahen, packte sie diverse Beutel und Säckchen aus und legte sie auf dem Bord über der Matratze ab. Zum Schluss förderte sie noch Pantoffeln aus Plastik zutage, stellte sie auf den Boden und begann, ihre Bergschuhe aufzuschnüren.

Dabei warf sie einen Blick auf ihre Armbanduhr. »Gleich halb acht. Elke meint, so gegen acht könnte das Abendessen fertig sein.« Sie grinste schief. »Das irre Muli hat sogar den Koch aus der Bahn geworfen.«

Melanie war in ihre Pantoffeln geschlüpft, hatte die Bergschuhe ordentlich vor die Matratze gestellt, die fast leere Reisetasche danebengelegt und angelte nun ihren Schlafsack von der angrenzenden Schlafstelle, um ihn auf ihrer Matratze auszubreiten.

Fannis Augen folgten ihren Bewegungen. Als Melanie noch mal auf das Bord langte und die Hülle ihres Schlafsacks dort ablegte, erblickte Fanni die Kappe. Sie befand sich genau über der Schlafstelle, auf die Melanie zuvor ihren Schlafsack geworfen hatte.

Fanni kannte diese Kappe, sie erinnerte sich gut an den Schriftzug auf dem Schirm.

Melanie und der Käppimann! Geben sie nicht das ideale Täterpaar ab?

Fanni krampfte ihre Finger um Sprudels Arm, und mit einem Mal begann sie zu zittern, als wäre ein kalter Luftzug ins Zimmer geweht.

Sprudel bedachte sie mit einem forschenden Blick. Dann verstand er den Wink, den sie ihm gab, denn sein Augenmerk richtete sich auf das Bord.

»Ich muss noch kurz zur Toilette, bevor wir zum Essen ins Camp hinuntergehen«, sagte Melanie und rümpfte die Nase. »Die ist zwar nicht gerade einladend, aber ...« Sie zuckte die Schultern und verließ den Raum.

Sprudel stand eilig auf und machte zwei lange Schritte zu dem Schlafplatz hinüber, über dem die Kappe auf dem Bord lag. Ohne zu zögern, zerrte er eine dunkle Reisetasche, die unauffällig in der Ecke gestanden hatte, ans Licht, öffnete sie und begann, darin zu wühlen.

Er hielt gerade eine Mappe in der Hand, in der sich anscheinend Schriftstücke befanden, als die Treppenstufen knarrten.

Jetzt haben sie euch am Wickel!

Sprudel warf die Mappe in die Tasche zurück, schob sie mit dem Fuß wieder in die Ecke und hastete zu Fanni, die stocksteif auf ihrer Bettstelle hockte und darauf wartete, dass er sie in die Arme nahm. Doch Sprudel riss sie hoch, schob sie zum Fenster und öffnete beide Flügel.

»Falls sie zu zweit angreifen, springst du!«

Wir befinden uns im Obergeschoss!

Fanni blieb keine Zeit, Sprudel zu widersprechen.

Die Tür ging auf, Sprudel schob Fanni zwischen sich und das offene Fenster und drückte sie mit dem Rücken gegen die Fensterbank.

Sie versuchte, über seine Schulter zu spähen.

Ohne Frage, das ist der Käppimann, der da gerade hereinkommt!

Fanni rechnete damit, Melanie hinter dem Kerl auftauchen zu sehen. Doch der Mann schloss die Tür wieder und blieb dann sichtlich überrascht stehen.

Sprudel schien sich leicht zu entspannen, denn Fanni hatte auf einmal ein bisschen Bewegungsfreiheit.

»Guten Abend«, sagte der Käppimann. »Heinz Burger, wir sind, so scheint mir, Zimmergenossen.« Vermutlich weil die darauf angebrachte Antwort auf sich warten ließ, fügte er hinzu: »Keine schlechte Idee, hier durchzulüften.«

»Sind wir uns nicht schon ein paarmal über den Weg gelaufen?«, fragte Sprudel.

Dem Sprudel muss ja ein schöner Schreck in die Glieder gefahren sein, wenn er derart seine guten Manieren vergisst!

Heinz Burger lächelte freundlich. »Gehören Sie beide etwa zur gleichen Trekkinggruppe wie Melanie?«

»Melanie ...«, begann Sprudel.

Doch Fanni wand sich geschwind an ihm vorbei und fiel ihm ins Wort. »Melanie schläft auch hier in diesem Zimmer.«

Burger hob die Brauen. »Und ich dachte, für heute und morgen wären Zeltübernachtungen vorgesehen.«

Fanni und Sprudel starrten ihn verblüfft an.

Da machte Burger einen schnellen Schritt auf seine Matratze zu, griff nach seiner Reisetasche und zog die Mappe heraus, die Sprudel eine Minute zuvor noch in der Hand gehabt hatte. Er fischte eine Broschüre hervor, die Fanni und Sprudel gut kannten. Es handelte sich um den Programmablauf ihrer Trekkingtour.

»Toubkal-Besteigung«, sagte Burger und schlug die entsprechende Seite auf. »Übernachtung im Zeltcamp in der Nähe der Neltner-Hütte.«

Er hob den Blick. Die beiden Augenpaare, die ihm noch immer verständnislos entgegenstarrten, bewogen ihn offenbar dazu, ausführlich zu erklären: »Melanie und ich hatten beim Flug von München hierher die Plätze nebeneinander. Irgendwann sind wir ins Gespräch gekommen. Melanie hat mir von ihrer organisierten Trekkingreise erzählt, und ich habe ihr gesagt, dass ich auf eigene Faust unterwegs sei, aber noch nicht recht wüsste, welchen Weg ich einschlagen sollte. Da hat sie mir geraten, ich solle mich einfach nach dem offiziellen Programm der Trekkingveranstalter richten, dann würde ich die lohnendsten Ziele schon finden und bestimmt auch Unterkünfte.«

Fanni dämmerte bereits, wie die Geschichte weiterging.

Burger fuhr fort: »Melanie hat mir ihr Reiseprogramm angeboten, in dem alles genau aufgeführt sei. Nur leider befand es sich nicht in ihrem Handgepäck. Also haben wir unsere Handynummern ausgetauscht und ausgemacht, dass wir uns, wenn möglich, später treffen.«

»Und das haben Sie getan«, sagte Fanni. »Sie haben am Montagmorgen vor dem Agalan auf Melanie gewartet, und sie hat Ihnen die Broschüre gegeben.«

Burger ließ sich auf seine Matratze fallen. »So weit ist es nicht gekommen, weil sich vorher dieser Unfall ereignet hat.«

»Und Sie hatten dabei den Logenplatz«, stellte Fanni fest.

»Sollte man meinen«, erwiderte Burger. »Die Polizei hat mich deswegen sogar auf die Kommandantur gebracht. Aber ich habe den Sturz der Frau nicht beobachtet. Erst als ich Bremsen quietschen hörte, habe ich von der Zeitung aufgesehen, und da war es schon geschehen.«

Die Polizei hatte ihn mitgenommen, darum ist er am Nachmittag noch mal zurückgekehrt, um sich das Programm zu holen!

Fanni versuchte ein Lächeln, das ziemlich danebengeriet. »Was für ein Aufwand, nur um an die Beschreibung einer recht gängigen Reiseroute zu gelangen.«

Burger schürzte die Lippen. »Ich weiß, das hätte ich einfacher haben können.« Er blinzelte, dann verzog sich sein Mund zu einem spitzbübischen Grinsen.

Ja, gibt es das? Die hagere, vergrämte Melanie mit ihrer wie ein Schnabel vorspringenden Nase hat es ihm angetan!

»Kommt ihr nun mit zum Abendessen, oder hat es euch den Appetit verschlagen?«, tönte Melanies Stimme vom Fuß der Treppe herauf.

Fanni erhob sich, nickte Heinz Burger kameradschaftlich zu und stieg, von Sprudel eskortiert, ein wenig steif die Stufen hinunter.

Der Rest der Reisegruppe hockte im Speisezelt bereits um die Bastmatte herum, auf der die noch leeren Teller standen.

Hassan saß wie immer am Eingang, wo er die Schüsseln in Empfang nehmen und die Speisen auf die Teller verteilen würde, die man ihm nacheinander reichte.

»Im Gegensatz zu den störrischen Eseln«, sagte Hassan gerade, »sind die Mulis sanftmütig. Sie tragen fügsam ihre Last und laufen willig bergauf und bergab. Aber dafür werden sie ja auch extra gezüchtet.«

»Mulis haben doch einen Esel als Vater und ein Pferd als Mutter – oder?«, fragte Gisela.

Hassan verneinte schmunzelnd. »Nicht alle. Man muss die Mulirasse in sich noch mal unterscheiden. Die einen haben einen Esel als Vater und ein Pferd als Mutter, das sind die Maultiere. Im umgekehrten Fall – wenn also der Vater ein Pferd, die Mutter aber ein Esel ist – werden die Nachkommen Maulesel genannt.

»Und die Eltern aller Mulis – Pferd und Esel – kreuzen sich bereitwillig?«, fragte Gisela interessiert.

Hassan schüttelte den Kopf. »Pferd und Esel sind einander eher abgeneigt und würden sich niemals freiwillig miteinander paaren.«

»Künstliche Befruchtung also«, warf Bernd ein.

Erneut korrigierte Hassan. »Das wäre viel zu teuer.«

»Aber wie funktioniert es dann?«, fragte Gisela drängend.

Hassan seufzte theatralisch. »Durch betrügerisches Verkuppeln!« Die gespannten Gesichter um ihn herum nötigten ihn, zügig fortzufahren: »Wenn eine Stute durch einen Esel gedeckt werden soll, dann führt man ihr zuerst einen schönen Hengst vor, damit sie in Stimmung kommt. Sobald sie hitzig ist, verbindet man ihr die Augen, schafft den Hengst weg und holt den Esel.« Er schmunzelte über das halb belustigte, halb entrüstete Schnauben seiner Zuhörer.

»Schau sich einer die Beraber an«, murmelte Hubert.

»Und ein paar Monate später bringt die Stute oder die Eselin nichtsahnend einen Bastard zu Welt«, sagte Gisela.

»Elf Monate später«, präzisierte Hassan.

»Und beide säugen ihren Bastard anstandslos?«, fragte Antje Horn.

»Natürlich«, antwortete Hassan. »Er ist doch ihr eigen Fleisch und Blut.«

»Stuten- und Eselsmilch für die Mulis«, sagte Gisela. »Die Viecher ahnen nicht einmal, mit was für edlen Produkten sie da aufgezogen werden. Unsereins muss für ein winziges Stückchen Eselsmilchseife eine Stange Geld zahlen.«

Plötzlich redeten wieder einmal alle durcheinander.

»Eselsmilchseife?«

»Wofür soll die denn gut sein?«

»Wo gibt es denn Eselsmilchseife?«

»Fragt sich, ob das nicht bloß ein Werbegag ist.«

Nach einer Weile wurde es still im Zelt, und alle hörten Dieter Horn zu: »... als Kind lange Zeit einen ganz schlimmen Husten. Wer oder was damals meine Mutter auf Eselsmilch als Arznei gebracht hat, weiß ich nicht. Jedenfalls bekam ich sie ein paar Tage lang zu trinken, und auf einmal war der Husten weg.«

»Da muss sich deine Mutter aber schwer ins Zeug gelegt haben«, sagte Gisela. »Eselsmilch scheint mir nämlich schwieriger aufzutreiben zu sein als Krokodilleder.«

»Und was ist so Besonderes an dieser Eselsmilch?«, fragte Wiebke an Dieter gewandt.

Der hob Unkenntnis signalisierend die Schultern.

Da meldete sich Elke zu Wort. »Eselsmilch, heißt es, ist der menschlichen Muttermilch sehr ähnlich. Die Muttermilch stärkt bekanntlich unser Immunsystem und beugt gleichzeitig Allergien vor.«

Hassan nickte bestätigend. »Für Säuglinge ist Eselsmilch die beste Alternative zu Muttermilch. Aber im Großen und Ganzen muss sie den Mulis vorbehalten bleiben, damit die sich zu starken und ausdauernden Tieren entwickeln können.« Er wickelte seine Chèche neu, sodass nichts mehr herunterhing, krempelte die Ärmel seines langen Übergewandes auf, nahm vom Koch die Terrine mit der Gemüsesuppe in Empfang und füllte den ersten Teller.

15

Das Abendessen verlief überraschend still. Die Reisegefährten schienen in Gedanken allerlei Eindrücke und Informationen aufzugreifen, zu sortieren, neu zusammenzufügen.

Sogar Hubert kaute stumm, wie gewohnt in seiner inzwischen perfektionierten Liegeposition, und verzichtete auf seine üblichen Witzchen. Nur Gisela und Bernd wechselten hin und wieder ein paar gedämpfte Worte. Elke vergaß zu quengeln.

Fanni war dankbar für die Schweigsamkeit um sie herum. Sind Melanie und der Käppimann ...

Heinz Burger!

Sind Melanie und Heinz Burger wirklich so harmlos, wie sie vorgeben?, fragte sie sich zum wiederholten Mal. Wollte uns Burger mit seiner Geschichte nur in Sicherheit wiegen?

Warum hätte er sich diese Mühe denn machen sollen? Er und Melanie hatten euch ja vorhin schon sozusagen im Sack!

Einmal mehr musste Fanni ihrer Gedankenstimme recht geben. Doch es blieben Zweifel. Und sie merkte Sprudel an, dass es ihm ähnlich erging.

Kaum hatten die zimtbestreuten Orangenscheiben die Runde gemacht, erhoben sich die Brügges, wünschten allen eine gute Nacht und verließen das Speisezelt. Die Horns folgten ihrem Beispiel, dann die Seegers und kurz darauf Bernd und Gisela.

Olga legte Fanni die Hand auf den Arm. »Fühlst du dich besser? Ist euer Nachtquartier in der Hütte passabel?«

Fanni lächelte ihr zu und nickte. Dann fragte sie: »Magst du nicht auch lieber unter einem festen Dach übernachten? In unserem Zimmer sind noch Schlafplätze frei.«

Olga schüttelte den Kopf. »Die Mulis bleiben doch jetzt angepflockt.« Plötzlich warf sie Fanni einen forschenden Blick zu. »Ich könnte euch aber Gesellschaft leisten.«

Fanni lehnte ab. Wie hatte sie nur fragen können? Wollte sie auch noch Olga in Gefahr bringen?

In Begleitung von Melanie gingen Fanni und Sprudel wieder zur Neltner-Hütte hinauf, stiegen die Treppe hoch und betraten den Schlafraum. Auf Burgers Matratze lagen ein ausgebreiteter Schlafsack, ein Frotteehandtuch, ein Paar Handschuhe und eine Reepschnur. Er selbst war nirgends zu sehen.

Unwillkürlich hielt Fanni die Luft an, als sie an seiner Schlafstelle vorbei zur Fensterfront hinüberging, wo sie und Sprudel ihre Lager hatten.

Fürchtest du, dass Burger wie das Teufelchen aus der Pappschachtel aus einem seiner Handschuhe herausspringt, um dich anzufallen?

Melanie hatte sich indessen über ihre Matratze gebeugt und kramte in irgendwelchen Tüten.

Sprudel nutzte das leise Knistern und Rascheln, um Fanni zuzuflüstern: »Wir bleiben auf keinen Fall die ganze Nacht allein in einem Raum mit den beiden. Ich rede sofort mit dem Patron. Notfalls halten wir uns bis morgen früh in der Gaststube auf, wo die Mulitreiber ständig aus- und eingehen.«

Eine kluge Entscheidung! Vorsicht ist die Mutter der Porz...

»Wir müssen uns nicht unter die Mulitreiber mischen«, wisperte Fanni. »Weil wir auch hier genug Gesellschaft haben.« Sie deutete auf die drei Schlafstellen gegenüber, die ihr Blick soeben gestreift hatte und die mit Gepäckstücken überhäuft waren. Weitere Gäste mussten angekommen sein. Sie würden die Nacht hier in diesem Zimmer verbringen und ahnungslos über Fannis und Sprudels Schlaf wachen.

Melanie machte ein mürrisches Gesicht, als sie sah, dass Sprudel jetzt die Matratze neben ihr einnahm, auf der zuvor Fannis Tagesrucksack und ihr Schlafsack gelegen hatten. Fanni hatte sich – nach ein paar weiteren geflüsterten Worten von Sprudel – auf das hintere Lager zurückgezogen, das sich ganz an der Wand unter dem letzten Fenster befand, sodass sie durch ihn von Melanie und Burger abgeschirmt war.

Etwas später polterten die neuen Gäste – ein Pärchen und ein junger Mann – kichernd und krakeelend herein, wurden aber sofort leiser, als sie merkten, dass ihre Zimmergenossen bereits in den Schlafsäcken steckten. Sie bemühten sich, beim Schlafengehen möglichst wenig Lärm zu machen, und löschten bald das Licht.

Und so kam es, dass Fanni und Sprudel nach all der ausgestandenen Aufregung in dieser Nacht leidlich gut schliefen.

Der Anstieg zum Toubkal erwies sich als so alltäglich und unspektakulär wie eine beliebige Bergtour auf irgendeinen Geröllkegel in den Alpen.

Auf dem Gipfel des höchsten Berges von Marokko waren drei Eisenstangen einbetoniert, die so etwas wie eine Pyramide bildeten und die Bergspitze mehr verschandelten, als sie zu schmücken.

Man wünschte sich förmlich »Berg Heil«, stellte sich zum Gruppenfoto auf, lächelte in die Kamera. Eine wirklich freudige Stimmung wollte nicht aufkommen, dazu hingen die Wolken zu tief, wirkte der Gipfel zu trostlos, nahm diese ganze Reise einen viel zu unglücklichen Verlauf.

»Bei gutem Wetter ist die Aussicht atemberaubend«, sagte Elke.

Fanni schaute verdrießlich auf die Wolkengebirge, die sich ringsum auftürmten und nicht die geringste Sicht auf die umliegenden Bergkämme zuließen.

Sprudel legte den Arm um sie. »Enttäuschend?«

»In jeder Hinsicht«, antwortete Fanni leise. »Ein Berggipfel in dichten Wolken, der sich ersteigen lässt wie ein Schutthaufen und aussieht, als hätte man vergessen, die restlichen Schrott-Trümmer einzubuddeln. Hier oben kann man sich ja über gar nichts freuen, nicht mal über die eigene Leistung.«

Sprudel schmunzelte.

Fanni warf ihm einen bösen Blick zu. Ja, sie hasste es, bei Bergtouren nicht auf ihre Kosten zu kommen, und das brauchte Sprudel überhaupt nicht zu amüsieren.

Sie schaute sich nach Hassan um.

Was machen wir eigentlich noch hier?, fragte sie sich. Mit jeder Minute wird es kälter, nebeliger, ungemütlicher.

Hassan schenkte seiner Umgebung im Moment allerdings keinerlei Interesse. Er hatte sich mit dem Trekkingguide einer spanischen Gruppe, die kurz zuvor angekommen war, ein Stückchen vom Gipfelplateau entfernt und lehnte nun an einem Felsen, wo er mit dem Kollegen in eine lebhafte Unterhaltung vertieft war.

Spanier wie Deutsche begannen sichtlich, sich zu langweilen. Einige traten ungeduldig von einem Fuß auf den anderen, andere strafften demonstrativ die Gurte ihrer Rucksäcke. Immer wieder wurden ungehaltene Blicke zu Hassan und seinem Kollegen geschleudert.

»Steigen wir endlich ab, oder wollen wir warten, bis es wieder zu schneien anfängt?«, fragte Hubert an Elke gewandt.

Elke sah hinunter auf ihre Füße, die auf einer zehn Zentimeter dicken Schneedecke standen. Dann schaute sie hinüber zu Hassan, der laut redend gestikulierte. Von ihm wanderte ihr Blick hinauf zu den schwarzen Wolken im Westen, die einen drohend wirkenden gelblichen Schimmer ausstrahlten, und kehrte daraufhin entschlossen zu Hubert zurück. »Wir steigen ab – sofort.«

Sie setzte sich in Marsch.

Die Gruppe folgte ihr talwärts, dicht an dicht hintereinander wie die Glieder einer Kette.

Im unteren Kar vor einem stark verblockten Gelände überholte Hassan die ganze Reihe und setzte sich wieder an die Spitze.

Elke ließ sich ans Ende zurückfallen.

Auf einmal fing es heftig an zu schneien. Einen Augenblick später war der Boden schmierig und glatt. Schuhsohlen rutschten weg, Teleskopstöcke boten nur noch trügerischen Halt.

Die Gruppe begann, sich weit und weiter auseinanderzuziehen, denn Hassan behielt trotz der sich ständig verschlechternden Wegbeschaffenheit das forsche Tempo bei.

Fanni ebenso. Sie klebte dicht am Guide. Hinter sich spürte sie Sprudel. Hörte ihn ab und zu keuchen.

Es fällt ihm gar nicht so leicht, mitzuhalten!

Das schafft er schon.

Hin und wieder schaute sich Fanni um. Sprudel war da, sonst aber niemand mehr. Irgendwo weit oben eierte Elke herum, und in den Serpentinen dazwischen geschah es offenbar häufig, dass dieser oder jener auf dem Hintern landete.

Kurz vor dem Zeltcamp ging der Schnee in Nieselregen über.

Hassan hatte vor dem Speisezelt Posten bezogen und scheuchte alle Ankommenden hinein. »Jetzt gibt es Tee und heiße Suppe.« »Es ist noch recht früh am Tag«, sagte Elke, als die Blechnäpfe leer gelöffelt waren. »Eigentlich hätten wir genug Zeit, das Camp abzubauen und hinunter ins Tal nach Aroumd zu gehen. Dort könnten wir wieder in der Gîte übernachten, wo wir es bequemer, trockener und wärmer hätten als in den Zelten.«

Begeistert stimmte Fanni dem Vorschlag zu. In der Gîte würde wieder eines der winzigen Zimmer Sprudel und ihr ganz allein gehören. Ein eigenes Stübchen, mit einem Schloss an der Tür und einem Schlüssel dazu. Und ein Stück weiter talauswärts würde das Kasbah Hotel auf sie warten, von wo aus eine Skype-Verbindung zu Leni möglich war.

Fanni merkte, dass auch die meisten der anderen beifällig nickten, und wollte Sprudel soeben einen frohgemuten Blick zuwerfen, als sie sah, dass ihre Reiseleiterin abwehrend die Hände gehoben hatte. »Eine Änderung des Programmablaufs ist allerdings nur dann möglich, wenn die Gruppe einstimmig dafür ist.«

»Klar sind wir dafür«, rief Hubert. »Sollen wir uns etwa über Nacht hier einschnei ...?«

Otto Brügge, dessen großer Zeh wieder einmal auf kürzestem Weg in den Brotkorb gewandert war, unterbrach ihn. »Was für ein Unsinn, bei Regen und Nässe die Zelte abbauen zu wollen. Ich plädiere entschieden dafür, bis morgen früh zu warten – bis die Sonne wieder scheint.«

»Das bedeutet, der Vorschlag wird abgelehnt«, erwiderte Elke frostig. »Wir werden also wie ursprünglich vorgesehen erst morgen früh ins Tal absteigen. In der Neltner-Hütte sind aber nach wie vor Plätze frei. Wer die kommende Nacht lieber dort verbringen will, kann das natürlich auf eigene Kosten tun.«

Hubert schnaubte. »Verflixt noch mal, wer sagt denn, dass morgen die Sonne ...«

Fanni konnte den Rest nicht mehr hören, weil sich Olga, die neben ihr hockte, zu ihr herübergebeugt hatte und in ihr Ohr flüsterte: »So unausstehliche Besserwisser wie der Otto sind in einer Reisegruppe ebenso fehl am Platz wie Raucherecken in einer Kita.«

Fanni presste die Hand auf den Mund, damit niemand ihr irres Kichern mitbekam.

Pass auf, dass du nicht überschnappst! Obwohl es ja begreiflich wäre, wenn sich in einer Situation wie der deinen ein paar Schrauben im Hirn lockern würden! Vielleicht solltest du doch lieber auf Sprudel hören und endlich das tun, wozu er von Anfang an gedrängt hat!

Aber wie würde der Täter reagieren?, dachte Fanni. Was

würde er tun, wenn wir uns von der Gruppe trennen, ins Tal absteigen, ein Sammeltaxi nach Marrakesch nehmen und nach Hause fliegen würden?
Er wird nicht gleich Amok laufen!
Hat er nicht schon einmal kopflos gehandelt?, hielt sie dagegen. Handelt er nicht überhaupt sehr impulsiv?

Deutlich missgestimmt verbrachte der größte Teil der Gruppe den Nachmittag in der beheizten Gaststube der Neltner-Hütte.
Melanie wirkte brummiger denn je.
Könnte das daran liegen, dass der Käppimann verschwunden ist?
Burger war am gestrigen Abend wenige Minuten nach den neuen Schlafgenossen, die offenbar zu der spanischen Gruppe gehörten, ins Zimmer gekommen, hatte mit Melanie ein paar gedämpfte Worte gewechselt und sich dann auf seinem Lager ausgestreckt. Am Morgen hatte ihn Fanni vor der Hütte stehen sehen, und unterwegs war er ihr dort und da in den Blick geraten.
Aber als sie und Sprudel vorhin in den Schlafraum gegangen waren, um sich trockene Sachen anzuziehen, war seine Matratze leer gewesen.
»Heinz ist nach Aroumd abgestiegen«, antwortete Melanie auf Fannis Frage. »Er will zurück nach Marrakesch und von dort weiter an die Küste.«
Ist wohl nichts geworden mit den beiden!

Während der Nacht frischte der Wind auf und wehte noch mehr Schneewolken heran.

Als Fanni und Sprudel am Morgen von der Hütte zum Camp hinunterstapften, sahen die Igluzelte wie richtige Iglus aus.

Elke war gerade dabei, ihre Bleibe von der gut zehn Zentimeter dicken Schneeschicht zu befreien. Nach und nach krochen auch die anderen aus den Zelten, fegten Schnee weg und begannen, Heringe herauszuziehen. Fanni und Sprudel schickten sich an, beim Abbau mitzuhelfen.

Kurze Zeit später lagen fast alle Zelte zu Bündeln gerollt in einer Reihe. Daneben standen die gepackten Reisetaschen bereit, um auf die Mulis geladen zu werden. Nur die Behausung der Brügges kauerte noch unter unberührtem Schnee.

»Otto!«, schrie Hubert und trat gegen eine der Spannleinen, sodass eine kleine Lawine vom Zeltdach rieselte. »Wenn du warten willst, bis die Sonne rauskommt, musst du bis zum Frühling unter dem Fetzen da aushalten. Aber der Koch kommt mit uns, damit du es nur weißt.«

»Otto, Wiebke«, rief Bernd, »seid ihr noch da drin?«

Daraufhin ratschte der Reißverschluss. Ein Stück Zeltbahn wurde zurückgeschlagen, und Wiebke krabbelte heraus. Schweigend begann sie, Heringe aus dem Boden zu zerren.

Hubert und Dieter Horn falteten soeben das Überzelt zusammen, als sich Otto aus dem Unterbau schälte und schnurstracks zum Speisezelt hinübereilte, in dem Hassan soeben mit einem dampfenden Kessel verschwand. Einen kurzen Moment lang stand die ganze Gruppe verdattert um das nackte Gestänge, an dem das Innenzelt wie eine schlaffe Fahne hing.

Hubert machte den Mund auf, schloss ihn wieder, schüttelte den Kopf und griff nach einer der Zeltstangen, um sie aus den Halterungen zu ziehen. Zwei Minuten später lag auch die Bleibe der Brügges in der Reihe der anderen.

Im Speisezelt hatte sich Otto bereits über den Brotkorb hergemacht. Niemand schenkte ihm Beachtung. Trübsinnig schlürfte man den Frühstückstee.

Die allgemeine Stimmung, dachte Fanni, ist inzwischen auf dem absoluten Nullpunkt angelangt. Unglücksfälle noch und noch, ein unzumutbarer Reisegenosse und dazu mieseses Wetter.

Und beim Abstieg in Schnee und Matsch wird sich diese desolate Stimmung kein bisschen bessern!

In Aroumd war es windig, und es regnete. Elke bemühte sich, den quengeligen Ton aus ihrer Stimme zu verdrängen. »Genau das richtige Wetter für einen gemeinsamen Nachmittag im Hamam.«

Man horchte auf und echote: »Ein gemeinsamer Besuch im Hamam?«

»Normalerweise gehen Männer und Frauen getrennt ins Bad«, erklärte Elke, »aber hier in Aroumd gibt es nur ein ganz kleines Hamam, das nicht sehr frequentiert ist. Man kann es stundenweise für geschlossene Gruppen mieten.« Sie schaute ermunternd in die Runde.

»Aber natürlich gehen wir alle zusammen ins Hamam«, rief Gisela begeistert. »Marokko ohne Hamam, das ist ja wie Italien ohne Pizza.«

»Und wie muss ich mir so ein Hamam vorstellen?«, fragte Olga.

Geduldig begann Elke zu erläutern: »Ein klassisches Hamam besteht aus drei gekachelten, unterschiedlich stark aufgeheizten Räumen. Im ersten herrscht eine Temperatur von ungefähr dreißig Grad, im zweiten ist es circa fünfzig Grad warm, und im dritten liegt die Temperatur so etwa bei sechzig Grad. In diesen Räumen sitzt man auf dem Boden oder auf Steinbänken, ruht sich aus, unterhält sich, und wer mag, lässt sich mit einem dieser rauen Handschuhe massieren, auf die schwarze Seife aufgetragen wird.«

Sie ließ ein paar Sekunden verstreichen, bevor sie fragte: »Also dann, wer von euch will sich am Nachmittag im Hamam vergnügen?«

Nach wie vor sichtlich begeistert von Elkes Plan meldete sich Gisela. Doch außer ihr regte sich keiner.

Sind die andern alle zu scheu und schamhaft? Und was ist mit Bernd los?

Hamam hin oder her, dachte Fanni, ich will hinunter ins Kasbah-Hotel und dort an den Rechner, der mich mit Leni verbindet.

Elkes Stimme hörte sich wieder quengelig an. »Gut, Gisela, dann gehen wir beide eben allein.«

Obwohl es eigentlich noch zu früh war, um Leni zu erreichen, machten sich Fanni und Sprudel gleich nach dem Mittagessen auf den Weg in den tiefer gelegenen Ortsteil von Aroumd, wo sich das Hotel inmitten eines von einer hohen Mauer umgebenen Parks befand.

Doch die Mühe war umsonst gewesen, wie sich schnell herausstellte, denn das riesige Tor in der Umfassungsmauer zeigte sich geschlossen und versperrt.

Sprudel sprach zwei kleine Jungen an, die in der Nähe herumlungerten, und erfuhr – hauptsächlich durch Zeichensprache –, dass der endgültige Beginn der Schneestürme am Toubkal das Ende der Hotelsaison in Aroumd einläutete.

»Wir müssen ein Stück in Richtung Imlil laufen und versuchen, per Handy Kontakt mit Leni zu bekommen«, sagte Sprudel daraufhin zu Fanni, und sie machten sich auf den Weg.

Doch nicht einmal in Imlil selbst ließ sich eine brauchbare Verbindung zu Leni herstellen. Fanni konnte zwar hören, wie sich ihre Tochter meldete, aber lautes Knacken und Rauschen machte eine Unterhaltung unmöglich. Nach etlichen Misserfolgen gab sie auf.

»Es bleibt uns wohl nichts anderes übrig, als bis morgen zu warten«, sagte Sprudel. »Dann fahren wir ins Flachland zurück, wo die Orte größer sind, die Unterkünfte moderner und der Anschluss ans Web zum Alltag gehört.«

Morgen, hallte es in Fannis Kopf. Wo sollte die geplante Reiseroute am nächsten Tag eigentlich hinführen? Jäh wurde ihr bewusst, dass sie den Programmablauf völlig aus den Augen verloren hatte. »Werden wir wieder in Marrakesch übernachten?«, fragte sie.

»Nein«, erwiderte Sprudel und dachte kurz nach. »Ich hatte doch gestern erst das Programm ... Ja, natürlich, der Ort, in dem wir morgen Quartier beziehen, heißt Benhaddou. Oberhalb dieses Städtchens soll ein altes Berberdorfliegen, das angeblich schon etlichen bekannten Filmen als Kulisse gedient hat. Das besichtigen wir, und dann fahren wir zu unserem Hotel in der Neustadt, wo wir sicherlich an einen Internetzugang kommen.«

Fanni nickte und schaute sich um. »Aber was machen wir jetzt?«

Es hatte aufgehört zu regnen. Ab und zu gelang es der Sonne, hinter den Wolken hervorzublinzeln.

»Wir könnten uns den Wasserfall ansehen, von dem Elke letzthin gesprochen hat«, sagte Sprudel.

Fanni runzelte die Stirn. »Und wo soll der zu finden sein?«

Sprudel grinste. »Wir könnten es am Bach versuchen.«

Da streckte ihm Fanni die Zunge heraus.

Sprudel küsste sie auf die Nase, nahm sie an der Hand und steuerte dorthin, wo die Palmen am dichtesten wuchsen und das Gras am saftigsten zu sein schien.

Musste da nicht der Bach fließen?

Das tat er, und die beiden folgten ihm flussaufwärts, wo sie Felswände aufragen sahen.

Brauchte ein Wasserfall nicht Felsen, um über sie hinunterzustürzen?

»Ich fürchte, der Wasserlauf hat sich neuerdings einen komfortableren Weg gesucht«, sagte Sprudel, nachdem sie fast eine Stunde lang über trockenes Gestein bergwärts gestiefelt waren und plötzlich in einer flachen Mulde standen, die von Windböen leidlich verschont blieb. Er atmete ein paarmal tief durch, ließ sich auf einen rund gescheuerten Felsblock fallen, drehte das Gesicht zur Sonne, die sich gerade eine Wolkenlücke zunutze machte, und zog Fanni zu sich hinunter.

Weil die Sitzgelegenheit eigentlich nur Platz für eine Person bot, setzte sich Fanni zwischen seine gespreizten Beine, und er hielt sie von hinten umschlungen. Sie lehnte den Kopf an seine Brust, und so dösten sie eine Zeit lang vor sich hin.

Fanni dachte an Leni und daran, dass es nun noch einmal vierundzwanzig Stunden dauern würde, bis sie sich ausführlich mit ihr unterhalten konnte. Was ihre Tochter wohl gerade trieb? Ob sie inzwischen etwas Bedeutsames herausgefunden hatte? Hatte sie sich mit jemandem getroffen? Jemandem einen Besuch abgestattet? Was würden sie morgen von ihr hören? Würde sich das Motiv nun endlich zeigen?

Fanni!

Sie horchte auf ihre Gedankenstimme.

Mal angenommen, Leni findet das Motiv für die Anschläge heraus, sodass sich ein Hinweis auf den Täter enthüllt. Was willst du dann tun?

Mit ihm reden.

Ach so!

16

Leni hatte am Samstag ihren Besuch bei Toni Stolzer gemacht, wovon Fanni noch immer nichts wusste.

Am Sonntag war Leni nach Nürnberg zurückgekehrt, um dort ihrer Arbeit im Labor der Universität nachzugehen. Am Montag war sie bis spät nachts mit ihren Versuchsreihen beschäftigt gewesen, war aber zum Ausgleich dafür heute ein wenig früher als sonst nach Hause gegangen. Und immer wieder in den letzten Tagen hatte sie es per Handy vergeblich bei ihrer Mutter versucht. Das kurze Lebenszeichen in Form des nicht wirklich zustandegekommenen Telefongesprächs hatte sie einerseits beruhigt, andererseits aber beträchtlich aufgebracht, weil es ihr nicht möglich gewesen war, Fanni vor Dieter Horn zu warnen.

Während Fanni auf einem Stein im Bett des trockenen Gebirgsbaches vor sich hin träumte, gab Leni nun den Namen »Hubert Seeger« bei Google ein und wurde fündig.

»Warum er das wohl getan hat?«, fragte sie laut, nachdem sie alle einschlägigen Informationen verknüpft hatte.

Hubert Seeger hatte bis vor einigen Monaten einen guten Posten bei Südzucker in Plattling innegehabt und mit seiner Familie in einem noblen Deggendorfer Stadtteil im eigenen Einfamilienhaus gewohnt. Viele der in Plattling Beschäftigten lebten lieber im gemütlichen Deggendorf als in Plattling mit seinem riesigen Gewerbegebiet und nahmen dafür die kurze Fahrstrecke in Kauf.

Was Leni allerdings verblüffte, war, dass Seeger seinen

Posten bei Südzucker offenbar kurzfristig aufgegeben hatte, ebenso kurzfristig das Haus veräußert hatte und mitsamt seiner Familie von Deggendorf weggezogen war, wie sie im Archiv der Lokalzeitung recherchiert hatte.

So weit ersichtlich, hatte er seitdem wieder einen guten Posten, diesmal bei einer Elektronikfirma in der Nähe von Dingolfing.

Mag sein, sagte sich Leni, dass man ihn abgeworben hat. Aber warum hat er gleich das Haus verkauft, die ganze Familie aus der gewohnten Umgebung gerissen? Er hätte ja auch zwischen Deggendorf und Dingolfing pendeln können, das hätte ihn bloß eine halbe Stunde mehr gekostet.

Weil Leni über Hubert Seegers Gründe, Deggendorf derart schroff den Rücken zu kehren, im Netz nichts finden konnte, gab sie den Namen »Elke Knorr« ein. So viel Zeit hatte sie noch, bis sie sich zurechtmachen musste, um sich mit ein paar Kollegen aus München in einer Kneipe am Plärrer zu treffen.

Die quengelnde Elke war im Netz keine Unbekannte. Es gab einige Veröffentlichungen von ihr, Reiseberichte, Novellen, Studien. Ihr Lebenslauf erschien detailliert, hörte sich aber geradezu langweilig an. Aufgewachsen in Grafing bei München, Abitur am dortigen Gymnasium, dann Geologie-Studium an der Uni München. Schon während des Studiums war sie in aller Herren Länder unterwegs gewesen. Beim Durchsehen der Reiseberichte fiel Leni auf, dass Elke etliche anspruchsvolle Berge bestiegen hatte. War sie Mitglied im Alpenverein? Auf der Suche nach Hinweisen danach stieß Leni auf die Homepage einer privaten Bergsteigergruppe aus Grafing, der Elke angehörte.

Was nichts heißt, überlegte Leni, was gar nichts heißt. Elke ist ja viel zu jung, als dass ihre Gruppe mit der von Willi Stolzer ... Halt, stopp, verbesserte sie sich schnell. Als Mama und Hans Rot der Stolzer-Clique noch angehörten, war Elke zu jung. Aber die anderen haben weitergemacht. Mit Martha könnte Elke also durchaus in Kontakt gekommen sein.

17

Fanni spürte Regentropfen auf der Nase und richtete sich auf. Erst da merkte sie, dass es nicht nur wieder zu regnen begonnen hatte, sondern auch empfindlich kühl geworden war. Sprudels Arme, die ihren Körper die ganze Zeit fest umschlossen hatten, mussten sie gewärmt haben.

Sie löste sich behutsam von ihm und stand auf.

Auch Sprudel versuchte, sich zu erheben.

Der Ärmste ist ja ganz steif geworden! Hat sich die ganze Zeit über kein bisschen zu bewegen gewagt, um Fanni Rot beim Dösen bloß nicht zu stören! Wie lange saß er denn da wie in Stein gehauen? Eine halbe Stunde? Länger?

»Eigentlich ist es noch zu früh, um direkt zur Gîte zurückzukehren«, sagte Fanni, als sie die sandige Hauptstraße von Aroumd entlangschlenderten.

Sprudel pflichtete ihr bei. »Was bliebe uns dort anderes übrig, als in den Schlafsack zu kriechen? Für den Innenhof ist es zu kalt und zu nass, und im Salon regiert König Small Talk.«

Lieber erfrieren als Small Talk ertragen – oder, Fanni Rot?

»Kleiner Umweg gefällig?«, fragte Fanni.

Sprudel nickte, und kurz entschlossen bogen sie in eine Quergasse ein.

Fanni achtete kaum auf die grauen, grob gemauerten Wohnhäuser, die ihren Weg säumten. Gedankenverloren trottete sie dahin.

Irgendwann sah sie Sprudel schmunzeln. »Mir scheint, wir sind ins Geschäftsviertel geraten.«

Erst jetzt bemerkte Fanni, dass hinter einigen Fensterluken ein spärliches Warenangebot ausgelegt war. Cola in Dosen, Schokoriegel, Chips.

Touristenproviant!

Sie warf einen Blick auf zwei einsame, recht zerknitterte Chipstüten neben einem offenen Fensterflügel und stellte fest, dass die Schrift darauf völlig verblichen war. Das Gros der Touristen deckte sich wohl anderswo ein.

Unvermutet endete die Gasse an einem geschlossenen Tor.

Fanni und Sprudel wollten gerade umkehren, da sprang Fanni ein Wort ins Auge, das in blauer Farbe an die Hauswand gepinselt war. »Hamam«. Ein blauer Pfeil wies auf eine bucklige Steintreppe.

Sie deutete auf die Stufen. »Sollen wir uns das Hamam ansehen? Von außen, meine ich.«

»Das *müssen* wir uns ansehen«, sagte Sprudel lächelnd und begann hinaufzusteigen.

Die Treppe führte, unterbrochen von kurzen, flachen, holprig gepflasterten Wegstrecken, ziemlich weit bergauf.

Als Fanni und Sprudel die Kuppe des Hügels erreicht hatten, dachte Fanni, sie müssten längst an dem Gebäude vorbeigelaufen sein, in dem das öffentliche Bad untergebracht war. Hier oben standen dicht an dicht niedrige, aus rohen Steinen gebaute Häuser, die aussahen, als wären sie ineinander verschachtelt. Keines erweckte den Anschein, als sei es auf Kundschaft aus.

Plötzlich deutete Sprudel auf eine unscheinbare Tafel, die neben einer offenen Tür angebracht war.

Fanni beugte sich vor und spähte durch den Eingang.

Mehr als einen löchrigen Vorhang und den Rand eines Tresens konnte sie nicht erkennen. Als sie sich wieder der Gasse zuwandte, bemerkte sie, wie sich aus einer Gruppe von Männern, die ein Stück weiter unten vor einem der Häuser beisammenstanden, ein junger Bursche löste und auf sie zukam.

Er sprach Fanni in holprigem Englisch an. »You will come and see?«

Warum nicht, dachte Fanni, bejahte und folgte ihm.

Auch Sprudel machte ein paar Schritte zum Eingang, blieb dann aber stehen und schaute Fanni und dem Jungen unschlüssig nach.

Meint er, draußen Wache stehen zu müssen?

An der Seite des diensteifrigen Jungen betrat Fanni einen vom Boden bis zur Decke hellblau gekachelten Raum, in dem es Steinbänke und ein paar Kleiderhaken gab. Der Junge sagte etwas, das Fanni nicht verstand. Aber es war ja nicht schwer, selbst darauf zu kommen, dass man sich in diesem Bereich auszog und die Kleider zurückließ.

Was für Kleider?

Fanni sah sich um. Keine Kleider an den Haken, keine Schuhe auf dem Boden. Die Bodenfliesen waren blitzblank und glänzten vor Nässe.

Der Junge führte sie weiter. Im nächsten, angenehm warmen Raum zeigte er auf zwei Wasserhähne mit einem Kübel darunter. »Hot and cold.« Beflissen nahm er einen trichterförmigen Becher aus dem Eimer und tat, als würde er sich Wasser über Kopf und Schultern gießen.

Die Dusche, ach so!

Fanni durfte auch einen Blick in einen noch etwas wärmeren und in einen sehr warmen Raum werfen, die wie der gesamte Innenbereich des Hamam mit Fliesen ausgekleidet, aber ansonsten komplett kahl waren – und menschenleer.

Dann führte sie der Junge zum Eingang zurück. »You want ...?«, begann er und beendete den Satz auf Arabisch.

»Sprudel«, sagte Fanni, als sie aus der Tür trat, »wie wäre es mit einem kleinen Aufenthalt im osmanischen Bad? Wir hätten sämtliche Räume ganz für uns allein. Niemand sonst ist hier. Gisela und Elke sind offenbar schon wieder weg.«

Sprudel sah richtig erschrocken aus.

Hält er das Ganze für eine Falle?

Unsinn, dachte Fanni, wer auch immer es auf mich abgesehen hat, die Einheimischen bestimmt nicht.

Sie könnten bestochen worden sein, gekauft!

Fanni wischte den Einwand ihrer Gedankenstimme unwillig weg: Wer hätte denn wissen können, dass wir hierherkommen und wann wir das tun? Das wussten wir ja nicht einmal selbst.

Sprudel war offensichtlich zu demselben Ergebnis gelangt, denn er begann, mit dem Jungen in einer Mischung aus Englisch, Französisch und Zeichensprache zu verhandeln.

Inzwischen hatte sich ein alter Mann eingefunden, der sich auf eine Geste des Jungen hin ebenfalls von der Gruppe weiter unten in der Gasse gelöst hatte, die immer heftiger diskutierte.

Er winkte Fanni und Sprudel zu dem Tresen im Eingangsbereich.

Das scheint der Besitzer zu sein, dachte Fanni.

Der Hamam-Beraber!

Er reichte Fanni ein Handtuch und ein Päckchen, auf dem in Druckbuchstaben »Gant de Bain« stand. Sprudel hielt bereits einen von einer arabischen Zeitung abgerissenen Papierfetzen in der Hand, auf den der Mann eine Handvoll schwarzer Seife gekleckst hatte.

Ein Nicken des Mannes gab Fanni und Sprudel zu verstehen, dass sie sich jetzt in den Umkleideraum begeben sollten.

Auf dem Weg dorthin warf Fanni noch einen kurzen Blick aus der Tür und blickte geradewegs in das Objektiv einer Kamera, die das rechte Auge von Otto Brügge verdeckte.

Otto Brügge treibt sich vor dem Hamam herum!

Ja, warum denn nicht?, dachte Fanni. Wir sind doch auch heraufgestiegen, um es uns anzusehen.

Und wenn er nun zu euch hereinkommt?

Das wird der Besitzer nicht zulassen, belehrte Fanni ihre Gedankenstimme, fragte aber vorsichtshalber bei Sprudel nach.

»Es ist genau so, wie es uns Elke erklärt hat«, antwortete der. »Während der allgemeinen Öffnungszeiten wird streng nach Geschlechtern getrennt – montagnachmittags Frauen, dienstagvormittags Männer und so weiter. Ansonsten kann das Bad privat gebucht werden, dann darf niemand anders hinein.«

Die Tür des Umkleideraums schnappte hinter Fanni und Sprudel zu.

Zögernd, noch ein paar misstrauische Blicke auf die fest geschlossene Tür werfend, legte Fanni ihre Kleidung ab.

Was aber, wenn sich klammheimlich jemand hereinschleicht?

Langsam streifte Fanni ihren Slip über die Beine hinunter.

Das Hamam ist jetzt für uns reserviert, ermutigte sie sich dabei nachdrücklich. Der Hamam-Betreiber wird die Tür ganz bestimmt im Auge behalten.

Nackt traten Fanni und Sprudel in den ersten der so angenehm erwärmten Räume. Da standen sie dann, schauten sich an, und unvermittelt begannen sie zu lachen. Auf einmal fühlten sie sich richtig ausgelassen. Sprudel stülpte sich den Gant de Bain über die Hand, klatschte Seife darauf und fing an, Fanni den Rücken zu schrubben. Schwarze Seife tropfte herunter und machte Flecke wie Tintenkleckse auf die hellen Bodenfliesen. Anschließend mischte Sprudel das heiße und das kalte Wasser aus den beiden Hähnen im Kübel zusammen, bis es die richtige Temperatur hatte, und kippte ihn über Fanni aus.

Sie kicherten und alberten wie die Kinder.

Ist es nicht eine Ewigkeit her, seit ihr das letzte Mal so unbeschwert gelacht habt?

Ja, dachte Fanni. Es kommt einem tatsächlich wie eine Ewigkeit vor. Aber Marthas sogenannter Unfall und der Angriff auf uns in der dunklen Gasse in Marrakesch liegen gerade mal acht Tage zurück.

Ein knappes Stündchen blieben sie im Hamam. Sie seiften sich zweimal ein, rubbelten sich zweimal gegenseitig ab und übergossen sich anschließend mit Wasser. Dann hielten sie sich noch eine Weile im wärmsten der drei Räume auf – stehend.

Fanni hatte sich lieber nicht auf den Boden setzen oder gar legen wollen, obwohl er ganz sauber wirkte. »Weißt du, Sprudel, in dieser Feuchtigkeit und Wärme vermehren sich sämtliche Bakterien auf Teufel komm raus. Wir wollen doch nicht riskieren, dass multiresistente Blasenkeime oder E-Coli ...«

Sprudel hatte sie lachend in die Arme genommen. Er kannte Fannis Hang zu unbedingter Hygiene und begann mittlerweile, diese Manie zu teilen.

Erwartungsgemäß hielt Sprudels Fröhlichkeit nicht lange an. Als sie wieder am Tresen standen, um die Gebühr für den Besuch des Hamam zu entrichten und das Handtuch zurückzugeben, spannten sich Sprudels Gesichtszüge wieder an. Draußen in der Gasse blickte er sich sofort kontrollierend um.

Eilig stiegen sie die Steinstufen zur Ladengasse hinunter und strebten im Laufschritt der Gîte zu, denn inzwischen hatte es stark zu regnen begonnen, und der Wind zischte durch die engen Gässchen.

Fanni freute sich darauf, gleich mit dem Reiseföhn ihre Haare trocknen zu können und anschließend verschwenderisch Creme auf Gesicht und Körper zu verteilen, denn ihre Haut spannte von der schwarzen Seife und der Massage mit dem rauen Handschuh.

Als sie und Sprudel auf den Eingang der Gîte zuhasteten, kamen ihnen Elke und Melanie von drinnen entgegen.

»Wo seid ihr denn gewesen?« Elkes Stimme klang nörglerischer denn je. »Es ist schon fast dunkel, und Melanie sagt, dass euch seit dem Mittagessen keiner mehr gesehen hat.«

Der Reiseleiterin ist wohl nicht entgangen, dass einer ihrer Schützlinge, nämlich eine gewisse Fanni Rot, vom Unglück verfolgt wird! Sie hat sich Sorgen gemacht, die Gute!

Melanie, dachte Fanni. Sie scheint uns wirklich auf Schritt und Tritt verfolgen zu wollen.

Und weil ihr ihr entkommen seid, hat sie sich bei Elke beschwert!

Sprudel erzählte Elke indessen vom Besuch im Hamam.

»Es war purer Zufall, dass wir da hineingeraten sind«, beeilte er sich zu beteuern, weil Elkes gekränkte Miene nicht zu verkennen war. »Wir hatten das überhaupt nicht vor, wollten nur an dem Gebäude vorbeispazieren. Aber dann kam dieser Junge. Er hat Fanni durch die Räume geführt und uns das Bad angepriesen. Bestimmt verdient er sich ein paar Dirham damit, Touristen einzufangen. Wir konnten ihn doch nicht um seinen Lohn bringen.«

Elke nickte Sprudel versöhnlich zu. »Abendessen in zwanzig Minuten.«

Offenbar war sämtlichen Reisegefährten aufgefallen, dass Fanni und Sprudel den ganzen Nachmittag über nirgends in Erscheinung getreten waren. Alle erkundigten sich, was sie gemacht hatten, deshalb mussten sie beim Abendessen ihren Besuch im Hamam mehrfach schildern.

»Ein Tête-à-Tête in tropischer Schwüle«, grinste Hubert. »Das habt ihr euch ja fein ausgedacht.«

Fanni bemerkte, wie Gisela ihr einen neidvollen Blick zuwarf.

Sie hätte sich im Hamam bestimmt lieber mit Bernd vergnügt, als sich von Elke irgendwelche Geschichtsdaten oder Abfolgen von Sultansgeschlechtern vorquengeln zu lassen!

Fanni musste sich ein Lachen verbeißen.

»Wie hast du denn den Nachmittag verbracht?«, fragte sie Olga, die am Tisch neben ihr saß. Denn jäh hatte sich wieder das schlechte Gewissen gemeldet und ihr vorgeworfen, sich der Klein-Bäuerin viel zu wenig anzunehmen.

»Ich habe ausgiebig geduscht und ein bisschen Wäsche gewaschen«, antwortete Olga. »Dann habe ich mit den Seegers, den Horns und Melanie im Salon Kaffee getrunken, und anschließend haben wir zusammen einen Spaziergang durchs Dorf gemacht.« Sie schenkte Fanni ein warmes Lächeln. »Und die ganze Zeit habe ich gehofft, dass Sprudel gut auf dich aufpasst.«

Elkes erhobene Stimme beendete ihre Unterhaltung. »Morgen müssen wir ziemlich früh aufbrechen – gegen sieben, würde ich vorschlagen –, weil wir noch den ganzen Weg bis Imlil zu gehen haben, wo unser Bus wartet. Von Imlil fahren wir dann über den Pass Tizi-n-Tichka nach Benhaddou.«

Während sich Elke noch eine Weile über die bevorstehende Fahrstrecke ausließ, verlangte Otto bereits die Rechnung für seine Getränke, bezahlte und stand auf.

»Frühstück um sechs«, nörgelte Elke.

Da winkte auch Hubert dem Garçon. »Dann wollen wir doch mal zusehen, dass wir noch ein bisschen am Kopfkissen horchen können.«

18

Es war erst drei Uhr nachmittags am Mittwoch, den 19. Oktober, als die Reisegruppe in Benhaddou ankam, wo sie in einem hübschen Gästehaus einquartiert wurde. Internetanschluss gab es in ihrer Unterkunft allerdings nicht. Deshalb machten sich Fanni und Sprudel gegen fünf wieder davon, um nach einem Hotel mit möglichst vielen Sternen Ausschau zu halten, in dem man ihnen zu einer Online-Verbindung mit Leni verhelfen würde.

Sie gingen gerade die Hauptstraße entlang, da entdeckte Sprudel ein Internetcafé. Beherzt traten sie ein, und der freundliche Inhaber zeigte ihnen, wie sie den Skype-Kontakt herstellen konnten.

Es klappte auf Anhieb. Leni war sofort auf dem Bildschirm, und sie hatte ihnen eine Menge zu berichten.

Stumm hörten Fanni und Sprudel ihr zu.

»Mama«, sagte Leni abschließend, »ihr müsst Dieter Horn auf das Unglück von damals ansprechen, ihm alles auf den Kopf zusagen. Nur so kann er vielleicht gestoppt werden, falls er Martha getötet hat und jetzt hinter dir her ist. Aber macht es nur vor Zeugen – bitte!«

Fanni versprach es.

Sie versprach außerdem, auf sich aufzupassen; sich keinen Millimeter von Sprudel zu entfernen; sich bald wieder zu melden; kein Risiko einzugehen; Dieter Horn im Auge zu behalten, der womöglich ein Psychopath war ... Fanni versprach alles, was Leni verlangte.

Dann auf zur Konfrontation mit dem mutmaßlichen Täter!
Fanni schüttelte kaum merklich den Kopf. Horn – wie verdächtig auch immer – musste warten, bis sie halbwegs verdaut hatte, was Leni alles herausgefunden hatte.

Fanni und Sprudel waren für eine Weile schweigend ein Sträßchen entlanggelaufen, als sie in einen kleinen Palmenhain gelangten, in dem Ruhebänke ein Blumenbeet umstanden. Die Sonne malte Kringel auf das lackierte Holz, und Fanni ließ sich mitten in einen hineinfallen. Sprudel setzte sich aufatmend neben sie.

Vage streifte Fanni der Gedanke, dass es hier deshalb so warm und sonnig war, weil sich der Ort Benhaddou im Tiefland befand, nicht mehr weit vom Wüstenrand entfernt.

»Melanie ist also die Patentochter von Hans«, sagte sie.
Vielleicht sogar seine richtige Tochter, wer weiß?
»Aber davon wusstest du nichts«, stellte Sprudel fest.
»Nein ... ja ... nein«, antwortete Fanni und begann zu erklären: »Natürlich war – bin – ich darüber im Bilde, dass Hans ein Patenkind hat. Aber ich bin kein einziges Mal mit dem Mädel zusammengekommen. Hans hat sie nie mit zu uns gebracht, und wenn er einen Besuch bei ihr machen wollte, hat er nicht gefragt, ob ich mitkomme.« Sie warf Sprudel einen etwas beschämten Blick zu. »Du kannst dir ja wohl denken, dass es mir sehr recht war, so wie Hans das handhabte. Ich hatte es schon in jungen Jahren nicht so mit Höflichkeitsbesuchen. Und damals, als Hans Patenonkel wurde, sind Leni und Leo noch Säuglinge gewesen. Das war eine schwierige Zeit für mich.«

Sprudel nahm ihre Hand in die seine. Er wusste inzwischen ganz genau, wie schwierig es damals gewesen war. Fanni hatte ihm eines Abends ihr großes Geheimnis verraten und ihm gestanden, dass nicht Hans Rot der leibliche Vater von Leni und Leo war. Sprudel hatte daraufhin so befriedigt genickt, als wäre endlich eine Ungereimtheit geklärt.

»Ich habe allerdings immer die Weihnachts- und Geburtstagsgeschenke für sein Patenkind besorgt«, fuhr Fanni fort. »Nur deswegen weiß ich, dass es sich um ein Mädchen handelt, ihren Namen hat Hans nämlich nie erwähnt. Er nannte sie immer nur ›das Bogenbergkind‹.«

»Melanies Mutter scheint der Überzeugung zu sein, dass du dich gegen den Kontakt mit ihrer Tochter gesträubt hast«, sagte Sprudel.

»Kann es sein, dass mich Melanie dafür hasst?«, fragte Fanni grüblerisch. »Hasst sie mich mehr, als mich Dieter Horn hasst, dessen Schwester durch meine Schuld ums Leben kam?«

Sprudel seufzte tief.

Mit Recht, mit vollem Recht! Sprudel täte wohl gut daran, einen Therapeuten hinzuzuziehen, der ihm dabei hilft, Fanni Rot eine nüchterne, realistische Sicht auf diese weit in der Vergangenheit liegenden Geschehnisse zu vermitteln!

Mehr oder weniger gut schaffte Sprudel das auch allein, brauchte jedoch einige Zeit dazu.

Letztendlich sah Fanni zumindest ein, dass selbst ein gewisses Maß an Fehlverhalten ihrerseits weder Melanie noch Dieter Horn dazu berechtigte, sie zu ermorden.

Sie stand entschlossen auf. »Wir reden als Erstes mit Dieter. Über das, was damals geschehen ist, muss gesprochen werden – so oder so. Und dabei sehen wir ja, wie er sich verhält.«

Sprudel nickte. »Wir klopfen einfach an die Zimmertür der Horns und bitten sie, sich noch vor dem Abendessen mit uns im Innenhof zu treffen.«

»Warum sprichst du mich erst heute darauf an?«, fragte Dieter.

Fanni erklärte es ihm.

Sie hatten in einer Ecke des Innenhofs auf Korbstühlen Platz genommen, die um einen kleinen, runden Tisch herumstanden, dessen Oberfläche aus winzigen Mosaiksteinchen zusammengesetzt war.

»Du hattest also bis heute Nachmittag nicht die geringste Ahnung«, stellte Dieter fest.

Fanni nickte unglücklich.

»Und Martha, die alles wusste, hat sich nicht erinnert«, fügte er nach einer Pause leise hinzu.

Am Tisch breitete sich Schweigen aus.

Schließlich sagte Antje: »Es war geradezu gespenstisch, Fanni. Dieter und ich saßen am Panoramafenster in diesem Hotel in Marrakesch und haben von Martha gesprochen. Dieter war ziemlich aufgebracht ...«

»Ich habe es nicht fassen können«, fiel er ihr ins Wort. »Martha kannte meinen Namen von der Teilnehmerliste, hatte ihn in den vergangenen Tagen mehrmals gehört, und bei der Ankunft im Hotel hat sie sich sogar eine ganze Weile mit mir unterhalten. Bloß erinnert hat sie sich nicht.«

Als er verstummte, fuhr Antje fort: »An dem Morgen im Hotelcafé habe ich Dieter zugeredet, mit Martha reinen Tisch zu machen. ›Sprich sie drauf an‹, habe ich gesagt. ›Mach ihr meinetwegen Vorhaltungen, aber schaff die Sache jetzt endgültig aus der Welt.‹ Eine Minute später war Martha tot.«

Fanni schluckte. »Aber ihr habt nicht gesehen, wie sie ...?«

Die Horns schüttelten den Kopf.

»Wir waren zu diesem Zeitpunkt völlig auf unser Gespräch fixiert«, antwortete Antje. »Und hatte ich dir nicht schon erzählt, dass für uns die Unglücksstelle gar nicht einsehbar gewesen ist?«

»Gibst du nach wie vor Martha und Fanni die Schuld am Tod deiner Schwester?«, fragte Sprudel an Dieter gewandt.

Der verbarg das Gesicht in den Handflächen und rieb sich mit den Fingerspitzen über die Stirn.

Antje legte ihre Hand auf den Arm ihres Mannes. »Er hat längst eingesehen, dass es falsch ist.«

»Trotzdem sprang mir der Name Stolzer sofort ins Auge, als ich die Teilnehmerliste in die Hand bekam«, drang Dieters Stimme gepresst hinter seinen Handflächen hervor.

»Er wollte die Reise auf der Stelle stornieren«, sagte Antje und fügte, wie um Verständnis bittend, hinzu: »Tatsachen zu akzeptieren ist eine Sache, Emotionen auszulöschen eine andere. Deshalb konnte sich Dieter im ersten Augenblick nicht vorstellen, mit den Stolzers zu verreisen.« Sie streichelte Dieters Arm, der endlich die Hände vom Gesicht nahm. »Zum Glück ist uns die Teilnehmerliste so frühzeitig zugeschickt worden, dass es mit dem Stornieren keine so große Eile hatte. Und nach und nach hat sich Dieter auf die Begegnung eingestellt.« Sie warf ihrem Mann einen anerkennenden Blick zu. »Er hat nicht mit der Wimper gezuckt, als ihm Martha und Gisela vorgestellt wurden.«

»Gisela?«, wiederholte Fanni fragend.

»Ich kannte doch nur den Namen ›Stolzer‹«, antwortete Dieter. »Willi Stolzer stand damals mitsamt Adresse als Führer der Gruppe im Hüttenbuch.«

Einleuchtend, dachte Fanni, Willi hat sich ja immer als Verantwortlicher eingetragen.

»Und aus dem Kutscher bekam ich heraus, dass ihn zwei Frauen aus Stolzers Gruppe beschwatzt hatten«, fuhr Dieter fort. »Ihre Namen wusste er natürlich nicht. Aber als ich dann in der Teilnehmerliste ›Martha und Gisela Stolzer‹ las, dachte ich, das müssten die beiden sein.«

»Du dachtest, Gisela ...« Fannis Stimme versandete.

Das änderte alles. Dieter konnte wohl kaum hinter den Anschlägen auf ihr Leben stecken, wenn er bis vor ein paar Minuten nicht sie, sondern Gisela für mitschuldig am Tod seiner Schwester gehalten hatte.

»Dieter hat Martha nicht angerührt«, sagte Antje entschieden. »Er nicht.«

Fanni schreckte hoch. »Ihr glaubt, dass Marthas Tod kein Unfall war?«

Die Horns sahen sich abwägend an, dann entschloss sich Dieter zu antworten. »Seltsam erschien uns die Sache von Anfang an. Aber ursprünglich haben wir es uns so erklärt, dass Martha den Männern, die vor dem Hotel Kisten abgeladen haben, in die Quere kam und dabei versehentlich gestoßen wurde. Als dir dann freilich ein Unglück nach dem andern zustieß, Fanni, hat uns das zu denken gegeben.«

Fanni lachte trocken. »Ihr meint also auch, dass mir jemand ans Leder will?«

Sie bekam ein Nicken als Antwort.

Da fragte Sprudel: »Habt ihr irgendwelche Beobachtungen gemacht, die uns weiterhelfen könnten – die dazu beitragen könnten, denjenigen ausfindig zu machen, der hinter all dem steckt?«

»Es ist eine Frau«, sagte Dieter überzeugt.

Sprudel sah ihn erstaunt an.

»Schuhsohlen mit einem Gleitspray einzusprühen, das ist eindeutig weibliche Handschrift«, erklärte Dieter.

»Woher wisst ihr denn ...«, begann Fanni.

Dieter ließ sie gar nicht ausreden. »Ich hatte ja zugesehen, wie du in dem Restaurant in Marrakesch über den Marmorboden geschlittert bist. Antje und ich und noch ein paar andere haben gerade das Entree verlassen, als du am anderen Ende des Flurs auf die Treppe zugehalten hast. Mir ist das recht komisch vorgekommen, deshalb habe ich nach deinem Sturz einen Blick auf deine Sohlen geworfen. Na ja, eigentlich hatte ich erwartet, irgendeine Schmiere zu sehen, in die du getreten warst – Eiercreme oder so. Aber die Sohlen waren blitzblank und haben geglänzt wie frisch gewienert, da habe ich mich gefragt ...«

Jetzt unterbrach Fanni ihn. »Hast du auch beobachtet, wer hinter mir stand, als ich auf dem Treppenabsatz war?«

Dieter schüttelte bedauernd den Kopf. »Ich hatte mich gerade zu Hubert umgedreht, weil der am Verschluss von meinem Rucksack herumzerrte und wieder einmal einen seiner blöden Witze zum Besten gab.«

»Ihr seid zusammen in Regen stationiert gewesen«, warf Sprudel ein.

Dieter bejahte. »Aber da hat sich Hubert noch einigermaßen vernünftig verhalten – soviel ich weiß jedenfalls.« Versonnen fügte er nach einer kleinen Pause hinzu: »Wie er nur derart kindisch werden konnte?«

Antje brachte das Gespräch wieder zu den Anschlägen auf Fanni zurück. »Mag ja sein, dass Dieter recht hat, wenn er sagt, die Sache mit den Schuhsohlen sieht ganz nach weiblicher Handschrift aus. Aber was ist mit dem Angriff in Marrakesch oder mit dem Messerstich in die Flanke des Mulis?«

Dieter hob die Schultern. »Antje und ich haben darüber schon ein paarmal diskutiert, und ich muss zugeben, es ist kaum zu glauben, dass eine Frau allein es wagen sollte, in einer dunklen Gasse ein Paar zu überfallen. Obwohl ...« Er schaute in die Runde. »Wenn sie genügend in Rage wäre ...«

»Aber was ist der Grund dafür?«, stöhnte Fanni.

Dieter zwinkerte ihr zu. »Als wir uns hierhergesetzt haben, dachtest du wahrscheinlich, du hättest Motiv und Täter endlich gefunden.«

Antje richtete sich auf. »Dieter hat nichts mit den Anschlägen zu tun.«

Fanni glaubte ihr. Die Aussagen der Horns hörten sich logisch an, schlüssig und stimmig.

Die sind nicht dumm, die beiden, sie haben sich eine Menge schlauer Gedanken gemacht!

»Abendessen«, tönte Elkes Stimme über den Hof.

Die Horns nickten Fanni und Sprudel freundschaftlich zu und erhoben sich.

Als Fanni ihren Stuhl vom Tisch wegschob, sah sie aus dem Augenwinkel, wie links von ihr ein Fensterflügel geschlossen wurde. Erst jetzt fiel ihr auf, dass einige der Gästezimmer zum Innenhof hin lagen.

Habt ihr womöglich einen heimlichen Lauscher gehabt?

Um das zu beantworten, dachte Fanni, müsste man wissen, wer dieses Zimmer bewohnt. Sie nahm sich vor, auf dem Weg zum Speisesaal einen scharfen Blick in den Gang zu werfen, der von links einmündete. Denn nur auf diesem Flur konnten sich die Türen zu den Zimmern befinden, die zum Hof hin lagen.

Auf dem Gang kam ihnen Melanie entgegen.

Melanie, pochte es in Fannis Kopf. Immer wieder Melanie. Ich muss dringendst mit ihr sprechen.

Sehr gut! Es müssen schleunigst klare Verhältnisse geschaffen werden!

Nach dem Essen bat Elke die Reisegruppe zu einem Treffen in den Salon, doch statt nur kurz über den weiteren Programmverlauf zu informieren, biss sie sich zwei Stunden lang an den politischen Problemen Marokkos fest.

Daraufhin suchten alle hastig und sichtlich erschöpft ihre Zimmer auf.

Am nächsten Morgen stand der Touristenbus schon um acht Uhr mit laufendem Motor vor der Unterkunft, um seine Passagiere die ehrwürdige Straße der tausend Kasbahs entlangzuchauffieren. Kunstgerecht renovierte Kasbahs – ehemalige Festungen der regierenden Sultane – mit ihren Türmen, Zinnen und Toren wechselten sich mit verfallenen Lehmbauten ab, die sich täglich mehr wieder mit der Erde zu vereinigen schienen, aus der sie gebaut worden waren.

Selbst Fanni war fasziniert davon, ebenso wie alle anderen aus der Gruppe. Alle bis auf einen.

»Ein anständiger Wolkenbruch müsste her«, sagte Hubert, »dann gäbe es wieder jede Menge Nachschub an Bauplätzen.«

Am frühen Nachmittag ließ Elke den Bus bei einer Rosenplantage anhalten und führte die Reisegruppe in ein bescheidenes Gebäude, in dem die Essenz aus den Rosenblättern gewonnen und verarbeitet wurde. Hunderte von Produkten standen in den Verkaufsregalen, weshalb es ziemlich lang dauerte, bis sich alle mit Rosenöl, Rosenwasser, Rosenlotion und Rosenseife eingedeckt hatten. Am längsten dauerte es bei Gisela.

Schon wenige Kilometer weiter stoppte der Bus erneut auf Elkes Geheiß. Diesmal ergossen sich seine Insassen in die Werkstätten einer Kooperation.

»Arganöl«, schwärmte Elke ganz ohne jedes Quengeln, »ist eines der kostbarsten Öle überhaupt. Es wird aus dem Samen der Frucht gepresst und ausschließlich in Marokko hergestellt.«

Schnell zeigte sich, dass auch das Arganöl hauptsächlich als Inhaltsstoff von Kosmetikartikeln diente. Fanni kaufte je ein Stück Arganölseife für ihre Kinder und eines für sich. Damit war der Fall für sie erledigt. Für Gisela allerdings noch lange nicht.

Man stand gelangweilt herum.

Wiebke fragte nach der Toilette und wurde eine Treppe hinaufgeführt. Olga nahm zum x-ten Mal die sündhaft teure Antifaltencreme aus einem der Regale und stellte sie wieder zurück.

»Antifaltencreme«, wieherte Hubert. »Was für Schlawiner das doch sind, die Samenquetsch-Beraber. Wissen ganz genau, wie sie ihre Schmiere bezeichnen müssen, damit sie in die Warenkörbe hüpft.«

Olga rückte die Cremedose weit nach hinten und wandte ihr Interesse dem Shampoo zu.

Melanie kramte lustlos in einer Schale, in der winzige Flakons verschiedener Farben und Formen lagen, die offenbar parfümiertes Arganöl enthielten.

Irgendwann hatte Fanni genug vom Herumstehen. Und weil der einzige Hocker im gesamten Verkaufsraum von Elke besetzt war, der man ein Glas Thé à la menthe serviert hatte, machte sie Sprudel ein Zeichen und steuerte auf den Ausgang zu. Sie wollte sich draußen auf einen Stein oder einen Stamm setzen und den Sonnenschein genießen, bis sich Gisela mit ausreichend Kosmetika eingedeckt hatte.

Auf einer Holzplanke, die das Grundstück zu einem steinigen Acker hin abgrenzte, hockte Otto.

Also gut, dachte Fanni, wenn ich im Moment schon nicht an Melanie herankomme, dann rede ich halt mit Otto.

Mal sehen, was er sagt! Womöglich hat ja auch er sich ein paar Gedanken zu den Missgeschicken gemacht, die Fanni Rot in letzter Zeit so beharrlich heimsuchen!

Fanni setzte sich neben ihn.

Otto schwieg und kaute auf einem Halm.

Es gäbe ja wirklich angenehmere Zeitvertreibe, dachte Fanni, als eine Unterhaltung mit diesem Stoffel, den ich von Tag zu Tag weniger ausstehen kann. Ob ich ihn wohl auch schon auf dem Gymnasium so schrecklich fand?

Immer wieder hatte sie sich in den letzten Tagen daran zu erinnern versucht, ob sie jemals näheren Kontakt zu einem der Burschen aus den unteren Jahrgängen des Zwieseler Gymnasiums gehabt hatte. Es war ihr nichts eingefallen, immerhin lag ihre Schulzeit schon etliche Jahrzehnte zurück. Und sollte Otto damals schon so ein Ekel gewesen sein und sie jemals mit ihm zu tun gehabt haben, dann hatte sie es vermutlich einfach verdrängt.

Außerdem kannst du auch gleich zugeben, dass du das längst fällige Gespräch mit Otto Brügge entschlusslos vor dir hergeschoben hast. Wie willst du auf solche Weise Recherchen anstellen, Fanni Rot?

»Das blonde Gift«, murmelte Otto plötzlich.

Fanni sah ihn verdattert an.

»So haben wir dich genannt«, klärte er sie auf. »Damals am Gymnasium in Zwiesel.«

Fanni schluckte. Otto hatte also im Gegensatz zu ihr nicht vergessen, dass sie vor ewigen Zeiten dieselbe Schule besucht hatten. »Das blonde Gift!« Hatte sie ihm damals, ohne es zu wissen, einen Grund gegeben, sie zu hassen?

Was nicht alles ans Tageslicht kommt, wenn man sich ein bisschen Mühe gibt und über den eigenen Schatten springt!

Es ist ein Fehler gewesen, dachte Fanni, ein grober Fehler, Lenis Information über Otto Brügge so wenig Bedeutung beizumessen.

Zumal er sich oft genug verdächtig gemacht hat!

Ja, gab Fanni zu. Ich hätte schon viel früher auf ihn zugehen müssen. Aber noch ist es nicht zu spät.

»Du erinnerst dich nicht an mich, stimmt's?«, sagte Otto spöttisch. »An keinen von uns Fanni-Fans erinnerst du dich, nehme ich an. Wir waren ja bloß die lästigen kleinen Buben aus den unteren Klassen – zwei Jahrgangsstufen tiefer. Die aus der Abiturklasse haben uns wie Luft behandelt – allen voran die fesche Fanni«, schloss er bitter.

Trägt dir dieser ungehobelte Kerl etwa bis heute nach, dass du dich mit achtzehn nicht für ihn interessiert hast?

Offensichtlich, dachte Fanni.

Otto Brügges Stimme klang höhnisch. »Fanni Böhm, zierlich, blond, blauäugig und die Nase ganz weit oben. Wir Idioten haben sie ein ganzes Jahr lang angehimmelt.«

Sprudel, der sich neben Fanni niedergelassen hatte, gab ein ärgerliches Brummen von sich.

Fanni warf ihm einen warnenden Blick zu.

Soll Otto nur ruhig beleidigend werden, dachte sie. Soll er sich doch in Rage reden. Vielleicht lässt er dabei etwas entschlüpfen, das er lieber für sich behalten möchte.

»Wie schade«, sagte sie provozierend, »dass ich damals von der Existenz meines Fanclubs so gar nichts mitbekommen habe. Ich wär irrsinnig stolz drauf gewesen.«

Otto lachte gehässig. »Du warst auch so stolz genug. Hast kein Fünkchen Freundlichkeit übrig gehabt fürs Fußvolk.« Er schaute sie verschlagen an. »Hast du eigentlich den Macker, der dich damals jeden Tag von der Schule abgeholt hat, später geheiratet?«

»Hans Rot? Ja«, antwortete Fanni. »Viel später.«

Was dazwischen geschehen war, hatte Otto nicht zu interessieren.

Es wurde für ein paar Augenblicke still.

Warum packst du nicht einfach den Stier bei den Hörnern?

Das werde ich, dachte Fanni.

»Und jetzt, nach all den Jahren«, sagte sie herausfordernd, »hast du dich – weil die Gelegenheit gerade so günstig ist – entschlossen, es mir heimzuzahlen. Du hast uns in Marrakesch aufgelauert, um mir eins zu verpassen. Tags darauf wolltest du mich im Restaurant die Treppe hinunterstürzen lassen, und auf dem Zeltplatz am Toubkal hast du das Muli auf mich gehetzt.«

Otto lachte laut, anhaltend und hämisch. »Da irrst du dich, kleine Fanni. Da muss es noch einen anderen geben, den du gegen dich aufgebracht hast. Obwohl ich zugeben muss, dass es mir eine gewisse Befriedigung verschafft hat, dich so in Kalamitäten zu sehen.«

Fanni blickte ihn eisig an. »Und wer, glaubst du, gibt was auf deine Beteuerungen, solange du nicht den kleinsten Beweis für deine Unschuld erbringen kannst?«

Otto schien das Lachen vergangen zu sein. Auf einmal wirkte er schockiert.

Er hat bestimmt nicht damit gerechnet, ernsthaft angeklagt zu werden!

»Ich ... ich ...«, begann er stotternd. »Meine Frau ...«

Fanni fiel ihm ins Wort. »Seit wir unterwegs sind, beobachte ich, wie du dich mit deiner Frau zoffst. Macht sie dir Vorwürfe, weil du mich nicht in Ruhe lässt?«

Otto starrte sie einen Augenblick lang erschrocken an, dann irrte sein Blick hilfesuchend zum Eingang des Gebäudes, in dem sich der Rest der Reisegruppe befand. Plötzlich hellte sich seine Miene auf.

»Wiebke«, rief er erleichtert, »da bist ja endlich. Komm her und sag dieser Irren, dass ich ihr nicht das Geringste angetan habe.«

Wiebke blieb vor ihrem Mann stehen und schaute böse auf ihn hinunter. »Du hast ihr nichts angetan? In gewisser Weise wohl doch – oder hast du ihr das Foto endlich gezeigt?«

Otto spuckte ein knappes »Nein« aus, drückte sich mit Hilfe beider Arme von der Holzplanke hoch und eilte in Richtung Straße davon.

Fanni stand ebenfalls auf, um mit Wiebke halbwegs auf Augenhöhe zu sein.

Da fehlen ja mindestens zwanzig Zentimeter!

»Es war in Tamsoult, in der dritten Nacht unserer Tour«, begann Wiebke zu erklären. »Otto musste zum Pinkeln raus. Das muss er nachts oft. Und immer nimmt er seine Kamera mit.« Wiebkes Gesichtszüge wurden auf einmal weicher. »Manchmal sind bei solchen Gelegenheiten wirklich erstaunliche Bilder entstanden. Einmal hat Otto ...«

Sie unterbrach sich, wollte wohl nicht abschweifen. »In Tamsoult hat Otto gesehen, dass das letzte Zelt in der Reihe – euer Zelt – ganz in Mondlicht getaucht war und sich wie ein außerirdisches Wesen von den anderen abhob. Natürlich hat er versucht, das Bild mit seiner Kamera einzufangen. Erst nachdem er auf den Auslöser gedrückt hatte, hat er bemerkt, dass vor dem Zelt jemand hockte. Zuerst dachte er, das wärst du beim Pinkeln.«

Wiebke warf einen vorwurfsvollen Blick zum Straßenrand, wo Otto auf und ab ging. »Otto hat sich das Foto schon am nächsten Morgen angeschaut. Mir hat er es aber erst gestern spätabends gezeigt. Die Person, die vor dem Zelt hockt, ist viel größer als du, Fanni. Sie trägt eine Kapuze und hat einen dunklen Schal vors Gesicht gezogen, so wie Hassan seine Chèche, wenn es stürmt und schneit. Und – sie hält irgendein Werkzeug in der Hand.«

Wiebke sah Fanni mitfühlend an. »Ich warte schon den ganzen Tag auf eine Gelegenheit, dir davon zu erzählen.

Und, Fanni, es tut mir sehr leid, dass Otto so rachsüchtig ist. Er wollte dir nichts davon sagen. Es ist, als bereite es ihm Vergnügen zuzusehen, wie ...« Sie verstummte. Mehr zu sich selbst sagte sie nach einer Weile: »Er ist so engstirnig, so borniert – so chauvinistisch. Es ist immer schwerer, mit ihm auszukommen.« Leise fügte sie hinzu: »Es ist unmöglich.«

Rachsüchtig oder nicht, dein Fan Otto hat dir quasi das Leben gerettet! Wenn er sein Blitzlicht – oder macht man ohne Blitzlicht ...?

Fanni knipste die Gedankenstimme aus.

Der Täter hat es auch im Zeltcamp von Tamsoult versucht, dachte sie. Wenn Otto nicht – Blitzlicht hin oder her – wenn er nicht ...

»Einsteigen«, nörgelte Elke. »Flott einsteigen jetzt. Bis zu unserem Gästehaus in der Dadés-Schlucht haben wir noch ein ganzes Stück zu fahren.«

Hinter ihr quoll der Rest der Reisegruppe aus dem Gebäude der Arganöl-Kooperative.

19

Der Ort, in dem sie übernachten sollten, nannte sich Ait Oudinar und bestand aus einer kurzen Zeile staubiger Häuser entlang der Landstraße.

Hier gibt es garantiert keine Möglichkeit, Skype-Kontakt mit Leni aufzunehmen!

Wozu auch?, dachte Fanni.

Leni hat genug herausgefunden, mehr als genug. Sie soll sich jetzt lieber wieder auf ihre Arbeit im Uni-Labor konzentrieren, statt in altem Mist zu stochern.

Seltsam, sinnierte sie, als sie mit Sprudel auf ihr Zimmer ging, wie mich die Fehler, die ich früher irgendwann gemacht habe, jetzt auf einmal einholen.

Sie und Sprudel hatten eigentlich nach dem Abendessen noch ein Stück die Straße entlanglaufen wollen, aber draußen war es stockdunkel gewesen. Keine einzige Straßenlaterne erleuchtete die Ansiedlung, und selbst aus den Häusern drang kaum Licht.

Fanni setzte sich auf ihr Bett und hörte zu, wie Sprudel in dem notdürftigen Badezimmer vergeblich versuchte, die Dusche in Gang zu setzen.

Es ist, überlegte sie, als hätten sich all jene zu dieser Reise verabredet, die eine Rechnung mit mir zu begleichen haben.

Sprudel kehrte aus dem Badezimmer zurück und schüttelte missmutig den Kopf. »Heute nur Katzenwäsche.«

»Schmutzige Schlafsäcke oder schmutzige Decken?«, fragte Fanni.

Sprudel warf einen Blick auf die schütteren grauen Zudecken, die auf dem Bett lagen, zog sie weg, warf sie in den Schrank und breitete die Schlafsäcke aus.

Und darin steckten sie dann, eng aneinandergeschmiegt, Wange an Wange.

»Ich bin so müde«, sagte Fanni.

Weltuntergangsstimmung, Fanni Rot?

»Ich bin es leid, im Nebel herumzustochern.«

Sprudels Finger strichen sanft über ihre Haare, ihre Schläfe und umrundeten ihr Ohr. »Dann schlaf, mein Herz. Schlaf gut.«

Und was wird morgen?

Im Schritttempo ruckelte der Touristenbus tags darauf durch die Schlucht, die der Todra-Fluss vor Zeiten ins Felsgestein gegraben hatte.

Nachdem das Fahrzeug die schmalste Stelle passiert hatte, an der die sich fast drohend gegenüberstehenden Felswände nur noch einen Steinwurf voneinander entfernt waren, dehnte sich das Tal mit einem Mal weit aus und zeigte sich in saftigem Grün. Hohe Dattelpalmen beschatteten terrassenförmig angelegte Felder.

»Und jetzt machen wir einen kleinen Spaziergang durch diese beschauliche Oase«, kündigte Elke an. »Hassan wird uns den Fluss entlangführen, bis wir zu einer Brücke kommen, wo uns der Bus wieder aufnimmt.«

»Vielleicht rücken die Oasen-Beraber ja ein paar Hände voll Datteln heraus«, sagte Hubert. »Ganz frisch vom Baum.«

»Selbstbedienung«, entgegnete Bernd und deutete auf einen der schwankenden Stämme.

Dicke Büschel goldgelber Datteln hingen in gut vierzig Metern Höhe.

Der Weg am Fluss entlang erwies sich als so breit, dass er für mindestens drei Personen nebeneinander Platz bot. Wie schon während der Trekkingtour führte Hassan die Gruppe an, und Elke machte den Schluss. Doch diesmal zog sich die kleine Karawane noch weiter auseinander als sonst.

Otto Brügge rannte mit seiner Kamera meilenweit querfeldein, und selbst Hubert schien sich plötzlich in den Kopf gesetzt zu haben, jede in der Oase angebaute Knolle fotografieren zu wollen. Olga und Gisela streiften unter den Palmen umher, um abgefallene Datteln zu sammeln. Die Horns hatten einen kleinen Tümpel entdeckt, in dem sie irgendwelches Getier bestaunten. Nur Melanie stiefelte schweigend hinter Hassan her.

Während Fanni zu ihr aufholte, entschied sie, nicht lange zu fackeln. »Du bist ja das Patenkind von Hans Rot.«

Melanie lachte. »Das fällt dir aber früh ein.«

Fanni blieb die Antwort schuldig.

»Lass mich raten«, sagte Melanie. »Nach dem zweiten Anschlag auf dein Leben hast du jemanden zu Hause beauftragt, herauszukriegen, mit wem du da eigentlich quer durch Marokko ziehst. Ist etwa jemand mit von der Partie, dem ich einmal Unrecht getan habe, hast du dich gefragt, und der jetzt die Gelegenheit nutzt, sich dafür zu rächen?«

Fanni konnte nur sprachlos nicken.

Gibt es in dieser verteufelten Reisegruppe eigentlich irgendjemanden, der nicht ganz genau über dich Bescheid weiß?

»Und dein Spitzel hat die Spur zu mir gefunden«, sagte Melanie.

»Ist es die richtige?«, fragte Fanni.

»Nein«, antwortete Melanie bestimmt. »Allerdings bin ich auch nicht schlauer als du. Ich habe keine Ahnung, wer dir an den Kragen will.«

Sprudel hatte sich zu ihnen gesellt. Zu dritt wanderten sie langsam dahin, ließen den Abstand zu Hassan wachsen.

»Du hättest aber ein Motiv«, sagte Sprudel.

Melanie schüttelte vehement den Kopf. »Da irrst du dich. Da irrst du dich wirklich sehr.«

»Aber du denkst doch, dass ich es war, die Hans daran gehindert hat, mehr Umgang mit seinem Patenkind zu pflegen«, setzte Fanni nach.

Melanie zwinkerte ihr zu. »Dein Informant hat wohl mit meiner Mutter gesprochen.«

Weil Fanni daraufhin schwieg, fuhr sie fort: »Meine Mutter sieht die ganze Sache mit eifersüchtigen Augen. Sie hat nie verwunden, dass du ihr Hans Rot vor der Nase weggeschnappt hast. Insgeheim, glaube ich, hat sie immer gehofft, sie könnte den Spieß noch mal umdrehen. Nachdem Vater gestorben war, hat sie es eine Zeit lang mit allen Mitteln versucht.«

Was für eine ungerechte Welt! Die Verschmähte verzehrte sich Jahr und Tag nach dem guten Hans, die Erwählte verwünschte ihn die meiste Zeit als lästiges Anhängsel!

Fanni wedelte mit der Hand vor ihrem Gesicht herum, als wolle sie ihrer dreisten Gedankenstimme ein paar Ohrfeigen verpassen.

Zu Melanie sagte sie: »Und du? Wie siehst du die ... ganze Sache?«

Melanie lächelte ihr zu. »Ich bin dir dankbar. Deshalb

habe ich auch versucht, auf dich aufzupassen, sobald mir klar war, dass dir jemand übelwill.«

Fanni starrte sie mit offenem Mund an.

Melanie tätschelte ihr den Arm. »Schau, Fanni, ich bin am Bogenberg geboren und in Bogen zur Schule gegangen. Da hatte ich meine Freunde, mein Zuhause. Als Kind war ich immer froh darüber, dass es eine Fanni Rot gab, die angeblich verhindert hat, dass ich ganze Nachmittage bei einer fremden Familie in Erlenweiler verbringen musste.«

Sie kickte einen Stein in den Bach. »Mit der Zeit ist mir dann aufgegangen, wie es sich wirklich verhielt. Meine Mutter wollte Hans Rot an sich binden, notfalls mitsamt seinem Anhang. Aber *er* hat sich dagegen gesträubt, nicht Fanni Rot und auch sonst niemand. Hans hat seine Pflicht gegenüber dem Patenkind erfüllt, mehr nicht. Er war immer freundlich, aber er hat zu mir keine engere Beziehung aufgebaut als zu dem Stuhl, auf dem er bei seinen Besuchen saß.«

Sie sah Fanni schelmisch an. »Die Frage war allerdings, wie er es schaffte, mir zum Geburtstag und zu Weihnachten immer Dinge mitzubringen, die ich mir sehnlichst gewünscht hatte. Wie kam Hans Rot beispielsweise darauf, mir eine Barbiepuppe mit Rollschuhen zu schenken?«

Fanni erinnerte sich daran, dass sie die Puppe damals für Melanie gekauft hatte, weil Vera und ihre Freundinnen so dafür schwärmten.

»Eigentlich weiß ich gar nicht, warum, aber ich schrieb die Geschenke jener geheimnisvollen Fanni Rot zu – und hatte recht, oder?«, sagte Melanie.

Fanni brachte bloß wieder ein Nicken zustande. Welch eine Konfusion.

Sapperlot, was wie ein Rachemotiv aussah, entpuppt sich als lautere Dankbarkeit!

Falls uns Melanie nicht meisterhaft etwas vorspielt, dachte Fanni zweiflerisch.

»Du warst also deshalb so oft in unserer Nähe, weil du Fanni beschützen wolltest?«, fragte Sprudel ungläubig.

»Ja«, antwortete Melanie ernst, begann jedoch gleich darauf zu schmunzeln. »Ich konnte doch meine Wohltäterin nicht ins Verderben laufen lassen, die Frau, die mir diese Reise ermöglicht hat.«

Sprudel und auch Fanni blieben stehen und schauten Melanie verdattert an.

Die nahm sie beide an der Hand und zog sie weiter. »Du weißt ja selbst am besten«, sagte sie zu Fanni, »dass irgendwann Schluss war mit den Barbiepuppen und den Legovillen. Ab meinem fünfzehnten Geburtstag gab es nur noch Kleinigkeiten: ein Buch, einen bunten Schal, eine hübsche Tasse. Aber immer war ein Kuvert mit einer netten Karte dabei, und das Kuvert war großzügig bestückt. Ich habe Jahr für Jahr den Rat befolgt, der die jeweiligen Glückwünsche begleitet hat, und nie den ganzen Betrag ausgegeben, sondern einen Teil davon gespart – für ein ganz großes Geschenk. Als vergangenes Jahr meine Ehe in die Brüche ging und ich vor einem Haufen Scherben stand, habe ich mir gesagt: Melanie, da musst du jetzt durch. Und wenn du wieder ein bisschen Boden unter den Füßen hast, dann bekommst du das große Fanni-Rot-Geschenk.«

Sie waren inzwischen – als Letzte – bei der Brücke angelangt, wo sie der Bus wieder abholen sollte. Sogar Elke hatte sie kurz vor dem Ziel noch überholt.

Hubert eilte ihnen entgegen. »Der Bus steckt fest. Hassan sagt, bei Straßenbauarbeiten ist ein Bagger umgekippt. Es wird eine Weile dauern, bis die Strecke wieder fei ist. Rechnet mal lieber mit ein paar Stündchen.« Er deutete auf das an dieser Stelle fast ausgetrocknete Bachbett, wo Dora, die Horns, Gisela, Olga und Bernd auf flachen, glatt gespülten Steinen saßen. »Olga hat eine ganze Tüte voll Datteln gesammelt – zuckersüß und weich wie ...« Er flüsterte Sprudel grinsend etwas ins Ohr, der jedoch keine Miene verzog.

»Wir laufen lieber noch ein Stück«, antwortete er stattdessen abweisend und schien mit »wir« nicht nur Fanni, sondern auch Melanie zu meinen. Die stiefelte bereits voran.

Doch Fanni war nun fest entschlossen, bei der Suche nach dem Motiv für die Anschläge auf sie keine Zeit mehr zu vergeuden und jedem kleinen Hinweis nachzugehen.

Sie grinste Hubert verschmitzt an. »Ein frisches Lüftchen hat mir neulich geflüstert, dass ihr bis vor Kurzem in Deggendorf gewohnt habt. Ich hatte ja vom ersten Augenblick an das Gefühl, dass ich mit Dora schon einmal zusammengetroffen bin. Jetzt ist mir klar, wieso.«

Bevor Hubert etwas sagen konnte, trat Dora heran, die offenbar alles gehört hatte. »Wir haben sogar viele Jahre lang in Deggendorf gewohnt – sehr viele schöne Jahre. Aber ein Unstern hat uns gezwungen, wegzuziehen.«

Hubert ergänzte: »So sind sie, die launenhaften Unsterne, tauchen aus heiterem Himmel auf.« Dann klopfte er Fanni kumpelhaft auf die Schulter, und beide Seegers wandten sich dem Bachbett zu.

»Kommt ihr jetzt doch nicht mit?«, rief Melanie aus einiger Entfernung.

Fanni und Sprudel eilten ihr nach. Zu dritt schlenderten sie dann weiter den Uferweg entlang.

»Melanie«, sagte Sprudel, nachdem sie sich ein Stück von den anderen entfernt hatten, »dir ist längst klar – und mittlerweile wohl auch den meisten andern –, dass jemand aus der Reisegruppe hinter Fanni her ist. Fanni und ich vermuten sogar, dass Martha in Marrakesch deshalb sterben musste, weil der Täter sie mit Fanni verwechselt hat.«

Melanie zeigte sich darüber keineswegs erstaunt. Anscheinend war sie selbst schon auf diesen Gedanken gekommen, hatte womöglich entdeckt, dass Martha zum Zeitpunkt des Unglücks Fannis Umschlagtuch trug.

»Du warst so oft in unserer Nähe«, fuhr Sprudel fort, »hast dies und das beobachtet. Willst du uns helfen? Ehrlich gesagt sind wir einer Lösung keinen Schritt näher als an dem Unglückstag in Marrakesch. Und weißt du, warum?« Er hob die Hand und stach mit dem Zeigefinger in die Luft. »Weil wir niemanden aus der Gruppe als Täter wirklich ausschließen können.«

Fanni bemerkte, dass Melanie überrascht wirkte.

Sprudel schien das ebenfalls zu registrieren, denn er fuhr fort: »Nehmen wir Hubert Seeger als Beispiel: Zum einen hat er am Morgen von Marthas Unfall die Anwesenden im Hotelcafé mit irgendeiner dummen Geschichte unterhalten. Ist das ein Beweis, dass er als Täter nicht in Frage kommt? Ein Indiz ist es, zugegeben, aber kein Beweis. Ebenso wie alle anderen, die im Café saßen, hätte er für ein paar Minuten verschwinden können, ohne dass es auffiel. Aber wegen seiner Geschichte wäre jedem in Erinnerung geblieben, dass er da war. Zum andern hätte er Fanni im Restaurant die

Treppe hinunterstoßen können, denn er stand wohl – wie etliche andere – in ihrer Nähe. Als Fanni geschubst wurde, hat Seeger gerade einen seiner Witze gerissen, heißt es. War das nur ein Ablenkungsmanöver? Antje hat erwähnt, sie hätte bei ihm die Spraydose gesehen. Wenn das stimmt, dann ist Hubert ziemlich verdächtig. Allerdings könnte ich schwören, dass er während des Essens den Speiseraum nicht verlassen hat, und das bedeutet, er hatte keine Gelegenheit, Fannis Schuhe einzusprühen.«

Sprudel war während seines Vortrages stehen geblieben. Melanie machte ein paar Schritte in das Bachbett und ließ sich auf einem der rund geschliffenen Steine nieder. Fanni und Sprudel taten es ihr gleich, und so lagerten sie nun ebenso wie die anderen aus der Gruppe, allerdings gut hundert Meter weiter flussaufwärts.

»Dora könnte seine Komplizin sein«, sagte Melanie.

»Beide Seegers«, wandte Fanni ein, »befanden sich, während wir abends in der Gasse angegriffen worden sind, in der Hotelbar. Das ist kaum anzuzweifeln, weil wir Hubert im Foyer getroffen haben, als wir zurückkamen. Und im Gegensatz zu uns beiden hat er einen recht behaglichen Eindruck gemacht, wies weder Blessuren noch Kampfspuren auf.«

Melanie nickte.

»Ähnlich verhält es sich mit Otto Brügge«, sagte Sprudel. »Als wir spätabends nach unserem Abenteuer in der Gasse die Hotelbar verlassen haben, saßen die Brügges an der Theke und stritten sich. Aber wer sagt uns, dass sie nicht erst ein paar Minuten vorher gekommen sind? Otto hatte eine verbundene Hand – angeblich, weil er sich an einem schartigen Glas geschnitten hat. Und am Toubkal haben sie das Speisezelt kurz nach Fanni verlassen.«

Aber Otto steht doch schon deshalb nicht mehr unter Verdacht, weil er ein Foto vom Täter ...

Solange wir es nicht zu sehen kriegen, kann man uns viel erzählen, schnitt Fanni der Gedankenstimme das Wort ab.

»Otto hat sogar den Speiseraum in Marrakesch viel früher verlassen als die anderen«, fuhr Sprudel fort, »kam aber dann doch mit den Letzten aus dem Entree.«

»Da spricht aber eine Menge gegen ihn«, sagte Melanie.

»Fast alles«, antwortete Sprudel. »Bis auf eines: Er macht keinen Hehl daraus, dass er es Fanni von Herzen gönnt, derartig um ihr Leben fürchten zu müssen. Würde er das tun, wenn er der Schuldige wäre?«

Melanie schüttelte den Kopf.

Sprudel erwähnte noch die Horns, die als Täter ebenfalls nicht völlig ausgeschlossen werden konnten, und bezog sogar Elke in seine Auflistung ein.

Falls überhaupt jemand echte Alibis für die Tatzeitpunkte hatte, dann waren das Olga, Gisela und Bernd.

Olga und Gisela hatten Fanni geschildert, wie Martha das Café verlassen hatte, und sich damit gegenseitig bezeugt, dass sie selbst am Tisch sitzen geblieben waren. Abends war Gisela mit Bernd in der Bar gewesen – und zwar sturzbetrunken, das hätte Fanni schwören mögen. Während des Muliangriffs hatten sich Olga, Gisela und Bernd im Speisezelt befunden.

»Und wer, zum Kuckuck, kommt nun an allererster Stelle als Täter in Frage?«, rief Melanie.

Fanni und Sprudel schauten eine Weile auf ein schmales

Rinnsal, das unter einem der Steine am Ufer hervorkam, einen kleinen Bogen beschrieb und wieder versickerte, dann sahen sie Melanie an.

Sie! Sie ist die Einzige, die alle Anschläge verübt haben könnte! Sie ist immer eigene Wege gegangen, und als ihr Motiv offenkundig wurde, lieferte sie die schauspielerische Darbietung ihres Lebens!

Melanie presste sich beide Hände auf den Mund.

Fanni warf einen kurzen Blick zu Sprudel hinüber. Hatte er mit diesem Ergebnis gerechnet? Hatte er absichtlich das Gespräch auf Beweise und Indizien gebracht, um Melanie mit dem Resultat konfrontieren zu können?

Von der Brücke her ertönte lautes Hupen.

Fanni schaute flussabwärts und sah die Reisegruppe in einen Touristenbus einsteigen. Rasch griff sie nach ihrem Rucksack und erhob sich.

Melanie war bereits vorausgeeilt.

20

Wegen der langen Fahrtunterbrechung erreichte die Reisegesellschaft ihr Etappenziel Merzouga erst gegen sieben Uhr abends.

Elke bat darum, in den Zimmern nicht lange herumzutrödeln. »In zehn Minuten erwarte ich euch zum Abendessen.«

»Hier am Erg Chebbi breiten sich die größten und höchsten Dünenfelder Marokkos aus«, erzählte sie dann bei Hühnchen-Tajine im luxuriösen Speisesaal des Gästehauses. »Morgen früh werden wir eine der Randdünen besteigen und von dort oben aus zusehen, wie über der Wüste die Sonne aufgeht. Wir werden den Wüstenwind spüren, die Kälte der Nacht fühlen und fast übergangslos die sengende Sonne. Wir werden die Wüste erleben.«

Als hätte die Vision von Sand und Sonne längst verloren geglaubte Lebensfreude entzündet, herrschte plötzlich eine fast ausgelassene Stimmung in der Gruppe. Sogar die Brügges beteiligten sich an den Tischgesprächen.

Es war vermutlich Hubert Seeger, der irgendwann davon anfing, wie hinterfotzig Stute und Eselin bei der Züchtung von Mulis hintergangen wurden. »Vom Tricksen und Bescheißen verstehen sie eine ganze Menge, die Beraber. Da macht ihnen keiner was vor.«

»Aber schau dir an, was ihnen der kleine Bluff für einen großen wirtschaftlichen Nutzen einbringt«, gab Bernd, der

Schwachstellenanalytiker, zu bedenken. »Gutmütige, geländegängige Lasttiere, unersetzbar in den schwer erreichbaren Bergregionen. Ohne die Mulis würde der marokkanischen Wirtschaft ein wichtiger Faktor fehlen.«

»Ja, die allgewaltige Wirtschaft«, meinte Otto spöttisch, »was wäre sie ohne Sex, ohne Puff, ohne Kuppelei, ohne Lug und Betrug?«

»Ausgeweidet?«, fragte Hubert lachend.

Kalauer flogen hin und her.

In eine kurze Stille hinein sagte Gisela: »Wir haben ja auf unserer Reise alle möglichen Werkstätten besucht, haben Kosmetikartikel aus Rosenblättern und aus Arganöl kaufen können. Aber warum ist uns nirgendwo das kleinste Produkt aus Eselsmilch angeboten worden?«

Hubert feixte. »Du bringst da was durcheinander, Gisela. Kleopatra hat meines Wissens seinerzeit in Stutenmilch gebadet.«

Antje kicherte, verstummte jedoch, weil ihr offenbar bewusst wurde, dass es Gisela ernst war.

Die hatte sich an Elke gewandt und fugte ihrer Frage nun hinzu: »Ich weiß, dass es Eselsmilchseife auf dem Markt gibt – man kann sie im Internet bestellen.« Daraufhin schaute sie Elke erwartungsvoll an. Die Reiseleiterin sah hilfesuchend zu Hassan hinüber, der am Tischende saß.

»Wie ich schon einmal erwähnt habe, ist die Eselsmilch den Fohlen vorbehalten. Sie wird in Marokko normalerweise weder getrunken noch zu Kosmetik verarbeitet. In Italien oder Griechenland schon, soviel ich gehört habe, aber nicht hier bei uns«, erklärte der einheimische Guide streng.

Doch damit gab sich Gisela nicht zufrieden. »Ich würde

sie aber gern einmal zu Gesicht bekommen, möchte wissen, wie sie aussieht, wie sie riecht, wie sie schmeckt. Wir haben ja neulich auch über ihre heilende Wirkung gesprochen.«

Hassan nickte.

»Die liegt halt, wie gesagt, einfach darin, dass Eselsmilch der menschlichen Muttermilch recht ähnlich ist«, nörgelte Elke.

»Und das bedeutet, wer Eselsmilch trinkt, stärkt sein Immunsystem«, warf Wiebke ein.

»Und beugt Allergien vor«, sagte Dora.

»Und strafft seine Haut«, murmelte Gisela.

»Kruzitürken, Hassan, besorg uns halt ein Schlückchen davon«, verlangte Hubert. »Irgendwo in diesem Beraber-Kaff muss es doch eine Eselin geben, die unlängst geworfen hat. Jetzt sind wir alle neugierig auf das Wunderelixier.«

Hassan räusperte sich unbehaglich. »Na gut, wenn ihr solchen Wert auf eine Kostprobe legt, dann muss ich sehen, was ich tun kann.« Er erhob sich und eilte hinaus.

»Falls du später nach uns suchst«, rief ihm Hubert nach, »wir wechseln die Stellung. Ab sofort sind wir am Pool zu finden.« Er blinzelte in die Runde. »Und da habe ich eine Überraschung für euch: Diesen Abend, der ja schon fast unser letzter ist, feiern wir mit einem Gläschen Obstler. Zwei Flaschen habe ich von zu Hause mitgebracht, und ich habe sie nicht angerührt. Heute lade ich euch alle ein, mitzutrinken. Die können ihre dämliche Prohibition hier schön alleine inszenieren. Nehmt alle eure Teegläser mit und schüttet vorher die Minzbrühe weg.«

Als sich die Gruppe auf den Weg zum Pool machte, nahm Fanni – nachdem sie sich durch eine kleine Geste mit Sprudel verständigt hatte – Huberts Frau beiseite. »Wir kommen später nach, Dora, wollen nur schnell eine Verdauungsrunde drehen.«

Dora lächelte ihr zu und nickte beifällig.

Fanni und Sprudel verließen das Gästehaus, querten einen nur schwach erleuchteten, kahlen Vorplatz, auf dem der Touristenbus parkte, und traten durch das Tor der Umfassungsmauer auf einen staubigen Weg. Der Pfad verlief im Bogen an der Mauer entlang und endete im Wüstensand.

Widerstrebend blieben sie stehen. Vor ihnen bauten sich die Dünen auf, die im Licht der Sterne und der Mondsichel als dunkle Silhouetten zu erkennen waren.

Damit hat sich euer kleiner Ausflug wohl erledigt, oder wollt ihr euch in der nächtlichen Wüste verirren?

Bei der Vorstellung, orientierungslos durch unendliche Sandweiten stapfen zu müssen, überlief Fanni eine Gänsehaut. Sie sah auf ihre Füße hinunter, die auf einem schmalen Lichtstreifen standen, den der Schein der Sterne auf den Wüstensaum malte. Schon wenige Zentimeter links und rechts ihrer Schuhspitzen verlor sich der helle Streifen in Düsternis.

»Schau«, sagte Sprudel.

Fanni hob den Kopf. Ihr Blick folgte Sprudels Hand, die in östliche Richtung wies und auf eine Gruppe glatter, runder Hügel deutete.

»Da stehen ja Zelte!«

»Berberzelte«, präzisierte Sprudel. »Ob Nomaden hier campieren?«

Fanni schüttelte den Kopf. »Die Zelte sehen verlassen aus, kein Lichtschein, kein Geräusch.«

Sprudel schlug sich an die Stirn. »Natürlich! Was phantasiere ich denn von Nomaden? Die Zelte gehören zum Gästehaus. Man kann sie mieten. Ich habe ja selbst an der Rezeption einen Aushang mit dem entsprechenden Angebot gesehen.«

Fanni hatte sich inzwischen umgewandt und blickte nach Westen. Verschwommen hob sich eine Reihe von Palmwipfeln am Horizont ab. »Dort drüben muss eine Oase liegen. Lass uns diese Richtung einschlagen.«

Sprudel nahm Fannis Hand, und sie wanderten am Wüstenrand entlang auf die Palmen zu, bis ihnen ein Steinwall den Weg versperrte.

Sprudel lehnte sich daran und zog Fanni in die Arme. Er ließ seine Lippen über ihre Schläfe gleiten, küsste sie auf die Nase und dann auf den Mund – lange. Später legte er seine Wange an die ihre und sagte in ihr Ohr: »Bald sind die Schrecken dieser Reise überstanden. In zwei Tagen sind wir daheim.«

Als Fanni den Kopf bewegte, kratzten Sprudels Bartstoppeln empfindlich über ihre Wange. »Aber können wir denn darüber erleichtert sein, wieder nach Hause zu kommen, obwohl wir noch immer keine Ahnung haben, wer hinter all dem hier steckt? Oder haben wir uns doch nur eingebildet, dass es einen solchen Drahtzieher gibt? Waren es vielleicht tatsächlich bloß Unfälle, Zufälle, Zwischenfälle?«

Sie spürte, wie Sprudel die Schultern hob. »Ich will mir keine Gedanken mehr darüber machen müssen. Ich will mit dir den Winter an der ligurischen Küste verbringen und alles andere vergessen, ich will, dass alles wieder so wird, wie es im vergangenen Jahr war.«

Das will ich auch, dachte Fanni. Aber wird sich das Schicksal nach unseren Wünschen richten?

Plötzlich sah sie, wie ein Licht auf sie zuschwankte. Kurz darauf hörte sie heftiges Atmen, das den Lichtschein zu begleiten schien. Gleichzeitig bemerkte sie, wie sich Sprudel anspannte.

»Da seid ihr ja, ich suche schon eine Weile nach euch.« Es war Doras Stimme, hechelnd vom schnellen Laufen.

Sprudels Muskeln lockerten sich wieder.

Dora kam vor dem Steinwall zum Stehen. »Hassan hat Eselsmilch aufgetrieben. Und er hat extra eines der Berberzelte, die man hier mieten kann, für uns herrichten lassen. ›Wenn schon Eselsmilch, dann authentisch‹, hat er gesagt. Kommt mit, die andern hocken schon drin.«

Fanni löste sich aus Sprudels Armen. Sie war zwar nicht besonders erpicht darauf, Eselsmilch zu kosten, aber Dora würde wohl kaum ohne sie und Sprudel zurückkehren wollen. Außerdem war es kühl geworden, wie sie erst jetzt feststellte, als ihr Sprudels wärmende Arme fehlten. Von der Wüste her wehte eine eiskalte Brise.

Sie gingen zusammen mit Dora den Weg entlang, der zurück zum Gästehaus führte, doch statt dann der Umfassungsmauer zu folgen, gingen sie geradeaus weiter zu dem muldenförmigen Terrain, auf dem die Zelte standen.

Das Zeltdorf lag noch ebenso dunkel und verlassen da wie zuvor – kein Lichtschein, kein Geräusch. Erst als sie inmitten der runden Zelte standen, sah Fanni an einem eine Lampe baumeln, die jedoch kaum einen halben Meter weit den sandigen Boden um sich herum zu erhellen vermochte.

Dora schlug die Plane vor dem Eingang zurück und

winkte sie hinein. Drinnen war es bis auf einen Lichtschein in der Mitte duster, aber erstaunlich geräumig. In einer Ecke konnte Fanni schemenhaft einen Haufen Kissen oder Decken erkennen, in einer anderen zusammengerollte Teppiche.

Wie in dem Speisezelt, in dem sie auf der Tour ihre Mahlzeiten eingenommen hatten, lag in der Mitte des Raumes eine Bastmatte, um die hier freilich bunte Sitzkissen angeordnet waren. Auf der Matte standen ein Krug aus Keramik und etliche der Gläser, in denen nach dem Abendessen der Thé à la menthe serviert worden war.

Fanni sah Dora irritiert an.

»Na so was.« Dora breitete die Arme aus. »Alle ausgeflogen. Da haben sich wohl noch ein paar mehr auf die Suche nach euch gemacht.« Sie warf einen kurzen Blick auf die Gläser, von denen die meisten einen weißen Bodensatz aufwiesen. »Aber vorher haben sie noch von der Eselsmilch probiert.«

»Meinst du wirklich, dass die ganze Gruppe nach uns sucht?«, fragte Fanni.

Dora lachte. »Hubert bestimmt nicht. Der gräbt vermutlich gerade in seinem Gepäck nach der zweiten Flasche Obstler.« Sie ließ sich auf eins der Kissen fallen. »Die kommen schon wieder zurück, so nach und nach.«

Ein wenig zögernd setzten sich Fanni und Sprudel ebenfalls.

Dora griff nach dem Krug und stellte drei unbenutzte Gläser nebeneinander. »Dann kosten wir mal lieber von dem Wunderelixier, bevor Gisela hereinschneit und es uns unter der Nase wegschnappt.«

Dora hatte die Gläser zu gut drei Fingerbreit gefüllt und betrachtete die weiße Flüssigkeit darin aufmerksam. »Sieht aus wie ganz normale Milch.«

Fanni nahm einen Schluck, und Sprudel tat es ihr gleich.

»Schmeckt scheußlich«, sagte Fanni.

Dora nickte. »Ja, finde ich auch.« Sie schnupperte am Inhalt ihres Glases. »Riecht auch komisch. Ich glaube, man muss sich erst daran gewöhnen.«

Fanni nickte und trank ihr Glas leer. »Wir sollten lieber nachsehen, wo die andern sind.«

»Wozu denn?«, rief Dora. »Es ist ja ausgemacht, dass wir in dem Zelt hier noch ein bisschen feiern. Hassan hat es doch extra für uns organisiert.«

Sie hob den Kopf und lauschte. »Ah, ich glaube, ich höre schon jemand kommen. Dann wollen wir mal die Tür öffnen.« Sie sprang auf und machte sich an der Plane vor dem Zelteingang zu schaffen.

Fanni stellte ihr leeres Glas neben das ebenfalls leere von Sprudel zurück auf die Matte. Dabei fiel ihr Blick auf das Gläschen, in das Dora die Eselsmilch für sich selbst eingeschenkt hatte.

Da hat sich der Pegel ja kein bisschen gesenkt!

Nein, die weiße Flüssigkeit stand noch immer drei Fingerbreit in dem Glas. Und auf einmal begann sie zu schwingen. Sie wölbte sich nach oben und sackte wieder zurück – hinauf, hinunter. Kurz darauf fing das Glas an zu kippen – nach links, nach rechts, nach links.

Fanni kniff die Augen fest zu und öffnete sie wieder, kniff sie noch mal zu und öffnete sie erneut. Dabei wurde ihr übel.

Sie tastete nach Sprudels Hand. Als sie versuchte, den Blick auf sein Gesicht zu fokussieren, sah sie ihn blinzeln, als ob ihm etwas ins Auge geraten wäre.

Während Fanni noch überlegte, was das wohl gewesen sein könnte, traf ihn plötzlich etwas Schweres, offenbar sehr Hartes an der Schläfe, denn es gab einen knallenden Laut, und Sprudel kippte seitlich weg.

Wie?, dachte Fanni töricht.

Sie wollte sich zu ihm beugen, wurde aber zurückgerissen und bekam einen Faustschlag aufs Kinn.

Mühsam hob sie den Kopf und sah in Doras blitzende Augen. »Hab ich dich endlich.«

»D... du?«, stammelte Fanni.

»Ja, ich«, triumphierte Dora.

»A... aber warum?«, stöhnte Fanni.

Dora versetzte ihr mehrere Ohrfeigen. »Weil du« – klatsch – »meinen« – klatsch – »Vater auf dem Gewissen hast!« Klatsch – klatsch.

»Vater ...« Fanni mühte sich ab, das Wort mit einer Bedeutung zu versehen. Schließlich gelang es ihr.

»Du hast ihn umgebracht!«, schrie Dora. »Aus Kummer und Gram darüber, dass du ihn ins Gefängnis gebracht und damit unsere ganze Familie ruiniert hast, hat er sich erhängt.«

Erhängt, hallte es in Fannis Kopf wider. Erhängt. Als sie den Begriff endlich zu fassen bekam, fragte sie mit kaum gehorchender Zunge: »Wer hat sich erhängt? Wer ist dein Va...?«

Dora gab ein garstiges Lachen von sich. »Du hast ihn nicht erkannt!« Sie versetzte Fanni eine so kräftige Ohrfeige, dass deren Kopf nach hinten flog. »Nicht einmal richtig angesehen hast du ihn dir, auf dem Foto in der Zeitung vom vergangenen August. Ich hatte sie extra mitgenommen, um sie dir bei unserer Abrechnung unter die Nase zu halten. Aber Hubert, der Idiot, musste sie ja als Einwickelpapier verwenden und liegen lassen.« Sie packte Fanni am Kragen und schüttelte sie. Dabei sagte sie halblaut, so als würde sie mit sich selbst reden: »Die ganze Zeit über hat er sich aufgeführt wie ein Idiot. Er hat es einfach nicht wahrhaben wollen, wie ernst es mir ist. Hat sich eingebildet, ich würde aufgeben, bevor es mir gelungen ist, dich ins Jenseits zu befördern.«

Daraufhin schlug Dora erneut zu, so hart, dass vor Fannis Augen bunte Kreise tanzten.

»Vater war nach dem Prozess kaum mehr wiederzuerkennen!«, schrie Dora wie von Sinnen. »Und daran bist du schuld, Fanni Rot! Du hast es geschafft, einen wunderbaren Menschen kaputt zu machen, komplett zu zerstören. Du hast ein Wrack aus ihm gemacht, Fanni Rot – aus dem Mann, der einmal ein angesehener Bürger war, geliebt und geachtet, geradezu als Heiliger verehrt.«

Fanni fiel das Denken mit jeder Sekunde schwerer. Angesehener Bürger – Gefängnis – Zeitung – Bürger – Gefängnis … Plötzlich zerriss der Nebel in ihrem Hirn für einen Moment, und sie erinnerte sich.

Im Foyer des Hotel Agalan in Marrakesch hatte am Tag der Abfahrt nach Oukaimeden irgendwo ein zerknittertes Tagblatt aus Niederbayern gelegen, auf dessen Titelseite ein heruntergekommener alter Mann abgebildet gewesen war, der sich laut Überschrift im Gefängnis erhängt hatte. Sprach

Dora von dem? War *das* Doras Vater? War er jener angeblich angesehene Bürger?

Fanni bot ihre ganze Konzentration auf, um Doras Gesicht zu betrachten. Und auf einmal zeigte sich die Entsprechung. Das etwas eckige Profil, das bereits beim Vorstellungsgespräch in Marrakesch in Fanni eine vage, jedoch so gar nicht greifbare Erinnerung geweckt hatte, deckte sich mit dem jenes Mannes, den sie mehrerer Verbrechen überführt hatte.

»Dein Vater hat gemordet und betrogen.« Fanni versuchte, einigermaßen artikuliert zu sprechen. »Er hatte es mehr als verdient, eingesperrt zu werden.«

»Hatte er nicht!«, schrie Dora, krallte ihre Finger in Fannis Haare, zog deren Kopf ganz nah an ihr Gesicht und zischte: »Und ich hatte es nicht verdient, von Freunden und Bekannten geschnitten zu werden und das wunderschöne Haus zu verlieren, das mein Vater uns geschenkt hatte.«

Es war mit Sicherheit ergaunert, hätte Fanni gern geantwortet.

Doch sie konnte nicht mehr reden. Sie konnte sich nicht einmal mehr bewegen.

Abrupt ließ Dora Fannis Haare los. Einen Augenblick später schlug Fannis Kopf auf dem Boden auf.

»Ich habe euch belauscht«, zischte Dora, »wie ihr darüber gesprochen habt, du und er da«, sie machte eine knappe Bewegung zu Sprudel hin, der regungslos auf der Seite lag, »dass deine Tochter sein Haus bekommt.« Sie lachte bösartig. »Da wird dein Gör wohl leer ausgehen. Der da wird nichts mehr unterschreiben. Und dich, Fanni Rot, wird das

Gör in einem Blechsarg wiedersehen. Auge um Auge, Zahn um Z...«

Fanni meinte noch, einen Laut zu vernehmen, der ihr wie ein Heulton aus Wut und Schmerz vorkam. Anschließend hörte sie gar nichts mehr.

Aber sie spürte noch etwas. Sie spürte eine vertraute, über alles geliebte Berührung. Sprudels Hand umfasste die ihre und hielt sie mit sanftem Druck fest.

Dann versank Fanni im Nichts.